MIRA®

Der Preis dieses Bandes versteht sich einschließlich
der gesetzlichen Mehrwertsteuer.

Umwelthinweis:
Dieses Buch wurde auf chlor- und säurefreiem Papier gedruckt.

Liebesreise nach Griechenland

MIRA®

MIRA® TASCHENBUCH
Band 15012
2. Auflage: Juni 2007

MIRA® TASCHENBÜCHER
erscheinen in der Cora Verlag GmbH & Co. KG,
Axel-Springer-Platz 1, 20350 Hamburg
Deutsche Taschenbucherstausgabe

Titel der nordamerikanischen Originalausgaben:
His Virgin Mistress

erschienen bei: Harlequin Enterprises Ltd., Toronto
A Passionate Marriage

erschienen bei: Harlequin Enterprises Ltd., Toronto
The Cozakis Bride

erschienen bei: Harlequin Enterprises Ltd., Toronto
Published by arrangement with
HARLEQUIN ENTERPRISES II B.V./S.àr.l.

Konzeption/Reihengestaltung: fredebold&partner gmbh, Köln
Umschlaggestaltung: pecher und soiron, Köln
Redaktion: Ivonne Senn
Titelabbildung: Getty Images, München
Satz: Buch-Werkstatt GmbH, Bad Aibling
Druck und Bindearbeiten: Ebner & Spiegel, Ulm
Printed in Germany
ISBN 978-3-89941-376-2

www.mira-taschenbuch.de

Anne Mather

Theopolis – Heimat meines Herzens

Roman

Aus dem Amerikanischen von
Sabine Buchheim

MIRA®

1. KAPITEL

„Ist sie das?“ Spiro Stavros warf seinem Arbeitgeber einen ironischen Blick zu. „Sie ist nicht ganz das, was du erwartet hast, oder?“ Demetrios Kastro zog geringschätzig die Brauen hoch. Da seine Ankunft bislang noch nicht bemerkt worden war, konnte er seinen Vater und dessen Begleiterin auf der gegenüberliegenden Seite des überfüllten Salons unauffällig beobachten. Das Paar wurde von Gästen umringt, die gekommen waren, um den alten Mann anlässlich seiner Rückkehr nach Theopolis zu begrüßen. Demetri presste die Lippen zusammen, als sein Vater besitzergreifend den Arm um die Schultern der Frau legte.

„Vielleicht nicht“, räumte er ein. Er hatte sie sich jünger vorgestellt. Als „blondes Flittchen“ hatte seine Schwester sie beschrieben. Doch die Frau, die sein Vater als Geliebte gewählt hatte, sah absolut nicht ordinär aus. Ihr Gesicht mit den hohen Wangenknochen vereinte Schönheit und Intelligenz. Das blonde Haar hatte sie zu einem strengen Knoten geschlungen, der die Aufmerksamkeit auf ihren schlanken Hals lenkte. „Sie ist jedenfalls älter, als ich dachte.“

„Und weltgewandter“, fügte Spiro trocken hinzu. „Sie dürfte nicht so leicht loszuwerden sein, wie du erwartet hast.“

„Glaubst du?“ Demetri klang zynisch. „Meiner Erfahrung nach hat jeder seinen Preis, mein Freund. Egal, ob Mann oder Frau. Wenn die Belohnung hoch genug ist, werden alle schwach.“

„Schließt dein Urteil mich mit ein?“

Demetri seufzte. „Wir reden nicht von dir, Spiro.“

„Das ist keine Antwort auf meine Frage.“

„Na gut … Ich hoffe nicht. Ich betrachte dich sowohl als Freund als auch als Assistent. Mag sein, dass ich übertrieben misstrauisch bin.“

„Nicht alle Frauen sind wie Athenee, Demetri.“ Spiro erkannte, dass er seine Grenzen beinahe überschritten hätte, und fügte rasch hinzu: „Ich sollte mich wohl geschmeichelt fühlen. Also, was willst du nun tun?“

Demetris Miene wurde undurchdringlich. „Ich werde meinen Vater begrüßen und darum bitten, der entzückenden Kiria Manning vorgestellt zu werden."

„Sei vorsichtig", warnte Spiro.

„Bin ich das nicht immer?" Mit einem spöttischen Lächeln knöpfte Demetri das Jackett seines dunkelblauen Seidenanzugs auf. „Keine Sorge, ich halte meine Trümpfe zurück."

Nichtsdestotrotz verspürte er eine leichte Gereiztheit, als er den Raum durchquerte. Verdammt, sein Vater war erst seit wenigen Wochen aus dem Krankenhaus, Wochen, die er in London verbracht hatte, um der hochsommerlichen Hitze auf Theopolis zu entgegen. Der alte Mann war ernsthaft krank gewesen. Wann, um alles in der Welt, hatte er die Zeit gefunden, diese Frau kennen zu lernen und intim mit ihr zu werden?

Er würde es herausfinden. Auf seinem Weg zu Constantine Kastro und dessen Geliebter wechselte er hier und dort ein paar Worte. Wie hieß sie doch noch gleich? Manning, richtig. Aber wie lautete ihr Vorname? Stirnrunzelnd überlegte Demetri. Joanna! Joanna Manning. Ob es ihr richtiger Name war? Falls ja, war er genauso elegant wie die Frau selbst.

„Erzähl mir nicht, dass du deshalb so grimmig dreinblickst, weil ich jetzt wieder hier bin." In den – vermutlich der Frau zuliebe – auf Englisch gesprochenen Worten seines Vaters schwang ein spöttischer Unterton mit.

Zu spät erkannte Demetri, dass seine Gefühle sich auf seinem Gesicht widergespiegelt hatten. Rasch rang er sich ein höfliches Lächeln ab, schüttelte dem alten Mann die Hand und erwiderte die traditionelle Umarmung mit aufrichtiger Herzlichkeit. „Verzeih mir, Papa. Natürlich bin ich froh, dass deine Ärzte dich für gesund genug erachten, endlich zu uns zurückzukehren."

Constantine wirkte jedoch keineswegs erfreut. „Ich bin kein Invalide", verkündete er, obwohl sein ausgemergelter Körper die Behauptung Lügen strafte. „Die Ärzte haben mich für genesen erklärt, also benimm dich nicht so, als wäre ich aus dem Krankenhaus geflohen."

Demetri verzichtete auf eine Antwort und wandte sich stattdessen der Begleiterin seines Vaters zu. Da sie von neugierigen Zuschauern umringt wurden, war Constantine nun gezwungen, ihm die Frau vorzustellen.

„Meine Liebe ..." Er ignorierte Demetris kaum verhohlene Entrüstung über die vertrauliche Anrede. „Darf ich dich mit meinem Sohn bekannt machen. Demetrios, dies ist Joanna. Joanna Manning, meine ... Freundin."

„Wie geht es Ihnen?"

Die Frau beging nicht den Fehler, seinen Vornamen zu benutzen. Demetri lächelte zufrieden. „Es ist mir ein Vergnügen, Sie zu treffen, Kiria Manning. Hoffentlich ist unser Wetter für Sie als Engländerin nicht zu belastend."

„Im Gegenteil", entgegnete sie trotz der feinen Schweißperlen auf ihrer Oberlippe. „Ich liebe die Hitze. Sie ist so ... sinnlich."

Sinnlich? Nur mit Mühe verbarg er seine Verblüffung. Er hatte zwar gehört, dass sein Vater von dieser Frau besessen war, doch er hatte nicht damit gerechnet, dass sie ihn aus der Fassung bringen würde. Täuschte er sich, oder amüsierte sie sich tatsächlich über die Situation? Mit ungefähr einssiebzig war sie größer als die meisten Frauen seines Bekanntenkreises, und obwohl er sie trotzdem noch um Haupteslänge überragte, musste sie den Kopf nicht allzu weit zurücklegen, um ihn anzuschauen. Versuchte sie etwa, ihn zu provozieren? Nein, das war lächerlich. Allerdings schien ihre trotzige Miene ihn geradezu herauszufordern ...

„Verstehe. Sind Sie denn an das griechische Klima gewöhnt, Miss Manning?"

„Mrs. Manning", korrigierte sie ihn. „Aber nennen Sie mich ruhig Joanna oder Jo, wenn Ihnen das lieber ist." Nach einem zärtlichen Blick auf Constantine fügte sie hinzu: „Nein, ich habe mich noch nicht akklimatisiert, doch das wird sich hoffentlich bald ändern."

Man hatte ihm nicht gesagt, dass sie verheiratet gewesen war. Doch irgendwie passte diese Tatsache ins Bild. Und falls er noch Zweifel an ihrer Beziehung zu seinem Vater gehegt hätte, so wären sie durch den innigen Blick zerstreut worden.

„Leben Sie auf der Insel, Demetrios?“, erkundigte sie sich. „Oder haben Sie ein eigenes Heim?“

„Dies ist mein Heim.“ Diesmal war er außerstande, seinen Ärger zu überspielen. „Das Haus hier ist der Familienstammsitz. Aber keine Sorge, Mrs. Manning, es ist weitläufig genug, um uns alle unterzubringen, ohne dass wir uns auf die Füße treten.“

Zufrieden registrierte er, dass sie bei der Zurechtweisung leicht zusammenzuckte. Ihre vollen Lippen bebten kaum merklich. Verdammt, was interessierte ihn ihr weicher, verletzlich wirkender Mund? Sie war eine Frau, die sich aushalten ließ. Es gab keinen Grund, sie zu bedauern. Sein Vater war der Verletzliche. Verletzlich und einfältig. Was glaubte er denn, was sie von einem über dreißig Jahre älteren Mann wollte?

„Demetri hat seine eigene Suite“, warf Constantine ein und sah ihn vorwurfsvoll an. „Genau wie Alex und Olivia. Unsere Insel ist sozusagen unsere Burg. Du wirst leider bald feststellen, dass Sicherheit für uns sehr wichtig ist.“

Joanna nickte. „Verstehe.“

„Das bezweifle ich“, meinte Demetri. „Mein Vater ist sowohl für Terroristen wie auch für Paparazzi ein begehrtes Ziel. Nur auf Theopolis können wir – normalerweise – gewährleisten, dass er nicht Opfer skrupelloser Männer und Frauen wird.“

Ihre tiefblauen Augen funkelten. „Sie wollen doch nicht etwa andeuten, dass ich eine Bedrohung für Ihren Vater sein könnte, oder?“, fragte sie kühl.

Er konnte kaum ein Lächeln unterdrücken. „Natürlich nicht.“ Ein kurzer Blick auf seinen Vater verriet, dass dieser keineswegs von der Beteuerung seines Sohnes überzeugt war. „Ich bin sicher, Sie und mein Vater haben vieles gemeinsam. Haben Sie auch Kinder, Mrs. Manning?“

„Nein.“

Zu Demetris Erstaunen legte sein Vater schützend den Arm um Joannas Schulter und zog sie an sich. Es schien eine spontane Reaktion zu sein, als wüsste er Details aus ihrer Vergangenheit, die sie vor anderen verbarg. Demetri fragte sich, worum es sich handeln mochte. Ihm missfiel der Gedanke, dass hinter der Affäre mehr stecken könnte als eine vorübergehende Verirrung seines Vaters.

Bevor Demetri jedoch etwas darauf erwidern konnte, beendete sein Vater das Gespräch. „Dort drüben ist Nikolas Poros“, sagte er zu Joanna Manning. „Ein alter Freund und Geschäftspartner. Ich möchte, dass du ihn kennen lernst.“ Er sah seinen Sohn kurz an. „Würdest du uns bitte entschuldigen?“

Es war weniger eine Frage als ein Befehl. Demetri neigte schweigend den Kopf und trat einen Schritt beiseite, um die beiden vorbeizulassen. Joanna schaute ihn im Vorbeigehen verstohlen an. Triumphierend? Demetri war sich nicht sicher. Eines stand allerdings fest: Die Vernarrtheit seines Vaters in diese Frau war stärker als die sexuelle Faszination, die Demetri anfänglich vermutet hatte.

„Demetri, wie geht es dir? Soll ich dir einen Drink besorgen?“

Widerstrebend konzentrierte er sich auf seine Umgebung. Nachbarn, Freunde, Verwandte. Sie alle hatten sich versammelt, um den alten Mann daheim willkommen zu heißen, und wollten nun auch Demetri begrüßen. Ihm blieb nichts anderes übrig, als das Problem mit seinem Vater und dessen Geliebter vorerst zu vergessen und lächelnd den ergebenen Sohn zu spielen.

Verdammt, ich bin ihm ergeben, dachte er grimmig und nahm ein Glas Champagner entgegen, doch ich bin auch sein Stellvertreter, und er sollte den Respekt, den er in der Geschäftswelt genießt, nicht wegen einer Frau gefährden, die seine momentane Schwäche schamlos ausnutzt.

„Sie ist wirklich schön, nicht wahr?“ Spiro hatte sich ihm unbemerkt genähert.

„Ja, das ist sie“, bestätigte Demetri. „Aber was will sie? Was erhofft sie sich aus dieser Liaison?“

„Vielleicht liebt sie ihn."

„Oder sie betrachtet ihn als willkommene Geldquelle", wandte Demetri ein. „Mein Vater ist siebenundsechzig, Spiro. Eine Frau wie sie bindet sich nicht aus Liebe an einen so viel älteren Mann."

„Du bist ein Zyniker, Demetri." Seine Schwester Olivia hatte sich zu ihnen gesellt. „Du musst zugeben, dass Mrs. Manning nicht gerade wie eine Glücksritterin aussieht."

„Und wie sehen Glücksritterinnen aus?", konterte ihr Bruder. „Du hast sie doch nicht etwa unter deine Fittiche genommen, oder? Alex' Hochzeit findet in einer Woche statt. Eigentlich hatte ich erwartet, dass du genauso empfindest wie ich. Was soll Alex denken, wenn sie erfährt, dass unser Vater eine Fremde zu einer Familienfeier eingeladen hat?"

Olivia presste die Lippen zusammen. „Alex wird es egal sein. Aber das heißt nicht, dass wir den Einfluss unterschätzen dürfen, den Mrs. Manning auf Papa ausübt. Es ist bestimmt nicht klug, sie zur Feindin zu haben. Du hast die beiden zwar nur kurz beobachtet, trotzdem ist dir sicher aufgefallen, dass sie völlig gefesselt voneinander sind."

„Gefesselt, oh ja." Demetri trank einen Schluck Champagner. „Weißt du, wie sie sich kennen gelernt haben? Wo konnte der alte Mann nach seiner Entlassung aus dem Krankenhaus eine solche Frau treffen?"

Joannas Räume grenzten an Constantines. Jede Suite umfasste ein behagliches Wohnzimmer, ein großes Schlafzimmer sowie ein Ankleidekabinett und ein Bad. Die Einrichtung verriet erlesenen Geschmack und Reichtum. Vor den mit Damast bespannten Wänden standen Sofas mit blaugrün gestreiften Leinenbezügen und dazu passenden Kissen. Neben einem kunstvoll geschnitzten Schreibtisch gab es einen wunderschönen Rosenholzschrank, in dem sich eine beeindruckende Stereoanlage verbarg. Schwere Messinglampen spendeten warmes Licht. Glastüren führten auf einen umlaufenden Balkon, der sämtliche Räume dieses Stockwerks verband. Türkische Teppiche sorgten für Farbe auf den polierten Holzböden.

Es lag jedoch weniger am Ambiente als vielmehr an den unzähligen kleinen Details, dass Joanna ständig daran erinnert wurde, wo sie war und weshalb sie sich überhaupt hier aufhielt. So wurde beispielsweise täglich die Bettwäsche gewechselt, die teuren Kosmetika und Toilettenartikel wurden sofort ersetzt, sobald sie sie nur einmal benutzt hatte. Sie brauchte nur die Klingel zu betätigen, und schon wurde ihr jeder Wunsch von den Augen abgelesen.

Dies ist Constantines Welt, dachte sie wehmütig. Dieser Lebensstil war ihr fremd. Manchmal wünschte sie, er wäre nicht so reich.

Sein Sohn würde mir natürlich kein Wort glauben, überlegte sie. Ob Constantine gemerkt hatte, dass für den Bruchteil einer Sekunde Hass in Demetrios' Augen aufgeblitzt war? Vermutlich. Er musste wissen, was sein Sohn empfand. Schließlich hatte er sie nur deshalb zu der Reise überredet. Ihm war klar gewesen, dass einzig erbitterte Feindseligkeit Demetrios von der Wahrheit ablenken würde.

An der Verbindungstür zu Constantines Apartment klopfte es. „Darf ich hereinkommen?"

„Natürlich." Joanna ließ Constantine in ihr Wohnzimmer. Auch er hatte inzwischen die formelle Kleidung abgelegt und wirkte nun, da er keine Stärke mehr demonstrieren musste, unendlich zerbrechlich. Sie deutete auf eines der Sofas. „Setz dich. Du musst dich ausruhen."

„Du bist nicht meine Krankenschwester, Joanna", beschwerte er sich lächelnd. Er trug einen weißen Bademantel, und die Farbe betonte seine Blässe. „Eigentlich fühle ich mich heute Abend ein bisschen kräftiger. Da Demetri wieder daheim ist, kann ich mich entspannen."

„Sehr schön." Joanna schloss die Tür hinter ihm und zog den roten Morgenrock, den sie nach dem Duschen übergestreift hatte, fester um sich. „Du glaubst wohl, das Schlimmste wäre geschafft." Sie schüttelte den Kopf. „An deiner Stelle würde ich nicht darauf wetten."

Constantine seufzte. „Sei nicht so zynisch, meine Liebe. Demetri mag zwar über die Situation nicht gerade begeistert sein – offenbar hat er Zweifel, was die Schicklichkeit unserer Beziehung betrifft –, aber er wird den Hausfrieden nicht gefährden. Er muss Rücksicht auf Alex'

Hochzeit nehmen. Ich bin sein Vater, Joanna, und kenne ihn besser als jeder andere.“

„So?“

Sie wünschte, sie wäre ebenso sicher. Die Begegnung mit Demetrios Kastro hatte einen unangenehmen Beigeschmack hinterlassen. Sie war überzeugt, dass er nichts als Verachtung für sie übrig hatte und glaubte, sie sei nur des Geldes wegen mit seinem Vater zusammen. Er war höflich, aber kühl gewesen, hatte wenig gesagt, aber viel angedeutet. Wahrscheinlich machte Constantine sich etwas vor, wenn er meinte, Demetrios habe sich mit ihrer Anwesenheit abgefunden.

„Egal.“ Constantine nahm ihre Hand und zog sie zu sich auf die Couch. „Wie geht es dir? Bist du glücklich hier? Hast du alles, was du brauchst?“

„Wie kannst du nur fragen? Das Haus ist fantastisch. Es bietet alles, was du mir versprochen hast – und noch mehr.“

„Das freut mich.“ Er küsste leicht ihre Finger. „Ich möchte, dass du deinen Aufenthalt genießt. Du sollst dich hier wie zu Hause fühlen. Demetri wird eine Weile schwierig sein, aber er wird es überwinden. Außerdem dürfte er wenig Zeit für Sticheleien über unsere Beziehung haben, solange ich mich erhole. Vielleicht muss er vor der Hochzeit sogar gelegentlich die Insel verlassen – immerhin muss er neben seiner Arbeit auch meine erledigen.“

Joanna stand auf. „Wie mag Alex reagieren, wenn sie von meiner Anwesenheit erfährt?“

„Alex wird dich lieben“, versicherte Constantine. „Sie ist nicht wie Demetri oder Olivia, sondern jünger und nicht so zynisch.“

„Trotzdem …“ Sie hob das schwere Haar im Nacken an und genoss die kühle Luft der Klimaanlage auf ihrer Haut. „Es würde mir nichts ausmachen, nach England zurückzukehren.“

„Mir schon. An den Gründen für deinen Aufenthalt auf Theopolis hat sich nichts geändert. Ich brauche deine Stärke und deine Gesellschaft – und deine Unterstützung.“

„Die hast du. Ich bin nur nicht sicher, ob ich es durchhalte.“

Er kam schwerfällig auf die Füße. „Meinetwegen? Findest du mich so abstoßend?"

„Unsinn." Joanna berührte zart seine Wange. „Du bist ein sehr attraktiver Mann. Dieser Meinung war ich schon immer."

„Wirklich?", fragte er skeptisch.

„Ja." Nach kurzem Zögern umfasste sie sein Gesicht und hauchte einen Kuss auf seinen Mundwinkel. „Und nun hör auf, nach Komplimenten zu angeln, und sag mir, was ich zum Dinner anziehen soll."

„Was du gerade anhast, gefällt mir ausgezeichnet", erwiderte er galant und legte ihr die Arme um die Taille. „Du bist immer wunderschön."

Ehe sie darauf antworten konnte, klopfte es an der Tür zum Flur.

„Beno mesa!"

Beinahe automatisch hatte Constantine den Besucher hereingebeten. Joanna wandte den Kopf, als die Tür geöffnet wurde.

Demetrios blieb auf der Schwelle stehen. Er hatte offenbar ebenfalls geduscht. Das dunkle Haar glänzte feucht und bildete einen starken Kontrast zu seinem hellgrauen Anzug. Ein dunkelblaues hautenges T-Shirt vervollständigte sein Outfit.

Joanna war sich der intimen Szene bewusst, in die Demetrios hereingeplatzt war. Constantine und sie waren nur notdürftig bekleidet, und Constantines Hände auf ihrem Körper mussten eindeutig besitzergreifend wirken. Sie hätte nicht sagen können, wer von ihnen bestürzter war. Constantine schien sich kaum dafür zu interessieren, warum sein Sohn hier war, während Joanna am liebsten im Boden versunken wäre. Demetrios war sichtlich verblüfft über die Anwesenheit seines Vaters in Joannas Suite.

Was hat er denn erwartet?, fragte sie sich wütend. Was glaubte er wohl, warum Constantine sie hergebracht hatte, wenn nicht, um ihre Gesellschaft zu genießen? Glaubte er etwa, sein Vater sei zu alt, um sich an weiblicher Nähe zu erfreuen? Und außerdem … wieso kam er überhaupt ungebeten in ihre Räume? Wenn jemand etwas zu erklären hatte, dann Demetrios.

2. KAPITEL

Demetri?" Sein Vater wartete offenbar auf eine Erklärung, doch Demetri hatte keine. Er war fassungslos über den Anblick der Hände seines Vaters auf Joanna Mannings Hüften. Die braunen Hände, auf denen sich bereits die ersten Altersflecken zeigten, hoben sich dunkel vom roten Satin ihres Morgenrocks ab – unter dem sie nichts weiter trug, wie er vermutete. Khristo, was hatten die beiden gerade getan? Zusammen geduscht?

Die Fantasie ging mit ihm durch. Er hatte nicht geahnt, dass ihr Haar so lang war, doch nun fiel es ihr hell und seidig über die Schultern. Das rote Gewand war ähnlich provokativ und lenkte seine Aufmerksamkeit auf ihre schlanke Gestalt, indem es ihre schmale Taille und langen Beine betonte.

Zu Demetris Entsetzen reagierte sein Körper sofort. Verärgert riss er sich zusammen. Sein Vater wartete auf eine Antwort, und er wollte unbedingt vermeiden, dass der alte Mann erriet, wie sehr sein Sohn von dieser … dieser – er suchte nach einem geringschätzigen Ausdruck – Person fasziniert war.

„Ich … Guten Abend, Papa, Mrs. Manning", improvisierte Demetri. „Ich hoffe, es ist alles zu eurer Zufriedenheit?"

Sein Vater runzelte die Stirn. „Wir sind schon seit zwei Tagen hier", erinnerte er ihn und ließ Joanna los. „Ich glaube nicht, dass deine Sorge um unser Wohlbefinden der eigentliche Grund für diese Störung ist."

Natürlich nicht. Allerdings hatte er nicht damit gerechnet, seinen Vater hier anzutreffen. Er war wegen Mrs. Manning gekommen und hatte gehofft, ein paar Minuten ungestört mit ihr reden zu können.

„Ich wollte mit dir sprechen, Papa", behauptete er rasch. Vielleicht war es sogar ganz gut so. Seine Reaktion auf diese Frau hatte ihn selbst überrascht. Es wäre unvorstellbar peinlich geworden, wenn sie seine Erregung bemerkt hätte und Constantine nicht in der Nähe gewesen wäre. Theos! Ihm brach der Schweiß aus. Was, zum Teufel, war mit ihm los?

„Und du hattest angenommen, ich wäre hier bei Joanna?"

Sein Vater war kein Narr, und Demetri musste sich schleunigst etwas überlegen. „Ich habe an deine Tür geklopft, erhielt aber keine Antwort." Er betete im Stillen, dass Philip, der Kammerdiener seines Vaters, ihn nicht Lügen strafen würde. „Doch das ist ja jetzt egal. Wie ich sehe, bist du ... anderweitig beschäftigt." Er erstickte fast an den Worten. „Die Sache kann bis morgen warten."

„Davon bin ich überzeugt." Constantine wollte ihn eindeutig loswerden.

Nach einem kurzen Blick in Joannas Richtung verließ Demetri den Raum. Draußen blieb er stehen und atmete tief durch. Er war aufgewühlt, und obwohl er wusste, dass er sich so schnell wie möglich entfernen sollte, zögerte er. Das Bild der beiden hatte sich ihm ins Gedächtnis gebrannt und würde sich so leicht nicht verdrängen lassen. Im Zimmer hinter ihm herrschte völlige Ruhe. Sein Vater und dessen Geliebte setzten offenbar die Beschäftigung fort, bei der sie gestört worden waren. Demetri brauchte keine Kristallkugel, um zu erraten, was es war.

Leise vor sich hin fluchend ging er den Korridor entlang zur Treppe. Es würde verheerende Folgen haben, falls er versuchte, Mrs. Manning nachzustellen. Wann hatte er eigentlich begonnen, sich von seinen Hormonen statt vom Verstand leiten zu lassen?

Der Salon war inzwischen aufgeräumt worden. Um Platz für die zahlreichen Gäste zu schaffen, hatte man die Möbel beiseite gerückt und nun wieder zu behaglichen Sitzgruppen arrangiert. Üppige Blumengestecke verströmten ihren Duft und vertrieben die schalen Gerüche von kaltem Tabakrauch und Parfüm.

„Kann ich Ihnen etwas bringen, Sir?"

Demetri drehte sich um und sah sich einem Diener gegenüber. Am liebsten hätte er eine Flasche Scotch geordert, um sich damit in den hintersten Winkel des Grundstücks zu verziehen und sinnlos zu betrinken. Doch er war nicht umsonst seines Vaters Sohn, und ein Kastro machte sich nicht zum Narren – insbesondere nicht vor Dienstboten.

„Nein, danke", erwiderte er und setzte sich in einen Sessel. Mit grimmiger Miene blickte er aus dem Fenster.

So fand ihn Spiro zehn Minuten später vor. Obwohl das Zimmer nur schwach beleuchtet war, entdeckte er seinen Arbeitgeber und Freund sofort. „Ich glaube, deine Schwester und die anderen Dinnergäste haben sich in der Bibliothek versammelt“, sagte er. „Was machst du hier? Schmollen?“

„Hüte deine Zunge“, warnte Demetri.

„Man hat dich wohl zum Teufel gejagt“, fuhr Spiro unbeeindruckt fort. „Was ist los? Hat sie dir erklärt, dass sie aufs Ganze gehen will?“

„Unsinn!“ Demetri stand auf und schaute sich suchend um. „Gibt es hier irgendetwas zu trinken?“

Spiro schob die Hände in die Hosentaschen. „Sieht nicht so aus. Warum leisten wir nicht den Gästen deines Vaters Gesellschaft? In der Bibliothek ist eine Bar.“

„Danke, das weiß ich. Wieso gehst du nicht hinüber? Ich bin nicht in der Stimmung für Plaudereien.“

„Warum nicht?“

„Kümmere dich um deine eigenen Angelegenheiten, Spiro. Du bist nicht mein Aufpasser.“

Spiro zuckte die Schultern. „Du bist also abgeblitzt.“

„Nein. Ich konnte nicht einmal mit ihr sprechen.“

„War sie nicht in ihrer Suite?“

„Oh doch. Allerdings war sie nicht allein.“

Spiro pfiff leise durch die Zähne. „Nun, morgen ist ja auch noch ein Tag.“

„Ja.“ Demetri nickte ironisch. „Und übermorgen und der Tag nach übermorgen … Komm, besorgen wir uns einen Drink. Ich möchte nicht, dass der alte Mann denkt, ich hätte etwas zu verbergen.“

„Glaubst du, er könnte auf diese Idee verfallen?“

„Wer weiß.“ Demetri machte eine wegwerfende Geste. „Ich frage mich, warum er sie hergebracht hat.“

„Dreimal darfst du raten.“

„Sie soll als sein Gast an Alex’ Hochzeit teilnehmen.“ Demetri überlegte. „Wo mag Mr. Manning stecken?“

„Falls es überhaupt einen Mr. Manning gibt.“

„Denkst du, sie lügt?“

„Nein.“ Spiro schüttelte den Kopf. „Aber sie trägt keinen Ring. Meinst du, sie ist geschieden?“

Demetri hatte genug von der Unterhaltung. „Ringe bedeuten heutzutage nichts mehr. Was soll’s? Sie ist hier. Nur das zählt.“

„Denkst du, die Sache ist etwas Ernstes?“

Demetri war ratlos. „Denkst du es?“

„Vielleicht. Dein Vater scheint sie sehr zu mögen.“

„Was willst du damit andeuten? Dass er vorhat, sie zu heiraten?“

„Wohl kaum. Aber schwere Krankheiten verändern den Menschen. Wenn man an die eigene Sterblichkeit erinnert wird, verspürt man plötzlich den verzweifelten Wunsch, das Leben zu genießen.“

„Seit wann bist du ein Philosoph?“, spottete Demetri.

„Ich versuche lediglich, objektiv zu sein“, verteidigte sich Spiro. „Entgegen allen Behauptungen vermittelt Mrs. Manning mir nämlich nicht den Eindruck, dass sie nur aus finanziellen Motiven mit deinem Vater zusammen ist.“

„Kennst du sie so gut?“

„Nein. Allerdings war ich gestern hier, als sie ankamen und habe sie beobachtet. Ich könnte schwören, dass die beiden einander schon sehr lange kennen.“

„Kennen Sie meinen Vater schon lange?“

Die Frage wurde von einer schlanken, dunkelhaarigen Frau gestellt, deren Ähnlichkeit mit ihrem Vater unübersehbar war. Constantine hatte Joanna erzählt, dass Olivia mit neunzehn geheiratet hatte, doch die Ehe war gescheitert. Constantines Meinung nach war Olivia zu verwöhnt und dickköpfig gewesen, um sich den Wünschen ihres Ex-Gatten zu beugen. Wenige Monate nach der Hochzeit mit Andrea Petrou war sie nach Theopolis zurückgekehrt und hatte seither auch kein Interesse an einem anderen Mann gezeigt.

Olivia war das älteste der drei Kastro-Kinder. Mit sechsunddreißig hielt sie sich für die Herrin des Hauses, was vielleicht ihr Misstrauen Joanna gegenüber erklärte. Möglicherweise betrachtete sie die andere Frau als Bedrohung ihrer Autorität.

Sie war Joanna zu den Vitrinen gefolgt, in denen ihr Vater seine Sammlung von Schnupftabaksdosen aufbewahrte. Der Moment war geschickt gewählt, und Joanna erkannte, dass es ein Fehler gewesen war, sich zu weit von Constantine zu entfernen und so einem Kreuzverhör auszuliefern.

„Ziemlich lange", erwiderte sie und konzentrierte sich auf die Tabatieren. Sie hatte viele der Dosen Constantine persönlich überbracht, und es war faszinierend, die Stücke nebeneinander zu sehen. „Sind sie nicht wunderschön?", fügte sie hinzu, um Olivia abzulenken.

„Nun, zumindest sind sie wertvoll", meinte Olivia. „Interessieren Sie sich für Antiquitäten, Mrs. Manning?"

Joanna ignorierte die Anspielung geflissentlich. „Sie sind Bestandteil meines Berufs. Durch sie habe ich auch Ihren Vater getroffen."

„Tatsächlich?"

„Ja, wirklich." Joanna wählte ihre Worte mit Bedacht. „Ich arbeite für ein Londoner Auktionshaus. Und was machen Sie, Mrs. Petrou?"

„Was ich mache?" Olivia war sichtlich fassungslos.

Bevor sie jedoch mehr sagen konnte, gesellte sich ihr Vater zu ihnen und legte den Arm um Joannas Taille. „Lass mich überlegen ... Sie ist eine fabelhafte Tänzerin, eine Wassersportexpertin und ein Genie beim Geldausgeben. Mein Geld", betonte er trocken. „Ist es nicht so, Livvy? Oder habe ich etwas vergessen?"

„Du lässt mich ja nichts anderes tun", beschwerte sie sich. Es kostete sie einige Anstrengung, ihren Zorn zu verbergen. „Jedenfalls glaube ich nicht, dass es Mrs. Manning etwas angeht."

Betroffen erkannte Joanna, dass sie sich eine Feindin geschaffen hatte. Keiner von Constantines Sprösslingen würde je ihn für die peinliche Situation verantwortlich machen. Die drei waren zweifellos der einhelligen Ansicht, dass sie die Affäre eingefädelt habe.

Da ihr klar war, dass sie Olivia durch nichts besänftigen konnte, wandte Joanna sich Constantine zu. „Wie geht es dir? Du siehst müde aus. Möchtest du nicht lieber oben essen?“

„Das könnte dir so passen“, raunte er ihr zu. Er wirkte tatsächlich erschöpft. Die Anstrengungen des Tages forderten ihren Tribut, doch Constantine wollte keine Schwäche zeigen. „Wie könnte ich unsere Gäste allein lassen? Das Dinner wird gleich serviert.“ Er hielt sein Glas gegen das Licht. „Wusstest du eigentlich, dass es nur in Griechenland echten Ouzo gibt? Ich habe ihn im Ausland probiert, aber dort schmeckt er nicht.“

„Darfst du denn Alkohol trinken, Papa?“, warf Olivia ein. „Du warst krank. Ich mache mir große Sorgen um dich.“ Sie blickte Joanna verächtlich an. „Du musst dich schonen.“

Constantine presste die Lippen zusammen. „Es freut mich, dass du dich um mein Befinden sorgst, Livvy, aber Demetri hat dir sicher erzählt, dass ich mich sehr wohl fühle. Außerdem kümmert sich die schöne Joanna um mich. Sie kann strenger sein als der beste Arzt.“

Und doppelt so teuer. Joanna konnte Olivias Gedanken förmlich hören. In diesem Moment betrat Demetrios den Raum, und seine Schwester schaute sofort in seine Richtung. Joanna unterdrückte ein Seufzen. Sie war Constantines Sohn tatsächlich dankbar, dass er Olivia von ihr ablenkte.

Spiro Stavros begleitete seinen Arbeitgeber. Beide Männer waren Anfang Dreißig, groß und muskulös gebaut, aber Spiro fehlten Demetrios' markante Züge. Trotzdem war Joanna Spiros unverhohlene Zurückhaltung deutlich lieber als Demetrios' kalte Augen und dunkle Attraktivität.

Olivia eilte ihrem Bruder entgegen, und Constantine nutzte die Gelegenheit, um Joanna zuzuflüstern: „Lass dich von Livvy oder Demetri nicht ärgern. Sie sind neugierig, das ist alles. Solange du deine Rolle spielst und dich nicht zu unbedachten Äußerungen hinreißen lässt, ist alles in Ordnung.“

Joanna wünschte, sie wäre ähnlich zuversichtlich. Constantines

Reichtum war ihr ebenso fremd wie seine Macht oder das Gefühl, dass jeder sie für eine Glücksritterin hielt. Dabei war sie nicht im Mindesten an seinem Geld interessiert. Allmählich dämmerte ihr, dass die Zweifel, die sie bereits in England geplagt hatten, berechtigt waren.

„Glaubst du, sie halten uns für ein Liebespaar?“, fragte sie leise.

Constantine schmunzelte. „Oh ja, das tun sie. Und ich fange an, es zu genießen.“

Das Dinner wurde im „Esszimmer der Familie“, wie Constantine es nannte, serviert. Auf Joanna wirkte der Raum mit dem Marmorboden und der hohen Decke eher wie ein Ballsaal. Am Vorabend hatte sie mit ihm in seiner Suite gespeist, und obwohl die ständige Anwesenheit der Dienstboten sie zunächst ein wenig irritiert hatte, war die Mahlzeit entspannt verlaufen. Joanna war noch ganz verzaubert von der märchenhaften Umgebung gewesen und hatte sich eingeredet, dass alles nicht so schlimm werden würde, wie sie befürchtet hatte.

Ein unverzeihlicher Irrtum!

Bei der ersten Begegnung hatte Olivia ihre Krallen noch nicht gezeigt. Alex war bei ihrem Verlobten in Athen, und Demetri hatte eine Besprechung mit Bankiers in Genf gehabt, so dass Olivia allein und völlig unvorbereitet auf Joannas Ankunft gewesen war. Joanna fragte sich, ob Constantine seine Familie tatsächlich über die Identität seines Gastes informiert hatte. Er hatte es zwar behauptet, aber Olivia war eindeutig schockiert über die Beziehung gewesen. Ob Constantine klar gewesen war, wie feindselig seine Kinder reagieren würden?

An der Tafel saßen neben Constantines Sohn und Tochter, Spiro Stavros und drei weitere Gäste: Nikolas Poros und seine Frau sowie ein alter Onkel von Constantines zweiter Frau, der ebenfalls in der Villa lebte. Panos Petronides war in den Achtzigern, wirkte aber Jahre jünger.

Die einheimischen Gerichte, die serviert wurden, waren köstlich. Es gab gefüllte Weinblätter, Souvlakia, Tomaten mit Ziegenkäse, kaltes Fleisch, Salate und natürlich Retsina, den mit Harz aromatisierten Wein der Region. Zu Joannas Erleichterung wurde während der Mahlzeit nur wenig gesprochen. Sie beobachtete Constantine verstohlen. Sollte er die ersten Anzeichen von Erschöpfung zeigen, war sie bereit, ihn nach oben zu begleiten. Demetrios hatte allen Grund, am Gesundheitszustand seines Vaters zu zweifeln. Constantine war sehr schwach, und Joanna hoffte inständig, er möge das Täuschungsmanöver durchhalten, bis die Hochzeit vorüber war.

Später wurde im angrenzenden Wohnzimmer Kaffee gereicht. Constantine ließ sich auf einem der Sofas nieder und forderte Joanna auf, neben ihm Platz zu nehmen – vermutlich wollte er vermeiden, dass Olivia sich zu ihm setzte.

Er deutete auf eine silberne Platte mit süßem Gebäck auf einem der Beistelltische. „Bedien dich."

Joanna, die nur wenig gegessen hatte, schüttelte den Kopf. „Nein, danke." Da Demetri sich inzwischen genähert hatte und den Inhalt der Schale inspizierte, wartete sie, bis er sich für ein Dessert entschieden hatte und damit zu seinem Sessel zurückgekehrt war. „Möchtest du etwas?", fragte sie dann.

„Ja, aber nichts zu essen", erwiderte er, was ihm einen düsteren Blick von seinem Sohn einbrachte. An Demetrios gewandt fügte er hinzu: „Wir unterhalten uns morgen früh. Du kannst mir berichten, was während meiner Abwesenheit passiert ist. Nikolas Poros erzählte mir, dass zwei unserer Tanker nutzlos in Piräus liegen. Hoffentlich hast du eine gute Erklärung dafür."

„Sie liegen nicht nutzlos vor Anker", protestierte Demetrios empört. „Hat Poros dir nicht gesagt …"

„Morgen, Demetri", unterbrach ihn sein Vater und lächelte Joanna an. „Ich bin ein wenig müde, agapi mou. Bist du fertig?"

„Ja, natürlich."

„Du willst uns doch nicht etwa auch Mrs. Mannings Gesellschaft berauben?", warf Demetrios ein und erntete erneut das Missfallen seines Vaters. „Vielleicht hat Mrs. Manning ja Lust auf einen kleinen Bummel durch den Park. Wie ich hörte, haben Engländer eine Schwäche für gepflegte Gärten. Ist es nicht so, Mrs. Manning?"

„Ich lebe in einem Hochhaus, Mr. Kastro“, erklärte sie ihm ausweichend.

Bevor sie noch mehr äußern konnte, ergriff Constantine das Wort. „Joanna ist ebenfalls müde.“

Demetrios ließ sich jedoch nicht beirren. „Bist du sicher, Papa? Sie ist schließlich erheblich jünger als du, wenn ich mir diese Bemerkung erlauben darf.“

„Du überschreitest deine Grenzen, Demetri.“ Diesmal war Constantines Ärger unverkennbar.

„Vielleicht solltest du Mrs. Manning selbst entscheiden lassen.“

Joanna seufzte. „Ihr Vater hat Recht. Ich bin müde. Es war ein anstrengender Tag.“

Ein Lächeln umspielte Demetrios' Lippen. „Davon bin ich überzeugt.“ Unvermittelt erhob er sich. „Wenn Sie mich jetzt entschuldigen würden ...“ Ohne die Erlaubnis seines Vaters abzuwarten, verließ er das Zimmer.

3. KAPITEL

Trotz der morgendlichen Hitze war das Wasser im Pool noch kalt – was Demetri sehr willkommen war. Er hatte nicht nur unruhig, sondern extrem schlecht geschlafen und war von Träumen heimgesucht worden, über die er in wachem Zustand lieber nicht nachdenken wollte. Es frustrierte ihn, dass er nicht im Stande war, sein Unterbewusstsein zu kontrollieren, und deshalb im kühlen Nass versuchen musste, seine aufgewühlten Sinne abzulenken.

Mit kraftvollen Zügen schwamm er Bahn um Bahn, nach jeder Wende tauchte er so lange, bis ihm die Lungen brannten. Als er an die Oberfläche kam, sah er plötzlich, dass er nicht mehr allein war.

Eine Frau hatte die Villa verlassen. Dass sie ihn noch nicht entdeckt hatte, erkannte er an der Art und Weise, wie sie unbekümmert den Patio durchquerte und die Hände auf die Balustrade stützte. Sie legte den Kopf zurück und streckte das Gesicht der Sonne entgegen.

Joanna Manning war schön. Und nun, da er Gelegenheit hatte, sie unbemerkt zu betrachten, musste Demetri einräumen, dass er seinen Vater verstand. Sie trug eine ärmellose Weste aus einem weichen, seidigen Material, das sich an ihre vollen Brüste schmiegte. Ihm stockte der Atem, als sie sich rekelte und die festen Knospen sich deutlich unter dem dünnen Stoff abzeichneten. Um die Taille hatte sie einen Sarong geschlungen, ein durchsichtiges Tuch in Rot- und Grüntönen, das den Bikinislip darunter mehr enthüllte als bedeckte. Es umwehte ihre schier endlosen, wohlgeformten Beine, und Demetri spürte, wie sein Körper sofort reagierte – trotz des kalten Wassers.

Theos! Ich führe mich auf wie ein unreifer Teenager, dachte er. Zugegeben, sie war schön, aber er hatte früher schon schöne Frauen gesehen. Er war vierunddreißig und hatte mit etlichen von ihnen geschlafen, deshalb machte es ihn rasend, dass er ausgerechnet diese Frau begehrte – die Geliebte seines Vaters.

Jetzt ließ sie die Finger durchs Haar gleiten und drehte es zu einem Knoten am Hinterkopf, den sie mit einer großen Klammer befestigte.

Ein paar Strähnen entschlüpften ihr und ringelten sich um ihre Wangen, die so weich und samtig wie ein Pfirsich waren. Demetri war klar, dass er etwas unternehmen musste, wenn er sich nicht vollends blamieren wollte. Also sprang er aus dem Pool und wickelte sich ein Handtuch um die Hüften.

Natürlich hörte sie ihn. Das Tosen der Brandung drang zwar vom Meer herüber, doch auf Grund der Entfernung klang es eher gedämpft.

Erschrocken, beinahe schuldbewusst, wandte Joanna sich zu ihm um. „Oh ... Mr. Kastro. Ich habe Sie nicht gesehen."

„Nein." Er streifte seine Leinenschuhe über die nassen Füße und ging zu ihr. „Haben Sie gut geschlafen?"

Sie lächelte schwach. „Danke der Nachfrage. Und Sie?"

Er zuckte die Schultern. „Nicht besonders", gestand er. „Wo ist mein Vater?"

„Wo sollte er denn Ihrer Meinung nach um diese Zeit sein?", konterte sie errötend. „Er ist noch im Bett und schläft."

Demetri presste die Lippen zusammen. „Was tun Sie hier so früh? Oder ist dies Ihre einzige Fluchtmöglichkeit?"

„Fluchtmöglichkeit?" Zorn blitzte in ihren blauen Augen auf. „Wovor sollte ich fliehen, Mr. Kastro? Ihr Vater und ich verstehen uns ausgezeichnet."

„So?" Es ärgerte ihn, dass er versucht war, ihr zu glauben. „Das ist für Sie beide bestimmt sehr praktisch."

„Jawohl." Sie stützte sich wieder auf die Balustrade und blickte aufs Meer hinaus. „Wollen Sie nicht ins Haus gehen und sich etwas anziehen, Mr. Kastro? Ich möchte nicht, dass Sie sich erkälten."

Er rührte sich nicht von der Stelle. „Ich möchte die Gelegenheit nutzen, Sie besser kennen zu lernen."

„Dazu besteht keine Notwendigkeit, Mr. Kastro", entgegnete sie, ohne ihn eines Blickes zu würdigen.

„Sie irren sich." Am liebsten hätte er ihren zarten Hals gestreichelt. „Außerdem finde ich, wir können auf Förmlichkeiten verzichten, oder?"

Sie fuhr sich mit der Zunge über die Lippen, und sein Magen

krampfte sich zusammen. Theos! Die Intensität seiner Empfindungen erinnerte ihn daran, dass er mit dem Feuer spielte. Warum hörte er nicht auf? Er hätte seinen Vater zur Rede stellen sollen, nicht sie.

„Von welchen Förmlichkeiten reden Sie?“, erkundigte sie sich.

Es dauerte einen Moment, bis er sich wieder gefangen hatte. „Sie könnten mich Demetri nennen“, schlug er vor. „Darf ich Joanna zu Ihnen sagen?“

Ihre zweifelnde Miene verriet, dass sie eigentlich mit Vorwürfen gerechnet hatte. Lange Wimpern, um einiges dunkler als ihr Haar, beschatteten ihre Augen. Statt jedoch zu triumphieren, weil er einen winzigen Sieg errungen hatte, malte er sich plötzlich aus, wie diese Wimpern sich unter seinen Lippen anfühlen mochten. Er sehnte sich danach, ihren verführerischen, schlanken Körper an sich zu pressen und sein Verlangen zu stillen …

„Ich halte das für keine gute Idee, Mr. Kastro“, erklärte sie, und er war schlagartig ernüchtert. „Sie mögen mich nicht, also warum tun Sie so, als wollten Sie mich kennen lernen?“

Ja, warum eigentlich?

„Ich will mehr über Sie erfahren.“ Er hatte nichts mehr zu verlieren. „Warum haben Sie Angst, mit mir zu reden? Bin ich so Furcht einflößend?“

Sie drehte sich zu ihm um und verschränkte die Arme vor der Brust. „Ich habe keine Angst vor Ihnen, Mr. Kastro. Worüber möchten Sie sprechen?“

Ihre Unerschütterlichkeit verblüffte ihn. „Wie haben Sie meinen Vater getroffen?“

Joanna straffte die Schultern. „Wir sind uns in London begegnet.“

„Das hatte ich vermutet.“ Demetri zögerte. „Ich habe Sie gefragt, wie Sie meinen Vater getroffen haben, Mrs. Manning, nicht wo.“

Sie senkte den Kopf, und unwillkürlich folgte er ihrem Blick. Erst jetzt fiel ihm auf, dass sie keine Schuhe trug. Die Art und Weise, wie sie mit der Sohle eines Fußes über den Spann des anderen rieb, hatte etwas unbeschreiblich Sinnliches.

„Waren Sie seine Krankenschwester?“

„Seine Krankenschwester?“ Sie lächelte. „Himmel, nein.“

„Was dann?“ Allmählich verlor er die Geduld. „Seine Ärztin?“

Sie schüttelte den Kopf. „Ich habe keinen medizinischen Beruf, Mr. Kastro.“

„Spielen Sie nicht mit mir, Mrs. Manning“, warnte er.

Joanna wurde wieder ernst. „Das würde mir nie in den Sinn kommen. Mich wundert nur, warum Sie unbedingt wissen wollen, womit ich meinen Lebensunterhalt verdiene.“

„Es hat mich lediglich interessiert, wie ein Mann, der die letzten zwei Wochen im Krankenhaus verbracht hat, eine so enge Beziehung zu einer Frau knüpfen konnte, von der seine Familie nichts ahnte.“

Sie atmete tief durch. „Vielleicht wollte er mich Ihnen persönlich präsentieren.“

„Sie weichen mir schon wieder aus, Mrs. Manning. Sie haben Livvy gegenüber zwar behauptet, meinen Vater bereits seit langem zu kennen, doch ich vermute, dass es sich eher um eine stürmische Romanze handelt.“

„Nein! Was ich Ihrer Schwester gesagt habe, war die Wahrheit. Ich arbeite seit einigen Jahren für das Auktionshaus Bartholomew's. Als Sammler antiker Tabatieren ist Ihr Vater dort seit langem Kunde.“

Demetri war sprachlos. Aufgrund ihrer Schönheit war er geneigt gewesen, sie als dummes Blondchen abzutun. Dass sie eine Karriere fernab der Kosmetikbranche hatte, verwirrte ihn mehr, als er zugeben wollte. Dadurch erschien ihre Affäre mit seinem Vater in einem ganz anderen Licht.

„Wenn Sie mich jetzt entschuldigen würden ...“

Sie ließ ihn stehen, und Demetri fiel beim besten Willen keine Ausrede ein, sie daran zu hindern. „Bis später“, rief er ihr nach, aber sie antwortete nicht.

Als Joanna ihre Suite erreichte, zitterte sie am ganzen Leib. Nie im Leben hätte sie sich ins Freie gewagt, wenn sie damit gerechnet hätte,

Demetrios Kastro über den Weg zu laufen. Noch dazu einem nackten Demetrios Kastro! Bei dem bloßen Gedanken daran wurde ihr die Kehle eng.

Als sie vom Balkon hinuntergeblickt hatte, war niemand zu sehen gewesen, außer ein paar Gärtnern und einem Jungen, der die Stufen gefegt hatte. Aber auch er war verschwunden gewesen, als sie die Villa verließ und zur Terrassenmauer ging.

Der Blick war atemberaubend. Ein wahrer Blütenteppich erstreckte sich den Hang hinab bis an den feinen weißen Sandstrand. Ein breiter Landungssteg ragte ins blaugrüne Wasser der Ägäis, an seiner Spitze lag ein eleganter Zweimaster vor Anker – das perfekte Spielzeug für einen Millionär.

Doch dann war Demetrios aus dem Pool geklettert, und alles hatte sich geändert. Das Gefühl des Wohlbefindens und der Freiheit war schlagartig der Anspannung gewichen, die sie stets in Gegenwart dieses Mannes empfand. Sie kannte ihn zwar erst vierundzwanzig Stunden, und trotzdem gelang es ihm, sie sofort zu verunsichern, sobald er in ihre Nähe kam. Er mochte sie nicht, so viel stand fest. Mehr noch, er verachtete sie für das, was sie seiner Meinung nach mit seinem Vater verband.

Seufzend schüttelte Joanna den Kopf. Es ärgerte sie, dass sie sich von Demetrios die Laune hatte verderben lassen. Sie durchquerte das Schlafzimmer und ging ins Bad.

Nach dem Duschen fühlte sie sich ein wenig besser und war bereit, sich dem Tag zu stellen. Constantine hatte ihr einen Ausflug nach Agios Antonis versprochen, und sie freute sich darauf, die Insel zu erforschen. Die zwei Tage seit ihrer Ankunft hatten sie ausschließlich in der Villa verbracht. Nach dem Flug von London war er erschöpft gewesen, und die Willkommensparty am Vortag hatte zusätzlich an seinen Kräften gezehrt. Joanna wusste, dass er die Feier am liebsten verschoben hätte, doch er hatte Olivia nicht enttäuschen wollen, die sich mit der Organisation so viel Mühe gegeben hatte. Außerdem hatte er nicht vor, mit seiner Familie über seine Krankheit zu sprechen, bevor die Hochzeit seiner jüngsten Tochter vorbei war.

Nachdem sie sich das Haar getrocknet hatte, ging Joanna ins angrenzende Ankleidezimmer. Deckenhohe Schränke verstellten zwei der Wände. Die Sachen, die sie mitgebracht hatte, wirkten verloren in den riesigen Abteilen.

Constantine hatte darauf bestanden, sie anlässlich der Reise nach Theopolis komplett neu auszustatten. Obwohl Joanna sich dagegen gesträubt hatte, musste sie zugeben, dass ihre gewohnte Garderobe einem Vergleich mit den Designerstücken, die sie seit ihrer Ankunft hier gesehen hatte, nicht standgehalten hätte. Normalerweise verzichtete sie auf alles, was ihre Weiblichkeit betonen könnte, aber Constantine hatte sie letztlich davon überzeugt, dass ihre schlichten Kostüme und Hosenanzüge für den heißen, trockenen Inselsommer absolut ungeeignet seien. Überdies hätten sie nicht zu dem Bild gepasst, das alle sich von ihr machen sollten.

Vielleicht hatte sie auch ein wenig für ihr Ego tun wollen. Die teuren Kreationen waren allesamt geschaffen, um männliche Aufmerksamkeit zu erregen. Durchsichtige Blusen und knappe Leggings, tief ausgeschnittene Tops und hautenge Röcke, manche sogar mit einem Schlitz bis zur Hüfte – alles Outfits, die sie noch vor zwei Wochen wie die Pest gemieden hätte.

Das war nicht immer so gewesen. Einst hätte sie sich am Stil und der Schönheit der Modelle erfreut. Natürlich hatte sie nie etwas derart Aufreizendes besessen, aber sie war stolz auf ihren Körper gewesen und hatte sich so gekleidet, dass ihre Vorzüge zur Geltung kamen. Nachdem sie so viele Jahre in dem Glauben verbracht hatte, wertlos zu sein, hatte sie die erste Gelegenheit ergriffen, mehr aus sich zu machen. Sie hatte bewundert werden und sich schön fühlen wollen.

Und dann war sie Richard Manning begegnet …

Energisch verdrängte Joanna die Erinnerung an Richard. Er war Vergangenheit und hatte sie zum letzten Mal verletzt und gedemütigt. Es war Zeit, dass sie endlich wieder an sich dachte.

Als sie sich angezogen hatte, betrachtete sie sich im Spiegel. Die limonengrünen Seidenshorts waren zwar schmeichelhaft, aber sie war es einfach nicht gewöhnt, ihre Beine zur Schau zu stellen. Gleichviel, Constantine würde es gefallen, und nur das zählte.

Wo war eigentlich Constantine? Er hatte gesagt, er wolle sich das Frühstück wie am Vortag auf dem Balkon servieren lassen, doch als Joanna hinaustrat, war der Tisch noch nicht einmal gedeckt. Was war los? Demetrios hatte seinen Vater bestimmt nicht warten lassen, er war viel zu versessen darauf gewesen, mit ihm zu sprechen. Andererseits …

Sie kehrte ins Zimmer zurück und klopfte an die Verbindungstür.

Constantines Kammerdiener Philip öffnete ihr. „Kalimera, Kiria Manning“, begrüßte er sie. Er war Ende Fünfzig und schon seit über dreißig Jahren bei Constantine. Hager und ernst war er das genaue Gegenteil dessen, was Joanna sich unter einem souveränen Diener vorstellte. Kirie Kastro ist noch nicht auf, kiria“, fügte er in einem kaum verständlichen Englisch hinzu.

Stirnrunzelnd spähte sie an ihm vorbei ins Wohnzimmer. „Geht es ihm gut?“, fragte sie, ohne auf die abweisende Miene des Mannes zu achten. „Kann ich ihn sehen?“

„Ich glaube nicht …“

„Pios ineh, Philip? Wer ist denn dort?“ Constantines Stimme klang matt.

Joanna ignorierte die Versuche des Dieners, ihr den Weg zu versperren, und betrat die Suite. „Ich bin es, Constantine“, rief sie, während sie den Raum durchquerte. „Darf ich hereinkommen?“

„Natürlich …“

Constantine hatte nicht die geringsten Hemmungen, sie in sein Schlafzimmer zu bitten. Warum auch? Schließlich waren sie angeblich ein Liebespaar.

Erschrocken blieb sie auf der Schwelle stehen. Constantine ruhte an einen Berg Kissen gelehnt im Bett. Sein Gesicht war so weiß wie das Laken, das ihn von der Brust bis zu den Füßen bedeckte.

„Komm näher“, flüsterte er. „Schau mich nicht so an, aghapitos. Noch sterbe ich nicht.“

Vorsichtig setzte Joanna sich auf die Bettkante und nahm seine Hand. „Wage es nicht", warnte sie ihn betont heiter. „Hast du einen Arzt gerufen?"

„Was könnte der schon für mich tun? Mir wird bereits jetzt von dem Pillencocktail übel, den ich täglich schlucken muss – noch mehr Tabletten will ich nicht. Ich brauche lediglich ein paar Stunden Ruhe. Würdest du Demetri und Olivia ausrichten, dass ich heute etwas faul bin?"

Sie seufzte. „Solltest du es ihnen nicht besser selbst sagen?"

„Damit sie mich so sehen?" Er schüttelte den Kopf. „Ich kenne die beiden, Joanna. Demetri würde sofort Tsikas, den Inselarzt, herbeordern – und zwar völlig unnötigerweise. Ich möchte niemanden beunruhigen. Livvy hat mit den Vorbereitungen für Alex' Hochzeit genug um die Ohren, und Demetri muss neben seiner Arbeit auch noch meine bewältigen. Lass ihn in dem Glauben, dass ich auf seine Erklärung warte, warum zwei meiner Schiffe kein Geld einfahren. Ich bitte dich, gib ihnen keinen Anlass zu Zweifeln oder Sorgen."

„Es wird ihnen nicht gefallen, wenn ich ihnen deine Entschuldigung überbringe", wandte Joanna ein. „Andererseits will ich sie natürlich nicht unnötig ängstigen. Sofern es tatsächlich unnötig ist", fügte sie skeptisch hinzu.

„Es ist", versicherte Constantine. „Sag Demetri, dass ich heute Nachmittag mit ihm rede. Ich habe meine Medikamente genommen, und in ein paar Stunden bin ich so gut wie neu."

Schön wär's, dachte sie unglücklich. Es hatte jedoch keinen Sinn, mit ihm zu streiten. Trotz seiner körperlichen Schwäche war Constantines Willen so stark wie je.

„Ich werde tun, was ich kann." Joanna freute sich nicht gerade darauf, den Kastro-Sprösslingen die Nachricht ihres Vaters zu übermitteln. „Und nun schlaf ein bisschen." Sie beugte sich vor und küsste ihn leicht auf die Wange. „Gegen Mittag komme ich wieder und schaue nach dir."

Er nickte. „Wir werden den Lunch zusammen einnehmen. Oh

Joanna, ich wünschte, ich wäre zwanzig Jahre jünger. Dann würde ich nämlich nicht wie ein gestrandeter Wal hier liegen, während die Frau, die ich mehr als jede andere bewundere, ihre Zeit mit meinem Sohn verbringt."

Lächelnd stand sie auf. Doch als sie hinausging, fragte sie sich unwillkürlich, ob sie sich mit der Reise nicht zu viel zugemutet hatte. Gewiss, sie mochte Constantine, und es war nett, die Zeit mit ihm zu verbringen, der Umgang mit seiner Familie war allerdings etwas ganz anderes. Die Hoffnung, man würde sie willkommen heißen, war wohl recht naiv gewesen, aber mit offener Feindseligkeit hatte sie wirklich nicht gerechnet.

Dabei hatte sie keineswegs feindselige Gefühle gehegt, als Demetrios sie am Morgen auf der Terrasse überrascht hatte. Als er seine Blößen mit einem Handtuch bedeckt hatte – sie war ziemlich sicher, dass er nackt geschwommen war – und auf sie zugekommen war, hatte sie keineswegs Abwehr empfunden. Im Gegenteil, zum ersten Mal seit Jahren hatte sie der Körper eines Mannes erregt.

Philip wartete vor der Schlafzimmertür auf sie. „Mr. Kastro wird den Rest den Vormittags schlafen", erklärte sie kühl. „Ich komme um eins wieder. Vielleicht bitten Sie die Haushälterin, einen leichten Lunch auf dem Balkon zu servieren."

Philip sah sie abweisend an. „Für eine Person, kiria?"

„Nein, für zwei. Wie wäre es mit Omelette und Salat?", fuhr sie liebenswürdig fort. „Wie Sie wissen, isst Mr. Kastro sehr gern Omelette."

„Veveha, kiria." Er neigte den Kopf, als Joanna an ihm vorbei hinauseilte.

4. KAPITEL

Demetri frühstückte gerade auf der Terrasse, als Joanna erschien. Um diese Tageszeit war die Luft sehr angenehm, und die Aussicht von hier oben hob regelmäßig seine Lebensgeister.

Eine kleine Aufmunterung konnte er wahrlich vertragen. Seine Begegnung mit der Geliebten seines Vaters hatte ihm die Laune gründlich verdorben. Er fühlte sich provoziert, und zwar auf eine Art und Weise, die ihm absolut nicht behagte.

Und nun tauchte sie schon wieder auf – schlank und verführerisch in einem ärmellosen Top und engen Seidenshorts, die eindeutig nicht vom Wühltisch eines Kaufhauses stammten. Das herrliche Haar hatte sie am Hinterkopf aufgesteckt, ein paar widerspenstige hellblonde Strähnen hatten sich jedoch aus der Frisur gelöst und umschmeichelten ihr Gesicht. Oh ja, sie war schön.

Als sie sich ihm näherte, erhob er sich notgedrungen. Was, zum Teufel, hatte sie mit seinem Vater vor? Demetri glaubte nicht an Leidenschaft zwischen einer jungen Frau und einem alten Mann. Mrs. Manning erhoffte sich etwas von der Beziehung, und er hätte schwören mögen, dass es sich nicht um Sex handelte.

Es freute ihn, dass auch sie nicht sonderlich angetan über das Wiedersehen wirkte. Unwillkürlich fragte er sich, ob sie wohl seinem Vater von dem Intermezzo am Pool berichtet hatte. Falls dem denn so war, konnte er sich des Zorns seines Vaters ziemlich sicher sein. Insbesondere dann, wenn sie auch erwähnt hatte, dass er nackt geschwommen war.

Aber vielleicht war ihr das gar nicht aufgefallen. Immerhin hatte sie seine Anwesenheit erst bemerkt, als er aus dem Wasser gestiegen war. Dem Himmel sei Dank für die Handtücher, dachte er trocken. Mit ihnen ließen sich eine Menge Sünden verbergen.

„Mrs. Manning." Demetri neigte leicht den Kopf. „Wollen Sie und mein Vater mir beim Frühstück Gesellschaft leisten?"

„Nein." Sie zögerte. „Das heißt, Ihr Vater wird nicht kommen."

„Warum nicht? Stimmt etwas nicht?"

„Er ist müde, das ist alles." Offenbar wusste sie nicht so recht, wohin mit ihren Händen. Letztlich entschied sie sich, sie vor dem Leib zu verschränken, und lenkte so eher unabsichtlich seine Aufmerksamkeit auf den schmalen Streifen nackter Haut zwischen Top und Shorts. „Er hat mich gebeten, Ihnen auszurichten, dass er Sie später sehen wird."

Demetri presste die Lippen zusammen. Er war es nicht gewöhnt, Neuigkeiten von seinem Vater durch Dritte zu erfahren. Im Krankenhaus hatte er sich wohl oder übel damit abfinden müssen, aber dort hatte wenigstens ein Arzt mit ihm gesprochen. „Sind Sie sicher, dass Sie mir alles erzählt haben?"

Joanna zuckte zusammen. „Natürlich. Darf ich mich zu Ihnen setzen?", fügte sie zu seiner Überraschung hinzu.

„Bitte", sagte er mit ausdrucksloser Miene, während sie ihm gegenüber Platz nahm. Bildete er es sich nur ein, oder wollte sie ihn ablenken? „Haben Sie schon gegessen?"

„Nein. Ich habe keinen Appetit. Ich möchte nur Kaffee."

Wie aufs Stichwort erschien ein Hausmädchen am Tisch und erkundigte sich auf Griechisch, ob Demetrios noch einen Wunsch habe.

Er gelangte zu dem Schluss, dass er Mrs. Manning nicht verhungern lassen dürfe. „Ja, etwas Toast und Kaffee für meinen Gast."

Das Mädchen zog sich zurück, und er lehnte sich auf seinem Stuhl zurück. „Würden Sie mir jetzt bitte erklären, warum mein Vater nicht mit uns frühstückt?"

Sie errötete. „Ich habe Ihnen doch gesagt …"

„Sie haben gar nichts gesagt. Wollen Sie andeuten, dass er sich nicht wohl genug fühlt, das Bett zu verlassen?"

Ihre Wangen glühten. „Ich sollte Ihnen ausrichten, dass er sich heute Morgen ausruhen möchte. Er ist müde. Erst die Reise von England hierher, dann der gestrige Empfang und das Dinner … So viel Trubel ist er nicht gewohnt, jedenfalls nicht auf einmal."

„Und was ist mit seiner Beziehung zu einer wesentlich jüngeren Frau?“, warf Demetri gefährlich sanft ein. „Wir wollen nicht Ihre Rolle bei seiner Genesung – oder deren Verzögerung – vergessen. Vielleicht überanstrengen Sie ihn, Mrs. Manning.“

Kaum waren die Worte heraus, bereute er seine unverzeihliche Grausamkeit. Er hatte keinen Grund, sie für die Schwäche seines Vaters verantwortlich zu machen. Krebs schlug wahllos zu, und die Familie sollte ihr dankbar sein, weil sie dem alten Mann in dieser schweren Zeit Trost gespendet hatte. Und doppelt dankbar, denn entgegen allen Prognosen hatte sein Vater die Krankheit besiegt. Möglicherweise hatte sie auch daran Anteil.

Wider Willen empfand er einen Anflug von Mitleid, als er sah, wie sie mit den Tränen kämpfte. Vielleicht war sie eine gute Schauspielerin, aber er vermutete eher, dass er sie tatsächlich verletzt hatte. Die Vernunft sagte ihm, dass dies äußerst unklug war.

Die Rückkehr des Mädchens riss ihn aus seinen Grübeleien. „Ist es recht so, kirie?“

Demetri nickte. „Efkharisto, Pilar.“

Verwundert blickte Joanna auf die Schale mit Toast neben der Kanne mit frischem Kaffee. „Haben Sie das bestellt? Ich wollte doch nur Kaffee.“ Ihre Augen funkelten vor Empörung. „Ich habe keinen Hunger, Mr. Kastro. Offen gestanden ist mir nichts unangenehmer als eine gemeinsame Mahlzeit mit Ihnen.“

Er traute seinen Ohren kaum. „Sie haben gefragt, ob Sie sich zu mir setzen dürfen, Mrs. Manning“, erinnerte er sie.

„Das war wohl ein Fehler.“ Sie griff zügig nach der Kanne und schenkte sich Kaffee ein. „Da wusste ich noch nicht, welch engstirniger, selbstsüchtiger Flegel Sie sind.“ Sie erhob sich, nahm ihre Tasse und wandte sich ab, um den Kaffee in einer friedlicheren Umgebung zu trinken.

„Warten Sie!“ Trotz aller Vorbehalte durfte er sie so nicht gehen lassen. „Signomi“, bat er widerwillig. „Es tut mir leid. Ich wollte Sie nicht beleidigen.“

„So?" Joanna blickte ihn verächtlich an. „Sie beschuldigen mich, Ihren Vater mit meinen Ansprüchen zu überfordern, und dann behaupten Sie, Sie hätten mich nicht beleidigen wollen? Also wirklich, Mr. Kastro. Ihnen fällt doch bestimmt etwas Besseres ein."

Er atmete tief durch. „Ich habe geredet, ohne nachzudenken."

Sie glaubte ihm kein Wort. „Im Gegenteil, Sie wussten genau, was Sie sagten. Und jetzt bedauern Sie, dass Sie Ihre wahren Gefühle verraten haben. Keine Sorge, Mr. Kastro, ich werde Ihrem Vater mit Sicherheit nichts davon berichten. Zumindest ich habe dafür zu viel Respekt vor ihm."

Demetri kam um den Tisch herum und hielt sie zurück. „Na gut. Sie haben Recht, und ich habe mich geirrt. Ich wollte Sie provozieren." Er seufzte. „Theos, Joanna, Sie müssen doch geahnt haben, dass Ihre Anwesenheit auf Widerstand stoßen würde."

„Wieso?" Sie stutzte. „Sie haben mich soeben Joanna genannt. War das ein weiterer Fehler?"

„Nein. Finden Sie es nicht auch lächerlich, wenn wir uns mit ‚Mrs. Manning' und ‚Mr. Kastro' anreden? Ich heiße Demetri, nur meine Feinde nennen mich Demetrios. Wenn wir zu einem Waffenstillstand gelangen wollen, sollten wir wenigstens versuchen, höflich zueinander zu sein."

„Immerhin schlagen Sie nicht vor, dass wir Freunde werden können", meinte sie trocken.

„Eines nach dem anderen." Demetri deutete auf den Tisch. „Bitte, setzen Sie sich wieder zu mir." Nach einer kurzen Pause fügte er hinzu: „Mein Kaffee wird kalt."

Noch zögerte sie, aber ihr offensichtlicher Wunsch, von der Familie ihres Liebhabers akzeptiert zu werden, bewog sie schließlich zum Einlenken. Demetri war froh, einen offenen Bruch mit ihr vermieden zu haben. Obwohl ihn der Gedanke an sie und seinen Vater im Bett mit Abscheu erfüllte, durfte er sie sich nicht zu Feindin machen, solange er nicht wusste, wie groß ihr Einfluss auf den alten Mann war.

Du könntest dich gar nicht mit ihr überwerfen, spottete eine innere

Stimme. Selbst die Gewissheit, wer sie war und was sie tat, änderte nichts an den unseligen Empfindungen, die sie in ihm weckte. Egal, wie skrupellos sie sein mochte, er begehrte sie. Und dagegen musste er unbedingt etwas unternehmen.

Joanna setzte sich wieder, und Demetri folgte ihrem Beispiel. Unter anderen Umständen hätte er ihre Gesellschaft genossen. Sie war ein erfreulicher Anblick, stellte keine Ansprüche an ihn und sprach mit einem sinnlichen Timbre.

„Es ist ein herrliches Anwesen", bemerkte sie nach einer Weile.

„Oh ja." Verstohlen betrachtete er ihr klassisches Profil. „Mein Vater hat das Haus vor fünfundzwanzig Jahren gebaut. Er wurde übrigens hier auf der Insel geboren."

„Und ich dachte, er würde aus Athen stammen."

„Weil er dort seine Firma hat? Oder halten Sie es für unmöglich, dass ein erfolgreicher Mann seine Wurzeln auf Theopolis hat?"

„Nein. Wir haben alle irgendwo unsere Wurzeln, Mr. ... Demetri. Sogar Sie."

„Wo sind Ihre Wurzeln, Joanna? In London?"

„Ich kam in Norfolk zur Welt. Meine Eltern wurden leider bei einem Unfall getötet, als ich noch recht jung war, und daher wuchs ich bei einer ältlichen Tante auf."

Er war erstaunt. Irgendwie hatte er ihr einen anderen Hintergrund zugetraut. Oder malte er sich ihr Vorleben nur deshalb in den düstersten Farben, weil es ihm dann leichter fiel, sie zu verachten?

„Wurden Sie auch auf der Insel geboren?", fragte sie, als er nichts äußerte.

„Nein, ich wurde in Athen geboren, genau wie Olivia. Meine jüngere Schwester Alex kam als Einzige von uns hier zur Welt."

„Alex ...", wiederholte Joanna versonnen. „Sie kenne ich noch nicht. Ist sie wie Sie?"

„Inwiefern? Äußerlich oder vom Charakter her?"

„Ich meinte eher, ob sie mich ebenfalls ablehnen wird", erwiderte sie. „Wovor haben Sie Angst, Demetri? Ich will Ihrem Vater nichts Böses."

Er hätte nicht gedacht, dass sie die Affäre mit seinem Vater so offen ansprechen würde. Offenbar war es naiv gewesen, sich einzubilden, er hätte alles unter Kontrolle. Eigentlich hatte er seinen Vater stets für einen ausgezeichneten Menschenkenner gehalten – obwohl der alte Herr sich eindeutig zu ihr hingezogen fühlte. Sie hatte ihn verzaubert. Warum sollte es beim Sohn anders sein?

„Ich weiß nicht, worauf Sie hinauswollen, Joanna", entgegnete er mit ausdrucksloser Miene. „Hatten wir uns nicht auf einen Waffenstillstand geeinigt?"

„Auf einen Waffenstillstand oder auf ein Kreuzverhör?", konterte sie. „Warum kommen Sie nicht auf den Punkt und fragen rundheraus, was Sie wissen möchten?"

Demetri lächelte. „Ich dachte, das hätte ich. Und was Alex betrifft, so glaube ich, dass Sie sie mögen werden. Sie ist nicht wie Olivia, falls das Ihre Frage beantwortet."

„Und Sie?"

„Ich?" Er schob seine Tasse beiseite und lehnte sich zurück. „Die Bescheidenheit verbietet mir, Vergleiche zu ziehen."

„Tatsächlich?"

Joanna schien skeptisch, und einen Moment lang hasste er sich für seine Heuchelei. Er hätte viel lieber die Zeit auf dem Boot verbracht, um den Machenschaften seines Vaters und seiner Geliebten zu entgehen. Es war Wochen, ja Monate her, seit er zuletzt einen gänzlich freien Tag gehabt hatte.

Joanna bemerkte, dass sein Blick zum Anlegesteg hinüberschweifte, wo die Yacht vor Anker lag. „Wessen Boot ist das?"

„Meines." Besitzerstolz schwang in Demetris Stimme mit. „Die ‚Circe'. Es ist zwar ein Zweimaster, aber man kann sie dennoch mühelos allein steuern." Er sah sie an. „Segeln Sie?"

„Leider nicht. Ich beneide Sie darum. Wo ich in meiner Jugend lebte, segelten die Leute Jollen. Kein Vergleich mit Ihrem Boot, aber trotzdem sah es lustig aus."

Er nickte. „Ich kenne die Gegend." Auf ihren verwunderten Blick hin fügte er hinzu: „Als Teenager bin ich ein Jahr durch Europa getrampt und war natürlich auch in England. Später habe ich dann an der Londoner Wirtschaftsakademie studiert."

Sie lächelte. „Hat es Ihnen dort gefallen?"

„Ich mochte London." Demetri merkte, dass er Gefahr lief, allzu vertraulich mit ihr zu werden. „Die Welt ist wirklich klein."

„Oh ja." Sie zögerte. „Ich glaube, ich werde doch eine Kleinigkeit essen, wenn Sie nichts dagegen haben."

Es gab wenige Dinge, die er sich momentan weniger wünschte, als hier zu sitzen und ihr beim Frühstücken zuzusehen. Zu beobachten, wie ihre weißen Zähne in den Toast bissen, wie die rosige Zungenspitze Krümel von ihren sinnlichen Lippen entfernte – kurz, Bilder, die seine Fantasie und Hormone unnötig reizten.

Die Höflichkeit gebot jedoch, dass er zumindest für frischen Toast sorgte. Suchend schaute er sich um. „Ich lasse Pilar für Sie ..."

„Nein!"

Instinktiv legte sie ihm die Hand auf den Arm, um ihn daran zu hindern, das Mädchen zu rufen. Da er an diesem Vormittag ein lässiges T-Shirt trug, war sein Unterarm nackt. Ihre Finger auf seiner Haut übten eine verheerende Wirkung aus.

Ihre Berührung schien ihn zu versengen, doch er wusste, dass er nur deshalb so übertrieben reagierte, weil er sich unwiderstehlich zu ihr hingezogen fühlte. Diese kühlen, schmalen Finger konnten nichts verbrennen, und trotzdem wütete das Verlangen wie ein Steppenbrand in ihm. Nur mit Mühe gelang es ihm, sich zu beherrschen. Der Wunsch, die Hand auszustrecken, ihren Nacken zu umfassen und die Lippen auf ihren verführerischen, leicht geöffneten Mund zu pressen, war schier übermächtig. Er konnte beinahe ihre Süße schmecken und das aufreizende Spiel ihrer Zunge spüren. Hilflos senkte er den Blick und bemerkte, dass die festen Knospen ihrer Brüste sich deutlich unter dem Top abzeichneten.

Theos, dachte er benommen, wenn ich nicht augenblicklich von hier wegkomme, werde ich etwas tun, das ich später schwer bereue.

Ihm blieb nur die Flucht.

Demetri atmete tief durch. „Wie Sie wünschen“, erklärte er so ruhig, als hätte er einzig ihre Zufriedenheit im Sinn. „Aber nun muss ich Sie leider verlassen. Spiro erwartet mich. Sollten Sie Ihre Meinung ändern, wird Pilar Ihnen gern zu Diensten sein.“

5. KAPITEL

Verwundert blickte Joanna Demetri hinterher. Was hatte dieser Mann nur an sich, dass er sie so aus der Fassung bringen konnte? Sie mochte ihn nicht einmal, und trotzdem war sie sich seiner Nähe auf geradezu sexuelle Weise bewusst.

Ich fühle mich nicht zu ihm hingezogen, weder sexuell noch sonst irgendwie, redete sie sich ein. Verdammt, der Mann verachtete sie und machte keinen Hehl daraus! Wenn er wie an diesem Morgen höflich zu ihr war, dann nur um seines Vaters willen. Und ich bin Constantine zuliebe hier, sagte sie sich. Wie überzeugend würde ihre Beziehung sein, wenn sie sich von seinem Sohn verführen ließ?

Doch das würde nicht passieren. Sie wollte keinen Mann mehr in ihrem Leben, Punkt. Sie war sechsundzwanzig, aber an Erfahrung gemessen, fühlte sie sich manchmal zwanzig Jahre älter – was sie zu einer passenden Partnerin für Demetris Vater machte. Constantine hatte genauso gedacht, und, was noch wichtiger war, er würde keine Ansprüche an sie stellen, die sie nicht erfüllen konnte.

Joanna erschauerte. Wie lange würde es noch dauern, bis sie die Ehe mit Richard aus ihrem Gedächtnis verbannt hatte? Gelegentlich hatte sie das deprimierende Gefühl, es würde niemals geschehen.

Eine milde Brise wehte vom Meer herüber und erinnerte sie daran, wo sie war und warum sie sich hier aufhielt. Constantine würde es nicht billigen, dass sie in Selbstmitleid zerfloss. Er wollte, dass sie die Reise genoss. Abgesehen von der Gefälligkeit, die sie ihm erweisen sollte, wollte er ihr einen denkwürdigen Urlaub bescheren, damit sie ein für alle Mal die psychologischen Mauern überwand, die sie um sich errichtet hatte.

Ich werde die Tage genießen, beschloss Joanna. Sie würde sich die Freude nicht durch die jungen Kastros verderben lassen. Dafür war sie zu zäh. Und je früher sie das merkten, desto besser.

Zu Joannas großem Kummer war Constantine gegen Mittag noch schwächer.

Sein Diener Philip empfing sie mit einem Wortschwall in seiner Muttersprache.

Hilflos hob sie die Hände. „Tut mir leid ...“

„Wir brauchen einen Arzt, kiria“, erklärte er stockend. „Kirie Constantine ist krank.“

Sie erschrak. „Was ist passiert?“

„Ich kenne Kirie Constantine pola ... viele Jahre. Er schläft viel zu viel.“

„Er ist erschöpft“, behauptete sie unsicher.

Philip schüttelte den Kopf. „Ich glaube, wir sollten Kirie Demetri fragen, kiria. Er wird wissen, was zu tun ist.“

Sie überlegte fieberhaft. „Haben Sie mit Kirie Constantine darüber gesprochen?“

„Okhi, nein, kiria.“ Der Diener seufzte. „Er schläft die ganze Zeit.“

Sie bemühte sich, ihre Furcht zu verdrängen. Seit seiner Entlassung aus dem Krankenhaus hatte Constantine den größten Teil des Tages geruht. Die Ereignisse der letzten Tage waren extrem anstrengend für einen Mann in seinem Zustand gewesen. Daher war es sehr vernünftig, wenn er schlief. Andererseits ...

„Ich werde selbst nach ihm sehen“, entschied sie mit mehr Zuversicht, als sie empfand. „Lassen Sie mich ein paar Minuten zu ihm. Dann unterhalten wir uns weiter.“

„Ja, kiria.“

Nachdem sie die Tür leise hinter sich ins Schloss gezogen hatte, näherte sie sich dem Bett. Constantine hatte die Augen geschlossen, doch als sie auf ihn hinabblickte, schlug er die Lider auf.

„Hallo“, flüsterte sie. „Wie geht es dir?“

„Ich muss zugeben, dass ich ein bisschen müder bin, als ich erwartet hatte“, erwiderte er. „Entschuldige. Wie spät ist es?“

Joanna setzte sich vorsichtig auf die Bettkante und nahm seine Hand. „Es ist halb eins. Möchtest du etwas Lunch?“

„Lunch?“ Seine entsetzte Miene verriet ihn, doch er hatte sich gleich wieder in der Gewalt. „Joanna, Liebes, ich bin jetzt nicht hungrig.“

„Schon gut." Besänftigend drückte sie seine Finger. „Du sollst dich zu nichts zwingen. Hast du deine Medikamente genommen? Kann ich irgendetwas für dich tun?"

Er schüttelte den Kopf. „Mir geht es wirklich gut", log er. „In ein paar Stunden bin ich wieder auf den Beinen. Leider müssen wir unseren Ausflug auf morgen verschieben."

„Kein Problem." Sie zögerte. „Soll ich nicht lieber Demetri informieren …"

„Nein!" Zum ersten Mal, seit sie das Zimmer betreten hatte, wirkte er lebhaft. „Versprich mir, dass du Demetri nicht einweihst. Wenn er wüsste … wenn er den Verdacht hätte, ich wäre nicht vollständig genesen, würde er die Hochzeit absagen. Ich kenne meinen Sohn. Er ist ein guter Mann, und ich liebe ihn, aber ich werde ihm nicht gestatten, mich als Invaliden zu behandeln und Alex' Glück zu ruinieren."

Joanna hatte die dunkle Ahnung, das Alex' Glück in jedem Fall ruiniert wäre, wenn sie erst erfuhr, wie es um ihren Vater stand, doch sie konnte jetzt nicht mit Constantine streiten. Nichtsdestotrotz verspürte sie ein gewisses Mitgefühl für Demetri. Constantine mochte die nobelsten Motive haben, seine Kinder würden dennoch am Boden zerstört sein, wenn die Wahrheit herauskam.

„Er rechnet fest damit, nachmittags mit dir zu reden", wandte sie ein. „Sicher wird er mich fragen, was los ist. Meine Erklärungen haben ihn schon heute Morgen nicht befriedigt."

„Dann musst du eben improvisieren", schlug Constantine vor. „Dir fällt bestimmt etwas ein, um das Misstrauen meines Sohnes zu zerstreuen." Ein wehmütiges Lächeln umspielte seine Lippen. „Benutze deine Fantasie."

„Verlangst du etwa, dass ich …"

„Nein, nein", unterbrach er sie rasch. „Bitte ihn, dich zum Tempel der Athene zu begleiten. Demetri ist in Geschichte überaus bewandert. Der Tempel ist der höchste Punkt der Insel. Die Aussicht ist …" Er verstummte erschöpft. „Es tut mir leid. Ich wollte dir so gern selbst meine Insel zeigen."

„Das wirst du auch", tröstete sie ihn und stand auf. „Ich komme später wieder, wenn du dich frischer fühlst." Lächelnd fügte sie hinzu: „Ich mache mir ernsthaft Sorgen um dich, Constantine. Hoffentlich weißt du das."

Er hatte die Augen geschlossen. Instinktiv spürte sie, dass er wieder das Bewusstsein verloren hatte. Angst erfasste sie. Constantine hatte ihr eine gewaltige Verantwortung aufgebürdet, und falls Demetri herausfand …

Joanna beschloss, den Lunch auf dem Balkon einzunehmen. Ihren Anordnungen vom Vormittag folgend, wenn auch unwillig, servierte Philip Omelette und Salat. Ihre Erklärung, sein Arbeitgeber würde später aufstehen, hatte er mit einem skeptischen Blick quittiert.

Die Speisen waren dekorativ angerichtet und weckten Joannas Appetit. Hier draußen fühlte sie sich sicher vor Demetri und Olivia. Die beiden würden später unweigerlich mit ihr reden wollen, aber im Moment war sie nicht gewillt, sich von ihnen die Mahlzeit verderben zu lassen.

Nach ein paar Bissen begann sie jedoch lustlos auf dem Teller herumzustochern. Es war Jahre her, dass sie gutes Essen genossen und sich sogar darauf gefreut hatte.

Das hatte allerdings ein jähes Ende gefunden, als ihre Eltern bei einem Lawinenunglück in Österreich ums Leben gekommen waren und sie zu der unverheirateten Tante ihres Vaters übersiedelte. Die Mahlzeiten bei Tante Ruth waren keine heitere Angelegenheit, zumal die alte Dame ständig darüber klagte, dass ihr geringes Einkommen kaum für sie selbst reichte, geschweige denn für ein im Wachstum befindliches Mädchen, das pausenlos neue Sachen brauchte.

Nachdem Joanna ihren Schmerz und ihre anfängliche Verwirrung überwunden hatte, dämmerte ihr, dass ihr Leben nie wieder dasselbe sein würde. Als sie mit achtzehn die Schule verließ, war sie bereit, sich einen Job zu suchen und für sich selbst zu sorgen, da sie ihrer Tante nicht länger zur Last fallen wollte. Doch das Schicksal schlug erneut zu. Ihre Tante erlitt einen Schlaganfall, und Joanna blieb keine andere

Wahl, als weiterhin bei ihr zu wohnen und sich um sie zu kümmern. Vier Jahre lang pflegte sie die Kranke und bemühte sich, mit der geringen Sozialunterstützung auszukommen.

Erst nach dem Tod der Tante erfuhr sie von dem Treuhandfonds, den ihr Vater für sie eingerichtet hatte, um notfalls ihre Ausbildung und persönlichen Bedürfnisse zu finanzieren. Im Lauf der Zeit hatte sich mit den Zinsen eine ansehnliche Summe angesammelt. Aus unerfindlichen Gründen hatte ihre Tante es jedoch vorgezogen, das Geld nicht anzutasten oder ihr davon zu erzählen und Joanna stattdessen in dem Glauben zu belassen, sie wäre völlig mittellos.

Nach der Beerdigung hatte Joanna die kleine Wohnung verkauft, in der sie die letzten zehn Jahre ihres Lebens verbracht hatte, und ein komfortables Apartment in Kensington erworben. Danach gönnte sie sich eine neue Garderobe, eine neue Frisur und einen Urlaub auf Sardinien. Und dort war sie Richard Manning begegnet ...

Eine Wolke verdunkelte die Sonne. Joanna stand auf und ging zur Balkonbrüstung. Während sie sich auf das schmiedeeiserne Geländer stützte, versuchte sie das Gefühl der Unzulänglichkeit zu verdrängen, das sie stets befiel, sobald sie an die Monate mit Richard dachte. Ihre grenzenlose Naivität erstaunte sie noch immer. Hatte sie tatsächlich nie geahnt, dass er nicht das war, was er zu sein schien?

Mit zweiundzwanzig war sie sexuell unerfahrener als mancher Teenager gewesen. Einen festen Freund hatte sie nie gehabt. Tante Ruth hatte sie nie ermutigt, sich außerhalb der Schule mit jemandem zu treffen, und da sie Joanna ein permanent schlechtes Gewissen eingeimpft hatte, wäre es dieser natürlich nie in den Sinn gekommen, den Wünschen der alten Dame zuwiderzuhandeln.

Deshalb hatte Richard auch einen so guten Eindruck auf sie gemacht. Groß, blond, attraktiv, mit höherer Schulbildung und einem exzellenten Job in London, verkörperte er alles, was sie sich von einem Mann je erträumt hatte. Dass er mit einem anderen Mann in Urlaub gefahren war, hatte sie nicht gewundert. Er war höflich und weltgewandt gewesen, und sie hatte sich ungemein geschmeichelt gefühlt, als er ihr seine Aufmerksamkeit schenkte.

Die Ferien waren schöner, als sie sich erhofft hatte. Richard hatte viel Zeit mit ihr verbracht, hatte mit ihr in seinem Mietwagen Ausflüge unternommen und sie zum Dinner in die besten Restaurants ausgeführt. Einmal hatte sie erwähnt, dass er seinen Freund vernachlässige, aber er hatte ihre Bedenken zerstreut. Er wolle mit ihr zusammen sein, hatte er charmant behauptet, und sie hatte ihm geglaubt.

Joanna war entzückt gewesen, als er sich nach der Rückkehr nach London bei ihr gemeldet hatte. Sie hatte nämlich fast befürchtet, es wäre für ihn nur ein Ferienflirt gewesen und sie sei zu unerfahren, um einen Mann wie ihn zu fesseln. Dass er bislang nicht einmal versucht hatte, sie zu küssen, hatte sie an seinen Gefühlen zweifeln lassen, doch darauf angesprochen, hatte Richard ihr versichert, er habe dafür zu viel Respekt für sie als Frau.

Ein bitteres Lächeln umspielte Joannas Lippen. Trotz der Sonnenhitze fröstelte sie plötzlich. Respekt! Sie bezweifelte, dass Richard überhaupt die Bedeutung dieses Wortes kannte. Er hatte sie benutzt, das war alles.

Unwillig verdrängte sie die düsteren Erinnerungen und kehrte ins Zimmer zurück. Da sie auch im heiteren Ambiente ihres Wohnraums keine Ablenkung fand, ging sie nach unten.

Sie durchquerte gerade die Halle, als sie von der Terrasse her Stimmen hörte. Demetri, Olivia und vermutlich auch Spiro Stavros nahmen vermutlich den Lunch im Freien ein. Unwillkürlich beneidete Joanna sie um die Freiheit, sich völlig ungezwungen zu geben. Da sie sich in ihrer Muttersprache unterhielten, konnte sie sie nicht verstehen, wollte aber nicht des Lauschens verdächtigt werden und beschleunigte daher ihre Schritte.

„Mrs. Manning!“

Demetris Stimme ließ sie an der Tür zum Vorhof der Villa innehalten. Obwohl sie am liebsten so getan hätte, als hätte sie ihn nicht gehört, verlangte die Höflichkeit, dass sie wartete.

„Joanna … Wohin wollen Sie? Wo ist mein Vater?“

Zögernd wandte sie sich zu ihm um, und obwohl ihre Gedanken mit anderen Dingen beschäftigt waren – nicht zuletzt mit der Erinnerung daran, wie Richard sie getäuscht hatte –, war sie sich sofort Demetris verwirrender Nähe bewusst. „Ich wollte einen Spaziergang machen", behauptete sie spontan. „Es ist so ein schöner Tag."

„Und viel zu heiß, um ohne Schutz draußen herumzulaufen", erwiderte er trocken. Er hob die Hand, als wollte er prüfen, ob sie sich mit Sonnenmilch eingerieben hatte, doch dann schob er sie rasch in die Hosentasche. „Sie tragen nicht einmal einen Hut."

„Ich will nicht weit weg." Zu spät erkannte sie, dass sie ihr Vorhaben nicht richtig durchdacht hatte. Sie war das Klima in England gewohnt, wo im September stets eine kühle Brise wehte.

„Sie gehen allein aus?", fragte er. „Mein Vater begleitet Sie nicht?"

„Nein. Ich finde, er sollte heute ein wenig faulenzen. Er bittet Sie wegen seiner Trägheit um Entschuldigung. Das Treffen mit Ihnen muss leider ausfallen."

Demetri runzelte die Stirn. „Demnach haben Sie ihn gesehen?"

Joanna errötete leicht. „Natürlich."

„Natürlich", wiederholte er verächtlich. „Wie hatte ich nur daran zweifeln können? Er scheint Ihnen voll und ganz zu vertrauen."

„Nun ja ..." Sie wollte ihn nicht in dem Glauben lassen, sein Vater und sie hätten eine intime Beziehung, zumal sie in ernster Sorge war, dass Constantine nicht so auf die Behandlung ansprach, wie er eigentlich sollte. „Er ist nur erschöpft und braucht Ruhe."

Demetri betrachtete sie sekundenlang schweigend, und sie beschlich das Gefühl, dass er sie durchschaute. Hoffentlich. Im Moment war sie einer weiteren Auseinandersetzung nicht gewachsen.

„Sie haben keinen Arzt gerufen?"

Joanna seufzte. „Nein. Er will keinen Arzt. Außerdem hat er seine Medikamente." Sie verschränkte die Arme vor der Brust. „Das sollte reichen."

„Haben Sie diese Entscheidung getroffen?"

Einmal mehr wünschte sie, Constantine hätte sie nicht in diese Lage gebracht. „Nein, das war er. Sie kennen doch Ihren Vater. Er nimmt von niemandem einen Rat an."

„Das stimmt." Zu ihrer Erleichterung schien er mit der Erklärung zufrieden. „Und nun langweilen Sie sich."

Sie zuckte die Schultern. „Nein", entgegnete sie nicht ganz wahrheitsgemäß. „Ich dachte nur, es wäre nett, ein bisschen aus dem Haus zu gehen."

„Es ist drückend heiß. Darf ich vorschlagen, dass Sie Ihren Tatendrang bis zum Nachmittag auf die Villa beschränken?"

„Ist das ein Befehl?"

Er presste die Lippen zusammen. „Es ist der Rat von jemandem, der das Klima etwas besser kennt als Sie. Ich möchte nicht, dass Sie einen Sonnenstich erleiden. Wäre mein Vater hier, würde er das Gleiche sagen. Ich bin sicher, er würde von mir erwarten, dass ich mich um seine … Freundin kümmere."

„Na gut", lenkte sie ein. „Dann gehe ich jetzt wieder auf mein Zimmer."

„Oder Sie setzen sich an den Pool." Demetri deutete auf die Terrasse. „Unter den Sonnenschirmen sind Sie geschützt."

Nein, danke, dachte Joanna. Sie hatte keine Lust, sich noch mehr Fragen auszuliefern. Diese Überlegung behielt sie natürlich für sich. Stattdessen schenkte sie Demetri ein höfliches Lächeln und wandte sich ohne ein weiteres Wort zur Treppe.

6. KAPITEL

Am späten Nachmittag besuchte Demetri seinen Vater. Er hatte Joanna nicht mehr gesehen, seit er kurz nach dem Lunch mit ihr gesprochen hatte. Obwohl er es ihr nicht verübeln konnte, dass sie die anderen Mitglieder seiner Familie meiden wollte, war er gereizt, weil sie es vorgezogen hatte, den Nachmittag auf ihrem Zimmer zu verbringen.

Er war doch höflich zu ihr gewesen, oder? Mehr als höflich, wenn er bedachte, wie frustriert er sich in ihrer Nähe fühlte. Es mochte vielleicht nicht ihre Schuld sein, dass sein Körper sofort auf sie reagierte, aber, Theos, seine war es auch nicht! Sein Vater hätte sie nie einladen dürfen. Merkte er nicht, was für eine Art von Frau sie war? Begriff er nicht, dass sie genau wusste, wie empfänglich Männer für ihre Sinnlichkeit waren? Sie hatte ihre Erfahrung benutzt, um ihn zu verführen.

Philip ließ ihn ein. Der alte Diener war offenbar über die Situation ebenso wenig erfreut wie Demetri. Eingedenk seines Fauxpas' vom Vortag blieb Demetri auf der Schwelle stehen und schaute sich um, bevor er eintrat.

„Mrs. Manning?“ Er deutete dabei auf die Schlafzimmertür. „Ist sie hier?“

„Nein, kirie. Ich habe sie seit dem Lunch nicht mehr gesehen.“

„Und meinen Vater?“

„Sein Zustand ist unverändert, kirie.“

„Sein Zustand?“, wiederholte Demetri verblüfft.

Philip rang nervös die Hände. „Sie wissen doch sicher ... Kiria Manning ...“ Er verstummte.

„Kiria Manning – und weiter?“, drängte Demetri. „Was hat sie mir verheimlicht?“

„Ich weiß nicht, was Kiria Manning Ihnen erzählt hat, kirie, aber Ihrem Vater geht es heute nicht gut. Er hat fast den ganzen Tag geschlafen.“

„Darüber bin ich informiert. Mrs. Manning sagte, er sei müde. Die

Anstrengungen der letzten beiden Tage hätten ihn erschöpft, und er brauche Ruhe."

„Er hat nichts gegessen, kirie", fuhr Philip fort. „Eigentlich wollte er mit Kiria Manning den Lunch einnehmen, doch sie war gezwungen, allein zu speisen. Hat sie nichts davon erwähnt?"

Es kränkte Demetri, dass er so von den Belangen seines Vaters isoliert wurde. „Mag sein, dass sie es getan hat. Ist er wach?"

„Ich weiß es nicht, kirie. Vielleicht sollten Sie Kiria Manning danach fragen."

Demetri fixierte den Diener. „Sie sagten doch, sie sei nicht hier."

„Das ist richtig. Ich meinte nur ..."

„Ich kann mir denken, was Sie meinten, Philip. Sie enttäuschen mich. Ich hätte erwartet, dass Sie mich und nicht Kiria Manning informieren, wenn sich das Befinden meines Vaters verschlechtert."

Ehe Philip sich verteidigen konnte, wurde die Schlafzimmertür geöffnet, und Constantine erschien. „Was ist los?", fragte er. „Was tust du hier, Demetri? Joanna sollte dir doch ausrichten, dass wir uns später sehen."

Obwohl er sich freute, seinen Vater zu sehen, war Demetri frustriert über die Begrüßung. „Ich war besorgt, dass du unsere Verabredung vielleicht nicht einhalten könntest, Papa."

„Aber Joanna ..."

„Mrs. Manning hat mir erklärt, dass du von der Reise erschöpft seist", bestätigte Demetri. Er fand, es wäre alles viel einfacher, wenn Joanna nicht ständig zwischen ihnen stehen würde. „Aber ich bin dein Sohn. Verdiene ich nicht die gleiche Aufmerksamkeit wie deine ... Freundin?"

Constantines Gesicht wurde noch eine Spur blasser. „Natürlich." Er stützte sich mit einer Hand an den Türrahmen. „Entschuldige, mi yos. Komm herein. Du bist schließlich nicht nur mein Sohn, sondern auch mein Nachfolger. Wie könnte ich dir ein paar Minuten meiner Zeit verweigern?"

Zögernd folgte Demetri ihm ins Schlafzimmer, nachdem er Philip gebeten hatte, Erfrischungen zu bringen.

„Nun, Demetri ..." Constantine hatte es sich auf dem Bett bequem gemacht und wirkte etwas entspannter. „Wie du siehst, bin ich noch nicht so stark, wie ich es gern wäre. Doch das kommt mit der Zeit."

Demetri setzte sich ans Fußende. „Für diesen Tag beten wir, Papa. Und zu deiner Beruhigung: Kastro International ist in guten Händen – egal, was Nikolas Poros behauptet."

„Davon bin ich überzeugt." Sein Vater lächelte. „Ich habe uneingeschränktes Vertrauen zu dir. Du würdest nie etwas tun, das mich oder deine Schwestern enttäuschen könnte."

„Das freut mich zu hören."

„Hattest du daran gezweifelt?"

„Nun ja ..." Er konnte unmöglich erklären, dass es ihm schwerfiel, noch irgendetwas zu glauben, seit Joanna Manning aufgetaucht war.

„Ich weiß, es war nicht immer leicht für dich, Demetri", fuhr Constantine fort. „Es wäre anders, wenn du einen Bruder – oder mehrere – hättest, mit denen du die Last teilen könntest." Er seufzte. „Leider war deine Mutter zu schwach, und Alexandras Geburt war einfach zu viel für sie."

Demetri hatte plötzlich das unbehagliche Gefühl, sein Vater wolle ihn auf den Tag vorbereiten, an dem er nicht mehr da wäre, um seinem Sohn beim Tragen dieser Bürde zu helfen. „Ich wollte dir lediglich versichern ..."

Hinter ihm wurde die Tür geöffnet, doch herein kam nicht, wie er erwartet hatte, Philip mit den Getränken, sondern Joanna. Sie blieb wie angewurzelt stehen. Ihre Wangen waren gerötet – ob vor Ärger oder Sorge vermochte er nicht zu sagen. Sie warf ihm einen finsteren Blick zu, bevor sie sich dem Bett näherte und Constantines Hand nahm.

„Was ist, Constantine?" Ihre Stimme bebte. „Darf Demetri überhaupt hier sein?"

„Was wollen Sie damit andeuten, Mrs. Manning?", rief Demetri empört und vergaß dabei völlig, dass er am Vormittag darauf gedrungen hatte, sich mit den Vornamen anzureden. „Ich würde nichts tun, was die Gesundheit meines Vaters gefährden könnte."

„Siopi, ruhig, ruhig." Constantine schüttelte den Kopf. „Joanna, Liebes, du brauchst mich nicht so vehement zu verteidigen. Und du", fügte er an seinen Sohn gewandt hinzu, „musst Joanna entschuldigen, mi ghios. Sie hat nur mein Bestes im Sinn."

„Das haben wir alle, Papa." Er straffte die Schultern. „Möchtest du, dass ich gehe?"

„Nein, nein." Der Kranke schaute die Frau an, die sich neben ihn auf die Bettkante gesetzt hatte. „Joanna, ich wünsche mir, dass du und Demetri Freunde seid und keine Feinde. Bitte ... mir zuliebe."

Demetri schwieg, als Joanna sich zu ihm umdrehte. Auch sie schien ihre Abneigung vor dem alten Mann zu verbergen. „Demetri und ich sind keine Feinde, Constantine", erklärte sie und drückte behutsam seine Finger.

Demetri bemerkte, dass ihre Arme schon leicht gerötet waren. Offenbar hatte sie zumindest einen Teil des Nachmittags auf dem Balkon verbracht.

„Das freut mich." Constantine wurde zusehends schwächer.

„Ich denke, wir sollten uns zurückziehen", meinte Demetri.

Erneut blickte Joanna ihn kühl an. „Ja, tun Sie das. Ihr Vater braucht Ruhe."

„Sie sind nicht seine Krankenschwester", erwiderte er nur mühsam beherrscht. „Doch wir beide sollten ihn jetzt Philips Obhut überlassen."

Sie zögerte. Vermutlich war sie hin- und hergerissen zwischen dem Verlangen herauszufinden, worüber er und sein Vater gesprochen hatten, und der Erkenntnis, dass er ausnahmsweise Recht haben könnte. „Möchtest du das, Constantine?"

„Es ist wohl besser so, agapi mou", antwortete er. „Würdest du dich um Joanna kümmern, falls ich morgen immer noch nicht wieder fit sein sollte?", fügte er in Richtung seines Sohnes hinzu.

„Das ist nicht nötig", protestierte sie sofort.

Angesichts der hoffnungsvollen Miene seines Vaters brachte Demetri es nicht über sich, die Bitte abzulehnen. „Natürlich, Papa." Er neigte den Kopf. „Es wird mir ein Vergnügen sein."

Am nächsten Morgen teilte Philip Joanna mit, dass sein Arbeitgeber am Abend noch ein wenig Suppe zu sich genommen habe. Da der Patient eine verhältnismäßig gute Nacht verbracht hatte, legten sich allmählich ihre Ängste. Schließlich hätten seine Ärzte einer Rückkehr nach Theopolis kaum zugestimmt, wenn die Reise zu riskant für ihn gewesen wäre.

Joanna hingegen hatte nicht gut geschlafen. Obwohl Demetri ihr gegenüber während des Dinners und danach geradezu übertrieben höflich gewesen war, hatte sie deutlich gespürt, dass er über die Bitte seines Vaters genauso wenig begeistert war wie sie.

Mitunter hatte sie einen Blick aufgefangen, der verriet, dass er mehr als nur bloße Abneigung für sie empfand. Hasste er sie? Hasste er die Tatsache, dass sein Vater sie gern hatte? Oder hasste er einfach das, wofür er sie hielt? Wie auch immer, sie freute sich nicht darauf, ihn als unfreiwilligen Begleiter zu haben.

Ich hätte ihn bitten sollen, sich durch Spiro vertreten zu lassen, überlegte Joanna, während sie ihr Äußeres im Spiegel überprüfte. Sie kannte Demetris Mitarbeiter zwar auch nicht besser, vermutete jedoch, dass er umgänglicher sein würde. Da sie nun einmal gezwungen war, den Vormittag mit einem Mann zu verbringen, den sie nicht mochte, wünschte sie, es gäbe in ihrer Garderobe Sachen, die ihre Weiblichkeit nicht so unverhohlen betonten.

Andererseits machte es Spaß, attraktiv gekleidet zu sein. Die cremefarbene Leinenhose saß zwar eng, aber wenigstens bedeckte sie die Beine. Es war allerdings zweifelhaft, ob Demetri begreifen würde, dass das wie eine Weste geschnittene Oberteil zum Ensemble gehörte. Er würde eher unterstellen, Joanna habe das Top gewählt, weil es bei jeder Bewegung ihre Taille entblößte.

Constantine hatte ihr geraten, sich nicht in ihrer Suite zu verkriechen, sondern unten zu frühstücken. Er versuchte, sie in den Haushalt zu integrieren, und was immer sie davon halten mochte, sie schuldete es ihm, sich seinem Wunsch zu beugen.

Glücklicherweise war die Terrasse leer und der Tisch verlassen. Lediglich ein paar Krümel auf dem Tischtuch verrieten, dass Constantines Kinder bereits gegessen hatten. Das unbenutzte Gedeck war so arrangiert, dass man von diesem Platz aus einen wunderbaren Blick über den Garten hatte. Widerstrebend setzte sie sich.

Sogleich erschien Pilar, um sie zu bedienen. Mit Hilfe ihres begrenzten griechischen Wortschatzes und der Zeichensprache gelang es Joanna, ihre Wünsche zu äußern.

„Sie versteht Englisch", bemerkte eine Joanna inzwischen allzu vertraute Stimme, als das Mädchen sich entfernte. Demetri hatte die Szene offenbar verfolgt und kam nun näher.

„Warum haben Sie nichts gesagt?", beschwerte sich Joanna. „Wie lange beobachten Sie mich schon?"

„Lange genug." Er lehnte sich lässig an die niedrige Mauer, die die Terrasse begrenzte. „Wie geht es meinem Vater?"

„Wissen Sie das nicht?" Es fiel ihr schwer, höflich zu bleiben.

„Nein", entgegnete er trügerisch sanft. „Sie sind doch seine Geliebte, Joanna."

„Ich bin nicht seine …" Sie biss sich auf die Zunge. „Ich bin nicht seine Krankenschwester, aber ich glaube, es geht ihm etwas besser."

„Das freut mich."

Er stützte sich mit einem Fuß auf die Steine und lenkte so ihre Aufmerksamkeit auf die Tatsache, dass er dunkelblaue Shorts trug. Seine langen, muskulösen Beine waren mit dem gleichen dunklen Haarflaum bedeckt, der sich auch unter dem Ausschnitt seines T-Shirts abzeichnete. Unwillkürlich fragte sie sich, wie sich seine Haut unter ihren Fingern anfühlen mochte …

„Was würden Sie gern unternehmen?"

„Unternehmen?" Es kostete sie einige Mühe, sich von ihren Träumen loszureißen.

„Wie wäre es mit einer Rundfahrt über die Insel?" Demetri schob die Hände in die Hosentaschen. „Ich könnte Ihnen die Ruinen des Athene-Tempels zeigen."

„Nun ja …" Nervös richtete sie ihren Blick auf das Markenlogo seines Hemds. Sie durfte sich nicht von seinem Körper ablenken lassen. „Sie brauchen sich nicht um mich zu kümmern."

„Ich will es aber." Er richtete sich auf. „Hier ist Pilar mit Ihrem Frühstück."

Joanna war überzeugt, keinen Bissen herunterzubekommen, solange ihr Demetri buchstäblich über die Schulter sah. Warum war er so nett zu ihr? Tat er es, weil sein Vater ihn darum gebeten hatte, oder führte er etwas im Schilde?

Das Mädchen stellte Milch, Cornflakes, frisch gepressten Orangensaft, Toast und Kaffee auf den Tisch. Und zwei Tassen, wie Joanna gereizt registrierte. Allem Anschein nach war sie gezwungen, Demetri aufzufordern, ihr Gesellschaft zu leisten.

„Ineh entaxi, kiria?", erkundigte Pilar sich höflich.

„Wunderbar, danke." Joanna goss sich ein Glas Saft ein.

„Du kannst gehen", fügte Demetri hinzu.

Joanna überlegte. Da er ausnahmsweise freundlich zu ihr war, wäre es unklug, ihn zu provozieren, zumal er in mehr als einer Hinsicht gefährlich werden konnte.

Zu ihrer Erleichterung nahm er ihr die Entscheidung ab. „Ich lasse Sie jetzt allein, damit Sie in Ruhe frühstücken können. Wir treffen uns dann um halb zehn, einverstanden?"

„In Ordnung. Danke."

„Sie brauchen mir nicht zu danken, Joanna", erwiderte er mit undurchdringlicher Miene. „Ich freue mich auf unseren Ausflug."

Ja, ja.

Es kostete sie große Willenskraft, ihm nicht hinterherzublicken. Ich bin eine Närrin und viel zu leicht zu beeindrucken, schalt sie sich im Stillen. Verdammt, sie mochte zwar unerfahren sein, aber sie war nicht dumm! Constantine erwartete, dass sie ihre Rolle spielte, und genau das würde sie tun. Egal, was es sie kostete.

7. KAPITEL

Du hast was vor?" Demetri seufzte. „Ich mache mit ihr eine Inselrundfahrt." Fassungslos sah Olivia ihren Bruder an. „Wie kannst du nur! Soll sie etwa glauben, sie sei hier willkommen?"

„Nein." Obwohl er sich an dem heißen Blech fast verbrannte, lehnte er weiterhin lässig am Jeep. Es war wichtig, dass er sich von den Klagen seiner Schwester unbeeindruckt zeigte und so tat, als habe er die Situation völlig im Griff. „Was soll ich deiner Meinung nach mit ihr sonst unternehmen? Einen Segeltörn? Oder einen gemütlichen Vormittag am Pool?"

„Warum musst du dich überhaupt mit ihr befassen?", protestierte Olivia gereizt. „Soll sie sich doch selbst beschäftigen. Es dürfte sie bald langweilen, wenn sie die ganze Zeit in ihrem Zimmer verbringen muss. Dann reist sie vielleicht ab."

„Darauf würde ich nicht wetten", erwiderte er, ohne die Villa aus den Augen zu lassen. „Mrs. Manning ist intelligenter, als du denkst."

„Du klingst, als wärst du der Frau auch schon verfallen. Sei vorsichtig, Demetri", warnte sie. „Unser Vater mag es zwar begrüßen, wenn du dich um diese Person kümmerst, aber er wird es keinesfalls billigen, falls du seine Schwäche ausnutzt."

„Theos, Livvy, wofür hältst du mich?"

„Ich halte dich für einen heißblütigen Mann, der sich wider alle Vernunft mit einer skrupellosen Frau abgibt. Erzähl mir nicht, dass du sie nicht zumindest körperlich anziehend findest. Die Frau ist purer Sex auf zwei Beinen."

„Ich …" Eine Lüge wollte ihm nicht über die Lippen, andererseits sollte Olivia nicht das letzte Wort haben. „Du bist ja verrückt. Pass auf, Livvy, sonst komme ich noch auf die Idee, du seist eifersüchtig."

„Eifersüchtig!" Offenbar hatte er einen wunden Punkt berührt. „Ich bin nicht eifersüchtig auf dieses Geschöpf. Aber ich sorge mich wegen des Einflusses, den sie möglicherweise auf unseren Vater hat. Er ist ein kranker Mann. Wer weiß, welche Zugeständnisse er ihr in seiner Vernarrtheit macht."

„Zum Beispiel?" Allmählich wurde Demetri ungeduldig, zumal er gezwungen war, Joanna zu verteidigen.

„Keine Ahnung. Wir wissen doch beide, dass sie eine Glücksritterin ist. Den Rest kannst du dir selbst ausmalen."

Bevor er antworten konnte, kam Joanna aus dem Haus. Das prachtvolle Haar hatte sie aus dem Gesicht gekämmt und locker aufgesteckt. Sie trug den gleichen Hosenanzug wie vorhin, aber jetzt war die Weste aufgeknöpft. Ein schwarzes T-Shirt verhüllte ihr Dekolleté und die Oberarme.

So viel zum puren Sex auf zwei Beinen, dachte er und schämte sich sogleich seiner Enttäuschung. An diesem Outfit konnte selbst Olivia nichts bemängeln.

Seine Schwester hatte sein Mienenspiel genau beobachtet, und wandte sich um. Sie unterdrückte die bissige Bemerkung, die ihr auf der Zunge lag, und warf ihm einen verächtlichen Blick zu. Dann kehrte sie schnurstracks zur Villa zurück, ohne Joanna zu begrüßen.

Demetri sah Joanna ihr erstaunt nachschauen. „Fertig?", fragte er, nachdem sie die Stufen hinuntergegangen war. Angesichts des Strohhutes, den sie hinter ihrem Rücken zu verbergen versuchte, fügte er hinzu: „Sie haben also meinen Rat befolgt."

Ihre Augen wurden groß. Ob sie wusste, wie unschuldig sie damit wirkte? Natürlich weiß sie das, sagte er sich resigniert. Livvy hatte Recht. Er lief Gefahr, eine Schwäche für sie zu entwickeln. Und das durfte nicht passieren.

„Der Hut", erklärte er kurz angebunden. „Ich dachte, wir nehmen den Jeep. Das Inselinnere ist ziemlich hügelig."

Joanna nickte. „Die Gegend ist ideal für einen offenen Wagen. Ich freue mich auf den Ausflug."

Damit war jede Hoffnung zunichte, sie könnte wegen ihrer Frisur Einwände erheben. Er tat so, als würde er ihre Probleme beim Öffnen der Tür nicht bemerken. Ihr beim Einsteigen zu helfen, kam überhaupt nicht in Frage. Er erwies seinem Vater lediglich einen Gefallen, und falls es ihm gelang, mehr über die Beziehung der beiden herauszufinden, sollte ihm Livvy lieber gratulieren statt ihn zu kritisieren.

Als er neben Joanna Platz nahm, stieg ihm ein schwacher Hauch ihres sinnlichen Parfüms in die Nase. Er war froh über das offene Verdeck. Ihre Nähe war aufreizend genug – auch ohne dass er durch den zarten Duft ihrer Haut stimuliert wurde.

Theopolis war eine der größeren Inseln einer Gruppe rund hundert Kilometer vor dem griechischen Festland. Im Gegensatz zu den anderen Inseln lebte man hier nicht vom Tourismus, sondern von den Zitrusplantagen und Olivenhainen, die auf der Südhälfte kultiviert wurden. Das Kastro-Anwesen lag an der südwestlichen Küste, in unmittelbarer Nachbarschaft der Stadt Rythmos. Der wichtigste Hafen, Agios Antonis, befand sich im Osten, von dort liefen im Sommer fast täglich die Fähren zum Festland und zu den anderen Inseln aus.

Landeinwärts wurde die Landschaft rauer. Nur einige Ziegen bevölkerten die unwirtlichen Hänge. Die ungepflasterte Straße war mit Schlaglöchern übersät, als sie dem Gipfel mit der Tempelruine näher kamen. Joanna klammerte sich Halt suchend an ihren Sitz.

Während der Fahrt durch die kühlen Täler hatte sie den Hut abgenommen, doch nun zerzauste ihr der Wind das Haar. Die Locken hatten sich aus dem Chignon gelöst – was Demetri mit einiger Befriedigung registrierte. Da sie die Frisur ohne Spiegel nicht ordnen konnte, entfernte sie kurzerhand die restlichen Nadeln und schüttelte die Locken aus.

Das Haar fiel ihr wie eine Mähne über die Schultern und weckte in Demetri das Verlangen, die Finger durch die seidige Pracht gleiten zu lassen. Vergeblich versuchte sie, einige besonders widerspenstige Strähnen zu bändigen. Am Ende gab sie es jedoch auf und setzte den Hut wieder auf. „Das muss genügen“, meinte sie seufzend.

Vergessen Sie’s, hätte Demetri am liebsten erwidert, aber er schwieg. Er unterdrückte den Impuls, ihr den Hut abzunehmen. Stattdessen stellte er den Motor ab und sprang aus dem Wagen, bevor er der Versuchung erlag. Er ging zum Rand des Felsplateaus und betrachtete die Aussicht, während er gegen Emotionen ankämpfte, die ihm ebenso unwillkommen wie fremd waren.

Hinter ihm wurde die Wagentür geöffnet. Er hörte es. Hörte, wie Joanna ein paar Schritte ging und dann stehen blieb. Woran mochte sie denken? Er hätte wetten können, dass sie sich nicht des Verlangens erwehren musste, ihn auf das verdorrte Gras neben den Tempeltrümmern zu ziehen und ihm die Kleidung vom Körper zu reißen. Wie hatte er nur je denken können, das schwarze T-Shirt wäre ein Zugeständnis an die Sittsamkeit? Khristo, sie trug ja nicht einmal einen BH!

Als Demetri sich einigermaßen wieder unter Kontrolle hatte, wandte er sich um. „Möchten Sie sich ein wenig umschauen?"

Joanna zuckte die Schultern. „Warum nicht? Gibt es hier denn viel zu sehen?"

„Das hängt ganz von Ihrem Standpunkt ab", antwortete er spöttisch. „Alle wertvollen Teile des Tempels wurden in ein Museum nach Athen gebracht. Nur der Opferaltar ist noch hier – die Insel wurde allerdings bereits im zweiten Jahrhundert zum Christentum bekehrt."

„Sie scheinen sich in der Geschichte gut auszukennen. Haben Sie das gleiche Interesse an Antiquitäten wie Ihr Vater?"

Seine Miene wurde undurchdringlich. „Ich bin nicht wie mein Vater, Joanna. Kommen Sie." Er ging an ihr vorbei zu einem halb zerfallenen Mäuerchen, das die Grenzen der Ruine markierte.

Einen Moment lang dachte er, sie würde ihm nicht folgen. Als er sich umdrehte, sah er, dass ihre Wangen gerötet waren. Ihrem Gesichtsausdruck nach zu urteilen, hätte sie ihn vermutlich am liebsten zum Teufel gejagt. Warum hatte sie auch unbedingt seinen Vater erwähnen müssen? Begriff sie nicht, dass er, Demetri, sich gezwungenermaßen mit ihr abgab? Es war absolut überflüssig, ihn daran zu erinnern, wer – und was – sie war.

Nach ein paar Sekunden schien sie sich entschieden zu haben. Sie wickelte sich die Riemen ihres kleinen Rucksacks ums Handgelenk und stieg über die Mauer. „Hier bin ich", erklärte sie kühl. „Bringen wir es hinter uns."

Er seufzte. „Tut mir leid, falls ich Sie beleidigt habe."

„Nein, das tut es nicht." Sie blickte an ihm vorbei auf die umgestürzten Säulen. „Machen wir uns nichts vor. Wir wissen doch beide, was Sie tatsächlich empfinden."

„Das bezweifle ich", erwiderte er trocken. „Trotzdem möchte ich mich entschuldigen, falls ich einen falschen Eindruck erweckt habe."

Sie zog spöttisch die Brauen hoch und wechselte das Thema. „Haben hier früher wirklich Menschen gelebt?"

„Das glaube ich nicht. Der Tempel wurde am höchsten Punkt der Insel errichtet, um den Unterschied zwischen den Göttern und gewöhnlichen Sterblichen wie uns zu unterstreichen."

„Wie sich die Dinge doch geändert haben", bemerkte Joanna leise.

„Was wollen Sie damit andeuten?", fragte er misstrauisch. „Haben Sie ein Problem damit, wenn ich mich als gewöhnlichen Sterblichen bezeichne?"

„Ach, haben Sie das? Ist mir gar nicht aufgefallen", behauptete sie.

Zur Hölle mit ihr!

Demetri atmete tief durch. „Können wir den Streit nicht einfach beenden?"

Erneut zuckte sie die Schultern und kletterte die Stufen hinauf, um die Überreste eines verwitterten Giebels zu bewundern. „Ich habe nicht angefangen."

„Aber Sie wollen das letzte Wort haben, oder?", konterte er genervt. „Theos, Joanna, lassen Sie uns Waffenstillstand schließen."

„Noch einen?" Nach kurzem Überlegen nickte sie. „Okay. Erzählen Sie mir von Athene. Wer war sie?"

„Sie war die Lieblingstochter des Zeus. Es heißt, sie habe zur Rechten ihres Vaters im Rat der Götter gesessen. Sie soll die Olive und den Pflug erfunden und die Menschen den Schiffbau gelehrt haben."

„War sie nicht auch Göttin des Krieges?"

„Ja. Sie hatte offenbar von ihrem Vater Blitz und Donner geerbt und soll sie sogar gelegentlich gegen ihn benutzt haben." Er lächelte versonnen. „Eine ziemlich beeindruckende Dame."

Joanna lächelte ebenfalls. „Missbilligen Sie ihr Verhalten?"

Demetri schüttelte den Kopf und schlenderte einen Pfad entlang, der an Marmorstücken, zerbrochenen Friesen, vorbeiführte. Er merkte, dass ihn ihre Offenheit immer mehr fesselte, und wollte sich auf kein Wortgefecht mit ihr einlassen, und sei es auch noch so scherzhaft. Irgendwie war es ihr gelungen, ihm unter die Haut zu gehen und nicht nur körperliches Interesse in ihm zu wecken. Warum hatte er sie überhaupt hergebracht? Fernab der Villa war es gefährlich leicht, ihre Beziehung zu seinem Vater zu vergessen und so zu tun, als wären sie einfach ein Mann und eine Frau auf einem Ausflug, die die Gesellschaft des anderen genossen.

Er fluchte leise. Wie, um alles in der Welt, kam er auf diese Idee? Er konnte doch unmöglich Freude am Zusammensein mit ihr empfinden! Sie war die Geliebte seines Vaters, im besten Fall eine Opportunistin, im schlimmsten eine Glücksritterin. Olivia hatte Recht. Er war leichtsinnig. Er sollte Joanna unverzüglich zurückbringen.

„Ihre Schwester mag mich nicht, oder?" Joanna hatte sich niedergekauert und inspizierte die Inschrift auf einer Marmortafel.

„Ich ... Sie ..." Es ärgerte ihn maßlos, dass er keine Worte fand.

Erneut wechselte sie das Thema. „Was steht hier?"

Am liebsten hätte er ihre Frage ignoriert, doch es wäre nicht klug gewesen, Joanna zu provozieren. Provokation führte zu Stimulation, und Stimulation mündete unweigerlich in Erregung. Also kniete er sich notgedrungen neben sie und las die gemeißelten Zeilen. Glücklicherweise hatte er Altgriechisch gelernt und konnte die Worte nun mühelos übersetzen.

„Der Text ist Athene gewidmet", erklärte er. „Er preist die Tugenden der jungfräulichen Muttergöttin."

Verwundert sah Joanna ihn an. „Die jungfräuliche Muttergöttin? Ist das nicht ein Widerspruch in sich?"

Gebannt blickte er in tiefblaue Augen, die von dunklen Wimpern umrahmt wurden – wahrscheinlich getuschte Wimpern, wie er sich gereizt sagte. Diese Wimpern warfen feine Schatten auf ihre Wangen. Wangen, deren Farbe sich zu einem tiefen Rot steigerte, während er sie betrachtete.

Sie war offenbar von seiner Nähe genauso überwältigt wie er von ihrer, und bevor er sich eine plausible Antwort auf ihre Frage überlegt hatte, versuchte sie, sich zu erheben. Allerdings hatte sie dabei nicht auf den unebenen Untergrund geachtet und wäre gestürzt, wenn Demetri nicht aufgesprungen wäre und ihren Arm ergriffen hätte.

Leider verlor er dabei selbst das Gleichgewicht und fiel. Sekundenbruchteile später fand er sich rücklings auf dem steinigen Boden wieder, und Joanna landete auf ihm. Er hätte nicht sagen können, wer von ihnen über den Zwischenfall schockierter war. Ihrer entsetzten Miene nach zu urteilen, machte sie allein ihn für ihre missliche Lage verantwortlich.

„Lassen Sie mich endlich los", befahl sie wütend.

Erst jetzt merkte er, dass er noch immer ihren Arm festhielt. „Ich habe lediglich versucht, Sie vor einem Fall zu bewahren", verteidigte er sich.

„Ach, wirklich?" Sie glaubte ihm natürlich kein Wort. „Warum lassen Sie mich dann jetzt nicht einfach los, und wir reden nicht mehr darüber?"

Ihre Aufsässigkeit reizte ihn. Sie benahm sich gerade so, als hätte er alles eingefädelt. Was sollte er sich ihrer Meinung nach davon versprochen haben? Dachte sie etwa, es bereite ihm Vergnügen, als Polster für ihr nicht unerhebliches Gewicht zu dienen?

Sein eigener Körper gab die verräterische Antwort. Die unterschwellige Erregung, die ihn schon den ganzen Tag gequält hatte, machte sich ausgerechnet jetzt deutlich bemerkbar.

Auch Joanna spürte es. Wie ein verschrecktes Kaninchen verharrte sie regungslos, ein angewiderter Ausdruck spiegelte sich in ihren Augen wider. Theos, sie war doch kein Kind mehr! Sie wusste, dass so etwas passieren konnte. Was hatte sie erwartet, zumal sich die festen Knospen ihrer Brüste sich gegen seine Brust pressten?

Am vernünftigsten wäre es gewesen, wenn er sie hätte aufstehen lassen. Vielleicht würde sie dann seinem Vater nicht erzählen, was vorgefallen war. Er war ziemlich sicher, dass Constantine und Olivia seine Erklärungsversuche recht dürftig finden würden, aber je schneller er es hinter sich brachte, desto besser.

Aber die Panik in ihrem Blick war zu viel für ihn. Verdammt, er war schließlich kein Monster! Er war ein Mann – ein attraktiver Mann, wenn er den Beteuerungen mancher Frauen glauben durfte – und niemand, vor dem sie sich fürchten müsste. Irgendwie musste er sie – und sich selbst – überzeugen, dass ihn keine Schuld traf. Ohne auf ihren Widerstand und seine eigenen Zweifel zu achten, hob er den Arm und strich mit dem Handrücken über ihre Wange.

Ihre Haut war warm und weich, so weich wie der kostbarste Samt. Joanna rührte sich nicht. Sie schien unfähig zu einer Regung zu sein, oder vielleicht hatte sie Angst, eine unbedachte Bewegung könnte ihn noch weiter provozieren. Seine Erregung hatte sich nicht gelegt, im Gegenteil, sie war eher stärker geworden. Sein Körper schmerzte beinahe vor Verlangen.

Nie zuvor hatte er eine Frau so begehrt wie sie. Die Vision von vorhin, in der er sie zu Boden zog und sie entkleidete, ließ ihn nicht los. Doch nun wurde seine Fantasie zusätzlich von dem brennenden Wunsch angestachelt, sie zu lieben und ihr zu zeigen, wie wunderbar es sein könnte.

Allerdings wollte er, dass auch sie ihn begehrte. Die Vorstellung, wie sie ihre langen Beine um seine Hüften schlang und sich ihm entgegendrängte, raubte ihm fast den Verstand. Und warum? Weil er seinem Vater beweisen wollte, dass sie ein treuloses Flittchen war? Oder wollte er sich selbst beweisen, dass sie den alten Mann nicht bevorzugte?

Der Verdacht verursachte ihm Übelkeit. Was, zum Teufel, tat er? Wie konnte er davon träumen, mit Joanna Manning zu schlafen, und gleichzeitig behaupten, seinen Vater so zu lieben, wie es die Pflicht eines Sohnes war? Es war unverzeihlich. Er hätte Olivias Rat annehmen und jedes Risiko vermeiden müssen. Olivia hatte Recht. Er war ein heißblütiger Mann, und Joanna war eine skrupellose Frau.

Oder etwa nicht?

Er sah sie an. Ohne sich seines Handelns richtig bewusst zu sein, umfasste er ihr Gesicht und zog es zu sich herab. Nur ein Kuss, sagte er sich und rollte mit ihr auf die Seite. Falls sie seinen Kuss erwiderte, konnte er sicher sein, dass er sich nicht geirrt hatte. Jetzt, da sie ausgestreckt neben ihm im Gras lag, fühlte er sich wieder als Herr der Lage. Um sich ein endgültiges Urteil über sie zu bilden, zeichnete er mit der Zungenspitze die Konturen ihrer Lippen nach.

Theos! Ihm stockte der Atem. Unwillkürlich vertiefte er den Kuss. Als sich ihre Lippen teilten, ließ er die Zunge in ihren Mund gleiten. Sie schmeckte so süß, wie er es sich ausgemalt hatte. Statt jedoch klarer zu werden, vernebelten sich Demetris Sinne noch mehr, als Joanna den Kuss erwiderte. Verzweifelt kämpfte er um Beherrschung. Doch als sie ihm die Arme um den Nacken legte, war es um ihn geschehen. Seufzend gab sie sich seinen Liebkosungen hin, schmiegte sich an ihn und schob ihm die Finger ins Haar.

Es war Himmel und Hölle zugleich – und es war ein Fehler. Egal, wie verlockend es auch sein mochte, genau wie sie alle Hemmungen zu vergessen, er durfte es nicht tun. Es war verrückt gewesen, es so weit kommen zu lassen, und nun musste er die Sache beenden. Aufstöhnend packte er Joanna bei den Schultern, um sie fortzustoßen.

Aber sein Verlangen siegte. Als er das hautenge T-Shirt berührte, wurde ihm klar, dass nur der dünne Stoff ihn von ihren Brüsten trennte. Er ließ die Hände zu ihrer Taille gleiten, unter das Top und dann wieder höher, bis er die festen Knospen erreichte.

Schwer atmend richtete er sich auf. Sie war so empfänglich für seine Zärtlichkeiten, ihr Herz klopfte wie wild unter seinen Fingern, und ihr verführerischer Duft stieg ihm in die Nase. Grenzenlose Sehnsucht spiegelte sich in ihren Augen – allerdings nur für Sekunden.

Während Demetri noch ganz berauscht von seinen eigenen Empfindungen auf sie herabblickte, wich der verzückte Ausdruck blanker Panik. Hätte er den Kuss nicht unterbrochen, wäre sie vielleicht nicht so schnell zur Vernunft gekommen. Aber nun stieß sie ihn wütend von sich und sprang auf.

„Wie konntest du nur?", rief sie empört. „Du bist verabscheuungswürdig!"

„Und was bist du?", konterte er gefährlich ruhig und stand auf. „Was bist du, Joanna? Außer meines Vaters ..." Er brauchte den Satz nicht zu beenden, sie wusste auch so, was er meinte. „Ich würde gern deine Interpretation dieser kleinen Episode hören."

Joanna schluckte trocken. Sie war sichtlich betroffen. Es ärgerte ihn, dass er unwillkürlich Mitleid für sie verspürte. Wenn sie kein Schamgefühl besaß, warum sollte er dann Gewissensbisse haben?

„Scher dich zum Teufel", flüsterte sie und kehrte mit unsicheren Schritten zum Wagen zurück.

8. KAPITEL

Demetri brach am nächsten Morgen schon früh nach Athen auf. Als Joanna Constantine vor dem Frühstück in seiner Suite aufsuchte, teilte er ihr mit, dass sein Sohn Alex und ihren Verlobten abholen und auf die Insel bringen wolle. Sie erinnerte sich daran, beim Ankleiden das Motorengeräusch eines Hubschraubers gehört zu haben, und war zutiefst erleichtert, dass sie Demetri vorerst nicht begegnen musste. Er besaß weder Ehrgefühl noch Gewissen und hatte versucht, seinen Vater zu hintergehen – und sie hätte beinahe mitgemacht!

Am Vortag hatte auf der Rückfahrt zur Villa angespanntes Schweigen geherrscht. Joanna hatte nicht gewagt, Demetri anzusehen, aus Furcht, er könnte seine Schadenfreude offen zeigen. Kaum hatte er den Jeep vor dem Haus angehalten, war sie aus dem Wagen gesprungen und auf ihr Zimmer geflohen. Als eines der Hausmädchen sie später fragte, ob sie den Lunch mit der Familie einnehmen wolle, hatte sie sich mit Kopfschmerzen entschuldigt. Es war ihr gleichgültig, ob Demetri die Lüge durchschaute oder nicht. Am liebsten hätte sie Constantine gesagt, dass sie das Täuschungsmanöver nicht länger fortsetzen könne.

Aber welche Begründung hätte sie anführen sollen? Sie konnte ihm nicht erzählen, was vorgefallen war, ohne sein Vertrauen in seinen Sohn zu erschüttern. Außerdem hatte ihre Reaktion Demetri in seiner Meinung über sie bestärkt. Er glaubte, sie würde seinen Vater nur ausnutzen, und meinte, es bewiesen zu haben. Allerdings konnte er die Episode am Tempel genauso wenig erwähnen wie sie – jedenfalls nicht, ohne sich selbst bloßzustellen.

Glücklicherweise sah Constantine an diesem Morgen wesentlich besser aus. Er war zwar noch nicht angekleidet und saß im Morgenrock mit ihr auf dem Balkon, aber er aß mit gutem Appetit. Während sie für ihn einen Pfirsich schälte, fiel ihr ein, dass dies die erste richtige Mahlzeit seit dem Frühstück am Vortag war. Beim Dinner hatte sie lediglich in der Moussaka herumgestochert, die Constantine für sie bestellt hatte. Er hatte sie deshalb liebevoll gescholten, selbst aber auch kaum etwas zu sich genommen.

„Wann erwartest du Demetri zurück?“, fragte Joanna. Sie musste sich schließlich innerlich auf die unvermeidliche Konfrontation mit ihm vorbereiten.

„Morgen. Die Hochzeit findet in einer knappen Woche statt. Alex möchte zuvor noch ein paar Tage hier verbringen, bevor Costas sie nach Penang entführt.“

Geschickt verbarg sie ihre Enttäuschung darüber, dass ihr nur eine so kurze Schonfrist vergönnt sein würde. „Penang? Verleben sie dort die Flitterwochen?“

„So ist es.“ Constantine schmunzelte. „Warst du je in Malaysia?“

„Nein.“ Eigentlich war sie nirgendwo gewesen, außer auf Sardinien. Diesen Urlaub werde ich nie vergessen, dachte sie bitter. „Ist es dort schön?“

Constantine legte seine Hand auf ihre. „Wunderschön. Wie du, agapi mou.“ Nach einer kurzen Pause erkundigte er sich stirnrunzelnd: „Was ist los?“

Sie heuchelte Erstaunen. „Was soll denn los sein, Constantine? Ich bin an einem der traumhaftesten Orte der Welt, zusammen mit dem wohl nettesten Mann, der mir jemals begegnet ist. Also was sollte mich stören?“

Er betrachtete sie eindringlich. „Erzähl mir von deinem Ausflug mit Demetri. Gestern Abend wirktest du ein bisschen müde, und ich wollte dich nicht drängen. Gewiss, du sagtest, dir habe der Tempel gefallen, aber über Demetri hast du kein Wort verloren. War er höflich zu dir? Hat er sich dir gegenüber so verhalten, wie ich es mir wünsche?“

Wäre die Situation nicht so ernst gewesen, hätte Joanna vermutlich hysterisch gelacht. Was, um alles in der Welt, sollte sie antworten? Sie beschloss, möglichst nahe an der Wahrheit zu bleiben. „Nun ja, wie du weißt, ist Demetri nicht gerade glücklich über unsere Beziehung“, begann sie vorsichtig.

„War er grob zu dir?“

Grob? Erneut war der Lachreiz fast unwiderstehlich. „Nicht grob, nein.“ In der Hoffnung, ihn abzulenken, fuhr sie fort: „Er weiß über die Insel wirklich gut Bescheid. Mich hat besonders Athene fasziniert und ihr ...“

„Genug!“ Constantine unterbrach sie mit einer gebieterischen Geste. „Mich interessiert nicht, was mein Sohn über unsere Mythen und Legenden berichten konnte, sondern was er über mich zu sagen hatte – und über uns.“

Sie erschrak. In ihrem Bemühen, ihn zu beschwichtigen, hatte sie offenbar das Falsche geäußert, und nun musste sie ihn überzeugen, dass nichts Außergewöhnliches passiert war. „Er hat dich überhaupt nicht erwähnt, Constantine“, beteuerte sie. „Ich habe lediglich das Gefühl, dass er mich nicht mag. Er hält mich für berechnend, das ist alles.“

„Mit anderen Worten, Demetri glaubt nicht, dass sein Vater noch auf eine schöne Frau attraktiv wirken könnte. In seinen Augen bin ich ein bemitleidenswerter alter Narr, der sein Ego durch die Gesellschaft einer atemberaubenden Geliebten aufpoliert.“

„Nein.“ Joanna dämmerte, dass sie die Sache nur verschlimmert hatte. Wenn sie geahnt hätte, dass Constantine von Selbstzweifeln geplagt wurde, wäre sie diplomatischer vorgegangen. „Er verachtet mich, nicht dich.“

„Waren das seine Worte? Also hat er dich beleidigt.“

„Nein.“ Sie war ratlos. „So habe ich es nicht gemeint.“

Er seufzte resigniert. „Wie auch immer. Solange er keinen Verdacht hegt, was die Wahrheit betrifft, soll es mir recht sein.“

„Ja.“ Erleichtert atmete sie auf. „Ich kann dir versichern, dass er jedes deiner Worte glaubt.“

„Gut.“

Joanna zögerte. „Du bist doch nicht böse, oder?“

„Böse?“ Mit einem wehmütigen Lächeln gab er ihre Hand frei. „Mein Ego hat einen schweren Schlag erlitten, aber dir bin ich nicht böse, Liebes. Es tut mir leid, dass du die Missbilligung meines Sohnes ertragen musst. Demetris Zunge kann ziemlich verletzend sein.“

Errötend senkte sie den Kopf. Sie wollte momentan lieber nicht an Demetris Zunge denken und daran, wie er sie eingesetzt hatte, um sie zu verführen. Und sie, Joanna, hatte es ihm so leicht gemacht, hatte ihn sogar ermutigt. Gleichgültig, ob sein Liebesspiel heißer Leidenschaft oder kalter Berechnung entsprungen war, sie hatte jedes Recht verloren, ihn zu verurteilen.

„Du würdest mir doch sagen, wenn da noch mehr wäre, oder?" Constantine war weiterhin skeptisch.

„Natürlich." Insgeheim dankte sie allen Heiligen, dass er ihre Gedanken nicht lesen konnte. „Erzähl mir von Alex' Verlobtem. Sieht er gut aus? Kennt sie ihn schon lange?"

„Lange genug. Costas ist der Sohn von Andrea Karadinos. Andrea ist ein guter Freund und Geschäftspartner von mir. Unsere Kinder kennen sich von klein auf. Es ist ein Glücksfall, dass sie sich ineinander verliebt haben. Alex weiß, dass sie durch die Hochzeit unsere Verbindung festigt."

Joanna mochte ihren Ohren kaum trauen. „Demnach ist es eine arrangierte Ehe?"

„In gewisser Weise." Er lächelte. „Beunruhigt dich das?"

„Nein", log sie.

Constantine durchschaute sie. „Als meine Tochter ist Alex ein begehrtes Ziel für Mitgiftjäger. Das heißt jedoch nicht, dass ich sie unbedingt daran hindern würde, einen Mann zu heiraten, den ich nicht kenne. So grausam bin ich nicht. Trotzdem ist es viel angenehmer, wenn sie jemanden ehelicht, den ich mag. Ich habe mit dem größten Vergnügen meine Zustimmung erteilt."

„Ich hätte nie gedacht, dass du so konservativ bist."

„Du meinst altmodisch? Zugegeben, ich habe bestimmte Erwartungen an meine Kinder. Olivia hat sich gegen meinen ausdrücklichen Wunsch von dem Mann scheiden lassen, den ich für sie ausgesucht hatte. Du siehst selbst, wie leer ihr Leben geworden ist. Ich möchte nicht, dass Alex etwas Ähnliches widerfährt."

„Und Demetri?" Joanna biss sich auf die Zunge. Warum hatte sie das gefragt, nachdem sie sich so bemüht hatte, jeden Gedanken an ihn zu verdrängen?

„Demetri?“, wiederholte sein Vater stirnrunzelnd. „Hat er dir gegenüber eine Freundin erwähnt?“

„Nein. Ich habe mich nur gefragt …“, … welche Pläne du mit ihm hast, ergänzte sie im Stillen. Die Vorstellung, Demetri könnte eine Frau heiraten, die sein Vater für ihn ausgewählt hatte, behagte ihr sonderbarerweise absolut nicht.

„Mein Sohn kennt seine Pflichten. Er weiß, was ich von ihm erwarte, und wird mich nicht enttäuschen.“

Indem er sich mit der Frau einlässt, von der er glaubt, sie würde mit seinem Vater schlafen, dachte sie und rang sich ein Lächeln ab. „Ich bin sicher, du hast Recht“, behauptete sie. „Was wollen wir heute Vormittag unternehmen?“

Am Ende unternahm Joanna fast nichts.

Constantine bestand darauf, zuerst die Post durchzusehen, bevor er ihr unten im Patio Gesellschaft leistete. Eine halbe Stunde später schickte er Philip mit der Bitte, sie möge sich noch eine Weile gedulden. Es gebe dringende geschäftliche Angelegenheiten zu regeln, teilte der Diener ihr kühl mit.

Die Ankunft von Nikolas Poros kurz darauf bedeutete das endgültige Aus für alle Hoffnungen, mit Constantine den Vormittag zu verbringen.

Seufzend ging Joanna nach oben, zog einen Badeanzug an und schlang sich einen Sarong um die Hüften. Mit einer Zeitschrift unter dem Arm kehrte sie auf die Terrasse zurück und machte es sich auf einer der gepolsterten Liegen neben dem Pool bequem.

Sie hatte sich vielleicht eine Viertelstunde gesonnt, als sie hinter sich Schritte hörte. Olivia, dachte sie deprimiert. Wie hatte sie nur so naiv sein können, sich einzubilden, Constantines Tochter würde eine solche Chance ungenutzt verstreichen lassen? Sie war daher angenehm überrascht, als eine Männerstimme ertönte.

„Ich würde Ihnen empfehlen, Sonnenöl aufzutragen, Mrs. Manning. Es wäre ein Jammer, solch zarte Haut zu verbrennen."

Spiro. Demetris persönlicher Assistent stand neben der Liege. Heiterkeit und leichte Sorge spiegelten sich auf seinen Zügen wider.

„Ich habe mich eingecremt, bevor ich meine Suite verlassen habe, Mr. Stavros." Sie beschattete ihre Augen, um zu ihm aufzublicken. „Trotzdem vielen Dank für den Rat."

„Gern geschehen." Er lächelte. „Bitte nennen Sie mich Spiro."

„Und ich bin Joanna. Ich bin es nicht gewohnt, mit Mrs. Manning angeredet zu werden."

„Warum nicht?" Er ließ sich auf der benachbarten Liege nieder. „Ist das nicht Ihr Name?"

„Wenn Sie wissen wollen, ob ich verheiratet war oder nicht, dann lautet die Antwort, ‚ja, das ist mein Name'. Die meisten Leute nennen mich allerdings Joanna."

Er zuckte die Schultern. „Ich war lediglich neugierig."

„Waren Sie neugierig oder Demetri?" Ihr war klar, dass Spiro sie vermutlich ebenso wenig hier haben wollte wie sein Arbeitgeber. „Hat er Sie gebeten, mit mir zu reden?"

„Demetri ist nach Athen geflogen."

„Um seine Schwester heimzuholen, ich weiß. Warum haben Sie ihn nicht begleitet?"

„Wir sind keine siamesischen Zwillinge", erwiderte Spiro trocken. „Ich bin sein Assistent, nicht sein Leibwächter."

„Sein Leibwächter?" Ihr stockte nun der Atem. „Braucht er denn einen?"

Er sah sie prüfend an, bevor er sich dem Pool zuwandte. „Manchmal vielleicht ... Heute ist ein schöner Tag, nicht wahr?"

„Ja." Joanna erinnerte sich an das, was Constantine kurz nach ihrer Ankunft über Sicherheit bemerkt hatte.

Sie hatte ganz vergessen, wie gefährlich die Welt sein konnte, und die Männer in Constantines Umgebung als selbstverständlich hingenommen. Er hatte sie stets als Pfleger oder Chauffeure abgetan, aber nun erkannte sie, wie einfältig es gewesen war, sie nicht als Bodyguards zu identifizieren. Die Kastros waren eine überaus reiche Familie und mussten unweigerlich Feinde haben. Demetri musste Feinde haben! Gütiger Himmel, warum hatte sie nicht früher daran gedacht?

Sie richtete sich auf. Die Vorstellung, dass Demetri einen Leibwächter brauchte, hatte ihr die Laune verdorben. Sie hatte plötzlich Angst. „Ich werde ein bisschen schwimmen“, erklärte sie und rieb sich die Arme. „Wie Sie schon sagten, es ist sehr heiß.“

„Er ist morgen wieder da, Joanna.“ Spiro erhob sich ebenfalls. Mit seiner Größe und muskulösen Statur erinnerte er sie vage an Demetri. „Er geht stets auf Nummer sicher.“

„Und warum sollte mich das interessieren?“ Sie trat an den Beckenrand. „Einen schönen Tag noch.“

9. KAPITEL

Demetri kehrte jedoch nicht am nächsten Tag nach Theopolis zurück. Erst zwei Tage später landete der Helikopter auf dem kleinen Flugfeld nahe Agios Antonis.
Demetri war froh, wieder daheim zu sein. Natürlich nur, um sich zu vergewissern, dass Joanna seinem Vater in der Zwischenzeit keinen Kummer bereitet hatte – zumindest redete er sich das ein. Obwohl Spiros allabendliche Berichte beruhigend geklungen hatten, wollte er sich selbst überzeugen. Spiro gehörte schließlich nicht zur Familie. Woher sollte er wissen, was Constantine dachte oder empfand? Woher sollte Spiro wissen, was sich im Schlafzimmer seines Vaters abspielte?

Demetri hob seine Reisetasche aus dem Hubschrauber und wartete ungeduldig darauf, dass seine Schwester und ihr Verlobter ausstiegen. Theos, wie viele Koffer hatten sie mitgebracht? Ihre Hochzeitsreise würde drei Wochen dauern, nicht drei Monate.

Der Rückflug war wegen Alex verschoben worden. Sie hatte geschworen, dass es ihr nicht gelungen sei, den passenden Kranz für ihren Schleier zu finden. Also war ein Kopfschmuck nach ihren Vorgaben angefertigt worden, und Demetri hatte sich gedulden müssen. Wenn Costas bereit war, seiner Braut jeden Wunsch zu erfüllen, durfte der Bruder nicht nachstehen, zumal es um Alex' großen Tag ging.

Costas Eltern und seine drei Schwestern, die als Brautjungfern fungieren sollten, würden am nächsten Tag eintreffen. Am Tag darauf – dem Tag vor der Trauung – würden viele weitere Verwandte und Freunde in der Villa Quartier nehmen. Demetri fragte sich, wie Joanna all die Fremden im Haus verkraften würde, schalt sich jedoch sofort, weil er überhaupt einen Gedanken an ihren Seelenfrieden verschwendet hatte. Sie sollte gar nicht hier sein, sie gehörte nicht hierher. Und auf gar keinen Fall sollte er Entzugserscheinungen verspüren, nur weil er sie seit über achtundvierzig Stunden nicht gesehen hatte.

Die Villa war ungewöhnlich still, als sie am späten Nachmittag eintrafen. Spiro hatte zwar einen Wagen geschickt, um sie abzuholen, war aber selbst nicht in der Halle, um sie zu begrüßen. Von plötzlicher Unruhe erfüllt, ließ Demetri Alex und Costas allein und eilte in den ersten Stock. Die Abwesenheit der Dienstboten war kein Anlass zur Sorge, die meisten Angestellten hatten zwischen drei und sechs Uhr frei. Während er den Flur zur Suite seines Vaters entlangging, sagte er sich, dass er vermutlich überreagiere.

Als er an die Tür klopfte, wurde ihm von Philip geöffnet. „Kirie Demetri! Endlich sind Sie zurück", rief der Diener in seiner Muttersprache. „Gott sei Dank!"

„Warum?" Demetri ging an ihm vorbei und schaute sich rasch um. „Was ist passiert? Ist mein Vater wohlauf?"

Philip rang die Hände. „Wenn ich das wüsste! Ich habe mir solche Sorgen gemacht."

„Sorgen?" Demetri war überzeugt, dass Spiro es ihm mitgeteilt hätte, falls sich der Zustand seines Vaters verschlechtert hätte. „Was meinen Sie?"

„Oh Kirie Demetri ..." Philip schüttelte den Kopf. „Diese Frau ist nicht gut für ihn."

Die Tatsache, dass Demetri ihm insgeheim zustimmte, machte es ihm nicht leichter, gelassen zu antworten. „Ich bin sicher, mein Vater weiß, was er tut." Ein kurzer Blick auf die Schlafzimmertür zeigte, dass diese geschlossen war. „Ruht er gerade? Ich würde nämlich gern mit ihm sprechen."

„Er ruht nicht." Philip seufzte. „Sie sind unterwegs, kirie. In der größten Tageshitze unternehmen sie einen Ausflug! Ich konnte sie nicht daran hindern."

Eine unerklärliche Enttäuschung ergriff Demetri. Eigentlich hätte er sich freuen müssen, dass sein Vater sich wohl genug fühlte, um auszugehen. Offenbar hatte er sich von dem Schwächeanfall erholt, der ihn bei Demetris Abreise nach Athen geplagt hatte – demzufolge schien Joanna seine Genesung eher zu fördern als zu beeinträchtigen. Philip war eifersüchtig, das war alles. Und was ihn, Demetri, betraf, so mochte er über seine Gefühle in dieser Angelegenheit lieber nicht nachdenken ...

Demetri sah Joanna erst beim Dinner wieder.

Er hatte keine Ahnung, wann sie und sein Vater von ihrem Ausflug zurückgekehrt waren – Spiro, der bei Demetris Ankunft telefoniert hatte, hatte sich überraschend vage über den Verbleib der beiden geäußert. Er meinte, sie seien vielleicht zum Einkaufen nach Agios Antonis gefahren, doch sicher war er sich nicht, da Constantine ihn nicht in seine Pläne eingeweiht hatte.

Demetri hatte sich notgedrungen bis zum Abend gedulden müssen und auch nicht versucht, seinen Vater vorher zu sehen. Stattdessen hatte er mit Spiro einige geschäftliche Probleme diskutiert. Bis sein Vater völlig genesen war – oder zumindest Olivia gestattete, ihrem Bruder zu helfen, wie sie es schon seit langem wünschte –, oblag es Demetri, einen reibungslosen Geschäftsablauf zu gewährleisten.

Als er vor dem Dinner den Salon betrat, stockte ihm der Atem. Joanna war noch schöner, als er sie in Erinnerung gehabt hatte. Sie saß mit seinem Vater auf einem Sofa und betrachtete ein Fotoalbum. Die Sonne hatte ihrer Haut einen goldenen Schimmer verliehen und helle Lichter in das blonde Haar gezaubert. Das dunkelblaue Abendkleid ließ eine Schulter frei und betonte ihre makellose Figur. Kurz, sie sah bezaubernd aus, und Demetri verspürte den unverzeihlichen Drang, sie von seinem Vater fortzuzerren, der besitzergreifend einen Arm um ihre Taille gelegt hatte.

„Demetri“, begrüßte Constantine ihn lächelnd.

Demetri blieb nichts anderes übrig, als das Zimmer zu durchqueren und seinen Vater zu umarmen, wie es die Tradition verlangte. Er verzichtete allerdings darauf, das Wort an Joanna zu richten, und beschränkte sich auf ein kühles Nicken. Zufrieden registrierte er, dass sie sofort weniger selbstsicher wirkte. Sie senkte den Kopf und schien sich ganz auf die Bilder zu konzentrieren. Theos, dachte Demetri wütend, er zeigt ihr Kinderfotos von Olivia, Alex und mir! Besitzt er denn gar kein Schamgefühl?

„Du gestattest, dass ich sitzen bleibe“, sagte Constantine. „Wir hatten einen ziemlich aufregenden Tag, nicht wahr, Joanna? Ich bin ein bisschen müde."

„Aufregend, das stimmt." Sie blickte kurz auf, und da Constantine offenbar mehr von ihr erwartete, fügte sie hinzu: „Wir haben einen Freund Ihres Vaters besucht."

„Marcos Thexia", warf Constantine schmunzelnd ein. Marcos war sein Anwalt. „Außerdem waren wir ein wenig bummeln." Er hob Joannas Handgelenk, das von einem Diamantenarmband geschmückt wurde. „Was meinst du dazu, Demetri? Ist es so hübsch wie seine Besitzerin?"

„Constantine!"

Ihr Protest klang überzeugend, doch Demetri ließ sich nicht täuschen. „Nicht annähernd", erwiderte er galant. Ihr Blick verriet, dass sie nicht auf sein Kompliment hereinfiel. Ihn interessierte allerdings viel mehr, warum sein Vater beim Anwalt gewesen war. Was, in Gottes Namen, hatte er jetzt wieder angestellt?

„Das finde ich auch", pflichtete Constantine ihm heiter bei, ohne auf die unterschwellige Feindseligkeit zwischen den beiden zu achten. „Da ist ja Onkel Panos. Wie geht es dir, Panos?"

Die Ankunft des alten Mannes erlaubte es Demetri, sich auf die andere Seite des Salons zurückzuziehen. Er schenkte sich einen Drink ein, bevor er sich zu den anderen gesellte. Während seines Aufenthalts in Athen hatte er sich eingeredet, dass Joanna nicht halb so begehrenswert sein könne, wie er es in Erinnerung hatte. Ein fataler Irrtum. Sie war so verführerisch wie eine Sirene.

Er wollte nicht nur Sex mit ihr haben, sondern sie lieben. In ihrer Gegenwart empfand er mehr als nur den Wunsch, seine Frustration an ihr abzubauen. Wäre die Idee nicht so lächerlich gewesen, hätte er fast meinen können, er wünsche sich selbst eine Beziehung mit ihr.

Da Onkel Panos sich auf dem Stuhl neben dem Sofa niedergelassen hatte, bat Constantine Joanna, das Album an seinen Platz zurückzulegen. Als sich gleich darauf zwischen den beiden Männern eine lebhafte Diskussion über die politische Lage entspann, stand sie zögernd auf und ging zu Demetri hinüber, der direkt neben dem Schrank stand.

Es reizte ihn maßlos, dass sie so gefasst wirkte, während seine Nerven zum Zerreißen gespannt waren.

„Haben Ihnen die Bilder gefallen?", erkundigte er sich leise. „Manche müssen gemacht worden sein, bevor Sie zur Welt kamen."

Joanna schob das Album ins Regal, wobei Demetris Aufmerksamkeit unwillkürlich auf ihr Dekolleté gelenkt wurde. „Sie schmeicheln mir", erwiderte sie und richtete sich auf. „Ich bin nicht mehr so jung, wie Sie denken."

„Vielleicht haben Sie ja Fotos Ihrer Familie mitgebracht, die Sie uns zeigen könnten. Von Ihrem Ehemann, beispielsweise." Nach einer kurzen Pause fügte er hinzu: „Sofern es ihn je gegeben hat."

„Es hat ihn gegeben. In diesem Punkt würde ich nicht lügen."

„Das wirft natürlich die Frage auf, wann Sie sonst lügen würden", konterte er. „Möglicherweise haben Sie bei anderen Themen nicht die Wahrheit gesagt."

„Nein. Warum glauben Sie, ich hätte etwas zu verbergen?"

Demetri zuckte die Schultern. „Weil ich nur weiß, was Sie mir erzählt haben. Diese traurige Geschichte, dass Sie Ihre Eltern als Kind verloren haben und Sie bei Ihrer Tante aufwachsen mussten. Das klingt ein bisschen nach einer Märchengeschichte, oder?"

Sie sah ihn vorwurfsvoll an. „Es war keineswegs ein Märchen, Mr. Kastro. Meine Eltern wurden in Österreich durch eine Lawine getötet, und ich kam zur unverheirateten Tante meines Vaters. Glauben Sie mir, so etwas würde ich mir nicht ausdenken."

„Es scheint keine sehr glückliche Zeit für Sie gewesen zu sein."

„Eine glückliche Zeit? Mein ganzes Leben ist nicht besonders glücklich für mich verlaufen, Mr. Kastro. Beantwortet das Ihre Frage?"

Er furchte die Stirn. „Und Ihr Ehemann?"

„Mein Ex-Ehemann …" Joanna atmete tief durch. „Mit ihm war es am schlimmsten."

„Was sagtest du gerade zu Joanna, Demetri?", unterbrach Constantine den Wortwechsel.

Demetri unterdrückte einen Fluch, als Joanna sichtlich erleichtert an die Seite seines Vaters eilte. „Wir haben über meine Kindheit geplaudert", erklärte sie. „Ist es Zeit zum Essen?"

„Sobald Alex und Costas hier sind. Ah, da kommen sie ja endlich." Constantine nahm ihren Arm. „Meine Liebe, darf ich dir meine jüngste Tochter und ihren Verlobten vorstellen? Alex, Costas, dies ist meine sehr liebe Freundin Joanna Manning."

Das Dinner verlief erstaunlich harmonisch, was möglicherweise Olivias Abwesenheit zuzuschreiben war.

Im Gegensatz zu ihrer Schwester schien Alex nichts dabei zu finden, dass ihr Vater eine Affäre mit einer wesentlich jüngeren Frau hatte. Sie raunte Demetri sogar zu, dass Constantine überraschend gut für einen Mann aussehe, der sich erst vor zwei Wochen einer schweren Operation unterzogen habe. Ihrer Meinung nach tat Joanna ihm gut, und Demetri musste einräumen, dass sie vielleicht Recht haben könnte.

Ein Trost war ihm das allerdings nicht. Es behagte ihm absolut nicht, dass er allmählich anfing, Ausflüchte für Joannas Verhältnis mit seinem Vater zu suchen. Bei ihren Äußerungen über ihre Kindheit und Ehe hatte er tatsächlich einen Anflug von Mitleid für sie verspürt. Er war enttäuscht gewesen, als sein Vater sie unterbrochen hatte, bevor sie die Gründe für das Scheitern ihrer Ehe hatte nennen können. Ob sie sich ihm tatsächlich anvertraut hätte? Oder hatten all die Andeutungen nur dem sorgfältig inszenierten Ziel gedient, seine Sympathie zu erringen? Nun, das war ihr jedenfalls gelungen.

Verdammt, wann würde er endlich aufhören, sich von seinen Hormonen statt von seinem Verstand leiten zu lassen? Es war unwichtig, ob sie ihn anlog oder nicht. Sie ging ihn nichts an.

Oder doch?

„Was ist los, Demetri?" Alex hatte seine grimmige Miene bemerkt.

„Gar nichts", behauptete er und rang sich ein Lächeln ab. „Was meinst du, wie wirst du dich als Kiria Karadinos fühlen?"

„Ich hoffe, ausgezeichnet", erwiderte sie heiter. Etwas ernster fuhr sie nach einer kurzen Pause fort: „Und was ist mit dir? Bereust du die Trennung von Athenee?“

„Nein“, versicherte er nachdrücklich. Nur Alex hatte den Mut, seine Affäre mit Athenee Sama bei Tisch anzuschneiden. Die meisten seiner Mitmenschen vermieden es, Athenee überhaupt zu erwähnen, weil sie völlig zu Recht glaubten, einen wunden Punkt zu berühren.

Zumindest war es einmal so gewesen. Verblüfft erkannte er, dass er keinen Gedanken mehr an Athenee verschwendet hatte, seit sein Vater ihm Joanna vorgestellt hatte. Und nun empfand er nichts mehr für seine einstige Geliebte. Absolut nichts.

„Das freut mich. Ich habe sie nie gemocht. Sie war immer so eitel, so durchdrungen von ihrer eigenen Wichtigkeit. Sie hätte dich nie glücklich gemacht, Demetri. Du brauchst eine warmherzige, einfühlsame Frau.“ Zwei reizende Grübchen zeigten sich auf ihren Wangen. „Jemanden wie Joanna“, fügte sie verschmitzt hinzu. „Schade, dass Papa sie zuerst entdeckt hat.“

Nur mit Mühe gelang es ihm, das Lächeln beizubehalten. „Ich bezweifle, dass Mrs. Manning mich mag“, entgegnete er und wechselte das Thema. „Costas“, wandte er sich an seinen künftigen Schwager, „hoffentlich hast du vor, meine Schwester gelegentlich in ihre Schranken zu verweisen. Sie neigt leider dazu, ihre Nase in Angelegenheiten zu stecken, die sie nichts angehen.“

„Ich musste mich doch vergewissern, dass du Athenee nicht nachtrauerst“, verteidigte sich Alex. „Du weißt bestimmt, dass Papa Aristoteles Sama zur Hochzeit eingeladen hat. Es ist also nicht ausgeschlossen, dass Athenee ebenfalls kommt.“

Demetris Miene verdüsterte sich. „Und Benaki?“

„Hast du es noch nicht gehört? Athenee und Peri Benaki sind kein Paar mehr, das hat mir Costas’ Schwester Sara erzählt.“

10. KAPITEL

Erst am frühen Abend hatte Joanna Gelegenheit, der Hochzeitsgesellschaft zu entfliehen. Unter Umgehung des Festzeltes, in dem vorhin ein opulenter Lunch für die über hundert Gäste serviert worden war, gelangte sie die Stufen hinunter zum Strand. Sie streifte die Sandaletten ab und lief barfuß über den weichen Sand.

Aus Alex' und Costas' Sicht war es ein erfolgreicher Tag. Obwohl Alex ihr anvertraut hatte, dass die Gästeliste wegen der Krankheit ihres Vaters stark zusammengestrichen worden war, fand Joanna rund hundertfünfzig Trauzeugen sogar für Jetset-Verhältnisse absolut ausreichend. Nach Rückkehr des jungen Paares von der Hochzeitsreise war eine weitere Party in Athen geplant für all diejenigen, die man nicht auf die Insel hatte einladen können. Momentan war der ärgste Trubel vorüber, die Frischvermählten waren nach Malaysia aufgebrochen, und nun galt es nur noch, am nächsten Tag die Gäste zu verabschieden, die in der Villa übernachteten.

Vor einer halben Stunde hatte Joanna Constantine in seine Suite gebracht. Trotz seiner eisernen Entschlossenheit, Alex einen denkwürdigen Tag zu bescheren, hatte er am Ende seine Schwäche eingestehen müssen. Ohne Joannas Hilfe hätte er die Treppe nie bewältigt.

Demetri war natürlich auch besorgt gewesen und hatte seinen Vater nicht aus den Augen gelassen. Während der Zeremonie war er stets auf dem Sprung gewesen, ihn zu stützen, falls er zusammenzubrechen drohte.

Constantine hatte jedoch ungeahnte Kräfte mobilisiert. Er hatte seine Tochter zum Altar geführt, daneben gestanden, als sie das Ehegelübde ablegte, und nach seiner Rede beim Lunch zu urteilen, hatte er das Ereignis genauso wie alle anderen genossen.

Trotz Olivias missbilligender Blicke war er nicht von Joannas Seite gewichen. Ansonsten hatte er sich wie jeder stolze Vater benommen und aller Welt seine Zufriedenheit mit Alex' Wahl ihres Gatten demonstriert.

Gott sei Dank war all das nun vorüber. Joanna spürte, wie die Anspannung allmählich von ihr wich. Constantine hatte sein Ziel erreicht und seine Dankbarkeit deutlich zum Ausdruck gebracht, als sie ihm aus Jackett und Hemd geholfen und den seidenen Morgenrock übergestreift hatte.

Nachdem er aufs Bett gesunken war, hatte er ihre Hand genommen. „Du glaubst doch nicht, dass irgendjemand Verdacht geschöpft hat, oder, agapi mou?“

Joanna hatte ihm versichert, dass alles wie geplant verlaufen sei. „Alex hat nichts gemerkt. Und Demetri ...“ Sie hatte gezögert. „Demetri hatte wohl Angst, du könntest deine Kräfte überschätzen, aber keiner hat die Wahrheit erraten. Trotzdem musst du es ihnen jetzt sagen, Constantine.“

Er hatte matt genickt, bevor er vor Erschöpfung in Ohnmacht gesunken war. In der Gewissheit, dass sie mehr im Moment nicht tun könne, hatte sie das Zimmer verlassen.

Joanna atmete tief die salzige Luft ein. Es war ein schöner Tag, dachte sie. Constantine und alle anderen hatten ihn genossen. Selbst sie hatte leichte Rührung empfunden, als die stolze Braut sich in ihrem Kleid präsentiert hatte, das ein berühmter Modeschöpfer eigens für sie entworfen hatte. Widerstrebend hatte Joanna sich eingestehen müssen, dass nicht jeder Hochzeitstag unweigerlich zu Enttäuschung und Demütigung führte. Costas liebte Alex, das war unübersehbar.

Alles war so anders verlaufen als Joannas Hochzeitstag. Gewiss, sie war auch verliebt und aufgeregt gewesen, aber sie hatte nicht geahnt, dass der Tag so enden würde. Sie hätte sich nie träumen lassen, dass Richard allein deshalb nicht mit ihr geschlafen hatte, weil er es nicht konnte. Der Mann, den sie für seinen Freund gehalten hatte, war in Wahrheit sein Liebhaber.

Wenn Richard doch nur aufrichtig zu ihr und seinen Eltern gewesen wäre! Homosexualität war schließlich nichts, dessen man sich schämen musste. Warum hatte er sich nicht zu seiner Veranlagung bekannt und stattdessen sie mit hineingezogen? Hatte es daran gelegen, dass sie, wie er behauptet hatte, so erwartungsvoll gewesen war? Oder hatte man sie einfach so unglaublich leicht täuschen können?

Ja, ich war voller Erwartungen und naiv, dachte sie bitter. Dafür hatte Tante Ruth gesorgt. Sie hatte ihre Nichte wie ein Dienstmädchen behandelt. Kein Wunder, dass Joanna darauf gebrannt hatte, ein besseres Leben zu führen.

Der Urlaub auf Sardinien war ihre erste Chance gewesen, sich wie eine echte – und zudem attraktive – Frau zu verhalten. Eine Frau, die im Stande war, einen weltgewandten Mann wie Richard zu fesseln. Die Begegnung mit ihm war wie ein Traum gewesen. Er war so charmant, so gut aussehend gewesen – und so nett, dass sie sich bereits bei der ersten Verabredung in ihn verliebt hatte.

Natürlich hatte sie bei ihm nicht nach Fehlern gesucht. Anfangs war sie maßlos dankbar gewesen, dass er sie nicht bedrängte. Sie hatte keinerlei Erfahrung mit Männern gehabt, abgesehen von den bewundernden Blicken der Jungen auf ihrer Schule. Die Vorstellung, zu heiraten, war ein gewaltiger Schritt für sie gewesen.

Richards Eltern waren ebenfalls reizend zu ihr gewesen. Die beiden hatten eigentlich schon jegliche Hoffnung auf Nachwuchs aufgegeben, als Richard sich ankündigte. Kein Wunder, dass sie ihn vergöttert hatten. Nichts war gut genug für ihn gewesen. Er hatte überhaupt nichts falsch machen können. Später hatte Joanna begriffen, dass seine Eltern zum Teil verantwortlich für das Desaster waren. Sie hatten zu viel von ihm verlangt. Wären sie jünger und toleranter gewesen, hätte er vielleicht den Mut gefunden, ihnen die Wahrheit zu sagen.

Möglicherweise hatten sie es vermutet, allerdings hatten sie Joanna gegenüber nie einen Verdacht geäußert. Stattdessen hatten sie sie die Hochzeit planen lassen und darauf bestanden, sämtliche Kosten zu übernehmen. Dies wäre das Mindeste, was sie für das Mädchen tun könnten, das Richard eine so gute Ehefrau sein würde, hatten sie ihnen erklärt.

Der Tag selbst war bemerkenswert glatt verlaufen. Richards Cousin war Trauzeuge gewesen, und erst sehr viel später hatte Joanna begriffen, warum er während der Zeremonie so geistesabwesend gewirkt hatte. Offenbar hatte er die Wahrheit gekannt und versucht, Richard zur Vernunft zu bringen. Aber nichts und niemand hatte Richard daran hindern können, seinen Eltern der Sohn zu sein, den sie sich so sehr wünschten.

Die erste Nacht ihrer Flitterwochen hatten sie in einem Hotel am Flughafen Gatwick verbracht. Ziel der Hochzeitsreise war Antigua – ein weiteres Geschenk seiner Eltern –, doch die Maschine startete erst am nächsten Morgen.

Demzufolge war es relativ früh gewesen, als sie zu Bett gingen. Joanna hatte ein weißes Spitzennegligé getragen, das sie extra für diese Gelegenheit gekauft hatte. Als sie aus dem Bad gekommen war und Richard offenbar fest schlafend vorgefunden hatte, war sie zutiefst enttäuscht zu ihm ins Bett gestiegen.

An Schlaf war allerdings nicht zu denken gewesen. Die Aufregungen des Tages sowie ihre eigenen unerfüllten Erwartungen hatten sie wach gehalten. Als Richard jedoch gegen halb zwölf vorsichtig aufgestanden war, um ins Bad zu gehen, hatte sie ihn angesprochen. Joanna hatte seine Hand ergriffen und feststellen müssen, dass er keineswegs erfreut darüber war.

Sie hatte seine gereizte Reaktion der Übermüdung zugeschrieben und sich an ihn geschmiegt, als er ins Bett zurückkam. Nach dem ersten Kuss würde er seine Zurückhaltung schon aufgeben, hatte sie geglaubt.

Aber Richard hatte sie nicht küssen wollen, sondern ihr unumwunden erklärt, dass er seine Ruhe wünsche. Er wäre kein besonders sinnlicher Mensch, hatte er hinzugefügt, als er ihre Beschämung bemerkte. Sie hätten noch genug Zeit, einander besser kennen zu lernen, sobald sie in der Karibik wären.

Das war nicht geschehen. Gewiss, Richard hatte mehrmals versucht, mit ihr zu schlafen, aber selbst die unerfahrene Joanna hatte gespürt, dass er einfach nicht an ihr interessiert war. Natürlich hatte er sich entschuldigt und die Hitze oder andere Unzulänglichkeiten dafür verantwortlich gemacht. Und sie hatte die eigentliche Ursache noch immer nicht geahnt – dass ihn nämlich ihr weiblicher Körper abstieß.

Nach den Flitterwochen war das Leben in normalen Bahnen verlaufen, jedenfalls so normal wie unter den Umständen möglich. Richard hatte seine Arbeit wieder aufgenommen, und Joanna hatte einen Job bei „Bartholomew's" angetreten. Nach außen hin hatten sie eine glückliche Ehe geführt.

Bis Joanna eines Tages früher aus dem Geschäft gekommen war und Richard mit John Powers überrascht hatte, dem jungen Mann, mit dem er auf Sardinien gewesen war.

Gütiger Himmel, dachte sie jetzt, wie habe ich nur so lange so dumm sein können? Wie lange hätte sie noch in ihrer Traumwelt gelebt und sich eingebildet, Richard wäre tatsächlich sexuell nicht sonderlich aktiv? Sie war so beschäftigt damit gewesen, sich selbst und allen anderen einzureden, welch wunderbarer Ehemann er sei, dass sie die offensichtlichste Erklärung schlichtweg übersehen hatte.

Nach seiner Enttarnung hatte Richard eine neue Taktik angewandt. Sie dürfe ihn jetzt nicht verlassen, hatte er gefleht. Er wäre ruiniert, wenn sie die Ehe jetzt beenden würde. Und falls seine Eltern hinter die Sache kämen … Kurz, er hatte jeden Trick der moralischen Erpressung genutzt.

Und Joanna war geblieben. Zumindest eine Weile. Bis Richard ihr vorgeschlagen hatte, sie möge sich einen Liebhaber suchen und schwanger werden. Dies wäre der einzige Weg, hatte er beteuert. Sie war fassungslos über so viel Unverfrorenheit gewesen. Seine Eltern hätten sich bereits nach Enkeln erkundigt, hatte er hinzugesetzt. Sie wollte doch Kinder, oder? Er hatte ihr sogar angeboten, ihr einen passenden Partner zu vermitteln …

„Wo ist mein Vater?" Demetris Stimme riss Joanna jäh aus ihren Erinnerungen. Er war ihr gefolgt und ging nun neben ihr her. „Hat er sich zur Nacht zurückgezogen?"

Seit dem gemeinsamen Ausflug zum Tempel war dies das erste persönliche Gespräch mit Demetri. „Ja, er wollte früh ins Bett." Sie mied seinen Blick. „Soll ich ihm etwas ausrichten?"

„Nein, danke."

Die schroffe Ablehnung kränkte sie. Warum eigentlich? Es konnte ihr schließlich egal sein, was er von ihr dachte. In ein paar Tagen, höchstens einer Woche, würde sie die Insel wieder verlassen und ihn nie wieder sehen.

Ihr Magen krampfte sich zusammen. Nie wieder ... So haben Constantine und ich es geplant, ermahnte sie sich im Stillen. So habe ich es gewollt. Sie hätte sich allerdings nie träumen lassen, dass ihr Aufenthalt auf Theopolis sich als so verheerend erweisen würde.

„Wie geht es ihm?", fragte Demetri unerbittlich weiter.

Sie wünschte, er würde zur Party zurückkehren und sich wieder zu den Frauen seiner eigenen Schicht gesellen, von denen sich manche ihm förmlich aufgedrängt hatten. Junge und Alte schienen gleichermaßen in seiner Nähe aufzublühen und andächtig an seinen Lippen zu hängen.

Es hatte Joanna fast krank gemacht, das Demetri das weibliche Geschlecht wie ein Magnet anzog. Und ich bilde keine Ausnahme, gestand sie sich bitter ein. Trotz ihrer Erfahrungen mit Richard hatte er ihren Schutzwall durchbrochen und ihr gezeigt, dass sie genauso verletzlich war wie alle anderen.

Warum ausgerechnet jetzt?, fragte sie sich deprimiert. Warum fühlte sie sich nach all den öden Jahren zu einem Mann hingezogen, der nichts als Verachtung empfinden konnte? War dies ihr Schicksal? Gehörte sie zu jenen Frauen, die stets nur Opfer waren?

„Er ist müde", erklärte sie und setzte ihren Marsch am Ufer entlang fort. „Damit haben Sie doch sicher gerechnet, oder?"

„Ich rechne mit gar nichts, Joanna, dann kann ich auch nicht enttäuscht werden. Und Sie? Hat der heutige Tag Ihren Erwartungen entsprochen?"

„Ähnlich wie Sie habe ich keine Erwartungen." Sie hatte keine Lust, ein Wortgefecht mit ihm zu riskieren. „Warum gehen Sie nicht zu Ihren Gästen zurück? Ich bin überzeugt, mindestens die Hälfte leidet bereits jetzt unter Entzugserscheinungen."

„Eifersüchtig?"

Der Schmerz wurde schier unerträglich. „Ja, genau", behauptete sie betont ironisch. „Werden Sie endlich erwachsen, Demetri!"

Er packte sie am Arm, bevor sie sich abwenden konnte. „Ach ja, ich hatte ganz vergessen, dass Sie ältere Männer bevorzugen – viel ältere. Warum? Können Sie es denn nicht mit jemandem Ihrer Generation aufnehmen?"

Joanna presste die Lippen zusammen. „Nun, auf Sie trifft das wohl schwerlich zu, Demetri", rief sie. „Ob jung oder alt, sie sind alle gleich. Sie können es kaum erwarten, dass der Erbe des Kastro-Vermögens sie verführt!"

Sie hatte ihn schockiert. Gütiger Himmel, sie war über sich selbst entsetzt. Ihre Worte waren unverzeihlich gewesen, und seine Miene spiegelte Fassungslosigkeit wider. Fluchend hob er die Hand. Angstvoll wich Joanna zurück.

Doch er schlug sie nicht. Stattdessen umfasste er ihren Nacken und zog sie an sich. Dann lehnte er frustriert die Stirn an ihre. Seine Stimme klang gequält. „Warum tun wir das?", flüsterte er. „Ich weiß, du begehrst mich, und Gott weiß, ich begehre dich auch."

Verzweifelt suchte sie nach einer Antwort. Sie fürchtete, er wolle nur ein weiteres Mal versuchen, ihr zu beweisen, dass seine Meinung über sie berechtigt und sie so prinzipienlos war, wie er stets vermutet hatte.

Ehe sie allerdings etwas äußern konnte, wurden sie von einem hellen Lachen gestört. „Demetri? Ti tha kanateh?"

Joanna fühlte Demetri zusammenzucken, dann war sie frei. Mit bemerkenswerter Lässigkeit drehte er sich zu der Frau um. In seiner Muttersprache erklärte er offenbar kurz, was vorgefallen war. Für Sekundenbruchteile wirkte das Lächeln der Frau ein bisschen verkrampft, doch sie hatte sich sogleich wieder in der Gewalt.

Joanna erkannte sie jetzt. Selbst im schwindenden Tageslicht war es unmöglich, sich nicht an sie zu erinnern. Ihr Name war Athenee Sama. Sie war die Tochter von Aristoteles Sama, einem Freund der Familie.

Constantine hatte Joanna anvertraut, er und Athenees Vater hätten berechtigte Hoffnungen gehegt, dass aus ihren Kindern ein Paar würde.

Eine echte Schönheit, dachte Joanna. Ihr war unbegreiflich, weshalb Demetri nicht von Athenee fasziniert war. Neben der Griechin mit dem nachtschwarzen Haar und dem dunklen Teint kam sie sich blass und unscheinbar vor. Kein unbekanntes Gefühl für sie, aber eines, dass sie nicht mehr gequält hatte, seit Constantine ihr Freund war.

Joanna wollte sich diskret entfernen, doch Demetri hielt sie zurück. Höflich erkundigte er sich, ob sie und Athenee einander bereits vorgestellt worden seien.

„Selbstverständlich", versicherte Athenee liebenswürdig, doch der Blick, den sie Joanna zuwarf, war keineswegs freundlich. „Sie ist die … äh … Vertraute deines Vater, nicht wahr. Constantine hat sie uns persönlich präsentiert. Er ist sehr verliebt in sie, glaube ich."

Die Anspielung war deutlich und blieb auch Demetri nicht verborgen. Sofort ließ er die Hand sinken, und Joanna fühlte sich plötzlich wie eine Aussätzige.

„Es wird dunkel", meinte er unvermittelt. „Kommt." Er schloss Joanna in die Aufforderung mit ein. „Die Gäste brechen auf. Wir sollten zur Villa zurückkehren."

„Ich möchte lieber hier bleiben." Joanna war nicht gewillt, sich weiteren Beleidigungen durch seine Freundin auszuliefern. „Geht ihr ruhig vor."

Demetris Blick verfinsterte sich. „Joanna …"

„Ich sehe dich dann morgen früh." Sie wandte sich von ihm ab. „Gute Nacht."

11. KAPITEL

Erst weit nach Mitternacht suchte Demetri seine Suite auf. Unter dem Vorwand, beim Aufräumen helfen zu wollen, hatte er sich so lange unten aufgehalten – natürlich völlig überflüssigerweise, denn das Personal war durchaus im Stande, allein für Ordnung zu sorgen.

Die Wahrheit war jedoch, dass er sich davor fürchtete, ins Bett zu gehen. In Gesellschaft anderer konnte er seine verwirrenden Gedanken verdrängen, aber er wusste, dass er ihnen hilflos ausgeliefert sein würde, sobald er die Augen schloss.

Dabei hätte er so viel Mühe gar nicht nötig gehabt. Athenee, von der er früher geglaubt hatte, sie mehr als jede andere Frau zu begehren, hatte ihm ziemlich deutlich gezeigt, dass sie ihre Beziehung gern wieder aufnehmen würde. Sie wäre am liebsten in der Villa geblieben. Als ihr Vater nach Athen aufgebrochen war, hatte sie ihn zunächst nicht begleiten wollen. Hätte Demetri diesbezüglich auch nur ein Wort geäußert, würde sie jetzt auf ihn warten und ihn bereitwillig ablenken.

Er hatte jedoch keine Einladung ausgesprochen. Nachdem sie Joanna am Strand zurückgelassen hatten, waren er und Athenee schweigend zum Haus zurückgekehrt. Vermutlich hätte er überhaupt nicht mit ihr geredet, wenn sie ihn nicht zurückgehalten hätte, bevor sie die Terrasse erreichten. Von seinem Ärger überwältigt, hatte er deutlich zum Ausdruck gebracht, was er über ihre Einmischung dachte.

„Du kannst sie nicht haben, Demetri“, hatte Athenee kühl erwidert. „Ich weiß, du hast sie vorhin küssen wollen, und ich habe dich dabei gestört.“ Sie hatte spöttisch gelächelt. „Du solltest mir dankbar sein, oder willst du, dass dein Vater dich enterbt?“

„Ich habe keine Ahnung, was du meinst“, hatte er behauptet. Glücklicherweise hatte sie in der schwachen Beleuchtung seinen hochroten Kopf nicht sehen können. „Falls du mir damit zu verstehen geben willst, dass du hier bist, um mich über eine verpasste Gelegenheit hinwegzutrösten, muss ich dich enttäuschen.“

„Bist du sicher?“

„Oh ja. Ein netter Versuch, aber du verschwendest wirklich deine Zeit, Athenee.“

„Genau wie du, agapitos.“ Sie hatte unbedingt das letzte Wort haben wollen. „Constantine würde dich umbringen, falls er es je herausfindet.“

Würde er das?

Demetri stellte sich jetzt erneut diese Frage und verwarf sie sogleich wieder. Da er nicht vorhatte, die Antwort herauszufinden, war es ohnehin gleichgültig. In einem Punkt hatte Athenee allerdings Recht. Er hatte Joanna küssen wollen und hätte es auch getan, wenn Athenee ihn nicht daran gehindert hätte. Der Wunsch, diesen süßen, verführerischen Mund noch einmal zu kosten, hatte ihn einfach überwältigt.

Frustriert warf er Jackett und Krawatte über einen Stuhl. Verdammt, was war nur los mit ihm? Hatte er so lange keine Frau mehr gehabt, dass er bereit war, alle Skrupel zu vergessen? Warum hatte er dann keines der mehr oder minder unverhohlenen Angebote beachtet, mit denen man ihn den ganzen Tag über verfolgt hatte? Er war nicht eitel, aber er merkte, wann man ihm nachstellte. Trotzdem hatte er alle Avancen ignoriert, einschließlich Athenees.

Stirnrunzelnd trat er hinaus auf den Balkon. Es war eine wunderbare Nacht. Mild und sinnlich.

Sinnlich …

Er unterdrückte ein Stöhnen. Dieser Ausdruck erinnerte ihn an die erste Begegnung mit Joanna. Er hatte nicht an sie denken wollen, aber ein einziges Wort genügte, um eine Flut von Bildern heraufzubeschwören. Sinnlich, so hatte sie das Klima auf Theopolis bezeichnet. Damals hatte er geglaubt, sie wolle ihn provozieren, doch inzwischen wusste er, dass sie trotz ihrer aufreizenden Garderobe und atemberaubenden Schönheit nicht kokett war. Im Gegenteil, mitunter hatte sie etwas beinahe Unschuldiges an sich. Als er sie am Tempel geküsst hatte, war ihre Reaktion von bezaubernder Spontaneität gewesen.

Vielleicht bilde ich es mir auch nur ein, überlegte er gereizt. Eine

Frau musste schon ziemlich clever sein, um ihn hinters Licht zu führen, aber womöglich war sie so eine Frau. Wurde er von seinen eigenen Empfindungen für sie geblendet? Verbarg sich hinter ihrer vermeintlichen Ahnungslosigkeit ein weitaus komplizierterer Charakter, als er vermutete?

Demetri wusste es nicht. Er wusste überhaupt sehr wenig über sie. Sein Vater schien grenzenloses Vertrauen in sie zu setzen, aber was bedeutete das schon? Constantine war krank gewesen, schwer krank. Wie konnte er sicher sein, dass sie die Krankheit nicht benutzt hatte, um sich ihm zu nähern? Es war jedenfalls höchst verdächtig, dass eine schlichte Angestellte von „Bartholomew's" Modellkleider besaß und sich der Freundschaft eines Mannes wie Constantine Kastro rühmen konnte.

Freundschaft!

Freundschaft trifft es nicht einmal annähernd, dachte Demetri bitter. Sie war nicht nur die Freundin seines Vaters, sondern seine Geliebte. Hatte Constantine überhaupt eine Ahnung, welches Risiko er einging, indem er sich mit einer Frau wie ihr einließ?

Wahrscheinlich nicht. Und jetzt nach der Trauung war es vielleicht an der Zeit, dass er, Demetri, alles über Mrs. Joanna Manning in Erfahrung brachte. Wo lebte sie? Hatte sie tatsächlich eine unglückliche Kindheit verlebt? Und wo war der geheimnisvolle Ehemann, der ihr das Leben angeblich so unerträglich gemacht hatte? Warum war die Ehe gescheitert? Ob Constantine es wusste? Wusste es überhaupt jemand? Oder lag ihre Vergangenheit, ähnlich wie ihre Gegenwart, in einem mysteriösen Nebel?

Demetri erwog, Spiro mit der Klärung zu betrauen. Sein Assistent war ein Computergenie und brauchte lediglich eine Adresse sowie eine Bankverbindung, um binnen weniger Stunden ein Dossier zusammenzustellen, das selbst Geheimdienstleute neidisch machen würde. Leider war dieses Vorgehen verboten.

Als Alternative bot sich ein Privatdetektiv an. Sollte Constantine jedoch je herausfinden, dass jemand Joanna ohne seine Erlaubnis überprüfte, wäre die Hölle los – egal, ob sich die Nachforschungen als gerechtfertigt erweisen würden oder nicht. Er verlangte völlige Loyalität von seinen Angestellten und seiner Familie, und Demetri würde seinen ganzen Zorn zu spüren bekommen.

Nein, wenn er etwas über Joanna erfahren wollte, musste er es selbst erledigen. Aber wie? Wie spionierte man eine Person aus, über die man so wenig wusste? Für welche Methode er sich auch entschied, es musste schnell passieren.

Irgendwie hatte er das Gefühl, dass ihm die Zeit davonlief. Außerdem hatte er noch immer keine Ahnung, warum sein Vater seinen Anwalt getroffen hatte – die möglichen Konsequenzen dieses Besuches machten ihn misstrauisch. Anfang der Woche hatte Spiro ihn gefragt, ob er glaube, dass sein Vater Joanna heiraten wolle, die Idee war ihm damals absurd erschienen – aber nun?

Er stützte sich versonnen aufs Geländer und blickte auf den Garten hinab. Nach einer Weile richtete er sich wieder auf. Bald würde der Morgen anbrechen, und vorher musste er noch etwas schlafen.

Schlafen! Wie sollte er schlafen, wenn Joanna auf der anderen Seite des Hauses das Bett mit seinem Vater teilte? Der Balkon, auf dem er stand, umschloss das gesamte erste Stockwerk. Demetri brauchte nur um ein paar Ecken zu biegen, um zu dem Raum zu gelangen, in dem Constantine und Joanna schliefen.

Plötzlich kam ihm ein Gedanke. Wenn Joanna bei seinem Vater schlief, war ihr Zimmer logischerweise verlassen. Es war durch den Wohnraum und eine schwere Doppeltür von der Suite seines Vaters getrennt. Falls sie die Fenstertür nicht verschlossen hatte, würde er Gelegenheit haben, unbemerkt ihre Sachen durchzusehen. Vielleicht stieß er ja auf ihren Pass oder eine Adresse.

Seine Nerven waren aufs Äußerste gespannt, als er in sein Schlafzimmer zurückkehrte und das weiße Hemd gegen ein schwarzes T-Shirt tauschte. Zusammen mit der dunklen Hose war er im fahlen Mondlicht nicht so leicht zu entdecken.

Theos, er war solche Abenteuer nicht gewöhnt! Obwohl er gute

Gründe für sein Handeln hatte, behagte ihm die Situation absolut nicht. Falls er erwischt wurde …

Ich werde nicht erwischt, versuchte er sich im Stillen zu beruhigen. Und wenn die Tür verriegelt ist, hat sich die Sache ohnehin erledigt.

Die Tür war jedoch nicht verschlossen, sondern stand sogar einen Spalt breit offen. Im Zimmer brannte eine Lampe. Demetri sah das Licht durchs Fenster fallen und verwünschte sein Pech. Er wollte sich abwenden, aber irgendetwas – vielleicht Intuition – zwang ihn, weiterzugehen. Es herrschte völlige Stille. An die Wand gepresst, riskierte er einen Blick ins Innere.

Die Suite war leer. Die Tür zu den Räumen seines Vaters war geschlossen, die Tür zu Joannas Schlafzimmer hingegen geöffnet. Demetri zögerte. Joanna war nicht hier. Er reagierte inzwischen so sensibel auf ihre Nähe, dass er es sonst sicher gespürt hätte, falls sie in ihrem Bett liegen würde. Wahrscheinlich hatte sie nur vergessen, das Licht zu löschen, als sie die Suite verlassen hatte. Er musste sich beeilen, wenn er seinen Plan durchführen wollte. Es war bereits nach zwei Uhr.

Nachdem er die Tür weiter aufgestoßen hatte, wartete er einen Moment, bevor er weiterging. Sein Herz klopfte wie wild. Theos, so weit war es also mit ihm gekommen! Er brach in sein eigenes Heim ein.

Lautlos durchquerte er den Raum. Am besten überlegte er sich zunächst eine plausible Erklärung für seine Anwesenheit, für den Fall, dass einer der Dienstboten ihn überraschte. Er könnte behaupten, einen Eindringling gehört zu haben. Klang das einleuchtend genug? Zugegeben, seine Suite war von Joannas weit entfernt, aber er könnte sagen, dass er gerade den Balkon entlang geschlendert sei, als er plötzlich gesehen habe, wie jemand ins Zimmer huschte.

Er schüttelte den Kopf. Ein Spaziergang um zwei Uhr früh? Wer sollte ihm das glauben?

Eigentlich war es ohnehin egal, was andere dachten. Sie mussten ihm nicht glauben. Er tat es schließlich für seinen Vater und niemanden sonst. Constantine musste wissen, ob die Frau sein Vertrauen auch verdiente.

Demetri erschrak über seine Scheinheiligkeit. Er tat es nicht für seinen Vater, sondern für sich selbst. Für eine tiefere Analyse seines Charakters fehlte ihm allerdings die Zeit. Er war aus einem bestimmten Grund hier, und je schneller er das Gesuchte fand, desto eher konnte er in sein eigenes Zimmer zurück.

Der Wohnraum barg keine Geheimnisse. Außer den Sandaletten, die sie achtlos abgestreift hatte, deutete nichts auf seine Bewohnerin hin. Die persönlichen Gegenstände verwahrte sie demnach im Schlafzimmer. Mit leichtem Unbehagen näherte er sich der Tür.

Im Schlafzimmer war es stockfinster. Er würde also notgedrungen das Licht einschalten müssen. Die Beleuchtung nebenan war zwar gefährlich gewesen, hatte die Suche jedoch wesentlich vereinfacht. Auf Zehenspitzen huschte er zum Bett und lauschte angestrengt auf Atemzüge – vergeblich. Erleichtert knipste er eine Lampe an.

Wie er erwartet hatte, war das Bett leer. Allerdings – und das war beunruhigend – waren die Laken zerwühlt, und auf dem Kissen zeichnete sich deutlich der Abdruck eines Kopfes ab.

Demetri stutzte. Sie musste ins Bett gegangen sein, bevor sein Vater nach ihr geschickt hatte. Der alte Mann hatte sich früh zurückgezogen. Vermutlich hatte er geschlafen, als sie nach oben gekommen war. Und dann? War er aufgewacht? Oder hatte sie Verlangen nach seiner Gesellschaft verspürt?

Diese Möglichkeit machte Demetri zu schaffen. Egal, wie oft er sich sagte, dass er sich über nichts, was sie tat, wundern solle, überraschte sie ihn immer wieder. So schmerzhaft die Erkenntnis war, er wünschte sich, sie wäre nicht das, was sie war. Aber was?

Einem Impuls folgend, drehte er sich um. Beim Betreten des Zimmers war ihm ihre Handtasche auf der Bank am Fußende des Bettes aufgefallen. Statt sie jedoch zu nehmen und zu öffnen, schaute er sich um – und entdeckte Joanna an der Tür.

Im Grunde musste er dankbar sein, dass sie nicht laut aufgeschrien hatte. Einen dunkel gekleideten Mann im Schlafzimmer anzutreffen, hätte die meisten anderen Frauen in Panik versetzt, nicht so Joanna.

Wie lange mochte sie ihn schon beobachtet haben? Und warum um alles in der Welt brachte er kein Wort über die Lippen und konnte sie nur verlangend anschauen?

Sie war wunderschön. Seine Leidenschaft für sie war stärker als je zuvor. Sie trug ein seidenes Negligé über einem dazu passenden Nachthemd in einem matten Goldton, der für ihre zart gebräunte Haut wie geschaffen war. Das Haar fiel ihr offen über die Schultern. Sie war die Verkörperung seiner Träume – und seiner Albträume. Er begehrte sie, aber er konnte sie nicht haben. Sie gehörte nicht ihm, und dieses Wissen raubte ihm den Verstand.

„Demetri." Ihre Stimme klang sanft und nicht im Mindesten überrascht. „Was tust du hier? Hat Constantine nach dir geschickt?"

Constantine?

Die Erwähnung seines Vaters brachte ihn wieder zur Vernunft. „Nein. Ich bin nicht seinetwegen hier, sondern weil ich dich sehen wollte. Wo warst du?", fügte er nach kurzem Zögern hinzu.

„Ich war bei deinem Vater", flüsterte sie. „Warum wolltest du mich sehen? Es ist mitten in der Nacht."

„Ich weiß, wie spät es ist." Warum war er mit der Wahrheit herausgeplatzt? Er hatte die Chance verpasst, sich halbwegs elegant aus der Affäre zu ziehen. „Wir haben vorhin unser Gespräch nicht beenden können."

„Ich finde, du solltest jetzt gehen."

„Nein." Es mochte unklug sein, weiter in sie zu dringen, aber er brauchte Antworten. „Wir müssen reden."

„Ohne von einer deiner zahlreichen Freundinnen unterbrochen zu werden?", spottete Joanna. Sie gab die Tür frei. „Geh! Sonst fange ich an zu schreien, weil ein Eindringling in meinem Zimmer ist."

„Das würdest du nicht tun."

„So?"

„Nein." Demetri atmete tief durch. „Ich glaube, dafür hast du zu viel Respekt vor meinem Vater."

„Im Gegensatz zu dir", konterte sie verärgert. „Sei vorsichtig, Demetri. Noch habe ich ihm nicht gesagt, was am Tempel vorgefallen ist, doch das heißt nicht, dass ich es ihm nie erzählen würde."

„Joanna ..."

Er ging auf sie zu, aber sie wich ins Wohnzimmer zurück. Beinahe wäre sie dabei über das Sofa gestolpert, das mitten im Raum stand. Im Lampenlicht schimmerte ihr Haar wie ein Heiligenschein, ihre Wangen waren leicht gerötet. Nie hatte sie schöner und begehrenswerter ausgesehen – und unberührbarer.

Dann öffnete sie die Lippen, und um Demetri war es geschehen. Später redete er sich ein, er habe Angst gehabt, sie würde ihre Drohung wahr machen und schreien, aber das war nicht die volle Wahrheit. Mit wenigen Schritten war er bei ihr und presste ihr die Hand auf den Mund.

Es war schwer zu entscheiden, wer von ihnen schockierter darüber war. Joanna schien vor Empörung und Fassungslosigkeit zu erstarren. Demetris Sinne hingegen wurden sofort vom Duft ihres Haars und ihrer samtweichen Haut erregt.

Der Zauber war indes nicht von Dauer. Nachdem sie ihre Verblüffung überwunden hatte, begann sie, sich heftig zu wehren. Sie war stärker, als er gedacht hatte, und er musste einige Kraft aufwenden, um sie festzuhalten.

„Schon gut, schon gut", besänftigte er sie heiser. „Ich will dir nicht wehtun. Ich möchte lediglich mit dir reden."

Ihre Reaktion überraschte ihn. Statt den ungleichen Kampf aufzugeben, verdoppelte sie ihre Anstrengungen, sich zu befreien, und bevor er sie beruhigen konnte, spürte er einen scharfen Schmerz in der Hand. Khristo, sie hatte ihn gebissen!

Ohne einen Gedanken an die möglichen Konsequenzen zu verschwenden, ließ er sie los. Ungläubig betrachtete er seine blutende Handfläche, auf der sich deutlich der Abdruck von Joannas Zähnen abzeichnete. Sie ist verrückt, dachte er benommen. Und er war verrückt, wenn er sich einbildete, sie würde ihm zuhören.

Wenigstens schrie sie nicht.

Obwohl sie ans andere Ende des Zimmers geflohen war, machte sie keinerlei Anstalten, Hilfe zu rufen. Täuschte er sich, oder entdeckte er so etwas wie Reue in ihrem Blick?

Demetri wusste, dass er sich spätestens jetzt zurückziehen sollte. Es hatte keinen Zweck, an ihre Vernunft zu appellieren. Eine Frage musste er jedoch stellen. „Warum hast du das getan?“ Als er die Hand hob, fiel ein Blutstropfen zu Boden.

„Du würdest es nicht verstehen“, wisperte sie.

„Versuch, es mir zu erklären.“

Nervös befeuchtete sie ihre Lippen. „Du solltest ein Pflaster auf die Wunde kleben.“

„Warum? Droht mir etwa auch noch eine Blutvergiftung?“

Nach kurzem Zögern meinte sie. „Komm mit ins Bad. Dort ist Verbandszeug.“

Er traute seinen Ohren kaum. „Du willst die Verletzung jetzt versorgen?“

Joanna mied seinen Blick. „Das Bad ist dort drüben.“ Sie ging an ihm vorbei, durchquerte das Schlafzimmer und verschwand im Bad. Dort rumorte sie eine Weile herum und steckte dann den Kopf durch die Tür. „Kommst du? Zuerst solltest du die Wunde auswaschen.“

Wie in Trance folgte er der Aufforderung und hielt die Hand unter den Wasserhahn. Als er fertig war, bedeutete sie ihm, sich auf den Wannenrand zu setzen. Behutsam tupfte sie die verletzte Stelle trocken.

„Es könnte jetzt ein wenig brennen.“ Sie sprühte ein antiseptisches Mittel auf den Biss.

Demetri bemühte sich, ihr verführerisches Dekolleté zu ignorieren, als sie sich zu ihm vorbeugte. „Heraus mit der Sprache, warum hast du es getan?“

Sie seufzte. „Sagen wir einfach, ich mag es nicht, wenn jemand – insbesondere ein Mann – mich zu etwas zwingen will.“

„Hast du das von mir gedacht?“, protestierte er erschrocken. „Um Himmels willen, Joanna, es war mir ernst. Ich würde dich nie verletzen.“ Er umfasste ihr Kinn, so dass sie ihn ansehen musste. „Du glaubst mir doch, oder?"

Sie schluckte trocken. „Du verstehst das nicht."

„Stimmt. Warum klärst du mich nicht auf?"

Joanna senkte erneut den Kopf und konzentrierte sich auf die Wunde. Nachdem sie die überschüssige Tinktur entfernt hatte, klebte sie ein Pflaster über den Biss. Als er schon meinte, sie würde sich in Schweigen hüllen, richtete sie sich auf und blickte ihn an.

„Mein Exmann wollte mich überreden, Sex mit einem anderen Mann zu haben", wisperte sie kaum hörbar. „Ist es gut so?", fügte sie mit veränderter Stimme hinzu und wollte das Verbandszeug gleich aufräumen.

Demetri hielt sie zurück. Zu seiner grenzenlosen Erleichterung leistete sie keinen Widerstand. „Dein Exmann?", wiederholte er verwirrt. „Joanna ..."

„Er war schwul", erklärte sie leise. „Seine Eltern hatten keine Ahnung davon, sie wären sonst vor Scham gestorben. Sie waren ziemlich alt und stockkonservativ. Richard war ihr einziges Kind. Für sie war er vollkommen."

Er zog sie näher. „Wusstest du es?"

„Vor der Hochzeit nicht."

„Aber ..."

„Ich war naiv. Wie ich schon erwähnte, ich bin bei einer alten Tante aufgewachsen. Richard wusste das und hat es zu seinem Vorteil ausgenutzt."

„Trotzdem ..." Kopfschüttelnd blickte er in ihre traurigen blauen Augen. Er konnte es einfach nicht fassen. Erwartete sie tatsächlich, dass er ihr die Geschichte abnahm?

„Glaubst du mir nicht?"

„Das habe ich nicht gesagt", begann er vorsichtig, aber sie ließ ihn nicht ausreden.

„Das war auch nicht nötig." Sie lächelte bitter. „Richards Eltern haben es auch nicht getan."

Demetri nahm nun auch ihre andere Hand. „Ich begreife es noch immer nicht. Was hat dein Mann sich davon versprochen?“

„Er wollte, dass ich ein Baby bekomme. Es war einfach bizarr. Ich hatte mich praktisch mit einer kinderlosen Ehe abgefunden, aber seine Eltern wünschten sich einen Enkel, also …“

Er sah sie eindringlich an. War es wahr? War es möglich? Hatte er sich so in ihr getäuscht? Er hatte keine Ahnung. Er wusste nur, dass sein Körper verräterisch schwach wurde, wenn es um sie ging.

„Hatte er Erfolg?“ Eigentlich wollte er es gar nicht hören. Sie hatte gesagt, sie habe keine Kinder, und nun verstand er ihre Reaktion auf seine Frage. Das hieß allerdings nicht, dass …

Ihre Antwort war so unerwartet wie ihr Geständnis. Statt viele Worte zu machen, denen er ohnehin keine Beachtung geschenkt hätte, schob sie ihre Finger zwischen seine. Dann beugte sie sich vor und hauchte einen federleichten Kuss auf seine Lippen.

12. KAPITEL

Demetri wäre vor Verblüffung beinahe rücklings in die Wanne gefallen. Joannas Kuss machte ihn völlig hilflos. Der Funke des Verlangens sprang von ihr zu ihm über, und als Demetri diesmal die Arme nach ihr ausstreckte, geschah dies in der Gewissheit, dass sie ihn nicht zurückweisen würde.

Sie stand zwischen seinen Beinen, drängte sich an ihn – und spürte zweifellos seine Erregung. Es ließ sich nicht leugnen, sie überwältigte seine Sinne und seine Selbstbeherrschung. Er umfasste ihren Kopf, begierig, ihren süßen Mund zu kosten. Sie öffnete die Lippen und erwiderte sehnsüchtig das Spiel seiner Zunge.

Aber Demetri wollte mehr als nur ihre Küsse, er wollte ihre wohlgeformten Brüste an seiner Brust spüren. Er wollte die festen rosigen Knospen liebkosen, und zwar nicht durch den dünnen Stoff wie jetzt, sondern unverhüllt. Er wollte ihren Nabel mit der Zunge umschmeicheln, bevor er sich dem lockigen Dreieck näherte, das ihn zwischen ihren Beinen erwartete. Theos, er wollte alles von ihr, und er war sicher, dass sie auch alles von ihm wollte.

Ohne sich von ihr zu lösen, erhob er sich vom Wannenrand. Seine Hände zitterten. Keine Frau war ihm je so unter die Haut gegangen wie Joanna, und dabei hatte er sie noch nicht einmal im Bett.

Bald würde es so weit sein. Es musste passieren, mochte sein Gewissen auch noch so hartnäckig protestieren, dass er die Geliebte seines Vaters nicht verführen dürfe – er achtete nicht darauf.

Seufzend schob er die Finger in ihr Haar und genoss es, die seidige Pracht zu fühlen. Alles an ihr war weich, süß und begehrenswert. Berauscht von Lust drängte er sie ins Schlafzimmer.

Gott sei Dank war es nicht weit. Joanna stieß einen überraschten Laut aus, als sie gegen das Bett stieß und die Balance verlor. Demetri legte sie auf die zerwühlten Laken, ein wenig besorgt, wie sie reagieren mochte, da nun seine Absichten unmissverständlich waren. Zu seiner maßlosen Erleichterung unternahm sie keinen Versuch, ihn fortzustoßen, sondern legte ihm die Arme um den Nacken und gab sich ganz seinen Zärtlichkeiten hin.

Er stöhnte auf. Noch nie hatte sich eine Frau so gut angefühlt, noch nie hatte er so sehr auf den Liebesakt gebrannt. Das Negligé hatte sich geöffnet, nun trennte ihn nur noch der hauchdünne Stoff des Nachthemds von ihrer Haut. Am liebsten hätte er es einfach heruntergerissen, um sie ungehindert betrachten zu können, doch eingedenk ihrer Worte von vorhin unterdrückte er diesen Impuls. Ich darf nichts überstürzen, sagte er sich, wir haben den Rest der Nacht für uns.

Joanna machte es ihm allerdings nicht leicht, die Beherrschung zu wahren. Sehnsüchtig schmiegte sie sich an ihn, spielte mit dem Haar in seinem Nacken und schob einen Fuß unter sein Hosenbein, um mit der nackten Sohle seine Wade zu streicheln.

Demetri strömte das Blut schneller durch die Adern. Er musste aus seinen Sachen, und zwar sofort! Mit bebenden Fingern zerrte er am Gürtel und am Hosenbund, der sich zunächst nicht lockern lassen wollte, doch dann kam Joanna ihm zu Hilfe, und wie durch Zauberhand glitt der Reißverschluss auf. Wenn er gehofft hatte, sie würde ihr Werk vollenden, so wurde er enttäuscht. Seufzend lehnte sie sich wieder zurück und wartete, bis er sich vollends entkleidet hatte. Erst jetzt richtete sie sich auf, ließ die Fingerspitzen über das dichte Haar auf seiner Brust gleiten und zupfte aufreizend an seinen Brustwarzen.

Ungeduldig schob er ihr das Nachthemd bis zur Taille hoch. Lange Beine, ein flacher Bauch mit einem kleinen Nabel – all das registrierte er mit einem Blick, sein Interesse galt jedoch dem lockigen Dreieck zwischen ihren Schenkeln. „Du bist so schön“, raunte er beinahe andächtig. „Oh Joanna, du ahnst nicht, wie sehr ich dich begehre.“

„Begehrst du mich tatsächlich?“, hauchte sie. „Oder …?“

„Kein oder.“ Er befreite sie von dem störenden Spitzengebilde. Angesichts ihrer vollen Brüste wurden seine Augen dunkel vor Verlangen. Er senkte den Kopf und nahm eine der rosigen Knospen zwischen die Lippen. Sacht umschmeichelte er sie mit der Zunge. „Wie kannst du nur daran zweifeln?“

„Du könntest jede Frau haben“, wandte sie ein und umklammerte seine Schultern.

„Ich will keine andere.“ Verwundert erkannte er, dass dies die reine Wahrheit war. „Ich will nur dich.“

„Aber ...“

Es gab nur eine Möglichkeit, sie zum Schweigen zu bringen, und er nutzte sie. Während er nach dem Zentrum ihrer Weiblichkeit tastete, presste er seinen Mund auf ihren und ließ die Zunge zwischen ihre Lippen gleiten. Sie reagierte ohne die geringste Scheu, voller Vertrauen und Hingabe.

Joanna war bereit für ihn. Und sie war eng, so eng, dass er sich mühelos hätte einreden können, der Erste für sie zu sein. Als sie unter seinen forschenden Zärtlichkeiten ein wenig zusammenzuckte, verstärkte sich der Eindruck, dass dies noch kein Mann zuvor mit ihr getan hatte.

Demetri stöhnte vor Ungeduld, er lief Gefahr, den letzten Rest an Selbstkontrolle zu verlieren. Sie ließ die Hände rastlos über seinen Rücken gleiten, bis sie den Bund der Boxershorts erreichen. Mit aufreizender Zielstrebigkeit umspannte sie seinen festen Po.

Ahnt sie denn nicht, dass ich auf dem besten Weg bin, mich zum Narren zu machen?, dachte er benommen. Sie musste es doch wissen, schließlich war sie kein Teenager mehr, der die ersten sexuellen Erfahrungen sammelte, sondern eine erwachsene Frau. Also musste ihr auch klar sein, was ihre Berührungen bei ihm bewirkten.

„Joanna ...“ Durch die dünnen Shorts war unverkennbar, wie erregt er war. Irgendwie gelang es ihm, sie abzustreifen. Er hörte, wie Joanna scharf den Atem einsog, und einmal mehr überkam ihn das Gefühl, einen Traum zu durchleben. Dabei war sie so feminin, so warm und sexy, dass es ihm fast den Verstand raubte.

Er nahm ihre Hand und bedeutete ihr, ihn zu umfassen. Als sie zögernd seinen Wunsch erfüllte, stieß er einen leisen Laut aus.

„Was ist denn los?“, fragte sie ihn erschrocken. „Habe ich etwas falsch gemacht?“

„Nein, nein“, versicherte er heiser. „Es ist nur … Ich möchte dich lieben, Joanna. Lass mich dir zeigen, wie unbeschreiblich du bist.“

Sie setzte sich auf und küsste ihn. Diesmal ließ sie die Zunge in seinen Mund gleiten und löschte jeden klaren Gedanken in ihm aus. Ihre geöffneten Beine luden ihn förmlich ein, sie zu nehmen. Doch obwohl sein Körper vor Erregung glühte, zögerte Demetri, das Verlangen zu stillen, das sie in ihm geweckt hatte.

Theos, er sehnte sich danach, sich in ihrer warmen Weiblichkeit zu verlieren, aber irgendetwas, vielleicht ein Instinkt, bewog ihn, sich Zeit zu lassen. Immerhin war er ehrlich genug, sich einzugestehen, dass ihn kein verspäteter Anflug von Ehrgefühl zwang, sich zu gedulden. Nein, er war viel zu besessen von ihr und seiner Leidenschaft, um ernsthafte Zweifel an seinem Tun zu empfinden. Er wollte sie. Und er würde sie bekommen. Aber andererseits war es gut, die Vorfreude auszudehnen.

Gut vielleicht, aber auch klug? Die bloße Berührung ihres verführerischen Körpers ließ ihn wie einen Schuljungen erbeben. Seine Sinne waren geschärft, die Lust überwältigend. Er ahnte, dass diese Erfahrung sein Leben verändern würde.

Sie ist so eng, schoss es ihm erneut durch den Kopf, als er langsam in sie eindrang. Es war fast so, als würde er mit einer Jungfrau schlafen. Sie war einfach unglaublich. Sie einmal zu besitzen, würde ihm nie genügen …

Joanna zuckte zusammen. Bislang hatten Demetris raffinierte Liebkosungen sie überzeugt, dass sie dazu im Stande sei, doch nun war sie dessen nicht mehr so sicher. Sie war nicht das, was er erwartete, und obwohl sie sich eingeredet hatte, er würde ihre Unerfahrenheit nicht bemerken, kamen ihr plötzlich Zweifel über seine wahren Absichten und ihre eigene Kühnheit.

Dabei hatte sie sich selbst in diese Lage gebracht. Gütiger Himmel, er wollte tatsächlich mit ihr schlafen! Während die Vernunft sie warnte, dass sie ihm unmöglich etwas vormachen könne, drängten ihre Sinne sie, endlich dem Verlangen nachzugeben.

Sie zitterte – allerdings eher vor gespannter Aufregung als vor Furcht. Trotzdem wurde die Situation dadurch nicht besser. Es ließ sich nicht leugnen, dass sie mit allem angefangen hatte. Sie hatte Demetri geküsst, ihm gestattet, sie zum Bett zu drängen und Gefühle in ihr zu wecken, von deren Existenz sie nichts geahnt hatte.

Was war an Demetri nur so besonders? Warum hatte sie nicht wie jede andere Frau reagiert und um Hilfe geschrien, als sie ihn neben ihrem Bett überrascht hatte? Obwohl er ihr den Rücken zugewandt hatte, hatte sie ihn sofort erkannt – trotzdem hätte jeder Verständnis dafür gehabt, wenn sie angesichts eines dunkel gekleideten Eindringlings in Panik ausgebrochen wäre.

Stattdessen hatte sie sich beinahe entschuldigt, als er sie gefragt hatte, wo sie gewesen sei. Sie hatte mit keiner Silbe erwähnt, weshalb sie Constantine aufgesucht hatte. Gewiss dachte Demetri, sie sei geradewegs aus dem Bett seines Vaters gekommen, was natürlich nicht stimmte. Sie hatte in ihrem eigenen Bett gelegen, als sie unvermittelt das Bedürfnis verspürt hatte, nach Constantine zu sehen. Bei der Rückkehr von ihrem – glücklicherweise überflüssigen – Kontrollgang hatte sie Demetri vorgefunden, und zwar unter Umständen, die man nur als verdächtig bezeichnen konnte. Nichtsdestotrotz hatte sie seine fadenscheinige Ausrede, lediglich das unterbrochene Gespräch beenden zu wollen, akzeptiert.

Was also war an Demetri so besonders? Warum erinnerten sie seine Küsse und Zärtlichkeiten nicht an die Zeit mit Richard? Warum schreckte sie vor ihm nicht genauso zurück wie vor allen anderen Männern, denen sie nach ihrer Ehe begegnet war?

Sie kannte die Antwort nicht. Sie wusste nur, dass Demetri sie erregte wie niemand vor ihm. Bei ihm fühlte sie sich ganz als Frau, mehr noch, wie eine begehrenswerte Frau. Ohne es zu ahnen, hatte er ihr ihre Selbstachtung wiedergegeben. Und auch wenn sie am nächsten Morgen vielleicht nicht mehr ganz so euphorisch sein mochte, besaß sie momentan weder die Kraft noch den Willen, ihm zu widerstehen.

„Du bist atemberaubend“, raunte er.

„Bin ich das?“ Statt sich von ihm zurückzuziehen und ihm zu erklären, dass er sich in ihr täusche, schmiegte sie sich enger an ihn.

Es wäre ohnehin zu spät gewesen. Mit einer geschmeidigen Bewegung drang er in sie ein. Zunächst war es nicht unangenehm, nur fremd, doch mit einem Mal kam der Schmerz. Ein leiser Schrei entrang sich ihren Lippen, während ihr heiße Tränen in die Augen schossen. Falls er je Zweifel gehabt hatte, so erkannte Demetri jetzt die Wahrheit.

Ihre Blicke trafen sich. Verwirrung und Entsetzen spiegelten sich auf seinen Zügen wider. Sie spürte, wie seine Erregung abflaute. Kopfschüttelnd sah er sie an, als wäre sie eine Fremde.

„Theos“, flüsterte er und umfasste ihr Gesicht. „Warum hast du nichts gesagt?“

Joanna errötete beschämt. Eine eiskalte Hand schien nach ihrem Herzen zu greifen. Musste sie jetzt den Preis dafür bezahlen, dass sie gehofft hatte, ihre Unberührtheit vor ihm verbergen zu können? „Hättest du mir denn geglaubt?“

„Aber du warst doch verheiratet“, wandte er betroffen ein.

„Ich habe dir von meiner Ehe erzählt.“

„Offenbar nicht genug.“ Er seufzte. „Es tut mir leid. Ich hätte es nicht tun dürfen.“

Der Gedanke, dass dies womöglich ihre letzte Chance war, wie eine normale Frau zu empfinden, machte sie leichtsinnig. „Bereust du es, hier zu sein?“ Sie strich mit den Fingern über seine Brust. Prompt kehrte seine Erregung zurück. „Vorhin sagtest du, du würdest mich begehren.“

Demetri packte ihre Hände, um sie an weiteren Zärtlichkeiten zu hindern. „Versteh doch, Joanna … mein Vater …“ Er schüttelte den Kopf. „Ich verstehe es selbst nicht.“

„Ist das denn nötig?“ Sie schaute ihn sehnsüchtig an. „Liebe mich, Demetri.“

„Joanna …“ Seine Selbstbeherrschung schwand dahin.

Mühelos befreite sie sich aus seinem Griff und verschränkte die

Hände in seinem Nacken. Die Erkenntnis, dass sie solche Macht über ihn besaß, beflügelte sie. „Küss mich." Sie zog seinen Kopf zu sich herab und presste ihm die Lippen auf den Mund.

Der Zauber umfing sie erneut. Wogen der Lust erfassten sie und ließen das Blut schneller und heißer durch ihre Adern strömen. Sie fürchtete sich nicht mehr vor dem, was kommen würde, sondern genoss es als Beweis von Demetris Leidenschaft. Die Gefühle hatten endgültig über die Vernunft gesiegt.

Demetris Widerstand war gebrochen. Joanna schien instinktiv zu wissen, wie sie ihm Freude bereiten konnte. Er flüsterte etwas in seiner Muttersprache.

Obwohl sie die Worte nicht kannte, war die Bedeutung unmissverständlich, zumal er rau hinzufügte: „Du ahnst nicht, wie sehr ich mich nach dir verzehrt habe. Du hast mich verrückt gemacht."

Mir ist es nicht anders ergangen, wollte sie erwidern, doch dazu kam sie nicht mehr. Die vibrierende Spannung in ihr schien sich ins Unermessliche zu steigern. Als sie schon meinte, die süße Folter nicht länger ertragen zu können, blickte Joanna erstaunt und verzückt zugleich in Demetris Gesicht, auf dem feine Schweißperlen glänzten. Kraftvoll drang er immer wieder in sie ein. Sie hatte das Gefühl, sich zu verlieren, ihr Selbst aufzugeben und unaufhaltsam mit Demetri zu verschmelzen.

Der Höhepunkt kam für sie völlig überraschend. Sie hatte den Eindruck, als hätte sie ihr Leben lang nach etwas Unerreichbarem gestrebt, das auf einmal auf sie niederstürzte. Prickelnde Schauer der Lust durchrannen sie, und für einige kostbare Sekunden versank die Welt um sie. Sie hätte sich nie träumen lassen, je etwas Ähnliches zu erleben. Es kostete sie schier übermenschliche Anstrengung, in die Wirklichkeit zurückzukehren und den Blick auf Demetri zu richten.

In diesem Moment warf er mit einem unterdrückten Aufschrei den Kopf zurück. In das befriedigende Gefühl, dass auch er nun Erfüllung gefunden hatte, mischte sich ein Anflug von Panik. Gütiger Himmel, sie nahm nicht die Pille! Sie konnte also schwanger werden.

Joanna hatte jedoch keine Gelegenheit mehr, den Gedanken weiterzuspinnen. Kaum war Demetri über ihr zusammengesunken und hatte den Kopf an ihre Brüste geschmiegt, da hörten sie auch schon Philips Stimme aus dem angrenzenden Wohnzimmer.

„Kiria! Kiria Manning! Kirie Constantine ruft nach Ihnen. Ich fürchte, ihm geht es nicht gut.“

13. KAPITEL

Demetri stand am Bett seines Vaters und betrachtete den Schlafenden. Die Privatklinik am Rande Athens war nicht der Aufenthaltsort, den er seinem Vater gewünscht hätte, doch solange Constantines Gesundheit Anlass zur Sorge gab, hatten sie keine andere Wahl.

Inzwischen ging es seinem Vater besser. Trotz der Schläuche und Drähte, mit denen er verbunden war, hatten die Ärzte versichert, dass der Status des Patienten stabil sei. Zumindest so stabil, wie man es bei einem Menschen erhoffen durfte, der an Krebs im Endstadium litt.

Demetri seufzte. Er wusste jetzt, dass die Operation in London keineswegs so erfolgreich verlaufen war, wie Constantine behauptet hatte. In Wahrheit hatte er sich dem Eingriff nur unterzogen, weil die Athener Ärzte ihm erklärt hatten, dass es für eine konventionelle Therapie zu spät sei. Der Krebs hatte vom Magen aus bereits andere Organe erfasst. Nur in einem ausländischen Krankenhaus hatte Constantine hoffen können, seinen Zustand vor seinen Kindern zu verheimlichen. Er hatte es Alex zuliebe getan, weil er seiner jüngsten Tochter nicht das Hochzeitsfest hatte verderben wollen.

Und ich bin darauf hereingefallen, dachte Demetri ungläubig. Wann immer er seinen Vater in London besucht hatte, war dieser voll des Lobes über die Behandlung gewesen. Selbst der verantwortliche Arzt war offenbar angewiesen worden, die unangenehmen Details zu verschweigen. Soweit man es beurteilen könne, sei alles erwartungsgemäß verlaufen, und nach einer angemessenen Genesungszeit würde Constantine geheilt sein.

Demetri presste die Lippen zusammen. Ihm war nun klar, warum sein Vater Joanna bei seiner Rückkehr auf die Insel mitgebracht hatte. Sie gehörte zu seinem Ablenkungsmanöver und sollte durch ihre bloße Anwesenheit seine Kinder daran hindern, unliebsame Fragen zu stellen. Während er sich wie ein verliebter alter Narr aufgeführt hatte, waren sie blind für seine körperliche Schwäche gewesen. Sie hatten geglaubt, was er ihnen hatte weismachen wollen.

Demetri ging zum Fenster. Es hatte am Vormittag geregnet, und über dem Meer, das sich unterhalb der Klippen erstreckte, auf denen das Krankenhaus lag, schwebte feiner Nebel. Irgendwo dort draußen war Theopolis. Wie lange würde es dauern, bis sein Vater auf die Insel zurückkehren konnte? Bis er, Demetri, ihn dorthin begleiten konnte?

Er ballte die Hände zu Fäusten. Ich muss nach Hause, dachte er ungeduldig. Auch wenn es noch so schmerzlich war, er musste mit Joanna reden. Und, mehr noch, er musste sie sehen. Das war er ihr, weiß Gott, schuldig.

Drei lange Tage und Nächte waren inzwischen vergangen, seit er mit seinem Vater von Agios Antonis nach Athen geflogen war. Daniil Tsikas hatte sie begleitet. Demetri hatte den Inselarzt sofort gerufen, als er bemerkt hatte, welche Probleme sein Vater beim Atmen hatte. Tsikas hatte keine Zeit verloren und unverzüglich für seinen Patienten eine Notaufnahme in der Athener Klinik arrangiert.

Constantine hatte vehement gegen den Transport protestiert und beteuert, er brauche lediglich seine Medikamente, doch Demetri hatte seine Einwände ignoriert. Er wollte die Meinung eines Spezialisten hören, und als er erfuhr, wie krank sein Vater tatsächlich war, begriff er auch, weshalb dieser versucht hatte, ihn aufzuhalten.

Dickköpfiger alter Narr, dachte Demetri und kämpfte gegen die aufsteigenden Tränen an. Verdammt, Constantine hätte es ihm, seinem einzigen Sohn und Erben, sagen müssen!

Joanna hatte es gewusst. Sie hatte das Vertrauen seines Vaters genossen. Ohne sie hätte er seinen Plan nicht in die Tat umsetzen können. Diese Tatsache war für Demetri nur schwer zu verkraften.

Trotzdem durfte er Joanna nicht für die Entscheidung seines Vaters verantwortlich machen. Sie war vermutlich ganz zufällig in die Sache verwickelt worden. Aber was hatte sie davon? Was erhoffte sie sich von ihrer Beteiligung? Sie hatte ja nicht einmal das Bett seines Vaters geteilt.

Gott sei Dank!

Demetri fragte sich, was sie jetzt denken mochte. Ob sie sich freuen würde, ihn wiederzusehen? Irgendwie zweifelte er daran. Er erinnerte sich an ihren Gesichtsausdruck, als Philip nach ihr gerufen hatte. Bedauern hatte sich auf ihren Zügen widergespiegelt – und eine gewisse Bitterkeit. Wortlos hatte sie sich aus seinen Armen befreit und ihren Morgenmantel übergestreift, bevor sie das Zimmer verließ.

Seither hatte Demetri genug Zeit gehabt, über ihre Motive nachzudenken. Möglicherweise hatte sie ihm unnötige Peinlichkeiten ersparen wollen, indem sie Philip daran gehindert hatte, ihn im Schlafzimmer zu entdecken. Danach war es Demetri ein Leichtes gewesen, sich anzuziehen und ihr zu folgen. Philip hatte sein Erscheinen an Constantines Bett ohne jedes Misstrauen zur Kenntnis genommen, zumal sich die gesamte Aufmerksamkeit ohnehin auf den Kranken konzentrierte.

Erst sehr viel später überlegte er, was wohl passiert wäre, wenn Philip sie nicht gestört hätte. Der aufwühlende Liebesakt war von den Ereignissen in den Hintergrund gedrängt worden – allerdings gelang es Demetri nicht, sich einzureden, dass es besser so war, weil die Episode allein auf überreizte Emotionen und zu viel Champagner zurückzuführen sei.

Vor ihrem Ausflug zum Tempel hatten sie keinen Champagner getrunken, und trotzdem hatte er Joanna begehrt. Genau genommen begehrte er sie, seit sie ihn zum ersten Mal mit ihrem unbeschreiblich sinnlichen Blick herausgefordert hatte. Sie mit seinem Vater zusammen zu sehen und zu glauben, die beiden wären ein Paar, hatte ihn zur Verzweiflung getrieben, und zwar so sehr, dass er bereit gewesen war, den alten Mann zu betrügen, falls sich eine Gelegenheit dazu bot.

Und das konnte er sich nicht verzeihen.

Joanna traf keine Schuld. Abgesehen von der vermeintlichen Affäre mit seinem Vater hatte sie sich schließlich nichts vorzuwerfen. Während er, Demetri …

Er drehte sich um und betrachtete reumütig Constantines hageres Gesicht. Was für ein Sohn war er nur, dass er zu einem solchen Verrat fähig war? Wie sollte er mit der Erkenntnis leben, dass er dem alten

Mann das Herz gebrochen hätte, wenn Joanna tatsächlich die Geliebte seines Vaters gewesen wäre?

Warum wollte er Joanna überhaupt wiedersehen? Was glaubte er, durch ein Gespräch mit ihr erreichen zu können? Zweifellos verachtete sie ihn ebenfalls. Das würde immerhin ihre Reaktion auf Philips Hilferuf erklären.

Seit Constantine in der Klinik eingeliefert worden war, hatte sie jeden Tag angerufen. Demetri hatte zwar nicht selbst mit ihr gesprochen, aber die Schwestern hatten stets entweder ihn oder Olivia über die besorgten Anfragen informiert.

Seine Schwester war natürlich auch hier. Olivia hatte sich bitterlich beschwert, dass man sie nicht geweckt hatte. Zugleich hatte sie Joanna beschimpft und für Constantines Rückfall verantwortlich gemacht. Sogar nachdem sie ein Facharzt über den Zustand ihres Vaters aufgeklärt hatte, war sie beharrlich bei ihrer Meinung geblieben, dass Joannas Ansprüche den Kollaps heraufbeschworen hätten. Demetri hätte sie nicht vom Gegenteil überzeugen können, ohne sich selbst bloßzustellen.

Und das durfte er nicht, wenn er seinen Vater nicht erneut verraten wollte. Solange der alte Mann wollte, dass sie Joanna für seine Geliebte hielten, musste Demetri das Geheimnis wahren. Früher oder später würde er allerdings seine Sünden beichten müssen.

Warum eigentlich?, überlegte er bitter. Was würde ein Geständnis bewirken? Olivia würde ihn verachten, und sogar Alex würde es schwerfallen, ihm zu verzeihen. Joanna würde er mit einer Selbstanklage auch nicht dazu bewegen, stolz auf ihn zu sein. Die Tatsache, dass sie keinen Versuch unternommen hatte, ins Hospital zu kommen, bewies, wie wenig sie an einem Wiedersehen mit ihm interessiert war.

Constantine regte sich. Sofort näherte Demetri sich dem Bett. Er wirkt so zerbrechlich, dachte er. Makarios, der behandelnde Arzt, hatte ihnen mitgeteilt, dass er keine Prognose über die Lebenserwartung des Patienten abgeben könne. Constantines Tage waren gezählt.

„Demetri?“ Selbst seine Stimme klang schwach.

„Ich bin hier, Papa.“ Demetri beugte sich vor. „Wie fühlst du dich?“

„Schon viel besser“, log Constantine tapfer. „Ist Joanna draußen?“

Es war nicht das erste Mal, dass sein Vater sich nach ihr erkundigte, aber bislang hatte Olivia ihn mit Ausflüchten beschwichtigt. Seine Schwester weigerte sich hartnäckig, Joanna als Teil der Familie zu akzeptieren, und nun musste Demetri das Täuschungsmanöver auch noch fortsetzen.

„Ich bin sicher, sie wäre gern hier.“ Er wusste, dass sein Vater die Worte auf eigene Weise interpretieren würde. „Leider hat sich nach deiner Abreise von der Insel das Wetter verschlechtert. Roussos war nicht bereit, den Helikopter unter diesen Bedingungen zu starten.“

„Mit anderen Worten, du hast ihr nicht erlaubt, herzukommen.“

Trotz aller Gewissensbisse fand Demetri es unfair, dass ihn allein der Zorn seines Vaters traf. Constantine hatte Olivia nicht beschuldigt. „Das ist nicht wahr“, entgegnete er. „Es gibt auch noch andere Transportmittel. Fähren, beispielsweise.“ Am liebsten hätte er hinzugefügt, dass sie es irgendwie nach Athen geschafft hätte, wenn sie es gewollt hätte, aber eine solche Äußerung wäre zu grausam gewesen. Joanna konnte schließlich nicht wissen, dass Olivia das Krankenzimmer bewachte.

Constantine ließ sich jedoch nicht beirren. „Tu nicht so, als würdest du sie hier willkommen heißen“, rief er. Demetri erschrak über die plötzliche Röte, die die Wangen seines Vaters überzog. „Schwester Delos hat mir gesagt, dass Joanna oft anruft. Ist es denn so schwer zu begreifen, dass ich sie sehen möchte?“

„Nein.“ Die bloße Vorstellung, sie wieder zu sehen, genügte, um seinen Pulsschlag in die Höhe zu treiben. Aber seine Gefühle waren unwichtig. „Ich werde sehen, was ich tun kann.“

„Gut. Gut.“ Sein Vater schien mit dieser Antwort zufrieden. „Ich habe Durst.“

Demetri reichte ihm die Schnabeltasse vom Nachttisch.

Der alte Mann trank einen Schluck. „Danke.“

Demetri stellte den Becher zurück und rang sich ein Lächeln ab. „Ruh dich aus. Ich komme später wieder.“

„Ich hätte euch sagen müssen, dass ich sterbe."

Demetri blieb an der Tür stehen. „Papa …"

„Leugne es nicht, Demetri." Sein Vater seufzte resigniert. „Mach Joanna deshalb keine Vorwürfe."

Demetri schüttelte den Kopf und ging zum Bett zurück. „Sei unbesorgt. Ich akzeptiere, dass du deine Gründe hattest."

„Du bist sehr verständnisvoll. Das ist untypisch für dich. Lass dich nicht von dem kleinen Rückfall täuschen. Bald bin ich wieder auf den Beinen, und dann wirst du dir vielleicht wünschen, ehrlicher zu mir gewesen zu sein."

Demetri lächelte wehmütig. „Ich finde, du solltest schlafen, Papa."

„Das werde ich." Constantine ergriff seine Hand. „Wenn du mir versprichst, mit Joanna Frieden zu schließen."

„Frieden schließen mit …"

„Du weißt, wovon ich rede", unterbrach ihn sein Vater. „Ich habe gesehen, wie du sie in der Nacht angesehen hast, als ich den Anfall hatte. Du dachtest, ich würde es nicht merken, aber es war unverkennbar, dass dir ihre Anwesenheit missfiel – genau wie die Rolle, die sie gespielt hat. Lehnst du sie ab, Demetri? Das wäre schade, denn ich hatte gehofft, ihr beide würdet Freunde werden."

Freunde! Wenn dem doch nur so wäre. Demetri war die Kehle wie zugeschnürt. „Papa …"

Sein Vater war jedoch noch nicht fertig. „Sie hatte kein leichtes Leben." Erschöpft schloss er die Augen. „Ihr Mann – vielmehr ihr Exmann – war völlig untauglich. Ich will mich nicht in Details ergehen, aber er hat sie sehr unglücklich gemacht."

Demetri neigte den Kopf. „Verstehe."

„Das bezweifle ich. Er hat sie verletzt und gedemütigt und ihr jegliche Selbstachtung geraubt. Als ich sie kennen lernte, war sie scheu und unzugänglich. Sie hielt sich für unbedeutend und unscheinbar." Nach einer kurzen Pause schlug er die Augen wieder auf. „Ich denke, es ist mir gelungen, sie zu ändern. Langsam, ganz langsam begann sie, mir zu vertrauen. Wir wurden Freunde, und als ich die endgültige Diagnose erfuhr, war Joanna diejenige, mit der ich reden konnte und die mir den Trost bot, den ich bei meiner Familie nicht suchen konnte."

„Papa ..."

„Nein, hör mich an, Demetri. Sie ist nicht das, was du glaubst. Sie ist eine ehrbare Frau, und sie liegt mir sehr am Herzen." Er sah seinen Sohn eindringlich an.

„Warum erzählst du mir das, Papa?" Gütiger Himmel, wollte Constantine etwa andeuten, dass er sie heiraten wollte?

„Weil ich sie liebe, Demetri. Weil sie mir wichtig ist. Weil du mir versprechen sollst, nach meinem Tod dafür zu sorgen, dass ihr nie wieder etwas fehlt."

„Nein! Niemals! Das dulde ich nicht!"

Olivia stand ihrem Bruder in dem kleinen Raum vor dem Krankenzimmer ihres Vaters gegenüber. Ihre Wangen waren von Zorn gerötet. Demetri war froh, dass die Wände in der Klinik schallisoliert waren, so konnte er sicher sein, dass Constantine nichts von dem Streit mitbekam.

Olivias Starrsinn ärgerte ihn maßlos. „Sprich leiser", befahl er, „oder willst du, dass alle mit anhören, wie wir uns schon jetzt über seine Wünsche in die Haare geraten? Es ist das Begehren unseres Vaters, dass Joanna ins Krankenhaus gebracht werden soll."

Sie stieß einen verächtlichen Laut aus. „Oh ja, sein Begehren. Wir wissen alles über das Begehren unseres Vaters, oder?"

„Olivia ..."

„Versuch nicht, ihn zu verteidigen, Demetri." Sie verschränkte die Arme vor der Brust. „Warum hast du ihm nicht einfach gesagt, dass sie nach England zurückgekehrt ist? Warum lässt du ihn in dem Glauben, sie würde in der Villa auf ihn warten?"

Er atmete tief durch, bevor er antwortete. „Nur weil du sie nicht magst ..."

„Willst du etwa behaupten, du magst sie?"

„Sie ist nicht so schlecht, wie du denkst", erwiderte er. „Zumindest hat sie den alten Mann gern."

„Da bin ich anderer Meinung. Sie hat dich genauso umgarnt wie Papa." Olivia schüttelte den Kopf. „Ich habe dich vor ihr gewarnt, aber du wolltest nicht auf mich hören."

„Ich möchte doch nur, dass du ihr eine Chance gibst. Oder hältst du unseren Vater für einen so schlechten Menschenkenner?"

„Ich glaube nicht, dass ein Mann in seinem Zustand zu einem klaren Urteil fähig ist. Ich habe mich immer gefragt, warum sie sich mit ihm eingelassen hat. Jetzt ist es mir klar. Sie war über seine Krankheit informiert und wusste genau, wie lange sie ihre Rolle spielen musste."

„Schweig!" Demetri hatte genug von ihren boshaften Bemerkungen. „So war es nicht. Joanna kennt Papa schon seit etlichen Jahren, lange bevor der Tumor entdeckt wurde."

„Und das glaubst du?"

„Es ist die Wahrheit."

„Hat sie dir das erzählt?"

„Nein, er." Demetri seufzte. „Und nun entschuldige mich. Ich will in der Villa anrufen und Joannas Reise nach Athen arrangieren."

„Sie ist nicht dort", erklärte Olivia leise.

Für Sekunden schien die Zeit still zu stehen. „Was heißt das, sie ist nicht dort?"

„Was ist daran so schwer zu begreifen?", konterte sie kühl. „Lies es mir von den Lippen ab, Demetri. Joanna ist nicht in der Villa. Sie ist nach London zurückgekehrt."

Er traute seinen Ohren kaum. Olivia hatte also vorhin nicht geblufft. „Wann hat sie die Insel verlassen?"

„Vor drei Tagen."

„Aber sie hat doch täglich angerufen."

„Ich schätze, das Telefonsystem in England ist genauso modern wie unseres."

Demetri verspürte plötzlich den unbändigen Wunsch, seine Schwester zu würgen. „Darf ich daraus schließen, dass du für ihre Abreise verantwortlich bist?"

Zum ersten Mal wirkte Olivia verunsichert. „Und wenn es so wäre? Bestimmt hättest du ebenso gehandelt, wenn du nicht hier bei unserem Vater gewesen wärst."

„Wenn du davon überzeugt bist, warum bist du dann plötzlich so nervös?" Er war erstaunt, wie zornig er über ihre Eigenmächtigkeit war. „Dazu hattest du kein Recht."

„Oh doch. Papas Rückfall war ganz allein ihre Schuld. Hätte sie ihn nicht so rücksichtslos ... gefordert, hätte er seine Kräfte nicht überschätzt und ..."

„Sie war nicht seine Geliebte", unterbrach er sie ungeduldig.

„Nicht seine Geliebte?", wiederholte Olivia verblüfft. „Woher willst du das wissen?"

Ja, woher? „Ich weiß es eben", erwiderte er lahm.

„Hat Papa es dir gesagt?"

„Nein."

„Du willst doch nicht etwa andeuten, dass du ihren Lügen glaubst, oder?"

„Joanna hat nicht gelogen. Und sie musste mir auch nichts erzählen." Er sah sie herausfordernd an. „Verlangst du auch noch eine Zeichnung?"

Olivia presste die Hand auf den Mund. „Du ... du ... Ich fasse es nicht!" Sie wich einen Schritt zurück. „Du hattest Sex mit ihr? Nun, das beweist nur, was für eine Person sie ist", fügte sie schockiert hinzu.

„Sie war Jungfrau, Olivia", erklärte er ruhig. „Jawohl, Jungfrau. Wenn du also das nächste Mal das Bedürfnis verspürst, Joanna zu verleumden, solltest du deine Worte genau überlegen."

14. KAPITEL

Die Kontrolllampe des Anrufbeantworters blinkte, als Joanna von der Arbeit nach Hause kam. Ihr Herzschlag setzte eine Sekunde lang aus. Sie hatte ihre Telefonnummer in der Athener Klinik hinterlassen, mit der Bitte, sie zu informieren, falls Constantines Zustand sich ändern sollte. Die wenigen Freunde, die sie hatte, riefen normalerweise abends an – also wer sonst konnte es sein?

Rasch durchquerte sie das kleine Wohnzimmer und drückte den Wiedergabeknopf. Sie sandte ein Stoßgebet zum Himmel, dass es sich um keine schlechte Nachricht handeln möge. Eine weitere Hiobsbotschaft hätte sie nicht verkraftet.

Es war nicht das Krankenhaus. Die Stimme vom Band war so vertraut, dass Joanna vor Schreck die ersten Worte verpasste. Schockiert sank sie auf einen Stuhl. War Constantine gestorben? Ein anderer Grund, weshalb Demetri sie anrufen sollte, fiel ihr nicht ein.

„… Schwester hat mir erzählt, was passiert ist." Er klang kühl, aber nicht unfreundlich. „Egal, mein Vater fragt nach dir. Wir wären dir alle sehr dankbar, wenn du unverzüglich nach Griechenland zurückkehren könntest."

Damit war die Mitteilung beendet. Die Lampe leuchtete noch ein paar Sekunden, bevor sie erlosch. Joanna spulte das Band zurück, um den vollen Wortlaut zu hören.

Viel hatte sie nicht versäumt. Nur „Joanna" und „Es tut mir leid, dass du das Gefühl hattest, wieder nach England fliegen zu müssen." Dann fügte er hinzu, seine Schwester habe ihm berichtet, was vorgefallen sei. Joanne verzog das Gesicht. Sie bezweifelte, dass Olivia die Unterredung wahrheitsgemäß wiedergegeben hatte. Die Griechin hatte ihr unverblümt vorgeworfen, Constantines Leben gefährdet zu haben, und ihr deshalb befohlen, die Villa zu verlassen.

Nichtsdestotrotz war Demetris Botschaft unmissverständlich. Constantine wünschte sie zu sehen, und ob es Olivia nun behagte oder nicht, sie musste sich dem Willen ihres Vaters beugen.

Joanna atmete tief durch. Olivias Reaktion bereitete ihr die geringste Sorge. Wenn ihr bereits beim Klang seiner Stimme die Knie weich wurden, wie um alles in der Welt sollte sie Demetri gegenübertreten und so tun, als hätte sich nichts geändert? Dem war nicht so – zumindest für sie. Ihr Leben würde nie wieder so wie früher sein.

Deshalb hatte sie sich auch nicht gegen Olivias Anschuldigungen verteidigt. Spiro, der den Auftrag gehabt hatte, Joanna von der Insel zu schaffen, hatte sie gebeten, auf Demetris Rückkehr zu warten. Er hatte erklärt, täglich mit Demetri zu telefonieren, und ihr außerdem versichert, sein Arbeitgeber würde über ihre Abreise nach London keineswegs erfreut sein.

Doch Joanna hatte sich nicht beirren lassen. Eine kleine Privatmaschine brachte sie nach Athen, wo sie sofort einen Anschlussflug nach London bekam. Ein paar Stunden nach Constantines Kollaps war sie wieder in ihrem Apartment. Ohne die neue Garderobe, die inzwischen in ihrem Kleiderschrank hing, hätte sie sich einreden können, alles wäre nur ein schlechter Traum gewesen.

Sie seufzte. Leider ließen sich die Ereignisse nicht so leicht aus ihrem Gedächtnis streichen. Die Erinnerungen waren zu lebendig, zu aufwühlend. Sie würde nie vergessen können, was geschehen war. Und sie war sich auch gar nicht sicher, ob sie das überhaupt wollte.

Das war natürlich verrückt. Demetri mochte zwar Gewissensbisse verspürt haben, weil er sie völlig falsch eingeschätzt hatte, aber sie war nicht so naiv, sich einzubilden, dass ihm die leidenschaftliche Episode auch nur das Geringste bedeutet hatte. Er hatte sie begehrt, das hatte er zugegeben, aber Begehren hatte mit Liebe nichts zu tun. Was sich zwischen ihnen abgespielt hatte, würde seine Zukunftspläne nicht beeinflussen. Sogar Constantine hatte keinen Zweifel daran gelassen, dass sein Sohn eine Einheimische heiraten sollte.

Heiraten!

Joanna stockte der Atem. Wie kam sie nur auf die absurde Idee, eine Affäre mit einer Ehe in Verbindung zu bringen? Soweit sie wusste, hatte Demetri es mit dem Heiraten nicht eilig, aber wenn er sich zu einem solchen Schritt entschloss, würde er unweigerlich eine Frau wählen, die über jeden Zweifel erhaben war. Jemand, der zuvor als Geliebte seines Vaters aufgetreten war, kam dafür nicht in Frage.

Sie überlegte fieberhaft. Selbstverständlich wollte sie Constantine wiedersehen, der wie ein Vater zu ihr gewesen war. Er hatte sich um sie gekümmert, als sie bei der Scheidung Hilfe gebraucht hatte. Ohne ihn wäre sie vermutlich immer noch mit Richard verheiratet.

Dabei hatte ihre Bekanntschaft rein zufällig begonnen. Als ihr Chef sie gebeten hatte, einem seiner wichtigsten Kunden eine kostbare Schnupftabaksdose ins Hotel zu bringen, hatte sie nicht geahnt, dass Constantine und sie Freunde werden würden. Der griechische Unternehmer hatte jedoch sofort Gefallen an der schüchternen Engländerin gefunden, und so waren sie sich in den folgenden Monaten nähergekommen.

Vielleicht hatte Constantine ihren Kummer gespürt, oder vielleicht hatte sie auch nur jemanden zum Reden gebraucht, jemanden, der ihre Lage objektiv beurteilen würde ... Gleichviel, er hatte ihr mit Rat und Tat beigestanden und ihren Mann in die Schranken verwiesen. Richard hatte offenbar geglaubt, sie würde ihn nie verlassen, aber darin hatte er sich getäuscht. Constantine hatte sie zum Anwalt begleitet und in jenen schrecklichen Tagen getröstet, als ihre Schwiegereltern ihr vorwarfen, sie hätte das Leben ihres Sohnes ruiniert.

Verunsichert schaute Joanna sich in der kleinen Wohnung um, die sie sich nach der Scheidung eingerichtet hatte. Wenn sie nach Griechenland reiste, würde sie sich so benehmen müssen, als wäre zwischen Demetri und ihr nichts passiert, und das würde nicht leicht sein. Sie hätte nie mit ihm schlafen können, ohne etwas für ihn zu empfinden. Diese Gefühle, gegen die sie weiß Gott angekämpft hatte, waren seit ihrer Rückkehr nur noch stärker geworden.

Was sollte sie also tun? Möglicherweise hatte sich Constantines Zustand verschlimmert, so dass seine Kinder gezwungen waren, nach ihr zu schicken. Joanna hatte am Vormittag mit der Klinik telefoniert und erfahren, dass er eine gute Nacht verbracht habe – aber wie zuverlässig war diese Auskunft? Sie gehörte nicht zur Familie, und vertrauliche Informationen waren ausschließlich den Kastros vorbehalten. Fremde wurden meist mit höflichen Floskeln abgespeist.

Knapp achtundvierzig Stunden später stieg Joanna vor der Athener Klinik aus dem Taxi. Sie hatte den ersten Flug aus London genommen und sich in einem kleinen Hotel nahe der Plaka eingemietet, bevor sie einen Wagen bestellt hatte. Das Hotel sollte ihr als Zuflucht dienen, falls die Situation zu kompliziert wurde. Auf gar keinen Fall wollte sie von den Kastros abhängig sein.

Sie hatte sich nicht bei Demetri gemeldet, weil sie zu beschäftigt gewesen war. Immerhin hatte sie ihren Arbeitgeber von der Notwendigkeit überzeugen müssen, unmittelbar nach einem vierzehntägigen Urlaub erneut zu verreisen. Eine Nachbarin hatte versprochen, nach der Post zu sehen und die Pflanzen zu gießen.

Eine automatische Glastür gab den Zugang zum Foyer frei. Zögernd näherte Joanna sich dem Tresen. Was, wenn Demetri nicht hier war, um für sie zu bürgen? Sie wollte sich nicht an ihn wenden, doch wenn man sie nicht zu seinem Vater vorließ, würde ihr nichts anderes übrig bleiben. Auf Olivia durfte sie nicht hoffen. Sie würde Joanna wahrscheinlich sofort wieder in die nächste Maschine nach London verfrachten.

Glücklicherweise sprach die Empfangsdame englisch.

„Mrs. Manning?“ Sie blätterte in ihren Unterlagen. „Sie sind eine Freundin von Mr. Kastro?“

„Ja. Sie werden feststellen, dass er mich sehen möchte.“

„Psemata!“ Die junge Frau schüttelte den Kopf. „Tut mir leid, es ist nur den Familienmitgliedern gestattet, Mr. Kastro zu sehen, Mrs. Manning.“

„Trotzdem ...“

„Bedaure.“ Die Angestellte wirkte aufrichtig betrübt, doch Joanna vermutete, dass sie für solche Fälle geschult war. Bei prominenten Patienten wie Constantine musste das Personal mit unerwünschten Besuchern fertig werden. Mit den Medien, beispielsweise. „Ich kann Ihnen nicht helfen, Mrs. Manning."

Joanna seufzte. „Dann möchte ich Mr. Demetrios Kastro sprechen. Vielleicht können Sie ihm sagen, dass ich hier bin."

Die Empfangsdame schien allmählich die Geduld zu verlieren. „Mrs. Manning ..."

„Verstehen Sie denn nicht?" Joanna geriet in Panik. „Ich bin tatsächlich eine Freundin von Mr. Constantine Kastro. Fragen Sie seine Angehörigen."

Plötzlich tauchte ein Mann neben ihr auf. Einen Moment lang dachte sie, Demetri habe von ihrer Anwesenheit erfahren und sei zu ihrer Rettung herbeigeeilt, doch der Mann war ein Fremder. Er trug eine ähnliche Uniform wie die junge Frau hinter dem Schalter, die Ausbuchtung unter seiner linken Jacketttasche war allerdings Respekt gebietend.

„Apo etho ineh, kiria." Er deutete auf die Glastür, und Joanna erkannte, dass er sie zum Gehen aufforderte.

„Verstehen Sie nicht?", wiederholte sie, doch es war zu spät. Der Mann nahm sie beim Arm und zog sie sanft, aber unnachgiebig vom Tisch fort.

Man wirft mich hinaus, dachte sie verzweifelt. Sie würde ins Hotel zurückkehren und von dort aus mit der Klinik telefonieren müssen. Vielleicht wäre sie erfolgreicher gewesen, wenn sie das Krankenhaus vorab von ihrer Ankunft informiert hätte. Irgendjemand musste doch über Demetris Anruf Bescheid wissen.

Sie hatten gerade die Tür erreicht, als eine weitere Besucherin hereinkam. Der Wachmann trat einen Schritt beiseite, um die Frau vorbeizulassen. Sie blieb jedoch stehen.

„Mrs. Manning?", rief sie überrascht. „Was tun Sie hier? Wohin wollen Sie?"

Olivia! Joannas Zuversicht schwand dahin. Ausgerechnet Olivia!

Nichtsdestotrotz übte Olivias Begrüßung eine verblüffende Wirkung aus. Der Mann ließ sofort die Hand sinken, und die Empfangsdame, die sich noch vor wenigen Sekunden so abweisend gezeigt hatte, war aufgesprungen und eilte über den Marmorboden zu ihnen.

„Oh Kiria Kastro ...“ Mehr verstand Joanna nicht. Der Rest war ein nervöser Wortschwall auf Griechisch, der von hektischen Gesten in Joannas Richtung begleitet wurde.

„Stamateo! Das reicht!“ Erstaunlicherweise unterbrach Olivia den Rechtfertigungsversuch der jungen Frau. Joanna zuliebe fuhr sie auf Englisch fort: „Wollen Sie etwa sagen, Sie hätten meinen Bruder nicht über Mrs. Mannings Anwesenheit informiert?“

„Kiria Kastro ...“

„Darf ich das als Nein werten?“ Olivia besaß die beneidenswerte Gabe, jedem Protest den Wind aus den Segeln zu nehmen. An Joanna gewandt, fügte sie hinzu: „Es tut mir leid, Mrs. Manning. Ich war sicher, Demetri hätte das Personal angewiesen, Sie sofort zu meinem Vater zu bringen.“

Joanna traute ihren Ohren kaum. „Er wusste nichts von meinem Kommen“, räumte sie verlegen ein. „Ich habe einfach einen Flug gebucht und bin angereist.“

„Demnach haben Sie noch nicht mit meinem Bruder gesprochen, oder?“ Olivia sah sie besorgt an.

„Nein.“ Joanna verstand die Reaktion nicht. „Ist das wichtig?“

„Möglicherweise.“ Olivia seufzte. „Falls Demetri schon zum Flughafen aufgebrochen ist.“

Joanna wusste nicht, ob sie erfreut oder traurig sein sollte. Falls Demetri nicht hier war, hatten sich ihre Ängste bezüglich des Wiedersehens erledigt. Sie könnte vielleicht sogar nach London zurückkehren, ohne ein Wort mit ihm zu wechseln. Offenbar hatte er Olivia erzählt, dass er sich bei ihr, Joanna, gemeldet hatte – ein weiterer Beweis, dass er keinerlei Gewissensbisse hatte. Sie war lediglich ein notwendiges Übel, jemand, an dem sein Vater hing, der aber schnell wieder in Vergessenheit geraten würde, sobald der alte Mann tot war.

Tot!

Joanna fröstelte plötzlich. Constantine tot. Der Gedanke war ihr unerträglich.

„Demetri hatte vor, heute Abend nach England zu fliegen." Olivias Stimme brachte sie jäh in die Wirklichkeit zurück.

„Das wusste ich nicht."

„Woher auch." Olivia warf der Empfangsdame einen vernichtenden Blick zu. „Offenbar hat er vergeblich versucht, Sie telefonisch zu erreichen."

„Er wollte mich treffen?"

„Wen sonst?" Hier klang wieder Olivias gewohnte Arroganz durch. Sie drehte sich zu der Angestellten um. „Wissen Sie, wo Mr. Kastro ist?"

„Mr. Demetri Kastro?" Die junge Frau errötete.

„Da ich bezweifle, dass mein Vater im Stande ist, sein Bett zu verlassen, kann ich mir denken, wo er ist", konterte Olivia gereizt. „Natürlich meine ich meinen Bruder. Ist er noch hier?"

„Ich … ich …"

„Wie ich sehe, terrorisierst du mal wieder das Personal, Livvy", bemerkte eine trockene Stimme hinter ihnen. Joanna wandte sich um und erblickte den Mann, dem sie am allerwenigsten von allen Menschen auf der Welt begegnen wollte – zumindest redete sie sich das ein. Er schaute ihr kurz, aber eindringlich in die Augen, bevor er seine Aufmerksamkeit erneut auf Olivia richtete. „Was ist los?"

Joanna errötete. Als sie das letzte Mal mit diesem Mann zusammen gewesen war, hatte er sie nackt in seinen Armen gehalten. Gütiger Himmel, wie sollte sie damit fertig werden? Wie sollte sie mit ihm fertig werden?

Olivia scheuchte die Angestellte zurück auf ihren Platz. „Nur ein kleines Missverständnis, Demetri. Wie du siehst, ist Mrs. Manning hier. Wäre es allerdings nach dem dummen Ding gegangen, hätte man sie aus der Klinik geworfen."

„Stimmt das?", fragte er Joanna ungläubig. „Warum hast du meinen Anruf nicht beantwortet? Ich hätte dich vom Flughafen abholen lassen."

„Nun ja ..."

„Ich denke, Mrs. Manning schätzt ihre Unabhängigkeit", unterbrach ihn Olivia. „Außerdem hat sie vermutlich auch gar nicht deine Nummer. Es sei denn, du hast sie ihr genannt."

„Sie hätte mich über das Krankenhaus erreichen können", verteidigte er sich. „Du hast also für Mrs. Mannings Recht gekämpft, unseren Vater zu besuchen." Er lächelte. „Ich bin beeindruckt, Livvy."

„Spar dir den Sarkasmus." Olivia war nicht im Mindesten amüsiert. „Du solltest unseren Gast lieber nach oben bringen. Schließlich ist sie hier, um Papa zu sehen und nicht uns."

„Warum nicht?" Ein Hauch von Bitterkeit schwang in seiner Stimme mit. „Wie es scheint, ist meine Reise nicht mehr erforderlich. Ich muss Spiro bitten, meinen Flug zu stornieren."

„Das erledige ich." Olivia begleitete sie zum Lift. „Ist er im Athener Büro?"

„Vor einer Stunde war er es noch." Demetri ließ Joanna in die Kabine vorangehen. „Efharisto!"

„Efharistisi mou", erwiderte Olivia trocken.

15. KAPITEL

Die Anwesenheit eines anderen Besuchers machte eine private Unterhaltung fast unmöglich. Joanna redete sich ein, froh darüber zu sein. Demetri und sie hatten einander nichts zu sagen. Sie war nur hier, um seinen Vater zu sehen.

„Hattest du eine angenehme Reise?"

„Es ging. Die Maschine hatte eine halbe Stunde Verspätung."

„Du hättest meinen Anruf erwidern sollen. Ich hätte mich um den Flug gekümmert."

„Das war nicht nötig."

„Nein." Ein bitterer Zug umspielte seine Lippen. „Es macht dir offenbar Spaß, meine Pläne zu vereiteln. Ich dachte schon, Spiro hätte mir die falsche Nummer gegeben."

„Tut mir leid."

„So?" Unvermittelt hob er die Hand und strich mit dem Finger über ihre Wange. „Warum schaust du mich nicht an, agapitos? Schämst du dich dessen, was wir getan haben?"

Schockiert hob sie den Kopf. „So etwas solltest du nicht sagen", protestierte sie und spähte an ihm vorbei auf den Fremden in der Kabine, der anscheinend in die Betrachtung der Anzeigetafel vertieft war. „Wenn dich jemand hört."

Demetri zuckte die Schultern. „Nicht alle Griechen sprechen englisch", erklärte er. „Du hast meine Frage nicht beantwortet."

„Wie geht es deinem Vater?", erkundigte sie sich ausweichend. „Ich freue mich auf das Wiedersehen mit ihm."

Demetri machte den Eindruck, als hätte er das Wortgefecht gern fortgesetzt, doch die Erwähnung seines Vaters lenkte ihn ab. „Es geht ihm schon viel besser als bei seiner Einlieferung. Er hatte großes Glück. Seine Entscheidung, uns alle im Dunkeln zu lassen, hätte ihn das Leben kosten können."

Joanna wusste nicht, wie sie auf die herausfordernde Bemerkung reagieren sollte. „Er ... Ich schätze, er wollte keinen Schatten auf die

Hochzeitsfeier deiner Schwester werfen."

Er blickte sie ernst an. „Du wusstest doch genau, was er tat, oder? Du warst seine Verbündete, seine Vertraute – aber nicht seine Geliebte."

Sie errötete tief. „Hast du ihm gesagt, dass du die Wahrheit kennst?", flüsterte sie.

„Wofür hältst du mich", fragte er empört.

Joanna verspürte plötzlich das unsinnige Bedürfnis, ihn zu trösten, aber sie musste vernünftig sein. „Ich kenne dich doch kaum, Demetri." Bevor er etwas erwidern konnte, glitten die Türen auf. „Ist dies unser Stockwerk?"

„Ja." Er verließ mit ihr den Lift. Nachdem die Kabine sich wieder geschlossen hatte, deutete er auf eine Tür am Ende des Flurs. „Es ist stets eine Schwester bei ihm. Ich warte im Besucherzimmer. Es ist dort drüben. Lass mich durch die Schwester rufen, wenn du aufbrechen möchtest."

„In Ordnung."

Den Teufel würde sie tun! Sie wollte ein bisschen Zeit mit Constantine verbringen und dann in ihr Hotel zurückkehren. Je weniger sie mit Demetri zusammen war, desto besser.

Zu ihrer grenzenlosen Erleichterung sah Constantine ähnlich gut aus wie bei ihrer gemeinsamen Ankunft auf Theopolis. Er war natürlich blass und wirkte erschöpft, aber seine Augen leuchteten und wurden noch strahlender, als er sie erblickte.

„Joanna!" Erfreut hob er die Hand. „Ich freue mich ja so, dass du hier bist."

„Ich freue mich auch." Tränen stiegen ihr in die Augen. „Ich habe mir solche Sorgen um dich gemacht. Die Mitteilungen vom Krankenhaus waren so unpersönlich."

„Setz dich zu mir." Er rückte ein wenig zur Seite, damit sie sich auf der Bettkante niederlassen konnte. Nachdem er die anwesende Schwester hinausgeschickt hatte, umklammerte er Joannas Finger. „Warum bist du nicht früher gekommen?"

„Nun ja …“

„Lüg mich nicht an, Joanna.“ Sein Blick war so eindringlich, dass sie befürchtete, er könne ihr bis ins Herz schauen. „Es war Demetri, nicht wahr? Er hat dich fortgeschickt.“

„Nein.“ Sie wollte keine Partei ergreifen, aber er sollte nicht denken, dass sein Sohn für ihre Abreise verantwortlich sei. „Mein Urlaub war vorbei. Außerdem konnte niemand sagen, wie lange du in der Klinik bleiben würdest, und ich musste zurück nach London.“

Constantine schüttelte zweifelnd den Kopf. „Du willst sie nur in Schutz nehmen. Ich bin überzeugt, Olivia war an der Sache nicht unschuldig. Sie war nie sehr glücklich über unsere Beziehung.“

Joanna zögerte. „Hast du ihnen inzwischen …“

„Ich denke, Demetri hat es erraten. Ich habe es allerdings genossen, eine Zeitlang von ihm beneidet zu werden.“

„Constantine!“

„Du glaubst mir nicht? Ich habe bemerkt, wie er dich ansieht, Joanna. Obwohl es ihm vielleicht nicht klar ist, fühlt er sich zu dir hingezogen.“

„Constantine!“

„Was ist? Schmeichelt es dir nicht, dass mein Sohn dich für eine attraktive Frau hält?“

„Er ist nicht …“ Sie verstummte verwirrt. „Ich finde, das ist kein passendes Gesprächsthema.“

„Warum nicht?“ Constantine zog fragend die Brauen hoch. „Möchtest du dich lieber über meinen verbrauchten Körper unterhalten? Soll ich dir erzählen, dass die Ärzte nicht sicher sind, wie viel Zeit mir noch bleibt?“

„Bitte …“

„Ach, Liebes, mach dir um mich keine Sorgen“, bat er sanft. „Ich habe die Situation akzeptiert, und du solltest es auch tun. Wir müssen alle einmal sterben. Mir ist sogar das Glück vergönnt, mich auf meinen Tod vorbereiten zu können.“

Sie senkte den Kopf. „Ich weiß nicht, was ich sagen soll.“

„Du könntest beispielsweise sagen, dass du mich vermissen wirst." Er umfasste ihr Kinn. „Wir beide waren doch gute Freunde, oder?"

„Oh ja."

„Poli kala, dann ist es auch ganz selbstverständlich, dass ich dein Glück gewährleisten will, bevor es zu spät ist."

„Mein Glück?" Worauf wollte er hinaus? „Ich bin glücklich. Ich habe meine Arbeit, eine hübsche Wohnung, Freunde ..."

„Das habe ich nicht gemeint, Joanna. Ich weiß, du hast deinen Job, und ich kenne dein Apartment. Es ist sehr behaglich. Aber ich möchte sicherstellen, dass du die nötigen Mittel für einen Wechsel hast, falls du einmal keine Lust mehr haben solltest, bei „Bartholomew's" das Mädchen für alles zu spielen."

Es dauerte einen Moment, bis Joanna sich wieder gefangen hatte. „Nein, Constantine. Ich möchte nichts von dir, außer deiner Freundschaft. Und ich glaube, die habe ich bereits."

Er seufzte. „Sei nicht so dickköpfig."

„Ich bin nicht dickköpfig." Sie wollte ihn nicht aufregen, aber er musste begreifen, dass es ihr ernst war. „Wir haben doch schon so oft darüber diskutiert."

„Erinnerst du dich an unseren Ausflug nach Agios Antonis? Es war ein schöner Tag. Wir gingen zu einem Juwelier, und ich habe dich überredet, dir von mir ein kleines Geschenk kaufen zu lassen ..."

„Es war wohl kaum ein kleines Geschenk", warf Joanna ein.

„Das Armband gehört dir", beharrte er. „Es hat mir Spaß gemacht, schöne Sachen für dich zu kaufen, agapi mou. Es gibt so vieles, was ich gern tun würde, aber ..." Er verstummte.

Sie nutzte die Gelegenheit, ihn zu beschwichtigen. „Du hast alles für mich getan, Constantine. Ich weiß nicht, was ich ohne dich angefangen hätte."

Er lächelte wehmütig. „Du bist ein gutes Mädchen, Joanna. Durch dich ist mir klar geworden, dass ich in meinem Leben Dinge getan habe, für die ich mich schäme. Ich habe Olivia gedrängt, Andrea Petrou zu heiraten, obwohl sie zu jung und zu eigensinnig war, aber es war ein geschickter geschäftlicher Schachzug, und nur das zählte für mich. Als sie mir dann sagte, dass sie die Scheidung wolle, hatte ich kein Verständnis." Er schüttelte den Kopf. „Glaubst du, sie hat mir verziehen?"

„Davon bin ich überzeugt." Joanna dachte daran, wie besorgt Olivia stets um ihren Vater gewesen war. „Warum fragst du sie denn nicht selbst?"

„Das werde ich vielleicht. Danke."

Sie streichelte seine kraftlose Hand. „Wir alle wünschen uns, dass du bald wieder kräftig bist. Dann kann Demetri dich heim nach Theopolis bringen."

„Demetri …" Constantine schloss kurz die Augen. „Sei ehrlich, Joanna. Wie denkst du wirklich über meinen Sohn?"

Mit dieser Frage hatte sie nicht gerechnet. Hatte Demetri sie etwa belogen und seinem Vater von der Affäre berichtet? Oder hatte Olivia es erraten und geplaudert? „Demetri?"

„Wie viele Söhne habe ich denn?", erwiderte er tadelnd. „Was ist los? Missfällt er dir so sehr?"

„Nein."

„Das dachte ich mir." Constantine schmunzelte. „Er wirkt normalerweise nämlich unwiderstehlich auf Frauen."

„Er … Ich … Wir kennen einander kaum", behauptete sie nicht ganz wahrheitsgemäß.

Ein spöttisches Funkeln erschien in seinen Augen. „Mag sein. Hatte ich dir eigentlich erzählt, dass er und Athenee Sama eng befreundet waren? Ja? Als sie und ihr Vater zu Alex' Hochzeit kamen, hatten Aristoteles und ich gehofft …" Er zuckte die schmalen Schultern. „Es hat eben nicht sein sollen. Irgendetwas war passiert. Demetri hatte sich verändert. Er war nicht mehr an Athenee interessiert. Genau genommen hat er sich für keine der jungen Frauen interessiert, die ihn nach der Trauung umschwärmten. Kannst du dir einen Grund dafür denken, Joanna? Kannst du mir erklären, warum ein Mann, der bislang ein völlig normales Verhältnis zum anderen Geschlecht hatte, plötzlich jedem weiblichen Wesen aus dem Weg geht?"

Ihre Wangen glühten. „Hast du ihn gefragt?“ Sie stand auf. „Ich sollte jetzt besser gehen. Deine Familie wird bestimmt …“

„In der Nacht, als ich den Anfall hatte, war Demetri bei dir, nicht wahr?“, meinte Constantine unvermittelt. „Hast du wirklich gedacht, ich würde es nicht herausfinden?“

„Aber wie …“

„Ihr habt beide Philip vergessen. Er mag zwar alt sein, aber seine Sinne sind so scharf wie einst.“

Sie mied seinen Blick. „Und du lässt mich herkommen, obwohl du weißt …“

„Warum nicht? Wir sind kein Paar, Joanna. Ich habe mir einen Teil deiner Zeit geborgt, das ist alles. Du hast deine Rolle perfekt gespielt. Warum sollte ich dir böse sein, weil mein Sohn sich von seinen Hormonen statt von seinem Verstand hat leiten lassen?“

„Weiß es Demetri?“

„Nein. Ich wollte zuerst mit dir sprechen.“

Joanna seufzte. „Es war nicht seine Schuld.“

„Mir war klar, dass du das sagen würdest.“

„Es ist die Wahrheit. Er kam in mein Zimmer, um zu reden. Mehr nicht. Doch dann … In der einen Minute unterhielten wir uns, und in der nächsten …“

„Erspar mir die Details. Ich bin sicher, mein Sohn ist nicht wie dein Exmann.“

„Ach, Constantine …“ Sie presste die Hände auf die heißen Wangen. „Warum hat Philip dich überhaupt informiert? Ich dachte, er sei dein Freund.“

„Das ist er auch. Um mich vor unnötigem Kummer zu bewahren, ist er von der Insel angereist und hat es mir so schonend wie möglich beigebracht.“

„Und Demetri hat nichts geahnt?“

„Warum sollte er? Was ihn und Olivia betrifft, so hat Philip sich so verhalten, wie man es von einem langjährigen, loyalen Diener erwarten darf – er hat seinen kranken Arbeitgeber besucht. Außerdem hatte mein Sohn anderes im Kopf."

„Deine Krankheit."

„Die natürlich auch." Constantine unterdrückte ein Gähnen. Joanna erkannte, dass sie schon viel zu lange geblieben war. „Mir ist allerdings eine gewisse Rastlosigkeit an ihm aufgefallen. Er schien unbedingt auf die Insel zurückkehren zu wollen. Bis ihn Olivia aufklärte, glaubte er, du wärst noch immer dort."

Joanna war fassungslos. „Constantine ..."

Der alte Mann sank in die Kissen zurück. „Nicht jetzt ... Später, Joanna. Komm später wieder. Jetzt muss ich schlafen."

Joanna wartete auf den Lift, als Demetri über den Flur auf sie zukam. Seine Miene verriet, wie sehr er sich darüber ärgerte, dass sie seine Anweisungen ignoriert hatte.

„Wohin willst du? Ich hatte dich doch gebeten, mich zu informieren, wenn du gehst. Hätte die Schwester nicht angerufen, um mir zu sagen, dass mein Vater schläft, würde ich noch immer auf dich warten."

Joanna wollte momentan nicht mit ihm reden. Nur mit Mühe gelang es ihr, ein Beben in der Stimme zu unterdrücken. „Entschuldige, aber ich wäre jetzt lieber allein, wenn es dir recht ist."

Ein undeutbarer Ausdruck huschte über sein Gesicht. „Habe ich denn eine Wahl? Verrate mir wenigstens, wohin du gehst."

Sie zögerte. „Ist das so wichtig?"

„Möglicherweise schon, falls ich mich mit dir in Verbindung setzen muss", meinte er kühl. „Du bist vermutlich nicht bereit, im Stadthaus meines Vaters zu wohnen, oder?"

„Nein." Ihr war klar, wie unhöflich die Ablehnung klingen musste. „Ich habe ein Hotelzimmer."

„Und wo?"

Da sie keinen Grund hatte, ihm die Adresse zu verschweigen, nannte sie den Namen des Hotels. „Es liegt in der Nähe von ..."

„Ich habe davon gehört", unterbrach er sie. Er presste die Lippen zusammen. „Du kommst doch wieder, oder?"

In diesem Moment hielt der Lift, und die Türen öffneten sich. „Wahrscheinlich." Joanna atmete tief durch. „Danke, dass ich deinen Vater besuchen durfte." Sie trat in die Kabine.

Demetri hinderte die Türen daran, sich zu schließen. „Du hast ihn gesehen. Glaubst du, ich hätte dich von ihm fernhalten können?"

Sie lächelte wehmütig. „Wohl kaum."

„Komm zurück, Joanna", bat er rau. „Mir zuliebe – falls du mir verzeihen kannst."

16. KAPITEL

Joannas Apartment lag im Nordwesten Londons. Es war zwar keine besonders elegante Gegend, aber immerhin handelte es sich um ein relativ modernes Hochhaus. Demetri musste etliche Knöpfe auf der Namenstafel drücken, bevor ihn jemand einließ, ohne nach seinen Wünschen zu fragen.

Natürlich hatte er es auch bei Joanna versucht. Sie war jedoch entweder nicht da oder sie meldete sich nicht, und er hatte nicht die geringste Lust, draußen auf sie zu warten. Es war bereits nach sechs, und der November in London war genauso feuchtkalt, wie Demetri es aus seinen Studententagen in Erinnerung hatte. Während der frostige Wind an seinem Kaschmirmantel zerrte, dachte er wehmütig an das milde Klima seiner Heimat.

Spiro saß in der von einem Chauffeur gelenkten Limousine am Straßenrand. Als Demetri die mit Teppichboden ausgelegte Halle des Gebäudes betrat, bedeutete er seinem Assistenten wegzufahren. Er konnte sich später übers Handy bei ihm melden – was angesichts der Umstände durchaus erforderlich sein könnte. Joanna hatte auf seine Anrufe nicht reagiert, und obwohl die Anwälte seines Vaters eine höfliche Antwort auf ihre Briefe bekommen hatten, hatte sie sich rundheraus geweigert, das Erbe anzunehmen, das Constantine ihr hinterlassen hatte.

Und deshalb war er nun hier. Seit der Beerdigung seines Vaters hatte es keinerlei Kontakt zwischen ihnen gegeben, und allmählich war er nicht nur verärgert, sondern auch frustriert. Nur weil sie ihn, Demetri, verachtete, war es noch lange kein Grund, den letzten Wunsch seines Vaters zu ignorieren, und er war fest entschlossen, sie umzustimmen.

Vor sechs Wochen hatte er seinen Vater zu Grabe getragen, und seither keine Gelegenheit gehabt, herzukommen. Es war nicht einfach gewesen, die Leitung von Kastro International zu übernehmen. Er hatte geglaubt, auf die schwere Verantwortung vorbereitet zu sein, doch die Realität hatte sich als weitaus belastender erwiesen. Außerdem hatte auch er in der ersten Zeit getrauert und doppelt unter einem schmerzlichen Verlust gelitten – nicht nur wegen des Todes seines Vaters, sondern auch wegen Joannas Weigerung, mit ihm zu sprechen. Es war verrückt, aber er brauchte dringend Trost, und sie war der einzige Mensch, von dem er sich diesen Beistand wünschte.

Irgendwie hatte er das Schlimmste geschafft. Und obwohl Constantine stets eifersüchtig über seine Position im Konzern gewacht hatte, war Demetri zu der Einsicht gelangt, dass es Zeit für einen Wechsel war. Demzufolge hatte er Olivia – zu ihrer größten Freude – als seine Stellvertreterin berufen und Nikolas Poros sowie einigen anderen Direktoren echte Entscheidungsbefugnisse erteilt.

Da er nun sicher sein durfte, dass die Firma in seiner Abwesenheit keinen Schaden nehmen würde, konnte er sich endlich seinen eigenen Belangen widmen. Er hatte seit der Beisetzung mit Joanna reden wollen, und jetzt würde sie sich anhören müssen, was er zu sagen hatte, ob es ihr gefiel oder nicht.

Ihm war natürlich klar, dass sie ihn nicht hier haben wollte. Während ihres Aufenthalts in Athen hatten sie zwar eine gewisse Höflichkeit gewahrt, aber ihre Loyalität seinem Vater gegenüber hatte jegliche Offenheit im Keim erstickt. Er hatte keine Ahnung, ob sie wusste, dass Constantine über ihr Zusammensein in jener verhängnisvollen Nacht informiert war und ihm vergeben hatte. Es hatte keine Gelegenheit gegeben, dieses Thema während der letzten hektischen Tage in der Klinik anzuschneiden, zumal Joanna es stets abgelehnt hatte, sich von ihm ins Hotel fahren zu lassen. Sie hatte sich völlig zurückgezogen und schien nur in der Nähe seines Vaters zum Leben zu erwachen. Manchmal hatte er das Gefühl gehabt, sie würde ihn hassen. Wie hätte er ihr da von seinen eigenen Empfindungen berichten sollen, ohne einen endgültigen Bruch mit ihr zu riskieren?

Sie war unmittelbar nach der Beisetzung abgereist, lange bevor Marcos Thexia die Familie zur Testamentseröffnung zusammengerufen hatte. Als Haupterbe war Demetri gezwungen gewesen, die Rolle des Familienoberhauptes zu übernehmen. Er hatte die Investoren seines

Vaters beruhigen, seine Schwestern trösten und seinem Großonkel versichern müssen, dass er nicht beabsichtige, ihn aus der Villa zu verdrängen, und so waren aus Tagen Wochen geworden. Demetri hatte das Gefühl, nicht mehr richtig geschlafen zu haben, seit sein Vater in die Athener Klinik gebracht worden war.

Er wusste, dass Spiro um ihn besorgt war und deshalb darauf bestanden hatte, ihn bei diesem eigentlich privaten Besuch zu begleiten. Da die Leibwächter bei Olivia bleiben sollten, hatte er behauptet, sich in Olivias Auftrag um Demetris Sicherheit kümmern zu müssen. Demetri kannte jedoch die Wahrheit: Sowohl seine Schwester als auch Spiro unterstützten seine Entscheidung, herzukommen. Olivia hatte endlich akzeptiert, dass Joanna wichtig für ihn war – auch wenn Joannas Verhalten unmissverständlich zeigte, dass er ihr nichts bedeutete.

Trotzdem musste er ergründen, warum sie nicht mit ihm sprechen wollte. Und sei es nur, um seinen Seelenfrieden wiederzufinden. Er wollte sie sehen. Er musste sie sehen. Er musste wissen, was wirklich in jener Nacht in der Villa zwischen ihnen passiert war …

Joanna hörte die Klingel, als sie die Küchenschränke reinigte. Immer und immer wieder. Vermutlich ein Vertreter, der sich Zutritt zum Gebäude verschaffen wollte. Manchmal passierte es, dass so lange auf alle Knöpfe gedrückt wurde, bis jemand schließlich die Geduld verlor und den Türöffner betätigte. Normale Besucher läuteten ein paar Mal, dann gaben sie auf.

Sie war daher recht erstaunt, als es wenig später bei ihr klopfte. Da ein Vertreter in so kurzer Zeit unmöglich das ganze Haus abgeklappert haben konnte, streifte sie ohne Zögern die Gummihandschuhe ab und ging zur Tür.

Sie machte natürlich nicht sofort auf. Obwohl sie Richard seit einigen Jahren nicht mehr gesehen hatte, bestand immerhin die Möglichkeit, dass er von Constantines Tod gelesen und beschlossen hatte, sie erneut unter Druck zu setzen. Nach den üblen Erfahrungen der Vergangenheit hatte sie sich angewöhnt, vorsichtig zu sein.

Als wieder heftig gegen die Tür gehämmert wurde, spähte sie durch den Spion. Erschrocken sprang sie zurück. Demetri! Es dauerte einige Sekunden, bis sie den Schock überwunden hatte. Demetri war hier. Gütiger Himmel, und sie hatte geglaubt, sie wäre mit den Kastros fertig, nachdem sie den Anwälten geschrieben hatte. Sie wollte Constantines Vermächtnis nicht. Auch wenn sie es vielleicht irgendwann einmal bereuen würde, wollte sie nicht in ihrer Schuld stehen. Insbesondere nicht jetzt.

Sie schloss kurz die Augen, bevor sie ihr Äußeres einer kritischen Prüfung unterzog. Bequeme Jeans, ein Baumwollpullover mit aufgerollten Ärmeln, Turnschuhe. Mit dem zu einem Pferdeschwanz zusammengebundenen Haar bot sie nicht gerade das Bild, das sie sich für eine Unterredung mit Demetri gewünscht hätte, aber vielleicht war es besser so. Zumindest konnte er ihr später nicht vorwerfen, sie habe versucht, ihn durch ihr Outfit zu verführen.

Sie zog den Pulli über den Hosenbund, der ihr allmählich zu eng wurde. Dann atmete sie tief durch, schickte ein Stoßgebet zum Himmel und öffnete die Tür.

„Demetri.“ Es gelang ihr, ihrer Stimme einen kühlen Unterton zu verleihen. „Was tust du hier?“

Sein Lächeln wirkte gezwungen. „Darf ich hereinkommen?“

Nein!

„Warum nicht.“ Sie trat einen Schritt beiseite, um ihn einzulassen. „Aber ich warne dich. Falls du hier bist, um mich zu überreden, das Geld deines Vaters anzunehmen, verschwendest du nur deine Zeit.“

„Ich werde daran denken“, meinte er trocken und schaute sich um. „Es ist nett hier.“

„Danke.“ Joanna schloss die Tür und lehnte sich dagegen. „Finde ich auch.“

Demetri drehte sich um und schob die Hände in die Manteltaschen. Er sieht blass aus, dachte sie unwillkürlich und ignorierte den Anflug von Sorge, den sie dabei empfand. Blass und erschöpft, aber so attraktiv wie je.

„Wie geht es dir?“, erkundigte er sich.

Da sie sich nicht ewig im Stehen unterhalten konnten, deutete sie auf das Sofa hinter ihm. „Bitte.“ Es war vermutlich seiner Müdigkeit zuzuschreiben, dass er sofort auf die weichen Polster sank und nicht wartete, bis sie Platz genommen hatte. „Mir geht es gut“, fügte sie hinzu. „Du bist wahrscheinlich recht beschäftigt.“

Er zuckte die Schultern. „Wir kommen zurecht.“ Die Untertreibung des Jahres, wie Joanna fand. Seinem Aussehen nach zu urteilen, schuftete er sich zu Tode. „Es ist schwer, in die Fußstapfen meines Vaters zu treten.“

Wenn es jemand kann, dann du, überlegte sie, äußerte sich jedoch nicht dazu. Stattdessen fragte sie: „Kann ich dir etwas bringen? Tee? Kaffee? Bier?“

„Bier?“, wiederholte Demetri stirnrunzelnd. „Du trinkst Bier?“

Sie hätte verneinen und erklären können, dass sie es für Constantines seltene Besuche gekauft hatte, aber sie hatte keine Lust, sich zu rechtfertigen. „Manchmal“, behauptete sie nicht ganz wahrheitsgemäß. „Leider habe ich nichts Stärkeres.“

Er blickte sie eindringlich an, bevor er leicht den Kopf neigte. „Danke.“

Mit weichen Knien ging sie in die Küche. Was war nur in sie gefahren, dass sie ihm auch noch Erfrischungen anbot, statt zu versuchen, ihn loszuwerden?

Aber jetzt war es zu spät. Sie nahm ein Bier aus dem Kühlschrank und ein Glas aus dem Regal und kehrte ins Wohnzimmer zurück. Demetri hatte sich auf der Couch zurückgelehnt und die Augen geschlossen.

Schlief er? Bevor sie allerdings entscheiden konnte, wie sie sich verhalten sollte, öffnete er wieder die Augen und richtete sich auf. „Entschuldige. Es war ein langer Tag.“

Mehr als nur einer, dachte sie und ärgerte sich sofort über ihre Anteilnahme. Es ging sie schließlich nichts an, wenn er seine Gesundheit ruinierte. Er war ein junger Mann und würde es überleben.

Nachdem sie ihm Glas und Flasche gereicht hatte, setzte sie sich in einen Sessel ihm gegenüber. „Warum bist du hier? Hast du geschäftlich in London zu tun?“

Statt einer Antwort betrachtete er versonnen die Flasche. „Das war die Lieblingsmarke meines Vaters“, stellte er lächelnd fest. „Du trinkst sie auch?“

Joanna seufzte. „Ich habe sie für ihn gekauft. Er war gelegentlich hier. Einmal habe ich für ihn gekocht.“ Sie verzog das Gesicht. „Es war kein Gourmetmenü, aber er schien es zu genießen.“

„Davon bin ich überzeugt.“ Erst jetzt fiel ihm auf, dass sie nichts trank. „Willst du mir nicht Gesellschaft leisten?“

Sie schüttelte den Kopf. „Ich mag kein Bier. Du hast mir noch immer nicht verraten, warum du mich sehen wolltest.“

Demetri stellte das Glas auf den Tisch und hob die Flasche an die Lippen. Dann wischte er sich mit dem Handrücken über den Mund und blickte Joanna an. „Warum hast du nicht auf meine Anrufe reagiert? Meinst du nicht, dass du mir zumindest das schuldig gewesen wärst?“

„Ich weiß nicht, worauf du hinaus willst.“

„Oh doch.“ Er stellte das Bier ab und beugte sich vor. Die Arme auf die gespreizten Beine gestützt, fuhr er fort: „Fürchtest du dich? Liegt es daran? Hast du nach den Erfahrungen mit deinem Exmann Angst, eine Beziehung mit einem anderen einzugehen?“

„Wir hatten keine Beziehung“, protestierte sie.

„Nein?“ Er wirkte ungeduldig. „Willst du mir etwa erzählen, dass es deine Angewohnheit ist, einen Mann zu bitten, mit dir zu schlafen? Ich war dabei, Joanna. Ich weiß, dass du zuvor noch nie mit einem Mann zusammen warst.“

„So?“ Sein eindringlicher Blick machte sie nervös. „Die Tatsache, dass wir Sex miteinander hatten, gibt dir noch lange kein Recht …“

„Wir hatten nicht nur Sex miteinander.“ Er stand auf. „Wir haben uns geliebt. Das ist ein Riesenunterschied. Du hättest es längst erkannt, wenn du nicht so versessen darauf wärst, mich zu hassen.“

„Ich hasse dich nicht." Joanna verschränkte die Arme vor der Brust. „Ich finde lediglich, du misst einem Ereignis, das unweigerlich irgendwann einmal passieren musste, zu viel Bedeutung bei."

„Eine ziemlich nüchterne, logische Erklärung. Würde ich dich nicht besser kennen, würde ich dir fast glauben."

„Glaub es." Joanna nestelte am Saum ihres Pullovers herum.

Demetri warf ihr einen weiteren prüfenden Blick zu, und als sie gerade voller Panik in die Küche fliehen wollte, kam er zu ihr. Er legte ihr die Hand in den Nacken und ließ sie nicht aus den Augen. „Also … wenn ich das hier tun würde …" Er verstärkte den Druck seiner Finger. „Oder das …" Er senkte den Kopf und hauchte einen zarten Kuss auf ihren Mundwinkel. „Dann hättest du nichts dagegen?"

Sie erbebte. „Warum willst du mich küssen?" Auf keinen Fall durfte er merken, wie aufgewühlt sie war. „Gibt es in Griechenland keine Frauen mehr?"

Er fluchte leise, gab sie jedoch nicht frei. „Du versuchst, mich zu provozieren." Geschickt entfernte er das Band, mit dem sie ihr Haar zusammengefasst hatte, und schob die Finger durch die weichen Locken. „Aber du vergeudest deine Zeit, ich lasse mich nicht von dir verjagen."

Joanna zwang sich zur Ruhe. „Ich weiß wirklich nicht, warum du hier bist. Offenbar hältst du mich für undankbar, weil ich das Erbe deines Vaters abgelehnt habe, aber ich habe ihm erklärt, dass …"

„Vergiss das Geld." Er zog sie an sich und liebkoste mit den Lippen ihren Hals. „Theos, du ahnst ja nicht, wie sehr ich dich vermisst habe. Verrückt, nicht wahr?"

„Demetri …"

„Was?" Er hob den Kopf und sah sie aus dunklen Augen an. „Du glaubst mir nicht? Was sagtest du gerade – glaub es." Er zeichnete mit dem Daumen die Konturen ihrer Unterlippe nach. „Ja, glaub es, Joanna. Deshalb bin ich hier. Ich habe erkannt, dass ich dich zum Leben brauche."

„Das ist nicht dein Ernst!"

„Und ob." Demetri berührte ihren Mund mit seinem. „Oder willst du etwa leugnen, dass zwischen uns vom ersten Moment an ein unwiderstehlicher Zauber herrschte?"

„Nun ..."

„Oh doch. Du weißt, dass es stimmt. Es ist ein Wunder, dass ich so lange die Finger von dir lassen konnte."

„Du machst einen großen Fehler", wandte sie ein.

„Wirklich?" Er klang nicht im Mindesten überzeugt. „Du fühlst dich also nicht zu mir hingezogen? Wenn ich das hier tue ..." Er strich ihr aufreizend über den Rücken, bis sie sich hilflos an ihn schmiegte. „Oder das ..." Seine freie Hand glitt unter den Pullover und legte sich auf ihre Taille. „Spürst du absolut nichts?"

„Ich bestreite ja nicht, dass ich mich zu dir hingezogen fühle", rief Joanna atemlos.

„Aber?"

„Ich will nicht deine Geliebte werden, Demetri."

Sofort ließ er sie los. Lastende Stille folgte ihren Worten.

Als Joanna das Schweigen nicht mehr ertrug, wich sie zur Tür zurück. „Du solltest jetzt gehen." Sie tastete nach dem Türknauf. „Es war nett von dir, mich zu besuchen, und ich fühle mich durchaus geschmeichelt, dass du mich attrak..."

„Skaseh!"

Sie kannte das Wort nicht, aber die Bedeutung war unmissverständlich, zumal es von einer gebieterischen Geste begleitet wurde. Trotz seiner von Erschöpfung gezeichneten Züge stieg plötzlich Farbe in seine Wangen. Fluchend kam Demetri auf Joanna zu, und bevor sie die Tür öffnen konnte, hatte er sich rechts und links von ihrem Kopf dagegen gestemmt.

„Habe ich dich gebeten, meine Geliebte zu werden?"

„Nein", räumte sie ein. „Aber du bist zweifellos in der Hoffnung hergekommen, das zu wiederholen, was schon einmal passiert ist."

„Was schon einmal passiert ist ..." Er lachte leise. „Es fällt dir wirklich schwer, das zu sagen, was du meinst. Natürlich bin ich hier, weil ich mit dir schlafen will – unsere Beziehung umfasst allerdings mehr als nur das Bett."

„Wir haben keine Beziehung!", beharrte sie. „Du begehrst mich, aber letztlich ..."

„Weißt du eigentlich, wie viele Nächte ich wach gelegen und mir den Kopf zermartert habe, wie ich den nächsten Tag durchstehen soll? Wie ich die Verantwortung für einen Konzern tragen kann, den mir mein Vater leichtsinnigerweise vermacht hat?"

„Dein Vater war nicht leichtsinnig", protestierte sie.

„Oh doch, schließlich hat er dich nach Theopolis gebracht. Er stellte mir die Frau vor, von der ich dachte, ich könnte sie als Einzige auf der Welt nicht haben, und dann hat er uns allein gelassen ... Seither ist mein Leben nicht mehr dasselbe. Ich ..."

Joanna zitterte. Sie musste ihn stoppen, wenn sie ihm mitteilen wollte, was ihr auf der Seele brannte. Aber mehr als „Was willst du, Demetri?", brachte sie nicht heraus.

„Dich." Er presste ihr die Lippen auf den Mund. „Dich", wiederholte er nach einer kleinen Ewigkeit. „Ich liebe dich, agapitos. Das habe ich noch nie zu einer Frau gesagt."

Eine süße Schwäche umfing sie, als er sie erneut küsste. Die Welt um sie versank, während sie seine Liebkosungen leidenschaftlich erwiderte. Wie durch einen dichten Nebel merkte sie, dass er seinen Mantel abstreifte.

„Davon habe ich geträumt", flüsterte er rau.

Joanna war noch immer fassungslos. „Ich kann es einfach nicht glauben", stammelte sie.

„Was?" Sanft drängte er sie zum Sofa. „Dass ich beinahe den Verstand verloren hätte, weil ich in Athen festgehalten wurde? Oder dass ich dich liebe? Ich habe mich schon an deinem ersten Morgen auf Theopolis in dich verliebt. Du bist auf die Terrasse gekommen, und ich habe dich vom Pool aus beobachtet. Erst nach einer ganzen Weile beschloss ich, dich auf meine Anwesenheit aufmerksam zu machen."

„Auf deine nackte Anwesenheit", erinnerte sie ihn lächelnd.

„Du hast es also bemerkt."

„Wie hätte ich es übersehen können?" Allmählich wurde Joanna kühner. „Du warst ziemlich …"

„Erregt", beendete Demetri den Satz für sie. „Daran bist allein du schuld." Er nahm ihre Hand und führte sie zwischen ihren Körpern nach unten. „So wie jetzt."

Sie errötete. „Ich …"

„Keine Sorge, ich werde nichts tun, was dir Angst machen könnte."

Sie umfasste sein Gesicht. „Du machst mir keine Angst, Demetri. Ich liebe dich, aber ich glaube, das weißt du bereits. Deshalb bist du schließlich hier, oder?"

„Ich bin hier, weil ich dich bitten wollte, mich zu heiraten." Er richtete sich auf. „Ich will keine Geliebte, sondern eine Ehefrau. Und zwar nicht irgendeine, sondern dich. Nur dich."

EPILOG

Mein Vater wusste über uns Bescheid", sagte Demetri, als Joanna und er sich später erschöpft ausruhten. „Ich weiß", wisperte sie und schmiegte sich an seinen nackten Körper.

Täuschte er sich, oder schwang da ein leiser Zweifel in ihrer Stimme mit? Theos, sie musste ihm glauben, dass er sie liebte! Ein Leben ohne sie war für ihn unvorstellbar. Durch das Eingeständnis ihrer Liebe hatte Joanna ihm eine schwere Last von den Schultern genommen. Trotzdem wirkte sie ein wenig bedrückt.

„Hat er es dir erzählt?", fragte er zögernd.

„Hm." Sie küsste ihn verträumt auf den Arm, bevor sie den Kopf an seine Schulter schmiegte. „Philip hat ihn aufgesucht, aber das weißt du bestimmt."

„Ich habe davon gehört. Allerdings bin ich nicht sicher, ob wir den Segen meines Vaters hatten. Er hat mich ausdrücklich davor gewarnt, dich zu verletzen", fügte er hinzu. „Er hat dich geliebt und geschworen, sein Geist würde zurückkommen und mich verfolgen, falls ich dich im Stich lassen sollte."

„Und deshalb bist du hier?" Joanna rückte ein Stück von ihm ab. „Weil er dir den Eindruck vermittelt hat, ich würde jemanden brauchen? Du musst dich nicht für mich verantwortlich fühlen."

„Khristo!" Demetri fluchte. „Ich dachte, wir würden einander besser kennen, Joanna." Er küsste sie. „Ich liebe dich. Ich bin verrückt nach dir. Wie kannst du dir nur einbilden, dass eine Äußerung meines Vaters irgendeinen Einfluss auf meine Gefühle hätte?"

„Du solltest nicht denken … Nachdem Constantine mir ein Vermögen vermacht hat und …"

„Das hatte ich ganz vergessen", neckte er sie. „Ein Punkt mehr zu meinen Gunsten. Warum sollte ich mich für eine Frau verantwortlich fühlen, die bereit ist, auf eine jährliche Rente in Höhe von …"

„Sch." Sie brachte ihn zum Schweigen, indem sie ihm die Hand auf den Mund legte. „Ich glaube dir."

„Wenn hier jemand Grund hat, sich zu beschweren, dann bin ich es." Er biss ihr spielerisch in einen Finger. „Ich habe dich seit deiner Abreise von der Insel unzählige Male angerufen, aber du hast überhaupt nicht reagiert."

„In den ersten drei Wochen hast du den Anwälten deines Vaters den Kontakt mit mir überlassen", erinnerte sie ihn.

„Zugegeben, ich war anfangs zu beschäftigt. Doch warum hast du dich später nicht gemeldet?" Demetri streichelte sie zärtlich. „Ich finde, du hast ein bisschen zugenommen. Es steht dir."

„Das ist gut." Sie atmete tief durch. „Dafür gibt es nämlich auch einen Grund. Ich bin schwanger. Verstehst du jetzt, warum ich dich nicht angerufen habe? Ich hätte dich gern gesprochen, aber ich wusste nicht, wie ich es dir sagen sollte."

Demetri traute seinen Ohren kaum. „Schwanger? Du bist wirklich schwanger?"

„Ja. Bist du sehr schockiert?"

Die unterschiedlichsten Empfindungen stürmten auf ihn ein. Schock, ja. Überschäumende Freude. Und Erleichterung. Grenzenlose Erleichterung. „Ich bin überwältigt." Beinahe ehrfürchtig schaute er sie an. Sie erwartete sein Kind!

„Du bist nicht böse?", erkundigte sie sich besorgt. „Es kommt alles sehr überraschend für dich und …"

„Du hast mich überrumpelt, agapi mou, mehr nicht." Er küsste sie liebevoll. Plötzlich befielen ihn Zweifel. „Wolltest du es mir etwa nicht erzählen?"

Joanna lachte überglücklich. „Machst du Witze? Ich habe meine ganze Wohnung von oben bis unten geputzt, nur um mich von der Frage abzulenken, wie ich es dir beibringen könnte. Ich wusste ja nicht, wie du reagieren würdest. Und auf gar keinen Fall wollte ich, dass du mich heiratest, weil ich schwanger bin."

„Ich schwöre dir, das wäre auch keine Bürde für mich gewesen, agapitos. Wie ich bereits sagte, ich habe dich von Anfang an gewollt, und nun gehörst du mir.“

„Olivia ist vermutlich nicht so erfreut“, wandte sie unsicher ein.

„Olivia wird gar keine Zeit haben, sich zu beklagen“, versicherte Demetri lachend. „Sie wollte ja schon immer im Konzern mitarbeiten, und nun hat sie ihre Chance. Ich habe sie zu meiner Stellvertreterin ernannt. Und das bedeutet …“, er knabberte spielerisch an ihrem Ohrläppchen, „… wir haben alle Zeit der Welt.“

– ENDE –

Michelle Reid

Scheidung auf griechisch

Roman

Aus dem Amerikanischen von
Rudolf Mast

MIRA®

1. KAPITEL

Leandros Petronades lag auf dem Sonnendeck seiner Motoryacht und sah zufrieden auf die Bucht von San Estéban. Der Anblick der luxuriösen Ferienanlage, die sich über dem malerischen südspanischen Fischerdorf erhob, verschaffte ihm Genugtuung. Zum einen war sie genauso exklusiv geraten, wie er es sich vorgestellt hatte, zum anderen hatte sich seine Investition schon kurz nach Abschluss der Bauarbeiten doppelt und dreifach rentiert.

Vor allem Letzteres erfüllte ihn mit Stolz. Als sein Vater Aristoteles vor vier Jahren überraschend verstorben war, hatte er, Leandros, praktisch über Nacht die Leitung des Konzerns übernehmen müssen. Doch inzwischen war er längst ein anerkannter und erfolgreicher Geschäftsmann, von dem man erwartete, dass seine Geldanlagen sensationelle Gewinne abwarfen.

Ums Geldverdienen allein war es ihm bei diesem Projekt allerdings nicht gegangen. Dafür hing sein Herz viel zu sehr an dem Bauvorhaben, für das er sich schon engagiert hatte, als es noch eine fixe Idee seines Freundes Felipe Vazquez gewesen war. Gemeinsam hatten sie hart dafür gearbeitet, dass aus dem Traum ein konkreter Plan wurde, der schließlich Form angenommen hatte.

Inzwischen waren die Arbeiten abgeschlossen, und für ihn, Leandros, gab es nichts mehr zu tun. Die Luxusvillen waren verkauft, das Fünf-Sterne-Hotel auf lange Zeit ausgebucht, und der Golfplatz galt schon jetzt als Geheimtipp. Der einst verschlafene Ort war zu neuem Leben erwacht, und im Hafenbecken lagen die Luxusyachten jener Reichen und Berühmten vor Anker, denen die Costa Smeralda oder die Côte d'Azur zu überlaufen waren.

Seine Yacht würde jedoch in wenigen Tagen auslaufen, und dieser Gedanke machte ihn schwermütig. Während der jahrelangen Bauarbeiten hatte sie ihm als Wohnung und Büro gedient. Nun aber sollte sie in die Karibik überführt werden. In drei Wochen würden sein Bruder Nikos und dessen Braut Carlotta sie dort übernehmen, um ihre Flitterwochen mit einer Kreuzfahrt zu verbringen.

Dass er, Leandros, von Bord musste, stand also unwiderruflich fest. Noch hatte er sich allerdings nicht entschieden, wohin er gehen sollte. Die Vorstellung, nach Athen zurückzukehren und als Leiter eines Weltkonzerns wieder in die Tretmühle des Alltags zu geraten, behagte ihm ganz und gar nicht.

„Selbstverständlich muss es ein Feuerwerk geben“, hörte er eine sanfte, aber entschlossene Frauenstimme sagen. „Das sind wir den vielen Menschen einfach schuldig, ohne deren unermüdlichen Einsatz das Projekt nicht so erfolgreich geworden wäre. Deshalb soll es bei dem Fest am Namenstag des Schutzpatrons von San Estéban auch an nichts fehlen.“

Je länger Leandros zuhörte, desto mehr hellte sich seine Stimmung auf. Das Geschick, mit dem Diantha ihre Arbeit machte, imponierte ihm ebenso wie die ruhige und sachliche Art, die sie dabei an den Tag legte. Egal, welchen Auftrag er ihr erteilte, stets konnte er sich darauf verlassen, dass alles perfekt lief. Nicht selten schien sie seine Gedanken sogar im Voraus zu erahnen und hielt lästige Dinge von ihm fern.

Da sie nicht nur in beruflichen Dingen auf einer Wellenlänge lagen, fühlte er sich in Dianthas Nähe ausgesprochen wohl. Inzwischen spielte er sogar ernsthaft mit dem Gedanken, sie zu heiraten.

Dass er sie nicht liebte, fiel nicht weiter ins Gewicht, denn den Glauben an die große Liebe hatte er schon vor Jahren verloren. Doch Diantha war schön, klug und mit Sicherheit eine fantastische Liebhaberin – zumindest nahm er es an, denn davon überzeugt hatte er sich noch nicht. Außerdem war sie Griechin, finanziell unabhängig und nahm seine kostbare Zeit nicht über Gebühr in Anspruch.

Bei der Suche nach einer Heiratskandidatin waren das für einen Geschäftsmann wie ihn nicht zu unterschätzende Vorteile. Schließlich bestand seine Hauptaufgabe darin, die Position der Petronades-Gruppe am Weltmarkt zu festigen und nach Möglichkeit weiter auszubauen.

Da Diantha Christophoros selbst aus einer angesehenen Unternehmerfamilie stammte, hatte sie dafür Verständnis. Deshalb war nicht zu befürchten, dass sie sich beklagen würde, wenn er bis spät in die Nacht arbeitete. Genauso wenig würde sie von ihm erwarten, dass er sie mehrmals täglich anrief und alles liegen und stehen ließ, sobald sie mit den Fingern schnippte.

Angesichts solcher Vorzüge war Diantha im Grunde die ideale Ehefrau für ihn. Lediglich ein Punkt sprach gegen eine baldige Hochzeit mit ihr, und bevor der nicht aus der Welt war, wollte er sich seine Absichten nicht einmal andeutungsweise anmerken lassen.

Denn noch war er mit einer anderen verheiratet. Zumindest auf dem Papier. Und da er seit drei Jahren keinen Kontakt mehr zu seiner Ehefrau hatte, wäre die Scheidung nur eine Formsache. Er brauchte lediglich seinen Anwalt anzurufen, und in wenigen Wochen würde Isobel endgültig der Vergangenheit angehören.

Schon der Gedanke an sie reichte, um ihm die Stimmung zu verderben. Leise fluchend erhob Leandros sich aus dem bequemen Liegestuhl, nahm eine gekühlte Flasche Bier aus der kleinen Bar des Sonnendecks und stellte sich an die Reling.

Diese kleine Hexe, dachte er verbittert, ehe er die Flasche an den Mund setzte und einen kräftigen Schluck trank. In letzter Zeit hatte er erfreulich selten an Isobel gedacht. Doch wie seine heftige Reaktion bewies, waren die Wunden, die sie hinterlassen hatte, auch nach drei Jahren noch nicht verheilt.

Selbst von seinem Platz an der Reling aus konnte er Diantha hören, die im Salon seiner Yacht stand und am Telefon die letzten Details des großen Festes organisierte, mit dem die Ferienanlage offiziell eröffnet werden sollte. Auch ohne sich umzudrehen, meinte er die schwarzhaarige Frau mit den dunkelbraunen Augen und dem gebräunten Teint, die immer elegant gekleidet war, vor sich zu sehen.

Nicht zuletzt darin unterschied sie sich wohltuend von Isobel, die es vorzog, ihre makellose Figur aufreizend zur Schau zu stellen, anstatt sie dezent zu betonen.

Das Bild der jungen Frau, das er unwillkürlich vor Augen hatte, verfehlte nicht seine Wirkung. Doch damit war er vertraut, seit er sie zum ersten Mal gesehen hatte.

Sie waren übereinander hergefallen wie zwei liebestolle Teenager und hatten aus einem Impuls heraus geheiratet. Mit derselben hingebungsvollen Leidenschaft, mit der sie sich anfangs geliebt hatten, hatten sie sich später gestritten. Lediglich die Trennung hatte sie davor bewahrt, sich gegenseitig zu vernichten. Sie waren beide viel zu jung gewesen.

Trotzdem löste die Erinnerung daran eine Bitterkeit aus, die es Leandros ratsam erscheinen ließ, sich jeden Gedanken an Isobel zu verbieten. Wie die Zeit in San Estéban würde auch sie bald der Vergangenheit angehören.

Leandros war entschlossen, die bevorstehenden Veränderungen für einen Neuanfang zu nutzen. Er war inzwischen einunddreißig Jahre alt, und die Vorstellung, zu heiraten und vielleicht sogar eine Familie zu gründen, hatte durchaus ihren Reiz – vorausgesetzt, es würde sich die richtige Frau …

„Ist dir eine Laus über die Leber gelaufen, oder warum blickst du so finster drein?"

Leandros hatte Diantha nicht kommen hören. Ihr Lächeln zeugte ebenso von tief empfundener Zuneigung wie der Ausdruck in ihren braunen Augen.

Er konnte sich nicht erinnern, Isobel je lächeln gesehen zu haben – zumindest nicht ohne Hintergedanken. Und statt Zuneigung hatte er in ihren großen Augen stets nur Aufsässigkeit gelesen.

„Ich versuche, mich mit dem Gedanken anzufreunden, dass die schöne Zeit in San Estéban ein Ende hat", erwiderte er schließlich. Dann sah er wieder gedankenverloren auf die Bucht. Hierher hatte er sich vor fast drei Jahren zurückgezogen, um wieder zu sich selbst zu finden. Es hatte unendliche Mühe gekostet, doch schließlich war es ihm gelungen, die innere Leere wieder auszufüllen. Einen besseren Ort als San Estéban hätte er dafür nicht finden können. Entsprechend unbehaglich zu Mute war ihm bei der Vorstellung, Abschied zu nehmen.

Er war so in Gedanken versunken, dass er Diantha fast vergessen hatte. Erst als sie ihm die Hand auf den Arm legte, erinnerte er sich daran, dass sie direkt neben ihm stand.

Als er sich zu ihr umdrehte, zog sie die Hand wieder zurück. Sie wirkte fast ein wenig erschrocken, denn noch ließ ihre Beziehung eigentlich keine Berührungen zu.

Diantha war die beste Freundin seiner Schwester Chloe, und er war Ehrenmann genug, sie während ihres Aufenthalts auf seiner Yacht mit dem gebotenen Respekt zu behandeln. Und so schwer es ihm in diesem Moment auch fiel, er war entschlossen, sich an seine guten Vorsätze zu halten.

„Dass dir der Abschied schwerfällt, kann ich mir gut vorstellen", sagte Diantha verständnisvoll. „Aber vielleicht ist es das Beste so. Du bist schon so lange hier, dass du es für normal hältst, auf einer schicken Yacht zu leben und dich um nichts kümmern zu müssen. Um dich vor dem wirklichen Leben zu verstecken, bist du allerdings noch zu jung, findest du nicht?"

„Da könntest du Recht haben", stimmte Leandros ihr zu, auch wenn es ihm ein wenig unheimlich war, dass sie ausgesprochen hatte, was er empfand. „Deshalb habe ich vor, gleich nach dem Fest nach Athen zurückzukehren und mich dem wirklichen Leben zu stellen, wie du es nennst."

„Das freut mich", gab sie unumwunden zu. „Und deine Mutter wirst du damit sehr glücklich machen."

Ehe er etwas erwidern konnte, drehte sie sich um und ging zurück in den Salon. Er sah ihr nachdenklich hinterher. Sie trug ein elegantes blaues Sommerkleid, das ihrer Figur schmeichelte, und das schwarze Haar hatte sie zusammengebunden und hochgesteckt. Äußerlich wie innerlich entsprach sie geradezu perfekt dem Bild einer jungen Griechin aus gutem Hause, die Schönheit, Anmut und gutes Benehmen in sich vereinigte.

Erneut hätte der Kontrast zu jener Frau, an die er unwillkürlich denken musste, nicht größer sein können. Isobel waren sämtliche Konventionen seiner Heimat ein Gräuel gewesen, und lieber wäre sie gestorben, als sich ihnen zu unterwerfen. Das lange rote Haar hatte sie stets offen getragen, und ein Kleid hatte sie nur angezogen, wenn es unbedingt sein musste. Sie hatte knappe Shorts bevorzugt, die ihre faszinierenden schlanken Beine zur Geltung brachten, und enge Tops, die die Blicke der Männer zwangsläufig auf ihre perfekt geformten Brüste lenkten.

Außerdem hätte sie sich lieber die Zunge abgebissen, als Interesse an den Gefühlen seiner Mutter zu äußern, ergänzte Leandros in Gedanken, als Diantha durch die gläserne Schiebetür ging.

Schulterzuckend stellte er sich wieder an die Reling und trank einen Schluck Bier. Isobel und seine Familie waren vom ersten Tag an wie Feuer und Wasser gewesen. Kein gutes Haar hatten sie aneinander gelassen, und keine der beiden Seiten hatte auch nur versucht, auf den anderen zuzugehen.

Diantha hingegen mochte seine Mutter sehr gern, und zu seiner großen Freude beruhte die Zuneigung auf Gegenseitigkeit. Als beste Freundin seiner Schwester ging sie seit Kindertagen in seinem Elternhaus ein und aus, und deshalb kannte er sie schon seit vielen Jahren.

Richtig Notiz von ihr genommen hatte er allerdings erst, als sie vor einer Woche an Bord gekommen war. Ursprünglich hatte Chloe ihm bei der Organisation des Fests helfen wollen, das in wenigen Tagen stattfinden sollte. Doch da sie bereits die Hochzeit ihres Bruders Nikos vorbereitete, war Diantha kurzerhand eingesprungen.

Er rechnete es ihr hoch an, weil sie erst wenige Tage zuvor aus Washington zurückgekommen war, wo sie vier Jahre mit ihren Eltern gelebt hatte. Entsprechend überrascht war er gewesen, als ihm statt des kleinen Mädchens von früher eine attraktive junge Frau gegenüberstand, die mehr Vorzüge hatte als die meisten ihrer Altersgenossinnen.

Dazu gehörte auch, dass außer einer kurzen und harmlosen Romanze mit seinem Bruder Nikos nichts Nachteiliges über ihren Lebenswandel bekannt war. Vor allem das machte sie als Partnerin ungleich geeigneter als diejenige Frau, mit der er noch immer verheiratet war.

Erst als Leandros die leere Bierflasche abstellte, bemerkte er den

Mann, der auf der Mole stand und seine Kamera direkt auf ihn und seine Yacht gerichtet hatte. Pressefotografen verabscheute er von jeher. Zum einen hatten sie nicht den geringsten Respekt vor seiner Privatsphäre, und zum anderen verdiente seine derzeitige Ehefrau mit dieser zweifelhaften Tätigkeit ihren Lebensunterhalt.

Ihre erste Begegnung hatte gewissermaßen durch das Objektiv ihres Fotoapparats stattgefunden, das sie auf ihn und den roten Ferrari gerichtet hatte, vor dem er stand. Um besonders effektvolle Bilder zu bekommen, hatte sie wie verrückt mit ihm geflirtet, bis er sich schließlich dazu erweichen ließ, allerhand lächerliche Posen vor dem Sportwagen einzunehmen. Wenige Stunden später hatten sie miteinander geschlafen, und danach …

Leandros verbot sich den Gedanken an das, was nach dieser ersten Begegnung geschehen war. Nie wieder wollte er an Isobel denken. Es wurde höchste Zeit, sie ein für alle Mal aus seinem Leben zu streichen, und die Scheidung würde es ihm sicher sehr erleichtern.

Als Isobel den Brief las, der in der Post gewesen war, gingen ihre Gedanken in eine ganz ähnliche Richtung. Er stammte vom Anwalt ihres Noch-Ehemannes, der ihr mitteilte, dass Leandros die Scheidung eingereicht hatte.

Die Nachricht war aus heiterem Himmel gekommen, und auch wenn ihr der Schritt konsequent schien, hatte es sie schockiert, auf diesem Weg davon zu erfahren. Deshalb war Isobel erleichtert, dass ihre Mutter noch schlief und sie allein an dem kleinen Küchentisch saß.

Im Grunde ist die Scheidung längst überfällig, dachte sie und las erneut die Zeilen, mit denen das Ende einer Ehe angekündigt wurde, die niemals hätte geschlossen werden dürfen. Trotzdem verschwammen ihr die Buchstaben vor den Augen, je mehr sie sich darüber klar wurde, dass mit dem Brief das letzte Kapitel eines vier Jahre andauernden Irrtums angebrochen war.

Möglicherweise scheute Leandros vor dieser Einsicht genauso zurück wie sie. Warum sonst hatte er so lange gebraucht, um sich zu diesem Schritt durchzuringen?

Oder hatte er andere Beweggründe für den unvermittelten Entschluss, sich scheiden zu lassen? Vielleicht hatte er ja eine Frau kennen gelernt, bei der ihm nicht nur sein Herz, sondern auch sein Verstand sagte, dass er mit ihr den Rest seines Lebens verbringen wollte.

Nach allem, was sie durchgemacht hatte, hätte ihr diese Vorstellung eigentlich nicht mehr wehtun dürfen. Dass sie es trotzdem tat, konnte Isobel sich nur damit erklären, dass sie vor Liebe zu Leandros manchmal fast verrückt geworden war.

Zumindest zu Beginn ihrer Beziehung, musste sie einschränken. Doch damals waren sie noch zu jung gewesen, um zu wissen, dass leidenschaftliche Hingabe allein …

Um von der Erinnerung an zurückliegende Zeiten nicht überwältigt zu werden, zwang Isobel sich, den Brief erneut zu lesen. So stieß sie auf den Vorschlag, dass sie und Leandros sich in Athen treffen sollten, um die Scheidung – selbstverständlich in Gegenwart ihrer Anwälte – so schnell wie möglich über die Bühne gehen zu lassen. Nach Einschätzung von Leandros' Anwalt Takis Konstantindou sollte eine gütliche Einigung innerhalb weniger Tage möglich sein. Da es Leandros nicht möglich wäre, nach England zu reisen, bot er an, sämtliche Unkosten zu übernehmen, die ihr entstehen würden.

Was ihn daran hindern sollte, sich in ein Flugzeug zu setzen und nach London zu fliegen, war ihr unbegreiflich. Der Mann, den sie in Erinnerung hatte, lebte ohnehin aus dem Koffer, weil er öfter auf Reisen als zu Hause war.

So gesehen grenzte es an ein Wunder, dass sie sich überhaupt kennen gelernt hatten. Der Zufall hatte sie bei einer Automobilausstellung in den Londoner Messehallen zusammengeführt, auf der Isobel im Auftrag einer Illustrierten Fotos gemacht hatte. Damals war sie zweiundzwanzig Jahre alt, oder besser gesagt, jung gewesen, denn die Unbekümmertheit, die sie auszeichnete, war eher Ausdruck von völliger Unerfahrenheit als von Selbstbewusstsein gewesen. Sonst hätte sie möglicherweise einen großen Bogen um den unverschämt gut aussehenden

Mann mit dem verführerisch dunklen Teint gemacht, der ihr auf einem Stand mit sündhaft teuren Sportwagen auffiel.

Zunächst hielt sie den makellos gekleideten und überaus charmanten Südländer, der unverhohlen mit ihr flirtete, für einen Mitarbeiter der Firma Ferrari. Niemals wäre ihr in den Sinn gekommen, dass der Mann den teuren Sportwagen, vor dem sie ihn fotografierte, nicht verkaufen, sondern kaufen wollte – und das, obwohl er bereits mehrere davon besaß.

Erst viel später erfuhr sie, wer Leandros wirklich war. Doch da war es bereits zu spät, um den Lauf der Dinge zu beeinflussen. Denn direkt vom Messestand aus brachte er sie zunächst in ein Restaurant und noch am selben Abend in sein Hotelzimmer, wo sie wie zwei liebestolle Teenager übereinander herfielen.

Selbstverständlich entging Leandros nicht, dass er der Erste war, mit dem sie schlief. Das Wissen darum entfachte seine Leidenschaft in einer Weise, die ihr unvergesslich bleiben würde. Mit unvergleichlicher Raffinesse und Geduld weihte er sie in den nächsten zwei Wochen in die Geheimnisse der Liebe ein und brachte ihr mehr über ihren Körper, ihre Sehnsüchte und Wünsche bei, als sie sich je erträumt hatte.

Als sich seine Rückkehr nach Griechenland nicht länger hinauszögern ließ, weigerte er sich strikt, ohne sie abzureisen. Deshalb heirateten sie Hals über Kopf, um vom Standesamt direkt zum Flughafen zu fahren.

Erst als Leandros sie zu einem Privatjet brachte, auf dem das Logo des Petronades-Konzerns prangte, begann Isobel, Fragen zu stellen. Er amüsierte sich darüber, dass sie einen der reichsten Männer der Welt geheiratet hatte, ohne es zu wissen. Dann führte er sie in seine Privatkabine. Dort liebten sie sich, bis das Flugzeug zur Landung ansetzte. So glücklich wie an jenem Tag war sie, Isobel, nie wieder gewesen.

Doch dazu hatte Leandros ihr auch keinen Anlass gegeben. So blieben von einer vierjährigen Ehe letztlich nur wenige Stunden, an die sie gern zurückdachte. Denn kaum hatten sie sein Elternhaus erreicht, war der Zauber verflogen. „In diesem Aufzug kannst du meiner Mutter unmöglich gegenübertreten“, sagte Leandros abfällig.

„Was stimmt denn an meinem Aussehen nicht?“, fragte Isobel verwundert.

„Nichts“, lautete seine vernichtende Antwort. „Der Rock ist eindeutig zu kurz, und das Haar solltest du lieber hochstecken. Es gibt bei uns gewisse Traditionen, an die selbst du dich halten musst.“

Sie zog sich weder um, noch steckte sie das Haar hoch. Sehr schnell musste sie jedoch begreifen, dass ihre provozierende Art nur dann willkommen war, wenn sie mit Leandros allein und nach Möglichkeit ein Bett in der Nähe war. Im Kreis seiner Familie trug ihr dasselbe Verhalten dagegen schnell den Ruf ein, ein billiges Flittchen zu sein. Und ihr Ehemann hielt es nicht für nötig, sie vor solchen Verleumdungen in Schutz zu nehmen.

Mit diesem Tag hatte eine Entwicklung begonnen, die zwangsläufig zu dem Brief hatte führen müssen, den Isobel noch immer in den Händen hielt. Es war tatsächlich an der Zeit, dass sich der Vorhang über einen Abschnitt ihres Lebens senkte, der schon vor Jahren geendet hatte.

Einzig gegen das Verfahren, das Leandros über seinen Anwalt vorschlug, hatte sie noch Einwände. Denn wie sollte sie nach Athen fliegen, wenn sie ihre Mutter nicht einmal für einige Stunden allein lassen konnte?

„Wann landet sie?“

Leandros saß am Schreibtisch seines Athener Büros. Erst vor wenigen Tagen war er aus San Estéban zurückgekommen, aber der Alltagstrott hatte ihn längst wieder eingeholt. Es lag nun einmal in der Natur der Sache, dass der Leiter eines Weltkonzerns keine ruhige Minute hatte, weil ständig jemand etwas von ihm wollte. Vor lauter Terminen blieb ihm nicht einmal die Zeit, den Papierberg abzuarbeiten, der sich auf seinem Schreibtisch aufgetürmt hatte.

Im Grunde war er vierundzwanzig Stunden am Tag im Dienst, denn selbst bei privaten Anlässen traf er auf Geschäftspartner, die sich an seine Fersen hefteten und nicht eher lockerließen, bis sie ihr Anliegen losgeworden waren. Erschwerend kam hinzu, dass er die ganze Arbeit allein schultern musste, weil sein jüngerer Bruder Nikos vollauf mit der Vorbereitung seiner Hochzeit beschäftigt war.

Je näher der große Tag rückte, desto nervöser wurde ihre Mutter. Als ältester Sohn hatte er, Leandros, von seinem verstorbenen Vater nicht nur die Leitung des Konzerns, sondern auch die Rolle des Familienvorstands übernommen. Deshalb glaubte seine Mutter, ihn alle zehn Minuten anrufen und an seine Pflichten als Gastgeber erinnern zu müssen. Auf den vorsichtigen Einwand, dass er noch etwas anderes zu tun hätte, reagierte sie in schöner Regelmäßigkeit mit einem Panikanfall, der stets mit einer Litanei darüber endete, dass er die falsche Frau und die auch noch heimlich geheiratet hätte.

Am liebsten hätte er seinem jüngeren Bruder geraten, es ihm nachzutun und Carlotta Santorini in einer abgelegenen Dorfkapelle das Jawort zu geben. Wenn es einen Moment in seiner Ehe gab, an den er gern zurückdachte, dann war es die Trauung. Nie würde er den Moment vergessen, als er Isobel den Ehering an den Finger gesteckt und sie mit ihrem unnachahmlichen Lächeln zu ihm aufgesehen und geflüstert hatte: „Ich liebe dich und werde dich immer lieben."

Um ihr den Treueschwur zu glauben, hatte er nicht fünfhundert geladene Gäste gebraucht – und dass alles anders gekommen war, hätten auch tausend Zeugen nicht verhindern können.

„Heute Abend."

Es dauerte eine Weile, bis Leandros sich erinnerte, was er Takis Konstantindou gefragt hatte.

„Hast du ihr die Suite im Athenäum reserviert?", erkundigte er sich nun.

„Das wollte ich", erwiderte Takis. „Sie hat es allerdings abgelehnt und sich auf eigene Faust ein Hotel gesucht."

„Weißt du, welches?"

„Meines Wissens hat sie im Apollo gebucht – aber erst, nachdem man ihr zugesichert hat, dass das Haus für Rollstuhlfahrer geeignet ist."

Takis' Erklärung traf Leandros gänzlich unvorbereitet. „Warum das denn?", fragte er entgeistert. „Hatte sie einen Unfall, oder warum sitzt sie im Rollstuhl?"

„Dass *sie* im Rollstuhl sitzt, habe ich nicht gesagt", wandte sein Anwalt ein. „Ich weiß nur, dass sie drei Zimmer gebucht hat, und eines davon ist behindertengerecht ausgestattet."

„Dann solltest du schnellstens herausfinden, für wen es ist", forderte Leandros ihn unmissverständlich auf. Der Gedanke, dass Isobel an den Rollstuhl gefesselt war, war ihm schier unerträglich.

„Selbst wenn sich deine Befürchtung bestätigen sollte, brauchst du an deinem Entwurf für eine gütliche Einigung nichts zu ändern. Das Angebot, das du ihr machst, ist absolut angemessen."

Takis war offenbar nicht entgangen, wie schockiert er war. Wie seine zynische Bemerkung verriet, irrte er sich allerdings hinsichtlich der Gründe.

„Glaubst du wirklich, es ginge mir ums Geld?", fragte Leandros empört. „Isobel ist meine Frau, und auch wenn die Ehe gescheitert ist, fühle ich mich nach wie vor für sie verantwortlich – erst recht, wenn sie an den Rollstuhl gefesselt ist."

„Ich wollte dir wirklich nicht zu nahe treten", entschuldigte sich Takis verlegen.

„Mir vielleicht nicht", erwiderte Leandros unversöhnlich. Aber Isobel, fügte er in Gedanken hinzu, weil er genau wusste, was Takis unter „angemessen" verstand.

Wenn es nach seiner Familie ginge, hätte Isobel keinen einzigen Cent von ihm bekommen. Sie hielten seine Frau für ein billiges Flittchen, und entsprechend abfällig dachten und sprachen sie über sie. Zu seiner Schande musste er sich jedoch eingestehen, dass er nie eingeschritten war – und schon gar nicht in Isobels Anwesenheit. Trotzdem irrten sie gewaltig, wenn sie ihr die Schuld daran gaben, dass die Ehe so schmählich gescheitert war. Ganz so einfach war es leider nicht.

„Mir ist völlig klar, wie ihr über sie denkt", sagte er deshalb. „Aber ich erwarte von euch, dass ihr sie mit dem gebührenden Respekt behandelt. Habe ich mich deutlich genug ausgedrückt?"

Takis war doppelt so alt wie er und außerdem sein Patenonkel. Trotzdem war er so eingeschüchtert, dass er es bei einem zustimmenden Nicken beließ.

„Versuch, möglichst viel herauszubekommen, bevor wir uns mit ihr treffen“, trug Leandros ihm auf. „Und jetzt entschuldige mich“, fügte er hinzu. „Ich muss zu einer dringenden Besprechung.“

Takis schien fast ein wenig erleichtert zu sein, dass das Gespräch beendet war, denn er verabschiedete sich schnell, ohne ihm die Hand zu reichen.

Als er endlich allein war, lehnte sich Leandros in seinem Sessel zurück. Dass Takis sein Verhalten nicht nachvollziehen konnte, überraschte ihn nicht. Schließlich war es ihm selbst ein Rätsel.

Vor zwei Wochen hatte er seinen Patenonkel von der Yacht aus angerufen und ihn beauftragt, die Scheidung einzureichen. Takis' Nachfragen hatte er ebenso kurz wie emotionslos beantwortet, und damit war die Angelegenheit für ihn erledigt gewesen. Doch vor zwei Wochen hatte er seine Frau ja auch noch als Hexe beschimpft. Eine kleine Bemerkung von Takis hatte ihn allerdings jäh daran erinnert, dass sie im Grunde ein unerfahrenes und unsicheres Geschöpf gewesen war, das er aus der vertrauten Umgebung herausgerissen und der Athener High Society zum Fraß vorgeworfen hatte.

Leise fluchend stand er auf und lief unruhig durchs Zimmer. Was war bloß los mit ihm? Quälten ihn wirklich Reuegefühle? Oder hatte er schlicht und ergreifend Angst davor, dass die Isobel, der er am nächsten Tag gegenübertreten würde, nur noch ein Schatten der lebenslustigen, unbekümmerten Frau war, die er einst gekannt und geliebt hatte?

Was wäre, wenn sie tatsächlich im Roll…?

Das Telefon klingelte und verhinderte, dass er den entsetzlichen Gedanken zu Ende dachte.

Es war Diantha, die ihn freundlich daran erinnerte, dass seine Mutter ihn pünktlich zum Abendessen erwartete. Ihre fröhliche Stimme zu hören tat ihm unendlich gut, und als Leandros einige Minuten später den Hörer wieder auflegte, sah er sich darin bestätigt, dass Diantha wie für ihn geschaffen war.

Durch das Gespräch mit ihr war die Anspannung von ihm abgefallen, und endlich konnte er wieder an jene Dinge denken, die wirklich wichtig waren – etwa die Besprechung, auf der man ihn sicher schon erwartete.

„Hast du nicht schon genug Probleme am Hals?", fragte Silvia Cunningham mit der ihr eigenen Offenheit. „Oder warum ziehst du dich so an?"

„Was hast du denn an mir auszusetzen?" Isobel stellte sich vor den Spiegel. Sie trug ein maßgeschneidertes braunes Kostüm, dessen Rock nicht übertrieben eng geschnitten war und erst kurz über dem Knie endete. Die eng anliegende Jacke war hochgeschlossen, und darunter verbarg sich eine fast altmodische cremefarbene Bluse, die sie bis oben zugeknöpft hatte. Das Haar hatte sie sorgfältig gekämmt und mit einem Schildpattkamm hochgesteckt. Darüber hinaus war sie sehr dezent geschminkt, denn ihr Make-up beschränkte sich auf einen unauffälligen Lippenstift, einen Hauch Lidschatten und einen kaum merklichen Strich Mascara.

Alles in allem sah sie geradezu züchtig aus – jedenfalls für ihre Verhältnisse, musste sie einschränken, als sie das trotzige Funkeln in ihren großen grünen Augen bemerkte.

„Dein Aufzug ist die reine Provokation", erwiderte ihre Mutter. „Der arme Kerl wird Höllenqualen leiden, wenn du ihm so gegenübertrittst. Das Kostüm ist so eng, dass selbst ein Blinder …"

„Für meine Figur kann ich nichts", fiel Isobel ihr ins Wort. „Die habe ich genauso von dir geerbt wie die Farbe der Haare und der Augen."

„Vergiss den Trotzkopf nicht", ergänzte Silvia. „Du bist offenbar wild entschlossen, ihn nachträglich dafür zu bestrafen, dass er dich damals …"

„Er mich?" Isobel warf ihrer Mutter einen strafenden Blick zu. „Vielleicht darf ich dich daran erinnern, dass ich mich von ihm getrennt habe."

„Vielleicht darf ich dich daran erinnern, wie inständig du gehofft hast, dass er kommt und dich zurückholt."

Schön, dass du mir das ausgerechnet jetzt unter die Nase reibst, dachte Isobel. „Ich muss jetzt los", sagte sie stattdessen und suchte nach ihrer Handtasche.

„Willst du das Ganze nicht lieber dem Anwalt überlassen?", fragte Silvia besorgt.

„Fang bitte nicht schon wieder damit an", bat Isobel inständig. Sie hatten schon unzählige Male darüber gesprochen, und allmählich war sie die Ermahnungen und Belehrungen ihrer Mutter leid.

„Dass ihr euch scheiden lasst, wird sicher höchste Zeit", erklärte ihre Mutter trotzdem und versuchte mühsam, sich aufzurichten. „Aber ich verstehe nicht, warum du so darauf versessen bist, die Details selbst zu klären. Und wenn ich sehe, wie du angezogen bist, wird mir angst und bange."

Trotz der Krücken, auf die sie sich jetzt stützte, kostete es sie größte Anstrengung, sich aufrecht zu halten. „Setz dich bitte wieder", bat Isobel und stellte ihr einen Stuhl hin. „Du sollst dich doch nicht überanstrengen."

„Ich setze mich erst, wenn du dich nicht mehr wie ein bockiges kleines Kind benimmst", erwiderte Silvia bestimmt.

„Wer benimmt sich hier denn wie ein bockiges kleines Kind?" Auch wenn die Situation eigentlich zu ernst war, musste Isobel unwillkürlich lachen.

Um zu wissen, woher sie ihren Dickkopf hatte, brauchte sie nur ihre Mutter anzublicken. Von ihr hatte sie neben ihrem Aussehen vor allem die Entschlossenheit und den unbeugsamen Willen geerbt.

Vor allem Letzterer wurde seit Silvias schwerem Autounfall vor zwei Jahren auf eine harte Probe gestellt. Die Heilung ging nur schleppend voran, und die Verletzungen an der Wirbelsäule waren so schwer, dass Silvia auf unabsehbare Zeit auf den Rollstuhl angewiesen sein würde. Glücklicherweise war ihr Lebensmut ungebrochen, und so gab sie die Hoffnung nicht auf, eines Tages wieder völlig zu genesen. Manchmal übertrieb sie es jedoch derart, dass sie sich in Gefahr brachte. Erst vor wenigen Wochen war sie schwer gestürzt. Zum Glück hatte sie sich bis auf einige blaue Flecken nichts getan.

Isobel hatte sich trotzdem schwerste Vorwürfe gemacht, weil sie ihre Mutter an jenem Tag allein gelassen hatte, um den Auftrag einer Illustrierten zu erledigen. Seitdem wagte sie es nicht, ihre Mutter länger als einige Stunden allein zu lassen.

Der Brief von Leandros' Anwalt hatte sie deshalb vor ein schier unlösbares Problem gestellt. Schließlich war sie auf die Idee gekommen, Silvia nach Athen mitzunehmen. Das war zwar nicht der Weisheit letzter Schluss, aber immer noch besser, als vor Sorge um sie zu vergehen.

Zu ihrer Überraschung zeigte sich ihre Mutter einsichtig und nahm auf dem Stuhl Platz. Sie war sichtlich erschöpft.

„Natürlich verfolge ich mit meiner Kleidung eine bestimmte Absicht", räumte Isobel ein und nahm ihrer Mutter die Krücken ab. „Aber es geht mir nicht darum, dass Leandros seinen Schritt bereut", fügte sie hinzu, ehe sie in die Hocke ging und Silvias Hand umfasste.

„Ich konnte ihm einfach nichts recht machen", erklärte sie traurig. „Immer hatte er etwas an mir auszusetzen, ganz egal, ob es um meine Kleidung oder mein Verhalten ging. Jetzt soll er mit eigenen Augen sehen, dass ich durchaus in der Lage bin, mich so gesittet zu kleiden und zu benehmen wie jede andere Frau auch – jedenfalls solange man mich nicht zu etwas zwingen will, was ich nicht bin."

Silvia brauchte ihrer Tochter nur in die Augen zu sehen, um Gewissheit zu haben, dass diese sich etwas vormachte. Genauso sicher war, dass Leandros einen ganz anderen Eindruck haben würde, wenn Isobel ihm in dieser Aufmachung gegenübertrat.

In diesem Moment klopfte es an der Tür. „Das wird Lester Miles sein", sagte Isobel und stand auf, um ihren Rechtsanwalt zu begrüßen.

„Pass bitte auf dich auf, Kleines", mahnte Silvia sie und hielt ihre Hand fest umklammert. „Er hat dir wirklich genug wehgetan."

Der unvermittelte Gefühlsausbruch ihrer Mutter machte Isobel zutiefst betroffen. „Vielleicht hat er das wirklich“, gestand sie. „Aber eins ist sicher. Absichtlich hat er mir nie wehgetan. Dafür hat er mich viel zu sehr geliebt, Mum.“

Normalerweise nannte sie ihre Mutter beim Vornamen, und dass sie nun „Mum“ sagte, bewies Silvia mehr als alles andere, wie aufgewühlt ihre Tochter innerlich war.

Was ist bloß in mich gefahren? fragte sich Isobel, als Silvia endlich ihre Hand losließ. Wie komme ich dazu, einen Mann in Schutz zu nehmen, der sich Dinge herausgenommen hat, die auch nach so langer Zeit noch unverzeihlich sind? Insofern war Silvias Angst, dass Leandros ihr wehtun könnte, völlig unbegründet. Schlimmer als das, was er ihr vor drei Jahren angetan hatte, konnte es gar nicht werden.

Erst als es erneut klopfte, erinnerte Isobel sich daran, dass es höchste Zeit wurde, sich auf den Weg zu machen. „Es dauert sicher nicht lange“, versicherte sie ihrer Mutter, während sie zur Tür ging.

„Meinetwegen brauchst du dich nicht zu beeilen“, erwiderte Silvia überraschend. „Clive hat ein Auto gemietet und will mit mir eine Stadtrundfahrt machen.“

Offenbar bleibt mir heute nichts erspart, dachte Isobel bitter, als ihr klar wurde, dass ein weiteres Problem der Lösung harrte.

Clive Sanders war ein Nachbar und seit Jahren ein guter Freund – und wenn es nach ihm gegangen wäre, auch mehr. Bislang hatte sie sich gegen seine Annäherungsversuche erfolgreich zur Wehr setzen können. Das hatte ihn allerdings nicht davon abhalten können, „zufällig“ zur selben Zeit nach Athen zu reisen – was er ohne Silvias ausdrückliche Ermunterung kaum gewagt hätte.

Isobel hatte erst davon erfahren, als Clive und sie sich im Foyer des Hotels förmlich in die Arme gelaufen waren. „Freust du dich denn gar nicht?“, hatte er gefragt, als sie ihn mit großen Augen angesehen hatte.

Doch nichts lag ihr ferner. Auch so mischten sich schon zu viele Menschen ungefragt in ihr Leben ein. Auch so meinten schon zu viele Menschen, besser als sie selbst zu wissen, was gut und richtig für sie war.

„Versprich mir, dass du dir nicht zu viel zumutest“, ermahnte sie ihre Mutter, als sie die Tür erreichte.

„Clive wird schon auf mich aufpassen“, erwiderte Silvia. „Schließlich ist er ausgebildeter Physiotherapeut.“

Als Isobel die Tür öffnete, zuckte Lester Miles förmlich zusammen, ehe er sie von Kopf bis Fuß musterte. Es war ihm unschwer anzusehen, dass auch er ihren Aufzug für unpassend hielt. Und wenn schon, dachte sie trotzig. Leandros sollte eine Lektion bekommen, die er sein Lebtag nicht vergessen würde, und dafür war das Lederkostüm genau richtig.

„Sind Sie so weit?“, fragte sie Lester und ging los, ohne eine Antwort abzuwarten. Sie war plötzlich so entschlossen, dass sie sich fragte, warum sie überhaupt einen Anwalt hinzugezogen hatte. Andererseits konnte es nichts schaden, wenn jemand in der Nähe war, der ihr die richtigen Stichworte geben konnte. Denn sie hatte nicht weniger vor, als sich für all die Kränkungen und Demütigungen zu rächen, die Leandros ihr angetan hatte.

Geld interessierte sie nicht im Geringsten, und sie selbst besaß nichts, was eine „gütliche Einigung“ erforderte, von der im Brief des Anwalts die Rede war – es sei denn, Leandros wollte den goldenen Ehering zurückhaben oder den Schmuck, den er ihr zum Entsetzen seiner gesamten Familie geschenkt hatte.

„Dass ausgerechnet du die Juwelen trägst, ist ja wohl ein schlechter Witz“, hatte seine Schwester Chloe gespottet, als sie sie mit den kostbaren Stücken sah. „Sie haben wirklich etwas Besseres verdient.“ Und den entgeisterten Blick seiner Mutter hatte sie, Isobel, bis heute nicht vergessen.

Um auf alle Eventualitäten vorbereitet zu sein, hatte sie den Schmuck aus London mitgebracht. Nun lag er im Tresor einer Athener Bank. Wenn Leandros ihn wiederhaben wollte, würde er ihn bekommen – allerdings nicht ohne eine entsprechende Gegenleistung. Es interessierte sie brennend, wie hoch sein Angebot ausfallen würde. Vor allem aber freute sie sich auf die Genugtuung, ihm die verdammten Diamanten auszuhändigen und den Raum mit keiner anderen Entschädigung zu verlassen als ihrem wiedergewonnenen Stolz.

Die Taxifahrt durch den Athener Berufsverkehr dauerte sehr lange. Lester Miles nutzte die Zeit, um sich mit ihr abzusprechen.

„Ihre Verhandlungsposition könnte nicht besser sein, Mrs. Petronades“, teilte er ihr mit. „Da es keinen Ehevertrag gibt, steht Ihnen die Hälfte des Vermögens Ihres Mannes zu.“

Plötzlich glaubte Isobel zu wissen, was Leandros unter einer „gütlichen Einigung“ verstand. Doch der Einsatz, um den es ging, hatte sich drastisch erhöht. Und wo ein Milliardenvermögen zu verteilen war, spielte selbst der wertvollste Schmuck eine untergeordnete Rolle.

„Die Verhandlungen stehen und fallen damit, wer von Ihnen an der Scheidung das größere Interesse hat“, fuhr der Anwalt fort. „Und da die Initiative von Ihrem Mann ausgeht, haben Sie die weitaus besseren Karten.“

„Ich scheine Sie unterschätzt zu haben“, gab Isobel zu. „Wissen Sie denn zufällig auch, warum er ausgerechnet jetzt die Scheidung eingereicht hat?“

„Beweisen kann ich es nicht“, antwortete er. „Aber wenn mich nicht alles täuscht, ist eine andere Frau dafür verantwortlich. Zumindest haben mir meine Informanten berichtet, dass sich eine gewisse Diantha Christophoros längere Zeit auf der Yacht Ihres Mannes aufgehalten hat.“

Bei der Erwähnung der ebenso bezaubernden wie vermögenden jungen Frau drohte sie in einen tiefen Abgrund zu stürzen.

„Die Dame entstammt einer der angesehensten Dynastien Griechenlands“, berichtete Lester, was sie schon wusste, um dann fortzufahren: „Eine Verbindung der beiden Familien würde die wirtschaftliche Macht des Petronades-Konzerns beträchtlich erhöhen. Gerüchten nach steht die Hochzeit Ihres Mannes unmittelbar bevor. Für diese Theorie spricht, dass Ihr Schwager Nicolas in der kommenden Woche eine gewisse Carlotta Santorini heiratet. Auch sie stammt aus einer angesehenen Unternehmerfamilie. Deshalb gehe ich davon aus, dass Ihr Mann – verzeihen Sie den Ausdruck – seinem Bruder zuvorkommen will. Bei solchen Konzernen in Familienbesitz geht es mitunter heute noch zu wie früher an Königshäusern. Der Erstgeborene übernimmt die Leitung, und alle anderen werden bestenfalls abgefunden."

Mit jedem Wort ihres Anwalts war Isobel elender zumute geworden, und irgendwann konnte sie die Tränen nur noch mit äußerster Mühe zurückhalten.

Verdammter Mistkerl!, verfluchte sie stumm jenen Mann, dem die Gefühle anderer im schmutzigen Spiel um Macht und Einfluss nicht das Geringste bedeuteten.

2. KAPITEL

Verdammter Mistkerl!, dachte Isobel erneut, als sie Leandros eine Viertelstunde später im Konferenzraum seines Konzerns gegenüberstand. Die letzten drei Jahre schienen spurlos an ihm vorbeigegangen zu sein, denn mit seinen einsneunzig war er jeder Zoll der Herzensbrecher. Er trug einen grauen Designeranzug, ein weißes Hemd und eine graue Krawatte. Sein Gesicht hatte weder den dunklen Teint noch den Ausdruck der Entschlossenheit eingebüßt, und das wellige Haar war immer noch so nachtschwarz, wie sie es in Erinnerung hatte. Die dunklen Augen und der sinnliche Mund strahlten die unerschütterliche Selbstsicherheit eines Mannes aus, der um seine verheerende Wirkung auf Frauen wusste.

Zur Begrüßung hätte sie ihm am liebsten eine schallende Ohrfeige verabreicht. Ihre Wut und Entrüstung waren so maßlos, als hätte sie ihn nicht vor drei Jahren, sondern erst gestern verlassen. Ausgerechnet Diantha Christophoros, dachte Isobel in Erinnerung an ihre Rivalin, die man in größter Eile außer Landes gebracht hatte, als sie damals auf der Bildfläche erschienen war.

Für wie dumm hielt er sie eigentlich? Ihm musste doch klar sein, dass seine intrigante kleine Schwester ihr in höchsten Tönen von dem engelsgleichen Wesen vorgeschwärmt hatte, dem Leandros den Laufpass gegeben hatte, um ein liebestolles Weibsbild zu heiraten. Allerdings hatte er sich von seiner Geliebten offenbar nicht ganz trennen wollen. Zumindest hatte Chloe sie jedes Mal genüsslich informiert, wenn Leandros eine Dienstreise für einen Besuch in Washington nutzte.

Vor lauter Hass auf ihren Ehemann brachte Isobel kein Wort heraus. Und für Takis Konstantindou hatte sie ebenso wenig einen Blick wie für ihren Anwalt.

Die Feindseligkeit in Isobels Blick entfachte seine Wut in einer Weise, die Leandros selbst überraschte.

Bis vor wenigen Stunden hatte er in der Angst gelebt, die lebenslustige und unbekümmerte junge Frau, die er vor vier Jahren geheiratet hatte, könnte an den Rollstuhl gefesselt sein. Die Erleichterung darüber, dass sich diese Befürchtung nicht bewahrheitet hatte, war jedoch nur von kurzer Dauer gewesen. Silvia Cunningham hatte ein solches Los noch viel weniger verdient. Der Gedanke, dass diese einst so energiegeladene Frau möglicherweise nie wieder würde laufen können, war ihm schlicht unerträglich.

Umso mehr fühlte er sich in seiner Absicht bestärkt, im Zuge der Scheidung dafür zu sorgen, dass es seiner Schwiegermutter zumindest finanziell an nichts fehlte. Alle anderen Punkte des Vorschlags, den er Isobel unterbreiten wollte, hatte er aber in aller Eile ändern müssen. Denn zu seinem Leidwesen hatte er inzwischen nicht nur erfahren, dass sie auf eigenen Beinen stehen konnte. Und eine schamlose Ehebrecherin großzügig abzufinden war das Letzte, wonach ihm der Sinn stand.

Das Wissen, dass sie ihn längst durch einen anderen ersetzt hatte, war schlimm. Noch schlimmer war die Tatsache, dass sie seinen Nachfolger nach Athen mitgebracht hatte. War sie ihm so verfallen, dass sie es nicht einmal zwei Tage ohne diesen Bodybuilder aushielt, der vor Muskeln kaum laufen konnte?

Wie ihr Äußeres bewies, war ihr das Wort Zurückhaltung nach wie vor unbekannt. Denn auch wenn sie das Haar fast züchtig hochgesteckt hatte, wirkte sie in dem Lederkostüm schamlos aufreizend – nur dass sie ihre sexuellen Lüste und Fantasien inzwischen mit einem anderen auslebte. Die Rolle ihres Ehemannes beschränkte sich darauf, ihr jeden Monat das Geld zu überweisen, das ihr den ausschweifenden Lebenswandel ermöglichte.

„Du hast dich verspätet“, begrüßte er sie scharf und wagte endlich, ihr ins Gesicht zu sehen. Im selben Moment musste er sich eingestehen, dass sie in den vergangenen drei Jahren noch schöner geworden war. Das rote Haar schien noch mehr zu leuchten als damals, und die großen grünen Augen zogen seinen Blick ebenso magnetisch an wie die gerade Nase und der unendlich sinnliche Mund.

Die Vorstellung, dass der blonde Hüne diese Lippen küssen durfte, drohte ihm den Verstand zu rauben. Und an alles andere, was er sich ausmalte, seit er die beiden im Foyer des Apollo beobachtet hatte, wollte Leandros lieber nicht denken.

Natürlich war es ein Fehler gewesen, zu ihrem Hotel zu fahren, doch die Angst, dass Isobel an den Rollstuhl gefesselt sein könnte, hatte ihm keine Ruhe gelassen. So aber hatte er ohnmächtig mit ansehen müssen, wie sie sich einem Mann an den Hals warf, dessen Gesichtszüge fast brutal wirkten.

„Wir sind im Berufsverkehr stecken geblieben“, entschuldigte sich Isobel mit gesenktem Blick. Sein schroffer Tonfall hatte sie sichtlich eingeschüchtert.

„Dann hättest du eben eher losfahren müssen“, wandte Leandros abfällig ein. „Schließlich bist du nicht zum ersten Mal in Athen. Und jetzt lass uns endlich Platz nehmen. Je eher wir anfangen, desto früher sind wir fertig.“

Unter Takis' befremdetem Blick setzte er sich an den Konferenztisch. Unterdessen bemühte sich Isobels Anwalt, keine Regung zu zeigen. Doch selbst in seiner Rage meinte Leandros zu erkennen, dass der junge Mann mit der Situation völlig überfordert war.

Mir soll es recht sein, dachte er gleichgültig. Isobel kannte Takis gut genug, um zu wissen, dass sie mit einem Anwalt, der noch grün hinter den Ohren war, auf verlorenem Posten stand. Daran konnten auch der tadellos sitzende Anzug und sein hübsches, fast knabenhaftes Gesicht nichts ändern.

Der Gedanke, dass Isobel den Mann genau deshalb engagiert hatte, drängte sich Leandros förmlich auf. An seinen Fähigkeiten als Jurist war sie möglicherweise gar nicht so sehr interessiert. Vielleicht war der Bodybuilder nicht der Einzige, dem sie sich hingab.

Die Aufmachung, in der sie sich dem Tisch näherte, bestärkte ihn in seiner Annahme. Bei jedem Schritt spannte sich der Rock ihres Kostüms über den Hüften, und unter der eng anliegenden Jacke zeichneten sich ihre perfekt geformten Brüste deutlich ab.

Was trägt sie wohl darunter?, fragte sich Leandros unwillkürlich, als sie sich mit betont reservierter Miene ihm gegenüber setzte und ihre Handtasche abstellte. Dabei glitt sein Blick unwillkürlich über ihr anmutiges Profil zu jenem Punkt unter ihrem Ohrläppchen, um dessen besondere Empfindlichkeit er allzu gut wusste. Auch jetzt würde eine leise Berührung mit der Zunge genügen, um Isobels Reserviertheit wie Schnee in der Sonne schmelzen zu lassen.

Ihren Körper kannte er sicher besser als sie selbst. Schließlich war er es gewesen, der sie in die Geheimnisse der Liebe eingeweiht hatte. Er wusste genau, wo und wie er sie berühren musste, um sie willenlos zu machen. Mehr als zwei Minuten würde es nicht dauern, bis sie förmlich darum bettelte, dass er sie auszog und ihre geheimsten Sehnsüchte und Wünsche erfüllte.

Als Lester Miles neben Isobel Platz nahm und seine Aktentasche auf den Tisch legte, wurde Leandros jäh aus seinen Fantasien gerissen. Die Frau, mit der er noch immer verheiratet war, schenkte ihrem Anwalt ein aufmunterndes Lächeln, als würde es nicht um ihre, sondern um seine Scheidung gehen.

Dir wird das Lachen gleich vergehen, dachte er. Die Schlacht konnte jeden Augenblick beginnen. Doch wer als Sieger aus ihr hervorgehen würde, stand schon jetzt fest.

„Dann können wir jetzt wohl anfangen", sagte Takis und setzte sich neben Leandros. „Als Erstes möchte ich dir, Isobel, versichern, dass uns sehr daran gelegen ist, eine Lösung zu finden, die beiden Seiten gerecht wird."

„Das freut mich", erwiderte Isobel und lehnte sich entspannt zurück. „Aber willst du mir nicht erst Guten Tag sagen, Onkel Takis?"

Wenn sie es darauf angelegt hatte, dem erfahrenen und mit allen Wassern gewaschenen Anwalt den Wind aus den Segeln zu nehmen, so war es ihr auf beeindruckende Weise gelungen.

„Habe ich das denn noch nicht getan?", fragte er verlegen, und Leandros meinte erkennen zu können, dass der weltgewandte Mann ein wenig rot wurde. „Dann entschuldige ich mich hiermit in aller Form", ergänzte Takis und stand auf, um seinen Worten mit einer Verbeugung

Nachdruck zu verleihen.

„Ich werde es überleben", erwiderte Isobel gleichgültig und ignorierte seine ausgestreckte Hand.

Leandros musste einsehen, dass er seine Frau maßlos unterschätzt hatte. Offenbar war sie immer noch in der Lage, ihren verdammten Dickkopf durchzusetzen – notfalls auch mit unlauteren Mitteln, wie ihm klar wurde, als er ihre grellrot lackierten Fingernägel sah.

„Wo war ich stehen geblieben?" Takis war so verunsichert, dass er den Faden verloren hatte. Selbst als er wieder Platz genommen hatte, dauerte es einen Moment, bis er sich auf seine eigentliche Aufgabe konzentrieren konnte. „Im Auftrag meines Klienten habe ich einen Vertrag aufgesetzt, der eine schnelle und gütliche Einigung erlauben sollte", sagte er schließlich förmlich, ehe er eine Mappe aus seiner Aktentasche nahm und sie Isobel reichen wollte.

Doch sie ignorierte ihn erneut und überließ es lieber ihrem Anwalt, die Papiere entgegenzunehmen und einer kritischen Prüfung zu unterziehen.

„Wie Sie unschwer bemerken werden, sind die Vorschläge meines Mandanten überaus fair", fuhr Takis leicht irritiert fort. „In Anbetracht der Fakten scheint mir vor allem die finanzielle Regelung mehr als großzügig."

„An welche Fakten denken Sie?", fragte Lester skeptisch.

„In erster Linie meine ich damit die Tatsache, dass unsere Klienten seit drei Jahren getrennt leben", erwiderte Takis.

Seit drei Jahren, einem Monat und vierundzwanzig Tagen, verbesserte Isobel ihn in Gedanken und sah unwillkürlich zu Leandros. Dessen feindseliger Blick bewies ihr, dass er es kaum erwarten konnte, sie aus seinem Leben zu verbannen.

Nach allem, was er ihr angetan hatte, sollte sie sich wenigstens in diesem Punkt mit ihm einig sein. Doch zu ihrem Leidwesen wollte es ihr einfach nicht gelingen. Dafür schmerzte die offene Ablehnung zu sehr, die ihr entgegenschlug, seit sie den Raum betreten hatte. Leandros hatte sie von Kopf bis Fuß gemustert, und sein Gesichtsausdruck hatte

Bände gesprochen. Offenbar war es ihm ein Rätsel, wie er eine Frau, die sich derartig geschmacklos kleidete, je hatte begehren können.

Unterdessen hatte Takis begonnen, die Liste Punkt für Punkt durchzugehen und Lester zu erklären, was es mit den jeweiligen Regelungen auf sich hatte.

Am liebsten hätte Isobel laut aufgeschrien und dem Spuk ein Ende gemacht. Nahm irgendjemand in diesem Raum ernsthaft an, dass materielle Dinge sie auch nur im Geringsten interessierten? Dachte Leandros wirklich so schlecht von ihr, dass er meinte, sich freikaufen zu können?

„Glaubst du wirklich, ich wäre auf dein verdammtes Geld aus?“, fragte sie ihn, ohne nachzudenken.

„Aus welchem Grund solltest du sonst gekommen sein?“, erwiderte er abfällig.

Ehe Isobel ihrer Empörung Luft machen konnte, riss Takis das Gespräch wieder an sich. „Da beide Parteien grundsätzlich in die Scheidung eingewilligt haben, macht es wenig Sinn, sich mit der Schuldfrage zu beschäftigen“, erklärte er nachdrücklich.

„Ich bin ganz Ihrer Meinung“, stimmte Lester ihm zu.

Einzig sie war entschieden anderer Auffassung. Ungläubig sah sie den Mann an, der sie einst dreiundzwanzig Stunden am Tag ignoriert und so getan hatte, als würde sie nicht existieren. Die Ausnahme von der Regel war jene eine Stunde vor dem Einschlafen gewesen, in der er sich plötzlich daran erinnerte, dass er verheiratet war. Und wehe, sie hatte es gewagt, ihm das Recht zu versagen, das er aus dieser Tatsache ableitete.

Im Grunde hatte er sie nur geheiratet, um mit ihr schlafen zu können, wann immer es ihm beliebte. Natürlich hatte auch sie den ebenso leidenschaftlichen wie hemmungslosen Sex genossen, und die beglückenden Erfahrungen, die sie dabei hatte machen dürfen, wollte sie um keinen Preis missen. Doch sehr bald musste Leandros feststellen, dass guter Sex allein noch keine gute Ehe ausmachte. Von da an bereute er die überstürzte Heirat und zog sich immer mehr zurück. Endgültig wandte er sich ab, als sie ihn nach einem knappen Jahr Ehe damit konfrontierte, dass sie schwanger war.

Jeden griechischen Mann hätte die Nachricht, dass er Vater wurde, mit Stolz erfüllt. Aber auch in dieser Hinsicht war Leandros eine Ausnahme, denn er reagierte mit unverhohlenem Entsetzen. „Was hast du dir bloß dabei gedacht?“, fragte er außer sich vor Wut. „Haben wir denn nicht schon genug Probleme am Hals?“

In der zehnten Schwangerschaftswoche hatte sie eine Fehlgeburt erlitten. Nie zuvor hatte sie Leandros so erleichtert erlebt wie in jenem Moment, in dem sie ihm davon berichtet hatte. Und dafür hasste sie ihn noch heute.

„Ihre Klientin hat ihren Mann aus freien Stücken verlassen“, sagte Takis ausgerechnet in diesem Augenblick. „Seither hat sie nicht versucht, wieder mit ihm in Kontakt zu treten.“

Das hättest du schon machen müssen, du Mistkerl, dachte Isobel und konnte nicht verhindern, dass ihre Augen sich mit Tränen füllten. Leandros hätte sich wenigstens danach erkundigen können, wie es ihr ging. Schließlich hatte sie *sein* Kind verloren. Doch auf einen Anruf oder einen Brief von ihm hatte sie vergeblich gewartet.

„Ob mein Mandant unterhaltspflichtig war, möchte ich deshalb zumindest bezweifeln“, fuhr Takis fort. „Ungeachtet dessen hat er Mrs. Petronades großzügig unterstützt und ihr monatlich eine beträchtliche Summe zukommen lassen.“

„Darum hat dich niemand gebeten!“, platzte Isobel jetzt heraus. „Übrigens habe ich von deinem verdammten Geld nicht einen Penny angerührt.“

„Ich wüsste nicht, was mich das angeht“, erwiderte Leandros gereizt und warf ihr einen verächtlichen Blick zu. Offensichtlich war er es leid, sich mit einer Vergangenheit auseinanderzusetzen, die er am liebsten aus seinem Gedächtnis gestrichen hätte. Und dass sie den Tränen nahe war, schien ihn in diesem Wunsch noch zu bestärken.

„Der nächste Punkt betrifft das Haus in Hampshire“, sagte Takis sichtlich irritiert. „Um seinen guten Willen zu unterstreichen, verpflichtet sich mein Mandant, es Mrs. Petronades zu über…“

„Dein Haus will ich genauso wenig wie dein Geld“, fiel Isobel ihm entrüstet ins Wort.

„Mrs. Petronades, warum …?“

„Du bekommst das Haus, und damit basta“, unterbrach Leandros seinen Anwalt.

„Du scheinst ja ein ziemlich schlechtes Gewissen zu haben“, bemerkte sie sarkastisch. „Aber so leicht werde ich dir es nicht …“

„Mein Gewissen ist rein“, fiel er ihr ins Wort. „Und wer im Glashaus sitzt, sollte bekanntlich nicht mit Steinen werfen“, fügte er abfällig hinzu.

„Bitte, Leandros! Ich glaube kaum, dass uns das jetzt weiter…“

„Dein Haus kannst du behalten“, ignorierte sie Takis' Einwand. „Und alles, was sonst noch auf der Liste steht, auch.“

„Was willst du denn von mir?“, fragte Leandros überrascht, und zum ersten Mal geriet seine Selbstbeherrschung leicht ins Wanken.

„Nichts“, teilte Isobel ihm mit, ohne die Genugtuung zu verbergen, die sie dabei empfand.

„Jedenfalls nichts von dem, was auf der Liste steht“, ergänzte Lester Miles. „Wir alle wissen, dass es keinen Ehevertrag gibt, so dass Mrs. Petronades die Hälfte des Eigentums ihres Mannes zusteht. Davon ist auf der Liste nirgends die Rede. Deshalb schlage ich vor …“

„Sie hat niemand gefragt“, unterbrach Leandros ihn schroff, ehe er wieder Isobel ansah. „Sag mir endlich, was du von mir willst“, forderte er sie auf.

Die Feindseligkeit, die die ganze Zeit unter der Oberfläche gebrodelt hatte, war längst offen zutage getreten. Sie saßen sich gegenüber und warfen sich hasserfüllte Blicke zu.

Doch hatte sie, Isobel, nicht allen Grund, Leandros zu hassen? Er hatte ihr alles genommen, was sie je besessen hatte: ihre Jugend, ihre Unschuld und ihre Lebensfreude. Für ihren Wunsch, Mutter zu werden, hatte sie sich verhöhnen lassen müssen, und ihr gemeinsames Kind hatte er abgelehnt, noch ehe es auf der Welt war. Das bisschen

Stolz und Selbstwertgefühl, das ihr noch geblieben war, hatte er mit Füßen getreten, als er ihren Entschluss, ihn zu verlassen, erleichtert zur Kenntnis nahm.

Mehr konnte ein Mann eine Frau nicht demütigen, und so war sie in der Hoffnung nach Athen gekommen, mit der Scheidung ein für alle Mal mit der Vergangenheit abschließen und hoch erhobenen Hauptes nach England zurückkehren zu können. Nun wusste sie, wie hoffnungslos naiv sie gewesen war, als sie die Rechnung ohne Diantha Christophoros gemacht hatte. Allein der Name bereitete ihr körperliches Unwohlsein, und aus Angst, verrückt zu werden, verdrängte sie jeden weiteren Gedanken an diese schamlose Person.

Schließlich saß ihr der Hauptschuldige direkt gegenüber, und um ihm klarzumachen, was sie von ihm hielt, hätte sie ihm am liebsten die Augen ausgekratzt.

„Ich will gar nichts von dir", beließ Isobel es bei Worten. „Im Gegenteil, ich möchte dir etwas zurückgeben." Kaum hatte sie den Satz beendet, zog sie den Ehering vom Finger und warf ihn achtlos auf den Tisch.

Ehe Leandros wusste, wie ihm geschah, bückte sie sich und nahm einen verschlossenen braunen Briefumschlag aus ihrer Handtasche. „In dem Umschlag befinden sich der Schlüssel für ein Schließfach einer Athener Bank und eine Vollmacht, die dich befugt, es ohne mein Beisein zu öffnen", fuhr sie bitter fort und legte den Umschlag zu dem Ehering. „Du wirst darin den Familienschmuck finden, den du mir damals geschenkt hast. Ich könnte mir vorstellen, dass du inzwischen eine bessere Verwendung dafür hast. Vielleicht gibst du ihn einfach an deine nächste Frau weiter."

Mit jedem Wort, das sie sprach, verfinsterte sich seine Miene. „Ich frage dich jetzt zum letzten Mal", sagte er drohend. „Warum bist du gekommen?"

„Um mich von dir scheiden zu lassen", erwiderte Isobel unter Tränen. „Und weißt du auch, warum? Weil ich dich und alles, was zwischen uns gewesen ist, endlich vergessen will."

Als sie seinen hasserfüllten Blick sah, wusste sie, wie aussichtslos es war, auf sein Verständnis zu hoffen. Gänzlich unvorbereitet traf sie hingegen die Rücksichtslosigkeit, mit der er es ihr zu verstehen gab.

„Dein schauspielerisches Talent in Ehren“, antwortete er sarkastisch, „aber ich schlage vor, dass wir bei der Wahrheit bleiben. Warum gibst du nicht einfach zu, dass du mich loswerden willst, weil mein Nachfolger schon Gewehr bei Fuß steht? Ich hätte dir allerdings einen besseren Geschmack zugetraut. Der Bodybuilder dürfte kaum deinen Ansprüchen genügen.“

Es dauerte eine Weile, bis Isobel begriff, was Leandros meinte. Umso größer war ihr Entsetzen, als ihr endlich klar wurde, was er ihr unterstellte. „Hast du mich etwa heimlich beobachtet?“, fragte sie entgeistert.

„Allerdings“, gab er unumwunden zu. „Und was ich gesehen habe, spricht nicht unbedingt für dich. Ehebruch ist kein Kavaliersdelikt, und ich könnte mir gut vorstellen, dass ein Scheidungsrichter zu derselben Auffassung gelangt. Wenn du darauf bestehst, können wir diese Unterhaltung auch vor Gericht fortsetzen. Ich fürchte allerdings, dass du dann leer ausgehen würdest. Überleg dir also gut, was du tust.“

„Das habe ich bereits“, erwiderte Isobel und stand auf. „Ich wüsste nicht, was ich mit dir noch zu besprechen hätte“, fügte sie hinzu, ehe sie ihre Handtasche an sich nahm. „Und dein verdammtes Geld kannst du dir sonst wohin stecken.“

Ohne Leandros noch einmal anzusehen, drehte sie sich um und ging auf direktem Weg in Richtung Ausgang.

„Sei doch vernünftig, Isobel“, rief Takis ihr nach, als sie schon fast die Tür erreicht hatte.

„Bitte, Mrs. Petronades“, sprang Lester Miles seinem Kollegen bei.

„Hier geblieben, Isobel!“, befahl Leandros über die Köpfe der beiden Männer hinweg. „Wenn du noch einen Schritt machst, wirst du es bereuen. Und ihr beide verlasst augenblicklich den Raum“, forderte er die Anwälte unmissverständlich auf.

Die Drohung schüchterte Isobel so sehr ein, dass sie unwillkürlich stehen blieb. Erst jetzt merkte sie, dass ihr vor Aufregung die Knie zitterten. Insgeheim hoffte sie inständig, dass die beiden anderen Männer Leandros Einhalt gebieten würden.

Doch um sich seinen Anordnungen zu widersetzen, fehlte ihnen offensichtlich der Schneid. Leandros war ihnen in jeder Hinsicht überlegen, und das unterstrichen sie, indem sie das Zimmer verließen.

Als sich die Tür hinter ihnen schloss, nahm Isobel ihren ganzen Mut zusammen und wandte sich zu Leandros um. „Weißt du, was du bist?", fragte sie voller Abscheu. „Ein widerlicher Tyrann."

„Interessant", erwiderte er eisig. „Vor allem wenn ein Unschuldsengel wie du das sagt, Schätzchen."

Was wie ein Kosename klang, war die schlimmste Beleidigung, die er ihr antun konnte. „Schätzchen" hatte er sie immer dann genannt, wenn seine Wut überzuschäumen drohte, weil sie in seinen Augen etwas falsch gemacht hatte.

Deshalb ließ sie sich von der Gelassenheit, die er auszustrahlen versuchte, nicht täuschen. Hinter der Fassade lauerte ein ausgehungertes Raubtier, das jeden Moment zum Sprung auf sein Opfer ansetzen konnte.

Leandros bestätigte es schneller, als ihr lieb sein konnte. „Was will dieser Clive Sanders von dir?", fragte er, und das bedrohliche Funkeln in seinen dunklen Augen verriet, wie es in seinem Innern aussah.

Als ihr der Grund für seine Wut klar wurde, musste Isobel lachen. Woher nahm dieser Mensch nur die Stirn, eine Erklärung von ihr zu verlangen, nachdem er sich drei Jahre nicht im Geringsten für sie interessiert hatte?

Na warte!, dachte sie verbittert. Dann ging sie zurück zum Tisch, stützte sich mit beiden Händen auf und sah Leandros lange an, ehe sie zum Gegenschlag ausholte.

„Sex", sagte sie ihm direkt ins Gesicht. „Was soll er sonst wollen? Und wie du dich vielleicht erinnerst, bin ich im Bett ziemlich gut. Clive ist derselben Auffassung. Er …"

Weiter kam sie nicht, weil das Raubtier in Leandros erwacht war und zum Sprung angesetzt hatte. Ehe sie wusste, wie ihr geschah, lag sie mit dem Rücken auf der Tischplatte und musste wehrlos erleben, wie Leandros sich über sie beugte und ihr so nah kam, dass sie seinen Atem im Gesicht spürte.

Die intime Nähe löste Gefühle in ihr aus, derer sie sich regelrecht schämte. Doch das Gewicht seines Körpers und sein markantes Gesicht riefen ihr unwillkürlich Stunden der Erfüllung in Erinnerung, in denen sie Lust und Leidenschaft miteinander geteilt hatten, ohne sich irgendwelche Hemmungen aufzuerlegen.

„Sag das noch einmal – wenn du dich jetzt noch traust", forderte Leandros sie auf.

„Lass mich sofort los!" In ihrer Verzweiflung legte sie ihm die Hände auf die Schultern und versuchte, ihn wegzudrängen. Aber selbst durch das Jackett hindurch meinte sie das zärtliche Versprechen zu spüren, das sein athletischer Körper verhieß.

„Erst will ich wissen, ob du mit ihm geschlafen hast."

„Das geht dich nichts an", erwiderte sie wutentbrannt. „Ich bin dir schon lange keine Rechenschaft mehr schuldig."

„Rechenschaft vielleicht nicht", sagte Leandros ungerührt, „aber etwas anderes."

Spätestens als er die Hüften gegen ihre presste, wurde Isobel klar, was er meinte. Der Schock darüber wurde einzig von der beschämenden Einsicht übertroffen, dass sie sich ihm instinktiv entgegendrängte.

Wie sein triumphierendes Lächeln bewies, war es Leandros nicht verborgen geblieben. Mit sichtlicher Genugtuung zog er ihr den Kamm aus dem Haar.

„So erinnerst du mich schon eher an das liebestolle kleine Ding, das ich damals geheiratet habe", sagte er heiser und löste das feuerrote Haar, bis die Strähnen wie kleine Flammen auf der hölzernen Tischplatte lagen. „Mal sehen, ob du immer noch so temperamentvoll bist", fügte er hinzu, ehe er nach dem Reißverschluss ihrer Kostümjacke tastete und ihn öffnete.

Dass sie eine hochgeschlossene Bluse trug, schien ihn regelrecht zu schockieren. Den Grund dafür begriff sie jedoch erst, als er sie ansah, als hätte sie sich an ihm versündigt.

„Was soll der Quatsch?“, fragte er verärgert. „Warum trägst du zu einem derartig aufreizenden Lederkostüm eine Bluse, die selbst meine Mutter nicht anziehen würde? Willst du mir damit irgendetwas beweisen? Oder hat dein neuer Liebhaber es gern, wenn es ein wenig länger dauert, bis er dich ausgezogen hat?“

„Richtig geraten“, erwiderte Isobel in ihrer Empörung. „Je länger es dauert, desto erfüllender ist es, wenn wir uns lieben. Dir konnte es doch gar nicht schnell genug gehen, bis ich endlich nackt im Bett lag und du deine Lust an mir stillen konntest.“

Noch ehe sie diese Worte ausgesprochen hatte, wusste sie, dass sie Leandros tief in seinem Stolz verletzt hatte. Zurücknehmen konnte sie die Worte allerdings nicht mehr, und instinktiv wusste sie, dass er sie nicht ungestraft davonkommen lassen würde.

„Du miese kleine Schlampe“, beschimpfte er sie prompt.

In ihrer Panik wollte Isobel bereits um Hilfe rufen, als er den Mund auf ihren presste. Was dann folgte, ließ sich nur mit der Verzweiflung eines Mannes erklären, der vergeblich gegen die Wut ankämpfte, die sie mit ihrer unbedachten Äußerung ausgelöst hatte. Ehe sie wusste, wie ihr geschah, begann er ein erotisches Spiel mit der Zunge.

Leandros wusste genau, was er tun musste, um sie gefügig zu machen, und auch dieses Mal verfehlte der Anschlag auf ihre Sinne nicht seine Wirkung. Denn kaum hatte sie ihm die Hände um den Nacken gelegt und damit schweigend ihr Einverständnis signalisiert, ließ er die Hand von ihrem Haar über den Hals abwärts gleiten. Als er ihr mit den Knöcheln sanft über die Brüste strich, drängte sie sich ihm unwillkürlich entgegen, um die Berührung noch intensiver zu spüren.

In ihrer Erregung hatte sie nicht gemerkt, dass Leandros mit der anderen Hand ihre Bluse geöffnet hatte. Als er die Finger unter ihren dünnen BH gleiten ließ und die Spitzen rieb, glaubte sie, vergehen zu müssen. Trotzdem gelang es ihr, die Hände zu heben und ihm durchs Haar zu streichen, damit er nicht aufhörte.

Wie tief war sie nur gesunken, dass sie sich dem Mann willenlos hingab, den zu hassen sie allen Grund hatte? Doch ihr Verlangen war bereits zu stark. Je kühner seine Liebkosungen wurden, desto dringender wurde ihr Wunsch, dass er endlich die Hand unter ihren Rock gleiten ließ und sich davon überzeugte, wie sehnlich sie ihn bereits erwartete.

Umso größer war ihr Schock, als Leandros sich unvermittelt zurückzog. Nie zuvor hatte sie sich derartig erniedrigt und gedemütigt gefühlt. Das Schlimmste war allerdings die unerschütterliche Gewissheit, dass er es genau darauf angelegt hatte.

Beschämt und empört zugleich richtete Isobel sich auf. Zu ihrem Erstaunen trugen ihre Beine sie, als sie vorsichtig vom Schreibtisch stieg. „Ich hasse dich, Leandros“, stieß sie hervor, als sich ihre Blicke begegneten. „Du bist und bleibst ein Tier.“

„Wenn du deinen Liebhaber zu Hause gelassen hättest, wäre das nicht passiert“, erwiderte er unversöhnlich. „Aber offensichtlich wolltest du es nicht anders.“

Isobel reagierte, ohne sich lange zu besinnen. Mit einer Ohrfeige ist er viel zu glimpflich weggekommen, dachte sie, als sie ihre Handtasche aufhob und auf die Tür zuging. Irgendwie gelang es ihr, den Reißverschluss ihrer Jacke hochzuziehen. Das Haar fiel ihr jedoch lose über die Schultern und ließ erahnen, was vor wenigen Augenblicken geschehen war.

Deshalb überraschte es Isobel nicht, dass die beiden Anwälte sie befremdet ansahen, als sie die Tür zum Nebenzimmer aufriss.

„Willigen Sie in alles ein, was er verlangt“, beauftragte sie Lester Miles, ohne stehen zu bleiben. „Ich unterschreibe später im Hotel.“

Noch ehe Isobel die Chefetage seines Konzerns verlassen hatte, wurde sich Leandros darüber klar, dass er zu weit gegangen war. Was immer er ihr auch vorzuwerfen hatte – als Schlampe bezeichnet und behandelt zu werden, hatte sie wahrlich nicht verdient.

Zu seiner Entschuldigung konnte er lediglich vorbringen, dass ihr Geständnis, sie hätte einen Liebhaber, auch nach drei Jahren wie ein rotes Tuch auf ihn gewirkt hatte. Dabei hatte es ihn im Grunde nicht überrascht. Isobel war jung, unbekümmert, bildschön und begehrenswert. Dass sie mit anderen Männern schlief, war das Natürlichste von der Welt. Damit hatte er sich abzufinden, auch wenn er mit ihr verheiratet war.

Ich will mich aber nicht damit abfinden!, musste er sich eingestehen. Natürlich bestand die Ehe nur noch auf dem Papier. Trotzdem war er altmodisch genug, um von Isobel zu erwarten, dass sie sich an ihren Treueschwur hielt.

Wie dumm das war, wusste er mittlerweile selbst. Doch auch diese Einsicht konnte die Bitterkeit, die er empfand, nicht mildern.

„Sie scheint ja ziemlich hart zugeschlagen zu haben." Takis erkannte schon von weitem, was sich zugetragen hatte. „Ich nehme an, du hast dir die Ohrfeige redlich verdient."

Das kann man wohl sagen, dachte Leandros verbittert und schenkte sich einen doppelten Whisky ein. „Ist Isobel schon gegangen?", erkundigte er sich.

„Ich würde es eher geflohen nennen", erwiderte sein Anwalt.

„Hat sie noch etwas gesagt?"

„Nur, dass sie mit allem einverstanden ist", berichtete Takis. „Wir sollen die Papiere aufsetzen und ihr ins Hotel bringen, damit sie unterschreiben kann. Wenn du klug bist, solltest du dich beeilen. Sonst ändert sie ihre Meinung noch und macht dir mehr Schwierigkeiten, als dir lieb sein kann."

„Sie hat zugegeben, dass sie mit dem Dreckskerl ins Bett geht!", platzte Leandros verzweifelt heraus.

„Das kann dir nur recht sein", meinte Takis wenig einfühlsam. „Umso weniger Recht hat sie, irgendwelche Forderungen zu stellen. Dass du dich scheiden lassen willst, um eine andere zu heiraten …"

„Wer hat dir das denn erzählt?", unterbrach Leandros ihn wütend.

„Die Spatzen pfeifen es doch von den Dächern", erwiderte Takis ausweichend.

„Das sind nichts als Gerüchte", entgegnete Leandros. Aber wer mochte sie in die Welt gesetzt haben? Seine Mutter? Chloe? Oder sollte

Diantha selbst ...?

Nein, verwarf er den Gedanken. Diantha würde nie zu Klatsch und Tratsch beitragen. „Zum Glück bleibt Isobel nicht lange in Athen. Die Gerüchte dürften also kaum bis zu ihr dringen“, sagte er mehr zu sich selbst als zu Takis.

„Sie weiß es bereits“, lautete die niederschmetternde Antwort. „Ihr Anwalt hat mich auf Diantha Christophoros angesprochen, bevor er Isobel gefolgt ist.“

Einen Moment fürchtete Leandros, den Glauben an sich selbst zu verlieren. Sie *kann* es gar nicht wissen, versuchte er sich einzureden. Schließlich habe ich mit niemandem darüber gesprochen!

„Der Kerl ist besser informiert, als uns lieb sein kann“, fuhr Takis nicht ohne Respekt für den jungen Kollegen fort. „Zum Beispiel weiß er, dass Diantha dich auf deiner Yacht besucht hat. Er hat unverhohlen damit gedroht, sie als Zeugin zu laden, falls es zu einer Gerichtsverhandlung kommen sollte. Welchen Skandal das auslösen würde, brauche ich dir nicht zu sagen.“

Leandros hörte kaum zu, weil er viel zu sehr damit beschäftigt war, sich den Gesichtsausdruck in Erinnerung zu rufen, mit dem Isobel das Konferenzzimmer betreten hatte. Wie konnte ich nur so blind sein?, fragte er sich. Die unbändige Wut auf ihn, der Hass, der verzweifelte Wunsch, ihn in Stücke zu reißen – all das hatte ihr doch im Gesicht geschrieben gestanden.

Auch die Gründe dafür waren ihm plötzlich klar. Wenn Isobel sich ungerecht behandelt fühlte, erwachte die Kämpferin in ihr, und auf Verletzungen reagierte sie instinktiv damit, dass sie die Krallen ausfuhr. Nun schien sie anzunehmen, dass er sich scheiden lassen wollte, weil sie ihm als Ehefrau nicht gut genug war. Und das war die denkbar größte Beleidigung, die man ihr antun konnte. So gesehen, war ihre Reaktion noch überaus harmlos ausgefallen.

„Rückblickend ist es mehr als unklug, dass ihr damals keinen Ehevertrag abgeschlossen habt“, sagte Takis, ohne zu merken, dass ihm niemand zuhörte.

Denn um sich keine falschen Hoffnungen zu machen, suchte Leandros verzweifelt nach Gründen, die seine Annahme bekräftigen konnten. Erst als sein Blick auf den Ehering an seiner rechten Hand fiel, erinnerte er sich daran, dass die Beweise noch immer auf seinem Schreibtisch lagen.

Selbst von der Bar aus konnte er den Ehering und den Umschlag erkennen, die Isobel dort zurückgelassen hatte. Auch wenn sie seit drei Jahren getrennt lebten, hatte Isobel den Ring bis zum heutigen Tag getragen. Hieß das nicht auch, dass ihre Ehe ihr immer noch etwas bedeutete? Oder war der Ring für sie mittlerweile ein beliebiges Schmuckstück, der sie nicht daran hinderte, sich einen Liebhaber zu angeln?

Nicht allein der Gedanke an ihren muskelbepackten Freund ließ ihn erheblich an ihrer Zurechnungsfähigkeit zweifeln. Was hatte sie nur mit dem Familienschmuck gemeint, den sie in einem Banktresor hinterlegt haben wollte? Etwas Derartiges besaß seine Familie nicht.

„Wir sollten uns schnellstmöglich eine Strategie überlegen“, riet Takis ihm nachdrücklich. „Sonst …“

„Später“, erwiderte Leandros geistesabwesend.

„Dann könnte es *zu* spät sein“, wandte sein Anwalt ein. „Wenn du wirklich eine unkomplizierte Scheidung willst, musst du sofort etwas unternehmen.“

Ich will aber keine Scheidung, sondern meine Frau zurückhaben, dachte Leandros. So einfach ist das.

3. KAPITEL

Es dauerte eine kleine Ewigkeit, bis Isobel endlich ein Taxi gefunden hatte. Nun saß sie auf der Rückbank und sehnte sich vor allem nach einer ausgiebigen Dusche. Zur Mittagszeit war es in Athen unerträglich heiß, und vielleicht würde sie mit dem Schweiß auch die Erinnerung an den beschämenden Vorfall fortspülen können.

Wenn sie aufblickte, sah sie, dass der Fahrer sie im Rückspiegel musterte. Offensichtlich hielt er sie für eine Prostituierte, die von einem Freier kam. Doch daraus konnte sie ihm nicht einmal einen Vorwurf machen, denn so ähnlich fühlte sie sich auch.

Wie konnte Leandros mir das nur antun?, fragte sie sich verzweifelt und drohte den Kampf gegen die Tränen endgültig zu verlieren – vor allem weil ihr schmerzlich bewusst war, dass sie nicht ganz unschuldig daran war. Wer mit dem Feuer spielt, verbrennt sich leicht, sagte ein altes Sprichwort, und genau das war ihr widerfahren.

Unwillkürlich sah sie auf ihre rechte Hand, an der bis vor wenigen Minuten ihr Ehering gesteckt hatte. An das Gefühl, ihn nicht mehr zu tragen, würde sie sich erst noch gewöhnen müssen. Gleichzeitig wollte sie allerdings nichts weniger, als sich daran zu gewöhnen. Denn auch wenn Leandros sich unverzeihlich benommen hatte, musste sie sich in die bittere Erkenntnis fügen, dass sie diesen rücksichtslosen und sexbesessenen Kerl immer noch liebte.

Das war ihr klar, seit Lester Miles angedeutet hatte, dass Leandros sich scheiden lassen wollte, um Diantha Christophoros heiraten zu können. Fiel ihm denn wirklich nichts Besseres ein, als ihre Vorgängerin auch zu ihrer Nachfolgerin zu machen?

Ich hasse dich, verfluchte Isobel stumm den Mann, mit dem sie noch immer verheiratet war. Doch dass sie ihn liebte, entsprach genauso der Wahrheit. Und diese unselige Mischung aus Liebe und Hass zerrte mehr an ihren Nerven, als sie ertrug. So ging es ihr seit mittlerweile drei Jahren. Aber noch immer war sie nicht im Stande, die entsprechenden Konsequenzen daraus zu ziehen.

Als das Taxi endlich vor ihrem Hotel hielt, atmete sie erleichtert auf. Ohne sich um den befremdeten Blick des Portiers zu kümmern, ging sie auf direktem Weg zum Aufzug. Aus Pflichtgefühl klopfte sie zunächst an der Zimmertür ihrer Mutter. Zu ihrer großen Erleichterung erhielt sie keine Antwort. Offenbar hatten Silvia und Clive ihre Stadtrundfahrt noch nicht beendet.

Umso besser, dachte Isobel und schloss die Tür zu ihrem Zimmer auf. Als Erstes zog sie das Lederkostüm aus und nahm sich dabei fest vor, es nie wieder anzuziehen – und schon gar nicht bei dreißig Grad im Schatten!

Die Dusche hatte die erhoffte Wirkung, und als Isobel sich abtrocknete, waren ihr Stolz und ihr Selbstwertgefühl einigermaßen wiederhergestellt. Und falls sie je vergessen haben sollte, warum sie Leandros verlassen hatte, so hatte er ihr die Gründe nachdrücklich in Erinnerung gerufen. Auf einen Mann, der lediglich seine Lust an ihr stillen wollte, konnte sie getrost verzichten. Und auf sein verdammtes Geld erst recht, ergänzte sie, als sie die weit geschnittene olivgrüne Baumwollhose und ein passendes T-Shirt anzog.

Sie würde die Scheidungsvereinbarung ungelesen unterschreiben und am Abend des nächsten Tages geschieden, aber glücklich nach London zurückkehren. Dann konnte Leandros Diantha heiraten und einen Sohn zeugen, der ihn eines Tages an der Spitze des Konzerns ablösen würde.

Zumindest legte Lesters Formulierung nahe, dass es Leandros in erster Linie darum ging, allen Erbschaftsstreitigkeiten vorzubeugen. Und dass er sich mit der Vaterrolle nur anfreundete, weil wirtschaftliche Überlegungen ihn dazu zwangen, kam für sie nicht überraschend.

Trotzdem konnte Isobel nicht verhindern, dass ihre Augen sich erneut mit Tränen füllten. Wie gern hätte sie Leandros nicht nur einen, sondern vier oder fünf Söhne und genauso viele Töchter geschenkt! Doch Leandros hatte keine Kinder gewollt – zumindest nicht von ihr. Offenbar schien ihm eine schwarzhaarige Schönheit aus einer der angesehensten Dynastien Griechenlands als Mutter seiner Kinder geeigneter als eine rothaarige Engländerin aus einfachen Verhältnissen, die seinen hohen Ansprüchen bestenfalls im Bett …

Der bloße Gedanke drohte Wunden in ihr aufzureißen, von denen sie geglaubt hatte, sie wären längst verheilt. Aus Angst, in der Enge ihres Hotelzimmers verrückt zu werden, beschloss Isobel, nach Piräus zu fahren und sich ziellos durch den Hafen treiben zu lassen.

In dem einen Jahr, das sie in Athen gelebt hatte, war sie häufig dort gewesen – und zwar ohne ihren Mann, der vor lauter Terminen nicht die Zeit fand, sich um sie zu kümmern. So war ihm völlig entgangen, dass sie die Stadt auf eigene Faust erkundete und dabei Eindrücke sammelte, die ihm und seiner Familie als Angehörige der Oberschicht zwangsläufig verborgen bleiben mussten.

Leandros hatte gerade den Motor seines Ferrari abgestellt, als die Hoteltür aufging und Isobel ins Freie trat. Einen Moment schien sie unschlüssig, welche Richtung sie einschlagen sollte. Schließlich setzte sie ihre Sonnenbrille auf und machte sich auf den Weg.

Auf den Weg wohin?, fragte sich Leandros, als er der gertenschlanken, anmutigen Gestalt nachsah, deren Pferdeschwanz bei jedem Schritt leicht wippte. Wie oft hatte er Isobel früher heimlich beobachtet, wenn sie die Villa auf dem Lykavittos mit unbekanntem Ziel verließ! Und wie damals trug sie jene Kleidung, die er, zunächst im Spaß, später im Ernst, ihren „Kampfanzug“ genannt hatte. Die olivgrüne Baumwollhose hatte sie immer dann aus dem Schrank geholt, wenn sie nach einem Ehekrach Reißaus genommen hatte und stundenlang in der Stadt herumgezogen war, ohne ihm je zu erzählen, was sie dort gemacht hatte.

Doch er hatte nicht das Recht, sich zu beklagen, denn dass es in erschreckender Regelmäßigkeit zu heftigen Wortgefechten gekommen war, hatte er durch sein Verhalten heraufbeschworen. Jede Bitte Isobels hatte er als Zumutung empfunden und entsprechend ungehalten darauf reagiert, dass sie ihm kostbare Zeit stehlen wollte. Erst viel später hatte er begriffen, dass nicht Aufsässigkeit, sondern Einsamkeit sie aus dem Haus trieb.

Einem Impuls folgend, stieg Leandros aus dem knallroten Sportwagen und legte das Jackett und die Krawatte ab, um sich an Isobels Fersen zu heften.

Ein entsetzlicher Gedanke hielt ihn davon ab. Sicher war sie auf direktem Weg zu ihrem Geliebten gegangen und hatte ihm unter Tränen berichtet, in welchem Fiasko das Wiedersehen mit ihrem Ehemann geendet hatte. Möglicherweise hatte sich der neue Mann an ihrer Seite aber als genauso schlechter Zuhörer erwiesen wie der alte und auf ihren Kummer dieselbe Antwort gehabt. Die Vorstellung, dass Isobel direkt aus dem Bett dieses Muskelprotzes kam, drohte ihn um den Verstand zu bringen. Einen Moment erwog Leandros ernsthaft, ihre Abwesenheit zu nutzen, um sich ihren Liebhaber vorzuknöpfen.

Doch als sie um eine Häuserecke bog und aus seinem Blickfeld verschwand, entschied er sich anders. Rache erforderte einen kühlen Kopf, und solange er rasend vor Eifersucht war, konnte er keinen klaren Gedanken fassen.

Isobel verließ die U-Bahn bereits eine Station vor dem Hafen und ging den restlichen Weg zu Fuß. Mit jedem Schritt legte sich ihre Anspannung, und als sie schließlich ihr Ziel erreichte, hatte sie die Geschehnisse des Vormittags zwar nicht vergessen, aber doch wenigstens verdrängt.

Eine Stunde lang durchstreifte sie ziellos den Hafen von Piräus und beobachtete die Fischer, die ihren Fang von den farbenfrohen Kuttern luden. Touristen verirrten sich nur selten hierher, und selbst vielen Einheimischen war der Ort nicht geheuer. Sie hingegen liebte es, in das rege Treiben einzutauchen und sich als Teil einer Welt zu fühlen, die ihr viel vertrauter war als das Leben an den Hängen des Lykavittos oder in Kolonáki, wo die Villen der Superreichen standen. Hier hatte sie nicht nur Land und Leute, sondern auch deren Sprache kennen und schätzen gelernt.

Wenn es nach Leandros und seiner Familie gegangen wäre, würde ich mich heute noch nicht verständigen können, dachte sie wütend. Sie sprachen perfekt Englisch und hatten nicht eingesehen, warum sie, Isobel, sich die Mühe machen sollte, Griechisch zu lernen. Nur wie sollte man in einem Land heimisch werden, wenn man die Sprache nicht beherrschte?

Gegen Mittag wurde es so heiß, dass Isobel beschloss, in ihr Lieblingsrestaurant zu gehen. Essen konnte sie noch nicht. Trotzdem freute sie sich darauf, auf der schattigen Terrasse eine Tasse Kaffee zu trinken und dabei den Ausblick auf den Saronischen Golf und die vorgelagerten Inseln zu genießen.

Zu ihrer großen Freude erkannte Vassilou, der Besitzer des Restaurants, sie sofort wieder und begrüßte sie geradezu überschwänglich. Da die meisten Athener die Mittagspause traditionell zu Hause verbrachten, war das Lokal nur mäßig besucht. So fand Vassilou Zeit, sich zu ihr zu setzen und sich davon zu überzeugen, dass ihre Sprachkenntnisse in den vergangenen Jahren nicht gelitten hatten.

Wenig später gesellte sich ein alter Kapitän zu ihnen, der zwar nicht mehr zur See fuhr, dafür aber viele mehr oder weniger glaubhafte Schauergeschichten erzählte. Allmählich kamen andere Männer hinzu, und als Vassilous Sohn ein Tablett mit griechischem Mokka brachte, musste er sich einen Stuhl holen, um sich mit an den Tisch setzen zu können.

Isobel genoss es unendlich, mit diesen freundlichen und warmherzigen Menschen zusammenzusitzen und ganz selbstverständlich in das Gespräch einbezogen zu werden. Denn so erleichtert sie vor drei Jahren gewesen war, Leandros und alles, was sie an ihn erinnerte, hinter sich zu lassen, der Abschied von den gastfreundlichen Menschen war ihr unendlich schwer gefallen.

Plötzlich meinte sie zu merken, dass sich hinter ihr jemand dem Tisch näherte. In der Annahme, die kleine Runde würde sich um einen Gast erweitern, sah sie sich nicht einmal um. Umso mehr erschrak sie, als ihr jemand unvermittelt die Hand auf die Schulter legte.

Auch ohne ihn zu sehen, wusste sie, dass Leandros sie aufgespürt hatte. Der Schock darüber war so groß, dass ihr beinah die Mokkatasse aus den Händen geglitten wäre. Die anderen Gäste schienen nicht weniger überrascht, denn das Gespräch verstummte, und die Blicke aller waren auf den Mann gerichtet, dem trotz seiner legeren Kleidung anzusehen war, dass er normalerweise in anderen Kreisen verkehrte.

„Kalimera“, begrüßte Leandros die Männer auf Griechisch. „Jetzt weiß ich endlich, warum meine Frau die Mittagspause so gern im Hafen verbringt. Wer würde sich durch einen solchen Kreis nicht geehrt fühlen?“

Der Versuch, an die Eitelkeit seiner Landsleute zu appellieren, war ein Erfolg. Zu ihrem Missfallen musste Isobel beobachten, dass die Männer lächelten und weitersprachen. Dabei heißt es immer, Frauen wären eitel, dachte sie ernüchtert und straffte sich, um die Tasse auf den Tisch zu stellen. Vor allem aber wollte sie damit Leandros’ Berührung entgehen. Doch so leicht ließ er sich nicht abschütteln. Vielmehr nutzte er die Gelegenheit, um ihr die Hand in den Nacken zu legen und sich vorzubeugen. Spätestens als sie seinen Atem auf der Wange spürte, wusste sie, was ihr bevorstand.

Leandros vertraute darauf, dass sie ihm vor so vielen Zeugen keine Szene machen würde. Als er sie auf die Wange küsste, verzog sie zwar unmerklich das Gesicht, ließ es aber widerstandslos geschehen. Noch mehr als die gänzlich unangebrachte Begrüßung irritierte sie die Reaktion ihrer Tischnachbarn. Offensichtlich hatten sie den Wink mit dem Zaunpfahl verstanden, denn binnen weniger Sekunden stand einer nach dem anderen auf und zog sich diskret zurück.

Erst nachdem auch der Letzte an einem anderen Tisch Platz genommen hatte, setzte sich Leandros zu ihr. Er trug weder ein Jackett noch eine Krawatte, und die obersten Knöpfe seines Hemds waren geöffnet. Das gedämpfte Licht unter der Markise verlieh seinen Gesichtszügen eine Sanftheit, die so gar nicht zu dem knallharten Geschäftsmann passen wollte. Eher fühlte sich Isobel unwillkürlich an jenen unverschämt gut aussehenden jungen Mann mit dem verführerisch dunklen Teint erinnert, in den sie sich einst verliebt hatte.

„Hast du nichts Besseres zu tun, als mir nachzuspionieren?“, fragte sie betont unfreundlich.

„Ich wusste gar nicht, dass du so gut Griechisch sprichst", sagte er leise. Der gequälte Ausdruck in seinen dunklen Augen verriet jedoch, wie sehr ihr Sarkasmus Leandros verletzt hatte.

„Woher solltest du das auch wissen?" Um sich ihre Verunsicherung nicht anmerken zu lassen, ging Isobel in die Offensive. „Du hast ja nicht einmal versucht, es mir beizubringen – wahrscheinlich weil du mich für zu dumm gehalten hast."

„Für dumm habe ich dich nie gehalten", wandte er ein.

„Umso besser", ignorierte Isobel die kaum verhohlene Beleidigung. „Glücklicherweise dachten deine Landsleute genauso. Vielleicht entspricht mein Wortschatz nicht ganz deiner Vorstellung, aber schließlich waren meine Lehrer einfache Leute, mit denen du dich niemals abgeben …"

„Tu nicht so scheinheilig!", fiel Leandros ihr schroff ins Wort. „Oder findest du es etwa fair, wenn jemand der eigenen Familie vorgaukelt, die Landessprache nicht zu beherrschen, obwohl er jedes Wort versteht?"

„Ganz fair ist es vielleicht nicht", gab sie zu. „Aber so habe ich manches erfahren, was mir sonst sicher verborgen geblieben wäre."

„Zum Beispiel?"

„Zum Beispiel, wie sehr mich deine Familie verachtet und den Tag herbeigesehnt hat, an dem du deinen Fehler wiedergutmachst und mich zum Teufel jagst."

„Du wolltest doch gar nicht, dass sie dich mögen", wandte Leandros ein. „Vom ersten Tag an hast du die Menschen abgelehnt, die mir etwas bedeuten – vermutlich *weil* sie mir etwas bedeuten."

„Meine Erinnerung sagt mir etwas völlig anderes", erwiderte Isobel entschieden. „Keiner der Menschen, die dir etwas bedeuten, hat mir den Hauch einer Chance gegeben. Vom ersten Tag an haben sie mich wie eine Aussätzige …"

„Dazu hast du dich doch selbst gemacht", unterbrach er sie nun erneut.

Der Vorwurf war so lächerlich, dass sie nicht anders konnte, als laut aufzulachen. Doch das brachte Leandros erst richtig in Rage. „Alles, was meiner Familie und meinen Freunden heilig ist, hast du mit Füßen getreten“, warf er ihr wutentbrannt vor. „Sämtliche Traditionen hast du ignoriert und nie begriffen, dass in Griechenland andere Regeln gelten als in England – erst recht für eine Frau“, fügte er verächtlich hinzu. „Der einzige Ort, an dem du dich halbwegs normal aufgeführt hast, war unser Ehebett.“

Mit jeder Anschuldigung, die auf sie niederprasselte, war Isobel tiefer in ihren Stuhl gesunken, und der letzte Vorwurf traf sie besonders. Meinte Leandros wirklich die Frau, die er geheiratet und zu lieben behauptet hatte? Meinte er jedes Wort so, wie er es gesagt hatte?

„Allmählich frage ich mich, warum ich dich nicht schon viel eher verlassen habe“, sagte sie benommen. „Offenbar hast du mich genauso verachtet wie deine Familie.“

„Ich habe dich geliebt“, widersprach er bestimmt.

„Vielleicht sollte dir mal jemand den Unterschied zwischen Liebe und Sex erklären“, erwiderte sie verbittert.

Dass Leandros es wagte, das Wort Liebe in den Mund zu nehmen, schlug dem Fass den Boden aus. Wenn er sich überhaupt je für seine Frau interessiert hatte, dann in besagtem Ehebett. Ansonsten hatte er sich möglichst von ihr fern gehalten und ihr stets das Gefühl gegeben, dass sie ihm kostbare Zeit stahl. *Siehst du nicht, dass ich beschäftigt bin? Muss das ausgerechnet jetzt sein? Das passt mir im Moment gar nicht.* So und ähnlich hatten die Formulierungen gelautet, mit denen er sie abgespeist hatte.

Zugehört hatte er ihr erst, als sie irgendwann den Spieß umgedreht und ihm im Bett die kalte Schulter gezeigt hatte. Dann hatte er ihr plötzlich zuhören können – wenn auch sehr ungeduldig und nicht aus Interesse an ihren Sorgen und Nöten, sondern an ihrem Körper. Und wie der Vormittag bewiesen hatte, waren ihm echte Gefühle heute so fremd wie damals.

„Warum bist du mir gefolgt, Leandros?“ Die Frage drängte sich ihr förmlich auf, und entsprechend scharf stellte Isobel sie.

„Eigentlich wollte ich mich für mein Benehmen vorhin entschuldigen“, lautete die überraschende Antwort.

„Entschuldigung angenommen“, erwiderte sie, doch zu weiteren Zugeständnissen war sie nicht bereit. „Und wenn das alles war, was du von mir wolltest, kannst du jetzt ja gehen.“ Und zwar für immer, fügte sie in Gedanken hinzu.

Doch erneut musste sie erleben, wie schwer es war, Leandros aus der Ruhe zu bringen. Anstatt ihrer unmissverständlichen Aufforderung nachzukommen, lehnte er sich in seinem Stuhl zurück und lächelte herausfordernd.

„Hast du es so eilig, zu deinem Liebhaber zu kommen?“, erkundigte er sich dann.

„Was?“ Isobel war fassungslos und konnte nur mühsam den Impuls unterdrücken, mit der Kaffeetasse nach ihm zu werfen.

Aber darauf wartete Leandros sicher nur. Es wäre nicht das erste Mal, dass sie sich zu so etwas hinreißen ließe, und auch nicht das erste Mal, wenn er sie dafür zur Rechenschaft ziehen würde, indem er sie in das nächste Bett zerrte. Und dass keines in der Nähe war, würde ihn nicht davon abhalten können, die Drohung in die Tat umzusetzen.

Welche Drohung?, fragte sich Isobel unwillkürlich, als sie sich dabei ertappte, dass der Gedanke verbotene Wünsche und Begierden in ihr wachrief. Obwohl sie wusste, welche Gefahr sie damit heraufbeschwor, sah sie auf, um sich sein Gesicht einzuprägen – nur für den Fall, dass er ihre Aufforderung doch noch befolgen und gehen würde.

Was sie sah, war ihr nicht unbekannt. Trotzdem war sie überrascht, denn es schien ihr, dass er in den vergangenen drei Jahren noch – einen Moment suchte sie nach dem richtigen Wort – schöner geworden war.

Ja, es war das richtige Wort, denn große und athletische Südländer mit verführerisch dunklem Teint und welligem schwarzem Haar gab es wie Sand am Meer. Und jeder von ihnen mochte ein mehr oder weniger talentierter Liebhaber sein. Doch Leandros hatte etwas, das ihn unvergleichlich machte.

Da die obersten Knöpfe seines Hemds geöffnet waren, konnte sie den Ansatz seines Brusthaars sehen, das seinen Oberkörper bedeckte. Die Kraft, die er ausstrahlte, enthielt zugleich ein zärtliches Versprechen, das alle Sinne gleichzeitig elektrisierte. Mit einem einzigen Blick seiner dunklen Augen konnte er das unstillbare Verlangen wachrufen, ihn zu berühren, seinen Duft einzuatmen und seine Haut mit den Lippen zu schmecken. Mit einem einzigen Kuss seines sinnlichen Mundes konnte er eine Frau willenlos machen und sie förmlich danach flehen lassen, von ihm in das Labyrinth der Leidenschaft geführt zu werden, aus dem es kein Entrinnen gab.

Doch Isobel war sich schmerzlich bewusst, dass sie nicht die Einzige war, auf die er diese Wirkung ausübte. Und sollte Diantha Christophoros bis dahin nicht gewusst haben, welch hingebungsvoller und fantasiereicher Liebhaber er war, so waren nach mehreren Wochen auf seiner Yacht vermutlich auch die letzten Zweifel daran verflogen.

„Ich spreche von dem blonden Hünen, den du aus London mitgebracht hast. Wartet er im Hotel auf dich?“

Seine hämische Frage erinnerte Isobel jäh daran, dass er es darauf abgesehen hatte, sie zu demütigen. Zunächst war sie versucht, es ihm mit gleicher Münze heimzuzahlen und ihm in den schillerndsten Farben von Stunden der Erfüllung vorzuschwärmen, die Clive ihr geschenkt hatte. Aber sie wollte lieber bei der Wahrheit bleiben.

„Clive ist Physiotherapeut“, erwiderte sie deshalb, „und kümmert sich um meine Mutter. Zumindest tagsüber“, fügte sie hinzu, als sie Leandros' triumphierendes Lächeln bemerkte. „Außerdem kann es dir doch egal sein, wer wo auf mich wartet. Oder hast du etwa nicht die Absicht, Diantha zu heiraten?“

Wenn sie gehofft hatte, Leandros damit beeindrucken zu können, sah sie sich umgehend eines Besseren belehrt. „Dafür müsste ich mich erst von dir scheiden lassen“, antwortete er gelassen. „Und das habe ich nicht vor – nicht mehr, um genau zu sein.“

„Vergiss nicht, dass ich ein Flittchen bin“, sagte sie sarkastisch, um ihre Verunsicherung zu überspielen.

„Das macht dich ja so begehrenswert“, erklärte er ungerührt. „Es gehört so untrennbar zu dir wie das rote Haar, die grünen Augen oder der unvergleichliche Schmollmund. Alles an dir ist die reinste Provokation, ganz egal, ob du bei dreißig Grad im Schatten ein Lederkostüm trägst oder dich anziehst, als wärst du auf dem Kriegspfad."

Sein Tonfall war so emotionslos, als würde Leandros übers Wetter reden. Seine Augen hingegen funkelten angriffslustig. „Sieh dich vor", warnte Isobel ihn. „Ich bin nicht nur so angezogen."

„*Du* solltest dich vorsehen", erwiderte er selbstgefällig. „Es endet ja doch damit, dass wir machen, was *ich* will."

„Und was willst du?"

„Dich", sagte er prompt. „Und zwar sofort. Ich kann es kaum erwarten, meine Lippen um die Spitzen deiner Brüste zu schließen, die sich unter deinem T-Shirt abzeichnen. Oder wäre es dir lieber, wenn ich dir den Vortritt lassen und den Reißverschluss meiner Hose öffnen würde, damit deine Lippen mir Erleichterung verschaffen können?"

Sie kannte Leandros gut genug, um zu wissen, dass er die ungeheuerliche Frage ernst meinte. Und dass er sie für so schamlos hielt, brachte sie sofort zur Besinnung.

„Ich fürchte, das wirst du selbst übernehmen müssen", erwiderte sie und stand auf, um das Restaurant auf schnellstem Weg zu verlassen. „Und in Zukunft fragst du vielleicht lieber Diantha", fügte sie hämisch hinzu.

Doch zum zweiten Mal an diesem Tag musste Isobel erleben, wie das Raubtier in Leandros erwachte. Kaum hatte sie den ersten Schritt gemacht, packte er sie und zog sie auf seinen Schoß.

Das alles war so schnell und lautlos vor sich gegangen, dass sie nicht einmal protestieren konnte. Es gelang ihr erst, als sie Leandros ansah und in seinen Augen las, was als Nächstes folgen würde.

„Untersteh dich!", warnte sie ihn, obwohl sie wusste, dass es bereits zu spät war. Denn im selben Moment presste er den Mund auf ihren und unterband jeden weiteren Protest, indem er die Zunge zwischen ihre bebenden Lippen schob.

Ehe sie wusste, wie ihr geschah, endete der Kuss auch schon wieder. Als Leandros auch noch die Hände zurückzog, stand Isobel benommen auf und trat einige Schritte zurück. Jetzt erst merkte sie, dass sämtliche Gäste die Szene beobachtet hatten, und vor Scham wäre sie am liebsten im Boden versunken. Doch dass ihr der eigentliche Schock noch bevorstand, wurde ihr schmerzlich klar, als Leandros sich von seinem Platz erhob.

Im selben Augenblick befiel sie der schreckliche Verdacht, dass er sich schweigend umdrehen und sie dem Gespött seiner Landsleute aussetzen würde. War er ihr deshalb gefolgt? Hatte er es darauf angelegt, sie in aller Öffentlichkeit zu demütigen und dann ebenso kommentarlos zu gehen, wie sie es am Vormittag getan hatte?

Ein metallenes Geräusch riss Isobel aus ihren Gedanken. Zunächst glaubte sie, Leandros hätte einige Münzen auf den Tisch geworfen – nicht um ihren Kaffee zu bezahlen, sondern um sie vollends zu erniedrigen. Erst als er sich unvermittelt setzte, überwand sie sich und sah auf den Tisch. Doch was sie erblickte, besänftigte sie nicht.

„Willst du ihn nicht wieder aufsetzen?“, fragte Leandros mit sichtlicher Genugtuung.

„Ich glaube nicht ...“

„Tu, was ich dir sage“, unterbrach er sie schroff. „Solange wir verheiratet sind, muss ich darauf bestehen, dass du deinen Ehering trägst.“

„Das dürfte sich kaum lohnen“, erwiderte Isobel trotzig und nahm wieder Platz. „Schließlich steht unsere Scheidung unmittelbar bevor.“

„Irrtum“, entgegnete er triumphierend. „Ich habe doch klipp und klar gesagt, dass ich mich nicht mehr scheiden lassen will.“

„Ich aber!“, behauptete sie nachdrücklich, um wenigstens sich selbst zu überzeugen. Denn dass Leandros ihr nicht glaubte, stand ihm deutlich im Gesicht geschrieben. Und je länger er sie ansah, desto mehr lief sie Gefahr ...

„Wie du meinst“, sagte er in diesem Moment, beugte sich vor und stützte sich mit den Ellbogen auf den Tisch. Nachdem er sich davon überzeugt hatte, dass ihr Blick auf seine Hände gerichtet war, nahm er seinen Ehering vom Finger und legte ihn neben ihren.

Isobel wusste sofort, was Leandros mit dieser Geste bezweckte, und hielt unwillkürlich den Atem an. Mit klopfendem Herzen sah sie auf die beiden goldenen Ringe, die, von der Größe abgesehen, identisch waren. Und in beide waren dieselben Worte eingraviert.

Der Juwelier hatte sich zunächst über ihren Wunsch gewundert. Schließlich hatte er ihrem Drängen nachgegeben und den hoffnungslos romantischen Text in die Innenseiten der Ringe graviert. Denn da sie überstürzt und deshalb nur standesamtlich geheiratet hatten, wollten sie den Treueschwur, der für gute wie für schlechte Zeiten galt, auf andere Weise abgeben. Und die Worte *Nichts soll uns trennen* waren ihnen besonders geeignet erschienen, weil sich in ihnen außer dem symbolischen Versprechen der Wunsch nach körperlicher Nähe ausdrückte.

Je blasser Isobel wurde, desto sicherer wurde sich Leandros, dass er es wagen konnte, aufs Ganze zu gehen. „Es gibt genau zwei Möglichkeiten", sagte er, wohl wissend, für welche sie sich entscheiden würde. „Entweder gehen wir jetzt auseinander und lassen die Ringe hier liegen, oder wir stecken sie wieder an und überlegen gemeinsam, wie wir mit der Situation umgehen."

Nervös befeuchtete sie sich die Lippen. Früher hatte sie das häufig gemacht, um ihn zu provozieren, und so musste Leandros sich beherrschen, um nicht aufzuspringen und sie zu küssen, bis sie endlich zur Besinnung kam. Isobel gehörte zu ihm, und je eher sie es einsah, desto schneller könnten sie …

„*Du* hast doch die Scheidung …"

„Erst musst du den Ring anstecken", fiel er ihr ins Wort.

Er sah ihr deutlich an, wie sehr sie mit sich kämpfte. Zunächst schien es, als würde sie sich weigern, aber dann streckte sie doch die Hand aus.

Als Leandros beobachtete, wie sie ihren Ehering ansteckte, fiel eine zentnerschwere Last von ihm. Um Isobel zu zeigen, wie glücklich er war, folgte er ihrem Beispiel. Doch kaum saß sein Ring wieder dort, wo er hingehörte, hielt sie erneut eine Überraschung für ihn bereit – dieses

Mal allerdings eine unliebsame.

„Und was passiert jetzt?“, fragte Isobel bissig. „Willst du unsere Anwälte zusammentrommeln und die Scheidungsformalitäten klären?“

Ihr aggressiver Ton konnte nicht darüber hinwegtäuschen, wie nah sie den Tränen war. Auch über die Gründe dafür machte sich Leandros nichts vor. Der Ring, den sie trug, war der sichtbare Beweis, dass sie nichts weniger wollte, als sich scheiden zu lassen. Allerdings war sie viel zu stolz, um es zuzugeben.

„Im Gegenteil“, erwiderte er deshalb. „Wir sollten irgendwo hingehen, wo wir uns ungestört unterhalten können.“

„Lass dir bitte etwas anderes einfallen, Leandros“, lehnte sie seinen Vorschlag entrüstet ab. „Du würdest es ja doch nicht beim Reden belassen.“

„Dann lass uns heute Abend zusammen essen gehen“, schlug er vor. Dass sie ihn durchschaut hatte, nötigte ihm ein reumütiges Lächeln ab.

„Das geht nicht“, entgegnete sie. „Ich bin schon verabredet.“

Die Antwort schockierte ihn, und die Eifersucht, die er schon überwunden geglaubt hatte, erwachte wieder. „Ich eigentlich auch“, sagte er mit einer Kälte, über die er selbst erschrak. „Allerdings wäre ich bereit gewesen, Diantha abzusagen. Wir könnten natürlich auch zu viert ausgehen. Und wenn dir nicht nach Gruppensex ist, könnten wir es ja mit einem Partnertausch versuchen. Vielleicht weiß ich nach einer Nacht mit dir wieder, was ich an Diantha habe. Dann hätten sich alle Probleme von selbst erledigt.“

Ein Blick zu Isobel machte Leandros schmerzlich bewusst, dass er in seiner Wut einen unverzeihlichen Fehler begangen hatte. Sie war aschfahl und wirkte benommen. Es grenzte an ein Wunder, dass es ihr trotzdem gelang aufzustehen.

„Dein Vorschlag klingt durchaus reizvoll“, sagte sie bemüht emotionslos. „Allerdings bin ich mit meiner Mutter verabredet, so dass aus unserer Orgie wohl nichts wird“, fügte sie hinzu, ehe sie sich umdrehte und das Lokal verließ.

4. KAPITEL

Bevor Isobel das Hotel betrat, blickte sie sich noch einmal um. Doch Leandros war nirgends zu sehen. Das war es dann wohl, dachte sie betrübt und erleichtert zugleich. Lieber ein Ende mit Schrecken als ein Schrecken ohne Ende, lautete ein altes Sprichwort, das sich wieder einmal bewahrheitete. Alles Weitere würden die Anwälte regeln. Womit sich allerdings die Frage stellte, warum sie überhaupt nach Athen gekommen war. Denn dass Leandros ein hoffnungsloser Fall war, hätte sie vorher …

„Wo hast du denn so lange gesteckt? Ich habe mir schon Sorgen gemacht."

Erst als sich die Eingangstür hinter ihr schloss, merkte Isobel, dass ihre Mutter, Clive und Lester auf der schäbigen Sitzgruppe des Foyers Platz genommen hatten.

„Wie war eure Stadtrundfahrt?", erkundigte sie sich, als sie vor ihren drei Mitreisenden stand. Es schien ihr ratsam, Silvias Frage einstweilen unbeantwortet zu lassen – zumal sie Clive deutlich ansah, dass er sich von dem Aufenthalt in Athen etwas anderes versprochen hatte.

Immerhin darin sind wir uns einig, dachte Isobel, ehe sie sich bückte, um ihre Mutter mit einem Kuss auf die Wange zu begrüßen. Da erst fiel ihr auf, wie sehr Silvia schwitzte.

„Du solltest dich doch schonen", tadelte sie ihre Mutter mit schlechtem Gewissen, weil sie sie vernachlässigt hatte. „Und warum sitzt ihr hier unten, anstatt …?"

„Der Strom ist ausgefallen", erklärte Lester, ehe sie ihre Frage zu Ende gebracht hatte. „Die Klimaanlage geht genauso wenig wie der Fahrstuhl und das Licht."

Erst jetzt wurde ihr klar, warum es im Foyer genauso unerträglich heiß war wie draußen. Auch dass beide Männer kein Jackett trugen, ergab plötzlich einen Sinn.

Ein Unglück kommt selten allein, fiel ihr ein weiteres Sprichwort ein, das ihre Situation passend beschrieb. Als wäre sie nicht bereits genug damit gestraft, dass sie dem Wiedersehen mit Leandros selbst nach drei Jahren noch nicht gewachsen war. Das Schlimmste daran war, dass ihm ihre Hilflosigkeit nicht entgangen war. Doch nach allem, was er sich geleistet hatte, würde sie endlich lernen, ihre Gefühle in den Griff zu bekommen.

„Kann ich irgendwie helfen?“, erkundigte sich eine Stimme, die Isobel nur allzu vertraut war.

Leandros’ Dreistigkeit überraschte sie so sehr, dass sie den Fehler beging, sich umzudrehen. Die Hitze schien so spurlos an ihm vorbeizugehen wie der beschämende Vorfall, der sich vor kaum einer halben Stunde zugetragen hatte. Seine Gelassenheit war geradezu empörend. Das Gleiche galt allerdings auch für die prickelnde Erotik, die er ausstrahlte und die ihr mehr zusetzte, als ihr …

„Was willst du hier?“ Silvias harscher Ton bewahrte Isobel davor, ihren beschämenden Fantasien länger nachzuhängen.

„Wenn sich meine Schwiegermutter schon mal nach Athen verirrt, wollte ich ihr wenigstens Guten Tag sagen“, erwiderte Leandros, ohne den Blick von Isobel abzuwenden. „Offenbar wurde ich schon sehnlichst erwartet.“

„Findest du nicht, dass du uns schon genug Scherereien gemacht hast?“, setzte Silvia ihren Angriff fort.

Warum ihre Mutter Leandros so feindselig behandelte, war Isobel völlig gleichgültig. Die Hauptsache war, dass er sie endlich nicht mehr so unverfroren musterte, als wollte er sie mit seinen Blicken auf der Stelle ausziehen.

„Das mag sein“, räumte er ein. „Umso mehr freue ich mich über die Gelegenheit, euch aus der Patsche helfen zu können.“

„Was hast du vor?“, fragte Isobel ängstlich, als er sein Handy aus seiner Jacketttasche zog.

„Hier könnt ihr unmöglich bleiben“, antwortete er. „Deshalb rufe ich jetzt meinen Chauffeur an, damit er euch …“

„Das ist nicht nötig“, fiel sie ihm ins Wort. „Ich bin durchaus in der Lage, uns selbst ein anderes Hotel zu suchen.“

„Warum willst du dein Geld zum Fenster rausschmeißen, wenn du genauso gut zu Hause wohnen kannst?"

„Du willst uns doch nicht etwa zu dir bringen?", erkundigte sie sich entgeistert.

„Zu uns!", verbesserte er sie mit sichtlicher Genugtuung.

„Das kommt nicht infrage!", wies sie das allzu durchschaubare Angebot unmissverständlich zurück. „Lange kann der Stromausfall nicht mehr dauern, und dann hat sich das Problem ohnehin erledigt."

„Und wenn die Stromversorgung wieder zusammenbricht?", wandte er ein. „In einer solchen Bruchbude musst du mit allem rechnen. Willst du wirklich riskieren, dass Silvia die Nacht im Foyer verbringen muss? Oder willst du sie bis in den vierten Stock tragen?"

Entsetzt beobachtete Isobel, wie ihre Mutter zustimmend nickte. Nun fiel ihr also auch noch die letzte Verbündete in den Rücken.

„Also schön", fügte sie sich in das Unausweichliche, „aber nur unter einer Bedingung."

„Und die wäre?"

„Lester und Clive kommen mit", erwiderte sie bestimmt.

„Dein Anwalt kann von mir aus mitkommen", gestand Leandros ihr widerwillig zu. „Aber deinen Liebhaber lasse ich nicht über die Schwelle. Von mir aus kann er unter einer Brücke schlafen."

Keiner und schon gar nicht Clive wagte es, auf diese Ungeheuerlichkeit etwas zu erwidern, und alle sahen verlegen zu Boden. Als das Schweigen schließlich unerträglich wurde, ergriff Isobel die Flucht nach vorn.

„Ich gehe in mein Zimmer", teilte sie den anderen mit. „Oder spricht etwas dagegen, dass ich vorher noch dusche?", fügte sie trotzig hinzu, ehe sie sich umdrehte und zum Treppenhaus ging.

Als sie schließlich ihr Zimmer im vierten Stock erreichte, fühlte sie sich wie erschlagen. Trotzdem fand sie die Kraft, am Flughafen anzurufen, um noch für denselben Tag einen Rückflug zu buchen. Um Leandros zu entkommen, hätte sie auch mit einem Platz im Frachtraum vorlieb genommen!

Zu ihrem Entsetzen war die Maschine jedoch völlig ausgebucht, und dasselbe galt für die Flüge in irgendeine andere Stadt dieser Welt. Für die nächsten vierundzwanzig Stunden saßen sie in Athen fest. Was das bedeutete, malte sich Isobel lieber nicht aus.

„Störe ich?“

In ihrer Verzweiflung hatte sie nicht gemerkt, dass jemand ins Zimmer gekommen war. Wenigstens bestätigte sich ihr erster Verdacht nicht, denn der ungebetene Besucher war Clive und nicht Leandros.

„Was willst du?“, fragte sie unfreundlich und setzte sich ans Fußende des Betts.

„Ich wollte mich bei dir entschuldigen“, erwiderte er bedrückt. „Wenn ich gewusst hätte, welche Probleme ich dir dadurch mache, wäre ich sicher nicht nach Athen gekommen.“

„Mir ist ohnehin nicht klar, was du dir davon versprochen hast“, teilte sie ihm rundheraus mit.

„Inzwischen frage ich mich das auch“, gab Clive unumwunden zu. Er stand auf der Schwelle und wirkte trotz seiner Größe wie ein unsicherer kleiner Junge. „Ich konnte ja nicht ahnen, dass dein Mann mich für deinen ...“

Rücksichtsvoller hätte er nicht andeuten können, was Leandros ihnen unterstellte. Zu ihrem Leidwesen war sie allerdings nicht ganz unschuldig daran, dass Leandros diesen Verdacht hegte. Schließlich hatte sie ihm mehrfach bestätigt, dass Clive und sie ein Verhältnis hatten.

„Vergiss nicht, dass er Grieche ist“, sagte sie vielmehr zu sich selbst. „Seit unserer Ankunft beobachtet er mich heimlich. Als er gesehen hat, dass ein Mann in meiner Begleitung reist, ist seine Fantasie mit ihm durchgegangen. Inzwischen ist er entschlossen, lieber die Ehe fortzusetzen, als mich an einen anderen Mann zu verlieren.“

„Hast du da nicht auch noch ein Wörtchen mitzureden?“

Die Frage stellte sich ihr schon seit geraumer Zeit, aber eine schlüssige Antwort hatte sie immer noch nicht gefunden.

Ihr Zögern schien Clive neuen Mut zu geben, denn er kam nun langsam auf sie zu.

Unwillkürlich musste sie Leandros zugestehen, dass seine Beschreibung durchaus zutreffend war. Clive war tatsächlich ein blonder Hüne, der vor Kraft kaum laufen konnte. Er war genau das, was man unter einem Muskelpaket verstand – und nicht wenige Frauen hatten eine besondere Schwäche für solche Männer. An Gelegenheiten mangelte es ihm nicht, denn er arbeitete in einem Fitnesscenter, das vor allem von mehr oder weniger jungen und einsamen Frauen besucht wurde.

Sie schätzte an ihm allerdings vor allem seine inneren Qualitäten, denn trotz der rauen Schale war er ein gutmütiger und stets hilfsbereiter Nachbar und Freund – mehr aber auch nicht.

„Du hast gehofft, dass ich nach dem Wiedersehen mit Leandros froh bin, dich in meiner Nähe zu haben, stimmt's?", fragte sie.

„Deine Mutter hielt es zumindest nicht für ausgeschlossen", erwiderte Clive ausweichend, ehe er den Mut fand, sich zu ihr zu setzen. „Und hoffen wird ein Mann ja wohl noch dürfen", fügte er hinzu.

Und eine Frau träumen, ergänzte Isobel in Gedanken. Ihr Traum saß vier Etagen tiefer und war sicher damit beschäftigt, seiner Schwiegermutter den Gedanken schmackhaft zu machen, in seine Luxusvilla umzuziehen. Und wie sie ihn kannte, würde es ihm auch problemlos gelingen.

„Es tut mir leid", flüsterte sie.

Clive setzte sich zu ihr aufs Bett und legte ihr den Arm um die Schultern. „Was willst du jetzt tun?"

Ich würde viel darum geben, wenn ich es wüsste, dachte Isobel bedrückt. Einen Moment war sie versucht, sich an ihn zu schmiegen und ihren Tränen freien Lauf zu lassen. Doch es half alles nichts. So wohltuend seine Nähe und sein Verständnis waren, Clive war und blieb für solche Vertraulichkeiten der falsche Mann – selbst wenn sie es sich in diesem Augenblick anders gewünscht hätte.

„Ist das nicht ein schönes Bild?"

Leandros' beißender Sarkasmus erschreckte sie so sehr, dass Isobel unfähig war, sich zu bewegen. Clive hingegen reagierte wie ein Schuljunge, den man auf frischer Tat ertappt hatte. Ehe sie wusste, wie ihr geschah, zog er die Hand zurück und sprang vom Bett auf.

Erst als er auf Leandros zuging, änderte sich seine Haltung, und einen Moment lang fürchtete Isobel, er würde ihm die Antwort auf seine Frage mit den Fäusten geben. Aber Leandros schien sich auf den Konflikt zu freuen, denn er ließ seinen Rivalen nicht aus den Augen. Als sich die beiden an der Tür trafen, sahen sie sich feindselig an, ehe sich Clive schweigend an ihm vorbeidrängte und den Raum verließ.

Leandros ließ die Tür mit einem Fußtritt ins Schloss fallen. „Der Wagen ist da", sagte er schroff. „Lester und mein Fahrer verstauen gerade den Rollstuhl deiner Mutter im Kofferraum."

„Du hättest ihnen lieber helfen sollen, anstatt mir nachzuspionieren", erwiderte Isobel trotzig.

„Damit du dich in Ruhe von deinem Liebhaber verabschieden kannst?"

„Clive ist nicht mein Liebhaber! Er ist ein guter Freund, nicht mehr und nicht weniger!"

Erst als sie es ausgesprochen hatte, wurde ihr klar, dass sie ihre letzte Trumpfkarte ausgespielt hatte. Doch letztlich war sie erleichtert darüber, dass es endlich heraus war. Nun musste Leandros einsehen, dass seine Eifersucht unbegründet war – und damit der Grund für seine Weigerung, sich scheiden zu lassen, hinfällig.

„Du hast auch schon besser gelogen", machte er ihre vage Hoffnung mit einem Schlag zunichte. „Oder glaubst du, ich könnte das kleine Einmaleins nicht mehr?"

Sein Blick flackerte bedrohlich, so dass Isobel unwillkürlich aufstand, um im Falle eines Falles fluchtbereit zu sein. „Kannst du mir vielleicht verraten, wovon du sprichst?", fragte sie verunsichert, weil Leandros langsam auf sie zukam.

„Du hast drei Zimmer reserviert", sagte er mit versteinerter Miene, „und zwar für vier Personen. Was das bedeutet, liegt doch auf der Hand, oder nicht?"

Der Vorwurf war derartig aus der Luft gegriffen, dass es einen Moment dauerte, bis sie begriff, worauf Leandros anspielte. „Das, was du glaubst, bedeutet es jedenfalls nicht“, widersprach sie entschieden. „Clive wollte mich überraschen. Deshalb hat er sein Zimmer unter seinem eigenen Namen gebucht. Es liegt nicht einmal auf derselben Etage, falls es dich beruhigt.“

Das Gegenteil war der Fall, wie sein Blick verriet. Offensichtlich glaubte Leandros ihr kein Wort.

„Wenn du so schlau bist, sollte dir nicht entgangen sein, dass das Bett für zwei Personen viel zu klein ist – selbst wenn sie sich noch so sehr lieben“, erklärte sie entrüstet. „Außerdem bist du der Letzte, der mir Vorhaltungen machen kann. Schließlich frage ich dich ja auch nicht, in welcher Kabine Diantha geschlafen hat, als sie wochenlang an Bord deiner Yacht war.“

Sein Blick wurde noch bedrohlicher. „Was ich vorhin über Diantha gesagt habe …“

„… war deutlich genug“, fiel sie ihm ins Wort. „Also lass bitte Clive aus dem Spiel, und fass dich lieber an die eigene …“

„Es ehrt dich, dass du den Bodybuilder in Schutz nimmst“, unterbrach Leandros nun sie, „aber deinen schönen Hals rettest du damit auch nicht.“

Inzwischen stand er unmittelbar vor ihr, und sein Blick bewies ihr, dass sie in großen Schwierigkeiten steckte. Leandros war noch immer der Überzeugung, dass Clive sich an seinem Eigentum vergriffen hatte. Vor allem aber schien er fest entschlossen, sich umgehend schadlos zu halten.

„Untersteh dich“, warnte sie ihn mit bebender Stimme, weil sie keine Chance sah, seiner Berührung auszuweichen. Hinter ihr stand der Kleiderschrank und schnitt ihr den Fluchtweg ab. Vor ihr stand ein Mann, der langsam die Arme hob und sie jeden Moment an sich ziehen würde.

„Bitte nicht, Andros“, flehte sie förmlich, als er ihr die Hände auf die Hüften legte und sich langsam herunterbeugte.

Leandros reagierte so überraschend, dass Isobel schon hoffte, dem scheinbar Unausweichlichen im letzten Moment entronnen zu sein.

„Habe ich richtig gehört?“, erkundigte er sich irritiert und richtete sich wieder auf.

„Allerdings“, bestätigte sie. „Ich habe es ganz gern, wenn man mich fragt, ob ich …“

„Das meine ich nicht“, unterbrach er sie schroff. „Sag mir lieber, ob du mich wirklich Andros genannt hast.“

Isobel war viel zu verwirrt, um sich erinnern zu können. Doch ausschließen konnte sie es nicht, dass ihr in der Panik sein Kosename herausgerutscht war. Gleichzeitig wünschte sie sich sehnlichst, dass er sich verhört hatte. Wenn er Recht hatte, sagte es mehr über sie, als sie ertragen könnte.

Leandros war offenbar zu derselben Erkenntnis gelangt, denn er ließ die Hand über ihre Schulter zum Nacken gleiten.

Im selben Moment wusste Isobel, worauf er es angelegt hatte. Sie war so angespannt, dass sie kaum atmen konnte. Wenn er sie mit der Zunge unter dem Ohrläppchen berührte, wäre es um sie geschehen. Und das wusste er genauso wie sie.

„Sag es noch einmal“, forderte er sie auf, und plötzlich klang seine Stimme unendlich zärtlich. „Mir zuliebe“, fügte er hinzu, ehe er den Kopf senkte, um seine Drohung wahr zu machen.

„Andros“, flüsterte Isobel und sah ängstlich und sehnsüchtig zugleich zu ihm auf.

Augenblicklich änderte Leandros seine Taktik, und ehe sie wusste, wie ihr geschah, presste er die Lippen auf ihre. Der Kuss enthielt ein zärtliches Versprechen, das sie jeden Widerstand aufgeben ließ. Sie schmiegte sich so eng an Leandros, dass ihre Brüste seinen athletischen Oberkörper berührten. Als ihre Knospen daraufhin fest wurden, glaubte sie zunächst, sich schämen zu müssen. Dieses Gefühl legte sich allerdings, als sie die Hüften an seine schmiegte und feststellte, dass er genauso erregt war wie sie.

Daran hat sich also nichts geändert, dachte sie. Noch immer zog eine winzige Berührung den unberechenbaren Ausbruch des Begehrens nach sich. Und je fordernder und zugleich zärtlicher er sie küsste, desto sehnlicher wartete Isobel darauf, dass er ihr den Weg in das Labyrinth der Leidenschaft wies und sie an geheime Orte des Glücks und der Erfüllung entführte.

Leandros schien ihr stummes Flehen vernommen zu haben, denn in Sekundenbruchteilen hatte er ihr das T-Shirt über den Kopf gezogen. Dann löste er mit einer kaum merklichen Bewegung ihren Pferdeschwanz. Als er ihr durchs Haar strich und es durch seine Hände gleiten ließ, stöhnte sie unwillkürlich auf. Schon früher hatte diese Berührung sie elektrisiert, und daran hatte sich auch nach drei Jahren gar nichts geändert.

Nur widerwillig akzeptierte Isobel, dass er die Hände zurückzog, um sein Hemd abzustreifen. Der Anblick seines muskulösen Oberkörpers entschädigte sie dafür und ließ sie so kühn werden, die Finger durch sein Brusthaar und tiefer gleiten zu lassen, bis sie seinen Hosenbund erreichte.

Leandros erwiderte den Angriff auf seine Sinne, indem er sie erneut küsste, ehe er dazu überging, sie spielerisch in die Lippen zu beißen. Gegen die Gefühle, die er damit weckte, wusste sich Isobel nur dadurch zu wehren, dass sie den Reißverschluss seiner Hose öffnete und die Hand hineinschob.

Er glich einem Vulkan, der jeden Moment ausbrechen konnte. Doch ihr ging es nicht anders. Deshalb war sie erleichtert, als er endlich ein Einsehen hatte. Mit spielerischer Leichtigkeit hob er sie hoch und legte sie aufs Bett.

„Ich werde dich mit Haut und Haaren verschlingen", kündigte er an, ehe er ihr die letzten Kleidungsstücke auszog. Dass es sich um keine leere Drohung handelte, wurde Isobel unmissverständlich klar, als auch er endlich nackt war und sich über sie beugte.

Sein Mund schloss sich um eine Brust, während Leandros mit dem Daumen die Spitze der anderen so raffiniert liebkoste, dass Isobel glaubte, vergehen zu müssen, und seine Schultern umklammerte. Damit erreichte sie allerdings nur, dass er noch verwegener wurde und ihren Körper mit der anderen Hand sinnlich zu erkunden begann.

Schließlich bereitete sie der lustvollen Qual ein Ende, indem sie ihn auf sich zog. Es war ein unbeschreibliches Fest für alle Sinne, seine Haut zu spüren und seinen Duft einatmen zu dürfen. Und als er den Mund auf ihren presste, wusste sie, dass der Moment der Erfüllung unmittelbar bevorstand. Nie zuvor hatte sie Leandros so erregt erlebt, und ungeduldig wartete sie darauf, dass er ihr seine unbändige Kraft schenken würde.

Als er endlich ihre Beine auseinander schob, schrie sie unwillkürlich auf. Er presste die Lippen auf ihre und brachte sie damit zum Schweigen, ehe er unendlich zärtlich in sie eindrang.

Ihren erneuten Aufschrei erstickte er dieses Mal mit der Hand. Isobel wusste sich nur zu helfen, indem sie die Finger in den Mund nahm und daran saugte, bis er lustvoll aufstöhnte. Der letzten Hemmungen beraubt, beugte er sich vor und tat das, was er schon vor Minuten angedroht hatte. Als sie seine Zunge unter dem Ohrläppchen spürte, vergaß sie alles um sich her. Außer sich vor Lust und Erregung, schlang sie die Beine um seine Hüften, um ihm so nah wie irgend möglich zu sein.

Leandros war nur allzu gern bereit, ihr diesen Wunsch zu erfüllen. Immer wieder zog er sich kurz zurück, um sich gleich darauf aufzubäumen und umso tiefer in sie einzudringen. Aus dem Fest für die Sinne war längst ein berauschender Taumel geworden, in dem sie nur noch einander wahrnahmen. Schließlich hatte Isobel nicht mehr die Kraft, sich dem Sog zu widersetzen, der sie erfasst hatte. Laut aufschreiend ließ sie sich fallen und erlebte den Sturz ins Bodenlose wie einen Rausch, von dem sie nur wusste, dass er süchtig machte.

Leandros schien es ihr bestätigen zu wollen, denn fast verzweifelt bäumte er sich ein letztes Mal auf, ehe auch ihn die Kräfte verließen. Mit geschlossenen Augen spürte sie, wie er erschauerte und sich die Wogen der Lust auf sie übertrugen.

So beglückend war der Sex auch früher gewesen, und wie früher folgten auf den Ausbruch der Leidenschaft Momente größter Zärtlichkeit, die sie nicht weniger entbehrt hatte.

Ohne sich ihr zu entziehen, umarmte Leandros sie und drehte sich vorsichtig auf den Rücken. Als sie sich an ihn schmiegte und den Kopf auf seine Brust legte, hörte sie sein Herz schlagen, und sein Atem strich ihr über die Wange. Nichts schien den Frieden stören zu können, und nach den Jahren des Verzichts waren diese Minuten für sie kostbarer denn je.

Doch wie von Geisterhand ging plötzlich das Licht wieder an, und der Kühlschrank in dem kleinen Zimmer begann zu brummen. Schließlich drangen durchs offene Fenster Stimmen anderer Hotelgäste, die das Ende des Stromausfalls lautstark begrüßten.

Die Wirklichkeit hatte sie eingeholt, und die war so grausam wie zuvor. Das bewies jedenfalls seine Reaktion, denn Leandros richtete sich unvermittelt auf und sprang förmlich aus dem Bett.

„Willst du immer noch behaupten, dass das Bett für zwei Personen zu klein ist?", sagte er abfällig, ehe er sich umdrehte und in das angrenzende kleine Bad ging.

Wie konnte ich mich nur so gehen lassen?, fragte er sich unwillkürlich, als er das Wasser in der winzigen Dusche aufdrehte, um die Spuren seiner Unbeherrschtheit abzuwaschen.

Anstatt froh und glücklich darüber zu sein, dass er Isobels Fängen entkommen war, hatte er sich freiwillig in die Gefahr begeben, ihr erneut zu verfallen. Sie brauchte ihn nur zu berühren, um ihm den Verstand zu rauben, und selbst wenn sie ihn verhöhnte und verspottete, war der Klang ihrer Stimme so betörend wie der Gesang der Sirenen.

Das alles wusste er nur zu gut. Genauso wenig hatte er vergessen, dass sie alles verabscheute, was ihm etwas bedeutete: seine Familie, seine Freunde und seinen Lebensstil. Wollte er sich dieses Kuckucksei wirklich ins Nest zurückholen?

Sein Verstand riet ihm, einen großen Bogen um Isobel zu machen, doch sein Körper sagte etwas anderes. Selbst unter der Dusche meinte Leandros ihre Berührung zu spüren, und dem Handtuch, mit dem er sich schließlich abtrocknete, haftete ihr erregender Duft an.

Als er vor dem Spiegel stand, suchte er unwillkürlich nach Anzeichen dafür, dass ein Mann das Bad benutzte. Zu seiner Verwunderung ließ sich nicht der geringste Hinweis darauf finden. Doch davon ließ er sich nicht täuschen. Vielleicht war Clive tatsächlich nicht Isobels derzeitiger Liebhaber. Was für die Gegenwart galt, musste allerdings nicht auf die Vergangenheit zutreffen. Umso mehr Grund hatte er, es bei dem einmaligen Ausrutscher zu belassen und so schnell wie möglich zum Alltag überzugehen – und darin war für Isobel eindeutig kein Platz.

So dachte Leandros jedenfalls, als er sich das Handtuch um die Hüften schlang und das Bad verließ. Dann aber sah er Isobel, und im selben Moment wusste er, dass ein Leben ohne sie ungleich schrecklicher wäre als ein Leben mit ihr.

Sie trug einen Morgenmantel und stand am Fenster. Das Haar fiel ihr über die Schultern, und die Hände hatte sie tief in die Taschen geschoben. Auch ohne ihr Gesicht zu sehen, glaubte Leandros zu wissen, was in ihr vorging. Dem dringenden Bedürfnis, zu ihr zu gehen und sie in die Arme zu nehmen, konnte er gerade noch widerstehen. Doch sein Entschluss, sie zu sich nach Hause zu bringen und nie wieder gehen zu lassen, stand fest.

„Du kannst jetzt ins Bad", sagte Leandros betont sachlich und begann seine Kleidung zusammenzusuchen.

„Ich dusche, wenn du gegangen bist", erwiderte sie, ohne sich umzudrehen.

„Das geht nicht. Oder hast du schon vergessen, dass wir diese Bruchbude gemeinsam verlassen?"

„Ich habe es mir anders überlegt."

Ihre Weigerung, ihn zu begleiten, traf ihn wie ein Blitz aus heiterem Himmel. „Darf man erfahren, warum?", fragte Leandros entgeistert. „Hier kannst du unmöglich bleiben, und deine Mutter ist längst auf dem Weg …"

Isobel musste sich nur umdrehen, um ihn verstummen zu lassen. Sie wirkte so zerbrechlich, dass er Angst bekam.

„Ich wäre dir sehr dankbar, wenn du Silvia für eine Nacht bei dir unterbringen könntest", sagte sie höflich. „Morgen Abend reisen wir ohnehin ab, und bis dahin werde ich es hier schon aushalten."

„Willst du nicht doch mitkommen?", bat Leandros sie in der Hoffnung, ihr auch die Pläne für den nächsten Tag ausreden zu können, wenn sie erst in seiner Villa waren.

„Wir haben heute schon mehr als genug Fehler gemacht", wies Isobel seine Bitte unmissverständlich zurück.

Noch vor wenigen Minuten war er derselben Meinung gewesen, doch nun verletzte es ihn zutiefst, dass sie die intimste aller Erfahrungen als Fehler bezeichnete. „Wir haben uns geliebt", widersprach er energisch. „Was soll daran falsch sein?"

„Wir haben miteinander geschlafen", verbesserte sie ihn. „Das beweist nur, dass tatsächlich zwei Personen in das kleine Bett passen. Aber das ist auch das Einzige, worin ich dir Recht gebe. Deshalb muss ich dich bitten, jetzt zu gehen."

Dass sie ihn hinauswarf, war schlimm genug. Unerträglich war, dass sie dabei keine Miene verzog. „Steht der Bodybuilder schon vor der Tür?", fragte Leandros in seiner ohnmächtigen Wut. „Oder warum hast du es so eilig, mich loszuwerden?"

Jede Reaktion wäre ihm recht gewesen, weil er sie zum Anlass hätte nehmen können, sich für den Rauswurf zu rächen und Isobel erneut auf das schmale Bett zu zerren.

Doch sie sah ihn nur ausdruckslos an, ehe sie sich unvermittelt umdrehte und ins Bad ging.

5. KAPITEL

Als Isobel aus dem Bad kam, glaubte sie zunächst, das Opfer einer optischen Täuschung zu sein. Stand Leandros wirklich vor dem Bett und packte ihren Koffer? „Warum bist du noch hier?", fragte sie schroff und vergewisserte sich, dass der Gürtel ihres Morgenmantels verschlossen war. Leandros war zwar angezogen, aber das bedeutete nicht …

„Weil ich ohne dich nicht gehe", erwiderte er bestimmt und richtete sich auf.

„Habe ich mich denn nicht deutlich genug …?"

„Doch", fiel er ihr ins Wort. Erst als er sich zu ihr umdrehte, stellte sie fest, dass er ihr Kleid in den Händen hielt. Es war das Einzige, das sie aus London mitgebracht hatte – und das Einzige, das sie all die Jahre aufgehoben hatte.

„Ich habe es auf Anhieb wiedererkannt", teilte er ihr mit, während er langsam auf sie zukam. „Es freut mich, dass du es in Ehren gehalten hast – sicher weil du so die Erinnerung an mich direkt auf der Haut tragen konntest."

Zu ihrer Beschämung entsprach es der Wahrheit. Das wollte sie Leandros jedoch lieber nicht gestehen. „Es passt mir und ist einigermaßen bequem", erwiderte sie deshalb. „Aber wenn du es wiederhaben willst, musst du es nur …"

„Allerdings will ich das", unterbrach er sie erneut. „Und zwar zusammen mit der Frau, der ich es damals geschenkt habe."

„Leider muss ich dich enttäuschen." Unwillkürlich wich Isobel einen Schritt zurück. „Das Kleid kannst du gern mitnehmen, aber auf meine Gesellschaft wirst du verzichten müssen."

„Deine Augen verraten mir etwas anderes", sagte Leandros leise und stellte sich so dicht vor sie, dass sie seinen Atem im Gesicht spürte. „Du sehnst dich danach, dass ich dir den Morgenmantel ausziehe und wir dort weitermachen, wo wir eben aufgehört haben."

„Wenn du glaubst, mich einschüchtern …"

„Niemand will dich einschüchtern", widersprach er. „Im Gegenteil. Ich versuche, besonders rücksichtsvoll zu sein. Schließlich weiß ich, wie viel dir daran liegt, deinen Dickkopf durchzusetzen. Andererseits habe ich nicht vergessen, dass du dir mit deiner Sturheit oft selbst im Weg stehst. Deshalb bin ich sogar bereit, dich notfalls mit sanfter Gewalt nach Hause zu bringen."

Sie musste sich eingestehen, dass er Recht hatte. Trotzdem durfte er nicht so mit ihr reden. „In deine Villa verschleppen, wolltest du sagen", erwiderte sie deshalb sarkastisch. „*Mein* Zuhause ist es jedenfalls nicht."

„Dann wird es das ab sofort", erwiderte er wütend. „Wenn wir erst in unserem Ehebett liegen, wirst du es schon einsehen", fügte er schonungslos hinzu, ehe er ihr achtlos das Kleid aushändigte und zurück zum Bett ging.

Ihr Frust wich einer unbändigen Wut. „Wenn Diantha auch da ist, können wir es uns ja zu dritt nett machen", sagte sie scharf. „Oder soll ich Clive anrufen, damit die Orgie stattfinden kann, von der du vorhin ...?"

Als Leandros sich umdrehte und sie zornig ansah, verstummte sie.

„Wehe, du nimmst diese beiden Namen noch einmal in den Mund", drohte er ihr unverhohlen. „Noch sind *wir* miteinander verheiratet, Isobel, und kein Grieche lässt sich von seiner Frau auf der Nase herumtanzen. Also zieh dich jetzt bitte an. Ich möchte diesen ungastlichen Ort so schnell wie möglich verlassen – und zwar gemeinsam mit dir."

„Kannst du mir einen guten Grund nennen, warum ich dich begleiten sollte?", fragte Isobel trotzig.

„Einen sehr guten sogar", lautete seine entwaffnende Antwort. „Du kannst von mir genauso wenig lassen wie ich von dir. Und wenn du dir das endlich eingestehst, können wir vielleicht aufhören, uns gegenseitig zu zerfleischen. Eine letzte Chance sollten wir unserer Ehe jedenfalls geben. Oder denkst du anders darüber?"

Natürlich nicht, hätte sie am liebsten erwidert. Das auszusprechen erschien ihr allerdings zu kühn. „Also schön", erwiderte sie deshalb ausweichend und tröstete sich mit der Gewissheit, dass es zunächst nur für eine Nacht wäre.

Zum Anziehen ging sie vorsichtshalber ins Bad. Als sie zurückkam, erwartete Leandros sie bereits ungeduldig an der geöffneten Zimmertür. „Ich muss noch zu Ende packen", erinnerte sie ihn.

„Wir lassen das Gepäck nachkommen", erklärte er. „Wie ich diesen Laden kenne, fällt jeden Moment wieder der Strom ..."

Ehe er den Satz beenden konnte, bewahrheitete sich seine Befürchtung. Das Licht erlosch, und der Kühlschrank hörte auf zu summen.

„Das hat mir gerade noch gefehlt", schimpfte Leandros, als er sie über den dunklen Korridor führte.

Im Treppenhaus war es so düster, dass Isobel erleichtert die Hand nahm, die er ihr reichte. Trotzdem stolperte sie mehrmals, bis sie schließlich eine Stufe verfehlte und das Gleichgewicht verlor. Sicher wäre sie gestürzt, wenn er sie nicht im letzten Moment aufgefangen hätte. So dankbar sie ihm dafür war, so wenig war sie damit einverstanden, dass er nicht gewillt schien, sie wieder loszulassen. Stattdessen drängte er sie gegen die Wand und schnitt ihr jede Fluchtmöglichkeit ab.

„Weißt du eigentlich, wie leid ich es bin, mit dir zu kämpfen?", sagte er mit einer Ernsthaftigkeit, die ihr neu war. „Ich will alles mit dir teilen, Isobel – mein Leben, mein Haus und mein Bett", gestand er. „Ich will, dass es zwischen uns wieder so wird wie damals, als wir uns kennen gelernt haben. Ich will jeden Tag aufs Neue erleben, wie unendlich glücklich du darüber bist, meine Frau zu sein. Und wenn du dir dasselbe wünschst, musst du es mir jetzt sagen."

Sein fast flehender Blick ließ keinen Zweifel daran, dass jedes seiner Worte tief empfunden war. Etwas anderes als die Wahrheit zu sagen, kam Isobel deshalb gar nicht in den Sinn. Glücklicherweise entsprach diese dem, was Leandros hören wollte.

„Ja", erwiderte sie leise. „Ich wünsche es mir."

Als es endlich heraus war, fiel ihr eine zentnerschwere Last von den Schultern. Trotzdem hatte die Situation einen bitteren Beigeschmack. Denn solange die entscheidenden drei Worte nicht gesprochen waren, blieben selbst solche Schwüre bloße Lippenbekenntnisse.

Leandros schien ihre Gedanken erraten zu haben, und einen Moment glaubte Isobel, dass er sich überwinden und ihr seine Liebe gestehen würde.

Was er schließlich auch tat – jedoch anders als erwartet. Unvermittelt beugte er sich herunter und presste die Lippen auf ihre, um ihr in dem düsteren und zugigen Treppenhaus einen Kuss zu geben, in dem sich außer seinem körperlichem Verlangen auch ehrliche Gefühle ausdrückten.

Etwas Vergleichbares hatte sie nie zuvor erlebt, und die Aufrichtigkeit, mit der Leandros ihr zu verstehen gab, was er für sie empfand, prägte sich Isobel für alle Zeiten ein. Und da sie den Kuss genauso innig erwiderte, war sie sich sicher, dass er ihre stumme Botschaft ebenfalls erhört hatte.

Erst als Schritte zu hören waren, lösten sie sich schweren Herzens voneinander und setzten ihren Weg schweigend fort. In ihrem tiefsten Innern wusste Isobel jedoch, dass sie die richtige Entscheidung getroffen hatte. Natürlich ging sie damit ein erhebliches Risiko ein, aber sie hatte diese Chance zu lange herbeigesehnt, um sich davon abschrecken zu lassen.

Der rote Ferrari stand direkt vor dem Ausgang, und Leandros hielt Isobel die Beifahrertür auf. Es war nicht leicht, sich in den engen Sitz zu zwängen, und als sie die Beine anwinkelte, rutschte zwangsläufig ihr Kleid hoch. Als er um das Auto herum gegangen war und auf dem Fahrersitz Platz nahm, musste er allerdings zu seinem Bedauern feststellen, dass sie es inzwischen wieder glatt gestrichen hatte und ihm der Anblick ihrer wundervollen Beine versagt blieb.

Nach dem Vorfall im Treppenhaus war das Knistern, das in der Luft lag, dennoch förmlich greifbar. So kostete es ihn erhebliche Mühe, sich auf den dichten Berufsverkehr zu konzentrieren.

Isobel wagte es kaum, Leandros anzusehen, der am Steuer seines Ferrari saß und die unbändige Kraft des Motors mühelos beherrschte. Seine eigene Kraft im Zaum zu halten, fiel ihm merklich schwerer, und sie bedauerte fast, dass sie ihren Aufbruch nicht verschoben hatten.

Einen Moment war sie versucht, ihm an Ort und Stelle jene Bitte zu erfüllen, die sie noch vor wenigen Stunden entrüstet abgelehnt hatte. Um keinen Verkehrsunfall zu provozieren, versagte sie sich und ihm dieses Vergnügen.

Als er in die Hauptstraße einbog, blendete die tief stehende Sonne sie so sehr, dass Isobel den Arm hob, um die Sonnenblende herunterzuklappen. Ehe sie dazu kam, nahm Leandros ihre Hand. Als er die Innenfläche küsste, hielt sie unwillkürlich den Atem an. Die Berührung seiner Lippen erregte sie mehr, als sie sich eingestehen mochte. Selbst wenn er sie auf seinen Schoß gezogen und in sie eingedrungen wäre, hätte ihr Körper nicht heftiger reagieren können.

Der Zufall wollte es, dass in diesem Moment vor ihnen eine Ampel auf Rot sprang. Noch bevor der Wagen zum Stillstand gekommen war, sah Leandros sie an und betrachtete schweigend ihr Gesicht, ehe er den Blick tiefer gleiten ließ. Unwillkürlich sah Isobel an sich hinab. Das Kleid war zwar nicht sonderlich lang, aber bei weitem nicht so gewagt wie die Miniröcke, die sie vor drei Jahren getragen und für die sie sich manch missbilligenden Blick von ihm eingehandelt hatte.

Jetzt sagten seine Augen etwas völlig anderes, und so hatte es auch gänzlich andere Gründe, dass sie sich wie damals nackt fühlte. „Sieh mich nicht so an", sagte sie verlegen. Damit er nicht merkte, was sie empfand, presste sie die Beine zusammen.

„Warum nicht?" Sein Tonfall wie sein Gesichtsausdruck machten unmissverständlich klar, dass Leandros genau wusste, wie es um sie stand.

Weil ich für nichts garantieren kann, wenn du nicht damit aufhörst, wollte sie erwidern, als unvermittelt der Motor aufheulte. Die Ampel war auf Grün gesprungen, und Leandros musste sich wieder aufs Fahren konzentrieren.

Zunächst wusste Isobel nicht, ob sie enttäuscht oder erleichtert war. Schließlich beschloss sie, es Leandros nachzutun und stur geradeaus zu sehen. Was leichter gesagt als getan war, wenn sie nur die Hand ausstrecken und ihn zu berühren brauchte, um eine Lawine auszulösen, die nichts und niemand aufhalten könnte.

Nach qualvollen Minuten der Untätigkeit erreichten sie die Vororte, wo die Bebauung weniger dicht und die Straße steiler wurde. Endlich geriet auch der Saronische Golf, der in der Nachmittagssonne funkelte, in ihr Blickfeld.

Je weiter sie den Lykavittos hinauffuhren, desto prächtiger wurden die Gärten, in denen die Villen der Superreichen standen. Auf halber Höhe stand das Haus von Leandros' Mutter, und vor einer scharfen Kehre lag die Einfahrt zum Anwesen seines Onkels Theron Herakleides. Seit dem Tod seines Sohnes und dessen Frau teilte er die riesige Villa mit seiner Enkelin Eve.

Eve war wohl der einzige Mensch, der sie so akzeptiert hatte, wie sie war – was sicher daran lag, dass sie genauso alt war und britisches Blut in ihren Adern floss, denn ihre Mutter war Engländerin gewesen.

„Eve ist inzwischen verheiratet." Leandros hatte ihre Gedanken offenbar erneut erraten.

„Das ist nicht dein Ernst", erwiderte Isobel überrascht. Dass sich Therons ebenso verwöhnte wie eigensinnige Enkelin gebunden haben sollte, schien ihr ziemlich abwegig. „Wer ist denn der bedauernswerte Kerl, der den Wildfang bändigen muss?"

„Ein Engländer namens Ethan Hayes", teilte Leandros ihr mit. „Theron war über ihre Wahl ganz und gar nicht begeistert, wie du dir sicher vorstellen kannst."

Das konnte sie, denn Theron hatte mehrfach versucht, seine bildschöne Enkelin mit einem Sprössling der vielen einflussreichen griechischen Familien zu verkuppeln, zu denen er private wie geschäftliche Kontakte unterhielt. Doch Eve hatte sich von jeher mit beeindruckender Hartnäckigkeit geweigert, die Erwartungen zu erfüllen, die an sie gestellt wurden. Insofern war sie ihr nicht nur eine Freundin gewesen, sondern in mancher Hinsicht auch ein Vorbild.

Es konnte kein Zufall sein, dass es ihr ausgerechnet in jenem Moment einfiel, in dem sie in die Auffahrt zu Leandros' Villa einbogen.

Obwohl sie wesentlich kleiner und bescheidener als sein Elternhaus war, konnte sie den Reichtum ihres Besitzers nicht verbergen.

Leandros hatte sie gleich nach der Hochzeit gekauft – und damit seine Mutter Thea vor den Kopf gestoßen. Sie war ein Familienmensch, und dass ihr ältester Sohn auszog, hatte für sie den Bruch mit sämtlichen Traditionen bedeutet, die ihr heilig waren. Die Schuldige hatte sie schnell in ihrer Schwiegertochter ausgemacht, denn wer außer der schamlosen Engländerin sollte Leandros sonst veranlasst haben, seine Familie im Stich zu lassen?

Probleme hatte es also vom ersten Tag an genug gegeben, und im Lauf der Zeit waren sie nicht weniger geworden. Warum, zum Teufel, bin ich dann hier?, fragte sich Isobel, als der Ferrari vor dem Eingang zur Villa hielt und Leandros den Motor abstellte.

Ein Zuhause war der elegante, zweistöckige Bau für sie nie gewesen – eher ein Ort, an dem Leandros und sie sich in immer kürzeren Abständen streiten konnten, ohne dass seine Familie jedes Wort mithörte. Umso abwegiger war die Hoffnung, dass sich hier eine Ehe retten ließ, die vor drei Jahren gescheitert war – und das aus gutem Grund.

Leandros hatte den Motor längst abgestellt, aber noch konnte er sich nicht entschließen auszusteigen. Vielleicht war es doch keine so gute Idee, Isobel hierher zu bringen, dachte er, als er ihren nachdenklichen Gesichtsausdruck sah. Zu viele und vor allem zu schlechte Erinnerungen waren mit dem Haus verbunden, das er einst in der Absicht gekauft hatte, ihnen ein Zuhause zu schaffen. Das war es allerdings nie gewesen.

Nach seiner Rückkehr aus London hatte er sich Hals über Kopf in seine Arbeit gestürzt und nicht gemerkt, wie sehr er Isobel vernachlässigte. Irgendwann begann sie, eigene Wege zu gehen. Stundenlang streifte sie mit ihrem Fotoapparat durch die Stadt.

Da sie eine Frühaufsteherin war, musste er immer öfter allein frühstücken, und wenn er mitten in der Nacht aus dem Büro kam, schlief sie meistens schon tief und fest. Wenn er sich dann zu ihr ins Bett legte, weckte er sie manchmal – sei es aus Versehen, sei es mit bestimmten

Hintergedanken. Doch die waren ihm zunehmend vergangen, weil sie ihm jedes Mal eine fürchterliche Szene gemacht hatte.

Sie war schon immer sehr dickköpfig gewesen. Er hingegen war blind gewesen, weil er nicht gemerkt hatte, dass sie vor allem eines war: einsam.

Nun hatte ihnen das Schicksal die Chance für einen Neuanfang beschert, und er war fest entschlossen, sie zu nutzen. Mit diesem hoffnungsvollen Gedanken stieg Leandros aus und ging ums Auto herum, um Isobel die Beifahrertür zu öffnen.

Als sie aufstand, kam er erneut in den Genuss des Anblicks ihrer faszinierenden Beine, bis sie schließlich vor ihm stand und ihr Kleid glatt strich. Da erst fiel ihm auf, wie sehr es dem glich, das Diantha an Bord seiner Yacht getragen hatte – und zwar an jenem Tag, an dem er beschlossen hatte, sich von Isobel scheiden zu lassen.

Obwohl seither kaum zwei Wochen vergangen waren, schien ihm mittlerweile nichts abwegiger, als sich von dieser unvergleichlich schönen und begehrenswerten Frau jemals zu trennen. Der Gedanke lag nahe, ein Zeichen zu setzen und Isobel über die Schwelle zu tragen. Doch ehe Leandros sich dazu entschließen konnte, bemerkte er ein Auto, das im Schatten einer Palme abgestellt war.

Isobel hatte es offenbar noch nicht gesehen, und damit es dabei blieb, zog er sie an sich und küsste sie auf die Stirn. Ihm war klar, dass er dadurch nur wenig Zeit gewann. Aber jede Sekunde war kostbar, weil er sich dringend eine Antwort auf die Frage überlegen musste, die sie ihm stellen würde – falls sie ihn überhaupt zu Wort kommen lassen würde.

Es gab keine Antwort, gestand er sich ernüchtert ein, als er Isobel schließlich ins Haus führte. Jedenfalls keine, die sie überzeugen würde.

6. KAPITEL

Als sie an Leandros' Seite den Eingangsbereich betrat, schlug ihr Kälte entgegen – im wörtlichen wie im übertragenen Sinn. Die Klimaanlage sorgte dafür, dass von der Hitze, die draußen herrschte, nichts zu merken war, und die Einrichtung der Villa war so, wie Isobel sie in Erinnerung hatte – sehr teuer, aber ungemütlich. Das Blau der Wände war zwar exakt auf die Fußbodenfliesen und das Geländer der Treppe abgestimmt, die ins Obergeschoss führte, doch es erinnerte eher an eine Krankenstation als an ein Wohnhaus.

Kein Wunder, dass ich mich hier nie wohl gefühlt habe, dachte sie, als eine ihr fremde Frau aus der Küche kam.

„Das ist Allise", stellte Leandros ihr die Haushälterin vor, „und das ist meine Frau Isobel."

„Ihre Gäste erwarten Sie auf der Terrasse", teilte Allise ihm mit. „Ist es Ihnen recht, wenn ich das Abendessen um halb acht serviere?"

„Ausgezeichnet", erwiderte er, ehe er Isobel zum Wohnzimmer führte, vor dem sich eine große Terrasse erstreckte.

„Was ist aus Agnes geworden?", erkundigte sie sich nach Allises Vorgängerin.

„Sie ist kurz nach dir gegangen", antwortete er.

Weil du sie rausgeworfen hast, dachte sie. Doch daraus konnte sie Leandros keinen Vorwurf machen. Agnes war ihnen durch seine Mutter vermittelt worden, und mit Sicherheit hatte sie Thea über alles auf dem Laufenden gehalten, was im Haus passierte.

Noch bevor sie die Terrasse betraten, sah Isobel ihre Mutter, die in einem bequemen Korbstuhl saß. Wie sie die Nachricht aufnehmen würde, dass die Scheidung zumindest auf unbestimmte Zeit verschoben war, stand in den Sternen. Deshalb sah Isobel der Begegnung mit Bangen entgegen. Was auch kommen mochte, wäre allerdings harmlos im Vergleich zu dem, was Leandros bevorstand, wenn er seiner Mutter …

„Da seid ihr ja endlich!", begrüßte Silvia sie. „Wir haben uns schon gefragt, wo ihr bleibt.“

Mit „wir“ meinte sie offensichtlich sich und Lester, den Isobel erst bemerkte, als er aufstand und sich verbeugte. Der ganzen Tragweite des kleinen Worts wurde sie sich erst bewusst, als sich eine weitere Person erhob. Isobel hatte die ebenso schöne wie aparte dunkelhaarige junge Frau nur ein einziges Mal gesehen. Trotzdem wusste sie sofort, mit wem sie es zu tun hatte.

„Ich habe Diantha gerade erzählt, wie dankbar wir dir sind, dass du uns für eine Nacht bei dir schlafen lässt“, berichtete Silvia unbedarft. Noch konnte sie ja nicht wissen, dass ihre Tochter über Leandros’ Gastfreundschaft ganz anders dachte.

„Hallo, Diantha“, begrüßte Leandros Isobels ärgste Feindin so neutral wie möglich. „Ich wusste gar nicht, dass du heute vorbeikommen wolltest.“

Dass er trotz aller Vorsicht die falschen Worte gewählt hatte, wurde ihm klar, als Isobel sich von ihm löste und zwei Schritte zurücktrat.

„Ich hoffe, ich komme nicht ungelegen“, erwiderte Diantha. „Wenn ich gewusst hätte, dass du Besuch hast, hätte ich vorher angerufen. Aber vor dem Abendessen müsste ich dich dringend sprechen, und zwar unter vier Augen. Deine Mutter …“

„Nicht jetzt“, schnitt Leandros ihr das Wort ab und wandte sich zu Isobel um. Es wurde höchste Zeit, das Missverständnis aufzuklären, ehe sie völlig falsche Schlussfolgerungen zog. Das hatte sie jedoch bereits getan, denn er sah gerade noch, wie sie das Wohnzimmer verließ.

Sie hatte fast die Haustür erreicht, als er sie einholte und in eines der angrenzenden Zimmer zog.

„Lass mich in Ruhe!“, platzte sie heraus. „Wir haben uns nichts mehr zu sagen, du Mistkerl.“

„Der Ton kommt mir bekannt vor“, erwiderte er sarkastisch.

Um sein hochmütiges Lächeln nicht länger ertragen zu müssen, wandte sich Isobel von ihm ab und sah gedankenverloren aus dem Fenster. Nach einer Weile bedrückender Stille hörte sie, wie die Tür ins Schloss fiel. Doch ihr Instinkt sagte ihr, dass Leandros hinter ihr stand und sich langsam näherte. Um auf alles vorbereitet zu sein, ballte sie unwillkürlich die Hände zu Fäusten.

„Sobald mein Gepäck da ist, verschwinde ich von hier", teilte sie ihm mit. „Und zwar endgültig."

„Jetzt verstehe ich auch, warum du die ganze Zeit aus dem Fenster siehst."

Wie sie an seiner Stimme hörte, stand er dicht hinter ihr. Wenn er es wagt, mich zu berühren, wird er sein blaues Wunder erleben, nahm Isobel sich vor.

Leandros verfügte allerdings über genügend andere Mittel, um sie zu provozieren. „Ehrlich gesagt, hatte ich nichts anderes erwartet", gestand er spöttisch. „Vor Problemen bist du ja schon immer lieber davongelaufen, anstatt dich ihnen zu stellen."

Für diese Unverschämtheit hatte er eine schallende Ohrfeige verdient. Aber im letzten Moment konnte Isobel der Versuchung widerstehen. Sicher rechnete er mit dieser Reaktion, und zweifellos würde er es auszunutzen wissen, wenn sie sich zu ihm umdrehte.

„Dir kann es doch nur recht sein", erwiderte sie deshalb. „Schließlich bleibt dir ja immer noch deine Geliebte."

„Diantha ist nicht meine Geliebte", widersprach er bestimmt.

„Lügner!"

Der Vorwurf stand unwidersprochen im Raum. Die Antwort, zu der sich Leandros endlich entschloss, traf Isobel gänzlich unerwartet. Denn anstatt sie mit Argumenten zu überzeugen, umfasste er ihre bloßen Arme. Ein Prickeln lief durch ihren ganzen Körper. Am meisten ängstigte sie jedoch die Gewissheit, dass dies nur der Auftakt zu weiteren Berührungen war.

„Sie ist eine gute Freundin, nicht mehr und nicht weniger", beteuerte er und strich ihr zärtlich durchs Haar. „Täusche ich mich, oder haben wir diese Unterhaltung heute schon einmal geführt?"

Die Anspielung war ebenso deutlich wie überflüssig. Mit denselben Worten hatte sie vor wenigen Stunden ihr Verhältnis zu Clive beschrieben. „Mit einem Unterschied", verbesserte Isobel ihn. „Diantha und du hattet wirklich etwas miteinander. Clive und ich hingegen ..."

„... habt wie zwei alte Freunde auf dem Bett deines Hotelzimmers gesessen und in aller Unschuld Händchen gehalten", unterbrach er sie und beugte sich vor.

Den Spott, der auf sie niederprasselte, hätte sie vielleicht noch verkraftet. Doch dass sich Leandros zielstrebig ihrem Ohrläppchen näherte, ließ es ihr ratsam erscheinen, sich umzudrehen und dem Spuk ein Ende zu machen. Lieber seinen hämischen Blick ertragen, als seinem heimtückischen Angriff auf ihre Sinne zu erliegen.

Ehe sie ihren Entschluss in die Tat umsetzen konnte, lenkte ein Lieferwagen, der in die Einfahrt eingebogen war, ihre Aufmerksamkeit auf sich. Leandros schien ihn auch bemerkt zu haben, denn er blickte auf und beobachtete mit versteinerter Miene, wie sich ein Wagen mit der Aufschrift des Apollo-Hotels dem Eingang näherte.

Das kann nur mein Gepäck sein, dachte Isobel mit klopfendem Herzen, weil ihr klar wurde, dass sie eine Entscheidung treffen musste. Wollte sie nun gehen oder bleiben?

„Nimm dir ein Beispiel an mir, agape mou", riet Leandros ihr ungefragt. „Auch wenn ich mir immer noch nicht sicher bin, was zwischen dem Bodybuilder und dir wirklich war, bin ich bereit, um dich zu kämpfen. Meinst du nicht, du solltest dasselbe tun?"

„Und wie stellst du dir das vor?", fragte sie empört. „Soll ich Diantha an den Haaren aus dem Haus schleifen?"

„Tu dir keinen Zwang an", antwortete er. „Hauptsache, du fühlst dich hinterher besser."

Wenn überhaupt, dann nur für kurze Zeit, verwarf Isobel den Gedanken. Denn selbst wenn Diantha das Haus nie wieder betreten würde, bedeutete es nicht, dass Leandros sie nicht mehr traf. Und bevor er ihr das nicht hoch und heilig versprochen hatte, war an eine Fortsetzung ihrer Ehe nicht zu denken.

Im Grunde tat Diantha ihr fast ein bisschen leid, denn zum zweiten Mal musste sie erleben, wie eine Rivalin sie ausstach. „Es muss ihr damals das Herz gebrochen haben, als du nicht sie, sondern mich geheiratet hast", erwiderte Isobel schließlich. „Bist du wirklich gewillt, ihr das ein zweites Mal anzutun?"

„Wovon redest du?", fragte Leandros sichtlich verwirrt.

Isobel wartete mit der Antwort, bis der Motor des Lieferwagens abgestellt wurde. „Du brauchst gar nicht zu leugnen, dass ihr damals ein Verhältnis hattet", erklärte sie. „Und wenn euch sogar ein so unerfahrener Anwalt wie Lester Miles auf die Schliche kommt, muss an dem Gerücht, dass ihr bald heiraten wollt ..."

„Immer schön der Reihe nach", fiel Leandros ihr ins Wort. „Wer behauptet, dass ich vor unserer Hochzeit ein Verhältnis mit Diantha hatte?"

„Deine Schwester Chloe."

„Chloe?"

„Genau", bestätigte Isobel und nutzte seine Verwirrung, um ein Stück zurückzuweichen. „Ihren Worten nach hast du Diantha sozusagen vor dem Altar sitzen lassen, um mich heiraten zu können. Und kaum waren wir in Athen, sind ihre Eltern fluchtartig mit ihr in die USA ausgewandert. Um der Blamage zu entgehen, nehme ich an", fügte sie empört hinzu.

„Hat dir wirklich Chloe diesen Unfug aufgetischt?", meinte er ungläubig.

„Wieso Unfug? Willst du etwa ...?"

„Kein einziges Wort davon ist wahr!", unterbrach er sie wütend. „Und dass ich mich von dir scheiden lassen wollte, um Diantha zu heiraten, ist eine infame Unterstellung. Wenn du mir nicht glaubst, kannst du sie ja selbst fragen, ob ich ihr gegenüber je auch nur eine Andeutung in diese Richtung gemacht habe."

„Ihr gegenüber vielleicht nicht", wandte Isobel misstrauisch ein. „Aber dass du mit dem Gedanken gespielt hast, streitest du nicht ab, oder?"

Auch wenn er kein Wort erwiderte, war seine Antwort mehr als deutlich. Denn plötzlich wandte er ihr den Rücken zu.

Zu seinem Entsetzen sah Leandros, wie der Fahrer des Lieferwagens mit Isobels Gepäck zur Haustür ging. Als die Klingel ertönte, wusste er, dass er dringend etwas unternehmen musste.

„Dass Diantha aus Athen geflohen ist, hat mit mir nichts zu tun", beteuerte er. Das hatte ihr ein anderer eingebrockt, doch dessen Name tat nichts zur Sache. „Seit sie ausgewandert war, hatte ich keinen Kontakt zu ihr, und auf meiner Yacht war sie nur, weil Chloe unabkömmlich war. In den zwei Wochen, die sie an Bord war, haben wir uns nicht ein einziges Mal geküsst – geschweige denn miteinander geschlafen", fügte er sicherheitshalber hinzu. „Ich gebe zu, dass ich mich in ihrer Gegenwart wohl gefühlt habe. Aber wenn ich je mit dem Gedanken gespielt haben sollte, sie zu heiraten, dann nur, weil du von mir nichts mehr wissen wolltest."

Typisch Leandros, dachte Isobel. Bei ihm mündete selbst ein Schuldgeständnis in einen Vorwurf. „Und was sollte dann die Bemerkung über das Gespräch unter vier Augen und deine Mutter?"

„Das ist leicht erklärt." Sein Lächeln bewies, dass er seine Selbstsicherheit wiedergewonnen hatte. „Sie geht Thea bei den Vorbereitungen für Nikos Hochzeit zur Hand. Vor lauter Aufregung ist meine Mutter …"

„Deine Ausflüchte waren auch schon mal besser", fiel Isobel ihm ins Wort. Da sie keine Lust hatte, sich länger für dumm verkaufen zu lassen, wollte sie den Raum so schnell wie möglich verlassen. Doch kaum hatte sie sich umgedreht, wurde die Tür von außen geöffnet.

„Was ist eigentlich in dich gefahren?", fragte Silvia entrüstet und bewegte den Rollstuhl über die Schwelle. „Verschwindest, ohne ein Wort zu sagen. Und die reizende Miss Christophoros hast du nicht einmal begrüßt. Kannst du mir vielleicht verraten, was das soll?"

„Allerdings kann ich das", erwiderte Isobel aufgebracht. „Die reizende Miss Christophoros ist zufällig Leandros' Geliebte."

Ohne ihre Mutter auch nur anzusehen, drängte sie sich an ihr vorbei aus dem Zimmer.

Um zu verhindern, dass Isobel die Villa verließ, wollte Leandros ihr nachgehen. Doch dann sah er, dass sie zur Treppe ins Obergeschoss eilte. Ein zufriedenes Lächeln huschte über sein Gesicht. Sie war und blieb ein kleines Biest. Offenbar wollte sie ihm eine Lektion erteilen, aber verlassen wollte sie ihn nicht.

„Stimmt das?“ Silvias schroffe Frage brachte ihn in die Gegenwart zurück. „Ist Diantha wirklich deine Geliebte?“

„Natürlich nicht“, versicherte er, während er darauf wartete, dass jeden Moment eine Tür krachend ins Schloss fiel. Als es so weit war, erkannte er am Geräusch, dass Isobel in eines der Gästezimmer am Ende des Korridors geflüchtet war.

„Ich muss dir etwas gestehen, Silvia“, überwand er sich, um auch die letzten Zweifel auszuräumen. „Es wird dir vielleicht nicht gefallen, aber ich werde den Scheidungsantrag zurückziehen.“

„Weiß Isobel das schon?“, erkundigte sich seine Schwiegermutter mit dem ihr eigenen Sarkasmus.

„Selbstverständlich“, antwortete er. „Sie wünscht es sich genauso sehr wie ich – auch wenn sie noch ein wenig Angst vor ihrer eigenen Courage hat“, schränkte er der Ehrlichkeit halber ein.

„Ich hoffe, ihr wisst, was ihr tut“, erwiderte Silvia.

Er kannte sie gut genug, um zu wissen, dass die skeptische Formulierung Ausdruck ihrer Zustimmung war. „Verlass dich darauf“, erklärte er und küsste sie auf die Wange. „Habe ich dir eigentlich schon gesagt, wie sehr ich mich freue, dass du hier bist? Nur dass du in diesem entsetzlichen Ding sitzen musst …“

„Das geht auch vorbei“, ersparte sie es ihm, den Satz beenden zu müssen. „Ich mache mit jedem Tag Fortschritte, und bald werde ich den Rollstuhl gar nicht mehr benötigen.“

„Das wünsche ich dir von Herzen“, versicherte er aufrichtig. „Willst du mir nicht erzählen, was passiert ist?“

Als Leandros sich zwanzig Minuten später verabschiedete, war er zutiefst bewegt. Nie hätte er sich vorstellen können, was Silvia und Isobel in den letzten Jahren durchgemacht hatten. Der Gedanke beschäftigte ihn so sehr, dass er Isobel übersah, die auf dem Treppenabsatz kauerte und das Gespräch mitgehört hatte.

Isobel wartete, bis Leandros die Tür zu seinem Arbeitszimmer hinter sich geschlossen hatte, ehe sie aufstand und zu ihrer Mutter lief. „Ich zeige dir jetzt dein Zimmer", sagte sie gerührt, weil selbst ihr bislang nicht klar gewesen war, wie sehr Silvia in den letzten beiden Jahren gelitten hatte.

„Alles in Ordnung mit dir?", erkundigte sich ihre Mutter, als sie ihr trauriges Gesicht sah.

„Natürlich."

„Du liebst ihn immer noch, stimmt's?"

„Natürlich", antwortete Isobel erneut. Doch was hätte sie sonst sagen sollen?

Als pünktlich um halb acht zum Abendessen geläutet wurde, machte Isobel sich ohne ihre Mutter auf den Weg. Silvia war müde und wollte lieber in ihrem Zimmer im Anbau bleiben.

Trotzdem war Isobel verwundert, als sie feststellte, dass auf dem großen Esstisch nur zwei Gedecke standen. Auf Dianthas Gesellschaft konnte sie getrost verzichten, aber zumindest Lester hatte sie erwartet. Als die Tür aufging, glaubte sie zu wissen, warum das Abendessen ohne ihren Anwalt stattfinden würde. Leandros war so elegant gekleidet, als gäbe es etwas zu feiern.

Sie hatte sich nach einer ausgiebigen Dusche zwar dezent geschminkt und das Haar hochgesteckt, aber dasselbe Kleid angezogen, das sie schon am Nachmittag getragen hatte – schließlich befand sich kein anderes in ihrem Gepäck.

„Ein schlichter Anzug hätte es auch getan, findest du nicht?", fragte sie bissig, um ihre Verlegenheit zu verbergen.

Seine Antwort drohte ihr den Abend zu verderben, ehe dieser begonnen hatte. „Ich muss nach dem Essen noch mal das Haus verlassen", erwiderte Leandros. „Meine Mutter besteht darauf, mich heute noch zu sehen, und wenn ich nicht zu ihr gehe, kommt sie zu mir. Ich nehme an, du legst an deinem ersten Abend keinen Wert auf eine Begegnung mit ihr", fügte er hinzu, ehe er sie zu ihrem Platz führte.

Das Wiedersehen mit ihrer Schwiegermutter konnte tatsächlich warten. Insoweit musste sie Leandros Recht geben. Doch dass er sie an ihrem ersten Abend allein ließ, war ein denkbar schlechtes Omen – vor allem weil seine Begründung unglaubwürdig war. Diantha höchstpersönlich hatte von dem Abendessen erzählt, und wenn Leandros das Haus verlassen wollte, dann nur, um sich mit ihr zu treffen.

„Wenn du möchtest, kannst du gern mitkommen“, schlug er unvermittelt vor, als hätte er ihre Gedanken erraten. Gleichzeitig beugte er sich vor, um ihr Champagner einzuschenken.

Allerdings ließ Isobel sich von seiner Freundlichkeit nicht täuschen. Er wusste genau, dass sie den Vorschlag nicht annehmen würde. Am liebsten hätte sie ihm einen Strich durch die Rechnung gemacht und begeistert zugestimmt. Doch dieses Vergnügen musste sie sich leider versagen. „Das geht nicht“, erwiderte sie. „Ich habe Silvia versprochen, dass ich mir nach dem Essen ein Video mit ihr ansehe.“

Umso besser, schien sein Gesichtsausdruck zu sagen. „Hat sie alles, was sie braucht?“, erkundigte sich Leandros. „Dann sollten wir jetzt anstoßen“, schlug er vor, als sie bestätigend nickte, und hob sein Glas. „Auf uns.“

Mit einiger Überwindung erwiderte sie den Toast, als ihr plötzlich ein ungeheuerlicher Gedanke kam. „Wo ist eigentlich Lester?“, fragte sie rundheraus.

„Er hat das Haus kurz nach unserer Ankunft verlassen“, erwiderte Leandros mit einem jungenhaften Lächeln.

„Hast du ihn etwa ins Apollo zurückgeschickt?“

„Zurückgeschickt schon“, gab er unumwunden zu, „aber nicht ins Apollo, sondern nach London.“

„Und wie ist er dorthin gekommen?“

„Mit dem Flugzeug.“

„Das sollte mich wundern“, wandte sie ein. „Heute sind alle Maschinen ausgebucht. Ich habe mich selbst erkundigt.“

„Das war hoffentlich, bevor wir miteinander geschlafen haben“, sagte Leandros triumphierend. „Ich habe ihm ein Firmenflugzeug zur Verfügung gestellt“, fuhr er fort, weil sie nicht antwortete. „Der Bodybuilder war übrigens auch an Bord. Ich glaube kaum, dass wir für die beiden Herren noch Verwendung haben."

Leandros konnte von Glück sagen, dass in diesem Augenblick Allise ins Zimmer kam und das Essen servierte. Isobel wusste nicht, wie sie sonst reagiert hätte.

So rächte sie sich, indem sie während des gesamten Essens kein Wort mehr sprach. Kaum hatte sie das Besteck weggelegt, stand sie auf, um den ungastlichen Ort zu verlassen. Immerhin sagte sie im Hinausgehen noch „Gute Nacht".

Ihr Versprechen, sich mit ihrer Mutter einen Film anzusehen, hielt sie. Doch anschließend zog sie sich in das Gästezimmer zurück, in das sie sich am Nachmittag einquartiert hatte. Als sie endlich unter der Bettdecke lag, konnte sie die Tränen nicht länger zurückhalten.

Sicher stand Leandros in diesem Augenblick mit Diantha in einer dunklen Nische seines Elternhauses, um ihr die neue Situation zu erklären. Würde sie weinen? Flehen? Ihm drohen?

Viel wichtiger war, ob er sich erweichen lassen und die Nacht bei ihr verbringen würde!

Bis in den Schlaf verfolgten Isobel die entsetzlichen Bilder, die ihre Fantasie in grellen Farben zeichnete. Und noch im Traum machte sie sich schwerste Vorhaltungen, weil sie Leandros nicht daran gehindert hatte, sein Netz auszuwerfen, in dem sie sich nun schon zum zweiten Mal hoffnungslos verfing.

Wie schlimm es um sie stand, wurde ihr vage bewusst, als sie einen Arm zu spüren glaubte, der sich unter ihre Beine drängte. Erst als sich eine Hand um ihren Nacken legte, wurde ihr klar, dass sie keinesfalls träumte.

7. KAPITEL

Lass mich sofort runter, du brutaler Kerl!“, forderte Isobel energisch, als Leandros sie aus dem Zimmer trug. „Das tue ich gleich“, erwiderte er, „aber erst, wenn wir unser Ehebett erreicht haben. Oder hast du wirklich geglaubt, ich würde zulassen, dass du woanders schläfst? Schlaf wirst du in dieser Nacht allerdings nur wenig bekommen“, fügte er hinzu.

Die Tür zu seinem Schlafzimmer schloss er mit einem Fußtritt. Mit derselben grimmigen Entschlossenheit machte er seine Drohung wahr und legte Isobel aufs Bett. Ehe sie sich das Nachthemd über die Knie ziehen konnte, hatte er seinen seidenen Morgenmantel ausgezogen und sich neben sie gelegt.

Während er ihr eine Hand um den Nacken legte, ließ er die andere vom Hals zu den Hüften und wieder zurück gleiten – mit dem Resultat, dass das Nachthemd nun nicht einmal mehr ihre Brüste bedeckte.

Ihren Protest erstickte er, indem er den Mund auf ihren presste. Im selben Moment war ihr Widerstand gebrochen. Wenn sie sich eben noch gegen seinen Kuss hatte wehren wollen, so ertrug sie es nun kaum, dass Leandros sich kurz von ihr löste, um ihr das Nachthemd auszuziehen. Als sich ihre Lippen endlich wieder trafen, schob sie die Hände in sein Haar, um von den Wogen der Lust, die ihren Körper durchfluteten, nicht mitgerissen zu werden.

Zu ihrem Entsetzen hob Leandros jedoch unvermittelt den Kopf und sah zu ihr hinunter. In seinem Blick lag ein Ernst, der sie bis ins Mark traf.

„Warst du bei ihr?“, fragte Isobel gequält.

„Nein“, erwiderte er.

„Hast du sie gesehen?“

„Ja.“

Erst als Leandros leicht zusammenzuckte, wurde ihr klar, dass sie die Hände unwillkürlich zu Fäusten geballt hatte und ihm die Haare auszureißen drohte.

„Nur gesehen?", hakte sie ängstlich nach. „Oder auch … berührt?"

„Dazu hatte ich keine Veranlassung – weder heute noch sonst irgendwann."

Wie gern hätte sie ihm geglaubt, und sein Blick ließ keinen Zweifel daran, wie sehr Leandros es sich wünschte. „Meine Fantasie sagt mir etwas völlig anderes", gestand sie.

„Du bist die Frau, die ich begehre", erwiderte er. „Warum sollte ich mich mit weniger zufrieden geben?"

„Drei Jahre sind eine lange Zeit, Leandros", wandte Isobel gequält ein. „Manch ein Mann nimmt es da nicht mehr so genau."

„Warst du denn untreu?"

Was sie nur anzudeuten gewagt hatte, sprach er unverblümt aus. Dass er sie überhaupt fragte, bewies allerdings, dass sich etwas Entscheidendes geändert hatte. Noch vor wenigen Stunden hätte er denselben Gedanken nicht als Frage, sondern als Vorwurf formuliert.

„Nein", antwortete sie bestimmt. „Nie."

„Dann brauchen wir ja kein Wort mehr darüber zu verlieren."

Dazu blieb ihnen auch keine Gelegenheit mehr, als er den Mund auf ihren presste. Im selben Augenblick begann er eine sinnliche Entdeckungsreise zu den geheimsten Stellen ihres Körpers, die niemand außer ihm kannte.

Und niemals kennen lernen wird, dachte Isobel, als sie sich nach beglückenden Minuten an Leandros schmiegte und den Kopf auf seine Brust legte. Sie gehörte zu ihm, und das bedeutete weitaus mehr als die Tatsache, dass sie mit ihm verheiratet war.

Doch so beruhigend dieses Wissen war, es bedeutete zugleich eine große Gefahr. Einen Mann wie Leandros zu lieben und von ihm geliebt zu werden, war nicht nur ein Geschenk, sondern es war auch eine Bürde. Und ob sie darauf besser vorbereitet war als vor drei Jahren, bezweifelte Isobel.

Als Leandros ihren Kopf sanft aufs Kissen legte und sich auf die Seite drehte, wurde sie aus ihren Gedanken gerissen. „Was ist los?", fragte sie, weil er das Kinn in die Hand stützte und sie nachdenklich ansah.

„Das wollte ich dich gerade fragen“, erwiderte er. „Du seufzt nun schon zum dritten Mal.“

Sie hatte gar nicht gemerkt, dass sie ihrer Schwermut hörbar Ausdruck verliehen hatte. „Nach so leidenschaftlichem Sex ist das ja wohl kein Wunder“, antwortete sie ausweichend.

Davon ließ sich Leandros nicht täuschen. „Ich sehe dir doch an, dass dich etwas bedrückt“, sagte er ernst und strich ihr das Haar aus der Stirn. „Wenn wir es uns nicht unnötig schwer machen wollen, sollten wir dringend miteinander reden, agape mou.“

Erst das Kosewort machte ihr klar, worüber er sich unterhalten wollte. „Nicht jetzt“, wies sie den Vorschlag zurück, denn sie fühlte sich dem Thema nicht gewachsen.

„Du kannst nicht ewig davor weglaufen“, rief er ihr nach, als sie das Bett verließ und ihr Nachthemd überzog. „Wenn wir uns der Vergangenheit nicht stellen, haben wir auch keine Zukunft.“

Isobel traute ihren Ohren nicht. Hatte Leandros es wirklich gewagt, sie zu beschuldigen? Weggelaufen war sie nur ein einziges Mal in ihrem Leben – und zwar vor ihm. Auch der Grund dafür war ihr noch schmerzlich bewusst.

„Mich kannst du damit kaum meinen!“, platzte sie heraus, ohnmächtig vor Wut und Enttäuschung. „Schließlich wolltest *du* unser Kind nicht!“

„Das stimmt doch gar …“

„Und ob es stimmt!“, fiel sie ihm hasserfüllt ins Wort. „Es ist aber erst die halbe Wahrheit, denn kaum war ich schwanger, wolltest du nicht einmal mehr mich.“

„Du weißt ja nicht, was du …“

„Ich war dir lästig, und das hast du mir deutlich zu verstehen gegeben“, unterband sie seinen Einwand. Er hatte diese Auseinandersetzung gewollt, und in einem Punkt musste sie ihm Recht geben. Es wurde höchste Zeit, dass einige Dinge beim Namen genannt wurden, ehe sie denselben Fehler ein zweites Mal machten und perfekten Sex mit Liebe verwechselten.

„Mir ist bis heute nicht klar, warum du mich überhaupt nur geheiratet hast“, sagte Isobel bitter. „Was dich an mir am meisten interessierte, hast du doch schon nach wenigen Stunden bekommen. Alles andere hättest du uns lieber ersparen sollen – und vor allem deiner Familie“, fügte sie verächtlich hinzu. „Thea hat schon nach einer Woche eingesehen, wie aussichtslos es ist, mir Manieren beibringen zu wollen.“

„Sie wollte dir nur helfen, dich in einer fremden Welt zurechtzufinden“, nahm Leandros seine Mutter in Schutz.

„Dressieren wollte sie mich!“, widersprach Isobel energisch. Allmählich war sie es leid, dass alles, was sie sagte, an ihm abprallte. Verstand er das unter „sich der Vergangenheit stellen“? „Zum Glück habe ich auf meinen Streifzügen durch die Stadt Menschen kennen gelernt, die mich so akzeptiert haben, wie ich bin.“

„Vassilou und Konsorten.“

„Woher nimmst du nur die Stirn, dich für etwas Besseres zu halten?“, fragte sie empört. „Natürlich haben sie weniger Geld als du, und so geschliffen reden können sie vielleicht auch nicht. Aber keiner von ihnen käme auf die Idee, seine Frau, die soeben ein Kind verloren hat, mit den Worten zu trösten: ‚Vielleicht ist es das Beste so.‘“

Dieses Mal widersprach Leandros nicht. Stattdessen verließ er das Bett, zog seinen Morgenmantel über und stellte sich ans Fenster. Draußen war es stockfinster, und was er sah, war Isobel ein Rätsel. Doch es interessierte sie auch nicht, denn sie war zu sehr mit den quälenden Erinnerungen beschäftigt, die er heraufbeschworen hatte.

„Ich weiß ja, dass ich mich unverzeihlich benommen habe“, sagte er unvermittelt.

„Umso besser“, erwiderte sie unversöhnlich. „Dann wird es dich nicht überraschen, dass ich nicht vorhabe, dir zu verzeihen.“

Ohne eine Antwort abzuwarten, drehte Isobel sich um und ging ins Bad. Die Tür ließ sie wohlweislich unverschlossen. Alles andere würde Leandros ihr ohnehin nur als Fluchtversuch auslegen.

Noch ehe sie das Wasser in der Dusche aufdrehen konnte, stand er auf der Schwelle. „Versuch wenigstens, mich zu verstehen", bat er sie bedrückt. „Du warst am Boden zerstört, und ich wusste beim besten Willen nicht, wie ich dir helfen sollte."

„Dafür warst du doch viel zu beschäftigt", erklärte sie, ohne sich umzudrehen. „Wenige Monate vorher hattest du die Leitung des Konzerns übernommen, und dahinter musste alles zurückstehen – selbst dein eigenes Kind", fügte sie in dem Wissen hinzu, dass sie damit seinen Widerspruch provozierte.

Umso überraschter war sie, als er sich hinter sie stellte und ihr zärtlich die Hände auf die Schultern legte. „Ich gebe ja zu, dass ich dich sträflich vernachlässigt habe", gestand er. „Und vielleicht habe ich mich unbewusst gegen das Kind gesträubt."

Dass er sich zu solchen Worten durchrang, traf sie gänzlich unvorbereitet. Unwillkürlich drehte sie sich um und sah sprachlos zu ihm auf. Trotz seiner Sonnenbräune war er aschfahl, und die Verzweiflung stand ihm im Gesicht geschrieben.

„Wir waren noch so jung", fuhr er bedrückt fort, „und unsere Ehe ein ziemliches Chaos. Wir haben kaum noch miteinander geredet, und selbst im Bett hatte ich zunehmend das Gefühl, mit einer Fremden …"

„Danke, gleichfalls", unterbrach Isobel ihn sarkastisch.

„Glaubst du, es wäre mir leicht gefallen, dich nicht zu berühren?" Von einer Sekunde auf die andere hatte sein Gesicht wieder Farbe bekommen. Verzweifelt war er allerdings immer noch, wie ihr klar wurde, als er die Hände von ihren Schultern zu den Armen gleiten ließ und sie so energisch umfasste, dass es ihr fast wehtat.

„Nach der Fehlgeburt hast du so zerbrechlich gewirkt, dass ich fürchtete, du würdest zu Staub zerfallen, wenn ich dich auch nur anfasse", erklärte er aufgewühlt. „Damals hat sich gerächt, dass wir uns nie die Zeit genommen haben, unsere Ehe auf eine solidere Basis zu stellen, als selbst der erfüllendste Sex es ist. Denn mit dir zu schlafen war mir nie genug – auch wenn ich in den Wochen, in denen es nicht ging, genauso gelitten habe wie du."

Ebenso unvermittelt, wie er ihre Arme umfasst hatte, ließ Leandros sie auch wieder los. Dann drehte er sich um und ging zurück ins Schlafzimmer.

Nun musste Isobel ihm folgen, um das Gespräch fortzusetzen. „Warum hast du mir das denn nicht alles gesagt, anstatt mich wie Luft zu behandeln?“

„Das ist viel verlangt“, erwiderte er, ohne sie anzusehen. „Dann hätte ich dir auch sagen müssen, dass ich ein verdammter Egoist war, der dich mit niemandem teilen wollte – nicht einmal mit seinem eigenen Kind! Als du es verloren hast, ist für mich eine Welt zusammengebrochen.“ Er fluchte leise. „Unser Kind musste sterben, weil ich seinen Tod herbeigewünscht habe. So dachte ich damals, und so denke ich heute noch. Mit dieser Schuld muss ich leben.“

„Jetzt verstehe ich auch, warum du mich nicht zurückgehalten …“

„Ehrlich gesagt, war ich fast ein wenig erleichtert, als du gegangen bist“, unterbrach er sie sanft. „Immerhin blieb es mir so erspart, dir über kurz oder lang gestehen zu müssen, dass ich unser Kind auf dem Gewissen habe.“

„Ist dir nie in den Sinn gekommen, dass ich dich gebraucht habe?“ Noch vor wenigen Augenblicken hätte sie nicht die Kraft aufgebracht, ihm diese Frage zu stellen. Doch so schmerzlich die Wahrheit auch war, mit weniger wollte Isobel sich weder jetzt noch sonst irgendwann in ihrem Leben zufrieden geben.

„Nein“, gestand er und senkte den Kopf. „Ich habe mich selbst verachtet. Da fiel es leicht, mir einzureden, dass du mich auch verachtest.“

„Das habe ich auch“, bestätigte sie seine Annahme, ehe sie einschränkend hinzufügte: „Zumindest bis mir klar wurde, dass es weder deine noch meine Schuld war.“

Als Leandros aufblickte und sie seinen gequälten Gesichtsausdruck sah, musste sie erst ihre Tränen hinunterschlucken, ehe sie weitersprechen konnte. „Laut Statistik ist die Fehlgeburtenrate in den ersten drei Monaten sehr hoch – erst recht bei der ersten Schwangerschaft. Dass ich unser Kind verloren habe, war Schicksal.“

Isobel wusste selbst nicht, warum sie sich von Leandros abwandte.

Lag es an seinem Blick oder an der maßlosen Trauer, die sie plötzlich empfand? Als er hinter sie trat und ihr die Hände auf die Schultern legte, wollte sie zunächst protestieren. Doch dafür genoss sie die tröstliche Berührung viel zu sehr.

„Du bist nicht der Einzige, den Schuldgefühle geplagt haben", brachte sie hervor. „Ich fühlte mich als Versagerin, und zwar auf der ganzen Linie. Und gegangen bin ich vor allem, weil ich das Wissen nicht länger ertragen habe, dass mir ohnehin niemand zugetraut hat, dass ich eine gute Mutter sein kann."

Anstatt etwas zu erwidern, ließ er die Hände zu ihren Hüften gleiten – und entschied sich damit genau richtig. Um ihm etwas von dem Trost zurückzugeben, drehte sich Isobel zu ihm um, legte ihm die Hände um den Nacken und schmiegte den Kopf an seine Schulter.

„Was andere denken, darf uns nicht interessieren", sagte er einfühlsam. „Wir haben eine zweite Chance bekommen, und ab morgen sollten wir alles tun, um sie zu nutzen."

„Warum erst ab morgen?"

Einen Moment lang stand die Frage im Raum, doch umso entschiedener fiel schließlich seine Antwort aus. Mit spielerischer Leichtigkeit hob Leandros Isobel hoch und presste den Mund auf ihren, ehe er sie zum Bett trug. Nicht einmal der Schlaf, der sie irgendwann übermannte, konnte sie trennen, und auch unter die Dusche gingen sie gemeinsam. Erst als die Sonne schon hoch am Himmel stand und es Zeit wurde, sich anzuziehen, ging Isobel schweren Herzens in ihr Zimmer.

Als sie wenige Minuten später die Terrasse betrat, holte die raue Wirklichkeit sie jäh wieder ein. Leandros trug einen dunklen Anzug, ein weißes Hemd und eine Krawatte – und das konnte nur bedeuten, dass er ins Büro wollte.

„Nur für einige Stunden", versicherte er, nachdem sie ihn darauf angesprochen hatte. „Ich bin selbst erst vor kurzem von einem langen Auslandsaufenthalt zurückgekommen. Und als hätte ich nicht schon genug zu tun, hält mich auch noch Nikos' Hochzeit auf Trab."

Die Anspielung auf seine Zeit in Spanien überhörte sie geflissentlich. „Wann findet die Hochzeit denn statt?“, fragte sie Leandros und setzte sich ihm gegenüber an den reich gedeckten Frühstückstisch.

„Nächste Woche“, erwiderte er und stand auf, um ihr Kaffee einzuschenken. „Bis dahin stehen eine Unmenge Bälle und Empfänge ins Haus. Da unser Vater tot ist, erwartet man von mir, dass ich an jedem teilnehme. Deshalb war ich gestern Abend auch bei meiner Mutter“, fügte er mit einem jungenhaften Lächeln hinzu, ehe er wieder Platz nahm. „Für heute haben Nikos’ künftige Schwiegereltern eingeladen. Willst du nicht mitkommen?“

Isobel brauchte nichts zu sagen, um ihm klarzumachen, was sie von diesem Vorschlag hielt. Nur eine passende Ausrede schien ihr noch zu fehlen.

Die hatte sie jedoch gefunden, als sich ihre Mutter, auf Krücken gestützt, ihnen näherte. Noch bevor sie den Tisch erreicht hatte, stand Isobel auf und rückte einen Stuhl für sie zurecht.

„Guten Morgen“, begrüßte Leandros seine Schwiegermutter und beobachtete betroffen, welche Mühe es sie kostete, Platz zu nehmen.

„Guten Morgen“, erwiderte Silvia. „Bevor du etwas Falsches sagst, sag lieber gar nichts.“

Er musste sich eingestehen, dass ihre Warnung nicht ganz unberechtigt war. Die liebevolle Art, mit der Isobel ihrer Mutter half, ließ sich wirklich nicht an einem Tag erlernen. Natürlich konnte er nicht von ihr erwarten, dass sie Silvia den ganzen Abend allein ließ. Aber gab es denn keine Möglichkeit, das eine zu tun, ohne das andere zu lassen?

„Ach, Silvia“, sagte er betont beiläufig, als Isobel ihm wieder gegenübersaß. „Isobel und ich müssen heute Abend auf einen Ball. Du würdest uns eine große Freude machen, wenn du uns begleiten würdest.“

„Ein Ball?“, fragte sie ungläubig. „Das wäre ja wunderbar!“

Mit nichts anderem hatte er gerechnet. Vor dem Unfall war Silvia eine begeisterte Tänzerin gewesen, und er hatte sich genau zur rechten Zeit daran erinnert.

Nur einer dachte sichtlich anders darüber, denn Isobel warf ihm einen vernichtenden Blick zu. „Schlag dir das aus dem Kopf“, sagte sie schroff. „In unserem Gepäck befindet sich nichts, womit wir uns bei einem solchen Anlass sehen lassen könnten."

„Wenn's weiter nichts ist ..." Leandros griff nach seinem Handy und stellte sich ans Geländer. „In einer Stunde kommt ein Damenschneider mit einer Auswahl aus seiner Kollektion vorbei", erklärte er triumphierend, als er das Telefonat nach kaum einer Minute beendet hatte. „Sucht euch in Ruhe etwas aus. Und bitte achtet nicht auf den Preis", fügte er hinzu, obwohl er wusste, dass er damit endgültig Isobels Zorn auf sich zog.

„Das ist nicht fair!", protestierte sie prompt, wenn auch vorsichtshalber auf Griechisch. „Du weißt genau, warum ich nicht mitwill."

„Umso wichtiger ist es, dass du hingehst", antwortete er. „Wenn man vom Pferd gefallen ist, soll man ja auch gleich wieder aufsteigen."

Ehe sie etwas erwidern konnte, beugte er sich hinunter und verabschiedete sich mit einem Kuss auf die Wange von ihr. „Ich muss jetzt dringend los", sagte er zu seiner Schwiegermutter. „Wir sehen uns später."

„Täusche ich mich, oder willst du nicht zu dem Ball?", fragte Silvia, nachdem er gegangen war.

Die Frage machte Isobel verlegen. Warum sie Leandros vor drei Jahren verlassen hatte, wusste ihre Mutter bis ins letzte Detail – zumindest soweit es ihn betraf. Die unrühmliche Rolle, die seine Familie dabei gespielt hatte, hatte sie jedoch tunlichst verschwiegen.

„Das Verhältnis zu Leandros' Familie war nicht frei von Spannungen", erwiderte sie ausweichend. „Deshalb würde ich gern noch ein wenig warten, bis ich sie alle wiedersehe."

„Sag bloß, du hast Angst vor deiner Schwiegermutter?", erkundigte sich Silvia, ohne wissen zu können, was sie sagte. „Ich freue mich jedenfalls auf den Abend."

Als sie die Kleider sah, die der Schneider mitgebracht hatte, wurde ihre Vorfreude noch größer. Eins war eleganter als das andere, und es fiel ihnen beiden sehr schwer, sich zu entscheiden.

Als Silvia sich wie jeden Nachmittag zurückzog, um sich hinzulegen, ging Isobel in ihr Zimmer und setzte sich aufs Bett. Liebend gern hätte auch sie ein wenig geschlafen, aber dazu wartete sie viel zu ungeduldig auf Leandros' Rückkehr.

Bereits mehrfach hatte Leandros vergeblich versucht, das Büro zu verlassen. Als er am frühen Nachmittag endlich den Kofferraum seines Wagens öffnete, um seine Aktentasche hineinzulegen, fiel ihm ein brauner Briefumschlag auf. Er steckte in der Tasche des Jacketts, das er am Vortag achtlos dort abgelegt hatte, als er sich an Isobels Fersen geheftet hatte. Erst als er ihn in Händen hielt, erinnerte er sich, was es damit auf sich hatte.

Obwohl er es kaum erwarten konnte, Isobel wiederzusehen, entschloss er sich, vorher noch zu der Bank zu fahren, die sie ihm genannt hatte. Nun, da seine Neugier geweckt war, wollte er endlich wissen, was es mit dem angeblichen Familienschmuck auf sich hatte.

Als Leandros schließlich zu Hause war, suchte er zunächst vergeblich nach Isobel. Schließlich fand er sie im Schlafzimmer. Sie saß auf dem Bett und trug eines seiner weißen T-Shirts – mehr aber auch nicht, wenn ihn nicht alles täuschte. Ihr Gesicht konnte er nicht sehen, denn sie hatte den Kopf nach vorn geneigt und bürstete sich das Haar. Offenbar hatte sie eben erst geduscht, denn es war noch feucht.

„Falls du auch duschen willst, solltest du lieber in ein anderes Zimmer gehen", bestätigte sie seine Vermutung. „Sonst könnte ich mich dazu hinreißen lassen, den Föhn in die Kabine zu werfen – eingeschaltet, versteht sich."

Ihre Bissigkeit überraschte ihn nicht im Geringsten. Nachdem er Isobel am Frühstückstisch mit nicht ganz fairen Mitteln überrumpelt hatte, musste er mit etwas Derartigem rechnen.

„Das würdest du nie machen", wandte er von der Tür aus ein. „Wenn du mich umbringen wolltest, würdest du eine qualvollere Todesart wählen."

„Darauf würde ich nicht wetten", widersprach sie.

„Das Risiko nehme ich auf mich." Zum Beweis schloss Leandros die Tür hinter sich. Da Isobel immer noch nicht aufsah, ging er zunächst zu seiner Kommode und legte eine schwarze Schatulle in die oberste Schublade. Während er sein Jackett und die Krawatte ablegte, überlegte er, ob er Isobel aufs Bett werfen oder sie ebenso ignorieren sollte wie sie ihn.

Schließlich entschied er sich für eine andere Möglichkeit. Der Drohung, die sie ausgestoßen hatte, würde sie Taten folgen lassen müssen – wenn auch nicht gerade die, die sie angekündigt hatte. Deshalb würde er ihre Warnung missachten und ins Bad gehen, um sie dort zu erwarten. Ihr Haar war ohnehin noch nass, und das T-Shirt gehörte ihm. Nichts sprach also dagegen, es ihr auszuziehen und sie unter der Dusche zu lieben.

Ohne sich von ihrer Anwesenheit stören zu lassen, zog Leandros sich aus und ging ins Bad. Es wurde höchste Zeit, dass er sich rasierte. Wenn sie ihn wirklich umbringen wollte, konnte sie es auch mit dem elektrischen Rasierapparat tun.

Um seinen Plan perfekt zu machen, drehte er erst die Dusche auf, ehe er sich vor den Spiegel stellte. Im selben Moment tauchte Isobel hinter ihm auf. Sie ärgerte sich sichtlich darüber, dass er sie erneut überlistet hatte.

Doch ihre Reaktion bewies, dass er zu früh triumphiert hatte. „Ich will nicht auf den Ball“, sagte sie in einem Ton, der verriet, wie nah sie den Tränen war.

Leandros konnte sich gerade noch rechtzeitig umdrehen, bevor sie ihm förmlich um den Hals fiel. „Können wir nicht noch einige Tage warten, bevor du mich den Löwen zum Fraß vorwirfst?“, bat sie ihn inständig.

„Niemand wird es wagen, dich auch nur schief anzusehen“, versprach er und nahm sie fest in die Arme. Sein Eindruck, dass sie unter dem T-Shirt nackt war, hatte ihn nicht getrogen.

„Ihre Gedanken kannst selbst du nicht beeinflussen, Andros.“

Außer ihr durfte ihn niemand so nennen, und die Wirkung, die es auf ihn ausübte, war verheerend. Ohne zu zögern, hob Leandros sie hoch und trug sie zurück ins Schlafzimmer. Um ihm ihr Einverständnis zu signalisieren, schlang Isobel ihm die Beine um die Hüften und zog sie auch dann nicht zurück, als sie schließlich auf dem Bett lagen.

„Wir sind nicht die Einzigen, die in den letzten drei Jahren dazugelernt haben", versicherte er. „Inzwischen hat selbst meine Mutter eingesehen, dass sie viel falsch gemacht hat. Schließlich hat sie nicht nur ihre Schwiegertochter verloren, sondern beinah auch ihren Sohn. Nachdem du gegangen warst, habe ich gelitten wie ein Hund. Erst als ich kurz nach dir auch aus Athen geflohen bin, habe ich mich allmählich wieder beruhigt."

„Und wo warst du?"

Sein Plan, sie vom eigentlichen Thema abzulenken, war aufgegangen. „In Südspanien", erwiderte Leandros zufrieden. „Wir haben dort in einem alten Fischerdorf eine Ferienanlage gebaut."

„Warum bist du nicht zu mir gekommen?" Sie strich ihm zärtlich durchs Haar.

„Das bin ich doch", erwiderte Leandros und ließ eine Hand zu ihrem Po gleiten. „In meinen Träumen war ich jede Nacht bei dir."

„Das ist ja schön und gut", sagte sie herausfordernd, „aber es reicht mir nicht."

Im nächsten Moment schrie sie lustvoll auf, denn er war ihrer stummen Aufforderung gefolgt und ohne Umschweife in sie eingedrungen. Das Feuer der Leidenschaft war entfacht. Die Flammen schlugen so hoch, dass sie ihnen den Atem nahmen, ehe die glühende Hitze Tribut forderte. Sobald Leandros wieder zu Kräften gekommen war, trug er Isobel ins Bad und sorgte dafür, dass selbst das Duschen zu einem unvergesslichen Erlebnis wurde.

Als sie in ihr Zimmer ging, um sich anzuziehen, hatte sie ihre Bitte, den Abend zu Hause zu verbringen, offenbar vergessen. Doch nun haderte er mit sich. Er musste nur an sie denken, und die Vorstellung, zu dem Ball zu gehen, verlor jeglichen Reiz.

Bevor er das Schlafzimmer verließ, nahm er die schwarze Schatulle an sich. Als er den Korridor entlangging, um Isobel abzuholen, beschloss er, ihr die Entscheidung zu überlassen. Sollte sie einen erneuten Angriff auf seine Sinne starten, würden sie an diesem Abend nirgends hinfahren.

8. KAPITEL

Leandros klopfte leise an die Tür, ehe er ihr Zimmer betrat. Isobel stand vor dem Spiegel und unterzog sich einem letzten prüfenden Blick. Sie trug ein kurzes blassgrünes Kleid aus Seidenchiffon, das ihre makellose Figur betonte, ohne aufdringlich oder gar ordinär zu wirken – so hoffte sie zumindest. Deshalb hatte sie sich bewusst dezent geschminkt und das Haar sicherheitshalber hochgesteckt. Schließlich wollte sie nicht dem Bild der aufreizenden Frau entsprechen, das seine Familie von ihr hatte. Genauso wenig wollte sie jedoch den Eindruck erwecken, dass sie sich den Regeln des so genannten „guten Geschmacks" unterworfen hatte.

„Gefalle ich dir?", bat sie Leandros um seine Meinung.

„Das wäre maßlos untertrieben", erwiderte er. „Du siehst absolut perfekt aus."

Ein kurzer Blick über die Schulter genügte, um festzustellen, dass für ihn dasselbe galt. Statt des dunklen Anzugs trug er nun einen weißen Smoking und eine schwarze Seidenhose und statt der Krawatte eine Fliege. Das elegante Äußere machte ihn endgültig zu dem sprichwörtlichen Traummann – und dass er vor ihr stand, stellte sie auf eine denkbar harte Probe.

Als er langsam auf sie zukam, wollte sie den Kampf bereits verloren geben. Aber dann fiel ihr Blick auf die schwarze Schatulle in seinen Händen. Was diese enthielt, wusste sie, auch ohne dass er sie öffnete.

„Wie ich sehe, hast du den Schmuck aus dem Schließfach geholt", sagte sie verunsichert.

„Den Familienschmuck", bestätigte er mit einem provozierenden Lächeln und öffnete die samtene Schatulle. Bevor er den Schmuck entnahm, vergewisserte er sich, dass ihr genügend Zeit blieb, die unvergleichlich edlen und kostbaren Stücke zu betrachten.

Etwas Schöneres als die mit Smaragden und Diamanten besetzten Pretiosen hatte sie noch nie gesehen, und sie bezweifelte, dass es etwas Vergleichbares gab. Doch seit Chloes zynischen Kommentaren hatten sie jeglichen Glanz verloren.

„Dreh dich um“, forderte Leandros sie auf und entnahm der Schatulle ein Kollier.

„Ich weiß nicht, ob das eine gute Idee ist“, wandte Isobel ein. „Es wird auch so schon schwer genug …“

„Keine Widerworte“, unterbrach er sie. „Der Schmuck gehört dir. Warum solltest du ihn also nicht anlegen? Außerdem passt er sicher perfekt zu dem bezaubernden Kleid.“

Das ließ sich nicht leugnen, wie sie feststellte, nachdem er ihr die Kette angelegt hatte. Der Smaragd harmonierte auf eine wundersame Weise mit der Farbe des Kleids, als hätte sie es eigens dafür ausgewählt. Genau diesen Eindruck wollte sie allerdings lieber nicht erwecken.

„Deine Familie muss es doch als Schlag ins Gesicht empfinden, wenn ich beim ersten Wiedersehen nach drei Jahren den Familienschmuck trage“, wandte sie deshalb ein.

„Das lass getrost meine Sorge sein.“ Anstatt auf ihre Bedenken einzugehen, legte Leandros ihr das passende Armband an. Schließlich trieb er ihre Verlegenheit auf die Spitze, indem er ihr behutsam die goldenen Ohrringe abnahm und sie durch zwei mit Smaragden besetzte Stecker ersetzte.

Dabei kam er ihr zwangsläufig so nah, dass Isobel versucht war, sich an ihn zu schmiegen. Dadurch könnte sie zwei Fliegen mit einer Klappe schlagen – ihre Sehnsucht nach seiner Nähe stillen und ganz nebenbei dem unerfreulichen Abend entgehen.

Warum sie sich anders entschied, war ihr selbst nicht klar. Vielleicht lag es daran, dass er plötzlich eine zweite Schatulle in der Hand hielt.

Dass zu dem Schmuck auch ein Ring gehörte, hatte sie völlig vergessen. Mit einem unguten Gefühl ließ sie zu, dass Leandros ihn auf denselben Finger steckte, auf dem bereits ihr Ehering steckte.

„Endlich ist er wieder da, wo er hingehört“, sagte er ernst und küsste ihr die Hand, auf der nun inmitten vieler kleiner Diamanten ein Smaragd von unvergleichlicher Reinheit prangte. „Und da soll er auch für immer bleiben.“

So gerührt Isobel auch war, vor der Reaktion seiner Familie bekam sie immer mehr Angst. „Wem hat der Schmuck ursprünglich gehört?“, erkundigte sie sich, in der Annahme, dass Thea oder Chloe mit demselben Recht Besitzansprüche auf die Erbstücke erheben konnten wie Leandros.

„Die Smaragde haben früher einem alten Piraten als Zahnersatz gedient“, erklärte Leandros mit einem jungenhaften Lächeln, ehe er sich herunterbeugte und ihre Bedenken mit einem Kuss zerstreute.

Dass sie neuen Lippenstift würde auftragen müssen, war ihr egal. Wichtig war einzig, dass er ihr mit dem zärtlichen Kuss in Erinnerung rief, dass sie beide ein ganzes Leben vor sich hatten. Was konnten ihr da wenige Stunden anhaben, auch wenn diese noch so unangenehm sein würden?

Als sie Hand in Hand die Eingangshalle erreichten, erwartete Silvia sie bereits ungeduldig. Sie hatte sich für ein schulterfreies blaues Kleid entschieden, und man sah ihr die Vorfreude auf den ersten Ball seit Jahren deutlich an. Sie war fest entschlossen, sich zu amüsieren, und lehnte es strikt ab, sich in den Rollstuhl zu setzen. Selbst die Krücken nahm sie nur nach gutem Zureden mit.

Nach einer halbstündigen Autofahrt erreichten sie die prunkvolle Villa von Nikos' künftigen Schwiegereltern. Als sie die wenigen Schritte bis zum Eingang zurücklegten, drohte der Mut Isobel zu verlassen, so dass sie unwillkürlich Leandros' Hand suchte.

In der Halle wurden sie bereits von Mr. und Mrs. Santorini und deren Tochter Carlotta erwartet, die jeden Gast persönlich begrüßten. Alle drei empfingen sie überaus freundlich. Trotzdem konnten sie die Neugierde auf die junge Engländerin, die sie bislang nur vom Hörensagen kannten, kaum verbergen.

„Isobel!“, rief Nikos begeistert, als er seine Schwägerin sah. „Schön, dass du gekommen bist! Ich bewundere dich für deinen Mut“, fügte er leise hinzu und beugte sich herunter, um sie auf die Wange zu küssen.

Wie gut sie die Aufmunterung gebrauchen konnte, wurde Isobel klar, als sie Thea in der Menge erblickte. Leandros' Mutter wirkte alles andere als erfreut darüber, dass ihre Schwiegertochter zurück war, und entsprechend kühl fiel die Begrüßung aus. Immerhin gelang es ihr, die Abneigung nicht auf Silvia zu übertragen, die sie herzlich willkommen hieß und nicht nur aus Pflichtgefühl nach ihrer Gesundheit fragte.

„So schlimm, wie du befürchtet hast, war es doch gar nicht", sagte Leandros aufmunternd, während er Isobel in den Festsaal führte.

„Aber nur, weil du ihnen genaue Anweisungen erteilt hast", erwiderte Isobel skeptisch, denn die eigentliche Prüfung stand ihr noch bevor. Hunderte von Menschen drängten sich in dem großen Saal, und kaum hatten sie das Paar gesehen, setzte ein Getuschel ein, über dessen Grund Isobel sich keine Illusionen machte.

Als Silvia sich schließlich zu ihnen gesellte und jeder sehen konnte, dass sie sich auf Krücken stützen musste, ging ein Raunen durch den Saal. Während die meisten verlegen zu Boden sahen, blickten einige die Neuankömmlinge überrascht an.

Leandros rettete die Situation, indem er Isobel unterhakte und die andere Hand auf Silvias legte und schweigend in die Runde sah. Ein falsches Wort, und ihr lernt mich kennen, schien er der illustren Gesellschaft sagen zu wollen, und zu Isobels Erstaunen verstanden sie die stumme Warnung. Das Getuschel verstummte, und die Menge zerstreute sich allmählich.

Vor drei Jahren hätten sie nicht solchen Respekt vor ihm gehabt, wie Isobel sich eingestehen musste. Offenbar besaß er inzwischen eine natürliche Autorität, deren Wirkung sich niemand entziehen konnte.

„Allmählich wird mir klar, was du gemeint hast", gestand Leandros und reichte ihr ein Glas Champagner. „Ich fürchte, ich habe die Meute unterschätzt."

„Das Schlimmste ist überstanden", erwiderte Isobel, auch wenn sie beide wussten, wie trügerisch diese Hoffnung war. Deshalb stieß sie zwar mit Leandros an, stellte das Glas jedoch wieder ab, ohne einen Schluck getrunken zu haben. Für das, was ihr noch bevorstand, brauchte sie vor allem einen klaren Kopf.

„Isobel!" Eine helle Frauenstimme riss sie aus ihren Gedanken.

Noch ehe Isobel sich umdrehte, wusste sie, dass ihr die erste und möglicherweise einzige angenehme Begegnung des Abends bevorstand.

„Wie schön, dich endlich wieder zu sehen!“, begrüßte Eve Herakleides sie und fiel ihr vor Freude um den Hals. Erst als ihre Freundin sie aus der Umarmung entließ, stellte Isobel fest, dass diese in Begleitung zweier Männer gekommen war. Der eine war Leandros’ Onkel Theron, Eves Großvater, den anderen hatte sie nie zuvor gesehen. Trotzdem war sie sicher, dass es sich um Ethan Hayes handelte.

„Ich möchte dir meinen Mann vorstellen“, bestätigte Eve sichtlich stolz ihre Vermutung. Als Leandros schließlich Silvia mit der Familie Herakleides bekannt machte, hatte Isobel das eigenartige Gefühl, dass Theron die Hand ihrer Mutter länger als nötig hielt.

„Ich hoffe, es geht dir gut“, sagte er schließlich zu Isobel und küsste sie zur Begrüßung auf die Wange.

„Wie man’s nimmt“, erwiderte sie.

Wie angebracht die vorsichtige Formulierung war, musste sie erleben, als sich eine weitere Person in die Runde mischte. „Hallo, allerseits“, grüßte Chloe unpersönlich und würdigte sie keines Blickes. Unwillkürlich fragte sich Isobel, ob Nikos’ künftiger Frau Carlotta dasselbe Schicksal drohte. Chloe war das dritte und jüngste Kind von Thea und ihrem verstorbenen Mann Aristoteles. Die männlichen Mitglieder der Familie hatten sie verhätschelt und auf Händen getragen. Entsprechend eifersüchtig reagierte sie, wenn jemand ihr die Liebe und Aufmerksamkeit ihrer Brüder streitig zu machen drohte.

Nach Aristoteles’ Tod war Leandros ihr eine Art Ersatzvater geworden, und so hatte sie in seiner Frau schnell ihre Hauptfeindin ausgemacht. Auch wenn seither drei Jahre vergangen waren, rechnete Isobel nicht damit, dass sich daran etwas geändert hatte.

Die Bestätigung erhielt sie schneller als befürchtet. Leandros’ mahnende Blicke ließen es Chloe ratsam erscheinen, sie wenigstens flüchtig zu begrüßen. Widerwillig reichte sie ihr die Hand, als ihr etwas auffiel. „Ich nehme an, das ist eine Kopie“, sagte sie abfällig und sah missbilligend auf das Kollier.

„Keineswegs“, sprang Leandros Isobel bei, die viel zu überrascht war. „Es handelt sich um denselben Schmuck, den ich kurz nach der Hochzeit habe anfertigen lassen. Erinnerst du dich noch?“, fügte er hinzu, um sicherzugehen, dass Chloe ihn anblickte. „Spaßeshalber haben wir ihn unseren Familienschmuck genannt.“

Der entsetzte Gesichtsausdruck seiner Schwester war der sichtbare Beweis dafür, dass seine Taktik aufgegangen war. Nun wusste Chloe, dass er bis ins Detail darüber informiert war, wie sie mit ihr umgesprungen war. Und genauso musste ihr klar sein, dass er sie dafür bei nächster Gelegenheit zur Rechenschaft ziehen würde.

Vielleicht war es eine glückliche Fügung, dass in diesem Moment das Büfett eröffnet wurde. Zumindest Chloe schien so zu denken, denn sie verschwand augenblicklich in der Menschenmenge, die in den angrenzenden Raum strömte. Schließlich entschuldigten sich auch Eve und Ethan, und nachdem sich Theron wie ein echter Kavalier angeboten hatte, Silvia zu begleiten, waren Leandros und Isobel wieder allein.

„Mein Onkel scheint Gefallen an deiner Mutter gefunden zu haben“, meinte Leandros zu dem anrührenden Bild, das sich ihnen bot.

„Du solltest lieber schweigen“, erwiderte Isobel. „Für heute hast du dir genug erlaubt.“

„Was habe ich denn getan?“, fragte er mit Unschuldsmiene.

„Mich hierher geschleppt“, sagte sie bedrückt. „Wenigstens diesen verdammten Schmuck hättest du mir ersparen können. Hoffentlich bist du auf deine Kosten gekommen.“

„Dazu habe ich sicher später noch Gelegenheit.“

Sie wusste sofort, woran er dachte. Nie würde sie vergessen, zu welchen Kühnheiten es Leandros angespornt hatte, wenn sie nichts außer dem Schmuck trug. Um ihn ihr abzunehmen, hatte er eine besondere Methode entwickelt, die darin gipfelte, dass er die Edelsteine in den Mund nahm. Wenn er dann alle erdenklichen Stellen ihres Körpers mit zärtlichen Küssen bedeckte, löste er damit Reaktionen aus, über die zu sprechen sich verbat.

„Ich bin hungrig." Um die Wünsche und Sehnsüchte zu verdrängen, die durch die Erinnerung wachgerufen worden waren, griff Isobel zu einer Notlüge – auch wenn sie wusste, dass sie keinen Bissen hinunterbekommen würde.

Mit dem Gang zum Büfett begann eine Art Schaulaufen, das sich über mehrere Stunden hinzog. Leandros führte sie durch die Räume, um bei jeder sich bietenden Gelegenheit ein Gespräch mit den anderen Gästen zu beginnen. Dabei achtete er strikt darauf, dass sie in die Unterhaltung einbezogen wurde. Offenbar hoffte er, den Scheidungsgerüchten damit jeglichen Nährboden entziehen zu können. Zugleich sorgte er dadurch bei manch einem Gast für ein böses Erwachen, denn bald musste auch dem Letzten klar sein, dass sie ausgezeichnet Griechisch sprach und verstand.

Genau das schien Leandros bezweckt zu haben, und die unterschiedlichen Reaktionen der Menschen bestätigten ihn darin, dass es in Zukunft niemand wagen würde, abfällige Kommentare über seine Frau zu machen – schon gar nicht in ihrer Anwesenheit. Während manche es mit Humor nahmen, wirkten andere peinlich berührt. Einige gaben ihr schlechtes Gewissen dadurch zu erkennen, dass sie einen großen Bogen um sie beide machten.

Dazu gehörte außer Chloe auch Takis Konstantindou. Dass Leandros' Schwester ihnen auswich, war wenig verwunderlich. Das Verhalten von Leandros' Patenonkel und Anwalt hingegen überraschte sie beide.

Ein einziger Mensch ließ sich keiner dieser Gruppen zuordnen, und das war Diantha Christophoros. Wann immer Isobel sie mehr oder weniger zufällig in der Menge sah, war entweder Thea oder Chloe in ihrer Nähe. Den Beistand schien sie dringend zu benötigen, denn sie wirkte richtig verloren.

Dass ausgerechnet ihre Schwiegermutter und ihre Schwägerin die Rolle der Trösterinnen übernahmen, gefiel Isobel allerdings ganz und gar nicht. Andererseits glaubte sie nicht, dass sie in Dianthas Situation den Mut aufgebracht hätte, überhaupt auf dem Ball zu erscheinen.

Leicht konnte es ihr jedenfalls nicht gefallen sein, sich in dem Wissen auf den Weg zu machen, dass sich an diesem Abend alle Gerüchte um ihre bevorstehende Hochzeit mit Leandros Petronades als falsch erweisen würden.

Bevor das Mitleid mit ihrer Rivalin sie zu einer Dummheit verleiten konnte, brachte Eve Isobel auf den Boden der Tatsachen zurück.

„Nimm dich bloß vor Diantha in Acht", warnte sie sie, als sie sich zufällig auf der Terrasse trafen. Dorthin hatte Isobel sich zurückgezogen, weil sie nach den vielen Gesprächen und Eindrücken dringend frische Luft brauchte.

„Sie wirkt, als könnte sie kein Wässerchen trüben", sagte Eve, „aber in Wirklichkeit ist sie eine falsche Schlange, die sich bestens darauf versteht, anderen Menschen ihren Willen aufzuzwingen. Erst vor einigen Wochen hat sie Chloe dazu überredet, in Athen zu bleiben und ihrer Mutter bei den Vorbereitungen für Nikos' Hochzeit zu helfen, anstatt, wie ursprünglich geplant, nach Spanien zu fliegen und Leandros zur Hand zu gehen. Wie du sicher weißt, hat Diantha das übernommen, und ihr ist es sogar gelungen, es wie einen Freundschaftsdienst wirken zu lassen. Zeitgleich mit ihrer Rückkehr verbreitete sich allerdings das Gerücht, dass Leandros sich von dir scheiden lassen und sie heiraten will. An einen Zufall kann ich beim besten Willen nicht glauben. Vielmehr werde ich das Gefühl nicht los, dass sie darauf versessen ist, dir Leandros auszuspannen. Und ihr Onkel Takis steckt mit ihr unter einer Decke."

„Ich wusste gar nicht, dass die beiden verwandt sind", meinte Isobel überrascht.

„Hier ist doch jeder mit jedem verwandt", erwiderte Eve abfällig. „Ohne Frauen wie uns wäre die feine Gesellschaft längst an Inzucht eingegangen."

Auch wenn das Thema dafür zu ernst war, musste Isobel lachen.

„Ihr scheint euch ja prächtig zu amüsieren." Leandros hatte sich unbemerkt genähert und legte ihr den Arm um die Taille. „Darf man erfahren, worüber?", fragte er, eher er ihr zärtlich den Nacken küsste.

„Frauen haben manchmal Dinge zu besprechen, die nicht für Männerohren bestimmt sind, lieber Cousin“, erklärte Eve bestimmt. „Aber eins lass dir gesagt sein“, fügte sie mit einem herzlichen Lächeln an Isobel gewandt hinzu. „Wenn du mich fragst, hattest du mehr Glück als Verstand.“

Ohne eine Antwort abzuwarten, drehte sie sich um und ging ihrem Mann entgegen, der sie schon zu suchen schien.

„Der arme Ethan ist ihr ins Netz gegangen, ohne es zu merken“, erklärte Leandros, der die beiden beobachtete. „Manchmal habe ich das Gefühl, dass er bis heute nicht begriffen hat, wie ihm das passieren konnte.“

„Er soll froh und glücklich sein, dass er so eine Frau hat“, widersprach Isobel entschieden.

„Das gilt für mich wohl genauso“, erwiderte er und wandte sich wieder ihr zu.

„Nicht hier“, bat sie ihn, als er sich zu ihr herunterbeugte. „Es fällt mir schon schwer genug, mich zusammenzureißen.“

„Ich finde, du spielst deine Rolle ausgezeichnet“, lobte er sie. Ihre Bitte hatte er jedoch entweder nicht gehört oder nicht hören wollen. Ehe Isobel sich's versah, hatte er sie gegen die steinerne Balustrade gedrängt, so dass ihr keine Möglichkeit zur Flucht blieb. Wie sein zufriedener Blick verriet, war genau das seine Absicht gewesen.

Allerdings nahm sie es ihm nicht übel – im Gegenteil. Sie musste Leandros nur in die Augen sehen, um zu wissen, wie glücklich sie war. Deshalb nahm sie es als Wink des Schicksals, dass in diesem Moment Musik aus dem Haus drang und den festlichen Rahmen für das Versprechen bildete, das sie sich allein durch ihre Blicke gaben.

„Ich liebe dich“, sagte Isobel spontan.

Was möglicherweise ein Fehler war, denn Leandros war sichtlich überrascht, wenn nicht gar überfordert. Zumindest war er eine Weile sprachlos. „Musst du das ausgerechnet jetzt sagen?“, fragte er sie schließlich.

Trotz seines schroffen Tons entging ihr nicht, dass ihr Geständnis ihn überwältigt hatte. Genauso klar war sie sich darüber, was für ein großes Risiko sie eingegangen war. Jemanden zu lieben, war eine Sache, es ihm zu sagen eine völlig andere. Indem sie es ausgesprochen hatte, hatte sie zugleich eine Grenze überschritten. Von nun an wäre sie ihm schutzlos ausgeliefert, und der Gedanke daran, was das bedeutete, ließ sie ihren Übermut fast bereuen.

Erschwerend kam hinzu, dass Leandros nicht in der Lage war, ihr diese Ängste zu nehmen. Er schien mit sich und der Welt zu hadern, weil ihm die einzige Antwort, die ihm einfiel, versagt bleiben musste. Schließlich waren sie nicht allein, und den Eklat, seiner Frau in aller Öffentlichkeit die Sachen hinunterzureißen, wollte selbst er nicht riskieren.

Doch fürs Erste hätte sie sich auch mit Worten zufrieden gegeben. Ein Satz wie „Ich liebe dich auch" hätte ihr unendlich gut getan. Dazu konnte sich Leandros aber offenbar nicht durchringen.

„Ich wollte dich nicht zu etwas zwingen, was du nicht …"

„Pst", unterbrach er sie und legte ihr den Finger auf den Mund. „Merkst du nicht, dass ich nachdenke?"

Was gibt es da lange nachzudenken?, hätte Isobel ihn am liebsten gefragt. Entweder du liebst mich oder nicht. Dass sie nun leiden musste, war allerdings nicht zuletzt ihre Schuld. Warum hatte sie mit ihrem Geständnis nicht gewartet, bis Leandros und sie wieder zu Hause waren? Dort hätte er ihr sicher schon längst eine Antwort gegeben – auf welche Art auch immer.

So aber musste sie sich damit abfinden, dass sie es mit einem Sturkopf zu tun hatte, der nicht über seinen Schatten springen konnte. Umso überraschter war sie, als Leandros unvermittelt ihre Taille umfasste und sie so heftig an sich zog, dass ihr einen Moment der Atem stockte. Erregt, wie er war, rechnete sie jeden Moment damit, dass er sich vergessen und ihr das Ergebnis seines Nachdenkens auf jene Art und Weise mitteilen würde, auf die er sich wesentlich besser verstand als aufs Reden.

„Den anderen kannst du vielleicht etwas vormachen", platzte er schließlich heraus, „aber mir nicht. Du bist und bleibst die reinste Provokation, ganz egal, ob du ein aufreizendes Lederkostüm oder ein züchtiges Kleid trägst. Seit du die Güte hattest, dich nach drei Jahren wieder blicken zu lassen, fühle ich mich wie ein pubertierender Bengel, der zum ersten Mal im Leben verliebt ist."

„‚Pubertierend' könnte stimmen", bestätigte sie sarkastisch. „Deshalb dürfte ‚verknallt' die Sache eher treffen als ..."

„Da irrst du dich gewaltig!", fiel er ihr ins Wort. „Ich liebe dich, seit ich dir zum ersten Mal begegnet bin. Nicht einmal die Tatsache, dass ich mich drei Jahre vor Sehnsucht nach dir verzehrt habe, kann daran etwas ändern."

Endlich hatte Leandros das Wort ausgesprochen, auf das sie so sehnlich gewartet hatte! Allerdings sah es ihm ähnlich, dass selbst eine Liebeserklärung in einen Vorwurf mündete. „Wenn du dich wirklich so nach mir gesehnt hast, frage ich mich, warum du dich nicht viel eher bei mir gemeldet hast", erwiderte sie deshalb trotzig.

„Das habe ich dir doch schon alles erklärt", rechtfertigte er sich ungehalten.

„Dann erklär mir bitte noch, warum du mich nach Athen beordert hast, um dich von mir scheiden zu lassen."

„Das war nur ein Vorwand", beteuerte er. „Selbst du hättest das merken können."

„Immerhin stand meine Nachfolgerin schon Gewehr bei Fuß", wandte Isobel ein, um ihm die Unverschämtheit mit gleicher Münze zurückzuzahlen. „Und du hast alles getan, um mich in diesem Glauben zu lassen."

„Hast du es mit dem Bodybuilder etwa anders gehalten?", fragte er herausfordernd. „Du weißt doch, wie eigen wir Männer in diesen Dingen sind."

„Allerdings weiß ich das", bestätigte sie. „Deshalb hast du es ja auch mir überlassen, als Erste von Liebe zu reden. Von allein hätte ich dich nie dazu gebracht."

Noch immer standen sie eng umschlungen auf der Terrasse, und dass sie nicht längst übereinander hergefallen waren, grenzte an ein Wunder.

„Wie wär's, wenn wir über die Mauer klettern und unsere Unterhaltung im Garten fortsetzen würden?", schlug Leandros wenig überraschend vor.

„Ich lasse dir gern den Vortritt", erwiderte Isobel sarkastisch. „Hoffentlich brichst du dir dabei das Genick."

Ein Räuspern erinnerte sie jäh daran, dass sie nicht allein waren. Doch dass ausgerechnet Thea ihre Auseinandersetzung mitgehört hatte, traf sie beide wie ein Schock. Sie stand nur wenige Meter entfernt und wirkte richtig verstört. Offenbar fühlte sie sich an andere Ehekräche zwischen ihnen erinnert, deren Zeugin sie früher geworden war.

„Entschuldigt die Störung", sagte sie steif, ehe sie Isobel anblickte. „Ich mache mir Sorgen um deine Mutter. Sie tanzt schon geraume Zeit mit Theron und lässt sich von nichts und niemandem dazu bewegen, eine Pause einzulegen."

„Ich kümmere mich um sie", erwiderte Isobel. Aber als sie losgehen wollte, hielt Leandros sie zurück.

„Lass mich das machen", wandte er ein. „Kein Dickkopf lässt sich von einem anderen gern Vorschriften machen."

Ehe sie widersprechen konnte, drehte er sich um und ging ins Haus. So sah sie sich unvermittelt mit einer Situation konfrontiert, die sie liebend gern vermieden hätte.

„Leandros mag deine Mutter sehr", nutzte Thea die Gelegenheit, sich ungestört mit ihr unterhalten zu können.

„Das beruht auf Gegenseitigkeit", antwortete Isobel widerwillig. Doch wenn sie den Neuanfang mit Leandros nicht unnötig erschweren wollte, durfte sie die Hand, die seine Mutter ihr bot, nun nicht ausschlagen.

„Müsst ihr eigentlich immer streiten?", fragte Thea rundheraus, und die Missbilligung stand ihr deutlich im Gesicht geschrieben.

„Für dich mag es so ausgesehen haben", räumte Isobel ein, „aber Streit würde ich es nicht nennen. Eher eine etwas eigentümliche Art, uns zu sagen, dass wir uns lieben."

„Dann bilde ich mir wahrscheinlich auch nur ein, dass du Griechisch sprichst", erwiderte Thea gekränkt, ehe sie zu ihr an die Balustrade kam. „Leandros liebt dich heute so sehr wie damals", sagte sie ernst, „und sein Glück ist mir wichtiger als alles andere. Als du ihn verlassen hast, war ich zunächst sehr erleichtert, bis ich erleben musste, dass ich dadurch auch meinen Sohn verliere. Um nicht ständig an dich erinnert zu werden, hat er irgendwann beschlossen, Athen zu verlassen, und ist nach Spanien geflohen. Er muss dich fürchterlich vermisst haben", fügte sie mit sichtlicher Überwindung hinzu.

„Ich ihn auch", gab Isobel zu.

„Das ist mir inzwischen klar", erwiderte Thea. „Deshalb sollten wir die alten Streitigkeiten nach Möglichkeit vergessen und versuchen, uns von jetzt an zu vertragen."

Ihre vorsichtige Formulierung ließ erahnen, wie schwer Thea dieser Schritt fiel. Doch das konnte Isobel ihr kaum verübeln. Dafür wusste sie zu gut, wie stolz ihre Schwiegermutter war.

„Ich war damals viel zu jung, um zu begreifen, was geschah", gestand sie. „Du darfst nicht vergessen, dass meine Mutter als Kassiererin in einer Bank arbeitet. Euer Lebensstil war mir völlig unbekannt, und ich war viel zu dickköpfig, um mir von dir oder sonst jemandem helfen zu lassen." Endlich fand sie auch den Mut, ihre Schwiegermutter anzusehen. „Dieses Mal wird alles anders", versprach sie.

Anstatt etwas zu erwidern, nickte Thea nur. Sie war sich mit ihr darin einig, dass sie einen Neuanfang wagen konnten. Was daraus werden würde, musste die Zukunft zeigen.

Sie hatte sich schon umgedreht, um ins Haus zurückzugehen, als sie unvermittelt noch einmal stehen blieb. „Dass du damals dein Kind verloren hast, tut mir unendlich leid", versicherte sie. „Ich wünschte, ich wäre in der Lage gewesen, dir in deiner schwersten Stunde eine Freundin zu sein."

Die Worte ihrer Schwiegermutter rührten Isobel so sehr, dass sie ihr mit Tränen in den Augen ins Gesicht blickte.

„Was ist los?“, erkundigte sich Leandros, der unbemerkt auf die Terrasse zurückgekommen war. „Stimmt etwas nicht?“

„Im Gegenteil“, erwiderte sie. „Sag mir lieber, wie es Silvia geht.“

„Blendend“, erklärte er. „Sie hat so ausgelassen getanzt wie ein junges Mädchen, und Theron hat mit ihr geflirtet, als wäre er zwanzig. Dabei ist er siebzig.“

Spontan umarmte Isobel ihn und schmiegte sich an ihn. „Versprich mir, dass du mich nie wieder gehen lässt.“

„Ich verspreche es dir.“

Kurz darauf saßen sie wieder im Auto und waren auf dem Weg nach Hause. Leandros und Isobel sprachen kaum ein Wort. Dafür sprudelte Silvia vor Begeisterung förmlich über und erzählte freimütig von den Plänen, die Theron und sie für den nächsten Tag hatten.

„Offenbar hat Silvia einem der reichsten Männer Griechenlands den Kopf verdreht“, sagte Isobel zu Leandros, als sie endlich in ihrem Schlafzimmer waren und sich für die Nacht fertig machten.

„Sie scheint ihrer Tochter nacheifern zu wollen“, erwiderte er und beobachtete voller Vorfreude, wie seine Frau das letzte Kleidungsstück auszog. Nun trug sie nur noch den Schmuck. „Ob wir wohl genauso impulsiv sind wie die beiden, wenn ich siebzig bin? Immerhin bist du dann auch schon …“

„Weißt du nicht, dass das Alter einer Frau tabu ist?“, unterbrach sie ihn.

Für die kommenden Stunden war es das einzige Tabu, an das sie sich hielten. Doch auch wenn sie sich mit der vertrauten Hingabe und Leidenschaft liebten, war diese Nacht in einer Hinsicht anders als sonst. Mit jeder Berührung, die sie sich schenkten, schienen sie den Schwur erneuern zu wollen, den sie vor vier Jahren abgelegt hatten. Und als sie in der Dämmerung erwachten, waren sie von dem Vertrauen darauf beseelt, dass ihre Liebe stark genug war, um in Zukunft auch die schwerste Prüfung zu bestehen.

Zum Frühstück fanden sie sich zu zweit auf der Terrasse wieder. Silvia hatte sich eine Tasse Tee aufs Zimmer bringen lassen, weil sie sich auf ihre Verabredung mit Theron vorbereiten wollte. Als er schließlich kam, um sie abzuholen, konnte er sie nur mühsam dazu überreden, den Rollstuhl mitzunehmen. Isobel war ihm sehr dankbar dafür und scheute sich nicht, es ihm mit einem herzlichen Lächeln zu verstehen zu geben.

So schwer es ihm fiel, musste auch Leandros irgendwann aufbrechen, um sich wenigstens für einige Stunden um die Firma zu kümmern. Nachdem sie in aller Ruhe zu Ende gefrühstückt hatte, überlegte Isobel, was sie bis zu seiner Rückkehr machen sollte. Schließlich kam sie auf die Idee, in die Stadt zu fahren und sich neu einzukleiden. Seit Tagen trug sie die olivgrüne Hose, die er immer als „Kampfanzug" bezeichnete. Doch der Kampf war beendet, und da sich in ihrem Gepäck nichts anderes fand, würde sie sich etwas Neues besorgen müssen.

Ehe sie ihren Entschluss in die Tat umsetzen konnte, kam Allise und händigte ihr einen Briefumschlag aus, den gerade ein Bote gebracht hatte. Auf dem Umschlag war kein Absender vermerkt, und vielleicht hätte es sie misstrauisch machen müssen. Allerdings war sie viel zu guter Stimmung.

Es änderte sich sofort, als sie ihn geöffnet hatte und angewidert die Fotos zu Boden warf, die jemand ihr auf diesem Weg zugespielt hatte. Ohnmächtig vor Wut und Enttäuschung, sprang sie auf und lief unter Allises ratlosem Blick los, ohne zu wissen, wohin.

9. KAPITEL

Als sich ihr Puls wieder halbwegs normalisiert hatte, fand Isobel sich in dem Anbau wieder, in dem ihre Mutter untergebracht war. Früher hatte sie hier ihr Fotolabor aufgebaut, und ein Teil der Ausrüstung stand heute noch dort. Dass sie instinktiv an jenem Ort Zuflucht gesucht hatte, an den sich Leandros nur selten verirrte, sagte mehr über ihre Verfassung aus als die leichte Übelkeit, die sie befallen hatte.

Noch vor wenigen Minuten hatte sie die Rückkehr ihres Mannes herbeigesehnt. Nun war sie versucht, in aller Eile ihre Koffer zu packen und die Villa zu verlassen, um ihm nicht begegnen zu müssen. Lieber ein Feigling als eine Mörderin, dachte sie verzweifelt.

Leandros hatte in seinem Büro einen Briefumschlag ohne Absender vorgefunden. Das kam häufiger vor, und normalerweise warf er solche Post ungelesen in den Papierkorb. Warum er an diesem Morgen eine Ausnahme machte, wusste er selbst nicht. Doch sobald er die Fotos in Händen hielt, war ihm schmerzlich bewusst, dass er ein großes Problem hatte.

Ehe er einen klaren Gedanken fassen konnte, klingelte das Telefon. Auch Dianthas Vater hatte einen anonymen Umschlag erhalten, und der Inhalt hatte ihn so in Rage gebracht, dass Leandros große Mühe hatte, ihn zu besänftigen. Kaum hatte er aufgelegt, rief seine Mutter an. Und als sich schließlich der Reporter einer Athener Boulevardzeitung meldete, weil er eine Story witterte, war Leandros klar, dass es sich um eine infame Intrige handelte.

Unter Missachtung sämtlicher Verkehrsregeln steuerte er den Ferrari durch den dichten Verkehr. Da sein Handy unaufhörlich klingelte, schaltete er es irgendwann aus und legte es zu den Fotos auf den Beifahrersitz. Wer auch immer außer ihm Abzüge bekommen hatte, sollte selbst sehen, wie er damit klarkam. Zweifellos gehörte Isobel zu den Empfängern, und Leandros' einzige Sorge war, dass sie längst ihre Schlüsse gezogen hatte – auch wenn diese noch so falsch sein mochten.

Als er endlich die Villa erreicht hatte, nahm er sich nicht einmal die Zeit, die Wagentür zu schließen. „Wo ist meine Frau?", rief er Allise zu, die ihm in der Halle entgegenkam. Ohne eine Antwort abzuwarten, lief er auf die Terrasse. Seine vage Hoffnung, dass Isobel den Umschlag noch nicht geöffnet hatte, verflog, als er die Fotos sah, die auf dem Boden verstreut lagen.

„Sie ist im Anbau."

Einen Moment sah er Allise ungläubig an, so unbegreiflich war ihm, dass Isobel nicht längst in ihrem Zimmer war und die Koffer packte. Schließlich erwachte er aus seiner Erstarrung und wagte sich in die Höhle des Löwen – oder besser der Löwin, die sicher schon darauf lauerte, ihn zu zerfleischen.

Entsprechend schockiert war er, als er Isobel sah. Sie lag zusammengekrümmt auf Silvias Bett und wirkte wie ein kleines Kind, das sich am liebsten irgendwo verkrochen hätte.

Der Anblick steigerte seinen Hass auf die Person, die ihr das angetan hatte. Doch wichtiger als Rache war zunächst etwas anderes.

„Isobel", sagte Leandros leise, als er vor dem Bett stand, aber Isobel reagierte nicht.

„Isobel", wiederholte er deshalb lauter und legte ihr die Fotos, die er aus dem Büro mitgebracht hatte, direkt vors Gesicht. „Nichts davon entspricht den Tatsachen, und ich erwarte von dir, dass du mir glaubst."

„Findest du nicht, dass du ziemlich viel von mir verlangst?"

Endlich öffnete sie die Augen. Ihre Frage ließ ihn allerdings erahnen, wie schwer es sein würde, sie zu überzeugen.

„Als Fotografin solltest du am besten wissen, wie leicht es heutzutage ist, ein Foto zu fälschen", sagte er mahnend. „Mit einer geschickten Fotomontage kann man alles beweisen – selbst wenn nicht ein Fünkchen Wahrheit daran ist."

„Lass mich in Ruhe", erwiderte sie matt.

Er sah ein, dass er zu anderen Mittel greifen musste. Deshalb umfasste er ihre Arme und zwang sie mit sanfter Gewalt, sich aufzurichten. Dann kniete er sich hin und strich ihr das Haar aus dem Gesicht. Sie war aschfahl und ihr Blick so leer, als hätte sie Drogen genommen.

Deshalb überraschte es Leandros, dass sie plötzlich zum Angriff überging und mit Fäusten auf ihn einschlug. Doch lange reichte ihre Kraft nicht, so dass Isobel schließlich aufhörte – allerdings nicht ohne laut zu fluchen.

„Hörst du mir jetzt endlich zu?", fragte er ungeduldig.

„Du lügst mich ja doch nur an!", platzte sie verzweifelt heraus und nahm angewidert die Fotos in die Hand. „Wie oft hast du mir geschworen, dass sie dir nichts bedeutet! Wie soll ich dann das hier verstehen?", erkundigte sie sich sarkastisch und hielt ihm das oberste Bild direkt vors Gesicht. „Stehst du etwa nicht an Deck deiner Yacht und hältst sie in deinen Armen? Ist sie bis auf diesen lächerlich knappen Tanga etwa nicht nackt?"

„Ich gebe ja zu, dass es so wirkt …"

Eine schallende Ohrfeige ließ ihn verstummen, ehe Isobel ihn mit der nächsten Aufnahme konfrontierte. „Ist es vielleicht dein Doppelgänger, der mit ihr in deiner Kabine liegt und Siesta hält?"

Bevor sie erneut zuschlagen konnte, umfasste Leandros ihr Handgelenk und nahm die Fotos an sich. „Wie oft soll ich denn noch sagen, dass es sich um Fälschungen handelt?", fragte er wütend, weil Isobel sich nicht überzeugen ließ.

„Du verschwendest deine Zeit", erwiderte sie unversöhnlich. „Ich glaube dir ohnehin kein Wort mehr."

„Das solltest du aber", entgegnete er aufgebracht. „Wir sind nicht die Einzigen, die Abzüge bekommen haben." In aller Kürze erzählte er ihr von den Anrufen, die ihn im Büro erreicht hatten. „Irgendjemand will einen Skandal provozieren, um uns auseinanderzubringen. Wenn wir jetzt nicht zusammenhalten, hat er sein Ziel schon so gut wie erreicht."

Ganz überzeugt schien Isobel noch immer nicht, doch Leandros wusste inzwischen, wie er seine Behauptung beweisen konnte.

Um keine wertvolle Zeit zu verlieren, ging er zu dem Computer, der zu ihrem Fotolabor gehört hatte, und vergewisserte sich, dass alle Geräte richtig verkabelt waren. „Komm her“, forderte er sie bestimmt auf und legte sein Jackett ab. „Du kennst dich besser damit aus als ich.“

„Der Computer ist drei Jahre nicht benutzt worden“, wandte sie ein. „Selbst wenn er noch läuft, sind die Programme inzwischen hoffnungslos veraltet.“

„Wir müssen es zumindest versuchen“, wies Leandros ihre Bedenken zurück. „Eine andere Chance haben wir nicht.“

Allmählich begriff sie, dass er es ernst meinte. Dennoch stand sie nur widerwillig vom Bett auf und setzte sich an den Computer. Sie schaltete die Geräte ein, und zu ihrer Überraschung funktionierten diese tadellos.

„Was jetzt?“, fragte sie skeptisch.

„Jetzt scannen wir die Fotos ein und vergrößern sie.“ Er öffnete den Deckel des Scanners und legte das erste Bild auf die Glasscheibe. „Dann werden wir ja sehen, ob ich Recht habe oder nicht.“

Ohne vom Sinn ihres Tuns überzeugt zu sein, fuhr Isobel mit der Maus über den Bildschirm und drückte mehrere Male auf die rechte Taste, bis das Gerät schließlich seine Arbeit aufnahm. Gespannt sah sie auf den Bildschirm. In wenigen Augenblicken würde sich herausstellen, ob Leandros gelogen oder die Wahrheit gesagt hatte.

Was von beidem sie sich wünschte, war ihr selbst nicht klar. Erfahren zu müssen, dass ihr Mann eine Affäre mit einer anderen Frau gehabt hatte, wäre schlimm. Unerträglich jedoch war der Gedanke, dass es Menschen geben sollte, die vor nichts zurückschreckten, um anderen wehzutun.

„Wer kann diese Fotos aufgenommen haben?“, fragte sie Leandros, während sich das Bild allmählich aufbaute. „Selbst wenn er ein Teleobjektiv benutzt hat, muss er sich dir immer noch bis auf wenige Schritte genähert haben.“

„Nicht er, sondern sie“, erwiderte er gequält. „Dahinter kann nur Chloe stecken.“

„Bist du dir bewusst, was du da sagst?", fragte Isobel entgeistert. Trotz allem traute sie seiner Schwester eine solche Abscheulichkeit nicht zu. „Warum sollte sie so etwas machen?"

„Um ihren Willen durchzusetzen", antwortete er. „Von klein auf hat sie davon geträumt, dass einer ihrer Brüder ihre beste Freundin heiratet. Spätestens mit Nikos' Hochzeit nächste Woche hat es sich endgültig erledigt, und nun will sie sich rächen."

„Wenn sie sich an euch rächen wollte, wäre es doch für sie viel leichter gewesen, Nikos und Carlotta auseinanderzubringen", wandte Isobel ein.

„Sie scheint dem Gerücht geglaubt zu haben, dass ich Diantha heiraten will", erinnerte er sie unsanft. „Vielleicht hat sie es sogar selbst in die Welt gesetzt. Als ihr klar wurde, dass wir uns nicht scheiden lassen, hat sie zu diesem Mittel gegriffen", fügte er hinzu und zeigte auf den Bildschirm, auf dem Diantha und er gestochen scharf zu sehen waren. „Kannst du das nicht vergrößern?"

Können schon, dachte Isobel. Das Problem war eher, dass sie es nicht wollte. „Chloe kann die Fotos gar nicht gemacht haben", fiel ihr ein, als sie widerwillig das Zoom betätigte. „Sie war gar nicht in Spanien."

Doch auch darauf hatte Leandros eine Antwort. „Niemand hat behauptet, dass sie selbst auf den Auslöser gedrückt hat. Siehst du die Shorts, die ich anhabe? Jetzt erinnere ich mich, dass an diesem Tag ein Fotograf auf der Mole stand. Bestimmt hat Chloe ihn engagiert."

„Und wie ist er in deine Kabine gekommen?"

Es dauerte erstaunlich lange, bis Leandros diese nahe liegende Frage beantwortete. „Er muss zur Besatzung gehören", erwiderte er, als wären damit sämtliche Zweifel an seiner Theorie ausgeräumt.

Darüber dachte sie allerdings anders. Sie hatte jemand anders in Verdacht, und das Gespräch, das sie auf dem Ball mit Eve geführt hatte, war ein erster Anhaltspunkt.

Um weitere zu finden, vergrößerte sie das Bild noch einmal. Es dauerte nicht lange, bis sie die ersten Ungereimtheiten entdeckt hatte, und nach wenigen Minuten fragte sie sich, warum sie die laienhafte Fälschung nicht mit bloßem Auge erkannt hatte. Um die Beweise in Händen zu halten, kopierte sie die gröbsten Schnitzer in eine separate Datei und druckte sie aus.

„Soll ich die anderen Aufnahmen auch noch einscannen?", fragte sie Leandros, der ihr die ganze Zeit wie gebannt zugesehen hatte.

„Das dürfte kaum nötig sein", erwiderte er, um gekränkt zu ergänzen: „Oder hältst du es für wahrscheinlich, dass ein Bild eine Fotomontage ist und alle anderen echt sind?"

Die Anspielung auf ihr Misstrauen war unverkennbar. „Wenn du darauf bestehst, falle ich gern vor dir auf die Knie und bitte dich um Verzeihung", sagte Isobel spöttisch.

„Ich werde auf dein Angebot zurückkommen", erklärte er, ehe er sich sein Jackett überzog. „Vorher muss ich dringend etwas anderes erledigen."

„Bitte tu nichts Unüberlegtes", bat sie ihn, als er schon an der Tür war. Es stand ihr nicht zu, das Bild zu zerstören, das er von Diantha hatte. Und ihr Verdacht war noch zu vage, als dass sie ihn laut äußern wollte.

„Keine Sorge", erwiderte Leandros. „Ich weiß genau, was ich tue."

Wenigstens darin sind wir uns einig, dachte Isobel, als er gegangen war. Sie war mindestens so entschlossen wie er, die Wahrheit ans Licht zu bringen. Deshalb legte sie ein weiteres Bild in den Scanner, um von einem bestimmten Detail eine Vergrößerung zu machen. Um sicher sein zu können, dass Leandros das Haus verlassen hatte, wartete sie noch zwei Minuten, ehe sie zum Telefon griff und sich ein Taxi bestellte.

Das Anwesen der Familie Christophoros unterschied sich in nichts von den anderen Villen auf dem Lykavittos. Ein Hausmädchen ließ Isobel herein und bat sie, einen Moment Platz zu nehmen.

Aus dem Moment wurde eine kleine Ewigkeit, denn Diantha ließ sich alle Zeit der Welt. Je länger Isobel warten musste, desto mehr bezweifelte sie, dass es klug gewesen war herzukommen. Sie hatte nicht die geringste Ahnung, wie sie das Gespräch beginnen sollte. Sie wusste nur, dass sie Diantha zur Rede stellen musste – selbst auf die Gefahr hin, dass sich ihr Verdacht als falsch erweisen würde.

Ihr Warten hatte ein Ende, als sich eine Tür öffnete und Diantha die Eingangshalle betrat. Sie trug ein dezentes hellblaues Kleid und lächelte freundlich, so dass Isobel sich unwillkürlich fragte, wie diese sanftmütige Person zu solchen Abscheulichkeiten fähig sein sollte. Einzig der kühle Empfang ließ erahnen, dass Diantha etwas zu verbergen hatte.

„Wir sollten uns kurz fassen", sagte sie, ohne Isobel die Hand zu reichen. „Mein Vater kann jeden Moment kommen. Es würde ihm sicher nicht gefallen, wenn er Sie hier antreffen müsste."

Isobel wollte sich derartige Beleidigungen bereits verbitten, als Diantha klarmachte, dass dies nur ein harmloser Auftakt gewesen war. „Inzwischen dürften Sie sich mit eigenen Augen davon überzeugt haben, dass Leandros und mich weitaus mehr als eine Freundschaft verbindet", fuhr sie fort, ohne eine Miene zu verziehen. „Ich nehme an, dass Sie die Koffer schon gepackt haben und mit dem nächsten Flugzeug nach London zurückkehren – und zwar für immer."

Unwillkürlich verstärkte Isobel den Griff um den Schultergurt ihrer Handtasche. „Ich habe mich also nicht geirrt", erwiderte sie benommen. „Sie haben die Fotos verschickt."

„Warum sollte ich es abstreiten?", fragte Diantha triumphierend. „Vor Zeugen würde ich es allerdings genauso von mir weisen wie alles andere, was ich Ihnen jetzt sage", stellte sie unmissverständlich klar. „Ich bin es restlos leid, Ihretwegen von Leandros hingehalten zu werden. Erst vor zwei Wochen hat er mir hoch und heilig versprochen, sich von Ihnen scheiden zu lassen und mich zu heiraten. Kaum sind Sie wieder in Athen, überlegt er es sich anders. Dass er ausschließlich wirtschaftliche Gründe hat, macht es nicht besser."

„Was meinen Sie mit wirtschaftlichen Gründen?"

„Da es keinen Ehevertrag gibt, wurde ihm die Scheidung schlichtweg zu teuer."

Die Antwort drohte Isobels Welt zum Einsturz zu bringen – vor allem weil das Wort Ehevertrag Erinnerungen in ihr auslöste, die Dianthas Behauptung eher bestätigten als widerlegten. Hatte Leandros seine Absicht, sich scheiden zu lassen, nicht wirklich erst nach Lesters Bemerkung aufgegeben? Zumindest hatte er unverhohlen feindselig reagiert und ein Gesicht gemacht, als hätte ihm jemand mit der Todesstrafe gedroht.

„Sosehr ich die Verzögerung bedauere, sehe ich ein, dass er Ihretwegen unmöglich einen Weltkonzern zerschlagen kann“, setzte Diantha die seelische Folter genüsslich fort. „Ich bin aber zuversichtlich, dass er Ihnen bei der nächsten Gelegenheit ein überaus großzügiges Angebot machen wird, das selbst Sie nicht ausschlagen können.“

„Und warum haben Sie dann nicht geduldig gewartet, bis dieser Tag gekommen ist?“

„Weil ich meine Liebe zu ihm lange genug verleugnet habe. Es wird Zeit, dass die Menschen die Wahrheit erfahren.“

„Über Ihren Aufenthalt auf Leandros’ Yacht?“

„Nicht nur“, erwiderte Diantha. „Wir hatten schon ein Verhältnis, bevor Sie ihn verlassen haben. Oder ist Ihnen nicht aufgefallen, wie oft er nach Washington geflogen ist?“

Erneut hatte Diantha einen Punkt angesprochen, in dem Isobel ihr nicht widersprechen konnte.

„Und mit Ihrer Ankunft war unser Verhältnis keinesfalls beendet“, streute Diantha noch mehr Salz in ihre Wunden. „Ich habe ein Apartment in Athen, wo wir uns fast täglich treffen – und sei es nur für ein kurzes Zusammensein in der Mittagspause.“

„Sicher gibt es davon auch Fotos“, sagte Isobel herausfordernd und stellte sich innerlich darauf ein, ihre Trümpfe auszuspielen.

„Wenn Sie wollen, besorge ich Ihnen gern welche.“

„Das glaube ich Ihnen sofort.“ Isobel nahm die Zettel mit den Detailvergrößerungen aus der Handtasche. „Leider sind Sie nichts weiter als eine erbärmliche Lügnerin“, beschuldigte sie Diantha. „Leandros hat nie mit Ihnen geschlafen, und wenn, dann müssen Sie eine grauenhafte Liebhaberin sein. Oder warum zieht er sich sonst bis an die Bettkante zurück?“, fragte sie hämisch und hielt das Papier so, dass

Diantha gezwungen war, es anzusehen. „Bei mir macht er das jedenfalls nicht."

Ihre Selbstsicherheit begann merklich zu wanken, doch noch bewahrte Diantha zumindest äußerlich die Fassung. Um ihr Werk zu vollenden, tauschte Isobel die beiden Blätter aus und konfrontierte Diantha mit dem Bild, das angeblich an Deck entstanden war.

„Noch hat Leandros glücklicherweise zehn und nicht neun Finger", nannte sie den gröbsten Fehler zuerst. „Und so groß, dass Sie ihm bis zum Kinn reichen würden, sind Sie nun auch wieder nicht. Wenn Sie schon ein Computerprogramm benutzen, das Sie nicht beherrschen, sollten Sie wenigstens Anfängerfehler wie diese Lücke in der Reling vermeiden. Ihr Pech, dass ich Fotografin bin und mich mit diesen Dingen bestens auskenne. Die Fotos als Fälschung zu entlarven, war ein Kinderspiel."

Wenn sie erwartet hatte, dass Diantha angesichts der unwiderlegbaren Beweise in Tränen ausbrechen oder einen Schreikrampf bekommen würde, sah Isobel sich eines Besseren belehrt. Diantha lächelte noch immer, und dass man sie entlarvt hatte, schien ihre Fantasie neu zu beflügeln.

„Sind Sie wirklich so dumm, oder tun Sie nur so?", meinte sie verächtlich. „Dass Sie Fotografin sind, weiß ich seit langem. Sonst hätte ich mir die ganze Mühe doch sparen können. Die Fehler habe ich selbstverständlich mit Absicht eingebaut. Wenn mein Plan aufgehen soll, *müssen* die Aufnahmen als Fälschungen erkannt werden. Da Sie die Einzige sind, die mit den entsprechenden Geräten umgehen kann, wird der Verdacht automatisch auf Sie fallen – zumal Sie ein Motiv wie aus dem Bilderbuch haben."

„Welches soll das sein?", fragte Isobel entgeistert.

„Da Ihre Scheidung von Leandros unausweichlich ist, wollten Sie Ihre Verhandlungsposition ein wenig verbessern. Aber wenn Ihr Versuch, sich zu bereichern, erst aufgeflogen ist, können Sie froh sein, wenn Sie nicht ins Gefängnis wandern."

Allmählich nahm Isobel an, dass Diantha den Verstand verloren hatte. Zumindest litt sie unter Wahnvorstellungen, wenn sie glaubte, dass ihre Intrige die geringsten Aussichten auf Erfolg hatte. „Einen Haken hat Ihr Plan auf jeden Fall", sagte Isobel beherrscht. „Ich habe nicht die Absicht, mich jemals von Leandros scheiden zu lassen."

„Sind Sie sicher, dass er genauso denkt?"

„Das tue ich", antwortete eine tiefe Männerstimme. „Und Isobel weiß das ganz genau."

Als die beiden Frauen sich umwandten, sahen sie Leandros. Er stand reglos da und wirkte, als hätte er schon geraume Zeit zugehört.

„Dieses Mal hast du den Bogen eindeutig überspannt, Diantha", sagte er ernst, ehe er sich Isobel zuwandte. „Können wir gehen?"

Sie wünschte sich nichts mehr, als den ungastlichen Ort mit dem Mann zu verlassen, mit dem sie ihr Leben verbringen würde. Doch als sie neben ihm stand und seine Hand nahm, musste sie feststellen, dass Diantha den Kampf noch nicht verloren gegeben hatte.

„Die Szenen auf den Fotos sind gestellt, aber dass wir miteinander geschlafen haben, wirst du doch nicht abstreiten wollen, Leandros?", sagte sie drohend, ehe sie zu ihrem vernichtenden Schlag ausholte. „Willst du Isobel nicht von den unvergesslichen Nächten erzählen, die wir auf deiner Yacht verbracht haben? Und bevor sie es von jemand anderem erfährt, sagst du ihr besser jetzt gleich, dass deine Mutter sie für ein Flittchen hält und Chloe ihr am liebsten die Augen auskratzen würde, weil sie versucht hat, dir ein Kind unterzuschieben. Zum Glück ist dir diese Schmach erspart geblieben. Hast du eigentlich herausgefunden, wer der Kerl war, der sie geschwängert hat?"

Aus Angst, das Gleichgewicht zu verlieren, umklammerte Isobel seine Hand und blickte zu Leandros auf. Inständig hoffte sie, in seinen Augen dasselbe ungläubige Entsetzen zu sehen, das sie in diesem Moment empfand.

Doch er wurde lediglich aschfahl und schwieg, anstatt Diantha entschieden zu widersprechen. Schließlich entzog er Isobel sogar die Hand und strich sich durchs Haar, ohne sie eines Blickes zu würdigen.

„Was ist bloß in dich gefahren, Diantha?"

Chloe war wie aus dem Nichts aufgetaucht und versuchte, ihre Freundin zur Besinnung zu bringen. „Ich verstehe überhaupt nicht, warum du ..."

„Dann misch dich auch nicht ein", fiel Diantha ihr ins Wort. „Das hier ist eine Sache zwischen mir und deinen Brüdern."

Die drei anderen sahen sich befremdet an. Hatte Diantha wirklich in der Mehrzahl gesprochen?

Die Bestätigung folgte umgehend. Diantha hatte endgültig die Kontrolle über sich verloren und zeigte nun ihr wahres Gesicht.

„Mein ganzes Leben durfte ich mit ansehen, wie du von ihnen und deinem Vater auf Händen getragen wurdest, während ich eine Zurückweisung nach der anderen erleben musste. Mein Vater hat mich nicht geliebt, weil er sich einen Sohn gewünscht hat. Und dein Bruder hat mich nur so lange geliebt, bis er meiner überdrüssig ..."

„Wie kannst du so etwas sagen?", platzte Leandros heraus. „Ich habe dir nie ..."

„Von dir redet niemand", unterbrach Diantha ihn schroff. „Dein feiner Bruder Nikos hat mir vor vier Jahren den Laufpass gegeben. Immerhin hat er sich bemüht, es mir schonend beizubringen. ‚Wir sind noch viel zu jung, um uns zu binden', hat er gesagt, ‚und was Liebe ist, wissen wir auch nicht.' Ich nehme an, er wollte es gar nicht wissen, denn mir war sehr wohl klar, dass ich ihn liebe, und nichts hätte ich lieber getan, als mich an ihn zu binden. Vier Jahre habe ich in Washington gesessen und gefleht, dass er kommt und mich zu sich holt."

Diantha hatte sich so in Rage geredet, dass sie einige Male tief durchatmen musste, um fortfahren zu können. „Stattdessen bist du gekommen, Leandros, und hast mich über alles auf dem Laufenden gehalten, was in Athen passiert. Nur Nikos hast du nie erwähnt. Also bin ich zurückgekommen, um ihn notfalls zu zwingen, mich zu heiraten. Aber da war er schon mit dieser Carlotta verlobt und ich wieder mal allein. Als Chloe mir erzählt hat, dass du in San Estéban Hilfe brauchst, habe ich sie überredet, mich fahren zu lassen. Ich wusste doch, dass du genauso einsam bist wie ich. Warum sollten wir uns nicht gegenseitig trösten?, habe ich mir gedacht. Und eines wirst du nicht abstreiten können, Leandros. Du hast sehr wohl mit dem Gedanken gespielt, mich zu heiraten. Sonst hättest du Onkel Takis nicht noch von Bord deiner Yacht aus angerufen und ihn beauftragt, die Scheidung in die Wege zu leiten."

„Hat er dir das erzählt?", fragte Leandros entgeistert.

„Nein", beteuerte Diantha, ohne mit der Wimper zu zucken. „Das habe ich alles selbst herausgefunden."

„Auch dass Isobel und ich keinen Ehevertrag abgeschlossen haben?", setzte Leandros nach.

Diantha blieb eine Antwort schuldig, weil ihr nicht schnell genug eine passende Lüge einfiel.

„Ich denke, an dieser Stelle sollten wir das Gespräch beenden", erklärte Dianthas Vater, der unbemerkt ins Haus gekommen war.

„Haben Sie schon mit der Redaktion telefoniert?", erkundigte sich Leandros.

„Sie haben mir versprochen, den Artikel wieder zu streichen", bestätigte Mr. Christophoros. „An gefälschten Fotos hat nicht einmal eine Boulevardzeitung Interesse. Jetzt muss ich Sie aber bitten zu gehen. Ich habe mit meiner Tochter zu reden."

Schweigend verließen sie das Haus und stiegen in Leandros' Ferrari. Unterwegs hielten sie, um Chloe abzusetzen. Sie war schon ausgestiegen, als sie sich noch einmal zu Isobel herunterbeugte.

„Es ist alles meine Schuld", sagte sie unter Tränen. „Wenn ich Diantha nicht eingeredet hätte, dass sie einen meiner Brüder heiraten ..."

„Damals wart ihr Kinder", fiel Leandros ihr ungehalten ins Wort. „Eine erwachsene Frau sollte zwischen Wunsch und Wirklichkeit unterscheiden können."

„Ich habe ihr gegenüber nie einen Hehl daraus gemacht, dass ich Isobel nicht mochte. Wenn ich geahnt hätte, was für absurde Schlussfolgerungen sie daraus zieht ..."

Als sie Isobels schmerzverzerrten Gesichtsausdruck sah, verstummte sie. „Ich wusste gar nicht, dass Nikos und sie früher zusammen waren", sagte sie stattdessen.

„Das waren sie nicht", widersprach Leandros bestimmt. „Jedenfalls nicht so, wie Diantha es uns weismachen wollte. Nikos war einige Male mit ihr aus, mehr nicht. Seitdem hing sie wie eine Klette an ihm und machte ihm aberwitzige Szenen. Als sie nach Washington zog, war er regelrecht erleichtert. Ich halte es übrigens für wenig klug, wenn du ihm von dem Vorfall erzählst. Der Zeitpunkt ist denkbar ungünstig."

„Versprochen", erwiderte Chloe. Als Leandros schon losfahren wollte, legte sie Isobel die Hand auf den Arm. „Kannst du mir noch einmal verzeihen?", erkundigte sie sich leise.

Das fragte sich Isobel schon die ganze Zeit. Die Liste derer, die sie um Verzeihung baten, wollte kein Ende nehmen. Doch ob es ihnen damit auch ernst war, musste sich vor allem im Alltag erweisen.

„Sicher", erwiderte sie, wenn auch nicht ganz überzeugt, als Leandros plötzlich die Geduld verlor. Er beugte sich vor und schloss die Beifahrertür, ehe er mit quietschenden Reifen losfuhr.

„Warum bist du eigentlich die ganze Zeit schon so aggressiv?", erkundigte sie sich irritiert.

„Ich bin nicht aggressiv", widersprach er ihr wenig glaubhaft. „Ich habe nur keine Lust, mich länger von dir verdächtigen zu lassen."

„Wie bitte?"

„Ich weiß genau, was du denkst", sagte er aufgebracht, „aber ich habe nie mit Diantha geschlafen. Nie, verstehst du? Ich weiß gar nicht, was plötzlich in sie gefahren ist. Wie kommt sie nur darauf, derart infame Behauptungen aufzustellen? Dabei habe ich ihr nie Hoffnungen oder gar Versprechungen gemacht. Sie war mir sympathisch, ja, vielleicht auch ein bisschen mehr, aber ich habe sie nie angerührt."

„Willst du eigentlich mich oder dich überzeugen?"

Er bremste so abrupt und unvermittelt, dass nur der Sicherheitsgurt Isobel davor bewahrte, mit dem Kopf gegen die Windschutzscheibe zu prallen. Kaum stand der Wagen still, öffnete Leandros die Fahrertür und stieg aus.

So aufgebracht hatte sie ihn noch nie erlebt – und dass er sich nicht beherrschen konnte, machte sie maßlos wütend. Wenn jemand das Recht hatte, seinen Gefühlen freien Lauf zu lassen, dann doch wohl sie! Wessen Vertrauen wurde denn seit Tagen auf eine denkbar harte Probe gestellt und trotzdem bei jeder Gelegenheit in Zweifel gezogen?

Um es Leandros unmissverständlich klarzumachen, stieg auch sie aus. Als sie die Tür zuwarf, drehte er sich um und sah sie über den roten Ferrari hinweg an. Alles war wie damals, als sie sich auf der Automobilausstellung begegnet waren – nur dass sich dieses Mal statt eines leidenschaftlichen Flirts ein handfester Streit anbahnte.

„Wenn du mich umbringen willst, mach nur so weiter", sagte Isobel sarkastisch. „Aber vielleicht darf ich dich darauf hinweisen, dass mir mindestens genauso übel mitgespielt wurde – und zwar vor allem von dir", fügte sie verächtlich hinzu. „Du lässt mich nach Athen kommen, um dich scheiden zu lassen. Kaum bin ich hier, überlegst du es dir wieder anders. Dann taucht plötzlich das Gerücht auf, dass meine Nachfolgerin schon in den Startlöchern steht und dich nur wirtschaftliche Erwägungen daran hindern, sie zu heiraten. Du beteuerst, dass kein Wort davon stimmt, und erwartest, dass ich dir glaube. Schließlich werden mir diese Fotos zugespielt, und selbst wenn es Fälschungen sein sollten ..."

„Es *sind* Fälschungen", unterbrach Leandros sie. „Das weißt du ganz genau."

„Glaubst du, deswegen würde es weniger wehtun, sie ansehen zu müssen? Glaubst du, es wäre leicht, Diantha gegenüberzustehen und mir all die Lügen über euch anzuhören? Wenn es denn Lügen sind", fügte sie verbittert hinzu. „Einige Punkte stehen nach wie vor unwidersprochen im Raum, und je länger du schweigst, desto mehr habe ich das Gefühl, dass wir in dieselbe Sackgasse geraten sind wie vor drei Jahren."

„Das kannst du doch nicht miteinander vergleichen", widersprach er bestimmt.

„Und ob ich das kann!", wies sie seinen Einwand zurück. „Du führst dich genauso auf wie damals. Für dich bin ich eine Trophäe, mit der du deinesgleichen beweisen kannst, was für ein toller Hecht du bist, aber meine Gefühle interessieren dich einen Dreck."

„Wie kannst du so etwas nur sagen?"

„Weil es so ist!", platzte Isobel wutentbrannt heraus. „Oder warum verschweigst du mir, welche Rolle dieser verdammte Ehevertrag wirklich spielt? Warum spionierst du mir nach, als wäre ich eine schamlose Ehebrecherin? Warum widersprichst du nicht, wenn ich mich als Flittchen bezeichnen lassen muss, das dir ein Kind unterschieben wollte? Stattdessen jammerst du mir die Ohren voll, wie ungerecht die Welt und insbesondere Diantha zu dir ist."

Mit jedem Satz hatte seine Fassungslosigkeit zugenommen, und der letzte schien ihm endgültig die Sprache verschlagen zu haben. Im nächsten Moment hielt ein silberfarbener Mercedes neben ihnen.

„Habt ihr eine Panne?", erkundigte sich der Fahrer.

Erst als sie in der Frau auf dem Beifahrersitz ihre Mutter erkannte, begriff Isobel, dass ihr das Schicksal zu Hilfe gekommen war.

„Nein", erwiderte sie, „aber Sie können mich mitnehmen." Ohne eine Antwort abzuwarten, setzte sie sich auf die Rückbank.

„Was ist mit Lean...?"

„Fahren Sie!", fiel sie Theron Herakleides in Wort. Sein befremdeter Gesichtsausdruck verriet, dass er diesen Ton weder gewohnt war noch hinnehmen wollte.

„Tu, was sie sagt." Erst als Silvia die Aufforderung wiederholte, erfasste Theron den Ernst der Situation. Ohne noch einmal nachzufragen, legte er den Gang ein und fuhr los.

Kaum war das Auto seines Onkels hinter der nächsten Kurve verschwunden, wurde Leandros klar, wie unmöglich er sich aufgeführt hatte. Jeder Vorwurf, den Isobel ihm gemacht hatte, war berechtigt, denn einen größeren Egoisten als ihn gab es sicher auf der ganzen Welt nicht.

Lieber wäre es ihm gewesen, wenn sie es ihm schonender beigebracht hätte. Abgesehen davon, dass er es nicht verdient hatte, war Diplomatie allerdings noch nie ihre Stärke gewesen. Doch anders kannte er Isobel nicht – und so, wie sie war, liebte er sie.

Warum stehe ich dann noch hier?, fragte sich Leandros. Sekunden später saß er im Auto und startete den Motor. Die wenigen Kilometer bis zur Villa legte er in Rekordzeit zurück. Trotzdem fand er Therons Auto leer vor, als er vor der Haustür hielt.

Er glaubte genau zu wissen, wo er Isobel finden würde. Deshalb lief er durch die Eingangshalle, ohne nach rechts und links zu sehen, und auf dem Weg ins Obergeschoss nahm er drei Stufen auf einmal. Als er endlich ihr Zimmer erreicht hatte, blieb er vor der geschlossenen Tür stehen, um einen Moment zu verschnaufen.

Gleichzeitig wollte er damit auch seine Angst bekämpfen, denn insgeheim rechnete er fest damit, dass ihr Koffer auf dem Bett lag. Und wenn Isobel tatsächlich zu packen begonnen hatte, dann würde es unendlich schwer sein, sie umzustimmen.

Kaum hatte er die Tür geöffnet, sah er sich in seinen schlimmsten Befürchtungen bestätigt. Der Koffer lag aufgeklappt auf dem Bett, und Isobel stand mit verschränkten Armen dahinter, als hätte sie ihn, Leandros, bereits erwartet.

Es war sehr wahrscheinlich, dass sie sich streiten würden. Deshalb schloss Leandros zunächst die Tür, ehe er langsam auf Isobel zuging. „Dass wir keinen Ehevertrag geschlossen haben, spielt überhaupt keine Rolle", kam er ohne Umschweife zur Sache. „Ich will mich heute so wenig von dir trennen wie bei unserer Hochzeit. Und dabei wird es bis ans Ende meiner Tage bleiben. Zweitens habe ich dir nicht nachspioniert, sondern bin dir wie ein Schoßhündchen gefolgt. Und nun zum dritten und letzten Punkt." Und dem schwierigsten, hätte er ergänzen können. „Dass ich zu dem ungeheuerlichen Verdacht geschwiegen habe, kann ich nur damit erklären, dass ich genauso schockiert war wie du. Denn niemand aus meiner Familie hat dir jemals so etwas unterstellt."

„Und wie kommt Diantha dann darauf?" Ihr Tonfall zeugte von tiefstem Misstrauen – ganz im Gegensatz zu den Tränen, die ihr über die Wangen liefen. Einen Moment war Leandros versucht, seine Frau in die Arme zu nehmen und sie schweigend seiner Liebe zu versichern. Doch dann beschloss er, sich zunächst alles von der Seele zu reden. Für Zärtlichkeiten würde anschließend noch genügend Zeit bleiben.

„Es gibt nur einen Menschen, dem ich das zutraue", antwortete er, „und das ist mein Patenonkel Takis. Ich könnte mich ohrfeigen, dass ich nicht früher darauf gekommen bin."

„Warum sollte Takis so etwas tun?", fragte sie bestürzt.

Er seufzte. „Weil er dasselbe mit mir versucht hat. Nach dem Tod meines Vaters stand er mir näher als jeder andere, und mit allen Problemen konnte ich mich an ihn wenden. Als wir die Ehckrise hatten, habe ich ihm erzählt, welche Sorgen ich mir um dich mache, weil ich nicht wusste, wie du auf den Verlust unseres Kindes reagieren würdest. Daraufhin hat er mich gefragt, ob ich wüsste, wo du dich auf deinen Streifzügen durch Athen rumtreibst – und vor allem mit wem. Dass er vertrauliche Informationen weitergegeben hat, ist dagegen fast eine Lappalie."

„Glaubst du, dass er auch den Fotografen auf dich angesetzt hat?"

Diese Frage stellte sich ihm schon geraume Zeit. „Ich hoffe nicht", erwiderte er bedrückt. „So komisch es klingt, aber es wäre mir lieber, wenn diese Idee auf Dianthas Mist gewachsen wäre. Für diese Annahme spricht, dass die Fotos entstanden sind, bevor irgendjemand wissen konnte, dass wir uns nicht trennen. Schon als Kind ist Diantha bei uns ein und aus gegangen. Ich wusste, dass sie in Nikos verliebt war, und als sie nach Washington zog, nahm ich an, es wäre seinetwegen. Irgendwie tat sie mir leid, darum habe ich sie auf meinen Geschäftsreisen regelmäßig besucht. Sie scheint es völlig missverstanden zu haben. Mit den Fotos wollte sie ein Druckmittel in die Hand bekommen, um auf alle Eventualitäten vorbereitet zu sein – und fast hätte sie ihr Ziel ja auch erreicht."

„Hattest du wirklich vor, sie zu heiraten?", fragte Isobel empört.

„Das nicht", erwiderte Leandros lächelnd und sah zum Bett. „Aber du wolltest mich offensichtlich verlassen."

„Dieses Mal scheinst du etwas missverstanden zu haben“, wandte sie ein und kam zu ihm. „Diantha ist nicht die Einzige, die zu Druckmitteln greifen kann, um den Lauf der Dinge zu beeinflussen.“

„Glaubst du wirklich, du hast mehr Erfolg damit als sie?“

„Das wird sich hoffentlich gleich zeigen.“ Sie legte ihm die Arme um den Nacken.

Dass die Dinge den gewünschten Lauf nehmen würden, stand fest, als der Koffer mit einem lauten Knall auf dem Fußboden landete. Dann hob Leandros Isobel hoch und legte sie aufs Bett, um den Tag, der so fürchterlich begonnen hatte, zu einem guten Ende zu bringen. Und dafür eignete sich nun einmal nichts besser, als den Schwur, den sie sich vor langer Zeit schon gegeben hatten, in der Sprache der Liebe zu bekräftigen.

„Du schuldest mir noch etwas“, sagte Leandros unvermittelt, als er sein Jackett auszog.

„Und was?“, fragte Isobel ungeduldig.

„Du wolltest vor mir auf die Knie fallen“, erinnerte er sie an das Versprechen, das sie ihm vor wenigen Stunden gegeben hatte. „Es muss ja nicht unbedingt sein, um mich um Verzeihung zu bitten.“

– ENDE –

Lynne Graham

Liebe meines Lebens

Roman

Aus dem Amerikanischen von
Sabine Reinemuth

MIRA®

1. KAPITEL

Du bist ganz die Tochter deiner Mutter – du hast dein Leben verpfuscht", urteilte Spyros Manoulis. Olympia wich dem Blick ihres Großvaters nicht aus, obwohl sie am liebsten die Flucht ergriffen hätte. Sie war gekommen, um zu betteln, und wenn es ihm gut tat, sie zu beschimpfen, dann sollte er es tun. Hauptsache, sie konnte ihn seiner Tochter gegenüber gnädiger stimmen.

Spyros Manoulis ging im Salon der Suite des eleganten Londoner Hotels auf und ab. Er war über siebzig, hatte aber immer noch eine sportliche Figur und volles weißes Haar. „Sieh dich doch nur an, Olympia! Schon siebenundzwanzig und immer noch keinen Mann, von Kindern ganz zu schweigen! Vor zehn Jahren habe ich dich mit offenen Armen bei mir aufgenommen und alles getan, um dir den Weg zu ebnen …"

Er verstummte, um Atem zu schöpfen, aber Olympia wusste, was jetzt kommen würde. Sie kniff die grünen Augen leicht zusammen und wurde blass, was ihr rotbraunes Haar, das sie zu einem Zopf geflochten hatte, noch dunkler erscheinen ließ.

„Und wie hast du mir meine Großzügigkeit gedankt?" Spyros erregte sich immer mehr. „Du hast Schande über unsere Familie gebracht. Du hast mich in meiner Ehre gekränkt, deinen Ruf ruiniert und die Cozakis beleidigt und vor den Kopf gestoßen."

„Ja." Sie hätte sich selbst zu einem Mord bekannt, wenn es ihr die Gelegenheit gegeben hätte, ein gutes Wort für ihre Mutter einzulegen.

„So eine vorteilhafte Ehe auszuschlagen! Und du mochtest Gregoris Cozakis! Ich kann mich noch ganz genau daran erinnern, wie du vor Rührung geweint hast, als er dir den Verlobungsring an den Finger gesteckt hat."

Olympia presste die Lippen zusammen, um bei diesen Vorwürfen nicht die Beherrschung zu verlieren.

„Dann hast du aus einer Laune heraus alles kaputtgemacht." Tiefe Verbitterung sprach aus seinem Gesicht. „Du hast dich unmöglich gemacht, du hast mich unmöglich gemacht, du …"

„Zehn Jahre sind eine lange Zeit", wandte sie ein, doch ihr Großvater widersprach ihr sofort.

„Nicht lange genug, um die Erinnerung an diese Schande aus meinem Gedächtnis zu tilgen! Mich hat nur interessiert, wie du jetzt aussiehst. Deshalb habe ich deiner Bitte um ein Treffen zugestimmt. Ich möchte aber von vornherein klarstellen, dass du von mir keinerlei finanzielle Unterstützung zu erwarten hast."

Olympia schoss die Röte ins Gesicht. „Keinen Penny würde ich von dir nehmen! Aber meine Mutter, deine Tochter ..."

„Hätte meine verblendete Tochter dich nach griechischer Tradition zu einem anständigen jungen Mädchen erzogen, wäre uns diese Familienschande erspart und meine Ehre unangetastet geblieben!"

Ihr Mut sank. Doch sie würde zu verhindern wissen, dass ihre Mutter immer noch unter den Sünden der Tochter zu leiden hatte. Sie straffte sich und sah ihren Großvater entschlossen an. „Lass uns offen miteinander reden ..."

„Nein! Kein Wort werde ich mir anhören." Spyros ging zum Fenster. „Geh nach Hause, und denk darüber nach, was du dir und deiner Mutter angetan hast! Hättest du Gregoris Cozakis geheiratet ..."

„Eher hätte ich ihn kastriert!" Nun, da ihr klar war, dass sie ihren Großvater nicht umstimmen konnte, verlor auch sie die Beherrschung. Doch als er sie mit hochgezogenen Brauen verächtlich musterte, errötete sie erneut. „Entschuldigung ..."

„Gregoris hätte dir wenigstens beigebracht, zu schweigen, wenn ein Mann spricht."

Olympia atmete tief durch, um sich zu beruhigen. Anstatt ihn zu besänftigen, hatte sie noch Öl ins Feuer gegossen. Sie hätte schuldbewusst und reuig reagieren sollen, als er von ihrer geplatzten Verlobung gesprochen hatte.

Spyros Manoulis machte eine Geste, die etwas Endgültiges hatte. „Nur durch eine Ehe mit Gregoris könntest du mich umstimmen."

„Warum verlangst du nicht gleich, dass ich auf den Mount Everest klettere?"

„Ich sehe, du hast mich verstanden“, erklärte er trocken.

Plötzlich ritt sie der Teufel. „Wenn ich ihn dazu bringe, mich zu heiraten, bekomme ich dann immer noch das gesamte Manoulis-Imperium als Mitgift?“

Spyros horchte auf. „Wie willst du das denn schaffen? Schließlich geht es um Gregoris Cozakis, den du beleidigt hast, wie man einen Mann nicht schlimmer beleidigen kann – und der jede Frau haben kann, die er will.“

„Nur wenige Frauen bringen als Trostpflaster eine derartige Mitgift mit in die Ehe.“

Schockiert sah er sie an. „Schreckst du wirklich vor nichts zurück?“

„Als du mich verkaufen wolltest wie einen deiner Tanker, habe ich meine Ideale und jedes Gefühl für Anstand verloren“, erwiderte sie. „Aber damit hast du meine Frage noch nicht beantwortet.“

„Die Frage ist überflüssig, weil sie völlig sinnlos ist.“

„Trotzdem hätte ich gern eine Antwort.“

„Damals wollte ich Gregoris zu eurer Hochzeit die Verantwortung für das Manoulis-Imperium übertragen. Dasselbe würde ich heute auch noch tun – mit allergrößtem Vergnügen sogar.“ Seine Wut war verraucht, und er klang jetzt wie ein enttäuschter alter Mann. „Mein Herzenswunsch ist es, mein Lebenswerk an einen fähigen Nachfolger zu übergeben. Ist das so schwer zu verstehen?“

Olympia biss sich auf die Lippe. Das Unternehmen bedeutete ihrem Großvater mehr als die eigenen Kinder, der Meinung war sie schon immer gewesen. Ihre Mutter dagegen sah das anders. Irini Manoulis war eine sehr sanftmütige Frau und hatte es ihrem Vater nie übel genommen, dass er sie verstoßen hatte.

Aber es war sinnlos, darüber weiter nachzudenken. Sie, Olympia, hatte mit ihrer Mission keinen Erfolg gehabt. Ihr Großvater war zu keinen Eingeständnissen bereit und hatte sie nur aus Neugier empfangen. Was wollte sie hier eigentlich noch? Sie ging zur Tür.

Doch dann machte sie einen letzten Versuch. „Meine Mutter, deine Tochter, ist sehr krank …“

Spyros schimpfte auf Griechisch. Empört wirbelte Olympia herum, ihre grünen Augen funkelten angriffslustig. „Wenn sie arm und ohne ausreichende medizinische Versorgung stirbt, ist das allein *deine* Schuld! Ich kann nur hoffen, dass dich dein Gewissen bis ins Grab verfolgt – und darüber hinaus, denn genau das hast du verdient."

Sekundenlang blickte Spyros Manoulis sie sprachlos an. Dann drehte er sich um.

Olympia ging. Nach außen hin gelassen, durchquerte sie das belebte Hotelfoyer und trat auf die Straße. Ihre Lage war völlig aussichtslos, und schuld daran war Gregoris Cozakis.

Obwohl er unvorstellbar reich war, hatte ihn die Geldgier dazu getrieben, sich als Neunzehnjähriger mit einem übergewichtigen Mädchen zu verloben, das er alles andere als attraktiv fand. Da es sich dabei jedoch um die Erbin des Manoulis-Vermögens handelte, hatte er sich nicht daran gestört. Gregoris Cozakis hatte ihr, Olympia Manoulis, das Herz gebrochen, ihren Stolz verletzt und dafür gesorgt, dass Spyros ihr und ihrer Mutter nie verzeihen würde.

Ihre Mutter war wohl unter keinem guten Stern geboren. Die ersten einundzwanzig Jahre ihres Lebens hatte Irini Manoulis behütet und von allem nur erdenklichen Luxus umgeben zugebracht. Doch dann hatte sie einen fatalen Fehler begangen: Sie hatte sich in einen Engländer verliebt. Spyros war natürlich gegen die Verbindung gewesen, und Irini war zu dem geliebten Mann nach London geflohen. Am Abend vor der Hochzeit raste er mit seinem Motorrad in den Tod.

Kurz darauf stellte Irini fest, dass sie schwanger war. Jetzt gab es natürlich kein Zurück mehr, denn sie war ledig und erwartete ein Kind. Als Tochter aus gutem Hause hatte sie keinen Beruf erlernt und musste jeden Job annehmen, der sich ihr bot. Trotzdem hatte sie ihre Tochter allein und ohne fremde Hilfe großgezogen. Seit sich Olympia erinnern konnte, hatte ihre Mutter, die von Natur aus kein robuster Typ war, blass und erschöpft ausgesehen. Jahrelange und viel zu schwere Arbeit hatte sie krank gemacht und ihr Herz immer mehr geschwächt.

Als sie, Olympia, dann ihr eigenes Geld verdiente, hatten sich die

Verhältnisse gebessert. Sogar eine kleine Wohnung hatten sie sich leisten können, was ihnen als Himmel auf Erden erschienen war. Doch vor achtzehn Monaten war die Firma, bei der sie, Olympia, als Empfangsdame angestellt gewesen war, in Konkurs gegangen, und sie hatte sich mit Gelegenheitsjobs durchschlagen müssen – und selbst die waren in letzter Zeit immer rarer geworden.

Nachdem auch die letzten Ersparnisse aufgebraucht gewesen waren, hatten sie die Wohnung aufgeben und Räume beziehen müssen, die das Sozialamt ihnen zur Verfügung stellte. Dort waren auch arbeitslose Jugendliche untergebracht, von denen einige so aggressiv waren, dass sich Irini allein nicht mehr vor die Tür traute. Sie, Olympia, hatte mit ansehen müssen, wie ihre geliebte Mutter von Tag zu Tag schwächer wurde. Es schien, als hätte Irini sich endgültig aufgegeben.

Sie wird sterben, dachte Olympia verzweifelt. Irini sprach nur noch von der Vergangenheit, denn die Gegenwart konnte sie nicht ertragen. Sie lebte in einer heruntergekommenen Wohnung, die sie aus Geldmangel nicht heizten, besaß weder Telefon noch Fernseher und hatte Nachbarn, die sie als bedrohlich empfand.

Olympia fragte sich oft, ob sie vor zehn Jahren genauso gehandelt hätte, wenn sie geahnt hätte, was die Zukunft bringen würde. Vielleicht wäre sie jetzt mit einem der reichsten Männer der Welt verheiratet, und ihre Mutter wäre medizinisch bestens versorgt. Mit siebzehn hatte sie das nicht voraussehen können, sonst hätte sie ihrer Mutter zuliebe geheiratet.

Selbst nachdem Gregoris keine drei Meter von ihr entfernt ein hinreißendes Topmodel hemmungslos geküsst hatte?

Selbst nachdem er Katerina, seiner Cousine zweiten Grades, anvertraut hatte, seine Verlobte wäre dick, dumm und unattraktiv, aber im wahrsten Sinne des Wortes ihr Gewicht in Gold wert?

Selbst nachdem er sie am Morgen nach dem verhängnisvollen Abend beschuldigt hatte, sie wäre eine Hure? Er hatte gesagt, er würde es ablehnen, das zu nehmen, was ein anderer Mann ihm übrig gelassen hatte.

Um die schmerzlichen Erinnerungen zu vertreiben, blieb Olympia vor einem Schaufenster stehen und betrachtete die Auslagen. Sie war sich ziemlich sicher, dass Gregoris auch gerade in London war, und zwar aus demselben Grund wie ihr Großvater. In der Zeitung hatte nämlich gestanden, dass in dieser Woche eine Tagung griechischer Großindustrieller mit Geschäftsbeziehungen zu England stattfand.

Und Gregoris hatte einen seiner Geschäftssitze in London. Wahrscheinlich hielt er sich sogar in diesem Moment in seinem Büro auf. Was hatte sie also zu verlieren?

Sie wusste, dass Gregoris immer noch nicht verheiratet war und Spyros nie scherzte, wenn es um Geld ging. Er würde Millionen über Millionen zahlen, nur um seine Enkelin mit Gregoris Cozakis verheiratet zu sehen. Mit Liebe hatte das Ganze nichts zu tun, es ging allein um die Vereinigung zweier Wirtschaftsimperien. Und deshalb sah sie eine Chance für sich, selbst wenn sie in Gregoris' Augen hässlich und obendrein unmoralisch war.

Hatte sie den Verstand verloren, an eine solche Heirat auch nur zu denken? Nein, sie war es ihrer Mutter schuldig, die auf so vieles verzichtet hatte, um ihre Tochter zur Welt zu bringen und großzuziehen. Jetzt war es an ihr, Irini ein Opfer zu bringen.

Olympia betrachtete kritisch ihr Spiegelbild in der Schaufensterscheibe. Sie war dunkelhaarig, knapp einssiebzig groß und trug ein graues Kostüm, das schon bessere Zeiten gesehen hatte. Selbst jetzt, da sie am Essen sparen musste, war sie nicht gertenschlank, sondern hatte üppige Formen – entsetzlich unmoderne Formen. Die musste sie von ihrer Familie väterlicherseits geerbt haben, denn Irini war klein und zierlich. Aber ich bin mein ganzes Gewicht in Gold wert, dachte Olympia zynisch. Und wenn Gregoris Cozakis eins wollte, dann war es Geld.

Er plante einen größeren Coup und hatte sich darum äußerste Ruhe ausbedungen.

Deshalb runzelte Gregoris Cozakis die Stirn, als Gerry Marsden, sein Assistent, auf ihn zukam und sich neben ihn stellte. „Es tut mir leid,

Sir, aber da ist eine Frau, die Sie dringend sprechen möchte. Sie…"

„Ich möchte jetzt wirklich nicht gestört werden, und schon gar nicht von irgendeiner Frau", unterbrach ihn Gregoris ungehalten.

„Sie behauptet, sie sei Olympia Manoulis, Spyros Manoulis' Enkelin. Die Empfangsdame meint jedoch, so würde sie nicht aussehen."

Olympia Manoulis? Gregoris verharrte mitten in der Bewegung und blickte nachdenklich vor sich hin. Olympia Manoulis. Der Schmerz und die Wut, die sich in all den Jahren nie ganz gelegt hatten, flammten erneut mit ungebrochener Macht auf. Wie konnte es dieses Flittchen nur wagen, seine Büroräume zu betreten und nach ihm zu fragen? Er sprang so unvermittelt auf, dass seine Mitarbeiter erschrocken aufsahen.

Er ging mit großen Schritten zum Fenster und drehte ihnen den Rücken zu. Spyros hatte geschworen, dass er ihr nie verzeihen würde, und er war ein Mann, der Wort hielt. Er, Gregoris, bedauerte den alten Mann, dessen Enkelin die Familienehre in den Schmutz gezogen hatte, von ganzem Herzen. Spyros' Sohn war während einer Regatta ertrunken, und seine Tochter hatte ein außereheliches Kind. Sein, Gregoris', Vater vertrat die Ansicht, die Manoulis seien keine gute Familie und er könnte froh sein, dass es nicht zur Heirat gekommen war.

Er, Gregoris, dagegen sah das längst nicht so abgeklärt. Die Erinnerungen brachten ihn immer noch zur Weißglut. Welche Erniedrigung, öffentlich damit konfrontiert zu werden, dass *seine* unschuldige Verlobte in *seinem* Auto mit *seinem* betrunkenen Freund Sex gehabt hatte! Was Olympia ihm, Gregoris Cozakis, angetan hatte, war ungeheuerlich gewesen, und er bedauerte, dass er nie die Möglichkeit gehabt hatte, sich an ihr zu rächen.

„Sir?", brach Gerry Marsden das spannungsgeladene Schweigen, das im Raum herrschte.

Gregoris dreht sich um. „Lassen Sie die Frau warten."

Gerry Marsden konnte sein Erstaunen nur mit Mühe verbergen. „Bis wann? Was soll ihr die Empfangssekretärin sagen?"

„Nichts." Stolz hob Gregoris den Kopf. „Lassen Sie die Lady einfach warten."

Die Zeit kroch nur so dahin: Mittag, früher Nachmittag, Spätnachmittag. Olympia hatte den Eindruck, dass viele Mitarbeiter das luxuriös ausgestattete Foyer nur durchquerten, um sie verstohlen zu mustern.

Trotzdem ließ sie den Kopf nicht hängen, sondern bemühte sich um Haltung. Schließlich hatte sie bereits etwas erreicht. Gregoris hatte es weder abgelehnt, sie zu sehen, noch hatte er sie des Hauses verwiesen. Wahrscheinlich hatte er nur ungeheuer viel zu tun. Ja, so musste es sein.

Gregoris war ihre letzte Hoffnung. Und was machte es schon, dass ihr Stolz verletzt war? Hatte Irini an ihren Stolz gedacht, als sie die Fußböden fremder Leute scheuerte, nur um ihre Tochter ernähren und einkleiden zu können?

Um kurz vor fünf stand die Empfangsdame von ihrem Tisch auf. „Mr. Cozakis ist nicht mehr im Hause, Miss Manoulis."

Olympia wurde blass, ließ sich sonst jedoch keinerlei Gefühlsregung anmerken und ging hoch erhobenen Hauptes zum Lift. Sie würde nicht aufgeben. Sie würde am nächsten Tag wiederkommen, und wenn es ihr noch so schwer fiel.

Erst als sie an der Haltestelle stand und auf den Bus wartete, kam ihr der Gedanke, dass sie die Situation wohl falsch eingeschätzt hatte. Gregoris war nicht mehr der, in den sie sich damals so verliebt hatte. Er war kein ungeduldiger und unbeherrschter Teenager mehr, er war nicht mehr der verwöhnte Millionärssohn, sondern ein überaus erfolgreicher Unternehmer.

Gregoris war ein erwachsener Mann – ein Grieche. Wie ihr Großvater sah er keinerlei Veranlassung, sein Verhalten zu rechtfertigen. Statt ihr mitteilen zu lassen, dass er nicht zu sprechen wäre, hatte er sie warten und hoffen lassen. Mit dieser Taktik hätte sie eigentlich rechnen müssen.

Schon an der Wohnungstür duftete es nach Essen, und Olympia eilte sofort in die Küche. „Wir hatten doch vereinbart, dass *ich* koche, Mum", begrüßte sie ihre Mutter und war entsetzt darüber, wie kraftlos diese wieder wirkte.

Irini lächelte. „Das ist doch das Wenigste, was ich für dich tun kann, wo du den ganzen Tag unterwegs warst, um einen Job zu finden."

Olympia verschwieg ihr die Wahrheit, denn sie wollte sie nicht beunruhigen. Irini wäre über den Plan schockiert gewesen, selbst wenn sie, Olympia, ihr über das, was vor zehn Jahren in Athen wirklich passiert war, nie reinen Wein eingeschenkt hatte. Damals wie auch jetzt wollte sie ihre Mutter nicht unnötig belasten.

Am nächsten Morgen drei Minuten nach neun bat Olympia die Empfangsdame des Cozakis-Bürogebäudes zum zweiten Mal um einen Termin bei Gregoris. Zehn Minuten nach neun näherte sich Gerry Marsden seinem Boss, der schon seit acht an seinem Schreibtisch saß. „Miss Manoulis ist wieder da, Sir."

„Haben Sie die Tenco-Akte besorgt?", fragte Gregoris, ohne darauf einzugehen.

Als ihr die Empfangsdame gegen Abend mitteilte, dass Mr. Cozakis das Haus bereits verlassen habe, hätte Olympia vor Verzweiflung am liebsten geschrien.

Als Olympia am dritten Tag aus dem Lift trat und zum Empfang ging, konnte sie nur mit Mühe Haltung bewahren. Doch als sie in der Mittagszeit von der Toilette zurückkehrte, fand sie zu ihrer Überraschung eine Tasse Tee und einen Teller mit Keksen an ihrem Platz. Sie schenkte der Empfangsdame ein dankbares Lächeln, die ihr daraufhin verschwörerisch zuzwinkerte.

Sie hatte das Gefühl, dass mittlerweile jeder Mitarbeiter im Hause Cozakis einmal durch das Foyer gegangen war, nur um einen Blick auf sie zu erhaschen. Hatte ihr beharrliches Warten sie anfangs irritiert, erregte es jetzt Mitleid. Aber das nützt mir nichts, solange Gregoris einen eigenen Eingang hat, dachte Olympia.

Gegen drei verspürte sie allmählich Panik. Gregoris würde in den nächsten Tagen bestimmt wieder nach Griechenland zurückfliegen und wäre damit für sie nicht mehr erreichbar. Also musste sie handeln, denn sie hatte nichts mehr zu verlieren. Ohne lange zu überlegen, stand sie auf, eilte an der überraschten Empfangsdame vorbei und lief weiter den Flur entlang, der, wie sie mittlerweile wusste, zu seinen Räumen führte.

Als sie die Tür am Ende des Korridors erreicht hatte, stellte sich ihr ein Mann entgegen und hielt sie am Arm fest. „Es tut mir leid, Miss Manoulis, aber ohne Erlaubnis kommt hier niemand herein“, sagte er mit starkem griechischem Akzent.

„Damianos …“ Sie hatte Gregoris' bulligen Bodyguard sofort wiedererkannt. „Hätten Sie nicht einfach in die andere Richtung sehen können?“

„Bitte gehen Sie nach Hause. Denken Sie an Ihren Großvater. Der Boss wird sich so ein Verhalten nicht bieten lassen.“ Bei diesen Worten lockerte er unwillkürlich den Griff. Das erwies sich allerdings als Fehler. Geschickt befreite sie sich und war mit einem Satz an der Tür, die sie sofort aufriss.

Irritiert schaute Gregoris von seinem Schreibtisch auf und erhob sich.

Olympia wusste, dass sie nur wenige Sekunden Zeit hatte. Dann würde Damianos sie hinauswerfen.

„Bist du ein Feigling oder ein Mann, dass du dich vor einer Frau fürchtest?“, brachte sie atemlos hervor.

2. KAPITEL

Gregoris nickte Damianos kurz zu, woraufhin sich dieser sofort zurückzog und die Tür hinter sich schloss. Olympia rang um Fassung und bewunderte gleichzeitig die Selbstbeherrschung, mit der Gregoris auf ihre Provokation reagierte. Wäre sie ein Mann gewesen, wäre er sicher auf sie losgegangen.

„Es tut mir leid ...“, log sie.

Fasziniert betrachtete sie ihn. Er erschien ihr noch größer als vor zehn Jahren, er musste fast einsneunzig sein. Auf alle Fälle wirkte seine Figur athletischer, und seine Schultern waren breiter geworden. Ihr Magen krampfte sich zusammen, und sie wich unwillkürlich einen Schritt zurück.

Gregoris sah einfach umwerfend aus. Sein konservativer dunkler Geschäftsanzug stand in verwirrendem Gegensatz zu seiner männlich-aggressiven Ausstrahlung. Gregoris war ein erwachsener Mann. An den schönen Jüngling, der ihr Herz vor zehn Jahren im Sturm erobert hatte, erinnerten nur noch die ebenmäßigen Gesichtszüge. Und die goldbraunen Augen, die sie schon immer an einen Jaguar hatten denken lassen.

„Wie kannst du dich nur so unwürdig benehmen?“ Nicht die leiseste Gefühlsregung schwang in seinen Worten mit.

„Das habe ich nicht!“

„So? Einzig und allein aus Rücksicht auf deinen Großvater habe ich dich nicht gleich am ersten Tag gewaltsam ins Freie befördern lassen“, erwiderte er in dem gleichen leidenschaftslosen Ton.

Obwohl Gregoris völlig gelassen schien, hatte Olympia Angst vor ihm, und sie musste sich zwingen, ihm in die Augen zu sehen. „Ich möchte dir einen Vorschlag machen.“

„Und ich möchte deinen Vorschlag nicht hören.“ Er sprach ganz ruhig, doch plötzlich war die Atmosphäre sehr spannungsgeladen. Olympia rann ein Schauer über den Rücken, als Gregoris sie langsam und verächtlich von Kopf bis Fuß musterte. Dabei wurde ihr bewusst, dass ihr

Kostüm zerknittert war, dass sich einzelne Strähnen aus ihrer Frisur gelöst hatten und ihr unordentlich ins Gesicht fielen und wie hässlich sie überhaupt war. Der Schöne und das Biest, schoss es ihr durch den Kopf.

Aber es war eine Tatsache, die sie zu akzeptieren gelernt hatte. Jetzt konnte sie damit umgehen, vor zehn Jahren war sie daran verzweifelt, dass ihr Aussehen nicht im Entferntesten dem glich, was Gregoris hätte fesseln können.

„Wie kannst du mir nur ins Gesicht sehen?“, fragte Gregoris unvermittelt und nicht mehr ganz so ruhig.

„Ich habe ein reines Gewissen.“ Stolz legte Olympia zur Bestätigung den Kopf zurück.

„Du bist nichts weiter als ein kleines Flittchen“, widersprach er und lächelte unverschämt.

Da dieser Vorwurf jeglicher Grundlage entbehrte, traf er sie nicht. Sie fand es nur erstaunlich, dass Gregoris selbst nach zehn Jahren noch das Bedürfnis verspürte, sie zu beleidigen. Es ist Ironie des Schicksals, dachte sie, dass ich als angebliches Flittchen mehr Eindruck auf ihn gemacht habe, als es mir als brave Verlobte je gelungen ist.

Sie lachte traurig. „Denk von mir, was du willst“, antwortete sie und zuckte die Schultern. „Ich bin hierhergekommen, um dir ein Geschäft anzubieten.“

„Spyros Manoulis würde nie auf die Idee kommen, *dich* als seine Unterhändlerin zu schicken.“

„Wie es aussieht, bin *ich* von uns dreien die Einzige, die den Mut hat, die Dinge beim Namen zu nennen. Kannst du nicht für einen Augenblick die Vergangenheit vergessen und mir zuhören?“

„Nein.“

Olympia war ehrlich überrascht. „Warum nicht?“

Als er darauf nichts erwiderte, sondern sie nur mit unbewegter Miene ansah, atmete sie tief ein und machte ihren Vorschlag. „Mein Großvater wünscht immer noch, dass du Manoulis Industries übernimmst. Das wolltet ihr, du und dein Vater, doch schon damals. Es ist vor zehn Jahren nicht um mich gegangen, ich war lediglich Mittel zum Zweck."

„Was soll denn dieser Unsinn?" Gregoris war ganz offensichtlich angewidert.

„Ich beschränke mich auf das Wesentliche, okay?"

„Nein. Verlass bitte dieses Zimmer", brachte er hervor.

„Nein!" Sie ballte die zitternden Hände zu Fäusten. „Du hattest deine Rache, zehn Jahre lang …"

„Wovon redest du überhaupt?"

„Wenn du mich heiratest, überschreibe ich dir alles."

Endlich war es ihr gelungen, seine Aufmerksamkeit zu fesseln. Er schien wie vom Donner gerührt.

„Es wäre natürlich keine normale Ehe – nur eine Zweckehe, mit der mein Großvater zufrieden wäre. Ich bin ihm sowieso egal, also wird er sich um unser Zusammenleben nicht weiter kümmern", erklärte Olympia schnell. Sie wollte ihm ihren Vorschlag möglichst genau erklären, bevor er wieder aus der für ihn untypischen Apathie erwachte. „Ich könnte hier in England bleiben und würde nur so viel an Unterhalt beanspruchen, dass ich davon leben kann. Dafür würde dir dann das ganz Manoulis-Imperium gehören, und du hättest den Vorteil, dich nicht mit mir belasten zu müssen."

Gregoris wurde rot vor Zorn und fluchte leise auf Griechisch.

„Gregoris, versteh mich doch bitte! Ich befinde mich wirklich in einer verzweifelten Lage, sonst würde ich dir so etwas bestimmt nicht vorschlagen. Ich weiß …"

„Wie kannst du es nur wagen, mir so ein Angebot zu machen!", herrschte er sie an und packte sie an den Armen. „Du musst verrückt sein! Nie im Leben würde ich so ein verkommenes und verlogenes Stück wie dich heiraten!"

„Denk ans Geschäft, nicht an die Heirat." Obwohl sie am ganzen Körper zitterte, hielt sie an ihrem Plan fest. Es konnte ihr schließlich egal sein, was Gregoris von ihr dachte.

Wütend sah er sie an. „Ich soll eine Frau heiraten, die wie eine Straßendirne auf einem öffentlichen Parkplatz ihren Rock für einen meiner besten Freunde hochgehoben hat?"

Olympia wurde blass. „Es spielt jetzt zwar keine Rolle mehr, Gregoris, aber das habe ich nie getan."

Er schob sie unsanft von sich. „Spar dir deine Worte, denn für deine Treulosigkeit gibt es Zeugen. Und verschon mich bitte mit einem derart beleidigenden Angebot."

„Warum sollte das eine Beleidigung für dich sein?" Verblüfft sah sie ihn an. „Vergiss die alten Geschichten, und du musst zugeben, dass ich dir nur anbiete, was du schon immer gewollt hast – sogar mehr, denn ich erwarte nicht, dass du mit mir zusammenlebst oder mich wie deine Frau behandelst."

„Spyros würde dich erschlagen, wenn er dich so erleben würde."

„Bestimmt nicht. Höchstens meine Methoden würden ihm missfallen, weil sie nicht gerade fein sind." Sie lachte gequält. „Es ist gerade drei Tage her, dass ich mit ihm gesprochen habe. Er vergibt mir nur, wenn ich dich heirate. Da kann ich mit meiner Taktik nicht gerade wählerisch sein, oder?"

„Du hast deine Wahl bereits vor zehn Jahren auf dem Parkplatz getroffen."

Olympia betrachtete angelegentlich das Muster des Teppichs. Sie fühlte sich so ausgelaugt! Wie sollte sie ihm ihre Unschuld beweisen, wenn sie ihm damals aus verletztem Stolz nicht Rede und Antwort gestanden, sondern beharrlich geschwiegen hatte?

Müde sah sie auf und stellte überrascht fest, dass er fasziniert auf ihre Bluse blickte. Als sie merkte, dass der oberste Knopf aufgegangen war und den Ansatz ihrer Brüste freigab, errötete sie und machte den Knopf mit zittrigen Fingern wieder zu.

Gregoris ließ sie nicht aus den Augen. „Wenn ich dich als Erster hätte haben können, wärst du nie auf die Idee gekommen, dich auf einem Parkplatz einem Betrunkenen anzubieten!"

„Ich verbitte mir diesen Ton!" Sie war durch seine Worte und die Art, wie er sie taxierte, noch mehr verunsichert.

Erheitert verfolgte er ihre ungeschickten Versuche, auch die Kostümjacke bis zum obersten Knopf zu schließen, und lächelte spöttisch. „Ich spreche mit dir, wie *ich* es für richtig halte. Du hast schließlich kein Monopol auf freie Meinungsäußerung."

„Nein, aber ..."

„Du glaubst doch nicht, du könntest mich hier überfallen, mir ein derartiges Angebot machen und dafür auch noch respektvoll behandelt werden!" Er lachte.

„Nein. Aber ich dachte, du hättest Achtung vor dem Geld, das ich dir wert bin", antwortete Olympia unbeirrt.

Gregoris war das Lachen vergangen. Er presste die Lippen zusammen, nur um seinen Mundwinkel zuckte es. „Olympia, du spielst mit dem Feuer, lass dir das gesagt sein", erwiderte er schließlich. „Wie verzweifelt ist deine Lage?"

Sie bekam weiche Knie. Er war nicht mehr wütend, sondern sprach ruhig und beherrscht. Vielleicht hatte er seinen Hass jetzt doch überwunden. Das, was vor zehn Jahren passiert war, mochte ihn vielleicht gekränkt haben, aber er konnte nicht allzu tief verletzt gewesen sein, denn als Frau war sie ihm völlig gleichgültig gewesen.

„Meine Mutter ist krank ..."

„Oh, bitte spar dir diese rührseligen Geschichten! Für wie dumm hältst du mich eigentlich?"

Olympia ballte die Hände zu Fäusten. „Vielleicht habe ich es einfach satt, arm zu sein. Was geht dich das an?"

„Nichts." Gregoris trat zurück und setzte sich lässig auf die Kante seines Schreibtischs. „Eins muss ich dir lassen. Du hast mehr Mumm in den Knochen als jede andere Frau, der ich bisher begegnet bin."

Olympia schluckte.

„Dir muss das Wasser schon bis zum Hals stehen, dass du ausgerechnet *mir* einen Heiratsantrag machst. Hast du gedacht, das Manoulis-Imperium, das du mir anbietest, würde mich alles andere vergessen lassen?"

Sie wusste nicht so recht, worauf er hinauswollte, und runzelte die

Stirn. „Du bist Geschäftsmann. Du würdest bei unserer Vereinbarung nichts verlieren, aber sehr viel gewinnen."

„So?" Gebannt und mit einem unergründlichen Ausdruck in den Augen sah er sie an.

Er sieht gar nicht mich, sondern die Macht und den Reichtum, die ich für ihn verkörpere, versuchte sie sich einzureden. Sie war ganz benommen, und das Herz schlug ihr bis zum Hals. In gewisser Weise erinnerte sie dieser Zustand an die Zeit ihrer Verliebtheit. So hatte sie sich als Teenager gefühlt, wenn Gregoris sie angesehen hatte. Aber da sie Gregoris nicht mehr liebte, lag es wahrscheinlich daran, dass sie aufgeregt und hungrig war.

„Wo kann ich dich erreichen?"

Olympia straffte sich. Ihr Stolz ließ es nicht zu, dass sie Gregoris Cozakis gestand, sie könne sich noch nicht einmal ein Telefon leisten und lebe in einer Sozialwohnung. Die Vorstellung, er könne mitbekommen, wie tief sie und ihre Mutter gesunken waren, ließ sie schaudern.

„Ich gebe dir eine Telefonnummer. Es ist nicht meine eigene, aber du kannst dort eine Nachricht für mich hinterlassen."

„Warum diese Geheimniskrämerei?"

Olympia ignorierte die Frage und schrieb ihm eine Nummer auf einen Notizzettel. Sie gehörte Mrs. Scott, einer älteren Witwe, die ihnen gegenüber wohnte. Sie war der einzige Mensch im ganzen Haus, mit dem sie sich angefreundet hatten.

„Ich gehe jetzt lieber", sagte Olympia unsicher. Gregoris zuckte nur die Schultern.

Sie schaffte es gerade noch bis ins Foyer, dann gaben ihre Knie plötzlich nach, und sie musste sich auf den nächsten Stuhl setzen. Noch nie im Leben hatte sie sich so am Ende ihrer Kräfte gefühlt. Doch sie hatte getan, was sie konnte.

Kurz darauf ging es ihr wieder besser, und sie machte sich entschlossen auf den Heimweg. Zuerst klingelte sie bei Mrs. Scott und sagte ihr, dass vielleicht jemand bei ihr anrufen und eine Nachricht für sie, Olympia, hinterlassen würde. Mrs. Scott lächelte nachsichtig, als Olympia sie verlegen darum bat, sie persönlich zu informieren, keinesfalls solle ihre Mutter etwas davon erfahren.

Drei Tage später hatte Gregoris immer noch nicht angerufen.

Als Mrs. Scott ihr aufgeregt von der anderen Straßenseite zuwinkte, war es auf den Tag genau eine Woche her, dass sie in Gregoris' Büro gewesen war. Olympia, die gerade zahlreiche Bewerbungen auf Stellenanzeigen in den Briefkasten geworfen hatte, überquerte die Straße und begrüßte Mrs. Scott.

„Heute Morgen kam der Anruf für Sie. Der Gentleman hat seinen Namen nicht genannt, er bat mich nur, Ihnen auszurichten, dass er Sie heute Abend um acht in seinem Büro treffen will.“ Neugierig sah Mrs. Scott sie an.

Olympias Gedanken überschlugen sich. Was sollte sie von dieser Nachricht halten? War es ein gutes oder ein schlechtes Zeichen, dass Gregoris sich doch noch gemeldet hatte? Wahrscheinlich wollte er nur ein persönliches Gespräch, damit er seinen Triumph besser auskosten konnte, wenn er ihr Angebot ablehnte. Niedergeschlagen senkte Olympia den Blick, bedankte sich aber höflich bei Mrs. Scott.

„Ein Vorstellungstermin?“, fragte diese zweifelnd.

„So könnte man es nennen.“

„Schade. Ich hatte so gehofft, dass es sich um ein heimliches Rendezvous handeln würde. Ein bisschen Aufregung und Romantik könnten Ihnen wirklich nicht schaden, Olympia.“

Olympia sah ihre Nachbarin überrascht an.

„Ich werde Ihrer Mutter dann heute Abend Gesellschaft leisten. Ich weiß doch, dass sie im Dunkeln nicht gern allein ist.“

Von wegen Romantik. Wenn Mrs. Scott nur wüsste!, dachte Olympia, als sie später in ihren langen dunkelblauen Rock und das dazu passende Oberteil schlüpfte, das ihre üppigen Rundungen verbarg. Es hatte für sie sowieso keinen Zweck, sich Mühe mit ihrem Äußeren zu geben. Das hatte sie vor zehn Jahren schmerzlich erfahren müssen.

Für Gregoris war sie so langweilig und farblos gewesen, dass er sie noch nicht einmal angefasst hatte, als sie schon längst verlobt waren!

Olympia warf einen kritischen Blick in den Spiegel. Sie wirkte so solide und farblos wie eh und je. Als junges Mädchen hatte sie mit Make-up und bunten Farben experimentiert, war stolz auf ihre Augen und ihren klaren Teint gewesen und hatte ihre Figur gar nicht so übel gefunden – welche Frau war schließlich makellos schön? Aber nach dem Desaster in Griechenland hatte sie ihr Selbstvertrauen verloren …

Irini hatte sie nach ihrer früh verstorbenen Mutter benannt und ihrem Vater jedes Jahr zu Weihnachten ein Bild von ihr geschickt. Spyros hatte nie darauf geantwortet. Als sie, Olympia, sechzehn gewesen war, hatte er sich das erste Mal gemeldet – mit der kurzen Nachricht, dass Andreas, Irinis einziger Bruder, tödlich verunglückt wäre. Ein Jahr später lud er sie mit einigen knappen Sätzen zu sich nach Griechenland ein.

„Aber *dich* will er nicht sehen!“, empörte sich Olympia.

„Das kommt vielleicht noch“, beruhigte Irini sie. „Ich bin schon glücklich, dass er sich mit dir treffen will.“

Olympia sagte nur zu, weil sie wusste, wie viel diese Einladung ihrer Mutter bedeutete. Obwohl diese ihr oft erzählt hatte, dass sie aus einer reichen Familie stammte, hatte Olympia sich keine Vorstellung von dem Luxus machen können, der sie in Athen erwartete.

Sie spürte sofort, wie enttäuscht ihr Großvater von einer Enkelin war, die kaum drei Sätze Griechisch konnte. Spyros sprach natürlich fließend Englisch, aber dennoch fand sie keinen Zugang zu ihm. Er blieb für sie ein Fremder und ein ungeliebter obendrein. Gleich bei der ersten Unterhaltung hatte er sie gebeten, in seiner Gegenwart nie den Namen ihrer Mutter zu erwähnen, woraufhin sie am liebsten sofort wieder abgereist wäre.

Gleich am nächsten Tag schickte er sie mit der Frau eines Geschäftsfreunds zum Einkaufen. Sie wurde den Verdacht nicht los, dass er es nur tat, weil er sich einer so ärmlich gekleideten Enkelin schämte.

Sich völlig neu einzukleiden, war natürlich aufregend. Obwohl Olympia sich wunderte, dass sie sich weder kurze Röcke noch tief ausgeschnittene Kleider oder Blusen kaufen durfte, fiel ihr nicht auf, dass eine bestimmte Absicht dahinter steckte.

Gleich am folgenden Tag gab Spyros nachmittags eine kleine Gesellschaft, um sie mit gleichaltrigen jungen Leuten bekannt zu machen. Während sie noch vor ihrem Schrank stand und überlegte, was sie anziehen sollte, klopfte es an der Tür.

Ein hübsches Mädchen mit großen braunen Augen trat ein und stellte sich vor. „Ich bin Katerina Pallas und die Nichte der Frau, die gestern mit dir einkaufen war."

Sie hatte die Tante nett gefunden, und so war es nur natürlich, dass sie auch der Nichte von Anfang an Vertrauen schenkte und in ihr eine Freundin sah. Was ihr Verhalten und ihre Garderobe betraf, nahm sie Katerinas Ratschläge nur zu gern an, denn die Umgangsformen im Freundeskreis ihres Großvaters waren ihr nicht vertraut, und sie fühlte sich unsicher.

Sie wäre nie auf die Idee gekommen, dass die Garderobe, die Katerinas Tante für sie zusammengestellt hatte, überhaupt nicht zu ihrem Typ passte. Und auch Katerina hatte sie nie darauf aufmerksam gemacht, dass quer gestreifte Badeanzüge und ausgestellte Röcke sie dicker erscheinen ließen, statt ihre üppigen Formen vorteilhaft zu unterstreichen.

Dachte sie, Olympia, an diese Zeit zurück, konnte sie über sich nur den Kopf schütteln. Wie unvorstellbar gutgläubig sie gewesen war! Die Freundlichkeit, mit der man sie behandelt hatte, hatte sie für echt gehalten, weil sie nicht gewusst hatte, was anscheinend allgemein bekannt gewesen war: dass Spyros Manoulis sie zu seiner Erbin auserkoren hatte. Es war ihr auch entgangen, dass ihre Ehe mit Gregoris Cozakis schon vor ihrer Ankunft in Griechenland beschlossene Sache gewesen war, was einigen Menschen in Spyros Manoulis' Kreisen überhaupt nicht gefiel.

Kurz vor acht ließ der Nachtwächter Olympia in das Cozakis-Gebäude.

Leise klopfte sie an Gregoris' Tür.

„Pünktlich und höflich heute Abend, das freut mich", begrüßte Gregoris sie und erhob sich. Er trug einen eleganten silbergrauen Anzug und sah umwerfend attraktiv aus.

Olympia blickte verlegen zu Boden. Bei dem Treffen vergangene Woche hatte sie ein Ziel vor Augen gehabt, was ihr Kraft und Mut zum Kämpfen gegeben hatte. Heute jedoch war sie zur Passivität verurteilt und wusste nicht, was sie erwartete, denn heute stellte Gregoris die Bedingungen.

„Darf ich dir etwas zu trinken anbieten? Was möchtest du?"

„Orangensaft, Wasser ... Es ist mir egal."

Olympia beobachtete, wie Gregoris das Barfach in seinem Schrank öffnete. Seine Bewegungen wirkten leicht und harmonisch, was sie schon vor zehn Jahren fasziniert hatte. Sie war sich dagegen immer schrecklich unbeholfen vorgekommen. Als er sich vorbeugte und ihm eine Strähne seines pechschwarzen Haars ins Gesicht fiel, musste sie daran denken, wie weich es sich anfühlte.

„Du hast mir schon immer gern zugeschaut", bemerkte er und reichte ihr ein Glas. „An eine kleine braune Eule hast du mich dann erinnert. Jedes Mal, wenn ich deinen Blick erwidert habe, bist du rot geworden und hast den Blick gesenkt." Er prostete ihr zu. „Du warst eine gute Schauspielerin. Ich wäre jede Wette eingegangen, dass du noch Jungfrau warst."

Olympia schluckte. Sie hatte nicht damit gerechnet, dass er noch einmal die alten Geschichten aufwärmte.

„Bevor wir also zum geschäftlichen Teil kommen, habe ich noch eine Frage, die mir die ganze Zeit keine Ruhe gelassen hat. Hast du vielleicht an jenem Abend im Club gesehen, wie ich ein Mädchen umarmt habe? Hast du dich deshalb, weil du verletzt warst und zu viel getrunken hattest, mit Lukas in mein Auto gesetzt? Hat er deinen Zustand ausgenutzt? Oder ...?"

Olympia blickte auf die Schreibtischlampe, um nicht die Beherrschung zu verlieren und ihm den Inhalt ihres Glases in sein arrogantes Gesicht zu schütten. Vor zehn Jahren hatte er sie für eine Sünde verurteilt, die sie nicht begangen hatte. Was hatte es daher für einen Sinn, ihm *jetzt* anzuvertrauen, wie sehr sie gelitten hatte? Warum war er damals nicht auf den Gedanken gekommen, sie danach zu fragen? Warum gab er erst jetzt zu, dass er sich an ein anderes Mädchen herangemacht hatte?

„Oder was?“, erkundigte sie sich herausfordernd.

Gregoris ließ sich nicht aus der Ruhe bringen. „Oder hast du dich mit ihm in mein Auto gesetzt, weil du dich unbeobachtet glaubtest, oder …?“

Seine Arroganz war einfach unerträglich, und ihr Temperament ging mit ihr durch. „Ich bin mit Lukas gegangen, weil ich verrückt nach ihm war!“, behauptete Olympia trotzig und blickte ihn aus ihren grünen Augen feindselig an. Insgeheim jedoch war sie schockiert über ihre Lüge, schockiert darüber, dass sie selbst nach zehn Jahren noch so grausam an Gregoris Rache nahm. Damit hatte sie bestimmt auch ihre letzte Chance bei ihm vertan.

Olympia legte den Kopf zurück. „Du spielst nur mit mir, du machst dich über mich lustig! Sag doch gleich Nein!“ Sie wollte nur noch eins – diese Unterredung möglichst schnell hinter sich bringen und nach Hause zurückkehren.

Gregoris machte einen Schritt auf sie zu. „Du brauchst dich wirklich nicht so zu ereifern, Olympia. Möchtest du nicht endlich deine Jacke ausziehen und dich setzen?“

Olympia rührte sich nicht. Ihr war schrecklich heiß, aber die Jacke würde sie nicht ausziehen. Gregoris schüttelte den Kopf und lachte leise, was sie noch mehr irritierte.

„Was findest du daran so lustig?“, erkundigte sie sich.

„Ich habe dich immer für ruhig und zurückhaltend gehalten. Ich habe dir Eigenschaften angedichtet, die du gar nicht besitzt.“ Verächtlich verzog er den Mund. „Jetzt lerne ich die wahre Olympia Manoulis kennen, aufbrausend und starrköpfig, eine Draufgängerin, die sich selbst um Kopf und Kragen bringt.“

„Dies ist eine Ausnahmesituation. Glaub ja nicht, dass du weißt, wie ich wirklich bin“, verteidigte sie sich.

„Wenn du nicht endlich diese unförmige Jacke ausziehst, werde ich das selbst erledigen“, warnte er sie.

Erschrocken sah sie ihn an. Seine Miene ließ keinen Zweifel daran, dass er meinte, was er gesagt hatte. Olympia presste die Lippen zusammen, zog die Jacke aus und reichte sie ihm.

„Jetzt setz dich bitte, und hör dir meine Bedingungen an." Er warf die Jacke auf einen freien Stuhl. „Ich nehme dein Angebot an – das hat jedoch, wie alles im Leben, seinen Preis."

Ihre Blicke trafen sich, und Olympia stockte der Atem. Sie hatte das Gefühl, den Boden unter den Füßen zu verlieren. Was für unglaublich faszinierende Augen er hat, dachte sie hilflos und strich nervös ihren Rock glatt. Sie verspürte heißes Verlangen, merkte, wie sich ihre Knospen aufrichteten, und war entsetzt. Ihr Körper machte ihr unmissverständlich klar, wie es um sie stand. Beschämt senkte sie den Kopf und verschränkte die Arme vor der Brust.

„Olympia?"

Widerstrebend blickte sie Gregoris an. Er war zum Fenster gegangen und ließ sie nicht aus den Augen. Er würde also Ja sagen und sie heiraten. Sie hatte erreicht, was sie wollte. Was tat es da schon zur Sache, dass sie immer noch seinen Reizen erlag? Es war eine rein körperliche Reaktion, mehr nicht. Es war zwar lästig, aber sie würde schließlich kaum etwas mit Gregoris zu tun haben.

„Du bist sprachlos, das überrascht mich, denn letzte Woche schienst du dir deiner Sache so sicher. Wie dem auch sei, ich möchte dir jetzt meine Bedingungen nennen."

„Und die wären?"

„Wir setzen einen Ehevertrag auf ..."

„Natürlich."

„Du überschreibst mir dein ganzes Vermögen zum Datum unserer Hochzeit."

„Außer ..."

„Alles, ohne Ausnahme."

„Aber ich möchte meiner Mutter ein Haus kaufen!"

„Natürlich werde ich für deine Mutter sorgen. Du musst mir vertrauen. Ich verspreche dir, sie wie meine eigene Mutter zu behandeln."

Eine solch großzügige Geste hatte sie nicht erwartet.

Als könnte Gregoris ihre Gedanken lesen, fuhr er fort: „Mach deinem Großvater keine Vorwürfe. Er ist vierundsiebzig und gehört einer anderen Generation an. Eine uneheliche Enkelin zu bekommen war für ihn eine Schande, die er nie ganz verwunden hat."

„Ich weiß, aber …"

„Nichts weißt du!", herrschte er sie an. „Deine Mutter hat dich von allem fern gehalten, was mit griechischer Kultur und Tradition zu tun hat. Ich mache ihr das nicht zum Vorwurf, aber behaupte bitte nicht, *du* könntest die griechische Mentalität verstehen!"

Olympia tat unbeeindruckt.

„Ein Grieche legt größten Wert auf die Tugendhaftigkeit einer Frau …"

„Bleib bitte beim Thema." Sie fühlte sich plötzlich tief verletzt, obwohl es ihr doch egal sein konnte, was er von ihr dachte. Aber wenn er sie für unmoralisch hielt, war es da nicht umso dümmer, ihm bedingungslos alles zu überschreiben?

„Du hast gesagt, ich soll auf das *gesamte* Vermögen verzichten …"

„Ja – und darüber lasse ich nicht mit mir handeln. Du kannst nur akzeptieren oder ablehnen."

Olympia zögerte. Damit würde sie finanziell von ihm abhängig sein. Sie glaubte fest daran, dass er für ihre Mutter sorgen würde. Aber für sie?

„Hältst du mich wirklich für einen Mann, der seine Ehefrau von Sozialhilfe leben lassen würde, Olympia?"

Olympia errötete. „Nein."

Gregoris blickte flüchtig auf seine goldene Armbanduhr. „Unsere Verhandlung gestaltet sich recht zäh. Darf ich fortfahren?"

Sie nickte.

„Deine Idee, wir könnten heiraten und uns gleich nach der Trauzeremonie wieder trennen, ist einfach kindisch. Dein Großvater würde so eine Farce nicht dulden, und ich würde ihn nie hintergehen. Du wirst also mit mir zusammenleben – für eine Zeit jedenfalls."

Sie dachte an ihre Mutter und stimmte auch dieser Bedingung mit einem Nicken zu, wenngleich mit einem unguten Gefühl.

„Du wirst so lange bei mir bleiben, bis du mir einen Sohn und Erben geboren hast."

Olympia öffnete die Lippen und sah ihn entgeistert an.

„Ja, du hast richtig gehört." Zynisch betrachtete er ihr schockiertes Gesicht. „Ich brauche einen Erben, und da ich dich nun einmal heiraten muss, werde ich mir diese Gelegenheit nicht entgehen lassen."

Sie lehnte sich auf ihrem Stuhl zurück. Hatte er den Verstand verloren? „Du hasst mich doch! Du kannst nicht wirklich mit *mir* ..."

„Da habe ich keine Skrupel. Du magst nicht mehr unberührt sein, aber im Grunde meines Herzens bin ich ein praktisch denkender Mensch und nicht übermäßig sensibel." Er legte den Kopf zurück und betrachtete sie, als würde er sie im Geiste schon ausziehen. „Und da ich mich dir gegenüber zu keinerlei Rücksichtnahme verpflichtet fühle, werden wir viel Spaß dabei haben."

„Niemals! Du wirst mich dazu zwingen müssen!"

Gregoris schüttelte den Kopf und lächelte. „Das glaube ich nicht. Du wirst noch bitten und betteln, dass ich bei dir bleibe, verlass dich drauf. Das haben bisher alle Frauen getan, mit denen ich zusammen war. Ich bin nämlich ein verdammt guter Liebhaber."

Nun konnte sie nicht mehr. Hitzig stieß sie ihren Stuhl zurück, sprang auf und nahm sich ihre Jacke. „Scher dich zum Teufel, Gregoris Cozakis!", sagte sie und wollte gehen.

„An deiner Stelle würde ich mich jetzt nicht so aufspielen, Olympia, denn du sitzt in der Falle."

„Nein!"

„Weiß deine Mutter eigentlich von dieser dreckigen kleinen Affäre, die deinen Aufenthalt in Griechenland vor zehn Jahren so plötzlich beendete?"

Olympia befürchtete, ohnmächtig zu werden. Ihr Magen krampfte sich schmerzhaft zusammen, und alles um sie herum schien sich zu drehen.

3. KAPITEL

Gregoris kam langsam auf Olympia zu, nahm ihr die Jacke wieder ab und warf sie achtlos zur Seite. Dann legte er ihr den Arm um die Schultern, führte sie wieder zu ihrem Stuhl zurück und drückte sie sanft darauf.

„Das kannst selbst du nicht getan haben – mit meiner Mutter Kontakt aufzunehmen …"

Er nahm ihr gegenüber Platz und betrachtete in Ruhe ihr verstörtes Gesicht.

„Oh, was für ein schwarzer, was für ein rabenschwarzer Tag es für dich war, als du mein Büro gestürmt hast! Arme Olympia", sagte er leise und voller Genugtuung.

„Es ist ein Bluff! Du kannst gar nicht wissen, was ich meiner Mutter erzählt habe!"

„Was, meinst du wohl, habe ich die letzte Woche gemacht? Ich habe Erkundigungen eingezogen. Die Nachbarin eurer vorletzten Wohnung war sehr mitteilsam."

„Mrs. Barnes kann sich doch bestimmt nicht mehr erinnern …"

„Doch, sie kann. Das, was du dir vor zehn Jahren erlaubt hast, hat deiner Mutter nämlich sehr viel Kummer bereitet, und sie hat Mrs. Barnes oft ihr Herz ausgeschüttet. Du gerissene kleine Lügnerin! Du hast sonst was erfunden, um die gescheiterte Verlobung zu erklären."

Olympia rang nach Atem. „Ich habe nicht gelogen! Ich meine, ich habe sie nur mit den hässlichen Einzelheiten verschont. Und in deinem Auto ist nichts Erwähnenswertes passiert!"

„Warum regst du dich nur so auf?" Gregoris schüttelte den Kopf und seufzte. „Wenn du tust, was ich sage, hast du nichts zu befürchten. Ich verspreche dir, dein schmutziges Geheimnis mit ins Grab zu nehmen. Ich wäre der Letzte, der deiner Mutter Kummer bereiten würde."

„Du bist nicht gezwungen, auf meinen Vorschlag einzugehen."

„Doch! Die Schande, die du mir bereitet hast, schreit nach Rache."

Er stand auf und spreizte die Hände. „Tiefer, als du mich damals gekränkt hast, kann man keinen Mann kränken. Philotimo ... Oder weißt du nicht einmal, was das bedeutet?“, fragte er verächtlich.

Sie wurde noch blasser. „Philotimo“ ließ sich nicht mit einem Wort übersetzen. Der Begriff stand für alles, was einen Griechen zum Mann machte, seinen Stolz, seine Ehre, die Achtung, die er vor sich selbst hatte und die andere ihm entgegenbrachten.

„Ich sehe, dass deine Mutter dir wenigstens die Grundbegriffe griechischer Kultur vermittelt hat“, stellte Gregoris befriedigt fest. „Ich will meine Ehre wieder herstellen. Du hast mich vor meiner Familie und meinen Freunden erniedrigt.“

„Gregoris, ich ...“

„Ich konnte es ertragen, solange ich dich nicht sehen und an dich denken musste. Dann bist du hier eingedrungen und wolltest wissen, ob ich ein Mann oder ein Feigling wäre. Die Frage wirst du dir beantworten können, wenn ich mit dir fertig bin.“

„Das kann doch nicht dein Ernst sein! Du bist nur wütend auf mich und möchtest mir einen Schreck einjagen!“ Sie war verzweifelt. „Ich wünschte, ich wäre nie zu dir gekommen!“

„Das kann ich mir vorstellen. Aber für Reue ist es jetzt zu spät. Wie man sich bettet, so liegt man.“

Olympia hob die Hände. „Ich habe doch nur ...“

„Was hast du nur?“ Sein Gesicht wirkte hart, und seine Augen blickten wütend. „Du hast nur angenommen, dass ich käuflich bin! Und schlimmer noch, du hast es als selbstverständlich betrachtet, dass ich, Gregoris Cozakis, einen alten Mann und väterlichen Freund betrüge, nur um an deine Mitgift zu kommen. Und der Mann ist noch dazu dein Großvater! Bist du dir eigentlich für nichts zu schade?“

Olympia zuckte bei seinen Worten zusammen. Wie konnte er die Tatsachen nur so verdrehen, dass sie plötzlich als Unmensch dastand? „Das stimmt nicht! Ich dachte ...“

„Es interessiert mich nicht, was du dachtest. Immer wenn du deinen Mund aufmachst, lügst du noch schlimmer als das Mal davor! Also sei still." Abschätzig sah er sie an. „Du hast vielen Menschen großes Leid zugefügt. Durch mich wirst du das sühnen."

„Wovon redest du?"

„Ich rede unter anderem von deiner Mutter. Durch das, was du vor zehn Jahren getan hast, hast du ihre Hoffnung, sich mit ihrem Vater wieder zu versöhnen, grausam zerstört. Du hast deinen Großvater verbittert, und was du mir damit angetan hast, wirst du schon noch herausfinden", fügte er hinzu.

Der Vorwurf, sie hätte ihrer Mutter durch falsches Verhalten Kummer und Schmerz zugefügt, traf sie mitten ins Herz, und sie senkte den Kopf. „Es war nicht mein Fehler ... Das, was passiert ist ... Es war arrangiert ..." Tränen liefen ihr über die Wangen.

„Du widerst mich an! Falsche Anschuldigungen und gespielte Reue werden dir nicht helfen."

„Ich habe Angst vor dir, Gregoris, ich habe wirklich Angst vor dir", sagte sie und schluchzte.

Unvermittelt zog Gregoris sie an den Händen zu sich hoch. „Du regst dich zu sehr auf", meinte er leise.

„Du kannst doch nicht wirklich ernst meinen, was du da alles gesagt hast!" Sie blickte ihm ins Gesicht.

„Doch. Trotzdem kann ich keine Frau weinen sehen." Er nahm sie in die Arme und presste sie an sich.

Olympia hielt unwillkürlich den Atem an. Mit allen Sinnen reagierte sie auf seine Nähe und ihr wurde schwindelig. Sie roch seinen Duft, und das Blut rauschte ihr in den Ohren.

„Selbst Krokodilstränen verfangen bei mir." Er umfasste ihren Po, und sie spürte, wie erregt er war.

„Gregoris, nein ..."

„Gregoris, ja ... Das wirst du bald auf Griechisch sagen – und du wirst es gern sagen." Er neigte den Kopf und küsste sie fordernd.

Die Wirkung war verheerend. Olympia bebte am ganzen Körper, stöhnte, drängte sich noch enger an ihn und konnte nicht genug bekommen. Sie legte ihm die Arme um den Nacken und verlor sich in einem

Strudel der Leidenschaft.

Gregoris schob sie etwas von sich und musterte sie kalt. „Du sitzt wohl schon lange auf dem Trockenen, was?“

Scham und Wut ließen sie die Beherrschung verlieren. Sie holte aus. Doch Gregoris kam ihr zuvor und hielt ihr Handgelenk fest. „Diese Spielchen machen mich leider nicht an.“ Er lächelte gelangweilt.

Völlig außer sich trat Olympia einen Schritt zurück. Sie konnte immer noch nicht fassen, was für Gefühle er in ihr geweckt hatte. Es passte nicht in ihr Selbstbild, dass er sie erregte. „Du würdest es nie wagen, meine Mutter …“

„Willst du mich provozieren? Möchtest du den einzigen Charakterzug, den ich an dir respektiere, auch noch über Bord werfen?“

„Und der wäre?“

„Die Liebe zu deiner Mutter und dein Bestreben, ihr dein wahres Wesen zu verheimlichen.“ Gregoris hängte ihr die Jacke um.

„Du kannst mich doch unmöglich heiraten wollen“, sagte sie leise.

„Warum nicht? Ich bekomme das Manoulis-Imperium und einen Sohn und Erben. Spyros bekommt einen Urenkel – ein Trost, der ihm sicherlich zusteht, nach allem, was er mitgemacht hat. Außerdem bekomme ich eine Ehefrau, die weiß, wo ihr Platz ist, eine Ehefrau, die mich nie fragt, wo ich war und was ich gemacht habe, weil wir einen entsprechenden Vertrag haben. Viele Männer werden mich beneiden, zumal ich nicht um meine Braut werben musste: Sie hat sich mir angeboten.“

„Ich hasse dich! Ich werde dich nie, nie heiraten! Verstehst du?“

„Olympia, hör auf, dich zu zieren. Das langweilt mich.“ Er nahm ihre Hand.

„Was soll das? Du bist für mich der letzte Mensch, den ich …“

„Hier ist dein Verlobungsring. Nein, nicht das Erbstück, das du mir vor zehn Jahren vor die Füße geworfen hast. Das ist zu schade für dich.“

Sprachlos blickte Olympia auf den Solitär, den er ihr an den Ringfinger gesteckt hatte.

„Ein bisschen Romantik muss schließlich sein. Deine Mutter wird es im Gegensatz zu dir zu schätzen wissen." Er führte sie durch ein Nebenzimmer zu seinem privaten Lift. „Damianos erwartet dich unten und sorgt dafür, dass du nach Hause gefahren wirst. Sieh zu, dass du ausreichend Schlaf bekommst. Wir sehen uns dann morgen."

Er schob sie durch die Tür und holte ihr danach per Knopfdruck den Aufzug.

Olympia erwachte am folgenden Morgen mit einem schweren Kopf.

Als sie am vergangenen Abend nach Hause gekommen war, hatte ihre Mutter bereits geschlafen, und sie hatte sich nicht mehr mit ihr beraten können. So hatte sie bis in die frühen Morgenstunden wach gelegen und allein nach einer Lösung ihrer Probleme gesucht. Sie sah nur einen Ausweg: Sie musste Gregoris' Bedingungen ablehnen. Warum nur hatte sie ihm nicht gestern schon gesagt, dass ihre Mutter ein schwaches Herz hatte? Er mochte sie, Olympia, erbittert hassen, die verletzliche Irini würde er aber nie in Gefahr bringen wollen.

Olympia richtete sich auf und strich sich mit beiden Händen das wellige dunkle Haar zurück, das ihr fast bis zur Taille reichte. Sie musste unwillkürlich über sich lächeln. Eine erwachsene Frau ihres Alters, die es noch so lang trug! Sie konnte sich gut entsinnen, wie ausgiebig ihre Mutter es früher immer gebürstet hatte. Am lebhaftesten erinnerte sie sich jedoch daran, wie gern Gregoris damals die Hände hineingeschoben hatte. „Ich liebe dein Haar", hatte er ihr dabei leise ins Ohr gesagt.

Vor zehn Jahren hatte Gregoris Cozakis das bedingungslose Vertrauen, das sie in ihn gesetzt hatte, bitter enttäuscht. Aus Schmerz und Verzweiflung hatte sie sich, ohne an die Konsequenzen zu denken, auf eine Art gerächt, die ihr jetzt zum Verhängnis wurde: Sie hatte sich nicht verteidigt, als er sie beschuldigt hatte, ihn mit Lukas Theotokas betrogen zu haben.

Damals war sie fest davon überzeugt gewesen, dass alle sie verraten hatten und sie keine Freunde mehr besaß. Deshalb hatte sie es vorgezogen, als gewissenloses Flittchen bezeichnet zu werden, anstatt sich als das Naivchen erkennen zu geben, das sie in Wirklichkeit gewesen war.

Denn ein Naivchen war sie wirklich gewesen. Sie hatte sich Illusionen gemacht und scheinheilige Komplimente für bare Münze genommen. Niemand hatte sich ehrlich für sie interessiert. Ihr Großvater hatte sie nur benutzt, um Manoulis Industries, sein Lebenswerk, über sie an einen fähigen und angesehenen Nachfolger zu übergeben. Gregoris und sein Vater hatten das gewusst und waren auch bereit gewesen, den Preis dafür zu bezahlen: einen Ehering. Es war ein abgekartetes Spiel gewesen, bevor sie auch nur ein Fuß auf griechischen Boden gesetzt hatte.

Jetzt stürmten Erinnerungen auf sie ein, die sie jahrelang verdrängt hatte. Ihr erstes Zusammentreffen mit Gregoris stand ihr plötzlich so lebhaft vor Augen, als wäre es gestern gewesen.

Gregoris am Swimmingpool in der Villa ihres Großvaters ... Er hatte ein schwarzes T-Shirt und eine helle Hose getragen, lässig ein Glas in der Hand gehalten und mit Freunden geredet. Es war auf der Willkommensparty gewesen, die Spyros ihr zu Ehren gegeben hatte, und sie war sehr nervös gewesen. Aber plötzlich hatten sie die fremden Gesichter nicht mehr beunruhigt, denn sie hatte nur noch Gregoris gesehen.

Er hatte aufgeblickt, als sie aus dem Haus gekommen war, und sie regelrecht angestarrt. Darauf hatte sie sich damals viel eingebildet. Heute wusste sie, dass er wahrscheinlich nur enttäuscht gewesen war, weil sie in Wirklichkeit noch unscheinbarer aussah als auf den Fotos.

Spyros hatte nicht viel Federlesens gemacht und Gregoris sofort herbeigewinkt, um ihn ihr vorzustellen. Und sie hatte sich benommen wie eine dumme Gans, war errötet, hatte kaum ein Wort über die Lippen gebracht und sich nicht getraut, ihm in die Augen zu sehen. Doch Gregoris hatte ihr geholfen, sich wieder zu fangen, indem er sie geschickt in eine Unterhaltung verwickelte.

Olympia seufzte. Was nützte es, die Vergangenheit heraufzubeschwören? Viel wichtiger war es, mit den anstehenden Problemen fertig zu werden. Sollte sie ihrer Mutter erzählen, was in jenem Sommer wirklich passiert war? Irini würde ihr sicher glauben, aber die Demütigungen, die ihre Tochter hatte erleiden müssen, würden sie unnötig belasten. Außerdem würde Irini nie verstehen, wie eine Frau trotzig schweigen konnte, wenn es darum ging, ihre Ehre zu verteidigen.

Aber hätte sie, Olympia, ihre Unschuld damals überhaupt beweisen können? Ihre angeblich beste Freundin Katerina hatte schließlich Lukas' Behauptung bestätigt, er hätte Gregoris mit ihr, Olympia, betrogen.

Außerdem hatte sie damals nicht klar denken können, denn sie war rasend vor Eifersucht gewesen. Bevor sie nämlich blind vor Tränen auf den Parkplatz gelaufen war, hatte sie Gregoris in den Armen eines bildschönen Models erwischt.

Für diesen Verrat an ihr, seiner Verlobten, hatte sie sich gerächt, indem sie Gregoris und auch ihren Großvater, die ihr eine solch schamlose Tat zugetraut hatten, in ihrem Vorurteil bestätigt hatte. Gregoris war außer sich gewesen. Die Entdeckung, dass seine sanftmütige Braut, diese kleine graue Maus, ein falsches Spiel getrieben hatte, hatte seinem Ego einen schweren Schlag versetzt.

Jetzt wurde ihr klar, dass sie sich in ihrem eigenen Netz verstrickt hatte. Obwohl sie selbst im Nachhinein nicht wusste, wie sie sich trotz der erdrückenden Beweise hätte verteidigen können, sah sie ein, dass sie ihren Ruf durch ihr trotziges Schweigen an jenem schrecklichen Tag ruiniert hatte. Und Gregoris hatte sie damit so verletzt, dass er selbst zehn Jahre später noch nach Rache verlangte.

Am vergangenen Abend hatten seine Drohungen sie in Panik versetzt. Aber jetzt, bei Tageslicht betrachtet, glaubte sie nicht, dass er es ernst gemeint hatte. Dass er einen Sohn von ihr haben wollte, war einfach lächerlich! Und sein leidenschaftlicher Kuss hatte lediglich bewiesen, dass er sie im Arm halten, dabei jedoch an eine verführerische Frau denken konnte!

Gregoris hatte ihr verzweifeltes Angebot missverstanden und etwas Ungeheuerliches daraus gemacht. Es konnte doch nicht sein, dass er wirklich mit ihr ins Bett gehen und ein Kind von ihr haben wollte!

Während sich ihre Gedanken derart überschlugen, blickte Olympia zufällig auf den Wecker. Das durfte doch nicht wahr sein, zehn vor zwölf! Warum hatte ihre Mutter sie nicht geweckt? Schnell sprang sie aus dem Bett und eilte ins Wohnzimmer – Gregoris' Lachen hörte sie zu spät.

Abrupt blieb sie in ihrem kurzen, fadenscheinigen Nachthemd auf der Schwelle stehen. Der Tisch war mit dem besten Kaffeegeschirr gedeckt, und Irini hielt Gregoris' Hand. Tränen standen ihr in den Augen, die nicht mehr stumpf und gleichgültig blickten, sondern vor Glück glänzten.

In seinem feinen dunkelgrauen Anzug saß Gregoris so gelassen in dem schäbigen Wohnzimmer, als wäre es seine gewohnte Umgebung. Irini unterhielt sich so angeregt mit ihm auf Griechisch, als wäre er ein alter Freund. Sie, Olympia, hatte ihre Mutter schon seit Jahren nicht mehr so lebhaft gesehen.

Kühl blickte Gregoris sie an. „Lächle, Liebste", forderte er sie auf. „Ich muss mich entschuldigen, dass ich deiner Mutter die frohe Mitteilung nicht in deinem Beisein gemacht habe, aber ich konnte einfach nicht warten."

„Frohe Mitteilung?", fragte Olympia benommen.

Erst jetzt merkte Irini, dass sie ins Zimmer gekommen war. Sie runzelte unwillig die Stirn, als sie bemerkte, dass sie noch im Nachthemd war. „Olympia, zieh dich bitte sofort an. Gregoris möchte mit uns essen gehen."

Wie in Trance ging Olympia in ihr Zimmer und sank aufs Bett. Ganz offensichtlich hatte Gregoris ihrer Mutter also schon eröffnet, dass sie heiraten wollten. Er war wirklich raffiniert, das musste ihm der Neid lassen, und konnte seine Mitmenschen besser manipulieren, als es ihr je gelingen würde.

Irini war ihr auf den Fersen gefolgt. „Gregoris bestellt uns gerade einen Tisch, glücklicherweise hatte er sein Handy dabei. Ich muss mir auch noch etwas anderes anziehen." Aber statt zu gehen, setzte sie sich. „Oh Olympia, ich kann es immer noch nicht fassen! Ich bin so begeistert, dass ich dir noch nicht einmal Vorwürfe machen kann, weil du mir so viel verheimlicht hast. Gregoris wird ein wunderbarer Ehemann sein, du bist wirklich zu beneiden!“

Freudig umarmte sie Olympia, die wie erstarrt auf der Bettkante saß. Gregoris hatte wirklich ganze Arbeit geleistet. Er hatte so schnell und geschickt agiert, dass ihr kein Handlungsspielraum mehr geblieben war. Sie saß in der Falle.

„Wie lange ist Gregoris denn schon hier?“, fragte sie langsam.

„Schon den ganzen Morgen. Ich hätte dich längst geweckt, aber wir hatten, wie du dir denken kannst, schrecklich viel zu besprechen.“ Irini war so aufgeregt, dass sie anscheinend gar nicht merkte, wie ungewöhnlich schweigsam sie, Olympia, war. Sie nahm ihre Hände. „Gregoris hat mir angeboten, bei euch zu wohnen. Ich habe abgelehnt. Vielleicht später einmal, wenn ich älter bin, aber junge Eheleute bleiben besser für sich. Außerdem möchte ich nur zurück nach Griechenland, wenn mein Vater mich ausdrücklich darum bittet. Bis auf Weiteres bleibt London mein Zuhause.“

„Was … was hat Gregoris dir erzählt?“, erkundigte sich Olympia und streichelte die abgearbeiteten Hände ihrer Mutter.

Irini schluckte. „Alles. Er hat mich mit seiner Offenheit richtig beschämt. Ich kann dir aus tiefstem Herzen versichern, dass ich nicht den geringsten Vorbehalt gegen deine Wahl habe.“ Sie seufzte. „Ich kann mir vorstellen, dass für dich damals eine Welt zusammengebrochen ist, als du ihn mit diesem Model im Nachtclub erwischt hast.“

Nur mit Mühe konnte Olympia ein Stöhnen unterdrücken.

„Ihr wart beide zu jung, Olympia. Und es war einfach zu viel verlangt, dass ihr mit der Hochzeit bis nach dem Examen warten solltet. Zwei Jahre sind für einen gesunden jungen Mann einfach zu lange, selbst wenn er die besten Vorsätze hat.“

Es fiel Olympia schwer, sich zu beherrschen. „Als die Sache im Club passiert ist, waren wir gerade einmal zwei Monate verlobt“, erklärte sie.

Wie konnte Gregoris die Stirn haben, ihrer ahnungslosen und gutgläubigen Mutter solche Geschichten zu erzählen, nur um sich von jeglicher Schuld reinzuwaschen?

„Ich weiß. Aber es war Alkohol im Spiel. Für einen jungen Menschen ist es sehr schwer, sich in Selbstdisziplin zu üben." Irini blickte nachdenklich vor sich hin. „Wer könnte das besser wissen als ich? Männer haben so starke Triebe."

Olympia biss sich auf die Lippe, um bei diesem überholten Klischee nicht die Fassung zu verlieren.

„Und dein Großvater hatte Gregoris eindringlich gewarnt", fuhr Irini unbeirrt fort. „Er wollte unbedingt verhindern, dass ihr durch eine Schwangerschaft vorzeitig zur Heirat gezwungen würdet. Gregoris musste ihm versprechen, dass es vor der Ehe nicht zu Intimitäten kommt. Aber das weißt du ja alles."

Olympia schluckte. Es war einfach unglaublich, welch fantastische Geschichten sich Gregoris hatte einfallen lassen!

„Ich kann verstehen, dass mein Vater sich um euer Glück sorgte. Ihr wart schließlich beide noch so unerfahren. Aber Gregoris war ein gesunder junger Mann ..."

„Und hatte starke Triebe", ergänzte Olympia. Diese boshafte Bemerkung hatte sie sich einfach nicht verkneifen können.

Irini hatte zum Glück nicht hingehört. „Wo hast du deinen Ring?", fragte sie.

Olympia stand auf und holte ihn aus dem hintersten Winkel ihres Schranks.

Darüber war Irini nicht weiter erstaunt. „Ich habe Gregoris erzählt, dass bei uns schon zweimal eingebrochen wurde. Er möchte nicht, dass wir hier auch nur eine einzige weitere Nacht verbringen." Sie bewunderte den Ring mit leuchtenden Augen. „Es ist wie im Märchen ... Du und Gregoris! Ich bin so unbeschreiblich glücklich!"

Zehn Minuten später hatte sich Olympia einen Pullover und eine schwarze Hose angezogen und ging ins Wohnzimmer. Gregoris telefonierte immer noch – auf Griechisch. Sein Anblick brachte sie erneut auf die Palme. Es wäre wie ein Märchen, hatte ihre Mutter gesagt, wo das Ganze doch der reinste Albtraum war. Aber davon durfte Irini nichts erfahren, es würde ihr das Herz brechen.

„Du bildest dir wohl ein, wahnsinnig raffiniert zu sein", fuhr Olympia Gregoris an.

Betont langsam schaltete er sein Handy aus und drehte sich zu ihr um. Er sah ihr in die Augen und ließ den Blick dann langsam über ihren Körper schweifen. Sie musste schlucken, und ihr Herz klopfte plötzlich wie wild. Besitzergreifend betrachtete er ihre üppigen Brüste, die sich selbst unter dem weiten Pullover nicht verstecken ließen, ihre runden Hüften und ihre langen Beine. Er taxierte sie wie ein Stück Vieh!

„Immerhin ist es mir gelungen, aus deiner Mutter wieder einen glücklichen Menschen zu machen“, sagte er nur.

„Was hast du ihr für haarsträubende Geschichten erzählt?“

Gregoris lachte spöttisch. „Ich habe ihr von einer zartfühlenden Tochter erzählt, die sich nicht traute, ihrer Mutter zu gestehen, dass sie sich wieder mit dem Mann trifft, der sie – wie sie glaubte – vor zehn Jahren mit einem Model betrogen hatte.“

„Nie im Leben werde ich von so einem Kerl wie dir ein Kind bekommen!“

„Dann bekommst du auch keine Scheidung.“ Er ließ sich nicht aus der Ruhe bringen. „Es liegt ganz bei dir. Und jetzt geh bitte, und zieh dir etwa Festliches an. Dieser Tag gehört deiner Mutter und nicht dir. Die Unterhaltung darfst du mir überlassen, aber ich erwarte, dass du die glückliche Braut mimst.“

„Und wenn nicht?“

Gregoris wurde ungeduldig. „Du wirst es ihretwegen tun.“

Zu spät wurde Olympia bewusst, was für eine wahnwitzige Idee es gewesen war, Gregoris eine Scheinehe vorzuschlagen. Daran, was sie ihrer Mutter erzählen sollte, hatte sie zu dem Zeitpunkt überhaupt nicht gedacht.

„Ich habe Spyros gleich gestern angerufen“, eröffnete er ihr. „Er hat keine Fragen gestellt, sondern nur gesagt, dass er sich freut und davon überzeugt ist, dass ich dir ein guter Ehemann sein werde.“

„Wahrscheinlich hofft er, dass du mich jede Nacht grün und blau schlägst.“

Gregoris schüttelte den Kopf und lächelte amüsiert. „Spätestens wenn wir ihm sein erstes Enkelkind ankündigen, wird er merken, dass ich meine Zeit sinnvoller verbracht habe."

Um es nicht zu einer Szene kommen zu lassen, verzichtete Olympia auf eine Erwiderung, machte auf dem Absatz kehrt und lief in ihr Zimmer, um sich umzuziehen. Ihrer Mutter zuliebe wählte sie das schönste Kleid, das sie besaß.

Gregoris hatte einen Tisch im Savoy reserviert und ein exquisites Essen bestellt. Er hielt sein Wort und ließ keine peinliche Gesprächssituation aufkommen. Er schlug ihnen vor, sofort in seine Londoner Wohnung zu ziehen. Von dort aus könne Irini sich dann in Ruhe ein neues Zuhause suchen. Die Hochzeit würde in zwei Wochen stattfinden. Leider müsse er selbst noch am selben Abend zurück nach Griechenland und würde erst zur Trauung wieder da sein.

Olympia blickte auf ihren Teller, als sie das tiefe Bedauern hörte, dass aus diesen Worten klang. Gregoris war nicht nur ein begnadeter Stratege, sondern auch der geborene Schauspieler.

Nach dem Essen brachte er sie nach Hause. Irini legte sich sofort hin, so erschöpft war sie.

„Sorg dafür, dass Irini noch vor der Hochzeit einen Spezialisten aufsucht", bat er Olympia. „Ich hätte nie gedacht, dass ich es einmal sagen muss, aber dein Großvater ist hartherzig und verbohrt. Weiß er überhaupt, in welch erbärmlichen Verhältnissen seine Tochter lebt?"

„Es hat ihn nie interessiert." Sie rang nervös die Hände. „Gregoris, bitte hör mir zu." Flehentlich sah sie ihn aus ihren großen grünen Augen an. „Wie wollen wir miteinander leben, wenn wir uns so hassen?"

„Wie kommst du denn darauf? Meinst du, ich würde mit einer Frau wie dir zusammenleben wollen?"

Verwirrt blickte sie auf ihre Hände. „Aber ich dachte ..."

Er lachte hart. „Ein Rest Stolz ist mir noch geblieben, Olympia. Ich werde das Bett mit dir teilen, aber nicht den Tisch."

4. KAPITEL

Einige Stunden vor der Trauung traf Spyros Manoulis in Gregoris' Wohnung ein. Olympia, die ihn nicht hatte kommen hören, war noch im Morgenmantel und suchte nach ihrer Mutter, als sie Stimmen aus dem Salon vernahm. Vorsichtig blickte sie um die Ecke. Tief ergriffen stand Spyros Manoulis vor Irini und hielt ihre Hände. Genauso lautlos, wie sie gekommen war, zog sich Olympia wieder zurück.

Vor einer Woche war sie beim Notar gewesen und hatte den Ehevertrag unterzeichnet. Sie hatte ihn weder durchgelesen, noch hatte sie sich vorher juristisch beraten lassen. Sie hatte ihr Ziel erreicht, die Zukunft ihrer Mutter war gesichert, und alles andere war belanglos.

Sie glaubte fest daran, Gregoris davon überzeugen zu können, dass sie nicht geldgierig war. Hatte er es endlich eingesehen, würde er bestimmt anders für sie empfinden und auf einen Sohn verzichten. Schließlich war Gregoris erst neunundzwanzig und konnte sich mit Kindern noch Zeit lassen.

Während der vergangenen zwei Wochen hatte sie ihn nur telefonisch gesprochen. Die räumliche Entfernung hatte ihr geholfen, wieder zu der abgeklärten und realistischen Lebenseinstellung zurückzufinden, durch die sie sich schon immer ausgezeichnet hatte. Wahrscheinlich hatte auch er sich in der Zwischenzeit wieder beruhigt, ganz bestimmt sogar …

„Darling, es tut mir leid, ich hatte ganz vergessen, wie spät es schon ist!" Irini betrat das luxuriöse Gästezimmer, das sie, Olympia, zurzeit bewohnte.

Meine Mutter ist kaum wiederzuerkennen, dachte Olympia. Innerhalb von nur vierzehn Tagen hatte sich Irini völlig verändert. Sie aß mehr, schlief besser und, was am wichtigsten war, sie hatte wieder Lebensmut. Natürlich musste sie sich schonen, aber sie genoss das, was der Herzspezialist ihr als wichtigste Therapie empfohlen hatte: ein sorgenfreies Leben und keine körperlichen Anstrengungen.

„Du siehst einfach bezaubernd aus!“ Irini seufzte. „Kein Wunder, dass Gregoris diesmal mit der Hochzeit nicht warten wollte. Durch ihn wirst du zu deinem alten Selbstvertrauen zurückfinden, dessen bin ich mir ganz sicher.“

Olympia konnte sich gerade noch rechtzeitig beherrschen. Jede Braut war schließlich schön, noch dazu in den Augen der eigenen Mutter. Und Gregoris hatte es nur so eilig gehabt, um möglichst schnell die Macht über Manoulis Industries zu bekommen.

Eins jedoch stimmte. Ihr Hochzeitskleid, das sie sich zusammen mit einer bescheidenen Grundgarderobe ausgesucht hatte, war wirklich wunderschön – im Schnitt ganz schlicht, aber aus kostbarer handgearbeiteter Spitze. Außerdem war es schneeweiß, was Gregoris bestimmt ein verächtliches Lächeln entlocken würde. Wenn sie ehrlich war, hatten ihr andere Modelle nur deshalb nicht gefallen, weil sie nicht weiß genug gewesen waren.

Erst als Olympia neben Spyros in der schwarzen Limousine saß, wurde ihr bewusst, dass ihr Großvater sie zum Altar führen würde.

„Ich bin deiner Mutter gegenüber zu hart gewesen“, brach er das eisige Schweigen. „Ich werde versuchen, es wiedergutzumachen. Wenn Irini möchte, kann sie mein Haus als ihres betrachten.“

„Schön“, antwortete Olympia nur und gab sich keine Mühe, die Unterhaltung in Gang zu halten.

„Du kannst sehr starrköpfig sein, Olympia. Ich möchte wirklich nicht wissen, wie Gregoris und du zu dieser erstaunlichen Einigung gekommen seid – und noch dazu so schnell. Ich möchte dich jedoch warnen. Deine Schwiegereltern werden dich nicht gerade mit offenen Armen empfangen.“

„Wie bitte?“ Sie hatte ihre Zurückhaltung vergessen.

Spyros zuckte die Schultern. „Gregoris’ Eltern sind von seiner Wahl nicht gerade begeistert, aber mit der Zeit werden sie sich schon damit abfinden, denn sie haben immer ein harmonisches Familienleben geführt.“

Bis sich ihr ältester Sohn entschlossen hat, ein Flittchen zu heiraten, ergänzte Olympia insgeheim und fühlte sich plötzlich zurückgestoßen und ungerecht behandelt. Sie hatte Gregoris' Eltern damals sehr gern gemocht und auch seinen lebhaften jüngeren Bruder Perikles, der damals erst knapp zehn gewesen war.

„Eigentlich sollten sie froh und erleichtert sein, dass seine unerfreuliche Beziehung damit ein natürliches Ende findet", sagte Spyros mehr zu sich selbst.

Olympia runzelte die Stirn. Also hatte Gregoris eine Affäre gehabt, die noch unpassender war als die Ehe mit ihr. Aber was ging es sie an? Sollte er doch bei seinen Frauen bleiben, die ihn nicht gehen lassen wollten, weil er ein derart perfekter Liebhaber war! Dann wäre sie wenigstens vor seinen Annäherungsversuchen sicher.

Die Kirche war verschwenderisch mit Blumen geschmückt, die betörend dufteten. Während Olympia am Arm ihres Großvaters langsam zum Altar schritt, wartete Gregoris dort und blickte ihr ernst entgegen. Sie fühlte sich plötzlich so stark zu ihm hingezogen, dass ihr der Atem stockte. Hatte sie diesen Mann nicht einmal geliebt? Hatte sie nicht von einer Ehe mit ihm geträumt? Warum nur war alles so schief gegangen?

Überrascht stellte sie fest, dass sie nach traditionellem orthodoxem Ritus getraut wurden, wie sie es auch vor zehn Jahren gewünscht hatten. Die Ringe wurden gesegnet und getauscht, Blütenkränze wurden ihnen aufgesetzt, und sie tranken Wein aus demselben Becher. Nach dem Eheversprechen schritten sie dreimal um den Tisch mit der Bibel, um es zu bekräftigen. Am Ende der Zeremonie fühlte sich Olympia wie eine richtige Braut und war verwirrt darüber.

Als sie aus der Kirche in die Frühlingssonne traten, brauchte sich Olympia nicht zu verstellen, um glücklich in die Kameras zu lächeln.

„Das hatte ich nicht erwartet – es war wunderschön", vertraute sie Gregoris auf der Fahrt zum Hotel an.

„Traditionelle Feiern sind heutzutage in", antwortete er trocken. „Außerdem sind sie gut fürs Image des Unternehmens. Aber deshalb werde ich noch lange nicht auf dem Dach eine Flagge hissen, die ich einholen kann, nachdem ich die Braut besessen und die Ehe vollzogen habe."

„Du wirst mich auch nicht besitzen!", erklärte Olympia und blickte angestrengt durch die getönte Scheibe nach draußen.

Gregoris nahm ihre Hand, die sie ihm aber sofort wieder entzog. Doch ehe sie sich's versah, hatte er ihr den Arm um die Taille gelegt und sie auf seinen Schoß gezogen. „Was sagtest du gerade?", fragte er leise.

„Lass mich los!"

„Noch nicht." Er umfasste ihr Kinn und zwang sie, ihn anzusehen. „Was für eine zarte Haut du hast ..."

Obwohl ihr Herz wie verrückt hämmerte, tat Olympia gelangweilt. „Sind wir nicht gleich da?"

„Gut, dass du mich daran erinnerst." Ohne sich von ihr zu lösen, drückte er den Knopf der Sprechanlage und gab dem Fahrer eine kurze Anweisung auf Griechisch. Dann wandte er sich wieder ihr zu.

„Lass den Unsinn! Ich möchte mich wieder richtig hinsetzen", forderte sie scharf.

Gregoris schüttelte gespielt verzweifelt den Kopf. „Du wirst dein zickiges Benehmen ändern müssen, liebste Olympia, es gefällt mir nämlich ganz und gar nicht."

Sie atmete tief ein. „Es ist mir völlig egal, was dir gefällt oder nicht."

Interessiert beobachtete er, wie sich ihre Brüste unter dem engen Mieder ihres Kleids hoben und senkten. Dann sah er ihr wieder in das erhitzte Gesicht. „Ich werde dir jetzt kostenlos eine Lektion in gutem Benehmen erteilen, schließlich kommt der Erfolg auch mir zugute. Wo waren wir gerade stehen geblieben?" Sein Atem streifte ihre Wange, was sie seltsam erregte. „Ach ja." Wieder drückte Gregoris auf einen Knopf, und die Jalousien gingen hinunter.

Das Atmen fiel ihr schwer, und die Atmosphäre war plötzlich intim und unbeschreiblich erotisch. Olympia spürte, wie sie darauf reagierte, ohne dass sie etwas dagegen hätte unternehmen können.

Gregoris zeichnete mit dem Finger die Konturen ihrer Lippen nach.

„Du hast einen sehr sinnlichen Mund, Olympia ...“

Hilflos sah sie ihn an und drückte unwillkürlich die Schenkel zusammen, um ihr Verlangen zu unterdrücken. Vergebens – der Wunsch, von Gregoris geküsst zu werden, war stärker. Langsam hob sie die Hand, strich durch sein dichtes schwarzes Haar und zog seinen Kopf näher zu sich heran.

Zärtlich liebkoste er ihre Lippe, und sie warf den Kopf zurück. Daraufhin ließ er den Mund über ihren Hals gleiten und streichelte dabei ihre Knospen, die sich jetzt deutlich unter der zarten Spitze ihres Kleids abzeichneten.

Olympia seufzte. Sie fühlte sich schwach und willenlos und hatte das Gefühl, vergehen zu müssen. Schließlich schob Gregoris sie unsanft von sich.

„Sex im Auto scheint dich wirklich anzumachen“, sagte er und betrachtete sie. „Oder bist du doch scharf auf mich? Verrat es mir!“

Für sie waren seine Worte wie ein Schlag ins Gesicht. Olympia zuckte zusammen und rutschte ans Fenster. Sie war entsetzt. Entsetzt darüber, dass er so viel Macht auf sie ausübte, entsetzt, weil sie so darauf reagierte. Sie wusste, dass sie ihn gewollt hatte, und sie schämte sich dafür.

Gregoris lachte rau. „Deine Vorstellung hat mich beeindruckt. Aber ich habe nicht vor, unsere Ehe auf der Rückbank eines Autos zu vollziehen.“ Er ließ die Jalousien wieder hoch und gab dem Fahrer eine neue Anweisung.

Als sie in dem Hotel, in dem der Empfang stattfand, eintrafen, erwartete Spyros Manoulis sie schon mit zwei Rechtsanwälten. Die Unterhaltung wurde auf Griechisch geführt, und Olympia fühlte sich unbehaglich. Gregoris und ihr Großvater unterschrieben zahlreiche Dokumente.

„Ich möchte dir sagen, dass dies nicht *mein* Wunsch war“, informierte Spyros sie danach, und ihr schoss die Röte ins Gesicht. Jetzt wusste also auch er, dass sie auf ihr gesamtes Erbe verzichtet hatte.

Beschämt unterzeichnete sie schnell das einseitig beschriebene Schriftstück, das man ihr vorlegte. Sie wunderte sich flüchtig, dass so wenige Sätze genügten, um ein so großes Vermögen zu überschreiben. Ohne etwas gelesen zu haben, schob sie das Blatt beiseite und stand auf.

Obwohl ihr Großvater sie bereits gewarnt hatte, fühlte sie sich durch die Förmlichkeit getroffen, mit der Gregoris' Eltern sie als ihre Schwiegertochter begrüßten. Achilles und Alexandra Cozakis machten keinen Hehl daraus, dass sie die Wahl ihres Sohnes nicht billigten. Nur Perikles, den sie nicht wiedererkannt hätte, lächelte sie freundlich an.

Während Gregoris noch mit einem anderen Gast sprach, stand plötzlich Katerina Pallas vor ihr und streckte die Hand aus. „Olympia ..."

Olympia ließ den Arm wieder sinken und betrachtete die Frau, die sie einmal für ihre Freundin gehalten hatte. Katerina Pallas, die sie so tief verletzt und so grausam gedemütigt hatte, dass sie nicht nur den Glauben an sich, sondern auch den an wahre Freundschaft verloren hatte.

„Vielleicht finden wir nachher eine Möglichkeit, miteinander zu sprechen ..." Katerina lächelte unsicher und entfernte sich schnell.

„Wie kannst du es nur wagen, ein Mitglied meiner Familie derart unhöflich zu behandeln? Es mag sein, dass es dir peinlich ist, Katerina in die Augen zu sehen." Gregoris betrachtete sie verächtlich. „Aber ich verlange von dir, dass du ihr mit Respekt und Höflichkeit begegnest, wie es ihr zusteht."

„Nein!"

„*Nein?* Was soll das heißen?"

„Es soll heißen", antwortete Olympia bestimmt, „dass keine Macht der Welt mich zwingen wird, Katerina zuvorkommend zu behandeln, denn sie ist eine infame Lügnerin. Wenn du also einen Skandal vermeiden willst, halt mir diese Frau vom Leib. Ich kann für mein Temperament nicht garantieren."

Er atmete hörbar ein, konnte aber nichts erwidern, da sie jetzt ihren Platz am Kopf des Tisches einnehmen mussten. Olympia war zufrieden mit sich, denn sie hatte Gregoris gezeigt, dass sie durchaus ihre eigene Meinung hatte und er sie nicht zu allem zwingen konnte. Vor zehn Jahren war er nämlich ganz selbstverständlich davon ausgegangen, dass er als Mann in jeder Hinsicht mehr Urteilsvermögen hatte.

„Ich mag dich ohne Make-up lieber", hatte er ihr damals gesagt. „Natürliche Frauen gefallen mir besser."

Sie hatte daraufhin nicht darauf verzichtet, sondern sich nur dezenter geschminkt.

„Du bist noch zu jung für einen Nachtclub", hatte er erklärt. „Und Alkohol in der Öffentlichkeit ist für dich auch noch tabu. Also bleibst du zu Hause."

Darüber hatten sie sich gestritten, und sie, Olympia, war – ermuntert von Katerina – der Clique gegen Gregoris' ausdrücklichen Wunsch in den Club gefolgt. Dort hatte sie dann den wahren Grund erfahren, weshalb Gregoris sie nicht hatte dabeihaben wollen. Die Enttäuschung über seinen Verrat und die Schmach saßen noch genauso tief wie vor zehn Jahren.

Als das ausgedehnte Hochzeitsmahl schließlich vorüber war, nahm Gregoris ihren Arm und führte sie in die Mitte des Saals.

Olympia legte den Kopf zurück und sah ihn an. „Und ich hatte gedacht, dass wir um diese Zeit schon Porzellan zerschlagen würden … Natürlich nur, um der Tradition Genüge zu tun."

„Noch so eine unpassende Bemerkung, und …"

„Und was?" Sie wusste, dass es ihr nur schaden konnte, aber es reizte sie einfach, ihn aus der Reserve zu locken.

„Das wirst du dann schon sehen."

„Versprechungen, nichts als leere Versprechungen! Das war schon immer deine Spezialität."

Seine Augen funkelten gefährlich. Unvermittelt neigte er den Kopf und küsste sie so heftig, dass ihr schwindelig wurde. Die Musik rauschte ihr in den Ohren, und sie fühlte sich schwach und den Gefühlen, die er in ihr wachgerufen hatte, hilflos ausgeliefert. Besitzergreifend zog er sie noch enger an sich. Er schien genau zu wissen, wie sehr sie ihn begehrte.

Als der letzte Ton verklungen war, blieb Gregoris stehen und nahm ihre Hand von seiner Schulter. „Ich mag es, wenn du dich so hingebungsvoll an mich schmiegst, Olympia."

Olympia hasste sich dafür, dass sie schwach geworden war. Ohne daran zu denken, dass es ihre eigene Hochzeit war, ließ sie Gregoris mitten auf der Tanzfläche stehen.

Bevor sie jedoch auch nur drei Schritte in dem mittlerweile ziemlich dichten Gedränge vorangekommen war, verbeugte sich Perikles vor ihr und forderte sie auf. „Es wird Zeit, dass ich meine neue Schwägerin etwas besser kennen lerne", sagte er und führte sie sicher und geschickt durch die tanzenden Paare.

„Olympia, es tut mir wirklich leid, dass dir meine Eltern diesen Tag verderben. Ehrlich gesagt, kann ich mir gar nicht vorstellen, warum sie das tun. Weißt du es? Vor zehn Jahren war ich ein kleiner Junge, der nichts mitbekam, heute ist das anders. Also, warum sieht meine Cousine Katerina plötzlich verschlagen aus wie eine hinterhältige Katze? Welches Geheimnis kennt sie, aber ich nicht?"

Die Bezeichnung „hinterhältige Katze" fand sie äußerst treffend. Auf gewisse Art war es schon beeindruckend gewesen, wie Katerina vor Gregoris die gekränkte Unschuld gespielt hatte. Das konnte sie Perikles natürlich nicht sagen.

„Eins verstehe ich überhaupt nicht", fuhr Perikles fort. „Warum lässt Gregoris es zu, dass unsere Eltern dich in aller Öffentlichkeit schneiden?"

„Vielleicht weil ich unehelich geboren bin."

Von diesem Argument ließ sich Perikles jedoch nicht überzeugen. „Nein, Olympia. Meine Eltern mögen zwar konservativ sein, aber selbst für meine Mutter wäre das kein Grund, während der Trauung ihres ältesten Sohnes verzweifelt zu schluchzen."

Olympia schluckte. Auf diese Information hätte sie gern verzichten können.

„Und weil meine Eltern nie einen Hehl daraus gemacht haben, was sie von Gregoris' Verbindung mit Gisele Bonner halten, erstaunt mich ihr Benehmen noch mehr", meinte er naiv.

Gisele Bonner. Der Name sagte ihr nichts, doch sie würde ihn sich merken. „Lieber Perikles, dass Mütter mit der Wahl ihres Sohnes nicht einverstanden sind, ist eine recht häufige Erscheinung."

„Olympia, du versuchst mich abzuspeisen wie ein lästiges Kind! Aber das bin ich schon lange nicht mehr. Ich werde aber dahinter kommen, worauf du dich verlassen kannst!"

„Und ich hole mir jetzt meine Braut zurück, worauf *du* dich verlassen kannst." Gregoris stand plötzlich vor ihnen, löste seinen Bruder ab und tanzte mit ihr weiter.

„Perikles redet zu viel, und Diskretion ist auch nicht gerade seine Stärke."

„Er war nicht indiskret", widersprach Olympia. Perikles wusste schließlich nicht, dass diese Ehe eine rein geschäftliche Angelegenheit war. Wäre sie eine normale Braut gewesen, hätte sie natürlich auch von einer Frau wie Gisele Bonner gewusst.

Gisele Bonner. Sie biss sich auf die Lippe und verspannte sich. Wahrscheinlich war sie blond. Gregoris mochte schlanke, langbeinige – und spärlich bekleidete – Blondinen. Deutlich sah Olympia das italienische Model damals im Nachtclub vor sich.

„Entschuldige mich bitte", sagte sie und entwand sich seinen Armen. Sie brauchte unbedingt einige Minuten für sich allein.

Aber noch ehe sie die Garderobe erreicht hatte, wurde sie angesprochen. „Olympia?" Katerina Pallas, klein, zierlich und geschmackvoll gekleidet, stand vor ihr.

„Was willst du?" Olympia gab sich keine Mühe, ihren Ärger über diese Aufdringlichkeit zu verbergen.

„Olympia, wir waren doch die besten Freundinnen!" Katerina sah sie beleidigt an.

„Spar dir deine Nummer für Menschen auf, die dich noch nicht kennen."

Katerina versicherte sich noch einmal, dass sie auch wirklich allein waren. Erst dann ließ sie die Maske fallen. „Ich hatte solche Angst, als ich die Einladung zu eurer Hochzeit erhielt. Ich dachte, es wäre eine

Falle. Aber Gregoris verhält sich mir gegenüber wie immer – also weiß er immer noch nicht, was vor zehn Jahren wirklich passiert ist. Das bedeutet, dass er dich nur aus einem einzigen Grund geheiratet hat: um an das Manoulis-Erbe zu kommen. Du hast dir mit deinem Vermögen einen Ehemann gekauft. Bist du dir denn für nichts zu schade?"

„Doch! Ich bin mir zu schade dafür, hier zu stehen und mit dir zu zanken." Olympia drehte sich einfach um.

Katerina lachte hämisch. „Armer Gregoris, was für ein Abstieg! Er wird heute Nacht bestimmt die Augen schließen und sich einbilden müssen, du wärst Gisele Bonner."

Als Olympia wieder in den Saal kam, sah sie Gregoris an der Tanzfläche stehen. Wahrscheinlich suchte er jemanden. Plötzlich blickte er auf und sah zu ihr herüber. Ihre Blicke trafen sich, und Olympias Herz setzte einen Schlag aus. Warum übte dieser Mann nur eine solche Macht über sie aus?

Wenn Gregoris sie berührte, setzte ihr Verstand aus. Diese Erkenntnis verunsicherte und beschämte sie. Mit siebzehn hatte sie diese Probleme nicht gehabt, denn Gregoris war nie zudringlich geworden. Heute jedoch war das anders. Eiskalte Zurückweisung wäre das einzige Mittel gewesen, sich seiner zu erwehren – und gerade in diesem Punkt hatte sie bisher kläglich versagt.

Gregoris kam zu ihr, sein Gesicht wirkte verschlossen, und seine Augen blickten hart. „Wir gehen jetzt", sagte er nur.

„Jetzt schon?" Olympias Mut sank. „Wir sind doch noch gar nicht lange hier ..."

„Lange genug. Du hast deine Rolle als Braut wirklich nicht sehr überzeugend gespielt."

Olympia schluckte und dachte daran, dass sie während des Essens nur geschwiegen und während des Brauttanzes mit ihm gestritten hatte. Viel schlimmer noch, sie hatte ihn zweimal auf der Tanzfläche stehen lassen. „Es tut mir leid. Ich werde mir jetzt mehr Mühe geben."

„Du brauchst dich nicht zu überanstrengen. Mir ist sowieso egal, was die Leute denken."

Sie geriet regelrecht in Panik. „Ich werde es jetzt bestimmt besser machen", flehte sie. Wie hatte sie nur so dumm sein können, den Schutz, den ihr die über hundert Hochzeitsgäste boten, so leichtfertig zu verspielen?

„Zu spät! Du hast es mir unmöglich gemacht, ein stolzer Bräutigam zu sein. Jetzt sieh zu, wie du mit den Konsequenzen fertig wirst. Geh, und verabschiede dich von deiner Mutter."

Olympia wandte sich ab. „Ich werde mich erst umziehen."

„Du bleibst, wie du bist. Dein Gepäck ist jetzt schon im Hubschrauber."

„Aber mein Reisekostüm! Es ist in dem Koffer, den ich dem Fahrer gegeben habe. Ich habe ihm gesagt, er soll …"

„Ich habe andere Anordnungen getroffen", unterbrach Gregoris sie ungerührt. „Dein Brautkleid werde *ich* dir ausziehen."

Sie legte den Kopf zurück, ihre grünen Augen funkelten vor Empörung. „Ich habe dir doch gesagt …"

„Wann wirst du endlich lernen, darauf zu hören, was *ich* gesagt habe?" Er musterte sie von Kopf bis Fuß. „Reiz mich bitte nicht noch mehr. Die Art, wie du meine Cousine eben behandelt hast, ist einfach empörend!"

Fassungslos sah sie ihn an.

„Vor einer guten Viertelstunde habe ich beobachtet, dass Katerina einen zweiten Versuch gemacht hat, sich dir höflich zu nähern, was man in Anbetracht der Umstände wirklich als äußerst großmütig bezeichnen kann." Gregoris lächelte verächtlich, als er ihre geröteten Wangen bemerkte. „Sie war in Tränen aufgelöst, weil du sie erneut vor den Kopf gestoßen hast. Sie hat sich wegen Unwohlseins entschuldigt, um unsere Hochzeit ohne Aufhebens vorzeitig verlassen zu können."

Die Erkenntnis, dass Katerina sie, genau wie vor zehn Jahren, immer noch bei jeder Gelegenheit ins Unrecht setzte, verursachte Olympia Übelkeit. „Gregoris, das stimmt nicht! Ich …"

„Du hast dich so benommen, dass ich mich für dich schäme. Aber keine Angst, ich werde das in Zukunft zu verhindern wissen."

Sie versuchte verzweifelt, sich zu verteidigen. „Gregoris, du bist ungerecht! *Sie* ..."

„Ich bin an deinen Lügengeschichten nicht interessiert! Wir gehen in zehn Minuten, dann wird uns der Hubschrauber zu meiner Yacht bringen, die in Southampton liegt. Verabschiede dich also jetzt von deiner Mutter", beharrte er.

Hoch erhobenen Hauptes ging Olympia zu Irini, die mit besorgtem Gesicht neben Spyros saß. Dieser stand sofort auf und betrachtete Olympia mit gerunzelter Stirn. „Glücklicherweise ist dein Ehemann jetzt für dein Verhalten verantwortlich", meinte er streng. „Aber lass dir gesagt sein, dass eine Frau ihren Mann nicht in aller Öffentlichkeit brüskiert."

Olympia biss sich auf die Lippe. Schnell stand Irini auf und schloss sie in die Arme. „Pass auf, dass du dir durch deinen Stolz nicht das Glück verbaust", warnte sie sie eindringlich.

Traurig stellte Olympia fest, dass sie es anscheinend niemandem recht machen konnte, und der Tadel ihrer geliebten Mutter traf sie besonders tief. Sie konnte sich jedoch nicht wehren, denn sie hatte sich in ihrem eigenen Lügengespinst verfangen und stand allein zwischen allen Fronten.

Spyros, der bisher stets Gregoris' Partei ergriffen hatte, hielt sie für ein Glückskind, weil sie Gregoris trotz des schrecklichen Skandals damals doch noch vor den Altar hatte locken können. Ihrer Mutter lag natürlich nichts so sehr am Herzen wie das Glück ihrer Tochter, doch sie musste sich von Spyros Vorhaltungen machen lassen, sie hätte ihr Kind nicht anständig erzogen. Gregoris zürnte ihr, Olympia, weil sie Katerinas Friedensangebot seiner Meinung nach schnöde ausgeschlagen hatte.

Spyros, ihre Mutter und Gregoris, alle hielten sie für die wahre Schuldige.

Gregoris kam und holte sie, noch bevor die zehn Minuten, die er ihr versprochen hatte, um waren. Als ihr bewusst wurde, dass sie in kürzester Zeit allein mit ihm sein würde, fühlte sie erneut Panik in sich aufsteigen.

Welch Ironie des Schicksals!, dachte Olympia, als sie sich an seiner Seite von den Gästen verabschiedete. Als seine Verlobte hatte sie sich nichts sehnlicher gewünscht, als endlich mit ihm allein sein zu dürfen. Sich wie eine frisch vermählte Braut mit ihm zurückziehen zu dürfen, wäre für sie damals der Himmel auf Erden gewesen …

5. KAPITEL

Mit siebzehn hatte sie, Olympia, sich Hals über Kopf in Gregoris Cozakis verliebt. Sie hatte ihr Glück kaum fassen können, dass sie in den Kreis seiner Freunde aufgenommen wurde, denn sie hatte nichts mit ihnen gemeinsam und war schrecklich schüchtern.

In jenem Sommer lernte sie in Griechenland eine völlig neue Welt kennen: Teens, für die das Leben nur aus Annehmlichkeiten bestand, die Sportwagen fuhren und nur die teuerste Garderobe trugen. Sie blickte jedoch auch tiefer. Sie stellte fest, dass die meisten von ihnen verwöhnt und oberflächlich waren und überhaupt nicht wussten, wie das Leben wirklich aussah, nur Gregoris war reifer und klüger als seine Altersgenossen – und sah obendrein auch noch besser aus.

Zu Anfang ihrer Bekanntschaft hielt sie es für reine Freundlichkeit, dass er sie immer im Auto mitnahm. Nachdem Katerina sie jedoch darauf hingewiesen hatte, dass Spyros und Gregoris' Vater Geschäftsfreunde waren, kam Olympia der Verdacht, dass ihr Großvater Gregoris gebeten haben könnte, sich um sie zu kümmern, solange sie in Griechenland zu Besuch war.

„Du hättest meinetwegen nicht diesen Umweg quer durch Athen machen müssen", sagte sie Gregoris eines Abends. Während der ganzen Party hatte er keinen Alkohol getrunken, nur um sie nach Hause bringen zu können. „Hier fahren schließlich auch Busse."

„Du brauchst mir keine Gesellschaft zu leisten", erklärte sie bei einer anderen Gelegenheit. Es war auf einer Fete, die Lukas Theotokas in Abwesenheit seiner Eltern am Swimmingpool gab. „Amüsier dich doch, ich bin zufrieden, wenn ich den anderen zusehen kann."

Gregoris sah sie daraufhin wütend an und ließ sie einfach stehen. Allzu schnell musste sie aber feststellen, dass es ihr überhaupt nicht passte, als er ihrem Rat folgte und mit einem hübschen Mädchen tanzte. Um mit ihrem Kummer allein zu sein, zog sie sich in die Küche zurück.

„Gregoris hat immer mehrere Eisen im Feuer", bemerkte Lukas gehässig, als er sie mit verweinten Augen dort fand. „Davor hätte man dich warnen sollen. Aber ich mache dir einen Vorschlag ..."

Sie mochte Lukas von Anfang an nicht. Weshalb, konnte sie sich erst erklären, als es schon zu spät war. Er war einerseits stolz darauf, Gregoris' Freund zu sein, andererseits war er jedoch eifersüchtig auf Gregoris, da dieser reicher, attraktiver und beliebter war als er selbst.

„Warum sollten wir beide nicht auch unseren Spaß haben?"

„Unseren Spaß haben? Wie meinst du das?" Olympia blickte ihn verständnislos an. Sie wusste nämlich, dass er hinter Katerina her war, die zwar heftig mit ihm flirtete, sich aber auf nichts einlassen wollte und nur mit ihm spielte.

„Eine gute Frage, Olympia. Die Antwort würde mich nämlich auch interessieren." Unbemerkt war Gregoris eingetreten und lehnte am Türrahmen.

Erschrocken fuhr Lukas herum. Gregoris sagte leise einige Worte auf Griechisch, und Lukas wurde rot und verließ umgehend die Küche.

„Was hast du ihm gesagt?", erkundigte sich Olympia.

„Dass ich ihn umbringen werde, wenn er dir noch einmal zu nahe kommen sollte." Gregoris beugte sich vor und küsste sie zärtlich, aber nicht so, wie sie es sich für ihren ersten Kuss erträumt hatte. Trotzdem eroberte er ihr Herz im Sturm.

„Du gehörst mir, du bist *meine* Freundin", sagte er.

Als sie ihrem Großvater erzählte, dass Gregoris und sie sich ineinander verliebt hätten, lächelte er nur und nickte zufrieden. Und sie dachte sich nichts dabei, dass Spyros Manoulis überhaupt nicht überrascht war, genauso wenig wie sie sich daran störte, dass sie Gregoris nie allein, sondern immer nur in Gesellschaft sah. Nur dass Katerina ihr gegenüber immer abweisender wurde, fiel ihr auf. Aber da sich für sie alles um Gregoris drehte, berührte das Verhalten ihrer Freundin sie nicht weiter.

Olympia war verblüfft, als Gregoris sie sechs Wochen später fragte, ob sie ihn heiraten wolle. „Ich hab dich wirklich gern", sagte er nicht gerade leidenschaftlich. Dabei blickte er so konzentriert durch die Windschutzscheibe seines Sportwagens, als hinge sein Leben davon ab. „Du bist häuslich und magst Kinder. Wenn wir älter sind, werden wir bestimmt eine gute Ehe führen.“

Sie war zwar enttäuscht, dass er ihr nicht ewige Liebe geschworen hatte, aber er musste sie ja lieben, sonst hätte er sie nicht heiraten wollen. Überglücklich und wortreich versicherte sie ihm, wie sehr sie ihn bewundere und liebe.

Gregoris schien erleichtert, seine Gesichtszüge entspannten sich, und er lächelte. Olympia wurde erst misstrauisch, als sich abends herausstellte, dass Spyros schon vor ihr von dem Heiratsantrag gewusst hatte.

„Natürlich habe ich zuerst mit deinem Großvater gesprochen, das gehört sich doch so“, erklärte Gregoris, als sie ihn darauf ansprach. „Er hält dich einfach für zu jung, deshalb habe ich ihm versprochen, dass wir erst in zwei Jahren, wenn ich mit der Uni fertig bin, heiraten werden.“

Dann, auf der großen Gesellschaft, die Spyros gab, um die Verlobung seiner Enkelin anzukündigen, fiel der erste Schatten auf ihr Glück.

„Ich bin so froh, dass Gregoris’ Eltern mich akzeptieren“, gestand Olympia ihrer Freundin Katerina und seufzte erleichtert.

„Und warum sollten sie dich *nicht* akzeptieren?“ Katerina zuckte die Schultern. „Hier gibt es keine Familie im Raum, die eine Verbindung mit der Erbin der Manoulis-Millionen ablehnen würde.“

„Wie bitte?“

„Ach Olympia, hör auf!“ Katerina lachte verächtlich. „Langsam wird deine Aschenputtel-Masche peinlich. Jeder weiß doch, dass du deinen Großvater beerben wirst!“

„Ja, natürlich“, antworte Spyros am Morgen darauf und amüsierte sich über Olympias naive Frage, ob sie eine reiche Erbin sei. „Traust du mir denn zu, dass ich dich, eine Manoulis, nur mit ihrer Garderobe als Mitgift einen Cozakis heiraten lassen würde? Glaubst du denn, ohne dieses Bonbon hätte sich Gregoris' Vater so schnell damit abgefunden, dass sein ältester Sohn sich schon in diesem Alter für immer binden will?"

„Aber ..."

„Ich bin ein Selfmademan, Olympia, ich kann keine lange Ahnentafel aufweisen wie die Cozakis, aber mein Vermögen steht ihrem in nichts nach", erklärte er stolz.

Olympia nickte zwar, war aber sehr bedrückt. Plötzlich bekam ihre Verlobung einen Aspekt, der ihr bisher völlig entgangen war. Handelte es sich etwa um ein Geschäft?

„Eure Hochzeit ist im Interesse *beider* Familien. Achilles und ich brauchen uns in Zukunft keine Konkurrenz mehr zu machen, sondern können zusammenarbeiten, was unsere Macht gewaltig stärken wird. Und ich kann mir als Erben für mein Unternehmen niemanden vorstellen, der dazu besser geeignet wäre als Gregoris Cozakis." Spyros wirkte äußerst zufrieden.

Sie grübelte immer noch über diese für sie neuen Gesichtspunkte nach, als Katerina kam, um sich für ihr Verhalten am vergangenen Abend zu entschuldigen.

„Ich bekomme eine Mitgift!", vertraute Olympia ihrer Freundin an und schüttelte den Kopf. „Ich dachte, so etwas gab es nur im Mittelalter! Warum hat mir das niemand gesagt?"

„Frauen halten sich aus diesen Angelegenheiten heraus", belehrte Katerina sie, „aber in unseren Kreisen kommt Geld zu Geld. Freu dich doch, denn so bekommst du Gregoris, obwohl du nicht gerade wie eine Märchenprinzessin aussiehst."

Hätte Gregoris sie auch heiraten wollen, wenn sie keine reiche Erbin gewesen wäre? Olympia war tief verunsichert. Vorher war sie fest davon überzeugt gewesen, dass er etwas für sie empfand, jetzt schien es ihr naiv.

Aus Angst, enttäuscht zu werden, traute sie sich nicht, das Thema ihm gegenüber anzuschneiden. Doch sie beobachtete ihn jetzt genauer, und allmählich dämmerte ihr die schreckliche Wahrheit ...

Kein einziges Mal hatte Gregoris von Liebe gesprochen. Er vermied es, mit ihr allein zu sein. Wenn sie mit ihm zusammen einkaufen gehen wollte, verwies er sie an seine Mutter. Als Spyros zwei Tage verreist gewesen war, hatte sie Gregoris zum Abendessen in die Villa eingeladen. Das hatte er entschieden abgelehnt und war stattdessen mit ihr in ein Restaurant gegangen. Sie dachte an das Gerede seiner Freunde, die ihm alle möglichen Abenteuer nachsagten. Warum berührte er dann noch nicht einmal ihre Brüste? Entbehrten die Geschichten vielleicht jeglicher Grundlage, und er war genauso unerfahren wie sie?

Je mehr Olympia darüber nachdachte, desto mehr gefiel ihr diese Vorstellung. Sie gefiel ihr so sehr, dass sie Gregoris ganz offen fragte, ob er denn noch nie eine Freundin gehabt habe.

„Bist du verrückt geworden?“, fuhr er sie an, als hätte sie ihn zu Tode beleidigt. „Wie kannst du nur auf so eine abartige Idee kommen?“

Sie war errötet und rang nervös die Hände. „Ich dachte … Ich meinte … Bei mir hast du noch nie … Wir sind doch verlobt …“

„Wir warten bis zur Hochzeitsnacht, weil ich dich als meine zukünftige Frau respektiere“, antwortete er ausdruckslos. „Einer Griechin hätte ich das nicht zu erklären brauchen.“

Olympia senkte den Blick. Zum ersten Mal erschien ihr Gregoris fremd. Obwohl sie sich sagte, dass sie ein Recht darauf hatte, diese Fragen zu stellen, hatte er erreicht, dass sie sich jetzt billig vorkam.

„Ich bin entsetzt über dich, Olympia! Habe ich mir vielleicht falsche Hoffnungen gemacht? Bist du überhaupt noch Jungfrau, Olympia?“ Mit angehaltenem Atem wartete Gregoris auf ihre Antwort.

„Ja“, erwiderte sie leise.

Erst in diesem Moment wurde ihr klar, wie wichtig es für ihn war, dass sie noch nie mit einem Mann geschlafen hatte. Sie war zwar erst siebzehn, aber wenn sie trotzdem schon Erfahrungen gemacht hätte? Hätte Gregoris ihr dann dieselben Gefühle entgegengebracht? Hätte er sie auch dann gebeten, seine Frau zu werden? Sie glaubte es nicht. Konnte ein Mann so empfinden, der eine Frau wirklich liebte?

„Entschuldige bitte meine unsinnige und überflüssige Frage.“ Gregoris nahm ihre Hand. „Aber du warst bisher immer so zurückhaltend. Deshalb hat es mich völlig aus der Fassung gebracht, dass du dieses Thema überhaupt anschneidest, und ich bin misstrauisch geworden. Ich könnte es nicht ertragen, wenn dich schon ein anderer berührt hätte, Olympia.“

Sosehr sie Gregoris auch liebte und sich bemühte, ihn zu verstehen, diese Worte empörten sie und weckten ihren Widerstand. Wie dumm sie gewesen war, ihn für unerfahren zu halten! Nein, diese Rolle stand nur ihr, der Frau, zu. Für sie war tabu, was Gregoris ganz selbstverständlich für sich in Anspruch nahm. Er verlangte von ihr, dass sie zwei Jahre auf eine Erfahrung wartete, nach der sie sich so sehr sehnte – er verlangte von ihr, dass sie bis zur Hochzeitsnacht auf Zärtlichkeiten verzichtete!

„Angenommen … angenommen, wir warten, heiraten und merken, dass wir in dieser Beziehung gar nicht zueinander passen. Was dann?“

Gregoris zog seine Hand zurück, als hätte er sich verbrannt. Er war ungehalten, weil sie wieder auf das gleiche Thema zu sprechen kam und noch argumentieren wollte, nachdem er die Diskussion für beendet erklärt hatte. Ärgerlich schüttelte er den Kopf. „Sei nicht albern! Was ist heute nur los mit dir?“

Olympia biss sich auf die Lippe und schwieg. Das hieß jedoch nicht, dass sie sich damit abfand. Gregoris setzte ihr Grenzen, und das gefiel ihr nicht. Er verlangte von ihr, bis zur Hochzeitsnacht keusch und unnahbar zu bleiben, um dann von heute auf morgen verführerisch und sexy zu werden, weil sie dann einen Ehering am Finger hätte.

Olympia erwachte erst aus ihren Erinnerungen, als der Hubschrauber, der Gregoris und sie von London nach Southampton gebracht hatte, auf dem Deck der Yacht landete.

Sie war sprachlos, denn so groß hatte sie sich das Boot nicht vorgestellt. Natürlich hatte sie gewusst, dass Gregoris schon immer ein begeisterter Segler gewesen war. Aber vor zehn Jahren hatte er sie nie auf sein Boot mitgenommen, was Katerina zu gehässigen Bemerkungen veranlasst hatte.

Olympia überlegte noch, wie sie in ihrem langen Brautkleid einigermaßen elegant aus dem Hubschrauber steigen sollte, als Gregoris sie heraushob und übers Deck trug.

Ein älterer Mann in Uniform grüßte sie, und Gregoris stellte ihn ihr als den Kapitän vor, ohne sie dabei abzusetzen. Mit einem triumphierenden Lächeln trug er sie über ein riesiges Sonnendeck nach drinnen. Dort erst ließ er sie herunter. Der Teppich war so weich, dass ihre Füße förmlich darin versanken. Staunend blickte sie sich um. Bullaugen gab es hier nicht, sondern Fenster, die vom Boden bis zur Decke reichten.

„Das ist der große Salon", erklärte Gregoris. Für einen Moment hatte sie ihren Kummer vergessen und bewunderte die geschmackvolle Einrichtung, die Bilder und kunstvollen Blumengestecke. „Die ‚Aurora' ist mein zweites Zuhause. Sie hat alles, was ich brauche, so dass ich auch längere Zeit hier wohnen und arbeiten kann."

„Sie ist unwahrscheinlich groß! Wie lang ist sie?"

„Einhundertzwanzig Meter. Ich freue mich schon darauf, sie dir morgen in Ruhe zu zeigen." Er kniff die Augen zusammen und betrachtete sie lächelnd von Kopf bis Fuß. Stolz straffte sie sich, obwohl sie unter seinem Blick errötet war. „Du bist eine sehr verführerische Braut, Olympia."

„Spar dir deine Schmeicheleien für Frauen, die dumm genug sind, sie dir zu glauben!" Bildete Gregoris sich etwa ein, er könnte sie überreden, mit ihm ins Bett zu gehen? Anscheinend hielt er sie immer noch für den naiven Teenager, der sie vor zehn Jahren gewesen war. Sie hatte jedoch daraus gelernt und würde nicht noch einmal auf seine scheinheiligen Komplimente hereinfallen.

„Wie bitte?"

„Du hast mich ganz richtig verstanden!" Mit dem Mut der Verzweiflung blickte Olympia ihn herausfordernd an. Es war allerhöchste Zeit, dass sie ihm ihren Standpunkt unmissverständlich klarmachte, sonst würde er nachher erwartungsvoll vor ihrem Bett stehen. Er war Grieche und wäre nie auf die Idee gekommen, an seiner männlichen Überlegenheit zu zweifeln. Je länger sie mit sich reden ließ, desto schwerer würde es sein, ihn von seinem Vorhaben abzubringen.

„Du bist jetzt meine Frau", sagte Gregoris leise und trügerisch sanft.

Die Wut, die aus seinem Blick sprach, ließ ihr den Atem stocken, und ihre Knie wurden weich. „Ja", brachte Olympia mühsam hervor. „Aber ohne entsprechende Gefühle ist das trotzdem kein Grund für mich, mit dir zu schlafen."

„Also gut." Er ging zu Tür.

Sie konnte es nicht fassen. *Sie hatte gewonnen!* Eigentlich war das jedoch nicht weiter verwunderlich. Trotz seines Machogehabes war Gregoris ein moderner und kultivierter Mann, der eine Frau nicht ins Bett zwingen würde. Sie hatte ihm nur ganz deutlich zeigen müssen, dass sie nicht kokettierte, sondern meinte, was sie sagte.

„Würdest du bitte kommen?"

„Oh!" Olympia schreckte aus ihren Gedanken auf. Also hatte Gregoris sich entschlossen, diese Farce nicht aufrechtzuerhalten. Wahrscheinlich würden Gregoris und sie wieder nach London fliegen, und jeder würde sein eigenes Leben führen, genau wie sie es vorgeschlagen hatte. Seltsam, dass ihr diese Vorstellung gar nicht mehr so verlockend erschien.

„Ich hoffe, du hast es dir gut überlegt", sagte er, als sie auf ihn zuging. „Ein Zurück wird es nicht mehr geben."

Wofür hielt er sie eigentlich? Bildete er sich vielleicht ein, dass sie doch mit ihm ins Bett wollte und Nein sagte, aber Ja meinte? Zu diesen Frauen gehörte sie nun wirklich nicht. Sie hatte siebenundzwanzig Jahre ohne Sex gelebt, und auch weitere hundert Jahre Enthaltsamkeit würden sie nicht dazu bringen können, ihre Einstellung ihm gegenüber zu ändern.

„Ich weiß, was ich tue." Selbstzufrieden sah sie ihn an.

Die drei Männer, die am Hubschrauber beschäftigt waren, richteten sich auf, als sie Gregoris erblickten, und der Pilot kam, um seine Anweisungen entgegenzunehmen. Da Gregoris Griechisch sprach, konnte sie nichts verstehen, sah jedoch, dass der Pilot erstaunt die Brauen hochzog. Dann verbeugte er sich höflich und ging zurück, um auch die anderen Besatzungsmitglieder über die geänderten Pläne zu informieren.

„Dein Mut ist wirklich zu bewundern, Olympia." Gregoris betrachtete sie. „Wenn es darum geht, dich zu blamieren, kennst du keine Hemmungen."

„Wieso blamiere ich mich?" Erstaunt blickte Olympia ihn an.

„Wenn wir jetzt nach London fliegen und ich dich vor versammelter Hochzeitsgesellschaft deinem Großvater zurückgebe, werden einige Gäste bestimmt schockiert sein. Die meisten aber wird das Spektakel köstlich amüsieren."

Sie war sprachlos.

„Obwohl es mir gelungen ist, die Medien von der Feier fernzuhalten – einen so saftigen Skandal werden sie sich nicht entgehen lassen, und du wirst dein Bild bald in sämtlichen Illustrierten bewundern können. Deine Mutter und dein Großvater werden entsetzt sein, aber sie werden mir Recht geben, dass ich eine Braut verstoße, die nicht bereit ist, die Ehe zu vollziehen."

Wie konnte er die Tatsachen denn nur so verdrehen? Fassungslos sah sie ihn an. Er wirkte völlig ruhig, und seine Miene war unbewegt. Ganz nüchtern hatte er sie über die Konsequenzen ihrer Verweigerung aufgeklärt.

„Das kann doch nicht dein Ernst sein", brachte Olympia mühsam hervor.

„Warum nicht? Kaum sind wir verheiratet, willst du mich zum Narren halten und Bedingungen nicht erfüllen, denen du vorher per Vertrag zugestimmt hast. Dazu hast du dir den falschen Mann ausgesucht, meine Liebe."

Der Hubschrauber war jetzt startklar, und die Freiheit war für sie greifbar nah. Aber Freiheit zu welchem Preis?

„So eine Behandlung lasse ich mir nicht gefallen!", erwiderte Olympia wütend.

„Wenn du nicht freiwillig mit mir kommst, werde ich dich eben durch den Saal zerren müssen, und wenn du noch so laut schimpfst und um dich schlägst."

„Nie würdest du wagen, so eine Szene zu machen!", trumpfte sie auf.

„Warum nicht? Ich bin lieber ein schlechter Gewinner als ein guter Verlierer."

Olympia hatte das Gefühl, der Kopf müsste ihr zerspringen, so fieberhaft jagten sich ihre Gedanken. Sie stellte sich vor, wie Gregoris sie ihrer Familie wie einen nutzlosen Gegenstand zurückgab, während die Hochzeitsgäste fasziniert zusahen. Das würde er nicht wagen! Ein Blick in sein Gesicht belehrte sie allerdings eines Besseren.

„Das ist doch ein Sturm im Wasserglas!" Sie versuchte, die Situation zu retten, indem sie an seine Vernunft appellierte. „Lass uns das Problem wie zwei erwachsene Menschen lösen! Wir bleiben auf der ‚Aurora' und spielen ein ganz normales Ehepaar. Wer will uns das Gegenteil beweisen?"

„Du willst einen Vertrag brechen? Dafür habe ich keinerlei Verständnis."

„Du bist unfair ..."

„So?"

„Du hast mich *gezwungen,* auf deine Bedingungen einzugehen. Du hast mich erpresst. Du wolltest meiner Mutter ..."

„Ich weiß, ich weiß", unterbrach er sie. „Aber kehr bitte zuerst vor deiner Tür! Du hast mich angebettelt, dich zu heiraten, du hast dich mir regelrecht aufgedrängt!"

„Das habe ich nicht! Oh Gregoris!" Olympia war verzweifelt. „Warum müssen wir uns nur so streiten!" Sie warf dem Hubschrauber einen wehmütigen Abschiedsblick zu, drehte sich dann um und ging wieder in den großen Salon.

„Ich möchte jetzt meine Kabine sehen", sagte sie ausdruckslos zu Gregoris, der ihr gefolgt war.

Er drückte auf einen Knopf, und ein Steward erschien, um ihr den

Weg zu zeigen. Die Yacht war wirklich beeindruckend groß. Auf dem Weg zu ihrer Kabine bemerkte Olympia einen Fitnessraum, einen Swimmingpool und eine Bibliothek. Schließlich öffnete der Steward ihr eine Tür und verabschiedete sich.

Olympia schnitt ein Gesicht, als sie den Kühler mit dem Champagner und einen prachtvollen Blumenstrauß auf dem Tisch entdeckte. Sie blickte in den Schrank und war erleichtert, dass sie dort nur ihre eigene Garderobe vorfand. Dann suchte sie das Bad.

Von dem Waschbecken und der Wanne aus Marmor völlig überwältigt, sah sie erst gar nicht, dass etwas auf den Spiegel geschrieben war. Neugierig ging sie näher. „Nimm es mit mir auf – wenn Du kannst!“, war in ungelenken Buchstaben quer über den Spiegel geschmiert. Auf der Konsole darunter lag eine aufgeschlagene Illustrierte.

Olympias Blick fiel auf das ganzseitige Foto einer hinreißenden Blondine in verführerischer Pose. „Gisele Bonner“ lautete die Überschrift des Artikels auf der gegenüberliegenden Seite. Es war ein Schock für Olympia, und eine innere Stimme riet ihr, den Spiegel zu säubern und die Zeitschrift ungelesen in den Abfall zu werfen.

Olympia ignorierte die Warnung. Obwohl sich ihr Magen schmerzhaft zusammenkrampfte, betrachtete sie das Bild näher. Gisele trug ein kurzes Kleid mit dünnen Trägern, das ihre atemberaubende Figur mehr betonte als verhüllte. Sie hatte beneidenswert lange Beine, große, wunderbar blaue Augen und hohe Wangenknochen. Ihr sinnlicher Mund war der Traum eines jeden Mannes, und ihr strohblondes Haar fiel ihr glatt und seidig auf die schmalen Schultern.

Als hätte sie sich verbrannt, ließ Olympia das Magazin fallen, nahm es aber sofort wieder zur Hand. Wie unter Zwang las sie den Artikel. Gisele Bonner sei, so wurde berichtet, ein berühmtes Topmodel und die ständige Begleiterin des griechischen Großindustriellen Gregoris Cozakis. Sie war zweiunddreißig Jahre alt und wollte nie heiraten, da sie ihre Freiheit liebte und Kinder nicht ausstehen konnte.

Mit zittrigen Fingern blätterte Olympia um, bereute es jedoch sofort, denn ihr Blick fiel auf ein anderes Foto: Gisele und Gregoris, Arm in Arm bei den Filmfestspielen in Cannes. Olympia wünschte, sie hätte die Illustrierte nie angefasst.

Ein unterdrückter Schrei ließ sie zusammenzucken, und abrupt drehte sie sich um. Im Türrahmen stand ein junges Zimmermädchen, das starr auf den Spiegel sah und sich erschrocken die Hand vor den Mund hielt. Die junge Frau fasste sich aber schnell und sprach erregt und in einem für Olympia viel zu schnellen Griechisch auf sie ein, wahrscheinlich um ihre Unschuld zu beteuern. Dann nahm sie ein Tuch und rieb den Spiegel schnell wieder blank.

Mit den wenigen Brocken Griechisch, die sie sprach, gab Olympia dem Mädchen zu erkennen, dass sie dem Vorfall keine Bedeutung beimaß, und ging zurück in die Kabine. Aber ihre Gleichgültigkeit war nur gespielt, und Olympia hatte das Gefühl, völlig am Ende zu sein. Sie war froh, als das Mädchen, die Illustrierte unter dem Arm, wieder im Gang verschwunden war.

Gisele hatte also Verbindungen zur „Aurora"! Sie musste jemanden vom Personal bestochen haben, diesen Job für sie auszuführen. Doch dann fiel Olympia Katerina ein und das, was sie am Nachmittag vor der Garderobe zu ihr gesagt hatte. War es nicht wahrscheinlicher, dass dieser üble Scherz auf Katerinas Konto ging?

„Nimm es mit mir auf – wenn du kannst!" Welche Frau wäre schon in der Lage, mit einer Schönheit wie Gisele Bonner zu konkurrieren?

Olympia biss sich auf die Lippe. Glücklicherweise war sie nicht ehrgeizig, und Gregoris' Geliebte ging sie auch nichts an. Deshalb würde sie keinen weiteren Gedanken an den Vorfall verschwenden! Nachdem sie diesen Vorsatz gefasst hatte, setzte sie sich an die Frisierkommode und zog sich die Nadeln aus dem Haar. Für die festliche Frisur hatte man das Haar so straff zurückgekämmt und hochgesteckt, dass ihr der Kopf schmerzte.

Erleichtert strich sie sich mit den Fingern durch das offene Haar und griff dann zur Bürste, um mit energischen Strichen die letzten Kletten zu entwirren. Anschließend stand sie auf und öffnete den Reißverschluss im Rücken, um das Kleid abzustreifen.

Es war ihr schon fast bis zu den Hüften geglitten, als die Tür geöffnet wurde. Unwillig über die Störung, drehte sie sich um und zog es schnell wieder hoch, denn da es eine Korsage hatte, trug sie nichts darunter.

Gregoris vergaß, die Tür zu schließen. Regungslos blieb er stehen und betrachtete sie fasziniert.

Olympia war wie hypnotisiert. Sie wagte kaum zu atmen und war keines klaren Gedankens fähig.

„Ich wollte dich fragen, ob du mit mir zu Abend essen möchtest", sagte er, und seine Stimme klang rau und fremd.

6. KAPITEL

Abendessen?“, wiederholte Olympia mit bebender Stimme. „In einer Viertelstunde …“, antwortete Gregoris. Sie hatten nur Augen füreinander. Gregoris sah einfach umwerfend aus in seinem dunklen Anzug, der perfekt saß und seine breiten Schultern und schmalen Hüften voll zur Geltung brachte. Er wirkte südländisch, elegant, sexy – und unwiderstehlich männlich. Olympia konnte sich seiner Anziehungskraft nicht entziehen. Unverwandt musste sie ihn ansehen. Sie war fasziniert von seinen schwarzen Brauen, den hohen Wangenknochen, der schmalen Nase und dem sinnlichen Mund. Aber es waren vor allem seine dunkelbraunen Augen mit den langen, seidigen Wimpern, die ihr den Atem stocken ließen.

Die Anspannung steigerte sich ins Unerträgliche, als Gregoris die Tür mit einem lauten Knall hinter sich ins Schloss zog. Olympia rauschte das Blut in den Ohren, ihr Puls hämmerte, und sie hielt sich krampfhaft das Kleid an die Brust. Schließlich riss sie sich von seinem Anblick los und senkte den Blick.

„Ehrlich gesagt, steht mir der Sinn im Moment nach etwas anderem als nach Essen …“ Gregoris zog sein Jackett aus, und sie hielt unwillkürlich die Luft an, als sie sah, wie erregt er war.

Sie trat schockiert einen Schritt zurück und spürte, wir ihr die Röte in die Wangen stieg. Doch sie fühlte sich nicht abgestoßen – ganz im Gegenteil, auch ihr Verlangen wuchs, und verwirrt senkte sie den Kopf.

„Theos … Du siehst aus wie eine heidnische Prinzessin“, hörte sie ihn leise sagen.

Eine was? Olympia hob den Kopf, und dabei fiel ihr Blick in den Ankleidespiegel. Beinah hätte sie sich selbst nicht mehr erkannt. Das offene Haar reichte ihr bis zur Taille und gab nur eine ihrer nackten Schultern frei. Da sie die Arme verschränkt hatte, wirkten ihre Brüste noch üppiger.

„Sieh mich an!“, befahl Gregoris heiser.

Langsam wandte sie den Kopf und sah ihm in die Augen. Das Verlangen, das sie darin las, ließ sie erbeben.

„Geh …“, brachte sie mühsam hervor.

„Glaubst du wirklich, dass ich mich in diesem Zustand an einen Tisch setzen kann?“ Er löste die Krawatte und öffnete den obersten Hemdknopf. „Selbst du kannst nicht so grausam sein und mir das zumuten!“

„Grausam?“ Fasziniert beobachtete sie, wie er die Krawatte zu Boden gleiten ließ und sein weißes Seidenhemd weiter aufknöpfte.

„Sei doch endlich ehrlich, Olympia! Vor zehn Jahren hast du mich zappeln lassen, hast naiv und unschuldig getan und mich damit an den Rand des Wahnsinns getrieben.“ Sein Gesichtsausdruck wurde hart. „Hat dir das einen Kick gegeben?“

„Einen Kick gegeben?“ Verwirrt sah sie ihn an. Wollte er damit etwa sagen, dass sie ihn damals erregt hatte? Das konnte nicht sein! Es würde alles, was sie die letzten zehn Jahre geglaubt hatte, auf den Kopf stellen. Wie gelähmt stand sie da.

„Du hast mich regelrecht verrückt gemacht. Ich konnte nie schlafen, nachdem wir miteinander ausgegangen waren, und meine Fantasien über das, was wir nach unserer Hochzeit miteinander tun würden, haben mich selbst erschreckt.“ Gregoris lächelte bitter. „Ich war es nicht gewohnt, enthaltsam zu leben. Unsere Verlobung war die reinste Hölle für mich.“

Mit großen Schritten kam er auf sie zu und umarmte sie von hinten. „Das mache ich nicht noch einmal mit. Und das brauche ich auch nicht – denn du willst mich ja auch, pethi mou.“

„Nein!“, sagte sie mühsam.

Er neigte den Kopf und küsste ihre nackte Schulter, und Olympia bebte vor Erregung. „Was die Vergangenheit betrifft, brauchen wir uns jetzt wirklich nichts mehr vorzumachen.“

„Ich war immer ehrlich zu dir, Gregoris.“

Gregoris ließ die Lippen über ihren Hals bis zu der empfindlichen Stelle hinter ihrem Ohr gleiten. Ihre Knie gaben nach, so dass sie sich haltsuchend an ihn lehnen musste.

„Dann sag es jetzt – dass du mich damals genauso begehrt hast wie ich dich, dass du dich nur zurückgehalten hast, weil du Angst hattest, ich würde dich dann nicht heiraten oder dein Großvater würde dich enterben."

Als er ihren Nacken zu liebkosen begann, konnte sie nur mit Mühe ein Stöhnen unterdrücken und keinen klaren Gedanken mehr fassen. Wie gebannt beobachtete sie im Spiegel, wie sie sich an ihn lehnte und er sich über sie beugte. Das, wovon sie vor zehn Jahren geträumt hatte, war Wirklichkeit geworden!

„Olympia ..." Er klang atemlos.

Olympia schloss die Augen und versuchte verzweifelt, sich von dem Zauber, der von ihm ausging, zu befreien. Es gelang ihr nicht. Sie wollte nichts anderes, als seine Hände und seine Nähe spüren. „Du siehst die Vergangenheit völlig falsch", erklärte sie dennoch tapfer.

„Ganz im Gegenteil, ich sehe es absolut richtig. Vor zehn Jahren hast du mit mir Katz und Maus gespielt."

Bereitwillig ließ sie zu, dass er ihre Arme, die sie immer noch vor der Brust verschränkt hatte, auseinanderzog. Hilflos musste sie im Spiegel mit ansehen, wie das Kleid hinunterrutschte und ihre Brüste freigab. Kein Mann hatte sie je so gesehen, und sie war zwischen Scham und Erregung hin- und hergerissen.

„Du bist wunderschön", sagte Gregoris heiser – und sie glaubte ihm.

Sie beobachtete, wie er ihre Brüste umfasste, die sie stets für viel zu füllig gehalten hatte. Doch er streichelte sie bewundernd und spielte mit den Knospen.

„Gregoris ...", protestierte sie schwach und versuchte, sich zu befreien.

Aber mit einer einzigen Bewegung streifte er ihr das Kleid ganz ab, so dass es raschelnd zu Boden glitt. Nur mit Slip und Strümpfen bekleidet, stand sie jetzt da.

„Du bist die zehn Jahre Warten wirklich wert, yineka mou!" Mit einem zufriedenen Lächeln zog Gregoris sie in die Arme und küsste sie aufreizend langsam und sinnlich. Dann hob er sie hoch, um sie zum Bett zu tragen. „Und jetzt sieh mir in die Augen, und sag, du wolltest mich nicht!"

Olympia brachte kein Wort über die Lippen und konnte nur schlucken. Sie wollte Gregoris, wollte mehr von ihm, als er ihr bisher gegeben hatte. Dass sie dabei war, einen folgenschweren Fehler zu begehen, wusste sie. Aber ihre Sehnsucht, angeheizt durch sein offenkundiges Verlangen, ließ es sie vergessen.

Er warf sein Hemd beiseite. Sein muskulöser Oberkörper war tief gebräunt, und sein schwarzes Brusthaar verjüngte sich zum Nabel hin. Olympia hielt den Atem an, als Gregoris den Reißverschluss seiner Hose öffnete. Im Gegensatz zu ihr schien er keine Schamgefühle zu kennen und bewegte sich selbstsicher und natürlich.

Sie wusste jetzt auch, warum Gregoris der einzige Mann war, für den sie sich je interessiert hatte. Kein anderer konnte ihm das Wasser reichen. Er hatte sie betrogen und würde sie höchstwahrscheinlich auch wieder betrügen. Dennoch konnte sie den Blick nicht von ihm abwenden und es kaum erwarten, dass er sie in die Arme schloss. Sie hatte sich noch nie im Leben so hilflos gefühlt.

Als er unbekleidet vor ihr stand, schloss sie benommen die Augen.

„Man könnte wirklich meinen, du hättest noch nie einen nackten Mann gesehen." Gregoris lachte hart. „Oder haben dich deine Erfahrungen gelehrt, dass deine Liebhaber noch feuriger werden, wenn du die Unberührte spielst und dich zierst?"

„Da gibt es nichts zu lachen!" Seine Verachtung verletzte Olympia, doch ihr Verlangen war stärker als alles andere.

Gregoris legte sich neben sie und zog sie in die Arme. „Es tut mir leid. Aber du irritierst mich, weil ich mir dein Verhalten nicht erklären kann. Olympia, ich bin wirklich kein Untier im Bett."

Sie bebte, als er sich über sie schob und sie seinen intensiven Duft roch, was ihre Sehnsucht, ihm ganz nah zu sein, ins Unermessliche steigerte. „So?"

„Wirklich ... Es gibt keinen Grund für dich, vor mir zu zittern." Er schob die Hände in ihr Haar und küsste sie lange und innig.

Der Sinnlichkeit und Süße dieses Kusses konnte Olympia nicht widerstehen. Ihr Herz schlug wie verrückt, und sie drängte sich ihm entgegen. Er löste sich von ihr und ließ die Lippen zu einer ihrer Knospen gleiten.

„Ich möchte, dass es schön für dich ist. Ich will der beste Liebhaber sein, den du je gehabt hast."

Auch seine tiefe, heisere Stimme wirkte erotisierend auf sie, und Olympia verlor sich in einer Welt, die ihr bisher verschlossen geblieben war. Seine Zärtlichkeiten brachten sie um den Verstand. Als er die Hand unter ihren Slip schob, glaubte sie zu vergehen. „Bitte ...", flehte sie.

Gregoris antwortete etwas auf Griechisch, zog ihr den Slip aus und begann, ihre empfindsamste Stelle zu streicheln. Sie wand sich unter seinen Liebkosungen, konnte kaum noch atmen und nicht mehr sprechen – sie sehnte sich so sehr nach ihm, dass es schmerzte.

Endlich legte er sich auf sie. „Du bist so leidenschaftlich, so hingebungsvoll ... Deshalb konnte Lukas nehmen, was eigentlich mir gehört hätte."

Olympia war in Gedanken so weit weg, dass sie seine Worte nicht verstand. Sie spürte nur, dass Gregoris ärgerlich war.

„Was ist los?", fragte sie undeutlich.

„Nichts ... Du bist die ideale Geliebte, sinnlich und willig."

Mit einem kräftigen Stoß drang er in sie ein, und sie schrie unwillkürlich auf, weil sie einen Schmerz verspürte, auf den sie nicht vorbereitet gewesen war.

Gregoris verharrte mitten in der Bewegung, stützte sich auf die Ellbogen und sah ihr ins Gesicht. „Das ist unmöglich! Du kannst doch keine Jungfrau mehr sein!"

Der Schmerz war verebbt, und Olympia entspannte sich wieder. „Gregoris, bitte ...", flehte sie.

Gregoris legte sich langsam auf sie, und wieder schrie sie leise auf, aber diesmal vor Wonne. Instinktiv gab sie sich ganz dem uralten und gleichzeitig ewig neuen Rhythmus hin, bis sie den schwindelnden Höhepunkt erreicht hatte und die Anspannung sich endlich entlud.

Es dauerte eine ganze Weile, bis Olympia wieder einen klaren Gedanken fassen konnte. Immer noch drückte Gregoris sie an sich, und langsam wich ihre vollkommene Zufriedenheit einem nie gekannten Glücksgefühl. Sie fühlte sich in seinen Armen sicher und geborgen und spürte, wie er zärtlich ihre Schläfe küsste. Jetzt wurde ihr auch bewusst, dass Gregoris nun den Beweis dafür hatte, dass er der erste Mann in ihrem Leben war.

Sie hatte nicht geglaubt, dass man das selbst in ihrem Alter noch so eindeutig feststellen konnte. Jetzt musste er endlich akzeptieren, dass sie ihn wirklich nicht mit Lukas betrogen hatte.

Irritiert blickte sie auf, als Gregoris sie plötzlich von sich schob und aus dem Bett sprang. Sein Gesicht war erhitzt, und seine Hände zitterten, als er die Champagnerflasche aus dem Kühler nahm und öffnete.

„Was für eine Überraschung! Und du hast mich nicht gewarnt, dass ich der Erste sein würde. Wahrscheinlich glaubst du nun, dass deine Ehre wiederhergestellt ist." Er konnte das Glas, das er füllte, nicht ruhig halten.

Olympia war verstört, weil er selbst in dieser Situation wieder die alten Vorwürfe erhob. Sie hielt sich die Decke vor die Brust und setzte sich auf.

Wie Wasser stürzte er den Champagner in einem Zug hinunter, dann stellte er das Glas klirrend auf den Tisch zurück. Schließlich sah er sie an. Seine dunklen Augen blickten kalt. „Deshalb warst du eben so still – weil du insgeheim triumphiert hast! Glaubst du, ich würde jetzt vor dir zu Kreuze kriechen und um Gnade winseln?"

„Ich weiß wirklich nicht, wovon du redest ..."

„Natürlich weißt du das!" Sein Gesicht war nicht mehr rot, sondern aschfahl. „Ich kann dir nur sagen, dass es keinen Unterschied macht. Wahrscheinlich hat Katerina euch gestört, bevor ihr euer schmutziges Vorhaben zu Ende bringen konntet. Deshalb bist du noch längst nicht unschuldig. Du hast mich *trotzdem* verraten und meine Ehre in den

Dreck gezogen, du hast dich *trotzdem* wie ein Flittchen benommen!"

Olympia war erschüttert darüber, dass er so schnell mit neuen Vorwürfen bei der Hand war, und ihr kam ein schrecklicher Verdacht. „Du musst mich wirklich hassen ..."

„Was hast du denn sonst erwartet?" Gregoris zog seine Hose wieder an und lachte verächtlich. „Du hast Schande über die ganze Familie gebracht."

Olympia war blass geworden. Sie musste an den liebevollen und zärtlichen Kuss denken, den er ihr vorhin gegeben hatte. „Aber du hast mich gerade geliebt ..."

„Das bezeichnest du als Liebe?" Er schüttelte den Kopf. „Ich habe nur unseren Vertrag eingehalten. Du machst mich eben an, Olympia, mit Liebe hat das nichts zu tun, nur mit Sex. Wie ich dir versprochen hatte, war es für uns beide ein schönes Erlebnis. Mehr aber auch nicht."

Olympia zuckte bei diesen Worten noch nicht einmal mit der Wimper. Sie verbot sich selbst die kleinste Reaktion, um ihn nicht spüren zu lassen, wie tief er sie getroffen hatte. Sie antwortete auch nicht, aus Angst, ihre Stimme könnte versagen.

Sie hatte Gregoris ihren Stolz geopfert und erntete als Dank dafür bitteren Hohn. Reglos saß sie da und hielt seinen forschenden Blicken stand. Offensichtlich hatte sie nicht so reagiert, wie er es von ihr erwartet hatte, und das verschaffte ihr wenigstens etwas Genugtuung.

„Du siehst aus wie an jenem Morgen, nachdem man dich mit Lukas ertappt hatte: eiskalt." Seine Augen funkelten wütend. „Du hast keine Prinzipien und kennst keine Loyalität, das stößt mich am meisten ab."

Olympia besann sich auf ihren Stolz und hob das Kinn. „Ich hoffe, ich bin schwanger geworden, du ödest mich nämlich an. Hast du denn mit deinen neunundzwanzig Jahren immer noch nicht gelernt, unser kindisches Verhalten von damals zu überwinden?"

Eine kleine Ader an seiner Schläfe begann zu pochen. „Hüte deine Zunge, pethi mou", antwortete er schneidend. „Du hast wirklich schon genug Unheil angerichtet, und unschuldige Menschen haben deinetwegen unnötig leiden müssen." Mit großen Schritten verließ er daraufhin die Kabine.

Olympia sprang aus dem Bett, sammelte alle Kleidungsstücke auf, die er zurückgelassen hatte, und warf sie in den Korridor. Dann wickelte sie sich in ein Laken, schenkte sich mit zittrigen Händen ein Glas Champagner ein und leerte es in großen Schlucken. Aber die düsteren Gedanken ließen sich dadurch nicht verscheuchen. Gregoris hasste sie, davon war sie jetzt überzeugt. Erschauernd setzte sie sich auf die Bettkante und erinnerte sich an den Morgen jenes schicksalsschweren Tages vor zehn Jahren, an dem seine Gefühle sich gegen sie gekehrt hatten ...

Katerina hatte sie gefragt, ob sie mit ihr einkaufen gehen wollte.

„Ich kann einfach nicht verstehen, warum du dich gegen Gregoris' Selbstherrlichkeit nicht wehrst!", sagte Katerina dann, als sie sich bei einer Tasse Kaffee in einem Bistro erholten. „Es ist doch wohl die Höhe, allein auszugehen und *dich* zu Hause zu lassen! Wäre ich mit einem so gut aussehenden und temperamentvollen Mann wie Gregoris Cozakis verlobt, würde ich ihn bestimmt nicht allein in einen Nachtclub gehen lassen."

„Ich möchte nicht, dass er sich verpflichtet fühlt, mich überallhin mitzunehmen."

„*Überallhin?*" Katerina verdrehte die Augen. „Er nimmt dich doch *nirgends* mit hin! Weder zum Segeln noch nach Paris, wohin er neulich musste. Warum überraschen wir die Jungs nicht einfach? Lass uns auch in den Club gehen und sehen, was sie ohne uns so treiben!"

Olympia konnte sich mit der Idee nicht so recht anfreunden. Daher fragte sie Gregoris am Nachmittag ganz offen, ob er sie nicht mitnehmen könne. Er lehnte es rundweg ab, weil sie dazu noch zu jung sei. Als sie ihm daraufhin drohte, mit Katerina allein auszugehen, lachte er nur.

„Das werden ihre Eltern nicht erlauben. Wir gehen immer nur zu mehreren."

„Aber dann kann ich doch auch …"

„Es ist eine reine Männersache. Hast du das verstanden?"

Sie argumentierten noch eine ganze Weile und gingen das erste Mal im Streit auseinander. Olympia rief sofort Katerina an. Diese überredete sie, die Männer zu überraschen und ihnen einen Streich zu spielen. Doch als das Taxi schließlich vor dem Club hielt, wollte Olympia nur noch eins: den Streit mit Gregoris begraben.

Sie trafen Lukas an, der allein an einem Tisch saß und Gregoris' Autoschlüssel vor sich liegen hatte. Als Olympia ihn fragte, wo die anderen denn seien, antwortete er ausweichend, dass sie vielleicht zu irgendeiner Party gegangen sein könnten.

Sie hatten sich kaum gesetzt, als Katerina leise aufschrie. „Oh nein!"

Olympia folgte Katerinas Blick und sah Gregoris. Er lehnte an einer Säule und war gerade dabei, eine kichernde Blondine in die Arme zu ziehen. Er hielt sie eng umschlungen und küsste sie mit einer Leidenschaft, die er bei ihr, Olympia, noch nie gezeigt hatte. Die Frau genoss diese stürmische Umarmung ganz offensichtlich.

„Was … Wer …?" Olympia war wie vor den Kopf geschlagen.

„Das ist Ramona, ein italienisches Model und seine ehemalige Freundin. Lass uns verschwinden, ehe sie uns entdecken." Katerina drückte ihr Gregoris' Autoschlüssel in die Hand und drängte sie zum Ausgang. „Wir unterhalten uns draußen. Du kannst hier keine Szene machen."

Olympia ließ sich von ihr fortführen. Einige Schritte vor der Tür blieb Katerina jedoch plötzlich stehen. „Hast du dich eigentlich für Gregoris gefreut, dass er sich heute zur Abwechslung einmal so richtig amüsiert?"

Olympia glaubte, ihren Ohren nicht zu trauen. „Wie bitte?"

„Möchtest du wissen, was Gregoris *wirklich* von dir hält?", fragte Katerina und lächelte falsch. „Ich kann es dir sagen, er hat es mir nämlich anvertraut. Er findet dich dick, dumm und völlig reizlos. Er meint jedoch, dass du dein ganzes Gewicht wert bist – in Gold."

Ihr Magen krampfte sich schmerzhaft zusammen, und sprachlos

blickte Olympia ihre Freundin an.

„Spyros und Achilles Cozakis hatten eure Hochzeit schon arrangiert, als Gregoris und du euch noch gar nicht gesehen hattet.“ Katerina lächelte verächtlich. „Ohne deine Erbschaft bist du das reinste Nichts, Olympia. Wer kann es Gregoris da schon verübeln, dass er sich mit einer attraktiven Frau tröstet?“

Völlig verstört ergriff Olympia die Flucht und lief allein nach draußen. Katerina, die bisher die Freundin und Vertraute gespielt hatte, hatte die Maske fallen lassen! Ohne zu merken, dass Katerina genau das beabsichtigt hatte, suchte Olympia in Gregoris' Auto Schutz, wo sie in Tränen ausbrach. Katerinas Hohn hatte sie zutiefst verletzt, schlimmer noch aber war die Erinnerung an Gregoris und die Blondine, die tausendmal schöner war, als sie es je sein würde.

Das Tragische war, dass Katerinas Behauptungen nicht aus der Luft gegriffen waren, sondern die Antwort auf Fragen gaben, die sie, Olympia, sich schon seit langem stellte. Warum war Gregoris bereits auf den ersten Blick von ihr, die sie so ungeschickt und unscheinbar war, derart tief beeindruckt gewesen? Warum hatte er sofort auf eine Verlobung gedrängt? Warum hatte er sich, was Küsse und Zärtlichkeiten betraf, derart zurückgehalten?

Jetzt war es ihr klar. Gregoris hatte sie nie geliebt, sondern die Verbindung war von seinem Vater und ihrem Großvater arrangiert worden. Obendrein hatte er sich hinter ihrem Rücken mit seiner Cousine Katerina über sie lustig gemacht. Olympia wäre am liebsten vor Scham im Boden versunken, denn sie hatte sich benommen wie eine verblendete dumme Gans.

Fast eine halbe Stunde musste sie so im Auto gesessen und sich ihren Kummer von der Seele geweint haben, als Lukas plötzlich die Fahrertür öffnete und sich neben sie setzte. „Ich wollte nichts damit zu tun haben, trotzdem ist es passiert“, sagte er mit der schleppenden Stimme eines Mannes, der zu viel Alkohol getrunken hatte. „Du eckst hier überall an, Olympia. Warum bist du nicht in England geblieben?“

„Kümmere dich um deine eigenen Angelegenheiten!“

Er lachte bitter. „Es *ist* meine Angelegenheit und eine äußerst folgenschwere obendrein. Mein Vater befürchtet, dass unser Unternehmen bei einer Fusion von Manoulis und Cozakis nicht mehr wettbewerbsfähig sein wird."

„Keine Angst, zu einer Fusion wird es jetzt wahrscheinlich nicht mehr kommen", antwortete Olympia leise.

Lukas schwieg und lehnte den Kopf gegen die Nackenstütze.

Dann erschien Katerina. Sie machte die Tür auf und lächelte triumphierend. „Das läuft ja wie geschmiert! Dreimal darfst du raten, was ich Gregoris erzählen werde!"

„Ich will euch nicht mehr sehen – keinen von euch!", brachte Olympia mühsam hervor.

„Noch bin ich nicht fertig, Olympia. Ich gehe jetzt rein und erzähle Gregoris, dass du es mit Lukas hier auf dem Parkplatz im Auto getrieben hast!"

„Es tut mir leid, Olympia", murmelte Lukas. „Ein schmutziger Trick, aber du hast uns keine andere Wahl gelassen."

Olympia stieg aus und blickte Katerina in die Augen. „Wie kannst du nur so infam lügen! Was hast du davon?"

„Du bist unglaublich schwer von Begriff, Olympia." Katerina sprach so leise, dass Lukas sie nicht hören konnte. „Gregoris und ich standen uns sehr nahe, bevor du dich dazwischengedrängt hast. Was meinst du, an wen wird er sich in seinem Kummer über dich wohl wenden?"

Gegen diese Intrigen war Olympia machtlos. Sie fühlte sich von allen verraten und war so verzweifelt, dass sie niemanden mehr sehen wollte – vor allem Gregoris oder ihren Großvater nicht. Sie drehte sich um und ging.

Den Rest der Nacht verbrachte sie auf einer Parkbank. Erst als es wieder hell wurde, kehrte sie in die Villa ihres Großvaters zurück, wo nicht nur Spyros, sondern auch Gregoris sie erwartete. Sie war inzwischen unnatürlich ruhig. Katerinas Lügen waren ihr egal gewesen, ebenso Gregoris' und Spyros' Reaktion. Sie war so tief verletzt gewesen, dass es nicht mehr schlimmer hatte kommen können.

Olympia schreckte hoch. Sie war so in Erinnerungen versunken gewesen, dass sie die Gegenwart vergessen hatte. Erst jetzt merkte sie, dass ihr Magen rebellierte. Wie hatte sie auch nur auf nüchternem Magen zwei Glas Champagner trinken können! Sie hatte Kopfschmerzen, und das Bett schien ein Eigenleben zu führen und sich unter ihr zu bewegen.

Ein heißes Bad würde ihr guttun. Schwankend stand sie auf und ging ins Bad, um sich Wasser einlaufen zu lassen. Sie drehte den Hahn auf und dachte über das überraschende Geständnis nach, das Gregoris ihr gemacht hatte. Konnte es stimmen, dass sie, die unbedarfte graue Maus, ihm vor zehn Jahren schlaflose Nächte bereitet hatte? Hatte er sich wirklich vor Sehnsucht nach ihr verzehrt?

Davon hatte sie damals nichts gespürt. Für sie war Gregoris ganz der untadelige Verlobte gewesen. Ganz im Gegenteil, er hatte sie eher so behandelt, als würde sie ihn abstoßen. Vorhin jedoch hatte er sie mit einer Leidenschaft begehrt, die nicht gespielt gewesen sein konnte. Trotzdem – sie hätte ihm widerstehen müssen. Sie hätte sich nicht von ihren Gefühlen hinreißen lassen dürfen, denn was sie mit ihm verband, war keine Ehe, sondern ein Vertrag.

Tränen rannen Olympia über die Wangen. Warum wusste sie nur nicht mehr über Männer, wie sie dachten und was sie fühlten? Warum hatte sie die letzten zehn Jahre das Leben einer Nonne geführt, obwohl es an Einladungen und Verabredungen wirklich nicht gemangelt hatte? Sie war selbst schuld, wenn sie in dieser Beziehung immer noch nicht erfahrener war als eine Siebzehnjährige.

Als Olympia aus der Wanne stieg, musste sie sich festhalten, so schwindelig war ihr. Beim Griff nach dem Badelaken verlor sie das Gleichgewicht. Erschrocken schrie sie auf, bevor sie mit dem Kopf auf den Boden schlug.

„Theos mou!“, waren die ersten Worte, die wieder in Olympias Bewusstsein drangen. Gregoris kniete neben ihr und tastete sie ab.

„Hast du denn immer noch nicht genug?“, fragte Olympia und schniefte.

„Du hättest dir die Knochen brechen können. Ich habe dich schreien hören.“

„Bitte geh wieder!“

„Nein. Ich mache es dir hier etwas bequemer, und du bleibst ganz ruhig liegen, bis dich der Arzt untersucht hat, den ich jetzt sofort mit dem Hubschrauber holen lasse.“ Er sprach, als wäre er außer Atem.

„Das ist doch völlig idiotisch.“ Sie stützte sich auf beide Hände und wollte aufstehen, denn sie war sich ganz sicher, dass sie sich nichts getan hatte. Doch etwas stimmte nicht. Die Wände und der Boden schienen sich zu bewegen, und ihr war schrecklich übel.

„Oh!“ Gregoris, der ihre vergeblichen Bemühungen beobachtet hatte, seufzte erleichtert, denn jetzt war ihm offenbar klar, worunter sie litt. Schnell half er ihr, rechtzeitig das Toilettenbecken zu erreichen, und hielt ihr den Kopf. Nachdem sie sich erleichtert hatte, kühlte er ihr mit einem feuchten Tuch die Stirn, murmelte auf Griechisch leise, beruhigende Worte, hob sie hoch und trug sie zurück ins Bett.

„Du bist seekrank“, sagte er und wickelte sie fürsorglich in die Decke. „Ich hole dir jetzt eine Tablette, und du wirst sehen, dass es dir bald besser geht. Wenn ich dich damals mit zum Segeln genommen hätte, hätte ich gewusst, wie empfindlich du bist, und dir gleich etwas gegeben“, fügte er hinzu und lächelte.

„Und warum bist du damals nicht mit mir segeln gegangen?“

„Spyros hatte es mir verboten. Da seine Frau und sein Sohn beide ertrunken waren, hatte er Angst, dass dich das gleiche Familienschicksal ereilen könnte. Wie hätte ich ihm da als Teenager und noch relativ unerfahrener Segler widersprechen können?“

Olympia schloss die Augen. Zehn Jahre lang hatte sie sich gefragt, wieso sie nie einen Fuß auf Gregoris’ Segelboot hatte setzen dürfen, aber auf diese einfache Antwort war sie nicht gekommen!

Keine fünf Minuten später kehrte Gregoris mit einem Glas Wasser und einer gelben Pille zurück, die Olympia gehorsam schluckte. Dann lehnte sie sich ins Kissen zurück. In Jeans und einem verwaschenen T-Shirt wirkte er jünger und zugänglicher – und attraktiver denn je. Sie drehte den Kopf zur Wand, denn sie wusste, dass sie im Moment einfach verheerend aussah.

„Mir geht es besser, du kannst jetzt wirklich gehen“, sagte sie.

„Nein. Ich warte, bis du eingeschlafen bist.“

Sie lächelte bitter. Gregoris hatte ausgezeichnete Umgangsformen und würde einer Frau immer beistehen, wenn es ihr nicht gutging. Diese fürsorgliche Geste bedeutete also nicht, dass er tiefere Gefühle für sie, Olympia, hegte. Es hatte genauso wenig etwas mit Liebe zu tun wie das, was sie vorhin zusammen erlebt hatten. Er brauchte lediglich einen Sohn und Erben. Darauf, dass sie, die Gisele Bonner nicht das Wasser reichen konnte, ihn zu erregen vermochte, bildete sie sich nichts ein. Es zeigte nur, dass Männer im Bett nicht so wählerisch wie Frauen waren.

„Wenn du mich vor zehn Jahren wirklich so begehrt hast, warum hast du es mir dann nicht gezeigt?“, fragte Olympia aus einer plötzlichen Eingebung heraus.

„Sei doch nicht so naiv, Olympia! Wenn dein Großvater dahinter gekommen wäre, dass wir miteinander schlafen, hätte er dich mit Schimpf und Schande nach London zurückgeschickt. Ich wollte weder eine weitere Familientragödie heraufbeschwören noch Tausende von Kilometern von dir entfernt sein.“

„Ja.“ Sie schluckte und schloss die Augen.

„Möchtest du noch andere Gründe hören? Zum Beispiel, dass eine Schwangerschaft für uns als Teenager eine Katastrophe gewesen wäre? Oder reicht dir die schlichte Wahrheit, dass ich mir die größte Mühe gegeben habe, bis zur Hochzeit zu warten?“

Das klang so selbstverständlich und überzeugend, dass sie ihm sofort glaubte. Katerina hatte also eine weitere Lüge auf dem Gewissen. Gregoris hatte sie, Olympia, nie für „dick, dumm und völlig reizlos“ gehalten. Er hatte nur überdurchschnittlich vernünftig und sensibel für sein Alter auf die besonderen Umstände ihrer Verlobung reagiert.

Ihre Lider wurden immer schwerer, und schließlich schlief sie ein.

Als sie in den frühen Morgenstunden wieder erwachte, brannte die Nachttischlampe, und Gregoris, noch immer in Jeans und T-Shirt, lag neben ihr auf der Decke. Mit zusammengekniffenen Augen betrachtete er sie nachdenklich.

„Woran denkst du?“, fragte sie.

„An Lukas … Wir sind zusammen aufgewachsen. Er war ein Wirrkopf, aber ich mochte ihn.“ Er atmete schwer. „Als er plötzlich nicht mehr da war, kam ich mir wie ein Verräter vor.“

„Er ist tot?“ Sie war fassungslos.

„Kurz nachdem du abgereist warst, ist er bei einem Autounfall ums Leben gekommen. Er war betrunken.“ Gregoris setzte sich auf. „Anscheinend war er nach jenem Abend kaum noch nüchtern. Er konnte wohl mit dem, was er angerichtet hatte, nicht fertig werden.“

Olympia wurde blass. „Auch an seinem Tod gibst du mir also die Schuld!“

„Nein.“

Sie glaubte ihm nicht.

Was mochte Lukas vor zehn Jahren gedacht und gefühlt haben? Er hatte sich betrinken müssen, um die Rolle, die Katerina für ihn vorgesehen hatte, überhaupt spielen zu können. Wenn sie, Olympia, Gregoris jetzt die Wahrheit sagen würde, würde er sie nur wieder der Lüge bezichtigen. Nie würde er ihr abnehmen, dass sein ehemals bester Freund ein doppeltes Spiel getrieben hatte, um die Hochzeit zwischen einer Manoulis und einem Cozakis aus Angst vor wirtschaftlichen Nachteilen zu verhindern.

„Die Ereignisse jenes Abends hatten tragische Konsequenzen“, stellte Gregoris nüchtern fest. „Katerina fiel durchs Examen, und ihre Familie machte sich die größten Sorgen um sie. Nach Lukas’ Tod war sie völlig verstört …“

„Das kann ich mir denken.“

Seine Miene verfinsterte sich. „Du bist sicherlich der Ansicht, dass Katerina als deine Freundin für dich hätte lügen müssen. Aber eine

Griechin ist ihrer Familie gegenüber stets loyal."

Olympia verschlug es den Atem. Er war so verbohrt, dass nichts in der Welt ihn je von der Wahrheit würde überzeugen können. „Katerina hat gelogen, und Lukas hat gelogen", sagte sie dennoch. „Beide hatten Gründe dafür, die du herausfinden würdest, wenn du nur wolltest."

Gregoris zuckte die Schultern. „Eins verstehe ich nicht. Keine Griechin hätte es zugelassen, dass man ihre Ehre in den Schmutz zieht. Warum hast du dich am nächsten Morgen mir gegenüber nicht verteidigt? Warum hast du mir nicht gesagt, dass du immer noch Jungfrau warst?"

Fassungslos schüttelte sie den Kopf. „Ist das dein Ernst? Glaubst du wirklich, ich hätte nach ... nach deiner Geschmacklosigkeit noch genug für dich empfunden, um mich auf diese Ebene hinabzubegeben?"

„Also hast du mich doch mit der anderen im Club gesehen! Dann hast du dich nur aus Rache mit Lukas eingelassen." Als sie sich abwenden wollte, umfasste er ihren Arm. „Das wollte ich schon immer wissen, denn ich kann mich an die Geschehnisse im Club nur sehr bruchstückhaft erinnern."

„Wie bitte?"

„Jemand hatte mir etwas in meinen Drink geschüttet. Kurz nachdem du mich mit Ramona gesehen haben musst, bin ich ohnmächtig geworden."

Olympia lachte kurz. „Erzähl das deiner Großmutter! Mich kannst du damit nicht beeindrucken."

Gregoris runzelte die Stirn. „Soll das heißen, du glaubst mir nicht?"

„Richtig geraten! Kein schönes Gefühl, nicht?" Sie nutzte seine momentane Unaufmerksamkeit und entzog ihm abrupt ihren Arm. „Wo du doch *so* sensibel bist!"

In seinen Augen leuchtete es gefährlich. „Du gerissenes Luder ..."

Olympia sah ihn herausfordernd an. „Bitte, da ist die Tür!"

Unvermittelt beugte sich Gregoris über sie und schob die Hand in ihr offenes Haar, so dass sie den Kopf nicht mehr vom Kissen heben konnte. Sein fordernder Kuss traf sie völlig unvorbereitet, ihr Puls raste, und ihr Verlangen erwachte. Als Gregoris sich aufrichtete, um sein T-Shirt abzustreifen, stemmte sie die Hände gegen seine Brust, um ihn von sich zu stoßen. Doch eine Macht, die stärker war als ihr Wille, hielt sie davon ab. So spreizte Olympia nur die Finger, ließ sie langsam durch sein Brusthaar gleiten und verharrte dort, wo sie seinen Herzschlag am deutlichsten spürte.

Dann sah sie ihm ins Gesicht. Benommen hielt sie den Atem an und spürte, wie ihre Knospen sich unter seinem Blick aufrichteten. Gregoris konnte sie verrückt vor Leidenschaft machen, ohne sie auch nur berühren zu müssen.

Er lächelte, und sie wusste, dass er sie durchschaut hatte. Er ließ sie deutlich spüren, dass er sich seiner Wirkung auf sie bewusst war. Sein Lächeln war unverschämt und selbstherrlich – es war aber auch unbeschreiblich sexy.

„Ich glaube …“, begann sie und schämte sich, weil ihre Stimme bebte. „Ich möchte …“

„Was möchtest du, yineka mou?“ Spielerisch wickelte er sich eine ihrer Strähnen um den Finger und sah sie aus halb geschlossenen Augen an.

Ich will dich, hätte sie ihm am liebsten gesagt. Ich will dir die Jeans herunterreißen, dich überall zugleich spüren und noch einmal die Glückseligkeit der letzten Nacht erleben dürfen.

„Ich weiß es nicht“, log sie und errötete.

„Doch, das tust du wohl. Steh zu deinen Wünschen und Gefühlen, Olympia!“

„Ist das deine Standardtaktik, wenn es darum geht, eine Frau zu verführen?“, fragte Olympia, um sich dem Zauber, den er auf sie ausübte, zu entziehen und wieder einen klaren Kopf zu bekommen.

„Selbst auf die Gefahr hin, dass es eitel klingt, aber ich benötige keine Taktik.“

Das glaubte sie ihm aufs Wort. Gregoris Cozakis war ein Mann, von dem eine Frau nur träumen konnte. Er war gut aussehend, sexy und hatte eine sehr männliche Ausstrahlung. Sie, Olympia, jedoch hatte sich seine Sympathien verscherzt. Seine herzliche, mitfühlende Art, sein Humor, sein Lächeln hatten einmal auch ihr gegolten, jetzt war sie davon ausgeschlossen.

Sie wollte Gregoris zurückerobern, sie wollte wieder in seinen Armen liegen, ihm ganz nah sein ... Mit klopfendem Herzen beugte Olympia sich vor, hob zögernd die Hand und strich ihm unbeholfen durchs Haar.

Gregoris lachte nicht über diese ungelenke Geste. Er sagte auch nichts. Er zog sie an seine Brust und küsste sie erst zärtlich, dann immer leidenschaftlicher. Als sie glaubte, gleich wahnsinnig werden zu müssen, schob er sie sanft weg, öffnete den Reißverschluss seiner Jeans und zog diese langsam aus. Das erregte sie noch mehr, und sie bewegte sich unruhig hin und her.

„Ich könnte dich jetzt fragen, wie du es haben möchtest", sagte er herausfordernd und drehte sie so, dass er sie besser betrachten konnte. „Aber es fehlt dir ja an Erfahrung, yineka mou. Für uns zwei gibt es noch so unendlich viel zu entdecken."

Seine Worte drangen kaum in ihr Bewusstsein. Als er sanft ihren Mundwinkel mit den Lippen streifte, öffnete sie die Lippen und erwiderte das erotische Spiel seiner Zunge mit all der ungezügelten Leidenschaft, die sie für ihn empfand. Dabei malte sie sich aus, wie sie ihm zeigen würde, was und wie sie es wollte.

Gregoris war nicht länger Herr der Lage, und sein Atem ging jetzt stoßweise. „Leider fehlt uns momentan die Zeit für Umwege, und wir müssen mit dem Ziel beginnen."

„Bitte!", flehte sie.

7. KAPITEL

Wie aus weiter Ferne drangen Geräusche an ihr Ohr. Nur mit allergrößter Willensanstrengung gelang es Olympia, die Augen zu öffnen, so müde war sie noch. Die Vorhänge waren zurückgezogen, und heller Sonnenschein fiel in die Kabine. Erst als ihr suchender Blick auf Gregoris fiel, wusste sie wieder, wo sie war. Glücklich und zufrieden streckte sie sich. Jedes Mal, wenn sie in der Nacht kurz wach geworden war und seine Arme um sich gespürt hatte, war es ihr so ergangen.

Gregoris stand vor ihrem Bett. Sein blauschwarzes Haar glänzte noch feucht vom Duschen, und das Spiel von Licht und Schatten ließ sein männlich schönes Gesicht noch faszinierender wirken. Sie lächelte schläfrig und verträumt. Er hatte wirklich unwahrscheinlich lange und seidige Wimpern!

Olympia rollte sich auf den Bauch und stützte das Kinn in die Hände, um ihn besser betrachten zu können. „Wie spät ist es eigentlich?", fragte sie.

„Es ist schon Nachmittag, und seit wir gestern an Bord gekommen sind, haben wir weder etwas gegessen noch unsere Kabine verlassen. Das wird die Besatzung von meinen Fähigkeiten als Liebhaber wohl überzeugen."

Sie lächelte versonnen. „Mich jedenfalls hast du überzeugt", sagte sie impulsiv.

Gregoris zog die Brauen hoch, und sie wurde feuerrot. Es ist schon eigenartig, dachte sie, wie schal bei Tageslicht Gefühle wirken, die einem in der Nacht so tief und bedeutend erscheinen. Sie schämte sich für ihre unüberlegte Bemerkung, die sich für eine junge Braut nicht gehörte und in seinen Ohren abgeschmackt klingen musste.

„Es war okay mit dir. Aber das war abzusehen, denn ich habe von Anfang an gespürt, dass es im Bett mit uns klappen würde."

Olympia biss sich auf die Lippe. Das Glücksgefühl, das sie noch vor wenigen Minuten empfunden hatte, war verflogen, und sie fühlte sich zurückgestoßen und gedemütigt. Sie musste sich zwingen, Gregoris in die Augen zu sehen, und konnte die Ablehnung, die sie darin las, nur schwer ertragen. „Ich dachte, wir würden uns jetzt besser verstehen“, wandte sie zaghaft ein.

Waren sie sich in der vergangenen Nacht nicht so nah gekommen, wie sich Mann und Frau nur kommen konnten? Hatte Gregoris sie nicht auch, nachdem die Erregung wieder verebbt war, zärtlich im Arm gehalten?

„Wir verstehen uns einzig und allein im Bett“, antwortete er rüde.

Für Olympia brach eine Welt zusammen. „Ich habe verstanden“, sagte sie gelassen, obwohl sie innerlich aufgewühlt war.

„Ich werde jetzt einige Tage verreisen“, erklärte er kühl. „Frag mich aber bitte nicht, für wie lange, denn ich weiß es nicht.“

Seine Unverfrorenheit war wirklich unglaublich! „Lass dir ruhig Zeit, meine Trauer über deine Abwesenheit wird sich in Grenzen halten“, konterte Olympia bissig.

Gregoris ging zur Tür.

„Falls ich schwanger bin, rufe ich dich an. Mit etwas Glück brauchst du dich überhaupt nicht mehr blicken zu lassen.“

Er blieb stehen, drehte sich um und musterte sie wütend.

Sie ließ sich nicht einschüchtern. „Ich muss dich jedoch warnen. Es könnte durchaus sein, dass all die Mühe, die du dir heute Nacht mit mir gegeben hast, umsonst gewesen ist. Der Zeitpunkt war leider nicht gerade der günstigste.“

„Wie kannst du nur so vulgär sein!“, brachte er hervor. „In Zukunft wirst du nicht mehr so von der Zeugung unseres Kindes sprechen.“

„Ach, wie dumm von mir“, höhnte sie und erschrak vor sich selbst. „Wie konnte ich nur vergessen, wie wahnsinnig zartfühlend du bist. Bitte entschuldige meine Unachtsamkeit.“

Daran, dass er die Hände zu Fäusten ballte, erkannte Olympia, wie tief sie ihn getroffen hatte, und sie triumphierte.

„Vergiss nicht, dass du meine Frau bist“, warnte Gregoris sie leise.

„Deine Frau? Nein, das bin ich nicht. Ich bin deine Partnerin, denn wir haben einen Vertrag. Ich bin deine *Bett*partnerin." Sie sprach ruhig und leise, aber ihre Wut stand seiner in nichts nach. Gregoris hatte sie verletzt und erniedrigt, doch es sollte endgültig das letzte Mal gewesen sein. Von jetzt an würde sie sich nichts mehr gefallen lassen. Sie würde sich wehren.

„Du legst es also darauf an, dass ich gewalttätig werde", sagte er mühsam beherrscht. „Dann könntest du die Scheidung einreichen und dich mit einem Millionenvermögen aus dem Staub machen. Ist es das, worauf du aus bist?"

Olympia runzelte die Stirn und dachte über diese Möglichkeit nach. Eigenartigerweise erschien ihr die Kombination von Freiheit und Geld im Überfluss überhaupt nicht verlockend.

„Mit einem ausgeklügelten Vertrag ist alles möglich." Gregoris lachte hart. „Daran hättest du schon eher denken sollen! Du hättest dir rechtlichen Beistand suchen sollen, *bevor* du unseren Ehevertrag unterschrieben hast."

Sie verstand nicht, worauf er mit dieser Bemerkung hinauswollte, und sah ihn fragend an.

„Falls es dir einfallen sollte, mich zu verlassen, behalte *ich* die Kinder und das gesamte Vermögen", klärte er sie auf. „Du wirst mich also genauso arm und allein verlassen, wie du zu mir gekommen bist. Meine Rechtsanwälte hätten es nie für möglich gehalten, dass du einen so einseitigen Vertrag unterschreiben würdest. Aber ich wusste es besser, denn *ich* kenne dich."

„So?"

„Du hättest alles unterschrieben, nur um endlich in Luxus leben zu können."

„Nein ... nein, so war es nicht", widersprach sie leise. Sie war erschüttert. Was für eine schlechte Meinung musste Gregoris von ihr haben, wenn er ihr selbst die gesetzlich zugesicherten Rechte abgesprochen hatte? Hatte sie bisher geglaubt, sie wäre, wenn schon nicht seine Frau, so doch seine Vertragspartnerin, fühlte sie sich jetzt eher wie seine Sklavin.

„Wie kannst du mich nur nach all den Jahren noch so hassen?“, fragte sie kaum hörbar.

Gregoris, der die Hand schon auf der Klinke hatte, drehte sich noch einmal um. Aus seinem Blick sprach eine Verachtung, die Olympia einen Schauer über den Rücken jagte.

„Ich habe dich einmal von ganzem Herzen geliebt. Erklärt das nicht alles?“

„Ich habe dich einmal von ganzem Herzen geliebt.“ Die Bitterkeit, mit der Gregoris diese Worte gesagt hatte, ließen Olympia nicht daran zweifeln, dass er sie ernst gemeint hatte. Diese Worte hatten sie mitten ins Herz getroffen, ihr den Appetit und den Schlaf geraubt. Diese Worte hatten ihr gezeigt, dass sie die Wahrheit völlig verkannt hatte. Diese Worte hatten sie in eine Nervenkrise gestürzt.

Drei Tage lang hatte sie nicht klar denken können und die irrwitzigsten Pläne geschmiedet. Sie hätte Gregoris dafür umbringen können, dass er ihr seine Liebe erst jetzt, nach zehn Jahren, eingestanden hatte und danach so abrupt verschwunden war. Wieso hatte er ihr nicht mitgeteilt, wie er zu erreichen wäre? Wo steckte er?

Die „Aurora“ war ständig auf See gewesen und hatte bisher noch keinen Hafen angelaufen. Olympia vertrieb sich die Zeit im Fitnessraum, ging in die Sauna, schwamm im Pool und las in der Bibliothek. Sie war von jedem nur erdenklichen Luxus umgeben, konnte sich zu jeder Tages- oder Nachtzeit etwas zu essen oder zu trinken bestellen, sich von ihrem Mädchen frisieren lassen, Musik hören oder über Satellit mit ihrer Mutter telefonieren. Irini gegenüber spielte sie die glückliche junge Frau in den Flitterwochen. Mit keinem Wort verriet sie, dass sie allein auf Hochzeitsreise war.

Warum nur hatte Gregoris ihr damals nicht seine Liebe gestanden? Das hätte ihr bestimmt die Kraft gegeben, Katerina als Intrigantin zu entlarven. So aber hatte sie Gregoris nur als Mann kennen gelernt, der sie zwar heiraten wollte, es aber noch nicht einmal zum Händchenhalten brachte, der ihr nie Blumen schickte, Briefe schrieb oder etwas mitbrachte. Er war mit neunzehn Jahren völlig unromantisch gewesen.

Stets hatte er sich so souverän benommen wie ein Erwachsener – nur nicht, als er sie gebeten hatte, seine Frau zu werden. Da war er schüchtern, ja sogar unbeholfen gewesen und hatte hörbar aufgeatmet, als sie schlicht und einfach Ja gesagt hatte. Jetzt, zehn Jahre zu spät, konnte sie sich erklären, was sie damals nicht verstanden hatte. Er hatte sich benommen wie jeder andere verliebte Mann auch, der Angst vor einer Zurückweisung hatte.

Doch das gehörte der Vergangenheit an. Die Frage, warum Gregoris sie *jetzt* allein gelassen hatte, quälte sie, Olympia, viel mehr. Nach der leidenschaftlichen Hochzeitsnacht hatte sie diese abrupte Trennung nicht erwartet. Vielleicht war es ihm einzig und allein darum gegangen, sie ins Bett zu bekommen, und sie langweilte ihn schon. Er hatte sich weder anstrengen müssen, um sie zu erobern, noch konnte sie einem erfahrenen Liebhaber wie ihm eine aufregende Gespielin sein.

Für ihn war jene Nacht, die für sie eine Offenbarung gewesen war, nur eine unter vielen gewesen. Olympia schämte sich immer noch, wenn sie an den Morgen nach der Hochzeit dachte. Wie hatte sie nur so naiv sein und annehmen können, dass Gregoris sich ebenso unbeschreiblich glücklich und zufrieden fühlen würde wie sie?

Wenn er nicht mit ihr im Bett lag, hasste er sie, dessen war sie sich sicher. Sie hatte ihm einmal sehr wehgetan, und das schien er nicht vergessen, geschweige denn verzeihen zu können. Sie hatte sein Ehrgefühl verletzt und ihn vor anderen bloßgestellt – was das für einen Griechen bedeutete, hatte sie damals nicht ermessen können.

Katerina und Lukas hatten leichtes Spiel gehabt. Bestimmt war es Lukas gewesen, der Ramona eingeladen und etwas in Gregoris' Drink gemischt hatte. Warum schmerzten die Erinnerungen an jene Nacht immer noch? Warum vermisste sie, Olympia, Gregoris so schrecklich?

Sie hätte doch froh sein müssen, dass er sie in Ruhe ließ. Was war los mit ihr? War sie die ganzen Jahre nie von ihm losgekommen, oder hatte sie sich zum zweiten Mal in ihn verliebt? Eins war so schlimm wie das andere, denn er hatte sie nur geheiratet, um die Macht über das

Imperium ihres Großvaters zu bekommen und einen Sohn und Erben zu zeugen. Er hatte einen Vertrag mit ihr geschlossen, der keinen Raum für Gefühle ließ.

Nach fünf Tagen langweilte das eintönige Leben auf der Yacht Olympia, und sie wollte etwas sehen und erleben. Es reichte ihr nicht mehr, sich zu sonnen und an ihren Ehemann zu denken, der sie am Tag nach der Hochzeit schnöde verlassen hatte, um sich aufregenderen Dingen zuzuwenden.

Olympia studierte ausgiebig die Karten und Reiseführer an Bord und entschied sich schließlich für Malaga. Der Kapitän, der ausgezeichnet Englisch sprach, lächelte zufrieden, als sie ihn bat, dort anzulegen. Er schien froh, endlich ein Ziel zu haben und obendrein frische Vorräte an Bord nehmen zu können. Offensichtlich hatte er von Gregoris keinerlei Anweisungen erhalten, was ihr nur recht sein konnte.

Als Akt der Befreiung und um ihr neues Selbstbewusstsein zu dokumentieren, ließ sich Olympia die Haare von ihrem Mädchen um gut dreißig Zentimeter kürzen. Sie war äußerst zufrieden mit ihrer neuen Frisur, aber der Kapitän sah sie entsetzt an, als sie mit der Reisetasche in der Hand an Deck erschien, um an Land zu gehen. Sie konnte gar nicht schnell genug zur Gangway kommen und teilte ihm nur im Vorbeigehen mit, dass sie eine Woche an Land bleiben wolle.

Doch er hielt sie zurück und machte sie höflich darauf aufmerksam, dass sie sich im Ausland befinde und gewisse Einreiseformalitäten zu beachten seien. Nach einer halben Stunde waren diese allerdings erledigt, und endlich war sie frei.

Olympia wusste genau, wo sie hinwollte. Sie hatte an Bord der „Aurora“ ein Buch über die Alhambra gelesen, die sie unbedingt besichtigen wollte. Sie fuhr mit dem Zug nach Granada, doch inzwischen war es später Nachmittag geworden. Deshalb nahm sie sich ein Zimmer in einer kleinen Pension, um dann den ganzen nächsten Tag für die Besichtigung zur Verfügung zu haben.

Am nächsten Morgen schien die Sonne, und Olympia schlüpfte in ihr hübsches lilafarbenes Sommerkleid. Sie ging gerade über den Parkplatz vor den Toren der Alhambra, als eine große silberfarbene Limousine neben ihr hielt. Damianos stieg aus und öffnete ihr mit unbewegter Miene die hintere Tür. „Kiria Cozakis …“

Olympia blieb stehen und sah Gregoris’ Bodyguard erstaunt an. Wie hatte er sie so schnell finden können?

„Olympia!“, vernahm sie eine nur allzu vertraute Stimme aus dem Wageninneren. „Ich zähle jetzt bis fünf. So lange hast du Zeit, freiwillig einzusteigen.“

Vor Empörung über diese Behandlung stieg Olympia die Röte ins Gesicht. War sie denn ein Schulkind, das sich nicht frei bewegen durfte? „Mir ist also jemand von der Yacht gefolgt …“

„Eins.“

Gregoris’ ruhige Stimme brachte sie noch mehr in Rage. „Schämst du dich denn nicht, hinter mir herzuspionieren?“

„Zwei.“

Aus den Augenwinkeln beobachtete Olympia, wie Damianos sich wieder hinters Steuer setzte. „Ich habe meine eigenen Pläne.“

„Drei.“

„Ich möchte die Alhambra besichtigen!“

„Vier.“

„Ich will nicht zu dir ins Auto steigen, Gregoris Cozakis, und ich werde es auch nicht tun!“ Resolut stemmte sie die Hände in die Hüften.

„Fünf.“

Olympia hielt den Atem an, als Gregoris ausstieg. Er sah fabelhaft aus in seinem hellen Leinenanzug, und ihr Herz klopfte schneller. Gregoris, der bemerkt hatte, dass sich die Leute schon nach ihnen umdrehten, streckte mit besorgter Miene die Arme nach ihr aus. „Du konntest die Hitze noch nie vertragen, Darling“, sagte er laut und mit übertriebener Fürsorge. „Du solltest dich sofort hinlegen. Am besten mit mir“, fügte er so leise hinzu, dass nur sie es hören konnte.

Sie hatte nicht die Nerven, ihm auf offener Straße eine Szene zu machen, deshalb stieg sie mit ihm ein.

„Indem du von Bord gegangen bist, hast du dein Leben aufs Spiel gesetzt!", herrschte Gregoris sie an, kaum dass er die Tür geschlossen hatte.

Olympia lachte nur spöttisch.

Mit gerunzelter Stirn und zusammengekniffenen Augen betrachtete er sie missbilligend. „Selbst wenn du es nicht wahrhaben willst, Olympia, du hast einen reichen Ehemann und einen ebenso reichen Großvater! Das macht dich zum idealen Opfer für Kidnapper, Diebe und zudringliche Paparazzi. Der Bodyguard, der für deine Sicherheit abgestellt ist und der dir von der ‚Aurora' aus gefolgt ist, hat erst gestern Abend sehr spät herausgefunden, wo du dich aufhältst."

Jetzt wurde sie blass. „Ich habe doch keine Wertgegenstände bei mir", verteidigte sie sich.

„Und wie gefällt dir die Vorstellung, dass du dich in der Gewalt von Räubern befindest, die entdecken müssen, dass sie noch nicht einmal eine Rolex bekommen für all die Mühe, die sie damit hatten, dich in ihre Gewalt zu bringen?", fragte er rau.

Olympia senkte beschämt den Kopf. Gregoris hatte Angst um sie gehabt, nur weil sie die „Aurora" aus dem kindischen Grund, ihm eins auszuwischen, verlassen hatte. „Es tut mir leid", entschuldigte sie sich leise. „Ich habe wirklich nicht nachgedacht."

Seine Züge entspannten sich. „Glücklicherweise ist dir nichts passiert – nur deinem Haar." Er strich mit der Hand durch ihr dichtes dunkles Haar, das ihr nun nur noch bis zu den Schulterblättern reichte. „Wie konntest du das tun?"

Erneut stieg ihr die Röte in die Wangen. Sie hatte nicht damit gerechnet, dass er es bemerken, geschweige denn bedauern würde.

„Du weißt ganz genau, wie sehr ich dein Haar liebe."

Tränen brannten Olympia in den Augen. Sie hatte das Gefühl, dass sie die einzige Gabe, mit der sie den geliebten Mann erfreuen konnte, leichtfertig geopfert hatte. „Ich kann es ja wieder wachsen lassen", hörte sie sich mit bebender Stimme sagen, obwohl sie sich mit der neuen Frisur viel schicker fand.

„So, und jetzt besichtigen wir die Alhambra", wechselte Gregoris das Thema.

„Du brauchst wirklich nicht mitzukommen. Du bist gar nicht richtig angezogen für ..."

„Ich bestehe aber darauf, pethi mou. Wir machen jetzt da weiter, wo wir vor einer Woche aufgehört haben, und werden lernen, eine harmonische Ehe zu führen." Er sah sie durchdringend an. „Ich hatte einiges zu tun, aber ich hätte dich nicht so lange allein lassen dürfen."

Arm in Arm erkundeten Gregoris und Olympia die Alhambra – Damianos und ein weiterer Bodyguard folgten in diskretem Abstand. Es war ein herrlicher Tag, die Bäume trugen schon Laub, und die Sonne schien. Olympia war entzückt von den verschwiegenen Innenhöfen mit den sanft plätschernden Fontänen und den Spiegelbildern der sandfarbenen Türme in den Teichen, deren Oberfläche ganz glatt war.

In den Lustgärten setzte sich Olympia auf den Rand eines Brunnens in einer Rosenlaube, um das Spiel von Licht und Schatten zu bewundern. Als sie zufällig aufblickte, sah sie direkt in Gregoris' Augen.

„Du weißt gar nicht, was für eine unwahrscheinliche Ausstrahlung du hast", sagte Gregoris bewundernd. „Du wirkst noch so unschuldig. Es hätte mir an jenem Tag in meinem Büro sofort auffallen müssen, aber ich war einfach zu wütend."

Olympia horchte auf. Gregoris hat sich in der Woche ohne mich sehr verändert, stellte sie erstaunt und erleichtert zugleich fest. Von der alten Wut und Verbitterung war nichts mehr zu spüren, und er schien nicht mehr darauf aus zu sein, sie unbedingt verletzen zu wollen. Das ermutigte sie zu einem neuen Versuch, die Tatsachen klarzustellen. „Ich habe dir immer wieder erklärt, dass nichts passiert ist ..."

Gregoris verschloss ihr mit dem Finger die Lippen. „Lass die Vergangenheit ruhen."

„Aber ..."

„Kein Aber." Er strich eine Haarsträhne zurück, die ihr ins Gesicht gefallen war. „Wir waren damals unreif und haben uns entsprechend kindisch verhalten."

Am liebsten hätte sie ihm widersprochen, hätte ihm gesagt, dass *sie* sich nicht kindisch verhalten hatte, sondern Opfer einer Intrige gewesen war. Doch es war nicht der richtige Zeitpunkt für eine grundsätzliche Aussprache.

Gregoris, der schon weitergegangen war, während sie noch ihren Gedanken nachhing, blieb stehen und drehte sich um. Im Nu waren all ihre Probleme vergessen, und sie hatte nur noch Augen für ihn. Sie liebte seinen muskulösen Körper, die stolze Haltung seines Kopfes, die hohen Wangenknochen und den sinnlichen Mund.

„Ich will dich, yineka mou“, erklärte er leise.

Plötzlich herrschte eine knisternde Spannung. Ihr wurde heiß, und Olympia nahm nichts mehr um sich her wahr, weder das leise Murmeln des Wassers noch die Stimmen der anderen Besucher. Sie konnte nur mühsam atmen und merkte, wie ihre Knospen sich aufrichteten.

Langsam kam Gregoris zu ihr zurück. Er lächelte wissend, umfasste ihre Schultern und zog sie an sich. Olympia bebte. Es war unerträglich, ihm so nah zu sein, ohne seine Lippen zu spüren.

„Sich zu beherrschen und zu warten ist wahnsinnig schwer“, sagte er und führte sie aus der Laube in das helle Sonnenlicht, „aber auch wunderschön, denn die Vorfreude erhöht den Genuss.“

Wie im Traum folgte sie ihm zur Limousine und setzte sich neben ihn auf die Rückbank. Damianos sagte etwas von einem bestellten Essen, woraufhin Gregoris nur den Kopf schüttelte und heiser lachte. Olympia sah auf ihre Uhr, ohne zu registrieren, wie spät es war. Nichts war wichtig, außer der Sehnsucht, die sie empfand, und dem Verlangen, das aus seinen Augen sprach. Eng schmiegte sie sich an ihn und spürte das heftige Pochen seines Herzens.

„Nicht hier“, bat er rau. „Wir haben nicht genug Zeit.“

Olympia seufzte, denn das Warten wurde zur Qual. Zum ersten Mal, seit sie Gregoris wiedergetroffen hatte, war sie sich über ihre Gefühle im Klaren und akzeptierte sie als unabänderliche Tatsache: Sie liebte ihn. Nicht mit der schwärmerischen Bewunderung eines Teenagers, sondern mit der Verzweiflung einer erwachsenen Frau, die wusste, dass die Zukunft nur Enttäuschungen für sie bringen konnte, da bei der Hochzeit nicht von Liebe die Rede gewesen war.

Der Wagen hielt vor einem imposanten Gebäude aus Bruchsteinen, das an ein Schloss erinnerte. Gregoris öffnete ihr die Autotür und führte sie die Treppe zum Eingang hoch, wo sie von einem älteren Mann in dunklem Anzug begrüßt wurden. Gregoris nickte ihm nur kurz zu und ließ ihr den Vortritt. Nach dem gleißenden Sonnenlicht war es hier angenehm kühl und dämmrig. Olympia blickte flüchtig auf die antiken Möbel und echten Teppiche, hatte aber keine Zeit, sich genauer umzusehen, denn er nahm ihre Hand und ging mit ihr eine weitere Treppe hoch.

Als sie sich zufällig umdrehte, bemerkte sie, dass in der Halle mehrere Menschen standen, die ihnen hinterherblickten. Erst jetzt wurde ihr klar, dass sie sich in einem Hotel, und zwar einem sehr noblen, befinden mussten. Sie errötete. „Die Leute starren uns an …"

Gregoris zuckte nur ungerührt die Schultern und ging weiter den Korridor entlang, bis sie zu einer Flügeltür kamen. Ein Zimmermädchen, das dort gewartet hatte, knickste anmutig und öffnete ihnen.

Olympia nahm den schönen Raum und die erlesenen Möbel kaum wahr, da Gregoris sie sofort ins Schlafzimmer zog.

Er umfasste ihr Gesicht und küsste sie hart und fordernd. „Ich halte es einfach nicht mehr aus", sagte er stöhnend, öffnete den Reißverschluss ihres Kleids und streifte es ihr von den Schultern, so dass es raschelnd zu Boden fiel.

Olympia war unsicher und nervös. „Hätten wir uns an der Rezeption nicht anmelden müssen?", fragte sie. „Das ist doch eigentlich so üblich."

„Nicht wenn einem das Hotel gehört", antwortete er.

„Oh …" Sie beobachtete mit angehaltenem Atem, wie er sein Jackett beiseite warf und die Hose auszog. Ihr Herz klopfte wie wild, und sie zitterte am ganzen Körper. Trotzdem versuchte sie, vernünftig zu bleiben. „Wir … wir sollten uns besser erst aussprechen", meinte sie halbherzig.

„Jetzt?“, fragte er ungläubig. „Unmöglich! Die letzte Woche ist mir wie ein halbes Jahr vorgekommen.“ Schließlich streifte er die Boxershorts ab und kam dann langsam auf sie zu.

Jetzt war es auch mit ihrer Selbstbeherrschung vorbei. „Ich kann es kaum noch aushalten, so verrückt bin ich nach dir“, gestand sie ihm atemlos.

Gregoris drückte sie aufs Bett und legte sich neben sie. „Langsam, pethi mou.“ Er streifte ihr die Träger des BHs von den Schultern und entblößte ihre Brüste. Aufstöhnend neigte er den Kopf und küsste ihre Knospen.

Olympia atmete tief ein und hob instinktiv die Hüften, damit er ihr den Slip ausziehen konnte. Gregoris ließ die Lippen über ihren Nabel und tiefer gleiten, bis sie vergehen zu müssen glaubte. Doch plötzlich ging ihr die Frage durch den Kopf, ob sie für ihn nur eine Frau von vielen war, ob er jede beliebige Frau mit dieser Hingabe lieben konnte. Ihre Leidenschaft kühlte ab, und Olympia verspannte sich.

Sie strich ihm übers Haar und umfasste sein Kinn, damit er sie ansah. Mit dem Finger zog sie die Konturen seiner Wangenknochen und seines Mundes nach.

„Wenn ich dich vorhin im Auto berührt hätte, wäre es mit meiner Beherrschung aus gewesen, und ich hätte dich sofort haben müssen“, gestand er und atmete schwer. „Du erregst mich so sehr, dass meine Triebe stärker sind als mein Verstand.“ Er neigte den Kopf und küsste sie so verlangend, dass ihre düsteren Gedanken im Nu verschwanden.

„Ich will dich“, flüsterte sie und bewegte sich unruhig.

Daraufhin begann er, ihre empfindsamste Stelle zu liebkosen, und sie seufzte vor Lust. „Du fühlst dich so warm und weich an, Olympia“, sagte er dicht an ihrem Ohr. „So bei dir zu sein, das war alles, woran ich die ganze Woche denken konnte.“

Olympia brachte kein Wort hervor. Das Blut rauschte ihr in den Ohren, immer stärker wurde ihr Verlangen, und immer wilder wurde der Rhythmus, bis alles um sie her in einem gemeinsamen Höhepunkt versank.

Als die Wellen der Lust allmählich verebbten, schlug Gregoris die Decke zurück, so dass sie sich auf das glatte, kühle Laken legen konnten, und zog sie dann wieder in die Arme. „Das Warten hat sich gelohnt, yineka mou“, erklärte er zufrieden.

Es dauerte eine ganz Weile, bis ihr Herz nicht mehr raste und Olympia wieder logisch denken konnte. Das Glücksgefühl wich immer mehr einer tiefen Traurigkeit. Vor zehn Jahren hatte Gregoris sie aufrichtig geliebt und ihr den Verlobungsring an den Finger gesteckt. Aber sie hatte sich der Rolle als seine Märchenprinzessin nicht gewachsen gefühlt. Und ihr Großvater und Katerina hatten ein Übriges getan, so dass sie nicht so recht an ihr Glück hatte glauben können und es schließlich verspielt hatte, weil es ihr an Selbstwertgefühl gemangelt hatte.

Gregoris drängte sich ihr entgegen und erregte sie erneut. Gerade weil sie so intensiv an die Vergangenheit gedacht hatte, war sie bemüht, das Beste aus der Gegenwart zu machen. Sie würde ihm ihre wahren Gefühle nicht länger verschweigen. „Ich habe dich so geliebt …“, begann sie.

„So?“ Er senkte die Lider, so dass sie den Ausdruck seiner Augen nicht erkennen konnte.

Sie spürte jedoch, wie er sich von ihr zurückzog, weil sie wieder an das verbotene Thema gerührt hatte. Eigentlich hatte sie ihm gestehen wollen, dass sie ihn immer noch liebte. Ihre Angst und ihr Stolz waren aber stärker, und die befreienden Worte kamen ihr nicht über die Lippen. In ihrer Hilflosigkeit und Verzweiflung klammerte sie sich an Gregoris.

„Hör doch damit auf, ewig in der Vergangenheit zu kramen. Die Zeit ist nicht vor zehn Jahren stehen geblieben.“ Er rollte sich auf den Rücken und zog sie mit sich, so dass sie auf ihm lag.

Olympia schluckte. Dieses Argument hatte *sie* bisher ins Feld geführt, jetzt schienen die Rollen vertauscht zu sein. Allerdings konnte sie keinen klaren Gedanken mehr fassen, als sie spürte, wie erregt er war. Sie schloss die Augen und schmiegte sich noch enger an den geliebten Mann, denn sie war ihm zwar nah, aber immer noch nicht nah genug.

Gregoris sah sie aus halb geschlossenen Augen an. „Endlich haben wir Zeit und Muße für andere Variationen, mit denen ich dich unbeschreiblich glücklich machen kann, Olympia Cozakis.“

Er war so von sich überzeugt, dass sie lächeln musste.

8. KAPITEL

Vier Wochen später saß Olympia morgens im Bett und griff nach der Karaffe auf ihrem Nachttisch, um sich ein Glas Wasser einzuschenken. Spät in der vergangenen Nacht waren Gregoris und sie in seiner Villa auf der Insel Kritos angekommen. Sie hatte zwar gut geschlafen, war aber trotzdem noch müde. Außerdem verspürte sie eine leichte Übelkeit – sie wusste auch, warum.

Nachdem sie sich ihren Morgenmantel übergeworfen hatte, öffnete sie die riesige Schiebetür zum Balkon, um frische Luft hereinzulassen. Tief atmete sie durch, denn die kühle Meeresbrise tat ihr gut. Leise schob sie die Gardinen so weit zur Seite, dass sie sich nicht mehr im Wind blähten, und sah zurück zum Bett, ob sie Gregoris nicht aufgeweckt hatte.

Er lag immer noch entspannt auf der Seite, das Laken um ein Bein und die Hüfte geschlungen, und Olympia lächelte versonnen. Vier Wochen waren sie jetzt mit der „Aurora" im Mittelmeer unterwegs gewesen, vier Wochen, in denen sie so glücklich gewesen war, wie sie es nie zu hoffen gewagt hätte. Dennoch hatte sie aus ihr selbst unerklärlichen Gründen immer noch gezögert, Gregoris etwas von der Schwangerschaft zu sagen.

Es war erst acht, aber da sie sich nicht noch einmal hinlegen wollte, ließ Olympia sich ein Bad ein. Sie streckte sich in dem warmen, duftenden Wasser aus, schloss die Augen und hing ihren Gedanken nach. Während des letzten Monats war Gregoris nicht von ihrer Seite gewichen und hatte damit gegen eine Bedingung des Ehevertrags verstoßen, die ihm vorher so ungeheuer wichtig gewesen war. Obwohl er zahlreiche Mitarbeiter hatte einfliegen lassen und viele Stunden im Büro der „Aurora" verbracht hatte, hatte er trotzdem den größten Teil seiner Zeit mit ihr verbracht. Sie glaubte, dass es sich auf Kritos auch nicht ändern würde.

Gregoris hat mir jeden Wunsch von den Augen abgelesen, dachte sie, während sie sich abtrocknete. Sie hatte schon immer reisen wollen und viel über ihre Traumziele gelesen. Er hatte sie ihr gezeigt. Die „Aurora“ hatte auf Mallorca, Korsika, Sardinien und zum Abschluss der Hochzeitsreise auf Sizilien angelegt.

Einige Erlebnisse standen Olympia besonders deutlich vor Augen. Gregoris, wie er Hand in Hand mit ihr durch die Straßen der exklusiven sizilianischen Hafenstadt Porto Cervo geschlendert war ... sein Ärger, als plötzlich Paparazzi mit blitzenden Kameras aufgetaucht waren, und der Nachdruck, mit dem er sie vor dieser aufdringlichen Meute geschützt hatte. Sie erinnerte sich an Gregoris, wie er lachte, sie neckte und mit liebevoller Zuvorkommenheit behandelte. Gregoris, wie er mit ihr schimpfte, weil sie eine Creme mit einem zu niedrigen Lichtschutzfaktor gewählt und sich einen starken Sonnenbrand zugezogen hatte. Und natürlich Gregoris, wie er sie liebte, manchmal zärtlich, manchmal wild, aber immer leidenschaftlich.

Gregoris mochte sie, so wie sie war – auch ihre Figur. Das konnte sie inzwischen akzeptieren. Er gab ihr das Gefühl, eine unwiderstehlich schöne und verführerische Frau zu sein. Es hatte Tage gegeben, an denen aus all den Plänen, was sie besichtigen und unternehmen wollten, nichts geworden war, Tage, an denen sich Gregoris ihre Vorschläge angehört hatte, ungläubig den Kopf geschüttelt und sie sofort wieder zurück ins Bett getragen hatte. Es hatte Abende gegeben, an denen sie erst sehr spät zum Essen gekommen waren.

Trotzdem hatte sie, Olympia, Gregoris noch nicht gesagt, dass ihr erstes Kind unterwegs war. Vor zwei Tagen hatte er darauf bestanden, dass sie wegen ihrer verbrannten Schultern einen Arzt aufsuchte. Da sie ihre Regel nach der Hochzeit nicht mehr bekommen hatte, hatte sie sich auch gründlich untersuchen und einen Test machen lassen. Das Ergebnis war eindeutig: Sie war schwanger. Sie war glücklich und traurig zugleich, denn sie hatte Gregoris vor der Hochzeit so verstanden, dass auf eine Schwangerschaft unweigerlich die Scheidung folgen würde.

Bilde ich mir denn nur ein, dass wir uns wirklich respektieren gelernt haben und uns jetzt aufrichtig zugetan sind?, fragte sich Olympia. Aber warum vermied Gregoris es dann, von der Zukunft zu sprechen?

Auch den Vertrag, den sie vor ihrer Hochzeit hatte unterschreiben müssen, hatte er nie wieder erwähnt. Auf der „Aurora“ schien sie mit ihm in einer Welt gelebt zu haben, die mit der Realität nichts zu tun hatte.

„Ich muss mich nachdrücklich beschweren! Warum hast du nicht neben mir gelegen, als ich aufgewacht bin?“

Olympia, die vor dem Spiegel stand und sich das Haar bürstete, erschrak so heftig, dass sie zusammenzuckte. Gregoris blinzelte ihr lächelnd zu. Wie er da lässig am Türrahmen lehnte, unrasiert und mit zerzaustem Haar, sah er einfach umwerfend aus.

„Gregoris ...“

„Ich habe das Frühstück für später bestellt.“ Langsam kam er auf sie zu und nahm sie in den Arm. „Komm mit unter die Dusche, und erzähl mir, wo du eben mit deinen Gedanken warst. Wehe, wenn nicht bei mir!“

Sie errötete leicht, barg den Kopf an seiner Schulter und atmete tief den aufregend männlichen Duft seiner Haut ein. „Natürlich habe ich von dir geträumt“, gestand sie.

Gregoris streifte ihr den seidenen Morgenmantel ab und schob sie in die Duschkabine. „Auf mich wartet so viel Arbeit, und außerdem bekommen wir Gäste – ich mag gar nicht daran denken.“ Er küsste sie leidenschaftlich und streichelte zärtlich ihre Hüften.

Eine gute Stunde später saßen Olympia und Gregoris im Schatten der Bäume auf der Terrasse und frühstückten. Es war ein wunderschöner Tag, windstill, mit blauem Himmel und sanftem Sonnenlicht. Die Villa lag an einem mit Zypressen bewachsenen Berghang hoch über der Ägäis, und die Aussicht war atemberaubend.

In der Ferne, hinter dem Hafen, sah man das malerische Dorf und die Kuppeln der kleinen Kirche. Im tiefen Wasser der Bucht ankerte die „Aurora“, die sich vor den kleinen, bunt gestrichenen Fischerbooten wie ein Ozeanriese ausnahm. In der vergangenen Nacht hatte schon der erste Blick auf das mondbeschienene Kritos Olympia völlig verzaubert.

Plötzlich fiel ihr etwas ein. „Du hast vorhin Besuch erwähnt. Wer kommt denn?“, fragte sie.

„Markos Stapoulos mit seiner Frau Samantha. Sie ist Engländerin, und du wirst sie bestimmt mögen. Die beiden mussten die Einladung zu unserer Hochzeit ablehnen, weil Markos’ Vater schwer erkrankt war. Ich habe ihnen den Hubschrauber geschickt, und sie dürften in gut einer halben Stunde hier eintreffen. Wir werden dann gemeinsam Mittag essen.“

Olympia straffte sich. Damals, vor zehn Jahren, war Markos Gregoris’ bester Freund gewesen, und es war ihr unangenehm, ihm wieder zu begegnen. „Ich nehme an, Markos ist über die Parkplatzaffäre bestens informiert“, sagte sie angriffslustig.

Es wurde jetzt so still, dass man eine Stecknadel hätte fallen hören können.

Gregoris musterte Olympia ungläubig und sprang dann so heftig auf, dass sein Stuhl umfiel. „Bildest du dir etwa ein, ich wäre mit dieser schmutzigen Geschichte hausieren gegangen?“, fragte er so zornig, dass sie den Kopf senkte. „Nur dein Großvater, meine Eltern und Katerina wissen davon. Warum fängst du immer wieder davon an?“

„Weil du mir nicht glaubst, weil du mir noch nicht einmal zuhörst“, antwortete sie traurig. „Das verletzt mich.“

Sein Gesicht rötete sich. „Theos mou, du und verletzt? Dazu hast du nicht den geringsten Grund, denn schließlich habe ich die Vergangenheit Vergangenheit sein lassen und achte dich als die Frau, die du heute bist.“

„Und warum schreist du dann so, wenn du mit der Vergangenheit abgeschlossen hast?“

„Ich … schreie … nicht“, widersprach er, wobei er jedes Wort betonte.

„Dann ist ja gut. Ich werde es dir nämlich so lange sagen, bis du es endlich glaubst: Ich habe mit Lukas nichts gehabt!“

„Davon wirst du mich nie überzeugen können!“ Verächtlich sah er sie an. „Ich kann mich nämlich sehr wohl daran erinnern, wie du am

Morgen danach ausgesehen hast: arrogant! Du bist auch noch stolz gewesen auf das, was du getan hattest!“

Olympia musste erkennen, dass sie machtlos war. Gregoris hatte sich auf Grund von Katerinas Lügen und seinen subjektiven Eindrücken eine Meinung gebildet, von der sie ihn nie würde abbringen können. Müde zuckte sie die Schultern.

„Aber ich kann dich beruhigen, aus heutiger Sicht betrachte ich die Angelegenheit, so unerfreulich sie auch war, nur als Lappalie. Ich wollte es dir schon längst gesagt haben – natürlich hat die Tatsache, dass ich bei dir der Erste war, bewirkt …“

„Sie hat bewirkt, dass du für eine ganze Woche verschwunden bist“, hielt Olympia ihm entgegen. Krampfhaft schlossen sich ihre Finger um ihr Glas mit Orangensaft.

Gut, endlich zu wissen, was sich hinter seiner Aufmerksamkeit und seinem Charme verbirgt, dachte sie traurig – ein von sich und seiner Meinung überzeugter Grieche, der ebenso hart ist wie die Felsen von Kritos! Sie war so empört, dass sie sich nur mit Mühe beherrschen konnte, um nicht aufzuspringen und ihm ins Gesicht zu sagen, was sie von ihm hielt.

„Warum erzählst du mir nicht endlich, was sich damals im Einzelnen zwischen dir und Lukas abgespielt hat?“, fuhr Gregoris sie plötzlich so an, dass sie ihn erschrocken ansah.

Sofort hob er entschuldigend die Hände. „*Du* bist schuld daran, dass ich wieder in meine alte Verhaltensweise zurückgefallen bin“, sagte er bitter. „Warum nur musstest du schon wieder damit anfangen?“

Er ging vom Tisch weg an den Rand der Terrasse, wo er einen Moment stehen blieb, um dann unvermittelt wieder zurückzukommen. Er griff in seine Jacketttasche und zog ein kleines Lederetui mit dem Aufdruck eines bekannten Juweliers hervor, das er mit einer lässig-arroganten Geste vor ihr auf den Tisch legte. „Das hatte ich dir nach dem Frühstück geben wollen.“

Olympia konnte sich einen bissigen Kommentar nicht verkneifen. „Was ist da drin? Ein Lügendetektor?“

Gregoris stieß einen griechischen Fluch aus und verließ fluchtartig die Terrasse.

Langsam klappte Olympia das Etui auf und erblickte ein kunstvoll gearbeitetes und mit Brillanten besetztes Medaillon. Mit zittrigen Fingern nahm sie es heraus und öffnete es. Zwei Miniaturfotos, das eine von ihrer Mutter, das andere von ihrem Großvater, kamen zum Vorschein. Sie war tief gerührt und fragte sich, wer überreagiert hatte und wer der Schuldige war. Gregoris oder sie. Tränen liefen ihr über die Wangen.

Es dauerte eine ganz Weile, bis sie sich soweit gefasst hatte, dass sie zurück ins Schlafzimmer gehen konnte. Was empfand Gregoris für sie? Etwas Besonderes? Oder war sie für ihn nur eine von vielen Bettgespielinnen? Bedeutete sie ihm wirklich etwas, oder verschaffte es ihm lediglich einen Kick, dass sie ihm nicht widerstehen konnte? Wenn er sie wirklich liebte, wieso glaubte und vertraute er ihr dann nicht? Er hatte sie durch sein Verhalten vorhin nicht nur tief verletzt, sondern auch die wundervollen Wochen, die sie zusammen erlebt hatten, in den Schmutz gezogen.

Olympia suchte in der Handtasche, die sie am Vortag benutzt hatte, nach ihrem Lippenstift, um sich für den Besuch zurechtzumachen. Da sie ihn in der geräumigen Beuteltasche nicht finden konnte, kippte sie den Inhalt kurzerhand aufs Bett. Zu ihrem größten Erstaunen fiel auch ein verschlossener brauner Briefumschlag heraus, den sie noch nie zuvor gesehen hatte. Mit gerunzelter Stirn öffnete sie ihn und nahm einen Zeitungsausschnitt und zwei Farbfotos heraus.

Wie gebannt blickte sie auf das oberste Foto. Es war sehr grobkörnig und musste wohl mit einem Teleobjektiv aufgenommen worden sein. Es zeigte Gisele Bonner, die sich oben ohne auf einer Sonnenliege am Pool räkelte – in den Armen eines Mannes, der nur undeutlich zu erkennen war, aber stark an Gregoris erinnerte. War er es wirklich? Olympia betrachtete das Bild angestrengt, kam jedoch zu keinem Ergebnis.

Dann nahm sie die andere Aufnahme zur Hand. Wieder nackte

Brüste, auf deren Anblick sie nur zu gern verzichtet hätte. Sie lachte hysterisch, denn der Mann, der im Vordergrund stand, ähnelte nicht Gregoris, es *war* Gregoris!

„Olympia?“ Unbemerkt war Gregoris ins Zimmer getreten.

Ohne auch nur einen Moment zu zögern, warf sie sich bäuchlings aufs Bett und begrub ihre Handtasche samt deren Inhalt unter sich.

Er blieb stehen und betrachtete sie besorgt. „Ist dir nicht gut?“, fragte er.

„Doch.“

Als sie sich immer noch nicht rührte, kniete er sich neben das Bett und sah ihr ins Gesicht. „Du hast geweint …“

„Nein!“

„Lügnerin!“ Zärtlich zeichnete er mit dem Finger eine Tränenspur vom Augenwinkel bis zum Kinn nach. „Es tut mir leid, dass ich die Beherrschung verloren habe, aber ich sehe sofort rot, wenn …“ Sein Gesichtsausdruck wurde wieder hart. „Ich weiß, es ist kindisch, aber bitte erwähn die Geschichte nie wieder. Allein daran zu denken macht mich …“ Gregoris zögerte sehr lange, um den richtigen Ausdruck zu finden. „Es macht mich … unberechenbar.“

„Ja“, antwortete Olympia geistesabwesend, denn diese dumme Geschichte mit Lukas von damals erschien ihr plötzlich belanglos. Sie blickte ihm in die Augen und schickte ein Stoßgebet zum Himmel, dass die Fotos, die sie vor ihm verbarg, *alte* Fotos waren, Fotos, die seine ehemalige Geliebte ausgesucht hatte, um seiner Ehefrau einen üblen Streich zu spielen.

„Olympia, hast du wirklich nichts?“

Sie krallte die Finger in die Bettdecke. „Nein. Ich brauche nur noch fünf Minuten für mein Make-up.“

„Hat dir das Medaillon gefallen? Ich weiß, es ist ein sehr altmodisches Schmuckstück, aber ich dachte, es passt zu dir.“

„Ich habe mich sehr darüber gefreut“, antwortete sie angespannt.

Mit nachdenklicher Miene richtete sich Gregoris auf und verließ schweigend das Zimmer.

Kaum hatte er die Tür hinter sich geschlossen, setzte Olympia sich auf und griff nach dem zerknitterten Zeitungsausschnitt, um ihn glatt zu streichen. Erstaunt stellte sie fest, dass auch der Artikel mit zwei Bildern illustriert war. Eins zeigte die Pool-Szene mit Gregoris und Gisele, das andere sie, Olympia, wie sie nach der Trauung mit Gregoris aus der Kirche trat.

Das Foto am Pool musste also *nach* der Hochzeit aufgenommen worden sein! Ihr Magen krampfte sich schmerzhaft zusammen, als sie die Überschrift las: „Gregoris Cozakis beendet Hochzeitsreise und tröstet Geliebte." Ihre schlimmsten Befürchtungen hatten sich bewahrheitet!

Die Woche, in der er sie allein auf der „Aurora" gelassen hatte – die *erste* Woche ihrer Ehe – hatte er mit seiner Geliebten Gisele Bonner verbracht. Gisele war also nicht seine ehemalige, sondern seine gegenwärtige Geliebte! Nur mit äußerster Willensanstrengung gelang es Olympia aufzustehen.

Mechanisch räumte sie ihre Tasche wieder ein und steckte auch die Fotos und den Zeitungsausschnitt hinein. Dann ging sie ins Badezimmer, um die Spuren, die dieser Schock in ihrem Gesicht hinterlassen hatte, unter einem geschickten Make-up zu verbergen. Ihre Finger zitterten dabei allerdings so stark, dass es sie erhebliche Mühe und viel Zeit kostete.

Wer hatte ihr den Umschlag in die Handtasche gesteckt? Das Zimmermädchen? Vor fünf Wochen, als man sie mit den Worten „Nimm es mit mir auf – wenn du kannst" auf dem Spiegel und der Illustrierten in ihrem Badezimmer an Bord der „Aurora" begrüßt hatte, war sie von der Unschuld der jungen Griechin überzeugt gewesen. Jetzt sah sie es anders, denn das Mädchen war die einzige Person, die jederzeit freien Zugang zu ihren Privaträumen hatte. Sie hätte den Umschlag ohne Weiteres in die Tasche schmuggeln können.

Der eigentliche Täter interessierte sie, Olympia, allerdings mehr als der Gehilfe. Es *musste* Gisele sein! Katerina konnte doch nicht auch hinter den Fotos stecken, oder? Im Moment war sie nicht in der Lage, die Argumente gegeneinander abzuwägen. Ich bin schwanger, ich bin schwanger, dachte Olympia verzweifelt, schwanger von Gregoris!

Als Motorenlärm ankündigte, dass die Gäste eintrafen, presste sie sich die Hand an die schmerzende Schläfe und versuchte, sich durch tiefes und gleichmäßiges Atmen zu beruhigen. Sie musste so tun, als wäre nichts geschehen, denn um nichts in der Welt konnte sie Gregoris vor anderen mit den erdrückenden Beweisen seiner Untreue konfrontieren.

Kühl, gelassen und in einem eleganten pfauenblauen Kleid stand Olympia auf der Terrasse und beobachtete Gregoris, der zum Hubschrauber ging, um seinen Freund und dessen Frau zu begrüßen.

Er trug einen leichten Leinenanzug, dessen Schnitt seine Schultern noch breiter und seine Beine noch länger wirken ließ. Wieder einmal sah er umwerfend attraktiv und unwiderstehlich aus. Ihr Herz schlug schneller. Gregoris machte den Eindruck eines hochintelligenten und äußerst kultivierten Mannes – und benahm sich primitiv und rücksichtslos wie ein Urmensch, wenn es darum ging, seine sexuellen Gelüste zu befriedigen.

Sie war ihm verfallen. Dennoch – oder gerade deshalb? – war es höchste Zeit, dass sie wieder auf den Boden der Tatsachen zurückkehrte.

Gregoris Cozakis war ein griechischer Großindustrieller. Er war ein unbeschreiblich reicher und mächtiger Mann, einer, für den Tugenden wie Selbstlosigkeit und Treue bedeutungslos waren. Von Anfang an hatte er ihr gesagt, dass sie einen Vertrag erfüllen und keine Ehe führen würden. Warum hatte sie seine Worte, die nie an Deutlichkeit zu wünschen übrig gelassen hatten, nur nicht beachtet? Wie und wann war es geschehen, dass seine Erpressungsversuche und seine Drohungen ihr nicht mehr zu denken gegeben hatten?

Nervös faltete Olympia die Hände und ging dann zu Gregoris, um mit ihm Markos und Samantha Stapoulos zu begrüßen. Markos war ein kleiner, stämmiger Mann mit schon leicht ergrauten Schläfen, und

Samantha, eine Schottin, war nicht nur rothaarig, sondern schien auch das reinste Temperamentsbündel zu sein.

Olympia war froh über diesen Besuch, denn Markos und Samantha waren lebhaft und hielten die Unterhaltung in Gang. Das gab ihr Zeit, mit sich selbst ins Reine zu kommen und ihre wahren Gefühle zu ergründen. Ab und zu spürte sie, wie Gregoris sie nachdenklich betrachtete, und war ärgerlich, dass es ihr nicht gelungen war, ihn zu täuschen. Sie war sich sicher, dass er bemerkte, wie angespannt ihre Stimme klang und wie sehr sie sich bemühen musste, auf Samanthas Plauderton einzugehen.

Nach dem Essen zogen sich die beiden Männer in Gregoris' Büro zurück.

„Firma, Firma, Firma!" Samantha schüttelte gespielt verzweifelt den Kopf. „Ein Grieche denkt immer nur ans Geschäft."

„Wie habt ihr euch eigentlich kennen gelernt, Markos und du?", fragte Olympia. Es interessierte sie wirklich, und jetzt, da Gregoris nicht mehr neben ihr saß, fühlte sie sich erleichtert und konnte unbeschwerter Konversation machen.

„Ich arbeitete als Schwester in der Londoner Klinik, in der er sich vor drei Jahren den Blinddarm entfernen ließ – und vor Angst fast gestorben wäre." Samantha lehnte sich in ihrem Sessel zurück und lächelte. „Du kannst dir gar nicht vorstellen, wie viel schöner ich es hier finde, seit es auf Kritos nicht nur einen Herrn, sondern auch eine Dame des Hauses gibt."

„Du musst doch Gisele Bonner hier getroffen haben", entschlüpfte es Olympia. Sie sah, wie Samantha betroffen aufblickte. „Ach, vergiss es!", entschuldigte sie sich schnell. „Ich wollte nicht neugierig sein."

„Das darfst du ruhig, mit mir kannst du über alles reden. Ich kann mir gut vorstellen, wie dir zu Mute sein muss." Voller Mitgefühl beugte sich Samantha vor und schlug einen vertraulichen Ton an, was Olympia noch verlegener machte. „Eine Vorgängerin, die so aussieht wie Gisele und obendrein immer noch Schlagzeilen macht, ist schwer zu verkraften. Es ist ganz natürlich, dass du damit deine Probleme hast. Als uns Gisele vorgestellt wurde, war Markos total begeistert von ihr ... Ich hätte ihn dafür umbringen können! Eine ganze Woche habe ich nicht mit ihm gesprochen."

Olympia wusste nicht, ob sie sich die Ohren zuhalten oder nach Einzelheiten fragen sollte.

„Gisele ist eine intelligente und ehrgeizige Frau. Sie wusste, dass sie großen Einfluss auf Gregoris hatte, und nutzte das geschickt aus. Er kehrte immer wieder zu ihr zurück, selbst wenn er hin und wieder auf Abwege geriet."

Olympia schluckte. Sollte sie sich jetzt freuen, dass Gregoris selbst seiner Geliebten nicht treu gewesen war?

„Gisele beherrscht die Kunst, Männern Honig um den Bart zu schmieren – das ist ihr großes Geheimnis." Samantha schnitt ein Gesicht. „Kennst du einen Griechen, dem es nicht gefallen würde, von einer ungewöhnlich schönen und klugen Frau bewundert zu werden? Einer Frau, die an seinen Lippen hängt und ihn verehrt, als sei er ein Gott?"

Olympia schüttelte den Kopf und blickte auf ihre im Schoß gefalteten Hände.

„Du solltest dir Giseles wegen wirklich keine grauen Haare wachsen lassen, Olympia."

„Das mache ich auch nicht", antwortete Olympia tapfer, obwohl sie vom Gegenteil überzeugt war. Wenn das Geheimnis ihres Erfolges darin lag, dass Gisele Gregoris vergötterte, hatte sie, Olympia, keine Chance. Sie konnte ihn nicht verehren – jedenfalls nicht, solange er sich so störrisch weigerte, alte Vorurteile zu revidieren.

„Wo immer Gregoris auftaucht, steht er im Mittelpunkt. Das kam Gisele sehr entgegen, denn es war gut für ihre Karriere. Ich möchte wetten, dass sie es war, die letzten Monat diese lächerliche Meldung in die Regenbogenpresse lanciert hat." Samantha schüttelte sich vor Abscheu. „Aber wer hat ihr diesen Unsinn schon abgenommen? Wie sollte Gregoris bei ihr gewesen sein, wenn er doch mit dir auf Hochzeitsreise war?"

„Das kann sie sich wirklich nur aus den Fingern gesogen haben“, bestätigte Olympia und gab sich alle Mühe, überzeugend zu klingen, denn Giseles Behauptungen entsprachen der Wahrheit. Schon nach der ersten Nacht hatte Gregoris Cozakis seine Braut verlassen, um sich in die Arme seiner Geliebten zu flüchten.

„Ich bin nur froh, dass Markos und ich für sensationslüsterne Reporter und Paparazzi nicht interessant genug sind.“ Samantha seufzte.

Als Gregoris plötzlich durch die weit geöffnete Tür auf die Terrasse trat, erschrak Olympia so heftig, dass sie sich den Inhalt ihres Glases übers Kleid goss. „Oh nein!“, sagte sie leise und blickte an sich hinunter. „Bitte entschuldigt mich, ich muss mich umziehen.“

„Wir sind alle zu einer Hochzeitsfeier im Dorf eingeladen“, verkündete Gregoris.

„Wie schön!“ Samantha war begeistert. „Aber hat Markos schon gesagt, dass wir spätestens um sieben wieder wegmüssen?“

Olympia zog sich unauffällig zurück. Endlich allein! Tief atmete sie durch, um die aufsteigende Hysterie zu unterdrücken. Eine *Hochzeit!* Es war wie ein Albtraum, und sie hätte schreien und um sich schlagen mögen. Warum nur konnte Gregoris sie nicht so lieben wie sie ihn? Wie sollte sie diesen Tag durchstehen und weiter Theater spielen, nur um der Konvention Genüge zu tun, nur um Markos und Samantha Sand in die Augen zu streuen?

Olympia eilte in ihr Zimmer und nahm ihr schwarzes Cocktailkleid mit dem raffinierten Rückenausschnitt vom Bügel. Sie wusste, dass man elegante Garderobe von ihr erwartete. Der Empfang durch die Dorfbewohner am vergangenen Abend hatte ihr gezeigt, dass Gregoris hier auf der Insel wie ein König behandelt wurde.

Schließlich war es allein ihm zu verdanken, dass auch die jungen Leute auf der Insel sich eine Existenz aufbauen konnten. Er hatte für eine Schule mit genügend Lehrern, einen Arzt mit moderner Krankenstation und den großzügigen Ausbau des Hafens gesorgt. Um eine der malerischen Buchten der Insel war eine exklusive Hotelanlage entstanden, die attraktive Arbeitsplätze bot. Gregoris hatte in fünf Jahren mehr für Kritos getan als sein Vater während seines ganzen Lebens. Olympia lächelte bitter. Und Gentleman, der er war, hatte Gregoris es ihr nicht einmal erzählt. Sie hatte es bei Tisch von Markos erfahren, der Gregoris' soziales Verantwortungsbewusstsein in den höchsten Tönen gelobt hattc.

„Olympia!"

Wie erstarrt blieb sie stehen, als Gregoris die Schlafzimmertür hinter sich ins Schloss zog. Er sah sie eindringlich an. „Olympia, was ist los mit dir?"

„Was soll schon mit mir los sein?"

„Tu nicht so naiv! Du kannst mich vor unseren Gästen nicht wie Luft behandeln, ohne dass es zu peinlichen Spannungen kommt. Was sollen Markos und Samantha von dir denken? Auf Gastfreundschaft wird in Griechenland größter Wert gelegt, und eine Frau, die sich wie ein trotziges kleines Kind benimmt, ist eine Schande für ihren Mann."

Das war endgültig zu viel für sie. Olympia bebte vor Zorn und ballte die Hände zu Fäusten. „Vielleicht hättest du Gisele Bonner bitten sollen, die Gastgeberin zu spielen", forderte sie ihn heraus.

„Da magst du Recht haben. Gisele hat mich noch nie vor meinen Freunden blamiert", parierte er, ohne mit der Wimper zu zucken.

„Das ist eine Gemeinheit, Gregoris", antwortete sie kaum hörbar.

Der harte Zug um seinen Mund vertiefte sich. „Ich lasse mir so ein Benehmen von dir einfach nicht bieten! Wir hatten einen dummen Streit, und ich habe mich für meinen Anteil daran entschuldigt. Für dein nachtragendes Verhalten fehlt mir jegliches Verständnis."

„Dann bleib doch, wo der Pfeffer wächst!" Sie drehte sich um und nahm ihre Abendjacke vom Bett.

Mit einem Schritt war Gregoris bei ihr und fasste sie bei den Schultern. Seine Augen blitzten förmlich vor Wut. „Olympia, weißt du eigentlich nicht mehr, was du tust, oder bist du krankhaft eifersüchtig? Willst du es mir heimzahlen, weil ich mich mit Samantha beim Essen so angeregt unterhalten habe?"

„Wie kommst du denn auf die Idee?"

„Weil du dich Katerina gegenüber ebenso verhalten hast. Du konntest es ihr nie verzeihen, dass sie früher einmal in mich verknallt war. Das ist die einzige Erklärung, die ich für dein unmögliches Benehmen finden kann."

Um nicht die Beherrschung zu verlieren, blickte Olympia konzentriert auf den Knoten seiner honigfarbenen Seidenkrawatte. „Es wäre für alle das Beste, wenn du jetzt wieder zu unseren Gästen gehen würdest, sonst …"

„Markos weiß, dass ich ein Hühnchen mit dir zu rupfen habe. Ich gehe nicht eher, bis du mir erklärt hast, was mit dir los ist." Er schob die Hand in ihr Haar und zwang sie, ihn anzusehen. „Heute Morgen noch hast du gelächelt und warst unbefangen und glücklich."

Die Spannung zwischen ihnen hatte sich ins Unerträgliche gesteigert. Als Olympia ihm in die Augen sah und die hilflose Wut erkannte, die daraus sprach, wurde sie von Schmerz und Verzweiflung überwältigt. „Bitte … bitte … lass … mich …", brachte sie mühsam hervor.

„Nein, *den* Gefallen werde ich dir nicht tun, yineka mou." Gregoris neigte den Kopf und küsste sie rücksichtslos.

Das war das Letzte, womit sie gerechnet hatte, und so hatte sie sich auch keine Abwehrstrategie zurechtgelegt. Und wie immer, wenn er sie berührte, reagierte sie sofort auf ihn. Ihr Verstand setzte aus, und ihre Leidenschaft ging mit ihr durch. Olympia legte Gregoris die Arme um den Nacken und küsste ihn hingebungsvoll und verlangend.

Er drängte sie aufs Bett und drückte ihre Arme so fest auf die Matratze, dass sie sich nicht bewegen konnte – denken konnte sie sowieso nicht mehr. Die Gefühle, die sich in ihr aufgestaut hatten, entluden sich in wildem Begehren, das zu kontrollieren sie gar nicht erst versuchte.

„Du gehörst mir!", verkündete Gregoris triumphierend. Er rollte sich auf die Seite, schob ihr Kleid hoch, streifte ihr den Slip ab und küsste sie noch fordernder. Noch nie zuvor war er so wild gewesen, und erregt drängte sie sich ihm entgegen. Er drang so schnell und kraftvoll in sie ein, dass sie lustvoll stöhnte und alles um sie her versank.

Als es vorbei war, schlug sie die Augen auf und sah ihn an. Aus seinem Blick sprach die gleiche Fassungslosigkeit, die auch sie empfand.

Schweigend stand er auf und ging ins Bad. Olympia blieb noch eine Weile liegen. Sie war noch ganz benommen, so dass sie sich regelrecht zwingen musste, wieder auf die Beine zu kommen. Mit zittrigen Fingern zog sie ihr Kleid zurecht.

Gregoris kam zurück, warf das Handtuch, mit dem er sich das Gesicht abgetrocknet hatte, achtlos zu Boden und sah sie lange an. Dann breitete er die Arme aus. „Komm", bat er rau.

„Du brauchst dich nicht zu entschuldigen", antwortete sie stockend. „Es war schön für mich."

Im Nu war er bei ihr und zog sie an sich. Zärtlich küsste er ihr immer noch erhitztes Gesicht. „Du treibst mich an den Rand der Verzweiflung, Olympia. Es macht mich wahnsinnig, dass ich mir dein Verhalten nicht erklären kann! Für meine Begriffe handelst du völlig unmotiviert."

Olympia wusste, dass sie Gregoris liebte, wie eine Frau einen Mann nur lieben konnte. Trotzdem fasste sie in diesem Moment den Entschluss, sich von ihm zu trennen. Sie durfte nie wieder in seine Nähe kommen. Die letzten Stunden hatten ihr gezeigt, dass eine andere Lösung – auch wenn sie nahezu undurchführbar schien – nicht möglich war.

„Ich ... ich mag dich wirklich gern", brach er schließlich das bedrückende Schweigen. „Du bist meine Frau."

Gespannt wartete er, ob ihr dies Geständnis eine Reaktion entlockte. Als diese ausblieb, drehte er sich um und verließ den Raum.

Olympia betrachtete gedankenverloren ihren Slip, der immer noch auf dem Teppich lag. Sie bereute ihre Hemmungslosigkeit nicht, denn sie hatte Gregoris gewollt und ihn gebraucht, um ein Ventil für ihre Gefühle zu finden, die ihr sonst den Verstand geraubt hätten.

Gregoris – so beredt und selbstbewusst, wenn es darum ging, Situationen zu analysieren, Anordnungen zu treffen oder geistreiche Konversation zu machen. Und hilflos wie ein kleines Kind, wenn es darum ging, ernsthaft über sich und seine Gefühle zu reden. Da er die richtigen Worte nicht hatte finden können, hatte es für ihn nur eine Lösung gegeben: über sie herzufallen. Erstaunlicherweise hatte er erkannt, dass ihr gleichmütiges Verhalten bei Tisch nur gespielt gewesen war – er ließ sich doch sonst so leicht täuschen.

Nachdem sich Olympia geschminkt hatte, warf sie einen letzten Blick in den Spiegel, um sich zu vergewissern, dass sie sich in der Öffentlichkeit zeigen konnte. Dabei musste sie an ihr Baby denken und streichelte liebevoll ihren Bauch. Wahrscheinlich hatte Gregoris in diesen ersten vier Wochen ihrer Ehe nur deshalb so intensiv mit ihr zusammengelebt, um sie möglichst schnell zu schwängern.

Das spielte jetzt jedoch alles keine Rolle mehr. Der Vertrag war erfüllt. Sie würde ihr Baby lieben und für es sorgen – aber sie würde nicht mit einem Ehemann unter einem Dach leben, der nebenbei mit anderen Frauen schlief.

Als sie in die Küche ging, um der Haushälterin die letzten Anweisungen zu geben, wunderte sie sich, wie ruhig und gefasst sie war. Am Ende dieses Tages würde Gregoris sie wahrscheinlich noch mehr hassen als vor der Ehe.

Auf der Hochzeit, die in der Dorftaverne gefeiert wurde, bekamen sie einen eigenen Tisch. Gregoris und auch Markos hatten als männliche Ehrengäste so viele Pflichten, dass Olympia und Samantha bald allein am Tisch saßen.

Plötzlich lachte Samantha amüsiert. „Weißt du, woran ich gerade gedacht habe? Es ist wirklich schade, dass Gisele nicht sehen kann, wie fürsorglich sich Gregoris dir gegenüber verhält. Aber sie kennt ja wohl auch nicht die Hintergründe."

„Welche Hintergründe?"

„Na, wie schrecklich Gregoris schon als Teenager in dich verknallt war. Markos hat mir davon erzählt, aber bisher war es für mich unvorstellbar, dass der kühle Gregoris ein derartiges Verhalten an den Tag legen könnte. Jetzt weiß ich es besser, denn dir gegenüber verhält er sich ganz anders, du bist für ihn der Mittelpunkt."

Olympia rang sich ein Lächeln ab. „Samantha …“

„Ich bin wirklich perplex, wie aufmerksam er dir gegenüber ist, wie er dir die Autotür öffnet oder den Stuhl zurechtrückt. Für dich mag es das Selbstverständlichste der Welt sein, mich wundert es.“

Olympia nickte nur, ohne Samanthas Beobachtungen größere Bedeutung beizumessen. Schon als Teenager hatte sich Gregoris ihr gegenüber zuvorkommend benommen, und sie fand nichts Besonderes daran. „An seinen Umgangsformen gibt es nichts auszusetzen“, antwortete sie nur.

Samantha seufzte. „Ach Olympia, warum erlöst du ihn nicht und beendest euren Streit? So schlimm kann er doch nicht gewesen sein! Ich habe Gregoris noch nie so niedergeschlagen erlebt.“

Olympia errötete. „Du hast also gemerkt, dass wir …“

„*Dir* habe ich nichts angemerkt, Gregoris hat sich verraten. Aber mach dir nichts draus, Olympia! Was meinst du, was Markos und ich in den ersten Wochen unserer Ehe für Auseinandersetzungen hatten. Griechische Männer können so schrecklich dominant sein.“

Die Gäste klatschten jetzt rhythmisch, und der Brautvater bat Gregoris, sich dem Tanz der Männer anzuschließen. Gregoris zog das Jackett aus, nahm die Krawatte ab, öffnete die obersten Hemdknöpfe und schloss sich den anderen auf der Tanzfläche an. Die Kapelle spielte eine Melodie, die sehr getragen begann. Er kannte jeden Schritt, Schulter an Schulter tanzte er mit den Fischern, als würde er hierher gehören und nicht in die Konferenzräume seiner Chefetage.

Sie war nicht die einzige Frau im Saal, die ihn bewundernd betrachtete, denn Gregoris hatte nicht nur eine athletische Figur, er bewegte sich auch sehr geschmeidig. Die Musik wurde immer schneller und Olympias Schmerz immer tiefer.

Sie glaubte nicht, dass Gregoris Gisele Bonner liebte, dennoch hatte er sie, Olympia, betrogen. Obwohl er von Anfang an klargestellt hatte, dass sie nie die Rechte einer Ehefrau haben würde, war sie dumm genug gewesen, auf eine echte Ehe zu hoffen.

Er hatte sie jedoch nur geheiratet, um dadurch die Macht über das

Manoulis-Vermögen zu erlangen. Die Hochzeit war für ihn eine geschäftliche Transaktion gewesen, durch die er notgedrungen in den Besitz einer Frau gekommen war, die er behandeln konnte, wie es ihm gerade passte.

Er hatte es noch nicht einmal für nötig befunden, sie darüber zu informieren, dass dieser Zeitungsartikel, den scheinbar jeder außer ihr gelesen hatte, überhaupt erschienen war. Wie konnte sie jemanden lieben, der sie behandelte, als wäre sie ein Nichts? Und, viel schlimmer noch, wie konnte sie in seinen Armen diese unbeschreibliche Lust empfinden?

Die Musik strebte einem wilden Crescendo zu und verstummte dann unvermittelt. Während den Tänzern noch lebhaft applaudiert wurde, stand Olympia auf und suchte nach der Toilette. Damianos, sein Handy in der Hand, fing sie auf dem Weg dorthin ab. „Kiria Cozakis?", sprach er sie an. „Stimmt es, was ich gehört habe? Gregoris' Gepäck soll auf die ‚Aurora' gebracht werden, und die Angestellten sollen die Villa gegen Abend verlassen? Ist das nicht vielleicht ein Missverständnis?"

„Nein!" Alle Farbe war aus ihrem Gesicht gewichen.

„Aber Gregoris wollte …"

„Ich habe andere Pläne, Damianos."

Ungläubig betrachtete Damianos sie. Doch ihre Miene ließ keinen Zweifel daran, dass sie meinte, was sie sagte.

„Er wird außer sich sein", warnte er.

Olympia nickte nur. Daraufhin verschwand er mit hoch erhobenem Kopf im Gedränge der Hochzeitsgesellschaft. Er würde Gregoris bestimmt nichts verraten, denn damit würde er zugeben müssen, dass er seine Nase in Angelegenheiten gesteckt hatte, die ihn gar nichts angingen.

Jetzt kam Gregoris, gefolgt von Markos und Samantha, auf sie zu. Er legte ihr den Arm um die Schultern und zog sie an sich. „Ich habe dich vernachlässigt", gestand er und küsste sie aufs Haar.

Er war also mit ihrem Benehmen einverstanden. Aber warum auch nicht? Sie hatte akzeptiert, dass die Männer auf einer griechischen Feier im Vordergrund standen, und nicht versucht, seine Aufmerksamkeit zu beanspruchen. Sie hatte ihm, wie es sich gehörte, bewundernd zugesehen und sich artig mit Samantha unterhalten. Gregoris ist mit mir zufrieden, dachte sie, als sie in den Geländewagen stieg. Er hatte ja auch nicht den blassesten Schimmer, was ihn in der Villa erwartete.

Zwanzig Minuten später hatten sie Markos und Samantha zum Hubschrauber gebracht und gingen zurück ins Haus. Olympia griff in ihre Handtasche und tastete nach dem Zeitungsausschnitt und den Fotos. Gregoris ging nur einen Schritt hinter ihr …

9. KAPITEL

Gregoris zögerte kurz, hängte dann jedoch eigenhändig sein Jackett an die Garderobe, da niemand vom Personal zu sehen war. Suchend blickte er sich um. „Was ist denn hier los? Man hat ja das Gefühl, allein auf weiter Flur zu sein.“

„Dein Gefühl täuscht dich ausnahmsweise einmal nicht. Ich habe der gesamten Dienerschaft den Rest des Abends freigegeben.“

Er runzelte die Stirn. „Hoffentlich kannst du kochen, ich habe nämlich noch Hunger.“

„Gregoris ...“

„Warum gehst du nicht schon in die Küche?“ Gregoris deutete in die betreffende Richtung. „Ich möchte vor dem Essen noch duschen.“ Er ging zur Treppe.

„Du kannst auf der ‚Aurora‘ duschen“, teilte Olympia ihm mit. „Denn dort sind auch deine Sachen.“

„Olympia, bist du verrückt geworden?“

„Nein, aber ich habe dies heute Morgen erhalten.“ Sie hielt ihm den zerknitterten Zeitungsausschnitt hin. „Wenn du mir trotzdem Vorwürfe machen möchtest, weil ich dich beim Mittagessen nicht mit dem nötigen Respekt behandelt habe, dann tu es bitte jetzt.“

Gregoris senkte den Blick und machte keinerlei Anstalten, sich näher anzusehen, was sie ihm zeigte.

„Du warst also den ganzen Tag über nicht ehrlich zu mir!“, beschuldigte er sie. „Aber jetzt möchte ich endlich duschen. Das bedeutet, dass dir ganze fünfzehn Minuten bleiben, meine Sachen wieder ins Haus zu schaffen. Also beeil dich, sonst kannst du was erleben.“

Wie gelähmt stand Olympia da, während er seelenruhig die Treppe hinaufging. Doch plötzlich schlug ihr Frust in Wut um. Sie lief hinter Gregoris her, erreichte vor ihm die obere Etage und warf ihm Zeitungsausschnitt und Fotos vor die Füße. „Da! Du und diese falsche Schlange! Weißt du jetzt, was los ist?“

„Falsche Schlange?“, wiederholte er und bückte sich nach den Fotos. „Wovon sprichst du eigentlich?"

Das war zu viel für sie. Sie schlug zu. Sie hatte es nicht geplant, ihre Wut ging mit ihr durch, und sie boxte blindlings auf ihn ein. Gregoris war so überrascht, dass er fast das Gleichgewicht verloren hätte und sich am Treppengeländer festhalten musste. Er besann sich jedoch schnell, packte ihre Handgelenke und hielt sie so fest, dass sie sich nicht mehr rühren konnte.

„Olympia, bist du jetzt völlig von Sinnen? Was geht es dich an, mit wem ich vor unserer Hochzeit geschlafen habe?"

Olympia bebte am ganzen Körper. Viel schlimmer noch als der Schock über ihr eigenes Verhalten war die Erkenntnis, dass Gregoris sich für unschuldig und sie für übergeschnappt hielt! „Vor unserer Hochzeit? Für wie dumm hältst du mich eigentlich? Du warst in der Woche *nach* unserer Hochzeit bei ihr!" Ihre Stimme überschlug sich fast.

Schweigend gab er sie frei und hob Fotos und Zeitungsausschnitt vom Boden auf. Die Aufnahme, die nicht abgedruckt war, betrachtete er besonders eingehend. „Wo hast du die Bilder her?", fragte er scharf.

„Von der falschen Schlange!"

Gregoris blieb gelassen. „Bitte mäßige dich, Olympia. Atme tief durch, und erzähl mir die Geschichte von Anfang an."

„Behandle mich bitte nicht wie ein kleines Kind, Gregoris, aus *dieser* Geschichte kannst du dich nämlich nicht herausreden." Olympia berichtete ihm von der Schmiererei auf dem Spiegel und von der Illustrierten, die sie in der Hochzeitsnacht an Bord der „Aurora" erwartet hatten.

„Und diese Fotos?" Der harte Zug um seinen Mund war immer noch nicht verschwunden.

„Jemand muss sie mir gestern in die Handtasche gesteckt haben."

Gregoris zerknüllte die Aufnahmen und ließ sie achtlos wieder fallen. Dann wandte er sich ab und eilte die Treppe hinunter. Zielstrebig ging er zu seinem Jackett, zog das Handy aus der Tasche, wählte und gab einige kurze Befehle auf Griechisch.

„Mit wem hast du gesprochen?“, fragte Olympia, die sich immer noch am Treppengeländer festhielt.

„Mit Damianos. Er wird sich der Sache annehmen und den Schuldigen finden. Diese Verletzung unserer Privatsphäre werde ich nicht ungestraft durchgehen lassen.“ Er betrachtete sie grimmig. „Du hättest mir das sofort sagen sollen! Warum hast du damit so lange gewartet? Es ist einfach ungeheuerlich, dass sich einer meiner Leute derart illoyal verhält! Kein Wunder, dass du so … so betrübt bist.“

„Ich bin nicht betrübt, Gregoris! Ich bin wütend, so wütend, dass …“

„Dass du schlagen, aber nicht mehr zielen kannst. Das kann ich dir von ganzem Herzen nachempfinden. Du bist sehr griechisch, wenn du wütend bist.“ Jetzt lächelte er sogar. „Ich verstehe dich, Olympia. Ich entschuldige dein Verhalten unseren Gästen gegenüber nicht nur, sondern bewundere dich, weil du mir gegenüber nicht ausfallend geworden bist.“

„Glaubst du, mit Komplimenten könntest du mir Sand in die Augen streuen?“

„Die Fotos wurden vor gut einem Jahr gemacht“, klärte Gregoris sie auf. „Leider erfuhr ich von ihrer Existenz erst, als eins davon in der Regenbogenpresse veröffentlicht wurde. Ich habe die besagte Woche *nicht* mit einer Frau verbracht, Olympia! Und was den Zeitungsartikel betrifft, so mussten sich die Redakteure entschuldigen und eine Gegendarstellung drucken. Ich habe die Angelegenheit mit meinen Rechtsanwälten besprochen und nicht mit dir, weil ich deine Gefühle schonen wollte.“

„Meine Gefühle?“, fragte Olympia leise.

„Ja, ich wollte nicht, dass du dich durch dieses unseriöse Blatt beleidigt oder verletzt fühlst. Und ich möchte dir noch etwas anderes sagen.“ Er runzelte die Stirn. „Ich bin überzeugt, dass dies *nicht* Giseles Werk ist.“

Sie zuckte nur die Schultern. „Natürlich nicht.“

„Du tust ihr unrecht, Olympia. Gisele ist nicht nachtragend, und wir haben uns in bestem Einvernehmen getrennt. Aber wer könnte es sonst gewesen sein? Wer könnte ein Interesse daran haben, dich zu beleidigen?"

„Katerina …", sagte sie spontan.

Gregoris biss sich auf die Lippe. „Mach dich nicht lächerlich!"

„So?" Ihre Wut flammte erneut auf. „Woher weiß ich denn, dass *du* die Wahrheit sagst? Du kannst den Fotografen bestochen haben, dass er ein falsches Datum für die Aufnahmen angibt, du könntest der Zeitung damit gedroht haben, sie in einen langen und kostspieligen Prozess zu verwickeln, wenn sie den Artikel nicht widerruft! Fotos haben kein Datum wie eine Zeitung, und wenn sie die einzigen Beweisstücke waren, was konnte der für den Artikel verantwortliche Redakteur sonst tun, als sich deinen Forderungen zu beugen?"

„Du bezichtigst mich also der Lüge …" Ungläubig sah er sie an.

„Du hast mich vor der Hochzeit gewarnt, dass du dich benehmen würdest, wie es dir passt", erinnerte Olympia ihn ausdruckslos.

„Wenn ich das täte, würdest du mir jetzt zu Füßen liegen und um Gnade bitten!", fuhr er sie so heftig an, dass sie erschrocken aufblickte. „Wie kannst du es wagen, an meinem Wort zu zweifeln?"

„Wird ein Mann *einmal* erwischt, ist es peinlich, wird er *zweimal* erwischt, ist es für mich der Beweis, dass er ein Frauenheld ist. Und mit so einem Typen möchte ich nicht verheiratet sein."

„*Zweimal?*" Gregoris kam auf sie zu.

„Vor zehn Jahren war ich noch dumm genug, dir abzunehmen, dass dir im Nachtclub jemand etwas in den Drink geschüttet hätte. Aber so naiv, dir einen ähnlichen Schwachsinn ein zweites Mal zu glauben, noch dazu, wo es diese magere Schnepfe betrifft, bin ich nun wirklich nicht!"

„Für dich steht die Geschichte mit Gisele in Zusammenhang …"

„Ja, Gregoris. Du hast mir nicht geglaubt, als ich abgestritten habe, dass ich etwas mit Lukas hatte. Allen hast du zugehört, nur mir nicht. Du hast mir damit gedroht, mich eigenhändig umzubringen, wenn so etwas noch einmal passieren würde. Du hast mich abgewiesen, als ich dir die Zusammenhänge erklären wollte! Du …"

„Da wären wir also wieder bei unserem Lieblingsthema: Was geschah damals auf dem Parkplatz? Ich fasse es nicht!" Mit beiden Händen strich er sich verzweifelt durchs Haar.

„Ich vertraue dir nicht, weil du mir nicht vertraust. Ich vertraue dir nicht, weil wir keine richtige Ehe führen, sondern einen Vertrag abgeschlossen haben. Ich …"

„Du hältst jetzt den Mund und hörst mir erst einmal zu", unterbrach er sie unbeherrscht.

Olympia schüttelte den Kopf und fuhr unbeirrt fort: „Ich für meinen Teil habe die Bedingungen des Vertrags erfüllt."

„Wenn du das Wort Vertrag noch einmal erwähnst …"

„Ich bin schwanger und verlange, dass du sofort dieses Haus verlässt. Also!"

Gregoris erstarrte. Reglos und ohne ein Wort zu sagen, blickte er in ihr blasses und angespanntes Gesicht. „Du bist schwanger?", wiederholte er dann ungläubig. *„Schon?"*

„Du hast schließlich keine Mühe gescheut, oder?" Um ihre wahren Gefühle nicht zu zeigen, wurde sie zynisch.

Er sah sie unverwandt an, und sein Blick wurde weich. „Du bist so durcheinander, dass du nicht mehr weißt, was du sagst. Theos mou … Du bist schwanger", sagte Gregoris jetzt zufrieden und mit typisch männlichem Stolz. „Du unverantwortliches kleines Dummchen, du hättest dir wehtun können, als du auf mich losgegangen bist!"

Olympia konnte ihn nur verwirrt anblicken und schlucken.

So vorsichtig, als wäre sie zerbrechlich, hob er sie hoch. „Du darfst dich wirklich nicht so aufregen. Du solltest dich hinlegen und dich entspannen. Denk an das Baby!" Während sein plötzlicher Sinneswandel ihr noch die Sprache verschlug, trug Gregoris sie schon den Flur entlang zum Schlafzimmer.

„Gregoris, ich habe dich gebeten zu gehen!"

„Das meinst du doch gar nicht so, Olympia." Er legte sie aufs Bett. „Du bist einfach nur hysterisch."

Mit einem Satz sprang sie aus dem Bett. „Ich bin *nicht* hysterisch!“, hielt sie ihm entgegen.

„Gut, dann eben nicht – darüber werde ich mit dir nicht streiten. Du bist außer dir, und das ist auch verständlich, denn du hast bestimmt Recht. Wahrscheinlich ist Gisele wirklich eine falsche Schlange, und ich habe es nur nicht gemerkt.“ Beruhigend streichelte er ihre Hände.

Olympia bebte vor Wut. „Du bildest dir wohl ein, jetzt hättest du mich da, wo du wolltest! Freu dich aber nicht zu früh! Mein Großvater kümmert sich nun um meine Mutter, so dass du mich nicht mehr erpressen kannst! Und wenn *du* nicht mit der ‚Aurora‘ abreist, dann werde *ich* es tun!“

„Die ‚Aurora‘ ist nicht startklar, denn die Mannschaft hat frei. Nur der Hubschrauber ist einsatzbereit.“

„Dann nimm den! Ich will nur, dass du endlich verschwindest!“

„Ich hasse es zwar, mich auf dies Niveau hinabzubegeben, Olympia, aber wenn das wirklich dein Wunsch ist, warum hast du dich mir dann heute Mittag so hemmungslos hingegeben?“

Ihr brannten die Wangen. „Das war bloß Sex! Mir war gerade danach, und da habe ich dich benutzt.“

Gregoris senkte den Blick, antwortete jedoch nicht.

„Du glaubst wohl, ich wäre verrückt nach dir“, höhnte sie. „Bildest du dir denn wirklich ein, ich würde echte Gefühle für einen Mann hegen, der mich nur geheiratet hat, um an das Geld meines Großvaters zu kommen?“

Sprachlos sah er sie an.

„Du bist so verkommen“, redete sie mit ungebrochener Wut weiter. „Du tust schrecklich vornehm und erhaben, dabei heiratest du eine Frau, die du für ein Flittchen hältst, um dir das Wirtschaftsimperium der Manoulis’ unter den Nagel zu reißen.“

Gregoris war aschfahl geworden, und sein Blick wirkte leer. Er wandte sich ab und verließ den Raum.

„Komm ja nicht zurück!“, rief Olympia ihm mit bebender Stimme hinterher.

Sie ließ sich aufs Bett fallen. Tränen standen ihr in den Augen, und statt sich erleichtert zu fühlen, war sie noch verzweifelter als vorher. Was war, wenn das, was er von sich und Gisele erzählt hatte, stimmte? Aber wie konnte sie Gregoris glauben, wenn er ihr nicht vertraute? Und warum hatte er das Wort Vertrag nicht mehr hören wollen?

Ganze vier Wochen hatte er Zeit gehabt, zu sagen, dass er seine Meinung geändert hätte. Er hatte es *nicht* getan. Sie, Olympia, hatte auch ihren Stolz.

Gregoris hatte sie vor zehn Jahren tief verletzt. Jetzt war sie diejenige, die ihn verletzte. Morgen, wenn sie erst einmal gründlich ausgeschlafen und gefrühstückt hatte, würde sich bestimmt die ersehnte Befriedigung darüber einstellen.

Fünf Tage später kam Gregoris' Bruder überraschend zu Besuch. Olympia begrüßte ihn im Salon.

Kopfschüttelnd betrachtete Perikles ihre verweinten Augen und die gerötete Nase. „Du siehst schlecht aus, liebe Schwägerin. Ich müsste lügen, wenn ich etwas anderes behaupten würde."

Olympia traute sich nicht, zu antworten, weil sie Angst hatte, sofort wieder in Tränen auszubrechen. Sie schluckte nur.

„Du weinst, und Gregoris hat eine Laune, dass jeder, der es sich erlauben kann, ihm aus dem Weg geht."

„Wo ist er denn?"

„In Athen, er arbeitet. Er wohnt in seiner eigenen Wohnung und nicht bei uns zu Hause. Meine Mutter hat eine Andeutung gemacht, dass eure Ehe ja wohl ein großer Fehler sei. Daraufhin hat Gregoris sie das erste Mal in seinem Leben angeschrien. Als mein Vater sie daraufhin in Schutz genommen hat, wäre es beim Abendessen beinah zu einem handfesten Familienkrach gekommen. Du siehst, auch wir sind alles andere als glücklich."

„Das ist nicht meine Schuld", verteidigte sie sich.

„Darf ich mich setzen, oder gehöre ich jetzt zur Gegenpartei?"

Olympia errötete. „Ich muss mich für meine Umgangsformen entschuldigen, Perikles. Setz dich bitte. Darf ich dir auch etwas zu trinken anbieten?“

„Nein, danke. Schenk mir nur fünf Minuten deiner Zeit. Gregoris weiß nicht, dass ich hier bin. Wahrscheinlich würde er mir dafür den Kopf abreißen.“

„Perikles, du musst verstehen, dass ich nicht hinter seinem Rücken über ihn reden möchte.“

„Aber du kannst mir wenigstens zuhören. War es dieser Zeitungsartikel kurz nach eurer Hochzeit, worüber ihr euch gestritten habt? Du brauchst nicht zu reden, nur zu nicken oder den Kopf zu schütteln.“

Sie nickte erst und schüttelte dann den Kopf. So gern sie sich auch jemandem anvertraut hätte, es schien ihr nicht fair, gerade Gregoris' Bruder ihr Herz auszuschütten.

Perikles gab nicht auf. „Okay. Nachdem er dich verlassen hatte, verbrachte mein lieber Bruder die ersten fünf Tage in einem einsamen Chalet in der Schweiz, um sich ungestört bis zur Besinnungslosigkeit betrinken zu können.“

Verblüfft sah sie ihn an.

„Dort habe ich ihn nämlich aufgespürt, als ich ihn auf der ‚Aurora‘ nicht erreichen konnte, um ihn vor dem besagten Zeitungsbericht zu warnen. Gregoris war wirklich nicht sehr erbaut darüber, dass ich ihn in seinem Versteck aufgestöbert hatte.“

„Hatte er sich denn *allein* versteckt?“, fragte Olympia ihn misstrauisch.

„Natürlich nicht. Nie würde ihn Damianos in so einer Situation allein lassen. Da Damianos jedoch überzeugter Antialkoholiker ist, war die Stimmung im Chalet nicht gerade harmonisch. Gregoris trank, und Damianos schenkte ihm mit missbilligender Miene eine Tasse Kaffee nach der anderen ein.“

„Und warum hat er sich betrunken?“

„Um ‚etliche Probleme zu lösen‘ – das ist ein wörtliches Zitat.“

„Mit dieser Floskel hat er mich auch abgespeist.“ Sie ließ die Schultern sinken.

Perikles betrachtete sie eine ganze Weile, bevor er weitersprach. „Er wurde aber sehr schnell nüchtern, als ich ihm von dem Pressebericht erzählte. Den letzten Tag verbrachte er dann mit endlosen Telefongesprächen mit seinen Anwälten. Er hatte also weder die Gelegenheit, Gisele leidenschaftlich am Pool zu lieben, noch wäre er bei all dem Alkohol dazu in der Lage gewesen."

Olympia errötete. „Du bist sein Bruder und du würdest für ihn lügen."

„Nein. Wenn er bei Gisele gewesen wäre, hätte ich mich da rausgehalten, denn es wäre allein eure Angelegenheit gewesen. Lass es dir gesagt sein, Olympia, weder jetzt noch vor zehn Jahren hat Gregoris eine Frau angesehen, wenn du bei ihm warst."

Nun konnte sie sich nicht länger beherrschen, und die Tränen liefen ihr über die Wangen. „Vielen Dank für deine Hilfe, Perikles, aber für Gregoris und mich ist es zu spät." Sie musste schluchzen. „Vor langer Zeit ist etwas passiert, das unsere Beziehung immer vergiften wird. Um ehrlich zu sein, habe ich Gregoris ... rausgeworfen. Ich habe meine Worte absichtlich so gewählt, dass ihm keine andere Möglichkeit blieb, als zu gehen."

Perikles sah sie erwartungsvoll an, doch sie schüttelte den Kopf. „Mehr werde ich nicht verraten. Bleibst du zum Essen?" Sie hätte sich über seine Gesellschaft aufrichtig gefreut.

„Ich muss zurück, um keinen Verdacht zu erregen", antwortete er und stand auf.

„Du bist so anders als Gregoris." Olympia gab ihm zum Abschied einen Kuss auf die Wange.

„Ich bin ja auch das Nesthäkchen. Meine Eltern hatten die Hoffnung auf ein zweites Kind schon längst aufgegeben, als ich kam. Entsprechend haben sie sich gefreut und mich nach Strich und Faden verwöhnt."

„Gregoris nicht?"

„Nein. Gregoris wurde sogar sehr streng erzogen. Schon wenn er als Kind Angst im Dunkeln hatte, sagte man ihm, er habe sich wie ein

Mann zu benehmen. Bei mir wurde das Licht angelassen, die Tür einen Spaltbreit geöffnet, und meistens kam auch noch mein Vater, um mir eine zusätzliche Gutenachtgeschichte zu erzählen." Er verzog gespielt verzweifelt das Gesicht. „Ich wurde nie auf Leistung getrimmt, kam nicht wie Gregoris aufs Internat und musste nicht zum Militär."

Das Gespräch, das sie mit Perikles geführt hatte, beschäftigte Olympia noch eine ganze Zeit. Es schien der endgültige Beweis dafür zu sein, dass Gregoris ihr wirklich nicht untreu gewesen war.

Rückblickend erkannte sie, dass Gregoris zu keinem Zeitpunkt schuldbewusst gewirkt hatte. Sein ganzes Interesse hatte der Frage gegolten, wie sie an die Fotos gekommen war und wer von den Angestellten sich illoyal verhalten hatte. Es hätte ihr eigentlich schon früher auffallen müssen, doch dazu war sie zu verbittert gewesen. Da er nicht hatte hören wollen, was sie zu Katerina und Lukas zu sagen hatte, hatte sie nicht mehr klar denken können.

Außerdem hatte er sie immer stärker verunsichert. Einerseits hatte er sie während der Zeit auf der „Aurora" unbeschreiblich glücklich gemacht, andererseits hatte er seine mittelalterlichen Auffassungen von Ehre und Rache nie überwinden können. So hatte sie überspannt reagiert und ihn hinausgeworfen.

Gregoris war noch nicht durch die Tür gewesen, da hatte sie ihren Entschluss schon bereut – sie war nur zu verbohrt gewesen, es sich einzugestehen. Die ganze Nacht hatte sie geweint und nur daran denken können, wie glücklich und stolz er gewesen war, als er von dem Baby erfahren hatte.

Am meisten aber machte ihr etwas zu schaffen, was Perikles eher am Rande erwähnt hatte. Die Bemerkung seiner Mutter, dass die Ehe wohl ein Fehler gewesen sei, setzte voraus, dass Gregoris seine Eltern über seine Eheprobleme informiert hatte. Dachte er jetzt doch an Scheidung? Die Vorstellung war einfach schrecklich.

Die Telefongespräche, die Olympia fast täglich mit ihrer Mutter führte, konnten sie auch nicht trösten. Ganz im Gegenteil, sie belasteten ihr Gewissen zusätzlich, denn auch Irini gegenüber war sie nicht ganz ehrlich gewesen. Sie hatte ihr lediglich erzählt, dass Gregoris geschäftlich in Athen wäre.

Daher griff Olympia nur recht halbherzig zum Hörer, als ihr nachmittags das Telefon gebracht wurde. Es war jedoch nicht ihre Mutter, die sich meldete.

„Hallo, Olympia, hier ist Gregoris."

Seine Stimme klang so ausdruckslos, dass Olympia Angst bekam. „Gregoris, du bist doch nicht krank?", fragte sie besorgt.

„Mir geht es nicht gut", antwortete er ausweichend. „Ich lasse dich mit dem Hubschrauber abholen. Wir sehen uns dann um acht in Athen."

„Gregoris …" Sie konnte nur mit Mühe sprechen und musste schon wieder mit den Tränen kämpfen. „Ich bin so verzweifelt."

„Du hast bekommen, was du wolltest. Du hast meine Villa, du hast mein Baby – und du bist mich los."

„Aber ich will *dich!*" Jetzt weinte sie doch.

Gregoris schwieg. Schließlich räusperte er sich, sagte aber immer noch nichts, und ihre Hoffnung schwand.

„Ich weiß nicht, was ich darauf antworten soll", erwiderte er endlich zögernd.

„Macht nichts … Es ist mir auch egal … Wirklich!" Blind vor Tränen, stopfte Olympia das Telefon unter die Sofakissen, damit sie das ständige Klingeln nicht mehr hörte.

Das war das Ende. Genau wie Gregoris es ihr vorhergesagt hatte, war sie offenen Auges in ihr Verderben gerannt. Sie hatte die Beziehung, die sie beide während der vergangenen Wochen aufgebaut hatten, mutwillig zerstört, und eine gemeinsame Zukunft war nun nicht mehr möglich.

Es klopfte, und die Haushälterin erschien, um ihr ein anderes Telefon zu bringen. Widerstrebend nahm Olympia es entgegen.

„Olympia?", fragte Gregoris rau.

„Wir sehen uns dann um acht, Gregoris. Dass ich dich will, habe ich übrigens nur wegen des Babys gesagt", erklärte sie.

Es knackte, und die Leitung war tot. Olympia bereute ihre Unaufrichtigkeit sofort. Gregoris hatte es nicht verdient, belogen zu werden, nur damit sie das Gesicht wahren konnte.

Als Olympia aus dem Hubschrauber stieg, stellte sie entsetzt fest, dass sich Gregoris nicht in seiner Wohnung, sondern in der Villa seiner Eltern mit ihr treffen wollte. Ein Diener in schwarzem Anzug brachte sie in die imposante Eingangshalle, die mit ihren vielen antiken Büsten eher einem Museum ähnelte. Sie fühlte sich wieder genauso befangen wie vor zehn Jahren, als Gregoris sie das erste Mal seinen Eltern vorgestellt hatte.

Plötzlich wünschte sie, sie wäre wieder der siebzehnjährige Teenager, allerdings mit ihrer jetzigen Lebenserfahrung. Dann würde ihrem Glück nichts mehr im Wege stehen.

„Olympia …"

Olympia drehte sich um und erblickte Gregoris, der im Türrahmen stand und sie beobachtete. Sie hielt den Atem an, ihr Herz setzte einen Schlag aus, um dann wie wild zu rasen. Er wirkte so vertraut und doch stolz und unnahbar.

„Es gibt da einige Dinge, die zu besprechen wären …"

Erst jetzt fiel ihr auf, wie blass und müde er aussah. Zwei Falten zeichneten sich zwischen seiner Nase und seinen Mundwinkeln ab, und er hatte abgenommen.

Gregoris führte sie in die Bibliothek. „Zuerst möchte ich dir sagen, dass alle Ausfertigungen unseres Ehevertrags vernichtet worden sind."

Das machte sie auch nicht glücklicher. Es zeigte nur, dass er ein schlechtes Gewissen hatte und sie abfinden wollte. Sie würde trotzdem eine geschiedene Frau sein, wenn auch eine sehr reiche.

Er nahm ihre Hand. „Du hast mir vorgeworfen, ich hätte dich aus Machtstreben und Geldgier geheiratet. Darauf konntest du nur kommen, weil ich dir über das, was ich mit Spyros vereinbart hatte, nicht die Wahrheit gesagt habe. Ich bin nur sein Geschäftsführer, Eigentümer mit voller Verfügungsgewalt ist nach wie vor er selbst."

Das begriff sie nicht. „Aber ..."

„Spyros wollte es nicht, aber ich habe darauf bestanden, weil ich erwartet habe, dass unsere Ehe mit einer Scheidung endet."

Das verstand sie. Olympia wurde blass. Gregoris hatte sich nur an ihr rächen, nicht bereichern wollen. Und Spyros konnte sich so auch nicht hintergangen fühlen, weil er durch die Scheidung keine materiellen Nachteile hatte.

„Und ein letzter Punkt, der wahrscheinlich der wichtigste ist." Gregoris zögerte. „Ich habe lange dafür gebraucht, aber ich weiß jetzt, dass ich die Geschichte mit Lukas völlig überbewertet habe."

Erstaunt sah sie ihn an.

„Du hast mich im Nachtclub mit meiner Exfreundin gesehen und dich dafür an mir gerächt – so jedenfalls habe ich es damals interpretiert." Er sprach leise und verbittert. „Ich hatte dich in meiner Vorstellung verklärt, und als du dich wie eine Frau aus Fleisch und Blut benommen hast, war ich schockiert und fühlte mich verraten. Zehn lange Jahre habe ich diese Gefühle dann gehegt. Als du zu mir ins Büro gekommen bist, war ich, was Lukas und dich angeht, immer noch auf dem Niveau eines Neunzehnjährigen. Ich habe mich wie ein Halbwüchsiger und nicht wie ein Mann benommen. Ich möchte, dass du das verstehst."

Damit hatte sie nicht gerechnet. Gregoris war endlich ehrlich ihr gegenüber. Er schien ihr zu verzeihen, was sie nie getan hatte, er schien sogar an ihrer Schuld zu zweifeln. Doch mit seiner nächsten Frage überraschte er sie noch mehr.

„Du hast gesagt, dass du mich ..." Er schluckte und atmete schwer. Der selbstsichere, durch nichts zu beeindruckende Gregoris Cozakis schien noch befangener als sie zu sein!

„Ich habe gesagt, dass ich dich zurückwill", half sie ihm aus der Verlegenheit.

Gregoris atmete auf, als würde ihm eine schwere Last von den Schultern fallen. Glücklich lächelnd schloss er sie in die Arme, und sie spürte, dass sein Herz hämmerte, als hätte er gerade einen Marathonlauf hinter sich. Zärtlich streichelte er ihre Wange, sah sie dann jedoch traurig an.

„Katerina und dein Großvater sind hier."

Unwillkürlich stieß Olympia einen kleinen Schrei aus, so entsetzt war sie.

„Lukas ist ja leider nicht mehr erreichbar, aber sonst habe ich alle Personen eingeladen, die irgendwie mit unserer geplatzten Verlobung zu tun hatten", fuhr er fort, als er sie durch die Halle zum Wohnraum führte. „Das wissen sie natürlich nicht, sie haben sich bei der Einladung zum Abendessen nichts gedacht. Sie werden völlig überrascht über dein Erscheinen sein. Genauso ist es auch geplant."

10. KAPITEL

Fünf Augenpaare blickten Olympia entgegen, als Gregoris ihr die Wohnzimmertür öffnete. Nur zwei Menschen schienen sich über ihr Erscheinen wirklich zu freuen. Spyros Manoulis lächelte zufrieden, und Perikles zwinkerte ihr verschwörerisch zu.

Achilles und Alexandra Cozakis verspannten sich sichtlich, und Katerina blickte erst erschrocken, um dann unnatürlich heiter zu lächeln. Olympia setzte sich, nachdem ihr Großvater sie zur Begrüßung herzlich umarmt und die anderen ihr mehr oder weniger freundlich die Hand gereicht hatten.

Gregoris ging zum Kamin und stützte einen Ellbogen auf den Sims. „Ich möchte euch eine Geschichte erzählen", begann er ruhig.

Alle sahen ihn zuerst nur neugierig an, hörten dann jedoch aufmerksam zu. Olympia wäre vor Scham am liebsten im Boden versunken, als er von der Schmiererei auf dem Spiegel berichtete, dem Zeitungsartikel, den er ihr hatte verheimlichen wollen, und den Fotos, die man ihr in die Handtasche gesteckt hatte.

„Was für eine hinterhältige und gewissenlose Frau", empörte sich Alexandra Cozakis voller Mitgefühl für ihren Sohn.

„Jetzt weiß ich wenigstens, warum ich schon immer etwas gegen Gisele Bonner hatte", überlegte Perikles laut.

„Nein, wie *schrecklich* für dich!" Katerina betrachtete Olympia mitleidig.

„Wer mag wohl hinter diesen Gemeinheiten gesteckt haben?", fragte Gregoris und blickte nachdenklich vor sich hin. Seine Gäste schwiegen betroffen, denn sie konnten mit der Frage nichts anfangen, da der Täter für sie längst feststand.

„Es war *nicht* Gisele", behauptete er und zog einen Briefumschlag aus der Tasche. „Es war ein Mitglied unserer Familie, jemand, dem wir vertrauten und den wir respektierten."

Olympia blickte zu Katerina, die aschfahl geworden war.

„Du hättest deine Spuren besser verwischen sollen, Katerina. D
mianos ist dir sehr schnell auf die Schliche gekommen." Gregoris leg
den Umschlag auf den Sims.

Der Aufruhr, den diese Aussage verursachte, hätte nicht größer sein können. Alle redeten aufgeregt durcheinander, und Katerina bekam einen Weinkrampf. Doch Gregoris verschaffte sich mit nachdrücklicher Stimme wieder Gehör und rekonstruierte das Geschehen Punkt für Punkt.

Die Woche vor der Hochzeit hatte Katerina mit Alexandra und Achilles auf der „Aurora" verbracht und Olympias zukünftiges Mädchen bestochen, den hinterhältigen Plan auszuführen. Gregoris reichte den Briefumschlag seinem Vater. „Katerina und Olympias Mädchen standen während unserer Flitterwochen in ständigem Kontakt. Katerina flog dann nach Spanien, um ihr die Fotos zu überreichen – das wurde von einem Besatzungsmitglied beobachtet. Auch der Fotograf, von dem sie die Aufnahmen kaufte, hat Katerina anhand eines Bildes identifiziert."

„Warum sollte ich wohl eine derartige Abscheulichkeit begehen?" Katerina schluchzte herzzerreißend.

„Weil es deine Art ist." Olympia war aufgestanden und ging auf Katerina zu. „Du hast uns ja auch damals auseinandergebracht."

„Ich weiß nicht, wovon du redest!"

„Und ob du das weißt!", mischte sich Gregoris ein. „Du hast geschworen, Olympia und Lukas hätten in meinem Auto miteinander verkehrt! Warum hast du das getan, Katerina?"

Katerina senkte den Kopf, schwieg jedoch verbissen. Spyros stand auf und führte Olympia zu ihrem Sessel zurück.

„Sie war in dich verliebt", brach Olympia schließlich das Schweigen. „Sie wollte mich ausschalten, weil sie mich als ihre Rivalin betrachtete."

„Was für eine Rolle hat Lukas bei dieser Verschwörung gespielt?", erkundigte sich Gregoris dann.

Ihre Züge wurden starr, und Katerina schwieg.

…usste sich betrinken, um mitspielen zu können“, erklärte …se. „Er hat es nur getan, weil er befürchtete, nach einer Fu- …ozakis und Manoulis wäre das Unternehmen seiner Familie …nr konkurrenzfähig.“

…atürlich!“ Gregoris fasste sich an die Stirn. „Da hätte ich doch …allein drauf kommen müssen!“

„Ich bestelle dir jetzt ein Taxi, Katerina.“ Achilles Cozakis ging …n auf seine Nichte zu. „Wir möchten dich in diesem Haus nicht …nehr sehen.“

„Selbst auf der Hochzeitsfeier konntest du es nicht lassen, infame Lügen über Olympia zu verbreiten!“, fuhr Gregoris Katerina so heftig an, dass alle erschrocken den Atem anhielten.

Daraufhin sprang Katerina wie eine Besessene auf und rannte mit verzerrtem Gesicht zur Tür, wo sie sich noch einmal umdrehte. „Du hättest mich zur Frau haben können! Stattdessen hast du dir eine Schlampe aus den Hinterhöfen Londons ausgesucht. Du hast bekommen, was du verdienst!“

Olympia legte ihr Töchterchen in die Wiege. Alyssa hatte schwarze Locken und grüne Augen. Seit ihrer Geburt waren sich die Familien Manoulis und Cozakis sehr nahe gekommen.

Spyros kam regelmäßig zu Besuch. Er schien als Urgroßvater nachholen zu wollen, was er als Vater versäumt hatte. Als seine Kinder klein gewesen waren, hatte er für die Familie keine Zeit gehabt, weil ihm sein Unternehmen weitaus wichtiger gewesen war. Jetzt konnte er über den kleinsten Fortschritt in Alyssas Entwicklung in wahre Begeisterungsstürme ausbrechen.

Irini, deren Zustand sich mit den glücklichen Lebensumständen immer weiter verbessert hatte, war eine liebevolle Großmutter – obwohl sie ihr Herz inzwischen anderweitig verschenkt hatte.

Olympia musste lächeln, als sie daran dachte, wie fassungslos ihr Großvater reagiert hatte, als seine Tochter, die nun wirklich nicht mehr die Jüngste war, vergangenen Winter einen pensionierten Witwer kennen und lieben gelernt hatte. In wenigen Wochen würden für Sotiris und Irini die Hochzeitsglocken läuten.

Alexandra und Achilles Cozakis hatten sich wirklich alle Mühe gegeben, das Unrecht, das sie ihr angetan hatten, wiedergutzumachen, und Olympia hatte nun eine sehr harmonische Beziehung zu ihren Schwiegereltern.

Ein halbes Jahr nachdem die Wahrheit über ihre Intrigen ans Licht gekommen war, hatte Katerina Gregoris und ihr geschrieben. Sie bereute aufrichtig, was sie getan hatte, und versprach, sich nie wieder in ihre Ehe einzumischen. Inzwischen war sie zu ihrer ältesten Schwester nach London gezogen, um ein neues Leben zu beginnen.

Am Jahrestag der Hochzeit, die unter so unglücklichen Vorzeichen zustande gekommen war, trübte nicht mehr das kleinste Wölkchen Olympias Glück. Die Familie hielt zusammen, sie hatte eine wunderbare Tochter und einen Ehemann, den sie von Tag zu Tag mehr liebte.

Ihren Hochzeitstag wollten Olympia und Gregoris allein feiern. Sie hatten so viele gesellschaftliche Verpflichtungen, dass ein Abend zu Hause etwas ganz Besonderes für sie war.

Olympia spielte mit ihrem Brillantcollier und lächelte versonnen. Früher hatte sie stets behauptet, kostbarer Schmuck würde nicht zu ihr passen. Doch sie hatte gelernt, sich mit Gregoris' Augen zu sehen und ihre alten Minderwertigkeitskomplexe zu überwinden. An diesem Abend blickte ihr eine selbstbewusste Frau aus dem Spiegel entgegen. Sie hatte dunkles und außergewöhnlich langes Haar – Gregoris hatte seine Vorstellungen durchgesetzt – und trug ein elegantes Designerkleid, das ihre üppigen Rundungen noch verführerischer erscheinen ließ.

„Atemberaubend!“, hörte sie Gregoris sagen, der hinter sie getreten war. Als er ihren Nacken küsste, schmiegte Olympia sich an ihn. Über ihre Schulter hinweg betrachtete er liebevoll seine schlafende Tochter. „Sie ist das schönste Baby der Welt“, sagte er stolz. „Weißt du eigentlich, was mein erster Gedanke war, als du mich vor einem Jahr aus dem Haus geworfen hast?“

„Das hätte ich dieser einfallslosen grauen Maus gar nicht zugetraut?“, schlug sie neckend vor und drehte sich zu ihm um. Selbst nach einem Jahr schlug ihr Herz in seiner Nähe schneller, und erwartungsvoll sah sie ihn an.

„Nein. Ich dachte, was ist, wenn es ein Junge wird? Wird sie dann sagen: ‚Hier hast du deinen Sohn und Erben, und jetzt möchte ich die Scheidung‘?“ Gregoris lächelte gedankenverloren. „Ich habe ein Stoßgebet zum Klapperstorch geschickt, dass er uns erst einmal ein Haus voller Töchter bringen sollte.“

Olympia gefiel diese Vorstellung. Seine Worte zeigten ihr nämlich, dass er doch Angst gehabt hatte, sich in seinem eigenen Netz zu verfangen. Und das war ihm recht geschehen, denn der Ehevertrag, den er sich ausgedacht hatte, war schon eine Ungeheuerlichkeit gewesen. Doch immerhin hatte er dazu gedient, den Grundstein für eine glückliche Zukunft zu legen.

Gregoris zog sie an sich und küsste sie wie der erfahrene Liebhaber, der er war. „Ich liebe dich, agape mou“, sagte er ihr leise ins Ohr.

„Ich dich auch … Ich bin verrückt nach dir … Ich will dich mit Haut und Haaren für immer und ewig“, antwortete sie und errötete, weil sie spürte, wie ihr Verlangen erwachte. „Aber jetzt müssen wir zuerst essen!“

„Nur noch einen kleinen Kuss“, bat Gregoris, doch Olympia blieb hart, denn sie wusste nur zu gut, wohin es sonst führen würde.

Hand in Hand schlenderten sie auf die Terrasse mit dem herrlichen Blick über diese verschwiegene Bucht von Kritos, die Olympia vom ersten Tag an verzaubert hatte. Sie setzten sich an den festlich gedeckten Tisch und blickten einander an. Und wenn sie dem Essen nicht die gebührende Aufmerksamkeit widmeten, zwischen den Gängen ungeduldig wurden und auf den Kaffee verzichteten, so wunderte das keinen der Angestellten. Daran hatten sie sich längst gewöhnt.

– ENDE –

3 Romane in einem Band

Band-Nr. 15008
8,95 € (D)
ISBN: 978-3-89941-368-7
400 Seiten

Liebesreise nach Mallorca

Carole Mortimer
Zauber der Sonneninsel

Juliet genießt jede Sekunde mit dem leidenschaftlichen Liam auf Mallorca. Doch wird er auch dann noch zu ihr stehen, wenn der Zauber der Sonneninsel sie nicht länger umgibt?

Madeleine Ker
Wilde Rosen auf Mallorca

Nachts sind sie ein leidenschaftliches Paar, tagsüber erbitterte Gegner: Tomás plant angeblich ein Projekt auf der Insel, das die unberührte Natur zerstört – und Petra muss ihn aufhalten.

Sue Peters
Zärtliches Geständnis

Endlich hat Peter Adams das Herz der jungen Engländerin Vera erobert, da droht der brennende Neid einer Rivalin, seinen sehnlichsten Liebestraum zu zerstören.

MIRA®

3 Romane in einem Band

Band-Nr. 15011
8,95 € (D)
ISBN: 978-3-89941-375-5
432 Seiten

Liebesreise in 1001 Nacht

Michelle Reid
Ein Sohn für den Scheich
Leona liebt ihren Mann Scheich Hassan so sehr, dass sie ihn für sein vermeintliches Glück verlässt. Nur kann es für Hassan ohne sie kein Glück geben.

Lynne Graham
Der Wüstenpalast
In einem Palast in der Wüste erlebt Bethany was es bedeutet, von einem Mann aus vollem Herzen geliebt zu werden.

Sandra Marton
Der Falke des Nordens
Aufregender kann ein Abenteuer nicht sein: Erst wird die junge Joanna von Prinz Khalil entführt, und dann in seinem Wüstenpalast nach allen Regeln der Kunst umworben

MIRA®

Band-Nr. 15010
8,95 € (D)
ISBN: 978-3-89941-374-8
448 Seiten

Liebesreise in die Karibik

Catherine Spencer
Samtweiche Nächte
auf Bellefleure

Endlich traut Anne-Marie sich, Ethan ihre Liebe zu gestehen. Und scheint ihn damit von sich fort zu treiben.

Barbara McMahon
Ein Millionär zum Verlieben

Auf der Kairbikinsel Barbados fällt Lacey von einem Missgeschick ins nächste – und dabei immer wieder in die Arme des attraktiven Millionärs Steve …

Emma Darcy
Entscheidung auf Tortola

Welches Geheimnis umgibt die schöne Rosalie? Adam muss es einfach herausfinden und hofft, dass die sinnliche Stimmung auf Tortola ihm dabei hilft.

MIRA®